SEBASTIAN FAULKS

# Die Liebe der Charlotte Gray

*Buch*

Als Charlotte Gray an einem nebeligen Winterabend des Jahres 1942 in den Zug von Edinburgh nach London steigt, läßt sie ein freudloses Elternhaus zurück. Noch kann sie nicht ahnen, welch große Wende ihres Lebens unmittelbar bevorsteht – denn in London begegnet sie dem Air-Force-Piloten Peter Gregory. Sie verliebt sich in ihn, und beide durchleben eine kurze Zeit der intensiven Nähe. Zum ersten Mal in ihrem Leben ist Charlotte glücklich, und sie spürt, wieviel sie bislang entbehren mußte. Doch dann wird Peter zu Flugoperationen über Frankreich eingesetzt, und er weiß nur zu gut, daß er vielleicht nicht zurückkehren wird. Auch Charlotte wird aufgrund ihrer Sprachkenntnisse für eine kriegswichtige Mission ausgewählt. Sie soll in Frankreich den Widerstand gegen die deutschen Besatzungstruppen unterstützen. Als Charlotte kurz vor ihrer Abreise erfährt, daß Peter vermißt wird, bricht sie zusammen. Aber die Hoffnung und der Hunger nach Leben lassen sie weitermachen – und sie tritt ihre Mission an, fest entschlossen, ihren Geliebten auf eigene Faust hinter den feindlichen Linien zu suchen.

*Autor*

Sebastian Faulks wurde 1953 in Newbury geboren. Er studierte Literatur und Geschichte in Cambridge und arbeitete danach als Journalist. Seit 1991 ist er freier Schriftsteller. Mit dem Roman »Gesang vom großen Feuer«, der bei seinem Erscheinen mit enthusiastischem Kritikerlob ausgezeichnet wurde, gelang ihm der große internationale Durchbruch. Sebastian Faulks lebt mit seiner Familie in London.

Außerdem bei Goldmann lieferbar:

Gesang vom großen Feuer. Roman (44378)
Das Mädchen vom Lion d'Or. Roman (44638)

Sebastian Faulks

# Die Liebe der Charlotte Gray

Roman

Deutsch von Karin Szpott

GOLDMANN

Die englische Originalausgabe erschien unter dem Titel
»Charlotte Gray« bei Hutchinson, London

*Umwelthinweis:*
Alle bedruckten Materialien dieses Taschenbuches
sind chlorfrei und umweltschonend.

Der Wilhelm Goldmann Verlag, München, ist ein Unternehmen
der Verlagsgruppe Random House GmbH

Sonderausgabe Januar 2003

Umschlaggestaltung: Design Team München
Umschlagfoto: © 2002 by Senator Film Verleih GmbH

Druck: Elsnerdruck, Berlin
Titelnummer: 45365
KvD · Herstellung: sc
Made in Germany
ISBN 3-442-45365-8
www.goldmann-verlag.de

1 3 5 7 9 10 8 6 4 2

In Erinnerung an meinen Vater

PETER FAULKS

1917–1998

In Liebe und Dankbarkeit

ERSTER TEIL

# Anfang 1942

## 1. KAPITEL

Peter Gregory stieß mit dem Absatz seines Stiefels die Tür der Fliegerbaracke hinter sich zu. Er spürte die eisige Kälte in der Luft, aber er war so warm angezogen, daß sie nicht bis auf die Haut vordrang. Der Mond stand groß und still am Himmel, während weiße Wolkenfetzen vorbeiflogen und sich in der Dunkelheit auflösten wie Rauch. Er begann, über den Rasen zu stapfen, mit jedem Schritt kämpfte er gegen die Last des Fallschirms an, der hinter ihm bis in die Kniekehlen hing, so daß er nur ruckartig und schlingernd vorwärts kam. Er hörte das Fahrrad des Mechanikers klappern, das rechts von ihm über den gefrorenen Boden schlitterte. Die Kette müßte geölt werden, dachte er. Der Mann fuhr im falschen Gang, und immer wenn sich das Rad drehte, kam der Reifen mit dem Schutzblech in Berührung und verursachte ein rhythmisches Schleifgeräusch.

Vor sich konnte er die Umrisse seines Flugzeugs erkennen. Bei Nacht war es riesig, der Dreiblattpropeller schwebte diagonal in der Luft, der gewölbte Flugzeugrumpf sah in der Dunkelheit schnittiger aus als bei Tag. Der Mechaniker ließ sein Fahrrad zu Boden fallen. Er näherte sich im Licht einer schwachen Taschenlampe, die er sich zwischen die Zähne klemmte, während er Gregory nach oben auf die Tragfläche half. Anschließend kletterte er mühsam selbst hinauf, während Gregory erst ein Bein, dann das andere ins Cockpit hievte und hineinrutschte.

»Gott, ist das kalt«, sagte der Mechaniker. »Meine Hände sind völlig taub. Dieser Nordwind.«

Gregory schaltete die Instrumentenbeleuchtung ein, ließ sich auf dem Schalensitz aus Metall nieder und versuchte, es sich auf seinem Fallschirm bequem zu machen.

Der Mechaniker redete weiter, während Gregorys Blick über die Instrumente schweifte. »Mein Junge hat Husten. Ich weiß nicht, was ich dagegen tun soll, wo ich hier unten festsitze. Sauerstoff?«

Dann lief der Motor, und der Mechaniker überprüfte unter den Tragflächen die Seilführung der Querruder. Er trat ein paar Schritte zurück, während Gregory den Motor warmlaufen ließ und ihm schließlich signalisierte, daß er die Bremskeile wegnehmen solle. Gregory sah, wie der Mechaniker die Taschenlampe hochhielt, als er sich schließlich aufrichtete und sein Fahrrad aufhob. Er ließ ihm eine Minute Zeit, damit er zurück in den Mief der verdunkelten Messe radeln konnte, zu süßem Tee und Zigaretten. Dann gab er Gas und ließ das kleine Flugzeug im Schneckentempo vorwärts über den Rasen rollen. Als er bis zum Ende des Start- und Landestreifens gelangt war, drehte er das Flugzeug in den Wind und wartete. Er zitterte. Mit bloßen Fingern überprüfte er die Anschlüsse für die Sauerstoffversorgung und das Funkgerät. Er atmete den berauschenden Geruch von verrottendem Gummi in seiner Maske ein, zog dann den Handschuh wieder an und ergriff den Steuerknüppel zwischen seinen Knien.

Über Funk bellte jemand in sein Ohr – der Betreffende hatte es offenbar eilig, zu dem Faß Bier zu kommen, das am Nachmittag in die Messe gerollt worden war. Der Wind drehte zwischen den abgeschirmten Lichtern zu beiden Seiten des Start- und Landestreifens ein wenig nach Norden; er ließ das Flugzeug hin und her schaukeln wie ein kleines Boot, das vor Anker lag. Gregory überprüfte, ob der Propeller rund lief, und gab Gas.

Der Motor heulte auf, und das Flugzeug setzte sich holpernd auf der Startbahn in Bewegung, wo Wind und Geschwindigkeit dafür sorgten, daß es erst abhob und dann wieder den Boden berührte. Gerade hatten sich die Räder vom Boden gelöst, als er bis ins Rückgrat fühlte, wie er hart wieder aufsetzte, als ein Abwind ihn hinunterdrückte. Er murmelte und fluchte zwischen zusammengebissenen Zähnen vor sich hin, doch dann entspannten sich seine Finger um den Steuerknüppel, als er fühlte, wie das Flugzeug zielstrebig in die Luft schwang.

Zwei rote Leuchten zeigten an, daß das Fahrwerk sicher eingefahren war. Aus einem Augenwinkel beobachtete er den Kompaß, während er die Maschine in einer sanften Linkskurve nach oben zog. In einer Höhe von etwas über dreitausend Metern geriet er in eine Wolkendecke, die dichter und turbulenter war, als es im Mondlicht den Anschein gehabt hatte. Die rüttelnde Bewegung des Flugzeugs, als er es weiter hochzog, waren ihm unheimlich. Er hatte das Gefühl, daß da noch etwas anderes um sie herum war – ein anderes Element, eine Kraft, die sein Flugzeug vom Kurs abbringen wollte. Seine Augen wanderten die Instrumentenreihe entlang. Bei Nacht zu fliegen war dem Instinkt zuwider. Es waren keine Kirchtürme oder Brücken zu sehen, an denen man sich orientieren konnte; kein Aufblitzen eines Tragflächenendes oder eines Flugzeugbauchs warnten einen, daß andere Maschinen in der Nähe waren. Reaktionsgeschwindigkeit und eingeschliffene Bewegungsabläufe nutzten ihm jetzt nichts: Er mußte sich blind auf die Nadeln in den Glaskugeln verlassen. Selbst wenn er hätte schwören können, daß er mit dem Fahrwerk die Baumspitzen berührte, mußte er dem Höhenmesser glauben, wenn dieser eine Höhe von dreitausend Metern anzeigte.

Während der Flugzeugpropeller durch die Nacht sirrte, streckte sich Gregory in seiner Fliegermontur aus. Seine Füße waren trotz der Springerstiefel und zwei Paar dicker Socken kalt. Er hob sie einen Augenblick von den Pedalen der Seitenruder und stampfte auf den Boden des Flugzeugs. Kilpatrick und Simmons hatten gelacht, als sie ihn einmal nach einem Flug in der Messe abholen wollten und sahen, daß er die Füße in eine Schüssel mit heißem Wasser gesteckt hatte.

Er überflog die Küste von England: Kreidefelsen, kleine Segelboote, die vertäut auf bessere Zeiten warteten, Seebäder mit weißgetünchten Häusern in schmalen Straßen, die sich wie dünne Fäden bis zur windgepeitschten Küste hinzogen. Als er als Junge von Indien in eine Schule an der englischen Küste geschickt worden war, hatte er diesen Wind und das einsame Meer mit seinem tiefhängenden, grauen Horizont gehaßt.

Dies war das dritte Mal, daß er so einen Flug unternahm, aber er hatte Monate gebraucht, bis er seine Vorgesetzten davon überzeugt hatte, daß sich das Risiko lohnte. Zunächst mußte er Landon, den Befehlshaber der Staffel, für seine Idee gewinnen, dann mußte das Geschwader-Hauptquartier noch zustimmen. Der leitende Stabsoffizier der Luftwaffe hatte Landon gesagt, daß sie es unter den gegebenen Umständen unmöglich riskieren könnten, ein Flugzeug zu verlieren und erst recht keinen erfahrenen Piloten. Gregory hatte nie herausgefunden, was Landon ihm erzählt hatte, um ihn schließlich doch zu überzeugen.

Er schüttelte den Kopf und rieb sich mit den Händen die Oberschenkel. Unter dem pelzgefütterten Fliegeranzug trug er einen Feldanzug aus Serge, einen Rollkragenpullover, einen Schlafanzug und eine dicke Fliegerweste aus Wolle und Seide. Wenn wenigstens seine Füße warm gewesen wären, hätte er nicht das Gefühl gehabt, daß seine Körperwärme auf die eiskalten Seitenruderpedale geleitet wurde. Als sich das kleine Flugzeug mühsam seinen Weg bahnte und die Instrumente nichts weiter Aufregendes zu berichten hatten, überkam Gregory plötzlich ein Schauder unverdienter Verantwortung: allein, mit einer Aufgabe, die er erfüllen mußte, hoch über der Erde. Dann drückte er den Steuerknüppel nach vorn und leitete den Sinkflug ein.

Er war schon in dem Ort gewesen, bevor die Deutschen kamen. Ein französischer Pilot hatte ihn in eine Bar mitgenommen, die Guillaume Tell hieß. Dort hatten sie Champagner getrunken, und anschließend waren sie noch in eine andere Bar gegangen, wo sie Bier bestellten. Der Abend war im La Lune, einem Bordell, beschlossen worden, aber der französische Pilot hatte sich offenbar nichts aus den Mädchen gemacht. Von Le Havre aus war die Staffel dann die Küste hinauf nach Deauville gefahren, wo sie Golf gespielt hatten.

Als er durch die Wolkendecke hinabsank, spürte Gregory das vertraute Gefühl, das ihn in solchen Augenblicken jedesmal wieder überfiel: Jemand würde bald versuchen, ihn umzubringen. In Le Havre würde sich bald ein Flugabwehrkanonier ganz auf diesen Mord konzentrieren, auch wenn er es selbst noch nicht wußte. Und ein paar Zentimeter von Gregorys Augen entfernt befand sich ein Benzintank, der nur darauf wartete zu explodieren.

Jetzt konnte er tief unter seinen Stiefeln die Umrisse des Hafenbeckens erkennen. Der Ort war teilweise verdunkelt, was auf Verteidigungsmaßnahmen schließen ließ, aber er hatte sich anhand einiger Fotos genau eingeprägt, wo sich die Öltanks befanden. Er zog das Flugzeug schräg nach oben, da er für seinen Sturzflug an Höhe gewinnen wollte. Am Ende seines flachen

Steigflugs überprüfte er seine Position, während er in der eisigen Luft hing.

Er lachte laut, doch das Motorengeräusch übertönte alles; für einen Augenblick hielt er das Flugzeug noch gerade in der Luft, dann gab er Gas und drückte den Steuerknüppel nach vorn. Der Fahrtmesser kletterte nach oben: 540, 570 Stundenkilometer. Er kam zu steil herunter, war kopflastig und hatte das Gefühl, er würde sich gleich überschlagen. Dann, als der Erdboden unter ihm auftauchte – Schatten von Industriegebäuden, massige Formen in der Dunkelheit –, begann die Schwerkraft allmählich, ihm die Augen in die Höhlen zu drücken, und er fing an zu fluchen. Er konnte die Öldepots erkennen beziehungsweise das, was er dafür hielt, und bewegte ruckartig das Seitenruder, um sich auf Kurs zu halten. Schließlich kam eine Reaktion von unten: Die roten Kugeln der Leuchtspurgeschosse flogen in hohem Bogen wie brennendes Obst durch die Luft, ganz langsam, bis sie ihn erreichten und mit Lichtgeschwindigkeit an ihm vorbeisausten. Aber keine kam in seine unmittelbare Nähe. Sein Daumen strich über den Feuerknopf, und als er so dicht über dem Boden war, daß er ihn fast unter seinem Sitz zu spüren glaubte, gab er Feuer.

Als er den Steuerknüppel kräftig zu sich heranzog, um wieder an Höhe zu gewinnen, hörte er das Geräusch, das die Geschütze verursachten. Es hörte sich an, als würde man Stoff zerreißen. Er verrenkte den Hals, konnte aber unter sich kein Flammenmeer erkennen, nicht einmal vereinzelte Brände. Außer Reichweite der Bodenabwehr verlangsamte er den Steigflug, und er spürte, wie der Druck auf seinen Hals und seine Schultern nachließ. Er nahm ein wenig Gas zurück und flog nach Nordwesten Richtung Meer. Schweiß rann ihm den Rücken hinunter.

Er atmete tief ein und drosselte noch einmal die Geschwindigkeit; jetzt war er über dem Kanal in Sicherheit. Während er sich sammelte und lauschte, ließ er das Flugzeug einen Bogen beschreiben. Aber es war nur das Tuckern des Motors und das leise Rauschen des Windes im Flugwerk zu hören. Seine Hurricane hatte vier 20-Millimeter-Geschütze an Bord, die bei ihren Bewunderern »Panzerknacker« hießen, außerdem anstelle der üblichen Maschinengewehre vier 110-Kilo-Bomben. Demnach hatte er noch ungefähr die Hälfte seiner Munition übrig. Er konnte damit weder zum Stützpunkt zurückfliegen, noch konnte er sie auf dem Rückflug in den leeren Himmel abfeuern.

Also flog er noch eine Runde, vergewisserte sich seiner Position und verlor dann langsam an Höhe. Als er durch die dünnen Wolken stieß, nahm er wieder die Umrisse des Hafens unter sich wahr: Er würde das Flugzeug entlang der Hafenmauer abfangen und erst feuern, kurz bevor er wendete, um seinen Steigflug zu beginnen.

Dieses Mal stieg sofort ein Leuchtspurgeschoß auf, das dem Strahl eines schwachen Suchscheinwerfers folgte. Gregory gab mehr Gas und versuchte das Kreischen des Motors zu überhören. Die Maschine vibrierte, als er sie ausrichtete. Er war jetzt so tief, daß er den Boden gut erkennen konnte: keine Öltanks in Sicht. Er feuerte willkürlich in Richtung einiger abgestellter Lastwagen, dann riß er den Steuerknüppel zu sich heran, um so schnell wie möglich wieder an Höhe zu gewinnen. Ein Leuchtspurgeschoß tauchte an der Tragfläche auf der Backbordseite auf, dann spürte er einen Ruck des Seitenruderpedals unter seinem Fuß und wußte, daß er am Leitwerk getroffen war.

Das Leuchtspurgeschoß verfolgte ihn nicht mehr. Er schaute hinab und sah unter sich eine schützende Wolkendecke, dicht wie ein schäumendes, schwarzes Meer. Er atmete tief durch und blies die Luft Richtung Windschutzscheibe. Dann überprüfte er das Seitenruder, erst in die eine, dann in die andere Richtung. Es schien ganz normal zu reagieren – der Schuß ins Leitwerk hatte offenbar keinen größeren Schaden angerichtet.

Vor ihm lag jetzt wieder die Südküste Englands. Am Flugplatz würde jemand in der Fliegerbaracke auf ihn warten, sogar mit einem Whisky, wenn er wollte. Ihm passierte nie etwas. Die anderen waren tot, aber er war unverwundbar.

Es war plötzlich heller geworden. Eine Mischung aus Hochstimmung und Leichtsinn ließ ihn seine Sicherheit für einen Moment außer acht lassen und dem Wunsch nachgeben, eine Rolle nach oben zu machen. Er gab wieder Gas: 500, 560 Stundenkilometer. Erst sanft, dann immer kräftiger, zog er den Steuerknüppel zu sich heran, bis er spürte, daß das Flugzeug senkrecht am Propeller in der Luft hing. Er drückte den Steuerknüppel nach rechts, fühlte, wie sich das Flugzeug drehte, hielt inne und drückte den Steuerknüppel wieder zurück. Der nächtliche Horizont war auf den Kopf gestellt, auch wenn er es eher spüren als sehen konnte. Er drückte den Steuerknüppel nach vorn, dann nach links und beendete die Rolle.

Ihm war plötzlich schlecht, dann wurde ihm noch schlechter: Er hatte die Orientierung verloren, er wußte nicht mehr, wo oben und unten war. Plötzlich verdeckten Wolken das Mondlicht. Er zog den Steuerknüppel zu sich heran, um höher zu steigen, merkte aber, daß er anfing zu trudeln. Überdeutlich wurde ihm die Weite des Raums um ihn herum bewußt.

»Verfluchter Isaac«, murmelte er in sein Mundstück. Solange ihm nicht ein Licht oder irgendein fester Punkt eine Position anzeigte, wußte er nicht, in welche Richtung er den Steuerknüppel bewegen sollte. Das Leitwerk mußte doch schwerer beschädigt sein, als er gedacht hatte.

Das Flugzeug rumpelte, als es in die Wolken flog, und Gregory konnte durch den Boden, der eigentlich die Kabinenhaube sein mußte, kurz den Mond sehen. Er verrenkte den Hals, um das Licht im Auge zu behalten, und brachte das Flugzeug auf die andere Seite in seine Achse. Sein Rücken schmerzte durch die Zugkraft und von seiner Anstrengung, den Mond in Sichtweite zu behalten, bis er den unsichtbaren Horizont dorthin befördert hatte, wo er hingehörte, mit dem Mond oben und dem Boden unten.

Er drosselte die Geschwindigkeit und stellte die Höhenmeßgeräte neu ein, deren Gyroskope durch seine Rolle ins Wanken geraten waren. Etwas stimmte nicht; obwohl das Seitenruder zu funktionieren schien, war offenbar etwas mit dem Gewicht nicht in Ordnung. Er nahm Kurs auf den Flugplatz und hoffte, daß der Wind die Landung zulassen würde. Schließlich konnte er den Leuchtpfad sehen, drosselte seine Geschwindigkeit und fuhr das Fahrwerk aus. Aber er machte einen zu steilen Schwenk und spürte, wie der Seitenwind auf sein Flugzeug einhämmerte, als er nach oben griff, um die Schutzhaube zu öffnen. Unter sich konnte Gregory die blassen Lichter entlang der Piste erkennen, während sie von einer Seite auf die andere schlingerten. Sanft brachte er das Flugzeug zum Sinken, aber der Wind trug es in Richtung Flugplatzende. Ihm blieb nichts anderes übrig als durchzustarten. Beim nächsten Versuch kam er in einem anderen Winkel herunter und setzte hart auf den Boden auf.

Er rollte bis zur Fliegerbaracke, ließ das Benzin aus dem Vergaser, schaltete alles aus und schnallte sich ab. Als er aus dem Cockpit geklettert war und auf der Tragfläche stand, spürte er, daß seine Beine zitterten.

Er ging hinüber zur Fliegerbaracke, nahm dabei seinen Helm ab und fuhr sich mit einer Hand durch das Haar; er konnte schon den Geruch der Kohlenpfanne riechen. Im Lichtschein tauchte ein besorgtes, rotes Gesicht auf.

»Wie war's, Greg?«

»Kalt.«

## 2. KAPITEL

Waverley Station, sechs Uhr abends. Der Nebel, der sich die Princes Street entlanggestohlen hatte, hing schwer unter der gußeisernen Kuppel des Dachs, wo er sich mit dem Dampf vermischte, den der Zug nach London ausgestoßen hatte. Die Lampen auf dem Bahnsteig, die wegen der Verdunkelung abgeblendet waren, tauchten alles in ein blaues, ungesundes Licht. Zu den üblichen Passagieren hatte sich eine Staffel Flieger gesellt, die von einem der schottischen Flugplätze kamen und in Richtung Süden fuhren: nicht nur Piloten, sondern auch Bodenpersonal – Monteure, Mechaniker, bescheidene Männer, die sich selbst als »Bastler« bezeichneten und Kleidersäcke über der Schulter trugen.

Draußen auf der Princes Street küßte gerade eine junge Frau ihre Mutter zum Abschied und übergab ihre beiden Koffer einem Träger.

»Sie müssen sich beeilen, mein Kind. Der Zug fährt in zwei Minuten ab.« Geschäftig hastete der Träger, beladen mit den beiden Koffern, die ihn im Gleichgewicht hielten, die breite Rampe entlang. Die junge Frau eilte ihm hinterher, soweit ihr in Kniehöhe sehr eng geschnittener Rock dies zuließ. Sie drehte sich schnell noch einmal um und winkte ihrer Mutter zu, die sich mit einem Taschentuch die Augen tupfte. Außer Atem warf sie einen

Blick hoch zur Bahnhofsuhr, deren schwarze römische Ziffern sie in dem dunstigen Licht gerade noch erkennen konnte.

Erst als der Zug Waverley Station bereits fünf Minuten hinter sich gelassen hatte und die Jalousien heruntergezogen waren, erspähte sie durch die Glastür eines Abteils einen freien Platz. Drinnen saßen nur zwei Personen: zwei junge Engländer mit Golfschlägern. Als einer von ihnen bemerkte, wie die Frau erfolglos an der Tür zerrte – ihre beiden Koffer standen eingezwängt im Gang –, zog er mit einem Blick auf seinen Freund eine Augenbraue hoch, lächelte dann aber höflich, als er die Tür aufschob und anbot, ihr mit den Koffern behilflich zu sein.

»Ich hoffe, ich störe nicht, aber der Zug ist sehr voll. Ich …«

»Nein, überhaupt nicht. Kommen Sie herein, und setzen Sie sich.« Der andere Mann erhob sich unsicher von seinem Platz und half dabei, die Koffer ins Gepäcknetz zu heben, wo die Metallecken sich durch die Maschen bohrten.

Die junge Frau bedankte sich für die Hilfe, zog sich auf ihren Platz zurück, die Hände auf dem Rock ihres grauen Kostüms gefaltet, und sah durch die Glastür auf den Gang hinaus. Ihr Kostüm war tadellos geschnitten, mit einer Art Uniformjacke, unter der sie eine cremefarbene Bluse und eine Perlenkette trug. Unter ihrem rechten Auge befand sich ein kleiner schwarzer Fleck verlaufener Wimperntusche. Ihr helles Haar trug sie hochgesteckt unter einem kleinen Hut.

Hoffentlich kommen sie nicht auf die Idee, mich anzusprechen, dachte sie, drehte sich, so weit es ging, zur Seite, schlug ein Buch auf und fing offensichtlich konzentriert an zu lesen. Eine leichte Röte hatte ihre Wangen überzogen, doch hätte man unmöglich sagen können, ob es sich um ihre natürliche Gesichtsfarbe handelte, oder ob die Anstrengung oder ihre Verlegenheit dieses zarte Rosa unter der blassen Haut hervorgerufen hatten. Unter ihren Augen sah man die Andeutung von ein paar Sommersprossen, und ihre Augenbrauen hatten die gleiche Farbe wie die dunkelsten Strähnen ihres Haars.

Sie waren kurz vor Berwick, als der Mann, der zuerst die Tür geöffnet hatte, plötzlich eine Unterhaltung begann. »Richard Cannerley«, stellte er sich vor. »Aber meine Freunde wie Morris hier nennen mich alle Dick.«

»Charlotte Gray«, gab sie widerstrebend zurück und schüttelte kurz seine ausgestreckte Hand.

»Was führt Sie nach Süden?« fragte Cannerley.

»Ich will in London arbeiten.« Sie hatte einen leichten schottischen Akzent. »Ich möchte etwas tun, um zu helfen.«

»Die berühmten Kriegsanstrengungen.« Cannerley lachte, und eine helle Haarlocke fiel ihm in die Stirn.

Charlotte schlug die Beine übereinander und wandte sich ein wenig mehr dem Abteil zu. Es war eine lange Fahrt, und ihr Buch war nicht besonders interessant.

»Und, sind Sie aus Edinburgh?« fragte Cannerley.

»Nicht ursprünglich.«

»Das dachte ich mir. Sie klingen auch nicht so ...«

»Nein. Ich bin keine Edinburgh Mary.« Charlotte lächelte. »Ich bin in den Highlands aufgewachsen. Meine Eltern sind vor ungefähr zehn Jahren nach Edinburgh gezogen, als mein Vater dort eine Stelle am Krankenhaus angenommen hat.«

»Ich verstehe. Morris und ich waren beim Golfspielen. Spielen Sie auch?«

Sie schüttelte den Kopf.

»Ich denke, wir gehen bald zum Abendessen. Möchten Sie uns nicht Gesellschaft leisten?«

»Nein, danke. Ich habe mit meiner Mutter Tee getrunken und vor der Abfahrt etwas gegessen.«

»Nun, dann kommen Sie doch einfach nur mit und trinken ein Glas Wein mit uns. Die haben hier eine ausgezeichnete Weinkarte, jedenfalls hatten sie sie auf meinen früheren Reisen. Fühlen Sie sich eingeladen.«

Charlotte musterte Cannerley kurz mit prüfendem Blick. »Einverstanden«, sagte sie. »Danke. Entschuldigen Sie mich einen Augenblick.«

Sie stand auf und griff im Gepäcknetz nach ihrer Handtasche. Der Knopf am Ärmelaufschlag ihrer Jacke verfing sich im Netz, und sie versuchte vergeblich, die andere Hand nach oben auszustrecken, um sich zu befreien. Dabei schob sich ihre Jacke nach oben und offenbarte die Falten ihrer Bluse, die in ihren Rockbund gesteckt war. Der Rock war ebenfalls ein wenig hochgerutscht und ließ die zarten kleinen Knochen ihres Knies erkennen.

Für einen Augenblick war sie gefangen, wollte sich nicht weiter nach oben strecken, um nicht unschicklich zu erscheinen. Gerade als Cannerley aufsprang, um ihr zu helfen, gelang es ihr endlich doch, ihr Handgelenk zu befreien und die Tasche herunterzunehmen. Sie verschwand durch die Schiebetür den Gang entlang.

»Was ist eine Edinburgh Mary?« fragte Morris.

»Ich bin nicht ganz sicher. Ich glaube, so nennt man eine Frau aus Edinburgh, die aus dem Viertel Morningside stammt und mit diesem affektierten Akzent spricht.«

»Du gehst ja ganz schön ran.«

»Es ist Krieg, Robin. *Autres temps, autres mœurs*. Sie versteht das.«

»Und was ist mit Celia?«

»Celia?« Cannerleys Gesicht war ausdruckslos, als er eine Zigarette hervorholte. »Nun, wonach ist dir an einem kalten Abend im Zug? Ich erinnere mich, daß sie letztes Mal einen ziemlich guten Crozes Hermitage hatten. Aber vielleicht ist sie mehr für einen Burgunder, vollmundig, aber nicht schwer ...«

Cannerley lehnte sich in seinem Sitz zurück und strich mit einer Hand über den scharlachroten Plüsch. Über ihm hing ein rechteckiger Spiegel mit Facettenschliff. Darin konnte Morris den oberen Teil seines eigenen Kopfes sehen, wo das dunkle, fast schwarze Haar zu beiden Seiten einer zungenförmigen Halbinsel zurückwich.

»Bist du morgen bei der Abteilungsbesprechung dabei?«

Morris nickte. »Ich wünschte, ich müßte nicht da hin, aber Sir Oliver besteht darauf.«

»Ich vermute, es geht um die französische Frage.« Cannerley wischte etwas Zigarettenasche von seinem Knie.

»Es geht immer um die französische Frage.«

»Ich habe meinen Bericht fast fertig. Ich nehme an, daß du bald eine Kopie davon bekommen wirst. Er ist als Bericht der Kategorie B eingestuft.«

»Das hoffe ich. Ich möchte endlich mal wissen, womit ihr eure Zeit verbringt. Glaubst du, daß du am Wochenende runter nach Woking kommen kannst?«

»Schwer zu sagen, was für ein nationaler Notstand noch kommen kann.« Cannerleys Stimme klang betont schwermütig.

»Ich habe dort seit dem Frühling nicht mehr gespielt. Der Wind war schrecklich. Bei einem Par drei mußte ich einen Holzschläger nehmen.«

Zwischen den beiden herrschte das unausgesprochene Einverständnis, daß ihr Golfspiel so wichtig war wie ihre Arbeit. Jeder von ihnen glaubte, einen Teil Großbritanniens in den Händen zu halten. Sie verkehrten in den Clubs an der St. James's Street; sie sprachen mit Politikern, diensthabenden Offizieren und Presseleuten – nicht mit Reportern, sondern mit Redakteuren oder Verlegern. Cannerleys Vater hatte seinen Sohn für eine Mitgliedschaft in zwei Clubs angemeldet, als er noch in Cambridge studierte, und seit er die Universität verlassen hatte, hatte er sich dort leichtfüßig auf dem stumpfen Parkett und den fadenscheinigen Teppichen bewegt. Auf Geheiß seines Vaters war er zweisprachig. Er hatte in den Schulferien bei einem französischen Tutor Unterricht gehabt und ein Jahr an der Universität von Poitiers studiert.

An irgendeinem Punkt seiner Laufbahn hatte er verstanden, ohne daß man es ihm beigebracht hatte, was für sein Land das Richtige war. Bei den Besprechungen seiner Abteilung und beim Umgang mit den anderen Abteilungen mußte man ihm nichts umständlich erklären. Cannerley wußte Bescheid. Morris wußte Bescheid. Sir Oliver Cresswell, der Leiter des Unternehmens, wußte ganz sicher Bescheid.

Morris hatte allerdings härter als Cannerley für dieses Verständnis arbeiten müssen. In seinem letzten Jahr in Oxford war überraschend der Kaplan seines Colleges aufgetaucht, als er über seinen Büchern saß, ein hagerer Mann mit silbergrauem Haar, der trotz seiner asketischen Art angeblich »Leute« in London kannte. Er besaß eine Sammlung avantgardistischer französischer Gemälde und eine Bronze von Archipenko. Und obwohl er in einem College lebte, in dem Veröffentlichungen von Mitgliedern des Colleges als unfein galten, waren von ihm drei Beiträge gedruckt worden: über Augustinus, Jacob Epstein und griechische Keramik. Er war Kaplan in der britischen Botschaft von Athen und sogar kurze Zeit in Teheran gewesen. Morris hatte zunächst geglaubt, daß der Kaplan ihn für eine homosexuelle Gebetsfreizeit gewinnen wollte, aber nach seinen Exkursen in die europäische politische Geschichte und die Integrität englischer Institutionen war allmählich klargeworden, worauf der Kaplan hinauswollte. Er sprach von einer Zeit, in der es zu nationalen Krisen kommen würde, und hinterließ Morris eine Telefonnummer in Whitehall. Das war jetzt vierzehn Jahre her.

»Übrigens«, sagte Cannerley, »wir haben jetzt endlich einen Mann in Abteilung G.«

»Hervorragend. Wer ist es?«

»Irgend so ein Gauner aus Mittelengland. Er heißt Fowler. Keiner von uns, sondern einer von ihnen. Er war schon zweimal in Frankreich, hat dort allerlei Unsinn getrieben, Züge gesprengt und eine Menge widerstrebender Schurken für die noble Sache der Résistance rekrutiert.«

»›Europa in Brand stecken‹, wie der Premierminister es wünscht.« Die gedehnte Sprechweise fiel Morris nicht ganz so leicht wie Cannerley.

»Genau das. Und unsere Operationen völlig versaut. Jedenfalls haben die Nachforschungen von unseren Leuten ergeben, daß einige seiner Kumpel aus Birmingham ernsthafte Probleme mit dem Fiskus haben. Er wurde letzte Woche zu einer Unterredung bestellt. Wir haben ihn darauf aufmerksam gemacht, daß das Finanzamt unter Umständen großes Interesse daran hat, seine Bücher etwas genauer unter die Lupe zu nehmen.«

»Ich verstehe.«

»An dieser Stelle war er plötzlich sehr bestrebt, mit uns zusammenzuarbeiten.«

»Was soll er für uns tun?«

»Sir Oliver hat noch nicht entschieden. Etwas Einfaches, aber Zerstörerisches. In Frankreich.«

»Was soll er denn zerstören?«

»Das weiß ich noch nicht.« Cannerley wirkte plötzlich besorgt, sein Ton wurde dringlich. »Hör mal, Robin, ich habe bei dieser Sache angefangen, weil ich Gutes tun wollte. Das klingt in deinen Ohren vielleicht schrecklich altmodisch. Ich will keine... Komplikationen. Kompromisse. Verstehst du, was ich meine? Manchmal glaube ich, daß Sir Oliver –«

Er brach ab, als die Tür beiseite geschoben wurde und Charlotte Gray zurückkehrte. Sie gingen den Gang entlang Richtung

Speisewagen – Cannerley vor ihr und Morris hinter ihr, wie Leibwächter. Die anderen Abteile waren alle voll besetzt: Die Leselampen mit ihren Glasschirmen, die über den Sitzplätzen hingen, erleuchteten aufgeschlagene Bücher, viele davon mit den Seiten nach unten, während ihre Besitzer allmählich den Kopf auf die Kopfpolster sinken ließen und ab und zu ruckartig wieder hochschreckten. Sie hatten den unsichtbaren Tyne überquert, durchfuhren gerade die gefrorenen Felder von North Riding und erhaschten einen Blick auf den Boden von Yorkshire, als sie über die Kupplung von zwei Waggons stiegen.

»Haben Sie in London schon eine Stelle gefunden?« fragte Morris Charlotte, als sie am Tisch saßen.

»Ja, ich arbeite in einer Arztpraxis als Sprechstundenhilfe und Mädchen für alles.«

»Was für eine Arztpraxis?« fragte Cannerley und schaute von der Weinkarte hoch.

»Bei einem Facharzt für plastische Chirurgie. Er behandelt Amputierte und Leute, die ihre Arme und Beine nicht mehr bewegen können.«

»Ich verstehe. Dabei handelt es sich bestimmt um Kriegsversehrte, oder?«

»Ja, sie werden von verschiedenen Krankenhäusern an ihn überwiesen.«

Der Fleck Wimperntusche auf Charlottes Wange war verschwunden. Während sie sich zurechtgemacht hatte, hatte sie außerdem ihre Meinung bezüglich des Abendessens geändert und löffelte jetzt eine Spargelcremesuppe, die so schmeckte wie die meisten Suppen, die sie im vergangenen Jahr gegessen hatte, nämlich nach klebrigem, grünlichem Mehl.

Charlotte lächelte plötzlich mit überraschender Offenheit: »Meine Mutter nennt das hier Tapetenkleister.«

Es gab weder einen Fischgang noch eine Auswahl an Fleisch. Das Hauptgericht wurde als Fleischpastete mit Nieren angepriesen und stammte offensichtlich von einem Tier mit vielen Nieren. Cannerley hatte einen Chambertin ausgesucht. Charlotte hob die Hand, als ihr Glas halb gefüllt war, und sagte, sie sei Wein nicht gewohnt, doch Cannerley schenkte ihren Worten keine Beachtung.

»Sie hätten freiwillige Luftwaffenhelferin bei der WAAF, der Women's Auxiliary Air Force, werden können, wenn Sie etwas für den Krieg tun wollen. Oder Schwesternhelferin bei der FANY, der First Aid Nursing Yeomanry.«

»Vielleicht.« Charlotte war an diesem Punkt empfindlich. Das war einer der Gründe, weshalb sie nach Süden fuhr. Sie trank einen Schluck Wein. »Aber was ist mit Ihnen? Warum sind Sie nicht beim Militär? Oder haben Sie Urlaub?«

»Auch die dienen«, sagte Cannerley, »die sich nur wartend um den Herrn bemühen.«

»Was meinen Sie damit?«

»Eine Tätigkeit in der Reserveeinheit«, antwortete Morris. »Eine Strategie muß Hand und Fuß haben. Ich kann Ihnen versichern, daß das, was wir tun, nicht weniger aufreibend und nicht weniger patriotisch ist als das, was irgendein Pilot, irgendein Fähnrich im Atlantik oder irgendein armer Soldat, der sich mühsam durch –«

»Das wollte ich gar nicht anzweifeln.«

Cannerley sah belustigt drein. »Und Sie sind auch patriotisch?«

»Natürlich.« Charlotte war überrascht. »Ist das nicht jeder? Vor allem in diesen Zeiten?«

»Aber was heißt denn das?« Cannerley legte Messer und Gabel beiseite, offenbar hatte er genug von der Pastete. »Was lieben Sie denn genau?«

»Ich weiß schließlich, gegen wen wir kämpfen: die Nazis. Ich verabscheue sie mit einer Art persönlicher Bitterkeit.«

»Das ist keine Antwort auf meine Frage. Was beschützen wir denn? Was ist es, was so wertvoll ist? Die Tradition der Toleranz? Große Leistungen? Wissenschaft, Forschung?«

Der rosafarbene Fleck unter Charlottes blasser Haut wurde ein wenig intensiver. »Ich weiß auch nicht. Es ist etwas, das man nicht leicht in Worte fassen kann.«

»Glauben Sie, daß Sie genauso fühlen würden, wenn Sie in einem anderen Land geboren worden wären? Oder geht es im Grunde nur um britische Toleranz, britische Wissenschaft, britische Forschung?«

»Ich glaube schon. Es geht um die Landschaft, in der man aufwächst, die Städte und Dörfer, die Menschen. Vor allem um die Menschen. Die Gebäude, aus denen die eigene Heimat besteht.«

»Sie müssen Steine oder Ziegel sehr gern haben, wenn Sie glauben, daß es sich lohnt, für sie zu sterben.«

»Das tue ich. Ich habe in Edinburgh für eine Gemäldegalerie gearbeitet. Wenn man Gebäude und Gemälde und all diese Dinge nicht schützt, dann bleibt einem nichts, um das Leben von älteren Generationen zu ehren.«

»Also ziehen wir in den Krieg und töten noch mehr Menschen, um die zu ehren, die bereits tot sind?«

»Ich glaube nicht, daß ich das so gemeint habe. Aber was ist mit Ihnen? Sie haben mir gesagt, Sie seien Patriot. Was verteidigen Sie denn?«

»Ach, ich glaube, sicher das gleiche wie Sie«, beendete Cannerley plötzlich lapidar die Diskussion.

Der Kellner stand unbewegt neben dem Tisch, wie ein Fels in der Brandung, als er ihre Teller abräumte.

Charlotte, über Cannerleys beiläufige Art verärgert, machte den Mund auf, um noch etwas zu erwidern, überlegte es sich aber anders. Der Kellner brachte eine braune Mousse, die aus Eipulver zubereitet worden war, und Cannerley verteilte den restlichen Wein, um den Geschmack hinunterzuspülen.

Charlotte bestand darauf, ihren Teil selbst zu bezahlen, und Cannerley schrieb seine Telefonnummer auf die Rückseite der Rechnung, bevor er sie ihr gab.

»Das ist die Nummer von meiner Wohnung am Ormond Gate. Ich dachte, daß Sie sie vielleicht haben wollen, für den Fall, daß Sie sich irgendwann im Wartezimmer Ihres Arztes langweilen. Ich bin sicher, daß ich für Sie etwas finden kann, was ein wenig ... anregender ist. Wir sind ständig auf der Suche nach intelligenten jungen Frauen. Sprechen Sie irgendwelche Fremdsprachen?«

Charlotte starrte ungläubig auf die Telefonnummer in ihrer Hand und riß sich dann zusammen.

»Ja. Ich spreche Französisch.«

»Fließend?«

»Mein Gott, Dick, du hörst dich an, als würdest du ein Bewerbungsgespräch führen!«

Charlotte sah Cannerley ruhig an. »Ja, mein Vater hat im letzten Krieg in Frankreich gekämpft. Er ist mit uns immer an dieselben Orte gefahren. Um die Gräber aufzusuchen. Er war ... besessen davon, könnte man sagen.«

»Und so haben Sie Französisch gelernt?«

»Ich war außerdem in den Ferien immer bei einer französischen Familie. Später habe ich an der Universität Französisch und Italienisch studiert.«

Cannerley schob seinen Stuhl zurück. »Klingt hervorragend. Behalten Sie mein Angebot im Hinterkopf, ja?«

Sie gingen durch die schwankenden Gänge des Zuges wieder zurück. Durch die geschlossenen Jalousien konnte man nichts erkennen. Selbst die Bahnhöfe waren nur spärlich beleuchtet, so daß die Passagiere beim Aussteigen stolperten. Aus unerfindlichem Grund sprachen sie leise, als ob die Besatzungen der deutschen Bomber sie hören könnten. England war verdunkelt und hatte Angst.

## 3. KAPITEL

Charlotte war erst zweimal in ihrem Leben in London gewesen und konnte sich an nicht viel mehr erinnern als an die Rolltreppe in der U-Bahn. Als kleines Mädchen hatte sie Angst gehabt, daß sie den letzten Schritt nicht rechtzeitig machen würde, und hatte immer versucht, das Ende der Treppe, wenn die Stufen sich zusammenfalteten und wieder in der Versenkung verschwanden, zu überspringen. Ihre Mutter hatte mit ihr in einem Kaufhaus Gardinenstoff und ein Paar Schuhe gekauft, und sie waren in einem edwardianischen Hotel in der Nähe von Piccadilly Circus abgestiegen, wo ein Kellner mit pomadigem Haar einen großen Rollwagen voller Horsd'œuvres an den Tisch geschoben hatte. Bei einem zweiten Besuch war es ein Theater in der Shaftesbury Avenue gewesen, bei dem Charlotte die Rokokoeinrichtung mehr interessiert hatte als das Theaterstück. Als die berühmte Schauspielerin mit einer erwartungsvollen Bescheidenheit auf die Bühne geschlendert war, hatten alle Zuschauer applaudiert, was Charlotte albern fand. Das war fast alles, woran sie sich erinnerte, abgesehen von den Namen – Cambridge Circus, Oxford Circus, Bakerloo.

Die erste Nacht nach ihrer Ankunft aus Edinburgh verbrachte sie im Bahnhofshotel. Als sie am nächsten Tag im Taxi auf der Euston Road rasch in Richtung Westen fuhr, sah sie vom Fenster aus die unversehrten Villen in der Harley Street. Als sie in Sussex Gardens in einen Stau gerieten, nahm der Fahrer einen anderen Weg durch die Seitenstraßen von Paddington; Charlotte glaubte auf den ersten Blick, daß man hier gerade dabei war, einige heruntergekommene Häuser abzureißen. Zwei der kleinen Reihenhäuser sahen aus, als seien sie aus der Reihe herausgeschnitten worden. Die Backsteine und Stützbalken waren durch die Detonation herausgesprengt worden, und hartnäckige Mörtelreste bildeten ein ordentliches Proszenium. Ein Kamin und ein Sofa schwebten unbeschädigt im ersten Stock wie Kulissenstücke zum Ausschneiden in einem Kindertheater.

Der Fahrer erzählte ihr, daß einige Stadtteile von London völlig zerstört, andere dagegen unversehrt geblieben waren. Man fragte sich, warum die deutschen Bomber in Battersea und Chelsea so rachsüchtig und dafür im benachbarten Victoria so nachsichtig gewesen waren. Das Taxi hielt in einer kleinen Straße hinter der Brompton Road. Es war eine Gegend, die weder sicher war noch besonders oft angegriffen wurde, aber die Bombardierung von London hatte derzeit ohnehin aufgehört.

Der Fahrer half Charlotte beim Aussteigen mit den Koffern und fuhr dann weiter. Sie wollte schnell ins Haus kommen. Irgendwelche Zweifel oder trotz aller weiter in ihr schwelenden Befürchtungen drängte sie mit der Macht langer Gewohnheit erfolgreich beiseite. Neben der Haustür befanden sich vier Klingelknöpfe: Ein weißes Kabel führte von der Klingel, an der FORESTER stand, nach oben über den Sims unter dem ersten Stock zu einem Loch, das in den Fensterrahmen gebohrt worden war.

Auf ihr Klingeln wurde besagtes Fenster nach oben geschoben, und eine junge Frau steckte den Kopf heraus.

»Charlotte? Ich telefoniere gerade. Schließ selbst auf und komm dann in den ersten Stock. Hier, fang!«

Ein einzelner Schlüssel an einem Stück rosafarbenem Band

trudelte herunter und fiel auf die Treppe. Charlotte schloß auf und betrat das dunkle Treppenhaus. Auf dem Linoleumboden standen zwei Fahrräder und ein Kinderwagen sowie eine alte Anrichte aus Walnußholz. Als sie ihre Koffer an diesen Hindernissen vorbeibugsiert hatte, blieb sie am Fuß der Treppe stehen. Ein abgewetzter Teppichläufer führte über einen Treppenabsatz auf halber Höhe hinauf. Sie wollte schon die Luft anhalten, weil sie den für eine Pension typischen Geruch von Küchendünsten, Katzen und Gasdurchlauferhitzern erwartete, aber sie stellte fest, daß es lediglich nach Hyazinthen roch.

Im ersten Stock war die Wohnungstür offen, und Charlotte stellte ihr Gepäck im winzigen Flur ab. Über einem Tisch, auf dem eine Vase mit Hyazinthen stand und zahlreiche Zeitschriften lagen, hing ein kleiner vergoldeter Spiegel. Sie nahm die Hutnadel aus ihrem Hut und schüttelte ihr Haar aus, bevor sie den Kamm aus Schildpatt wieder hineinsteckte. Die junge Frau, die das Fenster göffnet hatte, winkte ihr zu und bedeutete, sie solle ins Wohnzimmer kommen. Als Charlotte eintrat, legte sie den Hörer auf und kam auf sie zu.

»Ich bin Daisy. Das am Telefon war Ralph. Ich dachte, ich werde diese kleine Plage nie los. Tut mir leid wegen der Unordnung. Es ist – nun ja, es ist wirklich unordentlich. Tut mir leid.«

Charlotte sah sich um. Auf einem niedrigen Tisch vor dem Kamin stand ein Teetablett voller Geschirr, das offensichtlich vom Vortag stammte, die Milch hatte sich schon von den kalten Teeresten getrennt. Überall auf dem Boden lagen Zeitungen und Zeitschriften, und über mehreren Stühlen hingen Frauenkleider. Im Zimmer war es sehr kalt.

»Wie war die Fahrt? Wahrscheinlich ziemlich schrecklich, oder? Ich hasse Züge, du auch?«

»Es war nicht so schlimm. In meinem Abteil saßen zwei Herren, und wir haben zusammen zu Abend gegessen. Das Essen war zwar nicht besonders, aber –«

»Na, du gehst aber ran. Haben sie dich nach deiner Telefonnummer gefragt?«

»Nein, aber einer von ihnen hat mir seine gegeben.«

»Was für ein Ekel! Ein Gentleman würde so etwas nie wagen – dir das Anrufen überlassen. Untersteh dich! Sah er gut aus?«

»Darum ging es eigentlich gar nicht, sondern eher darum, daß er mir vielleicht eine Stelle besorgen kann.«

Daisy Forester lachte, und ihr rundes, unschuldiges Gesicht wurde lebendig. »Sei nicht naiv, Schätzchen.« Sie betrachtete Charlotte etwas genauer. »Du bist sehr elegant.« Sie ging auf sie zu und befühlte das Revers von Charlottes Kostüm. »Das ist schick. Ist es von Jaeger? Ich liebe ihre Sachen, aber Mami gibt mir so ein mickriges Taschengeld, daß ich mir eigentlich nichts Nettes leisten kann. Sieh mich an.«

Daisy trug einen engen, hellbraunen Pullover, der ihren Busen betonte, eine einreihige Perlenkette, einen braunen Tweedrock, Wollstrümpfe und abgeschabte braune Pumps. Eigentlich sah sie gar nicht so schlecht aus, dachte Charlotte und wollte es gerade aussprechen, als Daisy fortfuhr: »Ich zeige dir besser dein Schlafzimmer. Ich fürchte, es ist winzig, aber weißt du, wir können von Glück sagen, daß wir überhaupt etwas haben. Im Moment herrscht ein solcher Andrang nach Wohnungen.«

»Warum?« fragte Charlotte und dachte an die geräumigen georgianischen Villen in Edinburghs Stadtviertel New Town. Warum in aller Welt sollten sich Leute um eine beengte, eiskalte, kleine Wohnung wie diese streiten?

Daisy sah sie überrascht an. »Wegen der Deutschen, Schätzchen. Sie haben die meisten Häuser in London zerstört. Ist dir das noch nicht aufgefallen?«

Charlottes Zimmer lag ganz am Ende in rechtem Winkel zum Flur. Es war vom benachbarten Zimmer durch eine Fasergipswand abgeteilt worden, die mitten durch die Stuckrosette an der Decke des ursprünglich größeren Raums führte. Das Mobiliar bestand aus einer kleinen Kommode mit tropfenförmigen Messinggriffen und einer Glasplatte, die auf einer Art Spitzendeckchen lag, einem Bett mit einer pflaumenfarbenen Tagesdecke aus chenilleartigem Gewebe und einem Stuhl mit gerader Rückenlehne. Es hatte ein schmutziges Fenster, das zur Straße ging. Zu beiden Seiten des Fensters hingen ungefütterte, limonengrüne Vorhänge an metallenen Gardinenröllchen in einer verrosteten Schiene.

Er war schon eng für die beiden Frauen, sich gleichzeitig in dem Zimmer aufzuhalten, und ganz unmöglich, als Charlotte versuchte, die Koffer hereinzuholen.

»Ich glaube, ich packe im Flur aus, wenn du nichts dagegen hast«, sagte sie.

»Gute Idee. Du scheinst ja ziemlich viele Klamotten zu haben.« Charlotte wußte, was Daisy dachte, noch bevor sie es aussprach. »Glaubst du, wir haben die gleiche Größe?«

»Ich glaube, ich bin vielleicht ein bißchen –«

»Müßte ungefähr hinkommen, würde ich sagen. Vielleicht habe ich etwas mehr Oberweite.« Daisy betrachtete Charlotte mit zur Seite geneigtem Kopf. »Allerdings bist du auch nicht gerade flachbrüstig.«

Charlotte lachte – sie wußte nicht, wie sie sonst reagieren sollte – und sagte: »Ich fange einfach mit diesem an.« Sie öffnete den größeren der beiden Koffer.

Daisy hatte sich den Vormittag freigenommen und ging erst gegen Mittag aus dem Haus. »Ich arbeite für das Rote Kreuz«, sagte sie. »Eine gräßliche Arbeit, aber immerhin ist das Büro in St. James's, also ist immer viel los. Ich habe Mami davon überzeugt, daß meine Arbeit entscheidend zu den Kriegsanstrengungen beiträgt. Nur deshalb läßt sie mich in London bleiben, obwohl sie viel glücklicher wäre, wenn ich wieder in das langweilige alte Gloucestershire zurückkehren würde.«

»Macht sie sich Sorgen um dich?«

»O ja, ständig. Aber ich habe keine Angst. Wenn auf einer Bombe mein Name stehen sollte, dann ist das eben Pech. Ich bin gegen sechs zurück. Ein zusätzlicher Schlüssel liegt auf dem Tisch im Flur. Sally ist wahrscheinlich vor mir da.«

»Sally?«

»Das andere Mädchen, das hier wohnt. Wußtest du das nicht? Sie hat diesen gräßlichen Freund, Terence. Ich erzähle dir später von ihm, ein ganz hohes Tier bei der Marine. Mach es dir gemütlich.«

Als sie allein war, räumte Charlotte als erstes das Teegeschirr weg. Die Küche ging auf einen kleinen Garten hinaus, dahinter sah man auf die Rückseite der Reihenhäuser an der benachbarten Straße. In den Schränken mit Glastüren befanden sich ein paar Konservendosen, und auf einem Holzbrett lag der Rest eines Brotes. Es hatte den Anschein, als würde die Küche nicht viel benutzt.

Den Rest der Wohnung hatte sie schnell besichtigt. Neben Charlottes Zimmer, auf der anderen Seite der Trennwand, lag ein weiteres Schlafzimmer. Es war ein wenig größer, aber genauso kalt und ging ebenfalls zur Straße. Auf dem Nachttisch lag ein Buch mit dem Titel *Liebe im Harem*, und unter der Tagesdecke sah ein Teddybär ohne Augen hervor. Charlotte vermutete, daß dies Sallys Zimmer war.

Im größten der drei Schlafzimmer stand auf einer Kommode ein Foto von Daisy, daneben eine Aufnahme, die wohl ihre Eltern zeigte – der Mann, bebrillt und leicht kahl, trug einen Schnurrbart und sah ein wenig nach Akademiker aus; die Frau, dunkelhaarig, mit einem runden Gesicht und hübschen Augen, wirkte wie eine etwas intellektuellere, aber vielleicht auch nichtssagendere Ausgabe von Daisy. Am Spiegel steckte das Foto eines jungen Mannes mit krausem Haar in Soldatenuniform. Daisys silberne Haarbürsten lagen ausgebreitet inmitten von Creme- und Pudertigeln. Ein offener Lippenstift stand herausgedreht dazwischen, und Charlotte mußte sich beherrschen, um ihn nicht wieder in seine Hülle zu drehen. Das Bett war im Gegensatz zu Sallys nicht ordentlich gemacht. Das Federbett war hastig über die darunterliegenden, zerknüllten Laken gebreitet worden. Auf dem Nachttisch lagen ein Band mit Gedichten von Swinburne und eine Ausgabe von *Der große Gatsby.* In diesem Zimmer gab es einen Einbauschrank, ein Stückchen lilafarbener Chiffon war in der Tür eingeklemmt. Die Wände waren in einem schwelgerischen Karmesinrot gestrichen, und über dem Bett schwebte ein Baldachin, von dem ein dunkelroter, gemusterter Stoff herabhing. Eine Wand zierte die Reproduktion eines Gemäldes von Burne-Jones, ganz muskelbetonte Brustharnische und ritterliche, sich windende Sehnsucht.

Charlotte ging sich umziehen. Da sie die letzten zwei Monate bei ihren Eltern gelebt hatte, hatte ihre Mutter das Kofferpacken beaufsichtigt und auf einer Schicht Seidenpapier zwischen den einzelnen Lagen bestanden. Charlotte wußte, daß ihre Mutter ihre Abreise mißbilligt hatte, sich jedoch gleichzeitig bewußt war, daß es in gewisser Weise ihr eigenes Leben vereinfachen würde.

Amelia Gray war immer wieder erstaunt über ihre Tochter, stolz und schockiert zugleich. Für dieses Mädchen gab es offenbar nichts, was es nicht aus eigener Kraft erreichen konnte. Ohne sichtliche Mühe hatte sie alles an Bildung verschlungen, was ihr angeboten worden war, obwohl es mindestens fünfmal soviel war wie an der provinziellen Mädchenschule, die ihre Mutter selbst dreißig Jahre zuvor besucht hatte. Charlotte schien ungeduldig angesichts der Werte, die die Generation ihrer Mutter vertrat, und doch bewahrte sie sich ein Feingefühl im Umgang mit anderen Menschen und eine fast übertriebene Verschwiegenheit, einen Mangel an Vertrauen. Vor dem vermutlichen Grund dafür verschloß ihre Mutter die Augen. Die aussichtslosesten Umstände hatten Charlotte hervorgebracht.

Im Herbst 1916 hatte Amelia Grays Ehemann Urlaub von der Westfront und kam nach Hause, um seine Frau und ihren dreijährigen Sohn Roderick zu besuchen. In seinen zweifelnden Arztaugen erkannte seine Frau heftigen Schmerz. Er schlich durchs Haus und kratzte sich, weder Bücher noch Unterhaltungen heiterten ihn auf. Sie mußte an Nessos und sein vergiftetes Gewand denken. Er machte lange Spaziergänge am Moor entlang und kehrte dann im Gasthaus am Fluß ein. Er wäre den ganzen Abend geblieben, aber der Wirt war ein tugendhafter Christ, der nicht länger öffnete, um einen Soldaten auf Urlaub zu bedienen, auch nicht, wenn es sich dabei um einen Offizier handelte.

Amelia Gray hatte zunächst befürchtet, daß er in der Zeit, in der er fort gewesen war, eine andere Frau kennengelernt habe. Er schien Schuldgefühle gegenüber seiner eigenen Frau zu empfinden, und es kam ihr so vor, als könnte er es nicht erwarten, wieder in Frankreich zu sein. Wenn sie versuchte, seine Gedanken zu erforschen und sich ihm mit indirekten Fragen sanft zu nähern, schüttelte er den Kopf und murmelte einen kurzen Satz, um sie zum Schweigen zu bringen. Er war immer schon stoisch gewesen, aber nun schien sein Gemütszustand einen absoluten Tiefpunkt erreicht zu haben, wie von irgendeinem unerträglichen Geheimnis niedergedrückt. Doch es war eines, das nicht sein eigenes Werk war. Sie selbst hatte hin und wieder einen Traum – einen Traum, den viele Menschen hatten, wie ihr ihr Mann ganz professionell erklärte –, in dem sie herausfand, daß sie einen

Mord begangen hatte, an den sie sich nicht erinnern konnte. Alles, woran sie sich erinnern konnte, waren das Wissen um ihre Schuld und die Tatsache, daß sie verfolgt wurde. Und ihr Mann sah aus wie jemand, der die gleiche Entdeckung bei sich selbst gemacht hatte. Er schien jedoch nicht in der Lage, mit Hilfe seines professionellen Wissens damit fertig zu werden, vielmehr konnte er sich aufgrund seines intellektuellen Stolzes und seiner ärztlichen Distanz erst recht niemandem anvertrauen.

Wenn er mit ihr schlief, geschah es mit einer Art uninteressierter Leidenschaft. Sie war sich seiner Augen bewußt, mit denen er sich selbst, sie beide erforschte, wenn sich ihre Körper dem Ablauf von Hingabe und Besitzergreifung unterwarfen. Doch selbst dieser natürliche Akt brachte ihm weder Heilung noch Vergessen; er konnte sich nicht in die animalischen, doch zärtlichen Augenblicke verlieren. Wenn seine Frau zu ihm hochschaute, waren seine Augen weit geöffnet, als ob die Erinnerung an seine Taten ihn nie verließen.

Bei diesen Vereinigungen im Urlaub war ein zweites Kind gezeugt worden: Charlotte, ein Kind der Kriegsjahre, wie ihr Vater ihr zu ihrem Schrecken immer ins Gedächtnis rief. Er schien es seltsam zu finden, daß sie sich entschlossen hatte, in einer Zeit geboren zu werden, in der der Tod allgegenwärtig war. Manchmal sah er sie an, als ob sie unsensibel oder widernatürlich wäre.

Er hatte den Krieg überlebt, doch schien er darüber nicht glücklich zu sein. Da die täglichen Notfälle des Krieges nun seine Gedanken nicht mehr beschäftigten, hatte er seinen Verdrängungsmechanismus verloren. Die ärztlichen Sachverständigen zeigten Nachsicht mit heimgekehrten Veteranen und gewährten ihm einen kurzen Urlaub, bevor er seine Arbeit wieder aufnahm. Kurz danach überzeugte ihn seine Frau, daß Roderick in einem Internat besser aufgehoben sei. Als der Zustand ihres Mannes sich nicht besserte, wurde Amelia Gray bewußt, daß Charlotte die Hauptleidtragende war. Kein mütterliches Theater wegen Seidenpapier, keine noch so gut gemeinte Einladung zum Tee in der Princes Street konnten über das sichere Gefühl hinwegtäuschen, ihre Tochter im Stich gelassen zu haben.

Der Krieg hatte den jahrhundertelangen Traum Europas, ein ausgewählter, gesegneter Kontinent zu sein, für immer beendet.

Amelia Gray spürte, daß ihr Versagen bei Charlotte in ihrer Unfähigkeit begründet war, das Kind vor den Nachbeben dieser Katastrophe zu beschützen.

Daisy Forester kam an jenem Abend mit aufregenden Neuigkeiten nach Hause. Sallys gräßlicher Freund hatte dafür gesorgt, daß sie alle zu einer Literatenparty eingeladen waren, wo sie jede Menge entzückende Dichter treffen würden.

Charlotte meinte, daß ihr eine Einladung nicht zustünde.

»Mach dir keine Gedanken. Die Hälfte der Gäste taucht dort uneingeladen auf. Was ziehst du an?«

»Ich weiß nicht. Ich bin eigentlich ziemlich müde. Vielleicht werde ich einfach –«

»Sei nicht albern. Du kannst etwas von mir leihen, wenn du willst. Du siehst hübsch aus in diesem Rock. Dunkelblau steht dir gut.«

Charlotte konnte sich gegen Daisy nicht durchsetzen, auch wenn sie es zunächst versuchte. Sie ließ sich widerstrebend ins Badezimmer bugsieren, da Daisy meinte, sie könne zuerst baden. »Laß das Wasser drin, ja?« rief Daisy durch die Tür.

Als Charlotte den Wasserhahn aufdrehte, verstand sie, warum. Der große Boiler über der Wanne dröhnte zwar wie ein Bomber beim Start, aber das kochendheiße Wasser floß nur in einem spärlichen Rinnsal durch die dünne Leitung in die Wanne. Im Badezimmer war überall Unterwäsche in unterschiedlichen Stadien drapiert – von noch feucht bis fast trocken. Charlotte wischte mit einem Lappen über den beschlagenen Spiegel des Badezimmerschränkchens und wusch sich mit kaltem Wasser das Gesicht, während sie darauf wartete, daß sich die Wanne füllte. Sie wollte nicht zu dieser Party gehen, aber sie würde es Daisy zuliebe tun. Wenn sie einen zu distanzierten Eindruck machte, beschwerte sich Daisy vielleicht bei ihrer Mutter in Gloucestershire, und die erzählte es wiederum Charlottes Mutter in Edinburgh. Schließlich hatte sie nur aufgrund dieser uralten Verbindung, die sich mit den Jahren allerdings sehr gelockert hatte, ein Zimmer in dieser Wohnung bekommen. Und selbst wenn es keine besonders schöne Wohnung war, stand sie ein wenig in Daisys Schuld.

Charlotte zog sich aus und legte die Kleidungsstücke ordentlich gefaltet auf den Wäschekorb. Als sie in der Badewanne lag, fragte sie sich, wie Sally wohl im Vergleich zu Daisy war. Der Teddybär im Bett, der »hochrangige« Marineoffizier, die Literatenparty... Vielleicht fand die Veranstaltung zu Ehren des Autors von *Liebe im Harem* statt. Charlotte konnte sich ein Grinsen nicht verkneifen.

Widerstrebend kletterte sie schließlich aus der Wanne, damit Daisy baden konnte, bevor das Wasser abgekühlt war.

»Prima, du bist schon draußen«, sagte Daisy, die plötzlich im Bad stand.

Doch anstatt sich zurückzuziehen, als sie sah, daß Charlotte noch nicht fertig war, fing Daisy einfach an, sich auszuziehen. In ein Handtuch gehüllt nahm Charlotte ihre Sachen und ging den eisigen Flur entlang.

Die Party fand in einer Wohnung am Redcliffe Square statt. Bis dorthin war es nur ein zehnminütiger Spaziergang durch die verdunkelten Straßen. Daisy trug ein blaues Seidenkleid, Charlotte einen Rock und eine Jacke mit Samtkragen und einem schmalen Gürtel. Als sie bei der Party ankamen, war es, als würden sie eine Szene aus dem *Inferno* betreten. Wäre er dabeigewesen, hätte Doré sie als Vorlage für seinen Kupferstich genommen. Unter der tiefhängenden Wolke aus Zigarettenqualm, die sich unter der Decke festgesetzt hatte, sah Charlotte zunächst nur unzählige aneinandergepreßte Körper, die sich etwas zuschrien. Sie konnte in dem Dunst die Umrisse des Zimmers nicht ausmachen, obwohl die Flügeltür, durch die sie hereingekommen waren, darauf hindeutete, daß es sich um etwas Geräumiges handelte. Außerdem mußten für das Ausmaß des Lärms mindestens einhundertfünfzig Leute verantwortlich sein. An der Tür redete ein kleiner, kahler Mann mit Fliege und hervortretenden Augäpfeln auf einen Soldaten ein, der hin und wieder etwas hervorstotterte.

»Natürlich«, sagte der kleine Mann gerade, »bestand die Hoffnung darin, daß Laval seine Doppelzüngigkeit zu dem Zweck einsetzen würde, die Deutschen zu besiegen. Aber diese Unehrlichkeit, die typisch ist für die Auvergne, ist immer sehr selbstsüchtig. Sie hätten La Rochefoucauld lesen sollen.«

»Nat-t-t-ürlich.«

»Da ist Sally«, sagte Daisy. »Komm.«

Charlotte bahnte sich ihren Weg durch die Menge, und ihr Gesicht schmerzte vor lauter Entschuldigungen, die sie stumm mit den Lippen formte. Sally stand neben einem Kamin aus Marmor. Sie hatte braunes, glänzendes Haar und weit auseinanderstehende Augen. Ihre Stimme klang hoch und kindlich, als sie Charlotte einem Mann namens Terence vorstellte, der an ihrer Seite stand; vermutlich handelte es sich um den gräßlichen Terence.

»Ich werde den Damen etwas zu trinken besorgen«, sagte er. »Gin oder Whisky? Ich glaube, der Sherry ist bereits aus.« Er war ein großer Mann mit hellen, krausen Haaren, die sein fleischiges, glänzendes Gesicht nicht mehr ganz so dicht umrahmten.

»Hast du schon jemanden gesehen, den du kennst?« fragte Daisy.

»Den Mann, den wir im Ring of Bells getroffen haben – der, der uns erzählt hat, er sei Trompeter. Und da ist der berühmte Dichter.

»Welcher Dichter?«

»Du weißt schon«, sagte Sally, »der, der diese Gedichte geschrieben hat.«

»Gibt es für diese Party einen bestimmten Anlaß?« fragte Charlotte.

Sally griff in ihre Handtasche und holte die Einladung hervor.

»Wie klug von dir«, sagte Daisy. »Ich hatte nicht erwartet, daß du tatsächlich eine Einladungskarte hast.«

Charlotte warf einen Blick darauf: Die Direktoren der Flagstaff Press geben sich die Ehre, anläßlich der Veröffentlichung von *Die Grenzüberschreitung & andere Gedichte* von W. S. Melrose zu einer Feier einzuladen. »Wer von ihnen ist Melrose?« fragte sie.

»Keine Ahnung.« Sally zuckte mit den Schultern. »Er ist nicht sehr berühmt, oder?«

Terence drängelte sich mit zwei Gläsern mit warmem Gin und Brandy sowie einem Whisky für sich selbst wieder zu ihnen durch. Er erhob kurz sein Glas auf sie und trank dann mit durstigen Schlürfgeräuschen.

Ein kummervoll aussehender Mann mit Bart versuchte, auf

einen Tisch zu klettern. Etwas überrascht beobachtete Charlotte, wie er sich dabei von zwei lachenden Frauen helfen ließ. Eigentlich war er für ein solches Unterfangen viel zu schwerfällig und zu sehr ein Mann mittleren Alters mit Bauch; als er endlich oben stand, zog er aus der Jackentasche seines Tweedanzugs ein paar Seiten hervor und wedelte damit in der Luft herum.

Mit einer tiefen Stimme, deren natürliche Resonanz in der wogenden Menschenmenge im Zimmer unterging, bat er um Ruhe. Neben Charlotte drückte ein kleiner, redegewandter Mann mit sandfarbenem, von grauen Strähnen durchzogenem Haar den Arm einer jungen Frau in einem schwarzen Samtkleid. »Ich dachte, wir bringen in der Ausgabe von nächster Woche etwas über den alten W. S.«, vertraute er ihr zu ihrer offenkundigen Zufriedenheit an, so laut, daß alle es hören konnten. Charlotte beobachtete, wie er sie auf unverhohlen schlüpfrige Art und Weise anlächelte. Dann schnitt er plötzlich eine gequälte Grimasse, als er merkte, daß sich jemand einen Weg durch die Menge zu ihm bahnte. »Entschuldige mich, mein Schatz«, hörte Charlotte ihn der Frau im schwarzen Kleid zuflüstern, als er sich davonmachte, »hier kommt ein Langweiler.«

Die Partygesellschaft schenkte dem Redner auf dem Tisch endlich doch noch Gehör, und die Unterhaltungen erstarben bis auf ein leises Gemurmel. Der bärtige Mann, der wie selbstverständlich davon ausging, daß alle wußten, mit wem sie es zu tun hatten, war offenbar der Verleger von Melrose. Seine lobenden Worte über die Bedeutung des dichterischen Werks waren durchsetzt mit häufigen Verweisen auf die Druckbeschränkungen der Regierung, so daß Melrose weniger als gewaltige Stimme gegen den Faschismus denn als gereizter Kritiker der Rationalisierung hervortrat. Noch bevor der Verleger seine Rede beendet hatte, hatte die allgemeine Unterhaltung bereits wieder einen Geräuschpegel erreicht, bei dem man ihn nicht mehr verstehen konnte. Seiner großzügigen Aufforderung, daß jeder sein Glas wieder füllen möge, war ohnehin vielfach vorgegriffen worden.

Charlotte sah sich um und stellte fest, daß Daisy nicht mehr an ihrer Seite war. Terence stand über Sally gebeugt da und kitzelte sie unter dem Kinn, während Sally verschämt und gleichzeitig hingerissen aussah.

Charlotte entdeckte Daisy nur ein, zwei Meter entfernt, aber in der Menge unerreichbar fern; sie unterhielt sich mit zwei jungen Männern, der eine in Uniform, der andere in einem Cordjackett. Daisy schien ihre Gesellschaft sichtlich zu genießen, sie wirkte glücklich und entspannt, und Charlotte hatte den Eindruck, daß sie sich ihnen lieber nicht aufdrängen sollte. So entfernte sie sich unbemerkt von der Gruppe und suchte sich einen Platz außerhalb der Menge. Als sie noch ein verschüchterter Teenager war, hatte ihre Mutter ihr immer geraten, ganz offen ihr Alleinsein kundzutun, damit jemand sie ansprach. Wenn sie beherzt genug war, vor allen Leuten zuzugeben, daß sie allein war, würde sich bald jemand finden, der Mitleid mit ihr zeigte. Charlotte ging langsam außen um verschiedene Gruppen herum, blieb hin und wieder stehen, um einen Schluck zu trinken, und sah so aufrichtig allein aus, wie es ihr auf so beengtem Raum möglich war. Zwar fing sie ab und an einen Blick auf, ein angedeutetes Lächeln, aber kein Angebot zu einer Unterhaltung. Irgendwann stellte sie fest, daß sie wieder an der Flügeltür angekommen war: Die Versuchung war groß.

Sie machte einen Schritt nach draußen auf den Treppenabsatz und wollte rasch die Treppe hinunterlaufen, da fiel ihr ihr Mantel ein, der in ein Schlafzimmer gebracht worden war. Als sie sich umdrehte, stand sie vor einem Tisch mit einem Stapel Bücher, alles Exemplare von *Die Grenzüberschreitung & andere Gedichte* von W. S. Melrose. Auf der Rückseite prangte ein Foto des Autors: Ein Mann mit einem Gesicht, das entfernt an ein Schaf erinnerte, und einer riesigen schwarzen Brille. Sie nahm ein Buch in die Hand und schlug es auf.

Wir sind nicht mehr die, die darauf warten,
verurteilt zu werden, barbarische Flüchtlinge
in den kalten Wartesälen des Sechs-Uhr-Expreßzugs.
Wir sind in dem sanften Seufzer der Geschichte
versammelt, wo andere sich aufgelöst haben, aber
nicht tot sind. Wir schlafen, aber unsere Körper,
umgeben vom Geheul der gößten Lüge, schlafen nicht.

»Wie sind sie?«

»Nicht schlecht«, erwiderte Charlotte und blickte auf, da sie die Stimme zu kennen glaubte. Es war der Mann aus dem Zug.

»Dick Cannerley. Erinnern Sie sich, wir haben uns im Zug kennengelernt und –«

»Ja, natürlich. Was für ein Zufall. Sind Sie ein Freund von Mr. Melrose?«

»Um Gottes willen, nein.« Cannerly lachte. »Hat er überhaupt welche? Ich bin ein Freund von Michael Waterslow. Dies ist seine Wohnung. Kommen Sie, ich mache Sie miteinander bekannt.«

Zum zweitenmal tauchte Charlotte ins Rote Meer, das sich nur widerstrebend teilte. Und wieder wurde ihr ein Glas mit warmem Gin in die Hand gedrückt. Sie trank es rasch, in der Hoffnung, daß es den Schauplatz von einer verrauchten Rush-hour in der U-Bahn in ein von Sternen erleuchtetes Bacchanal verwandelte. Doch der Gin floß beißend durch ihre Kehle und schien keinerlei Wirkung zu zeigen. Cannerley stellte sie einer kleinen Gruppe vor, die aus dem kleinen, glotzäugigen Mann bestand, den sie zu Beginn an der Tür gesehen hatte, der Frau im schwarzen Samtkleid, die offenbar für Flagstaff Press arbeitete, Cannerleys Freund Michael, der aussah wie ein Beamter, blankgeputzt und korrekt, und einem hochgewachsenen Mann in RAF-Uniform mit schiefer Krawatte und einem Ausdruck von verwirrter Distanz im Gesicht.

»Meiner Meinung nach«, sagte Michael gerade, »hätte sich der Antisemitismus der Franzosen auch ohne die Invasion der Nazis Bahn gebrochen. Pétains Regierung ist lediglich der Ausdruck eines lange gehegten nationalen Wunsches.«

Der kleine Mann mit der Fliege wollte das nicht gelten lassen. Er fing an, die Meinungen verschiedener Schriftsteller herunterzurasseln und paffte dabei seine Zigarette, so daß die Namen, die er hervorstieß, jeweils von einer eigenen kleinen Rauchwolke begleitet wurden. »Jedenfalls«, sagte er und hielt sein Glas in Reichweite einer Whiskyflasche, die herumgereicht wurde, »kann man das alles schon bei Benjamin Constant nachlesen.«

»Wie stehen Sie zu Benjamin Constant?« wandte sich der RAF-Mann an Charlotte. Sein Gesicht hatte sich zu einem

Lächeln verzogen. Als sie zu ihm aufschaute, sah sie eine kleine Stelle unter seinem Kinn, wo er sich nicht richtig rasiert hatte. Seine Stimme klang spöttisch, aber nicht abschreckend.

Sie lächelte. »Ich fürchte, ich bin nicht ganz auf dem laufenden. Und wie steht es mit Ihnen?«

»Ich habe noch nie von ihm gehört. Von Saint-Exupéry habe ich gehört, wahrscheinlich weil er Pilot ist, genau wie ich. Was man von Benjamin Constant nicht behaupten kann.« Er hüstelte. »Ich schätze, das ist nicht meine Art Party.«

»Und wie sieht Ihre Art Party aus?«

»Ich tanze gern oder gehe in Nachtklubs. Sonst bin ich lieber draußen.«

»Und fliegen?«

»Ja. Oder gehe spazieren. Aber stehe nicht herum. Sie sehen allerdings eher literarisch aus.«

»Wirklich?« Charlotte lachte. Sie wollte schon fragen, wie er denn darauf käme, hielt sich aber gerade noch zurück. »Ich bin erst heute in London angekommen. Ich war zu der Party eigentlich nicht eingeladen.«

Jemand hatte das Grammophon in Gang gesetzt, irgendein blechernes Jazzstück drang durch die Gesprächswogen. Daisy tauchte an ihrer Seite auf, immer noch flankiert von ihren beiden Männern. Sie wollte Charlottes Pilot vorgestellt werden. Namen wurden ausgetauscht, er hieß Peter Gregory.

Charlotte fand sich unversehens Daisys Rücken gegenüber, der ihr die Sicht auf Peter Gregory versperrte, und sie spürte einen Anflug von Ärger. Sie beobachtete, wie er höflich und aufmerksam seinen Kopf geneigt hatte, um Daisys Geschwätz zu lauschen. Seine Frisur war so unordentlich, daß sie sich fragte, ob er sich überhaupt gekämmt hatte.

Nach und nach löste sich die Partygesellschaft auf. Die Gäste verschwanden durch die Flügeltür die Treppe hinunter und machten sich auf den Weg in andere Wohnungen und Häuser, um dort noch mehr Gin und Whisky zu trinken. Diejenigen, die blieben, fingen an zu tanzen. Michael Waterslow, der Gastgeber, hatte sich aus Charlottes Gruppe entschuldigt und half, den Teppich beiseite zu rollen. Ein halbes Duztend Paare bewegte sich über den Holzfußboden, unter ihnen ein einsamer Tänzer, der sich nach einer eigenen Melodie zu bewegen schien. Dem einfältigen Aussehen nach zu urteilen, mußte es sich um den Autor handeln.

Während Gregorys Hand leicht auf ihrem Rücken lag, versuchte Charlotte, sich an die Schrittfolge des Quickstep zu erinnern, die sie in Mrs. Heatons Tanzunterricht gelernt hatte. Da sie zu den größeren Mädchen gehört hatte, hatte sie häufig den Part des Jungen übernommen, und nun fielen ihr die spiegelverkehrten Schritte schwer. Doch Gregory bewegte sich, höflich ausgedrückt, instinktiv. Er schien sich dabei an keine bestimmten Schritte zu halten, obwohl seine schlurfenden Bewegungen einem gewissen Rhythmus folgten und er ihre Hand und ihren Rücken sicher im Griff hatte. Er unterhielt sich ein wenig mit ihr, aber seine Stimme schien aus zu großer Höhe zu kommen, als daß sie die swingenden Tenorsaxophone übertönen konnte. Charlotte schloß für einen kurzen Moment die Augen, als sie über die Tanzfläche schwebte. Sie merkte schnell, daß das ein Fehler war, denn nicht nur ihr Körper, sondern der ganze Redcliffe Square schien sich in Gregorys sicherem Griff zu drehen. Sie öffnete die Augen, griff seine Hand ein ganz klein wenig fester und fühlte deutlich, daß sich über ihrer Oberlippe winzige Schweißperlen gebildet hatten.

Nachdem das Lied zu Ende war, ging sie auf den Treppenabsatz hinaus, weil sie hoffte, daß die Luft dort etwas besser war. Plötzlich stand Dick Cannerley neben ihr und fragte, ob sie mit ihm tanzen würde. Allein der Gedanke daran erfüllte Charlotte mit Widerwillen, und sie fragte sich, wohin Gregory verschwunden war, nachdem sie sich nicht von ihm verabschiedet, sondern ganz unhöflich einfach weggelaufen war. Sie kehrte wieder in die Wohnung zurück, um sich bei ihm zu entschuldigen, um Daisy zu suchen und ihr zu sagen, daß sie gehen wollte, um sich bei Michael für die Party zu bedanken, um Cannerley zu entkommen … auf der Tanzfläche hatte in ihrer kurzen Abwesenheit eine Art Rugbyspiel ohne Regeln begonnen, und die Frau von Flagstaff Press befand sich mittlerweile in inniger Umarmung mit dem hellblonden Redakteur. Was immer er »nächste Woche« für Melrose tun wollte, war offenbar in den Augen der Verlagsfrau nicht früh genug. Da Charlotte sonst niemanden sah, den sie kannte, entschied sie sich zum Gehen. Als sie ihren Mantel und ihre Tasche aus dem Schlafzimmer holen wollte, wurde sie fast von einem Mann umgestoßen, der fluchend und murrend zur Wohnungstür stolperte. Im Schlafzimmer überraschte Charlotte ein Paar; das Kleid der Frau war die Oberschenkel hinaufgerutscht, und sie lachte ein begeistertes, wieherndes Lachen. Wieder daußen, steuerte Charlotte auf den Treppenabsatz zu und warf noch einen letzten Blick zurück. Dann stieg sie die Treppen hinunter und ging hinaus in die Nacht, wo der kalte Wind ihr den Atem verschlug. Am Geländer vor dem Haus übergab sich gerade ein Mann. Er drehte sein gequältes, verschwitztes Gesicht zu ihr nach oben. Selbst bei der Verdunklung konnte sie die riesigen Brillengläser und sein Schafsgesicht erkennen. »Mäh«, machte er.

## 4. KAPITEL

Peter Gregory saß in Südengland in einer Holzbaracke, und jemand hielt einen Vortrag über eine furchteinflößende neue Maschine der Deutschen, die mit einem 1800-PS-BMW-Motor ausgerüstet und über 640 Stundenkilometer schnell war. Sie konnte sogar schneller fliegen und rascher wenden als die flinke Spitfire, und es schien keine Hoffnung für das Fighter Command zu geben, es sei denn, jemand ließ sich ein Wundermittel einfallen, und das möglichst schnell...

Gregorys Gedanken schweiften ab zu einer Landstraße in Indien. Anders als die Schotterstraßen mit geteerten Seitenstreifen, die sich durch die sterbenslangweiligen Vororte Englands zogen, wurde sie von Palmen und tiefen Gräben gesäumt und von rennenden Kindern mit nacktem Hinterteil bevölkert. Am Ende der Straße stand ein Haus, sein Haus, und in den kühlen Räumen würde bald der Tee serviert werden. Dazu gab es *samosas,* fritierte und mit Gemüse gefüllte Teigtaschen, Fruchtgelees, *gulabjamuns,* fritierte und dann in Zuckersirup gewälzte Teigbällchen, sowie Gurkensandwiches. Dann würde er sich auf die Veranda hinter dem Haus begeben, und seine Mutter würde ihm vorlesen. Er würde seine Freunde treffen wollen, aber seine Mutter würde darauf bestehen, daß Bücher für seine Bildung wichtig waren.

Aber wozu waren Bücher gut? Sie retteten niemanden. Der Referent hatte Angst vor der Focke-Wulf 190. Gregory lauschte seinen ehrfürchtigen Beschreibungen des deutschen Flugzeugs und schaute in die Gesichter seiner Pilotenkollegen, die im schwachen Schimmer der über ihnen baumelnden Glühbirnen aufmerksam und gelblich wirkten. Vermutlich war er der Älteste von ihnen, und bei dem Gedanken daran stieg ein Gefühl von Überdruß in ihm auf. Es hatte eine Zeit gegeben, da schien sich der Kampf allein für den unerfahrenen Wagemut derjenigen, die neben ihm saßen, zu lohnen. Aber diese jungen Gesichter hier sahen nicht einfach unschuldig aus, sondern leer. Sie hatten einen Mythos verinnerlicht, ein Verhaltensmuster, dem sie meinten gerecht werden zu müssen.

Als der Vortrag zu Ende war, schlenderte Gregory, die Hände in den Hosentaschen, nach draußen. Borowski, ein polnischer Pilot, der sich durch ebensoviel Wagemut wie Unberechenbarkeit auszeichnete und dessen Überleben immer wieder Anlaß zu ungläubigem Staunen gab, bot ihm eine Zigarette an, während sie hinüber zur Messe gingen, um eine Partie Billard zu spielen.

Borowski erzählte Gregory von dem neuen Wunderflugzeug der RAF: der Typhoon. Sie hatte einen 24-Zylinder-H-Motor und Muffenventile. Angesichts Borowskis feierlicher Betonung der »Muffenventile« mußte Gregory lächeln, während er eine sanfte Karambolage von der Stirnbande aus vorbereitete. Die Typhoon »spucke«, wie Borowski sich ausdrückte, mehr als 2000 PS »aus« und erreiche eine Spitzengeschwindigkeit von 658 Kilometern pro Stunde; damit sei sie »schnell genug, um diesen Fockes Paroli zu bieten«. Borowski sprach fließend Englisch, doch um seinen Akzent wettzumachen, stellte er gerne seine Kenntnis des RAF-Slangs unter Beweis.

Gregory ließ die rote Kugel in die Mitteltasche gleiten und ging hin, um sie sofort wieder auf den Punkt zurückzulegen. Er würde gerne mal eine von diesen Typhoons testen. Mit der Fliegerstaffel, der er angehörte, war derzeit nicht viel los. Die Hurricane war auf ihre Art ein bemerkenswertes Flugzeug, aber ihre besten Tage lagen hinter ihr. Seit er im Sommer 1940 Spitfires geflogen hatte, lockte ihn nichts von dem, was die Hurricane zu bieten hatte. In dem Bericht über seinen Alleinflug nach Le Havre, den er für das Geschwader-Hauptquartier angefertigt hatte, war er vorsichtig gewesen. Er wußte, daß andere Staffeln regelmäßig Testflüge absolvierten, neue Ideen und Maschinen ausprobierten. Doch Landon hatte ihm mitgeteilt, daß es sehr unwahrscheinlich sei, daß solche Übungsflüge je zu den Aktivitäten der Staffel zählen würden. Es sah so aus, als wäre er das letzte Mal eine solche Mission geflogen.

Borowski hatte ein Foto von der Typhoon gesehen. »Sie ist riesig. Da kann dir kein Mechaniker mehr hinaufhelfen, da mußt du Bergsteiger sein, um ins Cockpit zu klettern. Und dann rutschst du nicht einfach rein, sondern du gehst durch eine Tür – wie bei einem Daimler. Sie hat einen Vierblattpropeller von ungefähr drei Meter Durchmesser, vier Kanonen an den Tragflächen und außerdem acht Raketen. Eine Teufelskiste.«

Gregory und Borowski gingen vor dem Mittagessen auf eine Flasche Bier an die Bar. Die andere Sache, die Gregory sich überlegt hatte, erzählte er Borowski, sei ein Wechsel zu den Jägern, die nachts flogen. Man hatte einen Navigator, der den Radarschirm für einen beobachtete und einem sagte, wo es Echosignale gab. Man konnte nichts sehen, bis man sich direkt hinter dem Feind befand. Es war ganz anders als das Fliegen bei Tag, das er gelernt hatte, bei dem es auf schnelle Reaktion ankam und wo man sich am Erdboden oder an anderen Flugzeugen orientierte. Es wurde jedenfalls behauptet, daß Nachtflüge besondere Fähigkeiten voraussetzten, zumindest eine besondere Ruhe, denn der Akt des Instrumentelesens allein war keine Kunst, sondern eine Form von Vertrauen.

Und was das Vertrauen anging, darin war er gut, jedenfalls soweit es seine eigene Sicherheit betraf. Er war zu der Überzeugung gelangt, daß er unverwundbar war, daß er der letzte Überlebende war, und von bestimmten kleinen Gruppen war er das auch. Er wußte zwar, daß es auch andere Piloten gab, die in den ersten Tagen des Krieges angefangen hatten und die ebenfalls noch flogen, und daß selbst von denen, die bei der Luftschlacht um England dabeigewesen waren, viele noch lebten. Seine Freunde jedoch waren alle tot. Diejenigen, die mit ihm zusammen Soldat geworden waren, und andere, die er in den ersten Monaten kennengelernt hatte und die ihm aufgrund der Tatsache, daß man sich bedingungslos aufeinander verlassen mußte, sogar nähergekommen waren als seine ursprünglichen Freunde, lebten alle nicht mehr. Er war auf ihren Beerdigungen gewesen oder hatte den trauernden Eltern schriftlich sein Beileid ausgedrückt, wenn er nicht teilnehmen konnte. Jetzt hatte er das Gefühl, allein zu sein, der Hüter dessen, was sie alle einmal gewesen waren.

Borowski war in Urlaub gewesen und wollte wissen, was Gregory so gemacht hatte. Gregory erzählte ihm, daß er zu einer Bücherparty in die Stadt gefahren war.

»Eine Party für ein Buch?« Borowski war neugierig. »Was für eine Party? War es eine Geburtstagsparty?«

»Nein, eher eine Art Taufe.«

»Und, hat es dem Buch gefallen?«

»So wie es aussah, jedenfalls besser als dem Autor.«

»Und gab es ein paar schicke Luftwaffenhelferinnen von der WAAF?«

»Ich habe keine gesehen. Obwohl ein paar gutaussehende Frauen da waren. Ich habe sogar mit einer getanzt, sie hieß Charlotte. Aber ich bin nicht lange geblieben.«

»Du hast das Mädchen nicht noch in einen Nachtklub mitgenommen? Du bist aber auch nicht mehr in Form, Greg.«

Greg goß sich den letzten Schluck Bier ein. »Ich war müde.«

An jenem Nachmittag hatte er Landon besucht, den Befehlshaber der Staffel, um ihn zu fragen, ob die Möglichkeit bestand, daß er versetzt wurde. Er hatte gehört, daß jetzt, wo die Tests beendet waren, neue Typhoon-Staffeln zusammengestellt wurden. Landon hatte geseufzt und mit einem Papiermesser, das auf seinem Schreibtisch lag, gespielt.

»Dieser Moskito-Trip, auf den wir Sie geschickt haben, Gregory, dieser Tagesausflug nach Le Havre. War das nicht Abenteuer genug? Ich muß Ihnen sagen, er war verdammt schwer zu organisieren. Wir sind eine aufgeschlossene Truppe, wie Sie wissen, aber wir werfen keine Flugzeuge weg, da ist bei uns Schluß.«

»Ich verstehe.«

»Wissen Sie, was ich ihnen schließlich gesagt habe? Ich habe ihnen erzählt, daß es nur eine schrottreife Hurricane war, die keiner fliegen wollte, und der Pilot ein verdammter Idiot, der scharf auf Flakfeuer ist.«

Gregory hatte darauf keine Antwort gegeben. Er wußte nie, ob Landon die Wahrheit sagte.

»Jedenfalls testen Sie besser keine Typhoons. Nach allem, was ich weiß, sind es fliegende Todesfallen. Beim Sturzflug kippen sie alle mit dem Hintern vornüber. Hat irgendwas mit ›Kompressibilität‹ zu tun. Außerdem kann man nicht sehen, was verflucht noch mal hinter einem ist.«

Gregory hatte die Achseln gezuckt.

Landon hatte seine blankgeputzten Schuhe auf den Schreibtisch geschwungen und stopfte etwas Tabak in seine Pfeife. Er hatte die irritierende Angewohnheit, sie gelegentlich zwischen die Zähne zu stecken, sie wieder herauszunehmen, um sie dann erneut zu stopfen. Er schien sie nie anzuzünden.

»Ich könnte eher dafür sorgen, daß Sie ein bißchen Urlaub machen können, wenn Ihnen das hilft. Ich bin sicher, daß Ihnen welcher zusteht.«

»Ich will keinen Urlaub. Was soll ich denn machen? Mit diesen Idioten in Pubs wie dem Cavendish oder dem Bag o' Nails herumhängen?«

»Sie könnten in Schottland wandern gehen.«

»Das könnte ich.«

Landon hatte ein schweres Benzinfeuerzeug vom Schreibtisch genommen und das Rädchen langsam am Zündstein entlanggerollt. Die blaue Flamme hatte fast seine Hand verschlungen. Als sie nicht mehr so stark geflackert hatte, hatte er sie an seine Pfeife gehoben und sie horizontal gehalten. Dann hatte er den Deckel über der Flamme zuschnappen lassen und die Pfeife auf den Schreibtisch gelegt. Neben einen Brief, den er morgens vom Luftfahrtministerium erhalten hatte. Er hatte ihn näher zu sich herangezogen.

»Es gibt noch eine andere Möglichkeit. Etwas, wovon ich gerade gehört habe. Aber ich glaube nicht, daß es Ihnen sehr gefallen würde. Es handelt sich um Nachtflüge. In Bombern.«

»In Bombern? Das könnte ich nicht.«

»Sie lassen keine Bomben fallen. Lassen Sie es mich erklären.«

Charlotte Gray trank in der Küche Tee. In der einen Woche, die sie in der Wohnung wohnte, hatte sie die Unordnung, die überhandzunehmen drohte, gebändigt. Zumindest auf ein gewisses Maß – sie wollte nicht aufdringlich erscheinen. Aber es gab nun eine Andeutung von Ordnung: Wenigstens war das Bad sauber, und das Brot wurde wieder in den Brotkasten gelegt.

Sie begann den Tag stets verträumt, in der ersten Stunde nach dem Wachwerden redete sie nicht gern. Sie hatte eine Art Totenschlaf, in den sie so tief versank, daß das Licht des Alltags hoch oben in weiter Ferne lag, und wenn sie erwachte, war es, als würde sie aus den Tiefen eines unergründlichen Brunnens heraufgezogen. Das Seltsame war, daß es ihr zu dieser Tageszeit schwerfiel zu reden und sie daher Gesellschaft mied, ihr Gehirn aber am schnellsten arbeitete. Sie wußte immer sofort, was die Leute sagen wollten, und war jedesmal wieder enttäuscht von deren Unfähigkeit, sich auszudrücken.

Ihre Befürchtung, daß sie beim Frühstück gutgelaunt an einer Unterhaltung teilnehmen mußte, erwies sich allerdings als unbegründet. Daisy ging gegen acht Uhr aus dem Haus, um früh an ihrem Schreibtisch zu sitzen. Allen Exzessen vom Vorabend zum Trotz polterte sie morgens mit einem Toast in der Hand die Treppe hinunter, um vor den anderen im Büro zu sein. Die erste halbe Stunde mußte hart für sie sein; Charlotte konnte es am Verbrauch von Kopfschmerztabletten aus dem Aspirinfläschchen im Badezimmer ablesen. Sie hörte, wie Daisy immer erst in den frühen Morgenstunden nach Hause kam und flüsternd jemanden ermahnte, der mit einer tieferen Stimme antwortete. Doch sie schien einfach unverwüstlich, und noch vor ihrer stürmischen Rückkehr am Abend kündigte sie ihre Partyeinladungen per Telefon an.

Sally verließ die Wohnung zehn Minuten nach Daisy. Manchmal ließ sie einen grinsenden Terence zurück, der das Waschbecken im Badezimmer mit klebriger Rasierseife und dem Dachshaar seines muffigen Rasierpinsels verstopfte. Sally war Sekretärin in der Zentrale einer Wohltätigkeitsorganisation, wo sehr viel Wert auf Pünktlichkeit gelegt wurde.

Dr. Wolfs Sprechstunde begann nicht vor zehn Uhr. Er hatte es gern, wenn Charlotte um halb zehn da war, damit er die Post mit ihr durchsehen und ihr für die Zeit, in der er Sprechstunde hatte, etwas zu tun geben konnte. Angesichts ihrer morgendlichen

Anlaufschwierigkeiten kam ihr dieser relativ späte Arbeitsbeginn sehr entgegen.

Die Nachrichten in den Zeitungen waren düster. Die Russen befanden sich durch den Vormarsch der Deutschen, die von Stadt zu Stadt weiterdrängten, auf dem Rückzug; die Japaner bedrohten Singapur; die Amerikaner waren theoretisch in den Krieg eingetreten. Trotz der weitverbreiteten Ansicht, daß dies nur bedeuten konnte, daß die Alliierten gewinnen würden, kam es Charlotte so vor, als hätten sie bis jetzt keine großen Fortschritte gemacht.

Ihr gefiel der Schmerz nicht, den das Zeitunglesen bei ihr verursachte, die Meldungen von den Toten trafen sie jedesmal tief. Das Gefühl, das der Krieg in ihr hervorrief, überraschte sie. Als sie noch ein kleines Mädchen war, hatte ihr Vater seine Familie mit nach Frankreich genommen und ihr die quadratkilometergroßen Friedhöfe mit den Gräbern britischer Soldaten gezeigt. Charlotte hatte nicht alles begriffen, was er über den Krieg erzählt hatte, aber schon im Alter von sieben Jahren verstand sie, daß die Menschen so etwas nie wieder erleiden durften. Eine gedankenlose Loyalität gegenüber der »nationalen Sache« war schuld daran, daß Millionen Menschen hatten sterben müssen. Die Gefahren, die ein solches Denken in sich barg, waren den Menschen, die sie kannte, immer gegenwärtig geblieben.

Etwas hatte sich jedoch verändert. Inzwischen betrachtete sie den Feind nicht mehr als einen konkurrierenden Gegner, dessen selbstsüchtige Ziele genauso verteidigt werden mußten wie andere auch, sondern sie sah in ihm die Verkörperung des Bösen. Als sie Cannerley im Zug erzählt hatte, daß sie patriotisch sei, hatte ihr sein leichtes Lächeln gezeigt, daß er nicht verstanden hatte, was sie wirklich damit meinte. Was sie hatte sagen wollen, war, daß sie trotz der darin verborgenen Gefahr und entgegen ihrer vormaligen Überzeugung zu dieser Ansicht gelangt war. Sie meinte damit, daß sie – ohne daß sie etwas dagegen tun konnte – sich mittlerweile auf fast mütterliche Art und Weise mit den Männern identifizierte, die getötet wurden. Sie haßte ihre Mörder. Daran war nicht zu rütteln, und obwohl sie selbst nicht besonders glücklich darüber war, daß sie sich zu dieser Überzeugung hatte verleiten lassen, sah sie keine Möglichkeit, sie zu ändern.

Es gab Neuigkeiten aus Frankreich, dem Land, das sie immer noch mit den Augen der Sechzehnjährigen betrachtete, die sie einmal gewesen war. Die Familie Loiseau, die in einem Haus in der Nähe von Chartres wohnte, legte, was das Lernen betraf, eine unschuldige Strenge an den Tag. Monsieur Loiseau arbeitete in einer Maschinenbaufirma und war so patriotisch, daß es schon fast an Chauvinismus grenzte. Es war in seinen Augen ganz normal, daß ein englisches – beziehungsweise schottisches – junges Mädchen, wie er sich auf plump-humorvolle Weise korrigierte, die Sprache von Racine und Voltaire erlernen wollte. Für ihn war es nur natürlich, darauf zu bestehen, daß in seinem Haus kein Englisch gesprochen wurde und daß seine Söhne Mademoiselle Gray auf alle erdenkliche Art und Weise halfen. Unverhohlene Abscheu vor »englischen« Sitten veranlaßte Monsieur Loiseau und seine Frau außerdem dazu, Charlotte etwas über die französischen Umgangsformen, Wein, Restaurants und Theater sowie die Kunst der höflichen Konversation beizubringen. Es gelang ihnen, in ihrem geräumigen, großbürgerlichen Haus gewissermaßen eine Art besseres Zeitalter lebendig werden zu lassen, als ob es Verdun nie gegeben hätte und als ob die von panischem Schrecken erfaßten Koalitionen der gegenwärtigen Regierung die Katastrophe noch hätten abwenden können. Madame Loiseau fuhr mit Charlotte nach Paris, bestieg mit ihr eine Vielzahl von an der Seite grün-weiß gestrichenen Bussen und zeigte ihr die Sainte-Chapelle und das Panthéon. Dann schloß sich ihnen Monsieur Loiseau an und führte sie in ein Restaurant in der Rue de Tournon aus. Charlottes erstes richtiges Menü mit vier Gängen und Wein aus Bordeaux wurde begleitet von einem Vortrag Monsieur Loiseaus über die Weinbaugebiete Frankreichs.

Am Rande des Jardin du Luxembourg, wo Charlotte damals auf den braunen, mit einer dünnen Schicht Kies bestreuten Wegen spazierengegangen war, wehte jetzt am Senatsgebäude, dem Palais du Luxembourg, eine übergoße Hakenkreuzfahne. Am oberen Ende der Rue de Tournon hatte die deutsche Luftwaffe ihr Hauptquartier. Naziposten hielten mit ausdruckslosem Blick Wache vor den weißen Bretterzäunen, die sie zum Schutz vor Brandgeschossen oder vor Selbstmordattentätern errichtet hatten. Diese Mühe hätten sie sich sparen können. In Paris sorgte man sich ums Essen. Die Zeitungen sprachen vom schwarzen und von einem sogenannten »grauen« Markt, der, so kam es Charlotte vor, nichts anderes war als die moralisch vertretbare Version des schwarzen Marktes.

Doch diese Probleme interessierten sie weniger, sie dachte an den Jardin du Luxembourg und was er bedeutete. In seinem Schatten, hinter den kleinen Pavillons, hatte sie sich immer Gilberte und Madame Swann vorgestellt. Beeindruckt von den Fortschritten, die sie in seiner Sprache gemacht hatte, hatte Monsieur Loiseau ihr feierlich eine Ausgabe des ersten Bandes von Prousts Roman geschenkt, und im Laufe der langen, stillen Nachmittage hatte sie mit ungläubigem Vergnügen den ganzen Romanzyklus gelesen. Manches davon war in ihrer Erinnerung inzwischen ein wenig durcheinandergeraten, und im Schatten junger Mädchenblüte war ein verliebtes Ringen von den Champs-Elysées in den Jardin du Luxembourg verlegt worden. Ihre Teenagerzeit war noch nicht so lange her, daher war es nicht schwer, ihre Erinnerung wieder wachzurufen. Den Geschmack des Rotweins aus der Rue de Tournon hatte sie noch auf der Zunge, doch was sie tatsächlich für dieses Land empfand, war mit einer leisen eingängigen Melodie verbunden, die das Buch in ihr zum Klingen gebracht hatte. Es hatte Vorstellungen von Liebe und nationalem Ehrgefühl mit der Erinnerung an eine Art irdisches Paradies verschmolzen – das Läuten einer Glocke an der Gartentür, eine kleine Phrase in einer Sonate –, das von innen heraus verraten worden war. Und dieser Verrat schien unausweichlich – in ihrem eigenen Leben wie auch in dem Leben eines Landes.

Charlotte spürte, daß sie den Tränen nahe war. Sie sammelte sich und versuchte, über ihre Dummheit zu lächeln. Die Erinnerung an das Glück ging nie verloren, die Schwierigkeit bestand nur darin, die Verbindung wiederherzustellen, wenn das Band zerrissen schien. Frankreich hatte sich den Zerstörern noch nicht ergeben, und auch ihr eigenes Leben war noch nicht rettungslos verloren.

## 5. KAPITEL

»Wir gehen heute abend zu Ralph. Hast du nicht Lust mitzukommen? Es wird sicher nett.« Das war Daisys Ankündigung für den Abend, die sie telefonisch von St. James's durchgab, kurz bevor sie sich auf den Nachhauseweg machte.

»Ich dachte, du magst Ralph nicht«, sagte Charlotte, als Daisy nach Hause kam.

»Ich kann ihn nicht ausstehen«, erwiderte Daisy und schleuderte ihre Schuhe von den Füßen. »Hast du ein Sixpencestück für den Gasofen?«

Blaue und orangefarbene Flammen züngelten an dem wabenförmigen Gitter des Kamins hoch. Daisy setzte sich auf den Fußboden und legte die Füße auf das niedrige Kamingitter aus Messing.

»Aber er kennt ein paar nette Leute, Maler und so weiter. Einige von ihnen sind schrecklich schmutzig, aber es ist immer sehr nett mit ihnen.«

»Ist Ralph Maler?«

»Nein, Schätzchen, er ist Dichter. Wußtest du das nicht? Nur deshalb haben wir eine Einladung zu der Party bekommen. Ralph hat sie für uns ergattert. Darin ist er wirklich sehr gut.«

Bei der Erwähnung der Melrose-Party überkam Charlotte einen Augenblick lang ein heftiges Gefühl der Unruhe. »Ich glaube, Sally will auch kommen. Der gräßliche Terence ist mit irgend etwas Marinetechnischem beschäftigt, und sie wird ohne ihn bestimmt ganz verrückt.«

»Ist er unterwegs auf See?«

Daisy lachte. »Terence? Ich bezweifle, daß er je auch nur einen Fuß auf einen Makrelenkutter gesetzt hat. Er ist nur eine Woche in Dartmouth. Ich glaube, er erzählt ein paar jungen Rekruten etwas über die Härten des Nordatlantiks.«

»Arme Sally.«

»Am meisten haßt sie natürlich die Tatsache, daß Terence dann seine Frau besuchen muß, die im New Forest lebt. Was wirst du anziehen?«

Charlotte dachte nach. »Vielleicht den Rock und die Jacke, die ich auf der Party neulich anhatte, als –«

»Oh, das würde ich nicht anziehen«, antwortete Daisy rasch.

»Warum nicht?«

»Es könnten ein paar Leute von neulich dabeisein. Jedenfalls geht es heute abend überhaupt nicht schick zu. Ich bleibe wahrscheinlich einfach so, wie ich bin. Es sei denn...«

»Es sei denn?«

»Nun ja, du weißt doch, dein Schottenrock... «

»Der ist in der Reinigung.«

»Aber du hast ihn doch erst einmal angehabt! Meine Güte, Charlotte, hast du noch nicht gemerkt, daß wir im Krieg sind? Hast du nicht gehört, daß man sich behelfen soll?«

Sally war weinerlich, als sie nach Hause kam, und Daisy mußte ihre ganze Überredungskunst aufbieten, damit sie mitging. Ralph wohnte in einer Dachgeschoßwohnung an der Fulham Road. Das verdunkelte Erdgeschoß war tagsüber ein Blumenladen, und eine kahle Holztreppe führte drei Stockwerke nach oben.

Ralph war ein blasser junger Mann mit einer Nase wie ein Foxterrier, rötlichen Haaren und einer schmeichelnden, ironischen Stimme. Charlotte betrat die Wohnung, die im Grunde genommen nur aus einem Zimmer bestand. In einer Ecke lag auf dem Fußboden eine breite Matratze, in einer anderen befand sich die Küchenecke mit einem Spülbecken und einem Gasbrenner. In der Mitte des Zimmers stand ein breites, kastanienbraunes Sofa. Darauf saß ein Mann mit einem Drink in der Hand, in dem sie nach einer Schrecksekunde Peter Gregory wiedererkannte.

Er mühte sich aus seinem niedrigen Sitz hoch, um sie zu begrüßen. Offenbar erinnerte er sich sofort an Charlotte und schien erfreut, sie wiederzusehen. Charlotte gewann Zeit, indem sie trotz Gregorys Protest, daß er sehr wohl wisse, wer sie waren, Sally und Daisy umständlich vorstellte.

Ein dritter Mann erschien in einer Tür in der Ecke, gefolgt von dem Geräusch der Toilettenspülung; er wurde als Miles vorgestellt. Er winkte ganz allgemein in die Runde und ließ sich dann auf das Sofa fallen, beugte sich über eine Armlehne und studierte offenbar Ralphs nicht weiter bemerkenswerten Teppich.

»Magst du ein Bier?« fragte Ralph, gab Charlotte ein Glas, auf das der Name Worthington gedruckt war, und goß ihr helles Ale aus der Flasche ein.

Die Sirene, die Luftangriffe ankündigte, wimmerte in einiger Entfernung. »Diese verdammte Sirene«, sagte Ralph. »Ich gehe nicht in Mrs. Porters Keller. Ich dachte eigentlich, ich versuche, etwas zum Abendessen zu kochen. Hat jemand Lust, mir zu helfen?«

»Sally ist die beste Köchin«, sagte Daisy bestimmt.

»Was hast du denn in deiner Speisekammer, Ralph?« fragte Sally, die aufgrund ihres vorübergehenden schmerzlichen Verlusts noch mehr als sonst klang wie ein verlorenes Kind.

»Warum bist du nicht in der Luft und schießt Deutsche ab?« fragte Daisy Gregory.

»Ich habe Urlaub. Wir haben einen Dienstturnus. Sie sind der Meinung, daß es einem nicht guttut, wenn man mehr als eine bestimmte Anzahl Tage Bereitschaft hat.« Er schickte sich an, seinen Platz am Ende des Sofas wieder einzunehmen, machte aber eine Geste, daß eine der Frauen sich zuerst setzen sollte. Es war Platz genug für beide zwischen ihm an einem Ende und dem bedrohlich schweigsamen Miles am anderen. Charlotte spürte, wie Daisy sie sanft nach vorn schob, während sich Daisy selbst zur Küchenecke umdrehte.

Als Charlotte es sich bequem gemacht hatte, schlug Gregory die Beine übereinander und drehte sich ein wenig zu ihr, um sie anschauen zu können. Er war in Zivil und trug ein am Hals offenes, flauschiges Viyella-Hemd und eine abgetragene Jacke. Er fragte sie nach ihrer Arbeit und wie es ihr gefiele, in London zu leben.

Sie wollte, daß er ihr von seinem Leben auf dem Stützpunkt erzählte. Hatte er Angst? Schliefen sie in Baracken oder in Häusern? Stimmte es, daß sie manchmal betrunken waren, wenn sie losflogen? Welches von den Flugzeugen, die er geflogen hatte, war sein Lieblingsflugzeug?

Obwohl man ihm diese Fragen sicher schon oft gestellt hatte, waren seine Antworten durchaus detailliert und humorvoll. Aber je mehr er redete, desto deutlicher hatte Charlotte bei ihm das Gefühl, daß er innerlich unbeteiligt blieb. Er schien weder bereit, sich auf sie, noch auf seine eigenen Erfahrungen wirklich einzulassen. Allmählich beschlich Charlotte ein Gefühl von Besorgnis, ja beinahe Angst, weil sie spürte, daß tief in seinem Innern anstelle von Hoffnung, Tapferkeit oder auch Furcht nur Leere war.

Die erste Form ihrer Leidenschaft für Gregory äußerte sich in einem Bedürfnis, ihn zu trösten und ihn zu ermutigen, die Ursachen seiner tiefen Erschöpfung aufzuspüren und seine Gesundheit wiederherzustellen. Sie fühlte fast so etwas wie Mitleid, als sie sich auf dem Sofa in Ralphs ungeheiztem, vom Stimmengewirr erfülltem Zimmer mit ihm unterhielt. Und sie verstand nicht, wie sie sich selbst gleichzeitig in seiner Gegenwart so verwundbar vorkommen konnte. Wenn sie ihn bemuttern und heilen sollte, mußte doch sie die Stärkere sein, diejenige, die die Kontrolle behielt, doch seine langsame, tiefe Sprechweise gab ihr das Gefühl, daß sie in Gefahr geriet, sich ihm auszuliefern. Sie war verwirrt, daß sie kein Wort finden konnte, um ihre Reaktion auf ihn angemessen zu beschreiben. Mitgefühl, Sehnsucht, Sanftheit, der Wunsch, sich in ihm zu verlieren, die Konflikte in ihrem Leben zu klären, indem sie seine gequälte müde Seele heilte. Dies schienen nur Aspekte von dem zu sein, was sie fühlte, die sie jedoch nicht als voneinander getrennt wahrnahm, sondern als eine einzige, sie jäh überkommende Qual.

Ein junger Mann, vielleicht ein Jahr jünger als Charlotte, saß auf einem der harten Stühle in Dr. Wolfs Wartezimmer und hielt mit seiner verkrümmten Hand eine Zeitschrift umklammert. Mit den gesunden Fingern der anderen Hand blätterte er die Seiten um, auf der Suche nach einem interessanten Artikel. Charlotte saß hinter dem Schreibtisch, ordnete Patientennotizen ein und bereitete alles vor, um einen Brief von Dr. Wolf an den Sanitätsoffizier eines Stützpunktes zu tippen. Sie sah in den gekritzelten Notizen nach, die sie sich beim Diktat gemacht hatte; Dr. Wolf sprach zu schnell für ihre schmerzenden Finger. Sie hatte jedesmal Angst, daß sie irgendeinen schwerwiegenden Fehler machen könnte – linkes Bein statt rechtes Bein, Gramm anstelle von Gran –, und bat Dr. Wolf, ihre getippten Briefe sorgfältig zu lesen, bevor er sie unterschrieb.

Als Charlotte vom Schreibtisch aufstand, um weiter oben nach einer Akte zu greifen, schweifte der Blick des jungen Mannes über die Rundung ihrer Hüften in dem marineblauen Rock. Als sie sich hinsetzte und die Beine übereinanderschlug, verweilte er mit einem Seitenblick in der Hoffnung, daß er einen kurzen Blick auf ihren Rocksaum oder das, was sich darunter verbarg, erhaschen würde. Aber er wurde nicht belohnt und ließ seine Augen widerstrebend die Spalten der Zeitschrift *Horizon* entlangwandern.

»Miss Gray? Kommen Sie bitte einen Moment herein.« Der Kopf von Dr. Wolf erschien in der Türöffnung. Charlotte folgte ihm in ein kaltes, höhlenartiges Zimmer mit alten Ledermöbeln. Es roch nach Gas, das der Ofen in größeren Mengen als Wärme verströmte. Braune Paravents aus Leder umgaben ein Sofa, auf dem ein sterilisiertes, weißes Laken lag, das einzig Medizinische in diesem Zimmer. Dr. Wolf sah aus wie ein skeptischer Financier, mit einem dicken, grauen Anzug und einer dünnen Uhrkette, die von einer Seite seines runden Bauches zur anderen führte. Er hatte eine Menge wolliges, graues Haar und dichte Augenbrauen über seiner Brille mit Goldrand. Er behielt normalerweise eine Hand in der Jackentasche, während er mit der anderen auf eine Art und Weise seine Worte untermalte, die Charlotte sehr übertrieben und unenglisch vorkam.

Sein Patient, dem ein Bein unter dem Knie amputiert worden war, saß in einem der großen Armsessel, die Krücken auf dem verblichenen Wilton-Teppich neben ihm. Er und Dr. Wolf wirkten in dem leeren Zimmer sehr klein; wie zwei einsame Figuren von de Chirico auf einer riesigen Piazza, dachte Charlotte.

»Wir müssen einen Operationstermin für Lieutenant Dawson finden«, sagte Dr. Wolf. »Wären Sie so freundlich, in meinem Terminkalender nachzuschauen und abzustimmen, welcher Tag dem Lieutenant paßt? Er muß zwei Tage im Krankenhaus bleiben.« Er sagte »Lootenant« wie die Amerikaner. Charlotte vermutete, daß seine Aussprache manchmal nicht so sehr eine Frage des Akzents, sondern eher eine Vorliebe war.

»Lieutenant Dawson wurde in Frankreich verwundet. Um die Wahrheit zu sagen, ein Sabotageakt, der unglücklicherweise… schiefging.«

»Fürchte, ja.« Dawson grinste wie ein Schuljunge. »Eine von unseren eigenen Vorrichtungen.«

»Was haben Sie in Frankreich gemacht?« fragte Charlotte.

»Ach, das ist schrecklich geheim, fürchte ich. Es sind recht viele von uns da drüben. Ich hatte mich in einem kleinen Dorf im Loiretal versteckt, und der erste Mensch, den ich in der Bar traf, war ein Kerl aus Manchester!«

Charlotte half Dawson beim Aufstehen und hielt seine Krücken, bis er sein Gleichgewicht wiedergewonnen hatte und sich auf den Weg ins Wartezimmer machen konnte. Dr. Wolf hatte einen seiner beiden wöchentlichen Operationstage dem Verteidigungsministerium zur Verfügung gestellt. Das ermäßigte Honorar sollte erst gegen Ende des Krieges bezahlt werden. Wolf war ein Flüchtling aus Osteuropa, ein Opfer früherer Umsiedlungsmaßnahmen, und er vertrat angesichts der neuen Katastrophen eine eher fatalistische Haltung.

Gegen Mittag ging Charlotte zum Regent's Park. In der Nähe des Outer Circle gab es einen Kaffeeausschank, wo sie klumpige Hefebrötchen ohne Zucker verkauften, die immerhin gut genug waren, um für zwei oder drei Stunden den Magen zu füllen. Den Kaffee trank man allerdings besser nicht. Charlotte ging mit raschen Schritten im Park spazieren, warf das letzte Stück ihres Brötchens ein paar Tauben zu und versuchte, Ordnung in ihre Gedanken zu bringen.

Zehn Tage waren seit dem Abend in Ralphs Wohnung vergangen. Im nachhinein erschien ihr dieser Zeitraum verworren und unverständlich. Für sie war das Leben eine Geschichte, weil sie es als solche erlebte. Es gab eine Zeit vor dem Ereignis, und dann – die Welt hatte sich verändert – gab es eine Zeit danach. Wenn jemand plötzlich starb, dachte sie immer: Wer hatte das wissen können, wer hatte das voraussehen können, am Tag ihrer Hochzeit oder als wir uns das letzte Mal gesehen haben, als niemand überhaupt wußte, daß sie krank war, und doch waren die Zellen schon bei ihrer tödlichen Arbeit. Das Brutale und Unvorhersehbare gehörte für sie zu einer Grunderfahrung des Lebens, und es war sinnlos, so zu tun, als ob es »reiner Zufall« war oder als ob sich subtilere Philosophien nicht mit so etwas Profanem wie Ereignissen oder »Geschichte« beschäftigten: Jede Deutung, die sich nicht mit unvorhersehbaren Veränderungen beschäftigte, ließ ihrer Meinung nach die wichtigste Frage aus.

Dies war es, was die Tage der Unsicherheit im Rückblick so verwirrend machte. Als ihre Gefühle für Peter Gregory erst einmal Gestalt angenommen hatten, konnte sie sich eine Zeit davor kaum noch vorstellen, während sie sich die Tage danach ihrer selbst kaum bewußt war. Sie schien nicht mehr sie selbst zu sein, sie war auf beinahe komische Weise verwirrt. Sie liebte ihn. Hatte sie ihn nicht schon immer geliebt?

In der Nacht zuvor hatte sie im Bett gelegen und geweint. Sie konnte nicht aufhören zu weinen, hielt sich ein Kissen über den Kopf, damit niemand sie hörte. Sie hatte Angst, daß Daisy hereinkommen und ihr einen anzüglichen, kurzen Rat geben könnte. In ihrer Verwirrung hörte sie nur das Wort »untröstlich« und wußte, daß es paßte, denn sie wollte nicht getröstet werden. Ihn zu haben war wichtiger, als sich selbst zu retten. War das »Liebe«? Sollte es das sein? Sie quälte sich mit dieser Frage, weil sie ein Wort für das Gefühl finden mußte, das sie überwältigt hatte. Indem sie es benannte, mit welchem Wort auch immer, konnte sie es vielleicht eingrenzen. Liebe hatte sich für sie noch nie so angefühlt: nicht die unerschütterliche kindliche Loyalität zu ihrem Bruder, nicht die zwiespältige Zuneigung gegenüber ihrer Mutter, nicht das befreiende, innige Gefühl, das sie bei Freunden erlebte.

Bis zum Morgen war ihr klargeworden, daß das Gefühl, welchen Namen sie ihm auch gab, auf jeden Fall zu einem Bestandteil ihres Lebens geworden war: ein Ereignis, eine Entwicklung der Geschichte, die alles verändert hatte. Die Erleichterung, einen neuen Fixpunkt gefunden zu haben, wurde nur durch die Erkenntnis geschmälert, wie ungelegen er ihr gerade jetzt kam. Was sie gerade am wenigsten brauchen konnte, war eine unkontrollierbare Romanze. Sie wollte sich nützlich machen, ein ernstzunehmendes Leben führen und nicht schluchzend in ihrem Bett liegen, weil sie eine vage körperlose Sehnsucht empfand. Noch weniger allerdings wollte sie sie verkörpert sehen, mit all den Komplikationen und den Ängsten, die damit verbunden wären.

Auf ihrem Weg durch den Regent's Park sah sie die alten Leute, Kinder, Frauen, Nichtkämpfer, aber sie spürte kein Gefühl der Verbundenheit mit ihnen auf ihren kalten Spaziergängen, ihren individuellen Verpflichtungen und Aufträgen. Es kam ihr vor, als bewege sie sich außerhalb des normalen Alltags. Vielleicht war es eine Trennung von der Realität, wie Drogenabhängige sie spürten, diese radikale Loslösung, die sie gleichzeitig überlegen und hilflos machte. Sie wollte wieder zurückkehren, zurück in ein Leben, in dem normale Kräfte walteten, doch sie sah sich außerstande, das Ausmaß ihres Gefühlstaumels nur annähernd unter Kontrolle zu bekommen.

Als Dr. Wolf nach der Mittagspause wieder in die Praxis zurückkehrte, grüßte er sie nicht wie üblich. Charlotte sah besorgt von ihrem Schreibtisch auf.

»Haben Sie gut gegessen?« fragte Charlotte.

»Danke, es war sehr ordentlich, allerdings war ich nicht in dem Restaurant meiner Wahl.«

»Warum nicht?«

»Weil Sie, Miss Gray, vergessen haben, einen Tisch für mich zu reservieren.«

»Ach du lieber Himmel. Das tut mir leid. Ich habe es total vergessen.«

»Normalerweise hätte ich mich zu den anderen Mitgliedern an die lange Tafel setzen können, aber da ich einen Gast hatte, mit dem ich mich ungestört unterhalten wollte, mußten wir woanders hingehen.«

»Es tut mir schrecklich leid, Dr. Wolf. Ich habe es einfach vergessen.«

»Haben Sie etwas auf dem Herzen, Miss Gray?«

»Nein, eigentlich nicht.«

»In den letzten zwei oder drei Tagen kamen Sie mir ein wenig zerstreut vor. Ich habe mich gefragt, ob Sie etwas bedrückt.«

»Nein, nein, ich ... glaube nicht. Ich mußte nur an die Lage in Frankreich denken. Es ist sehr traurig, nicht wahr? Ich bin früher oft dort gewesen, und ich mache mir Sorgen um ein paar Menschen, die ich dort kenne. Eine Familie, bei der ich gewohnt habe.«

»Leben sie in der besetzten Zone?«

»Ja, sie wohnen in der Nähe von Chartres.«

»Dann kann ich Ihre Sorge verstehen. Sind es Juden?«

»Nein, nicht daß ich wüßte. Ich halte es für möglich, daß es in ihrer Familie irgendwo jüdisches Blut gab. Aber jetzt sind es ganz normale Katholiken.«

»Ich wage zu behaupten, daß sie wohl die notwendigen Vorkehrungen getroffen haben, um sich mit der Besatzungsmacht zu arrangieren.« Wolfs Tonfall war nicht klar zu deuten.

Charlotte sagte: »Ich nehme es an. Sie sind schon etwas älter. Ich glaube kaum, daß sie eine andere Wahl haben.«

»Wenigstens können sich die Menschen in der besetzten Zone mit diesem Gedanken trösten. Man ist fast geneigt zu glauben, daß sie sich in der unbesetzten Zone weitaus unwohler fühlen würden.«

»Inwiefern?«

»Selbst nichts zu tun hieße dort, einen Pakt mit dem Teufel zu schließen. Ich glaube, man würde sich verpflichtet fühlen, etwas gegen die Regierung zu unternehmen.«

»Man?«

Dr. Wolf lächelte. »Ich bin vermutlich so alt wie Ihre Freunde. Aber Sie sind eine junge Frau und noch voller Lebensmut, Miss Gray.«

»Vielleicht haben Sie recht. Ich glaube, ich würde wahrscheinlich versuchen, etwas zu tun. Es ist schwer zu sagen, was, weil es nicht leicht ist festzustellen, was dort wirklich vor sich geht.«

»Sie haben die Ehre ihres Landes verkauft.« Wolfs zögerlicher Ton verwandelte sich in gereizte Bestimmtheit. »Diese erlesene Zivilisation, die so lange gebraucht hat, um zu erblühen. Sie sind nicht nur Nazis, sie sind schlimmer als die Nazis, weil sie Franzosen sind.«

Charlotte senkte den Blick auf ihren Schreibtisch. »Vielleicht.«

Wolf war schon halb durch die Tür zu seinem Zimmer, als er innehielt. »Fast hätte ich es vergessen. Als Sie gerade zur Mittagspause gegangen waren, kam ein Anruf für Sie. Ein Herr. Ich habe irgendwo seinen Namen aufgeschrieben.«

Charlotte sah ihm nach, wie er in seinem düsteren Zimmer verschwand und dann mit einem Zettel wiederkam. »Ein Mr. Cannerley. Er sagte, daß er später noch einmal anruft.«

»Danke«, sagte Charlotte. Ihr Mund fühlte sich staubtrocken an. »Es tut mir leid wegen des Tisches.«

Cannerley, dachte Charlotte, als der Bus holpernd die Bayswater Road entlangfuhr. Was soll ich mit Cannerley? Unter anderem mißfiel ihr, daß es jemandem wie ihm, der »Leute« kannte, gelungen war, ihre Telefonnummer in Erfahrung zu bringen. Sie sah hinunter auf das Gitter, das rund um den Park verlief. Die großen Hotels auf der anderen Straßenseite wirkten klotzig und verlassen, hinter ihren glitzernden Fensterscheiben war alles schwarz verdunkelt.

Sie fühlte sich wie betäubt, und ihr war kalt, als sie in der Wohnung ankam und sich an der Walnußkommode in der Diele vorbeischob. Sie wollte nur noch ein Bad nehmen und sich dann mit einem Buch in ihr Zimmer zurückziehen. Cannerley. Um Himmels willen.

Gregory mußte seine ganze Willenskraft aufbieten, um sie nicht anzurufen.

Glücklicherweise beschäftigte ihn den größten Teil des Tages die Aussicht, den Job zu wechseln, was befreiend sein würde, wenn auch nicht gerade erholsam. Er würde größere Flugzeuge fliegen müssen, und einige von ihnen erforderten ganz einfach mehr Muskelkraft. Die sagenhaft leichte Bedienung, bei der man manchmal nur seine Zehen in den Stiefeln strecken mußte, um zu spüren, wie das Leitwerk sich bewegte – damit war es vorbei. Gregory war froh, das alles hinter sich zu lassen und neu anzufangen. In der Handhabung größerer Maschinen lag etwas Komisches, und mit einem Navigator zu fliegen erschien ihm nach seiner bisherigen Erfahrung fast prosaisch, aber er fand, daß die Veränderung angebracht war, ihm fast Genugtuung bereiten würde.

Es fiel ihm immer noch schwer, diese Frau nicht anzurufen. Beinahe hätte er sie schon gebeten, mit ihm zu kommen, als er Ralphs Wohnung verlassen hatte. Er hatte zunächst vermutet, daß die Einladung von seinem Freund Michael Waterslow ausgegangen war. Und als Michael dann doch nicht auftauchte und offensichtlich wurde, daß dieser Ralph und der Betrunkene, Miles, die einzigen anderen Männer waren, fühlte er sich getäuscht. Gegen zehn Uhr war erst das Essen fertig, und dann hatte Ralph Gitarre gespielt. Sie hatten aus Büchsenfleisch und schwammigen Karotten eine Art Bolognesesauce zubereitet und Spaghetti gekocht, die das Mädchen mit den dunklen Haaren in Ralphs Küchenschrank gefunden hatte. Es schmeckte widerlich, aber zu diesem Zeitpunkt war Gregory – dem man gesagt hatte, er solle Whisky mitbringen, und der dann feststellte, daß er der einzige war, der ihn trank – bereits zu betrunken, als daß es ihm etwas ausgemacht hätte.

Und dann dieses Mädchen, diese Frau – Charlotte. Sie hatten sich drei Stunden lang auf dem Sofa unterhalten, und am Ende fühlte er sich, als ob er einer gewaltigen elektrischen Ladung ausgesetzt gewesen war. Ihre Energie hatte ihn tief beeindruckt, vor allem, weil sie nach außen hin durch ihre beherrschte, fast schüchterne Art gefiltert wurde. Der Reflex des Lebemanns in ihm wägte schnell die Faktoren von Anstand und Gefühl, Leidenschaft und Kontrolle gegeneinander ab sowie die erotischen Konsequenzen, die sich daraus ergeben konnten. Doch obwohl ihn die Vorstellung faszinierte, bezauberte ihn in erster Linie ihre süße Ernsthaftigkeit. Sie glaubte fest an etwas und sagte es rundheraus, stellte dann aber offenbar selbst fest, daß die eigene Bildung, Erfahrung oder Einsicht ihre Sehnsucht nach Ernsthaftigkeit Lügen strafte. Hin und wieder mußte sie über die Fallen lachen, die sie sich versehentlich gestellt hatte, und manchmal über Dinge, die er ihr erzählte.

Er ertappte sich dabei, daß er mit der Zeit vertraulich wurde. Zuerst war es ihm noch gelungen, diesen Drang zu unterdrücken, wenn auch nur mit Mühe. Und als er sich in sehr persönlichen Worten über seine Kindheit in Indien reden hörte, hatte er es vorgezogen, sich schnell zu verabschieden.

Auf dem Treppenabsatz vor der Wohnung hatte ein verlegener Wortwechsel stattgefunden. Im Licht der nackten Glühbirne im Treppenhaus konnte er sogar das tiefe Braun ihrer Augen erkennen, als sie seinen Blick entschlossen erwiderte.

»Es war sehr nett, sich mit dir zu unterhalten. Ich muß morgen wieder zur Staffel zurück. Ich werde … Vielleicht treffen wir uns einmal bei Michael wieder oder …«

Er hatte nicht vorgehabt, sich bei ihr zu melden.

Charlotte saß im Wohnzimmer auf dem Sofa, die Schuhe ausgezogen, die Arme um die Oberschenkel gelegt, das Kinn auf die glänzenden Knie gestützt. Die Flamme züngelte an den rissigen Heizfäden des elektrischen Kamins empor und ließ sie erst weiß, dann blau und schließlich glühend orange aufleuchten. Sie starrte auf die Farben und versuchte, ein wenig Wärme in ihren Füßen zu spüren. Kamine versetzten sie immer zurück in ihre Kindheit. Es war fünf Uhr, und sie war aus der Schule zurück, sie durfte ein Streichholz an ein halbes Dutzend Ecken der Zeitung halten und zusehen, wie sie sich zum Anzündholz hin krümmten. Der Zug des Kamins im Kinderzimmer sog die Flamme nach oben zu der Pyramide aus Kohle, wo sie zu rauchen begann und zauderte, als würde sie sich geschlagen geben. Davor gab es eine Phase, in der Flammen von einem Teil zum andern Brücken schlugen, und Charlotte sah, wie sicher viele andere Schulmädchen auch, in den verschiedenen Feuern innerhalb des Feuers, den Kämpfen, dem Erlöschen, der Ansammlung lodernder Flammen, Sinnbilder ihres Lebens. Ihre Mutter kam mit dem Tee und stellte die Kanne auf den Tisch hinter ihr; die Kohle, die Feuer gefangen hatte, begann gleichmäßig rot zu glühen. Charlotte wandte sich ab.

Das elektrische Kaminfeuer in der Wohnung hatte auf ihren Wangen rosige Flecken hervorgezaubert. Sie fuhr sich mit einer Hand durchs Haar und schob es aus der hohen Stirn. Sie war verwirrt.

Das Telefon klingelte. Dick Cannerley wollte wissen, ob sie Lust habe, an einem Abend dieser Woche mit ihm essen zu gehen. Um die Einladung abzulehnen, hätte Charlotte behaupten müssen, daß sie bereits jeden Abend etwas vorhatte, also beschloß sie, ein strategisches Zugeständnis zu machen. Es war besser, die Einladung gleich anzunehmen, als sich erst überreden zu lassen. Wenn sie sich jetzt einmal auf die Verabredung einließ, brauchte sie ihn nicht wieder zu treffen.

Charlotte legte den Hörer auf und ging wieder zum Sofa. Schon beschlichen sie Zweifel, ob ihre Zustimmung so klug gewesen war. Andererseits, was hatte sie schon zu verlieren?

Es gab ein Muster in ihrem Denken, das ihr über die Jahre ebenso lästig wie vertraut geworden war. Sie spürte, wie sich wieder der gleiche Ablauf abspielte, der mit einem Gefühl der Machtlosigkeit begann und sich dann bis zur echten Verzweiflung steigerte, die sie tage-, manchmal wochenlang nicht wieder loswurde.

Sie stand auf und ging in ihr Schlafzimmer. Sie mußte etwas zu ihrer Rettung unternehmen.

## 6. KAPITEL

Einer der größten Trinker in Gregorys Staffel war ein Mann namens Leslie Brind. Der Höhepunkt seines Abends kam immer dann, wenn er im Salon des Rose and Crown nach oben zum Balken griff, an dem das Meterglas hing, und es herunterholte. Walter, der ewig lächelnde Barmann, füllte es bereitwillig mit einem Ale seiner Wahl und sah bewundernd zu, wie Brind es an die Lippen setzte. Da er wollte, daß so viele Leute wie möglich Wetten darauf abschlossen, ob er es leeren konnte, wartete er mit seiner Darbietung in der Regel bis kurz vor der Sperrstunde. Zu diesem Zeitpunkt hatte er normalerweise bereits seit drei oder vier Stunden stetig getrunken, doch der plötzliche »Zusatzantrieb«, wie er es nannte, zeigte keine erkennbare Auswirkung auf sein Verhalten. Er wurde beim Kassieren der Gewinne lediglich noch ein wenig jovialer.

Die Einnahmen, die er durch das Trinken erzielte, reichten jedoch nicht aus, um seine Ausgaben für das Trinken zu decken, und er war gezwungen, seinen kleinen offenen Sportwagen zu verkaufen, um wenigstens einige seiner hartnäckigeren Gläubiger zu befriedigen. Als Käufer gewann er Borowski, der ihm allerdings lediglich ein paar Pfund dafür gab, mit dem Argument, daß der Wagen eigentlich nicht fahrtüchtig sei, obwohl es für einen Mann mit Borowskis technischem Geschick eher ein Ansporn war. Nach zwei Wochenenden unter der Motorhaube hatte er dem Wagen ein paar Lebenszeichen entlockt. Als der Hersteller das Ersatzteil nicht liefern konnte, das er brauchte, verpflichtete er kurzerhand seinen Monteur, der ein Teil aus einem anderen Auto herausschnitt und zurechtschweißte. Am dritten Wochenende fuhr Borowski vor dem Cottage vor, in dem Gregory untergebracht war.

»Wir machen eine Spritztour«, sagte er, als Gregorys Kopf an einem Fenster im oberen Stockwerk erschien.

»Um Himmels willen, Borowski, ich bin erst um sechs ins Bett gekommen.«

Borowski drückte daraufhin einfach so lange auf die Hupe, bis Gregory unrasiert aus dem Cottage stolperte, sich einen Schal um den nackten Hals schlang und seine Füße in Springerstiefel zwängte, während er über den Kies ging.

»Hmm. Ich habe den Eindruck, dieses Benzin hat eine verdächtig hohe Oktanzahl«, sagte er, als er ins Auto kletterte.

»Frag lieber nicht.«

»Ich würde aufpassen, daß Landon keinen Wind von der Sache kriegt.«

»Ich dachte, wir fahren in die Stadt«, erwiderte Borowski.

»Dafür ist es verdammt noch mal zu kalt. Hast du kein Verdeck?«

»Armer alter Greg. Immer diese leidigen Durchblutungsstörungen.«

»Du sagst es.«

Borowski legte den Gang ein, lies den Motor aufheulen und trat die Kupplung durch, so daß ein Schwall Kies gegen die in Blei gefaßten Scheiben eines Fensters im Erdgeschoß des Cottages prasselte.

Nach einer halben Stunde überredete Gregory Borowski, an einem Pub in der Nähe von Hog's Back zu halten. Sie waren die ersten Gäste an diesem Morgen, und das kümmerliche Feuer im Kamin hatte die leere Bar noch nicht erwärmt. Sie saßen zu beiden Seiten des Kamins und hielten mit klammen Fingern ihre Gläser mit Whisky und Ginger-ale.

»Ich verstehe nicht, warum du die Jagdflugzeuge aufgeben willst«, sagte Borowski.

»Es geht eigentlich nicht um die Flugzeuge, aber diese Arbeit über Frankreich klingt interessant. Es ist mal was anderes. Sie stellen eine kleine, feste Gruppe von Piloten zusammen, die ständig zusammenarbeitet. Manchmal muß man Leute, Vorräte und Kriegsmaterial abwerfen, manchmal muß man nur rüberfliegen und Lärm machen.«

»Warum denn das, um Himmels willen?«

»Damit die Deutschen denken, daß die Explosionen von Bomben und nicht von Saboteuren auf dem Boden verursacht wurden und keine Vergeltungsmaßnahmen bei der Zivilbevölkerung ergreifen. Das Timing ist eine Sache von Sekundenbruchteilen.«

Borowski sah skeptisch drein. »Warum lassen sie das nicht die Jungs in den Bombern selbst machen?«

»Wenn tatsächlich etwas bombardiert werden soll, tun sie das ja. Aber das kann ich auch lernen.«

»Aber am Anfang stellst du nur das Transportmittel dar. Oje.« Borowski lächelte. »Welch ein Schicksal für einen Spitfire-Piloten.«

»Das ist lange her. Das war damals eine andere Welt. Jedenfalls fliege ich später vielleicht eine Lysander. Da mußt du auf einem Feld im Licht einer Taschenlampe landen, die ein betrunkener französischer Bauer in den Händen hält. Das ist nicht so einfach.«

»Warum sollten sie dich umschulen?«

»Weil ich Landon das Leben so schwergemacht habe. Und du weißt doch, wie sie sind. Sie lassen dich alles machen, wenn du sie nur lange genug nervst. Jetzt muß ich erst mal Französisch lernen.«

»Warum?«

»Falls ich einen Unfall habe. Ich soll in der Lage sein, allein aus Frankreich herauszukommen und es nach Hause zu schaffen. Ich muß eine Prüfung ablegen, bevor sie mich gehen lassen. Ich soll Koversationsunterricht bei einer alten Dame bekommen, bei der sie mich angemeldet haben.«

»Und du bist sicher, daß es wirklich eine *alte* Dame ist...?«

Daisy Forester kam später als sonst von der Arbeit nach Hause. Sie stürmte die Treppe hinauf und rief eine Begrüßung, während sie noch den Schlüssel im Schloß drehte. Sie war später am Abend mit ihrem neuen Verehrer verabredet, doch wollte sie zuerst alle Neuigkeiten ihrer Mitbewohnerinnen hören. Der Ausdruck naiver Begeisterung verschwand jedoch aus ihrem Gesicht, als niemand antwortete und kein Licht im Wohnzimmer zu sehen war.

Sie klopfte an Charlottes Tür am Ende des Flurs. Charlottes

Stimme antwortete leise und zögernd, und Daisy drehte den Türknauf.

»Was ist los? Bist du krank?«

»Nein. Ich dachte nur, ich gehe heute mal früh ins Bett.«

Daisy setzte sich auf die Bettkante. »Hast du eine Erkältung? Deine Augen sehen ein bißchen verquollen aus.«

Charlotte holte angespannt Luft. Ihre Lage schien drastische Maßnahmen zu erfordern, also hatte sie sich entschlossen, Daisy ins Vertrauen zu ziehen. Aber sie hatte vergessen, was für ein Mensch Daisy war – sie konnte dieser Frau unmöglich vertrauen, dachte sie gerade.

»Es geht um ihn, nicht wahr?« fragte Daisy.

»Was?«

»Den Piloten. Mein Gott, ich wußte es. Das ist alles meine Schuld.«

»Wovon redest du?«

»O Gott, Charlotte. Es tut mir leid. Ich hätte mich nie einmischen sollen.«

»Daisy, erzählst du mir bitte, wovon du um Himmels willen sprichst?«

»Nein, das werde ich nicht. Erst mußt du mir alles erzählen.« Daisy stand auf und ging hinüber zu dem alten, mit Brettern vernagelten Kamin, wo sie sich mit dem Ellbogen auf den Kaminsims stützte. »Du solltest anderen Menschen mehr vertrauen, Charlotte. Komm schon.«

Charlotte mußte ihre anerzogene Zurückhaltung überwinden, bevor sie die Worte herausbrachte. »Ich glaube ... ich glaube, ich bin ein bißchen verrückt geworden.«

Daisy zog schweigend die Augenbrauen hoch.

»Bei mir haben sich diese Gefühle für ...«, Charlotte nickte, »diesen Mann, Peter Gregory, nun ja, wie soll ich sagen ... entwickelt. Es ist einfach lächerlich. Es ist einfach überzogen.«

Daisys mitfühlender Tonfall konnte über das neugierige Leuchten in ihren Augen nicht hinwegtäuschen. »Erzähl weiter.«

»Ich glaube, ich habe völlig die Kontrolle verloren.«

Daisy lächelte. »Das war mir in dem Augenblick klar, als du auf der Tanzfläche fast in Ohnmacht gefallen bist.«

»Was redest du da? Ich falle nicht in Ohnmacht.«

»Glaub mir, Schätzchen. Du hast die Augen zugemacht, als ob –«

»Ich habe die Augen zugemacht, weil sie wegen des Rauchs brannten.«

Daisy lachte, und Charlotte mußte unwillkürlich ebenfalls grinsen.

»Deshalb habe ich Ralph angerufen und ihn gefragt, ob er ihn über Michael Waterslow erreichen könnte. Ich habe gleich gewußt, daß du nichts unternehmen würdest. Schau nicht so entsetzt. Sie haben nur zu gern mitgespielt.«

»Es ist schrecklich, Daisy. Ich verstehe nicht, warum ich mich so fühle. Es ist unvernünftig, es ist wie eine Krankheit. Kein normaler Mensch sollte sich zu solch einem frühen Zeitpunkt so fühlen, bevor überhaupt etwas passiert ist, meine ich – falls je etwas passiert.« Sie hatte Tränen in den Augen.

Daisy kam zu ihr und setzte sich wieder aufs Bett. »Was wir jetzt tun müssen, ist, zu entscheiden, wie wir weiter vorgehen wollen. Wir müssen einfach alle Alternativen in Betracht ziehen und sie eingehend prüfen. Als ich in Oxford war, hatte sich ein Mädchen aus meinem College in einen der Universitätsdozenten verliebt. Sie hat Stunden damit zugebracht zu planen, wie sie ihn verführen könnte. Stimmt etwas nicht?«

»Nein, nein. Ich wußte nur nicht, daß du in Oxford warst.«

»Versuche doch bitte nicht so erstaunt auszusehen. Das ist nicht nett.«

»Was hast du studiert?«

»Die Klassiker. Jedenfalls haben wir das Problem am Ende für sie gelöst, und danach hat sie mich immer Tante Daisy genannt. Ich habe es gehaßt.«

»Und was hast du gemacht?«

»Das ist für deinen Fall nicht von Belang. Sag, hattest du eigentlich schon mal einen Freund?«

»Ja. Ein paar, du würdest sie wahrscheinlich Verehrer nennen.«

»Aber hattest du auch schon mal eine richtige leidenschaftliche Affäre?«

Charlotte ahnte, worauf Daisys Frage im Grunde abzielte. Sie wich aus. »Vielleicht nie die große Liebe.«

»Keine Angst, ich will dich nicht aushorchen. Ich möchte nur wissen, was in dir vorgeht.«

»Du klingst wie ein Psychiater.«

»Was weißt du denn von Psychologie?«

»Mein Vater hat lange Zeit als Psychiater gearbeitet. Das ist alles.«

»Soll ich dir ehrlich sagen, was ich denke, Charlotte?«

»Ja.« Charlotte klang nicht begeistert.

»Ich finde, du tätest besser daran, ein paar kleine Flirts zu haben, als gleich ins tiefe Wasser zu springen. Ich mag deinen Mr. Gregory, aber ich würde ihm nicht trauen. Um ehrlich zu sein, macht er mir sogar ein wenig angst.« Sie betrachtete Charlottes zweifelndes Gesicht mit düsterem Blick. »Doch ich nehme an, das ist genau der Grund, weshalb du dich in ihn verliebt hast.«

Charlotte seufzte. »So habe ich das nie gesehen – so wie du es beschrieben hast, so realistisch betrachtet und so weiter. Ich fühlte mich einfach sehr von ihm angezogen. Ich dachte, ich würde etwas verraten, wenn ich nicht zu ihm ginge. Es war wie ein Rufen, das ich glaubte, nicht überhören zu dürfen. Dieses Gefühl geht sehr tief.«

»Nun, ich kann dir nur raten, die ganze Sache realistisch zu betrachten. Du solltest dich nicht von jemandem ›angezogen‹ fühlen, der nicht da ist oder der ein halbes Dutzend anderer Freundinnen hat.«

»Was würdest du tun?«

»Nun, das habe ich dir doch gesagt. Ich glaube, ich würde mich umsehen, erst mal mit ein paar anderen Männern ausgehen und warten, ob er mir nachläuft. Dann würde ich die Sache langsam angehen. Sieh mich nicht so an, Charlotte. Sonst komme ich mir vor wie ein furchtbares Flittchen. Du mußt ja nicht mit allen von ihnen schlafen.«

»Nein.«

»Ich tue es, aber das ist meine Entscheidung. Du kannst dich auch amüsieren, wenn du nur mit ihnen ausgehst und ihr euch am Ende des Abends vielleicht einfach nur küßt.«

Charlotte sah nicht sehr überzeugt aus.

Sie umkreisten das Problem noch zwei- oder dreimal, ohne jedoch zu neuen Erkenntnissen zu gelangen. Schließlich erklärte

Daisy sich gegen ihre Überzeugung einverstanden, Charlotte zu helfen, wieder Kontakt mit Gregory aufzunehmen.

Cannerley führte sie ins Ritz aus.

»Ich hoffe, Sie finden es nicht zu sentimental«, sagte er und dirigierte sie mit einer Hand auf ihrem Rücken sanft in Richtung Bar. »Es ist so ziemlich der einzige Ort, an dem die Speisekarte noch eine vernünftige Auswahl bietet.«

Ohne Charlotte zu fragen bestellte er Champagner. Von ihrem Tisch aus hatten sie einen guten Überblick über den Raum, dessen Atmosphäre etwas Fremdländisches, Altmodisches hatte. Männer mit grauen Haaren erschienen in Begleitung junger Frauen; die Ober sprachen ein akzentuiertes Englisch. Dieser Ort hatte etwas Unwirkliches und in Charlottes Augen geradezu etwas Unheilvolles. Sie fragte sich, womit die Leute, die vollbeladene Tabletts mit Getränken bestellten, ihr Geld verdienten. Sich in dieser vergoldeten Farce der Belle Époque aufzuhalten, während von Chelsea bis Poplar die Straßen verdunkelt waren, war entweder herausfordernd oder unehrenhaft. Doch vielleicht hatten es diese großen Hotels so an sich, vielleicht hatte die pompöse Pariser Schwester des Ritz gleichermaßen die Indiskretionen eines Swann oder eines Baron de Charlus verschleiert.

Im Speisesaal wählte Cannerley fachmännisch unter den Bordeauxweinen auf der Weinkarte aus und wandte dann seine Aufmerksamkeit Charlotte zu. Sie trug eine dunkle Smaragdbrosche am Kragen ihrer Bluse und eine Jacke mit Ärmelaufschlägen aus grünem Samt. Sie ließ sich weder von seinem offenkundigen Selbstvertrauen in Gegenwart der Ober einschüchtern noch von seinen Ausführungen über die Vollmundigkeit, die die Weine von Saint-Julien auszeichnete.

»Wie ist es bei Ihrem Arzt? Sind Sie zufrieden mit ihm? Sicher keine große Herausforderung für eine junge Frau wie Sie, oder?« Cannerley schenkte ihr ein verschwörerisches Lächeln. Er war ein gutaussehender Mann, dachte Charlotte, mit seiner reinen Haut, den weit auseinanderliegenden blauen Augen und seinen blonden Haaren, die ihm gelegentlich in die Stirn fielen und seiner makellosen Erscheinung einen interessanten Kontrast gaben. Nur war er leider überhaupt nicht ihr Typ.

»Sollten Sie die Tatsache, daß Sie fließend Französisch sprechen, nicht nutzbringender anwenden?«

»Ich weiß nicht genau, wozu.«

»Es gibt immer Bedarf für zweisprachige Leute, Übersetzer und so weiter. Ihre Fähigkeit ist selten.«

»Ihre vermutlich auch.«

»Das nehme ich an.« Cannerley lächelte. »Ich setze meine aber ein, wie ich Ihnen vielleicht im Zug erzählt habe. Frankreich und die französischen Kolonien gehören zu meinem Mandat. Ich weiß, daß auch in anderen Organisationen dringend Leute benötigt werden, die Französisch sprechen. Sie machen sich Sorgen darüber, was da drüben vor sich geht, nicht wahr?«

Charlotte sah von ihrem Teller auf. Sie aßen beide Hasenpfeffer mit Karotten, die Speisekarte war nicht so umfangreich gewesen, wie Cannerley erwartet hatte. »Ja, natürlich tue ich das. Ich empfinde fast genausoviel für Frankreich wie für England. Der Gedanke an Naziuniformen in französischen Straßen und Dörfern macht mich ganz krank.«

»Ziemlich viele Engländer arbeiten da drüben. Sie setzen sie dort mit Fallschirmen ab.«

Charlotte lachte. »Ist es das, was ich Ihrer Meinung nach tun soll?«

»Nicht ganz.« Cannerley lächelte und beugte sich nach vorn. »Ich glaube nicht, daß diese hübschen Knöchel für so etwas robust genug sind.«

Charlotte sagte nichts.

Cannerley lehnte sich wieder zurück. »Nun gut, es geht mich nichts an. Wir reden ohnehin kaum mit anderen Organisationen. Wenn Sie jedoch einmal vorhaben sollten, den Job zu wechseln, könnte ich Sie wahrscheinlich mit jemandem bekannt machen.«

Charlotte nickte. Sie fand die Vorstellung, sich selbst als eine Art Geheimagentin zu betätigen, gleichzeitig beunruhigend und lächerlich. Sie war sich nicht sicher, inwieweit Cannerley nur mit ihr spielte, um sich zu unterhalten. Vielleicht erregte ihn die Vorstellung, sich selbst als jemanden darzustellen, der jungen Frauen gefährliche Aufgaben vermittelte, vielleicht dachte er aber auch, es verleihe ihm einen gewissen romantischen Zauber.

»Wissen Sie, viele kluge Frauen tragen ihren Teil bei«, sagte er.

»Die FANYs, Sie wissen schon, die Schwesternhelferinnen zum Beispiel, sind piekfein. Sie müssen nicht denken, es sei unter Ihrer Würde.«

»Das tue ich auch nicht, ich bin kein Snob. Ich dachte lediglich, daß es für jemanden wie mich, die bisher ein eher behütetes Leben geführt hat, nicht angebracht wäre.«

Cannerley goß den letzten Schluck Wein aus der Flasche in ihr Glas. »Was ist denn heutzutage schon angebracht? Die Welt ist doch ohnehin auf den Kopf gestellt. Nun, ich will Sie auf keinen Fall bedrängen. Aber da ist noch etwas.«

Er wurde von einem Paar unterbrochen, das sich ihrem Tisch näherte, der Mann mit Smokingjacke, die Frau in einem Kleid, das quer über der Brust mit Perlen und Troddeln besetzt war.

»Hallo, Dick, alter Teufelskerl. Sieh mal einer an, du hier! Ich dachte, ihr Typen kommt nie aus dem Büro raus. Du erinnerst dich doch an Sylvia?« Der Mann baute sich grinsend neben dem Tisch auf. Er hatte graues Haar und einen schweißnassen bleichen Teint, der so aussah, als würde er sich nicht viel an der frischen Luft aufhalten. Sein scharlachroter Kummerbund spannte sich um den Bauch, den er wohl verdecken sollte, wie um ein dickes Osterei.

Cannerley sprang auf und umarmte die Frau überschwenglich. Als er Charlotte vorstellte, schüttelte der Mann ihr mit einem verschwörerischen Glucksen in Cannerleys Richtung die Hand. Aufgrund seines anerkennenden Gurgelns verstand Charlotte seinen Nachnamen nicht, Cannerley redete ihn mit »Roly« an.

»Bleibt ihr noch ein bißchen hier?«

»Allerdings«, erwiderte Cannerley. »Sollen wir uns euch anschließen?«

Peter Gregory schlief schlecht. Er hatte ein schmales Bett in einem Cottage mit niedrigen Zimmerdecken. In die durchgelegene Matratze konnte er sich tief einsinken lassen, wenn er müde war, aber in schlechten Nächten verknoteten sich die Wolldecken um ihn herum, und das unterste Laken zog sich durch sein ständiges Herumwälzen hoch und warf Falten. Das Mondlicht fiel durch eine Lücke im Vorhang ins Zimmer und zeichnete eine Spur auf die Fußbodendielen. Es veranlaßte ihn sofort, an Sichtverhältnisse, Wolkenuntergrenzen, Instrumente zu denken.

Er war achtundzwanzig Jahre alt, aber in seinem kurzgeschnittenen und ungekämmten Haar fanden sich bereits ein oder zwei graue Strähnen. Er erhob sich mühsam von der weichen Matratze, ging durch das Zimmer und fischte eine Packung Zigaretten aus der Brusttasche seines Uniformrocks. Er knipste die Nachttischlampe an, die unter dem Rand ihres geblümten Schirms nur einen eng begrenzten Kreis, darin einen Aschenbecher aus grünem Glas und ein aufgeschlagenes Buch mit beschädigtem Rücken, beleuchtete. Der kleine Lichtkegel war so schwach, daß er, wenn er tatsächlich etwas lesen wollte, die Lampe hinter seinem rechten Ohr auf dem Kopfteil seines Bettes balancieren mußte. Er setzte sich zum Rauchen auf, bis er feststellte, daß ihm kalt wurde, und er wieder unter die Decke schlüpfte. Dabei ragte die Zigarette wie ein Periskop aus seinem Mund hervor. Er streckte seine Hand so rasch wie möglich aus, um die Asche abzuklopfen, und zog seine Finger schnell wieder unter die warme Bettdecke. Seine Füße waren von dem Gang durch das Zimmer noch immer eiskalt.

In Gedanken war er bei Charlotte Gray. Früher einmal war er in der Lage gewesen, seine Bewunderung, sein Begehren Frauen gegenüber auf eine Art und Weise auszudrücken, daß sie wenig von ihm zu erwarten schienen. Es gab zwar sanfte Vorwürfe, wenn eine Affäre, schon bald nachdem sie begonnen hatte, wieder zu Ende war (er hatte eine andere Frau gefunden, er war auf einen anderen Stützpunkt versetzt worden, es war nur eine unbeschwerte Sache gewesen), aber etwas in seinem Verhalten erlaubte den Frauen, unversehrt davonzukommen – mit einem sentimentalen Brief, mit Augen, die kurz voller Tränen standen; dann folgte meist ein Lächeln, gespielte Tapferkeit – nie schienen sie das Gefühl zu haben, betrogen worden zu sein. Er wünschte, er könnte diese Unbeschwertheit zurückgewinnen, doch sie entsprang einer Unschuld, die man ihm genommen hatte. Sie gehörte in eine andere Zeit.

Als der Krieg ausbrach, lebte er als Farmer in Njassaland. Wie so vielen seiner Zeitgenossen war es ihm schwergefallen, sich in England einzugewöhnen, und ein Freund der Familie hatte von Afrika geschwärmt. In diesem Alter hatte seine Arbeit für ihn noch etwas Vorläufiges. Er war immer noch, wenn auch nicht sehr ernsthaft, auf der Suche nach dem gewesen, was er wirklich tun wollte. Ein grimmiger südafrikanischer Nachbar namens Forster meinte, sie müßten sofort nach England zurückkehren und Soldaten werden. Forster fühlte sich sehr unwohl dabei, daß einige Menschen in seinem eigenen Land mit den Nazis sympathisierten, und wollte soviel Abstand wie möglich zu ihnen gewinnen. Da er und Gregory in Afrika beide Flugzeuge geflogen hatten, war klar, daß sie sich freiwillig als Piloten meldeten. Gregory erklärte sich widerstrebend einverstanden. Noch ein Krieg? Was wollten sie mit noch einem Krieg? Aber er machte sich auf den Weg nach England in dem Glauben, er könne ihn vielleicht auf seine eigene Weise bekämpfen.

Er streckte seine Hand unter der Decke hervor und drückte die Zigarette aus. Forster war der erste in seiner Staffel gewesen, der ein feindliches Flugzeug abgeschossen hatte. Gregory bestätigte es: Er flog fasziniert Kreise und sah zu, wie das deutsche Jagdflugzeug durch die Luft trudelte und sich, umgeben von einem wachsenden Flammenmeer, in einen Berghang bohrte. Forster war auch der erste, der getötet wurde.

Andere folgten in kurzen Abständen. Jedem Mann, der aufgrund gemeinsamer schrecklicher Erfahrungen unweigerlich zum Freund geworden war, war nur wenig Zeit geblieben, seine Zuneigung und Hilfeleistung zu erwidern. Gregory glaubte nicht daran, daß er einen besonderen Schutzengel oder außergewöhnliches Glück gehabt hatte. Er glaubte, daß er die anderen irgendwie im Stich gelassen hatte. Vielleicht war er es auch nicht wert zu sterben. Eine Frau, bei der er gedacht hatte, daß er verliebt in sie sei, fing an, Ansprüche an ihn zu stellen. Sie wollte heiraten und Kinder bekommen. Als er sich selbst zuhörte, wie er ihr erklärte, daß es wahrscheinlich kein guter Zeitpunkt und er sicher nicht der richtige Mann dafür sei, erkannte er, wie sehr sich die Dinge verändert hatten. Er konnte nicht riskieren, jemand anderen da mit hineinzuziehen, nicht solange er sein eigenes Leben mit soviel Distanz betrachtete, solange er glaubte, daß es nicht von Dauer sei, und noch darauf wartete, daß es Gestalt annahm. Und zum erstenmal gab es am Ende kein Lächeln unter Tränen, sondern Reue und Bitterkeit.

Noch vor einem Jahr hätte er schon längst vor Charlottes Tür gestanden, mit einer solchen Kraft fühlte er sich zu ihr hingezogen. Sie weckte nicht nur seine instinktive männliche Begierde, sondern auch den Wunsch nach Freundschaft, wie er ihn als Kind zum letztenmal gespürt hatte, als er ganz vernarrt in irgendeinen kleinen Freund gewesen war und gereizt reagierte, wenn er mal nicht mit ihm spielen durfte. Ein Jahr zuvor wäre es unwiderstehlich gewesen. Es war ein solches Vergnügen, sich mit ihr zu unterhalten, daß dies allein wahrscheinlich für ihn wie eine Garantie gewesen wäre, daß es nicht zu launenhaft schwindendem Interesse und keiner verletzenden, kurzen Romanze gekommen wäre.

Als er die Nachttischlampe ausmachte und erneut versuchte einzuschlafen, fragte er sich, ob er mittlerweile überhaupt zu einem solchen Gefühl fähig war. Um Charlottes willen war es wohl besser, das Risiko nicht einzugehen.

Charlotte lag in Dick Cannerleys Armen. Sein Gesicht war glatt, seine linke Handfläche feucht. Er hielt sie fest an sich gepreßt, seine rechte Hand lag auf ihrem Rücken. Ihre Füße bewegten sich in einem Lichtkegel, einem von mehreren, die von den gedämpften Lämpchen auf den kleinen Tischen im Saal auf den Boden fielen. Der Sänger trug einen weißen Smoking, er neigte den Kopf zur Seite und schloß die Augen, während seine Stimme sich in die Melodie schmeichelte. Charlotte schaute über Cannerleys Schulter und sah, wie der Klarinettist sich die Lippen leckte, bevor er das Blatt für sein salbungsvolles Solo ansetzte. Zwischen den Tischen stolzierte eine beleibte Dame mit einem tief ausgeschnittenen pflaumenfarbenen Seidenkleid umher, ihr Mund war ein einziger glänzender, kirschfarbener Bogen aus Lippenstift. An der schmalen Bar mit gedämpften violetten Lämpchen saßen zwei weitere Frauen, die ähnlich zurechtgemacht waren, sie waren ohne Begleitung. Der Barkeeper stellte ein silbernes Tablett mit einer Flasche Champagner, die er gerade aus dem Regal hinter sich genommen hatte, sowie zwei Gläser vor sie hin. Obwohl in dem Regal eine große Auswahl an Flaschen stand, tranken alle nur Champagner. Die Jazzbesen schufen auf den Becken und dem Schlagfell der Trommel mit kreisenden Bewegungen einen Klangteppich, während sich der Pianist mit gedämpften

Moll-Akkorden in Ersatzzärtlichkeit erging. Charlotte blinzelte in dem Rauch und versuchte, Cannerleys Griff zu lockern. Er murmelte etwas Unhörbares, vielleicht etwas Verführerisches, vielleicht ein Angebot, sie mit noch mehr Leuten bekannt zu machen.

Vielleicht sollte sie ihn beim Wort nehmen. Alles war besser als dieser Nachtklub oder ihr eisiges, kleines Zimmer ohne Gregory.

Während sie am Samstag zu Mittag aßen, hatte Charlotte die ganze Zeit Angst. Sie mußte Gregory immer wieder ansehen, und sie wußte, was passieren würde. Als er aufstand und an die Bar ging, stellte sie sich vor, wie seine Beine aussahen: dünn, nackt. Und als er eine Zigarette anzündete, fragte sie sich, wie sich wohl die Haut seiner Hände anfühlte, wenn sie, statt am gerippten Metall des Zündrädchens zu drehen, über ihren Rücken streichelten. Wenn er sprach, dachte sie daran, was er ihr sagen würde, wenn sie allein waren. Wieviel von seinem öffentlichen Selbst würde er ablegen? Blieb er rücksichtsvoll und beherrscht, oder handelte es sich um ein ganz anderes Spiel, so daß sie das Geschöpf, in das er sich verwandelte, nicht wiedererkennen würde? Würde von ihr erwartet, daß sie alles tat, was er wollte, oder sollte sie ihn ermutigen und leiten?

Es war ein seltsames Mittagessen. Michael Waterslow hatte auf Daisys Anweisung Gregory mitgebracht, obwohl er am selben Abend wieder am Flugplatz sein mußte. Charlotte wurde um sechs Uhr für eine zusätzliche Operation bei Dr. Wolf benötigt. Man spürte deutlich, daß eigentlich niemand Zeit hatte, daß dieses Essen organisiert worden war und daß sie alle wußten, daß sie eigentlich woanders sein sollten. Daisy hatte dieses Hotel in Streatley-on-Thames ausgewählt, weil sie sich daran erinnerte, daß jemand sie vor dem Krieg dorthin eingeladen hatte. Durch das Fenster der Lounge hatte man einen Blick auf den Fluß, wo Charlotte einen Schwan sah, der am anderen Ufer seinen Hals in das Schilfgras steckte. Mit den aufgespießten Kirschen in den Drinks, den Speisekarten, die wie illuminierte Handschriften gebunden waren, und den Fluren mit nicht belegten Schlafzimmern im oberen Stockwerk erschien dieses Hotel, trotz seines Fachwerks, wie der perfekte Ort für konspirative Treffen.

Gregory trank Bier aus einem Krug mit Waffelmuster, während Michael über seinem Gin Tonic korrekte, aber überraschend nachdrückliche Meinungen über die Kriegführung zum besten gab. Charlotte hatte sich geistesabwesend mit irgendeinem gelben, widerlichen Drink in einem großen Sherryglas einverstanden erklärt. Sie betrachtete Gregory und dachte dabei, wie sehr sie ihn liebte. Sie hatte das Gefühl, als hätten sich ihre Eingeweide auf mysteriöse Weise verflüssigt. In die gespannte Erwartung mischte sich Angst, weil sie sich nicht unter Kontrolle hatte.

Es war ihr peinlich, daß wahrscheinlich alle wußten, warum sie hier waren, aber es machte ihr nicht wirklich etwas aus. Seit es ihr gelungen war, die ungestümen gemischten Gefühle, die sie überkommen hatten, unter einem Begriff zusammenzufassen, fühlte sie sich besser. Strenggenommen konnte man es wahrscheinlich nicht Liebe nennen, aber Liebe war ein Teil davon. Es gab in einer Sprache vermutlich nur zwei Dutzend Worte, um zweitausend gemischte Gefühle zu beschreiben, die Menschen empfanden. Doch wenn sie es Liebe nannte, so schwangen darin zumindest Zärtlichkeit – ein extremer Gegensatz zu dem Bedürfnis, Schaden zuzufügen – und die Sehnsucht nach seiner Gegenwart mit, von der sie wie besessen war. Sie erinnerte sich an einen jungen Mann in einem Buch, der seine Gefühle für ein abweisendes Mädchen daran maß, wie qualvoll für ihn die Aussicht war, daß er sie sehen würde, und wie traurig ihn ihr Weggehen stimmte, denn im Grunde genoß er ihre Gesellschaft nicht besonders. Bei Charlotte war genau das Gegenteil der Fall: Gregorys Gegenwart verzauberte sie noch mehr als seine Abwesenheit.

Als sie in den Speisesaal umzogen, spürte sie, daß er sie beobachtete. Sie lächelte ihn an und sah, daß seine Augen verständnisvoll aufleuchteten. Es war alles in Ordnung. Er hatte seine eigenen Bedenken überwunden, obwohl sie keinerlei Vorstellung davon hatte, wie sie ausgesehen hatten. Sie würde ihn richtig kennenlernen, ihn verstehen und beruhigen. Die radikale Veränderung, die ihr Leben dringend brauchte, würde nun stattfinden. Es würde alles gut werden.

»Auf Wiedersehen, Peter. Es macht dir doch sicher nichts aus, Charlotte nach Hause zu fahren, oder?«

»Überhaupt nicht. Auf Wiedersehen.«

Gregory zog seine mit Seide gefütterten Lederhandschuhe an und schlug die Beifahrertür von Borowskis Zweisitzer zu.

»Sei unbesorgt«, sagte er zu Charlotte, »es wird gleich warm.«

Auf der Treppe vor ihrem Haus fragte er: »Darf ich einen Augenblick hereinkommen?« Und als sie in ihrer Wohnung waren, sagte er: »Du siehst aus, als sei dir furchtbar kalt. Gib mir deine Hand.«

Als er Charlottes Hand in seiner spürte, zog er sie wie selbstverständlich an sich und schlang beide Arme um sie.

Charlotte ließ zu, daß sich ihr Kopf einen Augenblick auf seine Schulter legte, dann hob sie ihr Gesicht dicht an seines. Er küßte sie ganz sanft, während seine Hände ihren Rücken zwischen den Schulterblättern massierten. Sie fühlte, wie seine Zunge die Innenseite ihrer Lippen berührte, während seine Hände unter ihre Jacke glitten und sie enger an sich zogen. Er löste seinen Mund von ihrem und wanderte mit seinen Lippen hinunter zu ihrem Halsansatz. Dabei öffnete er den obersten Knopf ihrer Bluse. Charlotte gab einen kleinen Seufzer von sich und fuhr mit einer Hand durch sein Haar.

Er löste sich von ihr und nahm ihr Gesicht in seine Hände. Charlotte öffnete die Augen und lächelte ihn an, ein überwältigendes Gefühl der Erleichterung überkam sie. Sie hatte sich nicht alles nur eingebildet. Jetzt, wo sie es sich beide eingestanden hatten, konnten sie die vorgetäuschte Zurückhaltung aufgeben und in eine neue Welt vordringen, in der sie aufrichtig glücklich sein durften. Ihr wurde plötzlich bewußt, wie sehr sie gefürchtet hatte, daß er sich nichts aus ihr machte, daß sie die Zeichen, das leichte Flirten, vielleicht falsch interpretiert hatte. Sie fühlte sich wie von einer Last befreit und liebte ihn dafür, daß er das gleiche gefühlt hatte wie sie.

Seine Augen schienen sich ihrer Zustimmung vergewissern zu wollen, bevor er fortfuhr. Sie antwortete, indem sie ihn wieder küßte und mit ihren Handflächen seitlich seine Hüften massierte. Er legte beide Hände vorn auf ihre Bluse und machte die Knöpfe auf. Sie spürte, daß seine Hände durch die Handschuhe noch warm waren, als er sie streichelte. Irgendwie gelang es seinen Fingern, unter die Lagen ihrer Unterwäsche zu gleiten, und sie seufzte erneut, als sie sie auf ihrer Haut spürte.

»Welches ist dein Zimmer?«

Sie nahm seine Hand und führte ihn halb entkleidet den schmalen Flur entlang. Sobald sie in ihrem Schlafzimmer waren, preßte sie sich an ihn, bereit sich zu verlieren. Er flüsterte ihr sanft schmeichelnde, ermutigende Worte ins Ohr, die sie kaum wahrnahm, bis sie ihn sagen hörte: »Ich glaube, wir sollten uns ausziehen.«

Irgendwie hatte sie so etwas Mechanisches nicht erwartet; sie hatte sich vorgestellt, daß ihre Kleidung einfach irgendwann nicht mehr da sein würde. In einem Anfall von Befangenheit drehte sie sich um, während sie sich eilig auszog, aus Sorge, daß sein stürmisches Verlangen vielleicht nachlassen könnte. Am liebsten wäre sie für einen Moment unsichtbar geworden. Sie sehnte sich danach, mit ihm zusammenzusein, aber sie wollte seinen Blick nicht auf den intimsten Regionen ihres Körpers spüren. Plötzlich schämte sie sich all der Unvollkommenheiten, die ihr nur allzu bewußt waren und die sie so lange verborgen hatte. Sie drehte sich zu ihm um, als sie das letzte Kleidungsstück abstreifte, und machte ein paar unsichere Schritte bis zum Bett.

Er lächelte beruhigend, er ermutigte und ermunterte sie. Jetzt spürte sie seine Hände überall, wie sie ihren Rücken hinab über die Wölbung ihrer Hüften strichen und sanft die Haut an der Innenseite ihrer Oberschenkel entlangfuhren. Aus Angst, etwas falsch zu machen, tat sie selbst als Reaktion nur wenig. Endlich, als sie dachte, er würde es nie mehr tun, ließ er seine Hand zwischen ihre Beine hochgleiten, und sie fühlte, wie sie sich durch seine Berührung öffnete.

Charlotte begann sich zu winden, als ob sie kurz davor wäre, eine alte Identität abzustreifen und etwas anzunehmen, das unmittelbar und kraftvoll von ihr Besitz ergriff. Sie krümmte sich auf dem Bett, ihre Beine öffneten sich dabei ein wenig. Sie legte beide Arme um seinen Hals, wie um sicherzugehen, daß er nicht das Gefühl hatte, sie hielte sich zurück. Sie fühlte, wie er zu ihr in ihre Umarmung rollte, die ihn umschloß, und wie er mit seinem Knie ihre Beine noch weiter auseinanderschob. Sie hielt die Augen fest geschlossen, als sein Körper auf ihren herabsank.

Ein paar Augenblicke später hörte sie ihn sagen: »Ich kann das nicht, Charlotte.«

Sie öffnete die Augen. »Was meinst du damit?«

»Es tut mir leid. Du ... du hast es noch nie getan, nicht wahr?«

»Nein. Aber das ist schon in Ordnung.«

Er war von ihr heruntergerollt und lag auf dem Rücken. Sie stützte sich auf einen Ellbogen und schaute ihn ernst an. »Es ist in Ordnung. Ich möchte, daß du es tust. Ich möchte es wirklich.«

Er schüttelte den Kopf. »Es geht zu weit. Ich hätte es nie soweit kommen lassen dürfen. Du bist unwiderstehlich, Charlotte. Weißt du das?«

»Das sieht aber nicht so aus.«

»Es tut mir leid. Du wirst noch dankbar dafür sein. Ich bin ein hoffnungsloser Fall. Du kannst mich nicht wollen.«

»Ich will dich aber.« Sie beugte sich über ihn und überzog sein Gesicht mit Küssen. »Ich will dich, wirklich.«

Er befreite sich aus ihrer Umarmung und rollte sich aus dem Bett. Er ging zu seiner Jacke, die er auf dem Boden liegen gelassen hatte, und nahm ein Päckchen Zigaretten aus der Brusttasche. In ihrer Befangenheit war Charlotte gar nicht aufgefallen, daß er sein Hemd anbehalten hatte. Die Hemdschöße reichten ihm fast bis zu den knochigen Knien; seine Beine sahen so aus, wie sie es sich ausgemalt hatte: nackt, dünn, leicht gekrümmt.

Er bot ihr eine Zigarette an, und als sie den Kopf schüttelte, lehnte er sich gegen den Sims des kleinen zugenagelten Kamins und zündete sich selbst eine an. Charlotte versuchte krampfhaft, ein Schluchzen zu unterdrücken.

»Ich weiß, was du denkst.« Er atmete etwas Zigarettenrauch aus. »Mir war einfach nicht klar, daß du es noch nie getan hast. Deshalb habe ich aufgehört. Alles, was ich sagen kann, ist, es ist besser so. Du kannst mich eine Weile lang hassen – du *solltest* mich eine Weile lang hassen. Das geht vorbei, und du wirst unter Hunderten von Männern, richtigen Männern, anständigen Männern, wählen können.«

Charlotte bezwang die Versuchung nachzugeben. Sie würde ihn nicht gehen lassen. Sie kletterte aus dem Bett, nackt und frierend, und ging zu ihm. Er hatte sich der Wand zugedreht, um die Asche von seiner Zigarette abzustreifen, als sie seine Taille umarmte und ihre Wange gegen seinen Rücken preßte. Ihre Arme glitten ein wenig nach unten, bis ihre Hände seinen Unterleib berührten.

Sie hielt ihn fest, und als sie ihn streichelte, streifte ihre Hand leicht gegen etwas. Sie hörte, wie er plötzlich Luft holte, und spürte, wie sich sein Körper anspannte, als er den Kaminsims packte. Bevor sie ihre Hand wegnehmen konnte, hielt er sie fest und führte sie zurück dorthin. Sein Fleisch lag warm und schwellend in ihrer Hand, während sie ihre Finger auf und ab bewegte. Sie war verwundert, wie zart sich seine Haut anfühlte. Er hielt den Kaminsims umklammert, so daß ihre Körper sich nur an einer Seite berührten. Sie hörte ihn keuchen und beschleunigte die Bewegungen, die ihn einengten, noch weiter. Als sie hörte, wie er ein »Nein« stöhnte, merkte sie, daß sein Körper ihr etwas ganz anderes sagen wollte, denn in der Umklammerung ihrer Finger schwoll er weiter und gewann an Entschlossenheit. Er wandte sich zu ihr um und küßte sie, aber sie hielt ihn noch einen Augenblick länger in ihrer Hand.

Wieder im Bett sah sie ihm unverwandt in die Augen, als er neben ihr lag, und schlüpfte dann wieder unter die Decke. Er sah beschämt aus. Er schüttelte den Kopf. »Du bist eine sehr entschlossene Frau, Charlotte.«

Als Gregory aufwachte, war es dunkel. Er sah auf seine Armbanduhr. Um acht mußte er wieder auf seinem Stützpunkt sein, und jetzt war es Viertel nach fünf. Er sah hinunter auf Charlottes Kopf und strich ihr über das Haar.

»Wann mußt du bei deinem Arzt sein?«

»Um sechs.«

»Ich glaube, dann solltest du dich jetzt besser auf den Weg machen.«

Charlotte setzte sich mit einem Ruck auf, als er ihr sagte, wie spät es war. »Mein Gott, du hast recht.« Sie ertappte ihn dabei, wie er ihre Brüste anschaute, die vor dem Hintergrund des weißen Lakens erhitzt und rosig aussahen. Gregory wollte die weichen, hauchzarten Spitzen zwischen seine Lippen nehmen und sanft daran saugen. Aber er merkte, daß Charlottes Schamgefühl durch den Schlaf wiederhergestellt worden war. »Stehst du nicht auf?« fragte sie und verschränkte die Arme vor ihren Brüsten. Er schüttelte den Kopf.

Sie stieg aus dem Bett und stakste steifbeinig durchs Zimmer. Er spürte, wie sehr sie sich innerlich gegen die Vertrautheit seiner Blicke sträubte, aber er konnte sie nicht von ihr abwenden. Sie zog rasch ihre Unterwäsche an und stand dabei in dem schmalen Zimmer mit der Seite zu ihm gewandt. Im Profil sah er ihre vom Schlaf rosigen Wangen, ihre kalten Finger fummelten ungeschickt an den kniffeligen Haken und Ösen.

»Du hast nicht zufällig noch ein Paar davon, oder?«

»Was?«

»Von den Strümpfen. Ich bekomme immer so kalte Füße beim Fliegen.«

Charlotte erwiderte, ohne sich umzudrehen: »Ich sehe mal nach. Diese hat mir meine Mutter aus Edinburgh geschickt.«

Um ihr seine prüfenden Blicke zu ersparen, stand Gregory widerstrebend auf und zog sich an.

»Ich habe nicht einmal mehr Zeit, dir eine Tasse Tee zu machen«, sagte sie. »Tut mir leid.«

»Es braucht dir nicht leid zu tun. Möchtest du, daß ich dich zu deinem Arzt fahre?«

»Ich nehme lieber den Bus. Dein Auto ist ziemlich auffällig.«

Im Flur nahmen sie ihre Mäntel und gingen nach unten. Bevor sie aus der Haustür traten, küßte er sie. Draußen sah er ihr nach, wie sie die verdunkelte Straße entlangging und verschwand. Sie drehte sich an der Ecke nicht nach ihm um, und Gregory spürte in seiner Magengrube ein unerwartetes Gefühl der Angst.

## 7. KAPITEL

Gregorys Französischlehrerin las mit ihm *Der kleine Prinz* von Antoine de Saint-Exupéry. Zuerst las sie immer einen Satz vor, dann bat sie ihn, ihn zu wiederholen. Ein sorgenvoller Ausdruck überzog ihr Gesicht. Manchmal konnte sie es kaum abwarten, bis er den Satz beendet hatte, bevor sie protestierte.

»Nein, nein, Sie sagen immer noch *roue*. Es heißt aber *rue*. So. *Rue.*« Sie spitzte die Lippen und pfiff.

Gregory wiederholte das Geräusch, das er hörte, allerdings nicht zu Madame Fanons Zufriedenheit. »*Rue!*« stieß sie barsch hervor.

»*Rue*«, erwiderte er.

»*Non, non, non. Rue.*«

»*Rue.*«

»*Mais non! RUE!*«

»*Rue.*«

Gregory betrachtete prüfend den Haaransatz an ihrem Hals. Er hätte schwören können, daß sie eine Perücke trug, doch gab es keinen Zweifel daran, daß die Haare vorn tatsächlich ihrer gerundeten Stirn entsprangen. Sie waren fest verwurzelt, kastanienfarben und mit natürlichen grauen Strähnen durchzogen.

»Es tut mir leid, Madame Fanon. Ich fürchte, ich bin ein sehr schlechter Schüler. Haben Sie etwas dagegen, wenn ich eine Zigarette rauche?«

Sie schob einen kleinen Aschenbecher aus Messing über das Tischtuch. »Sie sollten ›Madame‹ sagen, nicht ›Madame Fanon‹.«

»Ich muß noch soviel lernen. Aus welchem Teil Frankreichs kommen Sie?«

»Aus Montauban.« Madame Fanon schien erleichtert, Saint-Exupéry einen Augenblick lang ruhen zu lassen. »Es liegt im Südwesten, nicht weit von Toulouse. Es war der Geburtsort von Ingres.«

»Und gibt es dort irgendwelchen Widerstand?«

»O ja.« Madame Fanons Gesicht zuckte unter den gepuderten Fältchen. »Von Anfang an hat es im Südwesten Aktionen gegeben. Diese Männer und Frauen haben einen unabhängigen Geist. Das war in unserem Teil der Welt immer schon so.« Sie hielt inne und sah Gregory an, wie um zu entscheiden, ob sie ihm vertrauen konnte. Sie seufzte. »Aber für viele andere ist die Besetzung die Gelegenheit, auf die sie ihr ganzes Leben lang gewartet haben. Solange ich denken kann, hat es Leute gegeben, die eine Revolution wollten, weil sie glaubten, die Republik habe versagt. Jetzt, mit Marschall Pétain, glauben sie, daß sie sie bekommen werden. Die Anwesenheit der Deutschen ist notwendig, weil sie es der Vichy-Regierung ermöglicht, ohne ein demokratisches Verfahren zu regieren. Keine Deutschen, keine Revolution. Das einzige, was sie sich wünschen, ist, daß die Deutschen sie mehr unterstützen.«

»Ich verstehe. Ich hätte allerdings geglaubt, daß sie in der Gewalt der Deutschen seien.« Gregory hatte sich nie Gedanken über die französische Politik gemacht und schon gar nicht über die Möglichkeit, daß, aus welchem Grund auch immer, die Deutschen den Franzosen willkommen sein könnten. Vielleicht hatte Madame Fanon das falsch verstanden.

Er sah sich in dem vollgestopften Wohnzimmer um. Madame Fanon war überstürzt zu ihrem Mann nach London gekommen, und auf den vor langer Zeit angehäuften Einrichtungsgegenständen der abwesenden englischen Besitzer hatte sie eine dünne Schicht ihres eilig eingepackten Besitzes ausgebreitet. Ein gläserner Bilderrahmen, der einen tapfer lächelnden Jungen in Uniform und mit Bürstenhaarschnitt zeigte, stand auf einem Regal voller Romane von Warwick Deeping und Hugh Walpole.

»Sie müssen Französisch üben. Es nutzt nichts, daß Sie dreimal in der Woche zu mir kommen, wenn Sie zwischendurch die Sprache nicht sprechen. Haben Sie keine Freunde, die Französisch sprechen?«

Gregory fuhr sich mit den Fingerspitzen über das Kinn. »Da muß ich mal überlegen.«

Als er abends wieder am Stützpunkt eintraf, erfuhr er, daß seine Versetzungspapiere fertig waren. Er ging mit Borowski auf einen Abschiedstrunk ins Rose and Crown. Am Ende hatten sie schließlich beide so viel getrunken, daß sie nicht mehr wußten, wo sie hingingen. Gregory wurde plötzlich mitgerissen von der Vorstellung, nach Frankreich zu fliegen. Wenn die Lage so hoffnungslos war, wie Madame Fanon gesagt hatte, dann würden die Menschen, die sich engagierten, also diejenigen mit einem unabhängigen Geist, die sie beschrieben hatte, die Unterstützung der großen britischen Flugzeuge benötigen, die sich mühsam ihren Weg durch die Nacht bahnten. Das wäre eine gute Sache, es wäre eine sinnvolle Sache, es wäre …

Das Bier floß in Strömen vorn über Borowskis Uniform, als der Inhalt des Meterglases aus seinem vollen Mund und seiner verzweifelt arbeitenden Kehle überlief. Gregory beobachtete, wie Borowskis Adamsapfel auf und ab zuckte, bis er auf einmal oben innehielt und das Bier auf seine Wangen und blinzelnden Augen spritzte, woraufhin er gezwungen war, das Meterglas unter prustendem Bedauern abzusetzen.

Nach dem Rose and Crown gingen sie zurück zur Messe, wo Gregory zur Feier des Tages eine Flasche Whisky erstand. In einem Nebenraum begannen ein paar von den jüngeren Piloten ein Spiel, bei dem das Mobiliar auf dem Fußboden verteilt wurde und sie eine Runde im Zimmer drehen mußten, ohne daß dabei ihre Füße den Boden berührten. Gewinner war ein mürrischer Norweger. Der Preis bestand darin, daß ihm die Hosen heruntergezogen und seine Genitalien mit schwarzer Schuhcreme beschmiert wurden.

Bei dem Versuch, die Treppenstufen in seinem Cottage hinaufzugelangen, schien Gregory nicht genügend Schwung nehmen zu können. Jedesmal, wenn er die vierte oder fünfte Stufe erreichte, stellte er fest, daß sein Körper haltmachte, sich ausbalancierte und wieder nach hinten kippte. Nach dem dritten Versuch nahm er einen langen Anlauf, und es gelang ihm, an der kritischen Stufe sein Gewicht weiter nach vorn zu verlagern. Den Rest kroch er auf Händen und Knien nach oben wie ein Kind, zog sich unbeholfen aus und ließ seine Kleider auf den schwankenden Fußboden fallen.

Er hatte oft festgestellt, daß die ersten Minuten, nachdem er mit einer Frau geschlafen hatte, bestimmten, wie lange die Affäre dauern würde. Manchmal verspürte er den darwinistischen Wunsch, auf der Stelle zu gehen, nachdem die Befruchtung vollendet war. Nur der Rat eines in Afrika im Exil lebenden Bonvivant – daß es der Gipfel der Unhöflichkeit sei, weniger als zweimal mit jemandem zu schlafen – hatte ihn davon abgehalten, dies öfter zu tun. Bei anderen Gelegenheiten hatte er eine Art geduldiger Neugier verspürt, bei der er sich gern Zeit ließ, um sie zu befriedigen.

Als er jetzt seinen Kopf auf das schwankende Kopfkissen legte, erinnerte er sich einen Augenblick an den Druck von Charlottes Hand, der ihn gefangengenommen hatte. Es war wundervoll. Dieses Verlangen der Frauen war so überwältigend, es war so tief in ihren Genen verankert. O Gott, dachte er, es ist fast wie eine moralische Macht... Und doch durfte er ihr nichts vormachen, durfte sie nicht im Stich lassen. Aber warum sollte er es nicht riskieren? Warum bloß machte er sich so viele Gedanken über ihre Gefühle? Natürlich nur, weil er auf dem besten Weg war, sich in sie zu verlieben. Wenn er an sie dachte, überkam ihn ein Hochgefühl, eine solche Freude, die jedes Urteilsvermögen hinwegzufegen drohte. Es war Schicksal, dafür war er geboren worden … aber da überwältigte ihn der Schlaf.

Charlotte spürte bei der Arbeit den ganzen Tag einen erwartungsvollen Druck. Sie hatte gehandelt, und die Dinge würden sicher ihren Lauf nehmen. Es war äußerst unwahrscheinlich, daß nichts weiter passieren würde.

Sie schrieb die Briefe für Dr. Wolf und bediente sein Telefon, sie lächelte den jungen Männern höflich zu, die aus dem Aufzug erst auf den marmornen Treppenabsatz und dann in die Praxis eintraten oder humpelten. Sie ertrug ihre Blicke, ihr Schweigen und ihr Flirten.

Ihre große Befürchtung war, daß Gregory sie nicht ernst nahm. Sie wünschte, sie wäre ihre lästige Jungfräulichkeit irgendwie vorher losgeworden, so daß sie sie getrost hätte vergessen können, und hoffte, daß diese Tatsache sie in seinen Augen nicht disqualifizierte. Und doch ließ sich dieser Verlust der Jungfräulichkeit nicht einfach so abtun; denn hinzu kam noch die Angst.

»Miss Gray, diese Briefe, die ich Ihnen gegeben habe, sind Sie damit fertig?«

»Nein, tut mir leid. Ich wollte gerade damit anfangen.«

Nichts konnte zunächst ihr Warten stören. Sie hatte sich anständig verhalten, wenngleich im Zusammenhang mit ihrem Schlafzimmer anständig vielleicht nicht das passende Wort war. Wenigstens war sie entschlossen und einfallsreich gewesen. Sie hatte ihn nicht gehen lassen. Alles, was sie jetzt tun mußte, war, darauf zu warten, wie ihre Initiative belohnt wurde.

Drei Tage vergingen, ohne daß er etwas von sich hören ließ. Was sie bei ihrem vorsichtigen Warten vergessen hatte, war das Verlangen, ihn zu sehen, das Entzücken, das sie in seiner Gegenwart empfand. Ihr Verlangen wurde so stark, daß es ihr Urteilsvermögen beeinträchtigte, bis sie sich am vierten Tag dessen nicht mehr sicher war, worüber sie sich noch vor so kurzer Zeit mit ruhiger Gewißheit im klaren war. Die Sehnsucht allein nach seiner Gegenwart beherrschte jetzt ihre Gedanken derart, daß kein Platz mehr war für Planung und geschicktes Lavieren. Sie legte den Kopf auf die Arme: Ich möchte ihn einfach nur *sehen,* das ist alles.

Charlotte saß zu Hause. Die *Times* brachte einen Bericht aus Paris, demzufolge der ehemalige Außenminister Pierre Laval aus dem politischen Exil zurückgekehrt war, um »Ministerpräsident« zu werden, Marschall Pétain sollte Staatschef bleiben. Charlotte wußte nicht, wie sie diese Nachricht einschätzen sollte. Ihre Ansichten waren geprägt von der Erinnerung daran, wie abfällig Monsieur Loiseau immer den Namen Laval ausgesprochen hatte. Sie wußte noch, daß er eine Art Sozialist gewesen war, doch das schien wohl nicht mehr der Fall zu sein. Es war alles zu verwirrend, und der Artikel in der *Times* erklärte die Situation nicht, er unterstützte lediglich Charlottes Eindruck, daß die Nachricht irgendwie unheilvoll klang.

Sie legte die Zeitung beiseite und ging zum Fenster, um es zu öffnen. Es war die Zeit im Frühling, in der sie ständig feststellte, daß sie falsch angezogen war. Sie zog ihre taubenblaue Strickjacke aus und nahm sie mit in ihr Schlafzimmer, wo sie das Fenster aufmachte und hinunter auf die Straße sah. Es war das erste Mal, seit sie hier wohnte, daß es warm genug war, um frische Luft hereinzulassen, obwohl sich selbst jetzt auf ihren nackten Armen in dem Luftzug kurz eine Gänsehaut bildete.

»Du bist eine sehr entschlossene Frau.« Das war es, was Gregory zu ihr gesagt hatte. Nun gut, dachte sie, dann werde ich das auch sein. Ich werde nicht länger warten, bis etwas passiert, und als erstes werde ich versuchen, eine richtige Arbeit zu finden. Ich werde bei Dr. Wolf kündigen und Cannerleys Angebot annehmen, was auch immer das mit sich bringt. Da mir Peter Gregory am meisten am Herzen liegt, werde ich mich auf andere Dinge konzentrieren: Auf Umwegen werde ich schon den richtigen Weg finden.

Sie hörte, wie sich ein Schlüssel im Türschloß drehte. Sie hoffte, daß es Sally war, die zu sehr mit ihrem eigenen Leben beschäftigt war, um Charlotte viele Fragen über ihres zu stellen.

Ausnahmsweise hatte es am frühen Abend nicht den üblichen Telefonanruf aus St. James's gegeben.

»Charlotte!« Daisys Stimme drang fröhlich durch den Flur. Charlotte kam aus ihrem Zimmer.

»Ist es nicht ein herrlicher Abend?« fragte Daisy. »Glaubst du, wir könnten jemanden überreden, daß er uns zu einem Drink auf dem Fluß einlädt?«

Bevor Charlotte antworten konnte, klingelte das Telefon. Beide Frauen gingen ins Wohnzimmer, um den Hörer abzunehmen, aber Charlotte war schneller.

Ihre Konzentration wurde durch Daisys hektische Pantomime an der Tür nicht gerade gefördert: Ihr Körper hatte sich zu einem Fragezeichen verbogen, ihre Lippen formten die Großbuchstaben des Wortes WER? Charlotte drehte ihr den Rücken zu und hielt das kühle Bakelit des Hörers an ihre Wange. Sie drehte die pelzige, ausgefranste Schnur zwischen ihren Fingern. Die komischen kleinen Details des häuslichen Lebens nahm sie überhaupt nicht mehr wahr, so überwältigt war sie vor Freude.

Charlottes Hände lagen auf Gregorys nackten Schultern, direkt unter ihren Handinnenflächen konnte sie die Knochen seiner Schulterblätter spüren. Sie mußte ihn nicht verführen oder ihn ermutigen. Von dem Augenblick an, in dem sie sich wiedersahen, hatte er keinen Zweifel daran gelassen, was er wollte.

Kaum waren sie wieder im Haus angekommen, konnte er nicht einmal abwarten, bis sie die Treppe hinaufgegangen waren. Seine Hände fuhren über ihre Kleider, während er sie gegen die Wand drückte und die Haustür mit seinem Absatz ins Schloß warf. Er hatte ihren Rock hochgehoben, seine Handfläche auf die Haut an der Innenseite ihres Oberschenkels gelegt und mit seinem ausgestreckten Finger einen Saum gelüpft. Sie nahm seine Hand und führte ihn nach oben in die Wohnung.

Er schien so viele Dinge zu kennen, die man tun konnte, so viele verschiedene Arten, sie zu berühren. Sie mußte jeden Sinn für Schamgefühl über Bord werfen, wenn er sie auszog, sie küßte, aber ihre unausgesprochene Bedingung dafür war Vertrauen: Je mehr Freiheiten sie ihm erlaubte, desto mehr mußte er zu schätzen wissen, was dies für sie bedeutete und was sie dafür von ihm erwartete. Wie seltsam, dachte sie, daß all die Dinge, von denen sie angenommen hatte, daß sie sie und andere Frauen für Männer attraktiv machten – ihr Haar, ihre Augen, was sie sagten, ihre eleganten Kleider –, in dem würdelosen Ausbreiten von Armen und Beinen preisgegeben wurden. Doch weit entfernt davon, über diese Veränderung verstimmt zu sein, schien sie ihn im Gegenteil damit zu erregen.

Zunächst hatte es weh getan, aber nicht lange, und seine gemurmelten tröstenden Worte waren nicht das, was sie hören wollte. Sie wollte, daß er sich so rasch wie möglich in ihr gehen ließ. Die Dringlichkeit seiner körperlichen Leidenschaft schien ein Symbol des Vertrauensverlustes zu sein, den sie bei ihm spürte. Er schien es noch etwas hinauszögern zu wollen, aber sie machte es ihm unmöglich, sich noch länger zu beherrschen.

Sie ließ ihre Hände von seinen Schulterblättern hinunter auf sein Gesäß gleiten, um ihn noch mehr in sich aufzunehmen, dabei drückte sie ihn innig an sich, bis er einen hingebungsvollen, verzweifelten Seufzer ausstieß. Jetzt hatte sie ihn und setzte in dem Augenblick, als er fertig war, ihren eigenen Zyklus des Begehrens in Gang. Gregory schien es zu spüren, und Charlotte fragte sich, wie das möglich sein konnte. Mit wie vielen Frauen mußte er dies schon getan haben? Welches halb wahrgenommene Ausatmen verriet ihm, wann er aufhören und wann er weitermachen sollte? Sie fühlte seine suchende Hand und seinen Mund an ihrem Ohr. Schnell war sie erneut kurz vor einem entscheidenden Augenblick, und wieder sah sie keine andere Möglichkeit, als sich gehenzulassen.

Es schien unglaublich, daß sie dieses körperliche Gefühl so überdeutlich wahrnahm, wo sie diesen Akt doch lediglich dazu benutzen wollte, zu einer unbestimmten, tiefergehenden Vereinigung zu gelangen, die nichts zu tun hatte mit Haut, Lust und körperlichen Empfindungen. Unterdessen erklang in ihren Ohren ein leises, doch heftiges Keuchen, und es dauerte eine Weile, bis sie erkannte, daß es aus ihr selbst kam.

Als sie aufstand, um sich selbst einen Tee zu machen und für ihn einen Whisky zu holen, spürte Charlotte, wie die alte Befangenheit sofort zurückkehrte. Rasch schlang sie einen Morgenrock um sich. Als sie wiederkam, hatte sich Gregory eine Zigarette angezündet und balancierte einen Aschenbecher auf dem Bett.

Er strich ihr das Haar aus der Stirn und aus dem Gesicht und küßte sie auf die Wange. »Du hast eine wunderschöne Haut«, sagte er und fuhr mit einem Finger seitlich ihren Hals entlang und über ihre Kehle. Er küßte ihr Ohr.

»Du sprichst doch Französisch, nicht?«

»Ja, warum?«

»Ich habe Probleme mit meiner Madame Fanon. Es ist eine schrecklich schwere Sprache, findest du nicht auch?«

»Ja. Aber wozu mußt du denn Französisch lernen?«

»Für den Fall, daß ich abstürze. Ich muß wenigstens in der Lage sein, um Hilfe bitten zu können. Am liebsten hätten sie es, wenn ich mich als Franzose ausgeben könnte, so daß ich mir allein einen Weg über die Pyrenäen bahnen kann, aber sie sehen ein, daß das nicht möglich ist.«

»Bist du für sie so wertvoll?«

»Ich fürchte, ja. Alle Piloten sind das. Es ist eine lange und teure Ausbildung. Sie verlieren uns nur ungern.«

»Du wirst aber nicht abstürzen, oder?«

»Charlotte, ich muß dir sagen, daß ich offenbar nicht in der Lage bin abzustürzen. Ich bin direkt durch eine Staffel Messerschmitts geflogen, nachdem meine Munition alle war, und habe nicht einmal einen Kratzer abbekommen. Ich bin mit der Oberseite nach unten ungefähr dreißig Meter über dem Boden geflogen, um sie glauben zu machen, ich hätte die Kontrolle über das Flugzeug verloren, und es ist mir irgendwie gelungen, keinen Baum zu berühren. Selbst als mein Flugzeug beschädigt war, schien es ganz normal zu fliegen.«

»Du klingst enttäuscht.« Als er keine Antwort gab, sagte sie: »Wann wirst du nach Frankreich fliegen?«

»In ein paar Wochen. Vorausgesetzt, man traut mir zu, eine Halifax zu fliegen.«

»In ein paar Wochen ... Das ist nicht mehr lange, nicht wahr?«

»Es ist lange genug. Sie sind leicht zu fliegen. Ich mache mir mehr Sorgen um mein Französisch.«

»Ich meinte, es ist nicht mehr lange ... nicht mehr lange, bis du gehst, für den Fall, daß du nicht mehr wiederkommst.«

»Natürlich komme ich wieder. Ich bin unverwüstlich.«

Charlotte berührte mit den Fingerspitzen seine Wange.

»Warum hast du deine Meinung über mich geändert?«

Gregory verlagerte sein Gewicht auf dem Kopfkissen. »Vielleicht hätte ich das nicht tun sollen. Macht es dir etwas aus?«

»Ob es mir etwas ausmacht? O nein... Zieh nicht immer so eine krause Stirn. Es ist alles in Ordnung.«

Doch sein besorgter Gesichtsausdruck blieb.

»Ich wollte dir helfen«, sagte sie. »Ich wollte etwas tun, damit es dir bessergeht.«

Als Gregory gegangen war, um seinen Zug zu erreichen, überredete Charlotte den Boiler, geräuschvoll anzuspringen. Sie sagte sich, daß sie von nun an Daisys Vorträgen über Verhütung mehr Aufmerksamkeit schenken mußte: Bis jetzt war es ihr gelungen, den Blick abzuwenden, wenn Daisy ihren Rock hochraffte, einen Fuß auf den Badewannenrand setzte und die Kunst der Scheidenspülung vorführte. Ein ungebetenes Geschenk – etwas, das sich Volpar-Gel nannte – hatte sie unauffällig weggeworfen.

Charlotte machte ihr Bett gar nicht erst, sondern badete und schlüpfte dann in einem sauberen Nachthemd unter die noch warme Bettdecke und fühlte, wie ihr Körper in den Schlaf versank. Sie hatte kaum noch einen Moment Zeit, in dem sie darüber nachdenken konnte, was sie getan oder ob es sich von ihren langen gehegten Vorstellungen unterschieden hatte.

Warum hatte ich solche Angst? Sie schaffte es gerade noch, diese Frage an sich selbst zu formulieren, bevor der Schlaf die Worte auseinanderpflückte.

In ihrem zeitlich begrenzten Paradies körperlichen Wohlbefindens hörte Charlotte am Morgen weder, wie Daisy und Sally geräuschvoll ins Badezimmer einfielen, noch, wie sie sich polternd auf den Weg zur Arbeit machten oder wie Terence von einem Zimmer ins andere stolperte. Ihren eigenen Wecker hatte sie nicht gestellt, weil sie beim Zubettgehen angenehm abgelenkt gewesen war.

Sie erwachte, als der Lärm einer Autohupe durch ihr noch immer geöffnetes Schlafzimmerfenster drang.

Sie war in ihrem heilsamen Schlaf vollkommen glücklich gewesen und setzte sich verwirrt im Bett auf. Es war fast halb elf. Sie hetzte durchs Zimmer und schlüpfte in einem Taumel von ungeschickt zugemachten Knöpfen und Reißverschlüssen in ihre Kleider. Sie strich sich den Rock glatt, schob sich einen Kamm in die Haare und eilte mit der Zahnbürste im Mund aus der Wohnung. Sie winkte ein Taxi herbei, schluckte, als sie auf dem Rücksitz saß, die Zahnpasta hinunter, legte etwas Puder auf und betrachtete im Spiegel ihrer Puderdose das Ergebnis.

Sie schloß die Eingangstür des Gebäudes auf, in dem sich die Praxis von Dr. Wolf befand, und rannte die Treppe hinauf. Die Tür zum Behandlungszimmer war geschlossen, also setzte sich Charlotte an den Schreibtisch und begann, die Briefe zu öffnen.

Nach ungefähr zwanzig Minuten öffnete sich Dr. Wolfs Tür, und ein junger Mann in Soldatenuniform kam heraus, lächelte Charlotte zu und machte sich auf den Weg zur Treppe.

»Ach, Miss Gray.« Dr. Wolf streckte den Kopf aus seinem Zimmer. »Schön Sie zu sehen. Ist alles in Ordnung?«

Charlotte fing an, sich zu entschuldigen. Sie hatte vergessen, den Wecker zu stellen, erzählte sie ihm, aber ohne die entscheidenden Ereignisse, die diesem Gedächtnisschwund vorausgegangen waren, klang die Geschichte nicht sehr überzeugend.

Dr. Wolf sagte: »Ich verstehe.«

»Ich bin sicher, daß ich es aufholen kann. Ich werde keine Mittagspause machen. Ich werde dafür sorgen, daß alles pünktlich erledigt wird. Es tut mir leid.«

Im Lauf des Vormittags gelangte Charlotte zu der Einsicht, daß dies der ideale Augenblick war, um zu kündigen. Als es Zeit für die Mittagspause war, nahm Dr. Wolf im Vorraum seiner Praxis Mantel und Hut vom Haken.

Charlotte sagte: »Es gibt da etwas, was ich Ihnen schon seit einer ganzen Weile sagen möchte. Es hat mir sehr viel Spaß gemacht, für Sie zu arbeiten, aber ich fürchte, es ist die Zeit gekommen, wo ich –«

Ohne Charlotte zuzuhören, hatte Dr. Wolf zur gleichen Zeit wie Charlotte angefangen zu reden. »Miss Gray, ich brauche eine Sprechstundenhilfe, auf die ich mich verlassen kann. Ich verlange nicht, daß sie Initiative zeigt oder selbständig denkt.« Es lag etwas von sarkastischem Überdruß in seiner Stimme. »Da waren die Briefe, an die ich Sie neulich erinnern mußte. Da war das Problem mit dem Tisch in meinem Club. Und nun sind Sie offenbar nicht in der Lage, morgens rechtzeitig aufzustehen …«

Charlotte, der es peinlich war, Dr. Wolf ihre Kündigung mitteilen zu müssen, kämpfte sich durch ihre eigene Rede und schaute dabei auf ihre Hände: »…Es ist nicht so, daß ich die Arbeit nicht schätze, ich bin nur der Meinung, daß ich mehr zu unseren Anstrengungen in diesem Krieg beitragen kann, wenn ich …«

»Ich habe keinen Zweifel daran, daß Sie eine junge Frau mit vielen Fähigkeiten sind, Miss Gray, aber Sie eignen sich nicht als Sprechstundenhilfe für einen Arzt. Ich glaube, wir wären beide glücklicher, wenn Sie sich nach einer anderen Stellung umsehen.«

Als Charlotte begriff, daß Dr. Wolf ihr gerade gekündigt hatte, war sie so überrascht, daß sie anfing zu lachen. Es war absurd: Sie hatte hier nur gearbeitet, weil sie helfen wollte. Es war nicht so, daß sie nicht etwas hätte finden können, was interessanter gewesen wäre, und dann stellte sich heraus, daß sie offenbar nicht in der Lage war, ans Telefon zu gehen oder ein paar Briefe zu schreiben …

Sie stand auf. »Sie haben recht. Sie brauchen eine richtige Sprechstundenhilfe, und ich sollte etwas anderes tun. Ich hoffe, Sie sind nicht der Meinung, daß ich Ihre Zeit verschwendet habe. Natürlich bleibe ich, bis Sie eine Nachfolgerin für mich gefunden haben.«

Charlotte war sich der unklaren Aufregung bewußt, die anfing in ihr zu brodeln. Sie hielt sich durch die kühle Klarheit der Erleichterung in Grenzen: Nur indem sie das Problem löste, hatte sie es ans Tageslicht befördert.

## 8. KAPITEL

Eine Depression – obwohl dies ein schwaches Wort zu sein schien für den Ansturm blinder Panik und die halb wahnsinnige Handlungsunfähigkeit – trat in Charlottes Leben immer nach einem bestimmten Muster auf, das sich im Lauf der Jahre herausgebildet hatte. Die Anfänge waren oft kaum spürbar: Wie eine gewissenhafte Haushälterin, die eine weitläufige Villa abschloß, ging sie geräuschlos umher und schaltete nacheinander die tausend kleinen Verbindungen zwischen Kopf und Vergnügen ab. Es begann so allmählich, und ihr Kopf konnte sich so rasch anpassen, daß sie nie merkte, was mit ihr vorging. Die Abneigung zuzugeben, daß irgend etwas nicht stimmte, förderte das heimliche Anschleichen der Krankheit nur noch. Manchmal gab sie vor sich selbst erst zu, daß sie litt, wenn sie bereits auf dem Weg der Besserung war. Mehrere Wochen lang hatte es sie Mühe gekostet zu sprechen, so daß ihre Kiefer schmerzten. Die Tricks und die Selbsttäuschungen, mit Hilfe derer die Menschen es vermieden, sich den tragischen Gegebenheiten der Welt zu stellen, waren eine unverzeihliche Leichtfertigkeit: Die Luft, die ihre Glieder umgab, fühlte sich an wie eine feste Masse.

Dann hörte sie plötzlich eines Morgens die Post auf die Fußmatte fallen und spürte einen winzigen Strahl freudiger Erwartung. Sie hörte im Radio ein Lied und merkte, wie es etwas in ihr anrührte. Was war dieses fremde, unbekannte Pochen? Ach ja, sie erinnerte sich jetzt wieder: Es war das, was man jeden Tag tausendmal spürte, es war das, was einen antrieb und das Leben erträglich machte. Es war das, was sie in ihrer abgeschiedenen Dunkelheit nicht gespürt hatte seit… seit… Und dann weinte sie voller Bitterkeit darüber, wie lange die Welt ihr vorenthalten worden war.

Dieser Prozeß, bei dem ein Problem erst gänzlich zutage trat, wenn schon deutlich wurde, daß es nicht mehr so schlimm war, schien vergleichbar mit dem, was mit Gregory und Dr. Wolf passiert war. Sobald sie die Praxis verlassen hatte, ließen ihre Qualen wegen Gregory nach. Und das war nur der Anfang: In ihrer Handtasche befand sich eine Rechnung für ein Abendessen im Zug, und auf der Rückseite stand die Telefonnummer einer Adresse in Ormond Gate.

Sie trafen sich wieder im Ritz, wo Cannerley in einer männlichen Codesprache redete, die nur aus Nummern und Buchstaben zu bestehen schien. Die Typen von Neun hätten vielleicht Interesse, obwohl er die Vermutung habe, daß Abteilung G das Richtige sei.

Er zog mit den Schneidezähnen eine Olive aus einem Zahnstocher und zwirbelte das kleine Hölzchen an der klebrigen Oberfläche seines weißen Martinis herum. Er trug, wie Charlotte zugeben mußte, einen sehr schönen anthrazitfarbenen Anzug aus einem schimmernden Stoff, der seinen in dem zierlichen vergoldeten Stuhl gefalteten Körper locker umfloß. Er hatte ein Bein über das andere geschlagen, und die Hosenbeine waren nur so weit nach oben gerutscht, daß sie die dünnen schwarzen Socken, die handgearbeiteten Schuhe und ein Stück blasse Haut zeigten.

Obwohl Cannerley versuchte, seine übliche spielerische Trägheit an den Tag zu legen, gewann Charlotte den Eindruck, daß er nervös war.

»Wer sind all diese Leute?« fragte sie. Sie fragte sich, ob sie wirklich existierten, oder ob Cannerley ein Spiel spielte, das er selbst erfunden hatte. Vielleicht war er nicht der überschwengliche Lebemann, der er vorgab zu sein, vielleicht war er doch nicht so unabhängig und frei in seinen Entscheidungen.

Cannerley lachte, aber seine Augen blieben dabei ungerührt. »Überlassen Sie das mir, meine Liebe. Ich esse nächste Woche mit Bobby in seinem Club zu Mittag, dabei werde ich ihm mal ein paar Andeutungen in seine großen Ohren flüstern. Kann ich Sie nun mit einem kleinen Abendessen locken?«

»Ich habe leider schon eine Verabredung.« Es stimmte. Sie hatte jedenfalls Gregory angeboten, ihm zu Hause etwas zu kochen.

Zehn Tage später erhielt Charlotte mit der Post einen großen braunen Umschlag. Er enthielt einen kleineren weißen Umschlag, in dem wiederum ein Brief mit dem Briefkopf KRIEGSMINISTERIUM und der offiziellen Adresse in Whitehall steckte. In schweren Schreibmaschinentypen war eine tintenverschmierte Nachricht auf das billige Papier gehämmert: Charlotte wurde gebeten, sich in einem Zimmer im dritten Stock eines Hotels im Londoner West End vorzustellen. Sie wurde außerdem gebeten, diesen Brief zu ihrem Treffen am Mittwoch um vierzehn Uhr mitzubringen.

»Ich habe eine Verabredung mit Mr. Jackson«, sagte Charlotte zu dem großen Mann mit fleckiger Jacke, der am Empfang stand.

Als sie den Namen aussprach, wurde ihr erst bewußt, wie sehr er nach einem Decknamen klang, der ausgesucht worden war, weil er am Telefon kaum falsch verstanden werden konnte. Der Portier sagte nichts, ließ aber seinen Blick langsam über Charlottes Figur nach unten schweifen. Als seine Blicke Charlottes Knie erreicht hatten, nickte er und rief einen Jungen herbei, dessen Uniform mit einer Litze verziert war. Er führte Charlotte durch die Empfangshalle zu einem Fahrstuhl.

In der Kabine betätigte er einen Hebel, und der Lift bewegte sich schwerfällig nach oben. Mit einem nachbebenden Ruck kamen sie im dritten Stock zum Stehen, und der Junge schob die Metalltüren auseinander. Charlotte trat hinaus in einen düsteren Korridor, und der Junge schlurfte auf dem Teppichläufer voraus. Charlotte sah die müde Ergebenheit in seinen schlaff auf und ab hüpfenden Schultern, während die Zimmernummern zu ihrer Rechten die Zahl 300 erreichten. Ab und zu kamen sie an einem Feuerlöscher vorbei und an Hinweisschildern, die die Richtung zum Luftschutzkeller angaben. Irgendwo erklang das entfernte Klappern eines Teewagens, als ob das Leben in diesen dämmrigen Fluren losgelöst von der Außenwelt seinen Lauf nahm.

Der Page hielt vor einer Tür ohne Nummer an und klopfte. Charlotte drückte ihm schnell ein Zweishillingstück in die Hand, damit er rasch verschwand. Er mußte nicht sehen, daß sie diesen Mr. Jackson traf. Er entfernte sich, als die Tür geöffnet wurde und Charlotte einem schmächtigen Mann von ungefähr vierzig Jahren mit vorstehenden Zähnen und dicken Brillengläsern gegenüberstand. Er hatte ein blasses, froschartiges Aussehen, einen feuchten Händedruck und ein breites, nervöses Lächeln.

»Haben Sie den Brief dabei?«

»Ja.« Charlotte zog ihn aus ihrer Handtasche. Jackson hielt den Brief nah an sein Gesicht und entspannte sich dann sichtlich, als er ihn gelesen hatte.

»Hervorragend. Kommen Sie, und setzen Sie sich. Schrecklich unbequem fürchte ich, aber wir müssen mit dem vorliebnehmen, was wir haben.«

Der Tisch in der Mitte des Zimmers bestand aus einer Tischplatte, die mit grünem Filz überzogen war und auf zwei Böcken lag. Das Waschbecken in der Ecke war teilweise von einem Brett verdeckt, auf dem ein Stapel Papier bedenklich auf der Kippe lag. Der harte kleine Stuhl, auf den sich Charlotte setzte, war ebenfalls von der Sorte, die gern mal zusammenkrachte. Sie bemerkte, daß Jackson sich sehr vorsichtig auf seinem Stuhl niederließ, als ob er aus schmerzhafter Erfahrung klug geworden sei. Als er sein Gewicht ausbalanciert hatte, schenkte er ihr nochmals ein übertrieben herzliches, etwas linkisches Lächeln wie der Schulleiter eines Internats, der versucht, seine neuen Schüler aufzumuntern. Charlottes Brief schob er in seine Jackentasche, und ihr wurde bewußt, daß es nun keinen Beweis mehr dafür gab, wer sie eingeladen hatte oder wo sie gewesen war.

»Also, Miss Gray. Ich denke, es ist das beste, wenn ich versuche, Sie ein wenig ins Bild zu setzen. Dann werde ich Ihnen eine oder zwei Fragen zu Ihrer Person stellen. Sind Sie damit einverstanden? Hervorragend. Ich werde Ihnen nicht den ganzen technischen Kram erklären. Alles, was Sie wissen müssen, ist, daß Sie für die sogenannte Abteilung G arbeiten. Wir berichten einer übergeordneten Gruppe, die wiederum den Stabschefs und letztlich natürlich ins Kriegsministerium berichtet. Womit wir uns beschäftigen, ist, einfach ausgedrückt, Frankreich.« Er gab ein kurzes, tenorhaftes Lachen von sich.

»Ich habe gehört, daß Sie fließend Französisch sprechen, und das ist natürlich sehr praktisch. Es ist wirklich ein Jammer, daß unsere beiden Sprachen so unvereinbar sind, ich meine, vor allem was den Akzent betrifft. Wir hatten ein paar schrecklich gute Leute, die sich, obwohl sie fließend Französisch sprachen, wegen ihres Akzents nicht eine Minute lang als Franzosen hätten ausgeben können. Nun ja. Unsere Arbeit in Frankreich läßt sich ganz grob in zwei Bereiche einteilen. Der erste betrifft die Organisation. Wir versuchen, den Leuten der Résistance vor Ort dabei zu helfen, verläßliche Organisationen aufzubauen. Zum anderen beschäftigen wir uns noch mit Sabotage.«

Jacksons vergnügte Art machte Charlotte angst, unwillkürlich dachte sie mit Wehmut an die nach Gas riechenden, komfortablen Räume von Dr. Wolf.

»Also, die meisten Leute, die für uns arbeiten, sind Freiwillige der Streitkräfte. Meine Aufgabe ist es, sie mir anzusehen und herauszufinden, aus welchem Holz sie geschnitzt sind. Die Leute melden sich manchmal aus den seltsamsten Gründen freiwillig. Einer der häufigsten Gründe«, sagte er, hielt inne und sah humorvoll zwinkernd, aber geradewegs in Charlottes Augen, »ist, daß sie unglücklich verliebt sind.«

Charlotte zog eine Augenbraue hoch und lächelte höflich über diesen Unsinn, während Jackson vor sich hin gluckste.

Er wurde wieder ernst. »Wir brauchen manchmal rohe Gewalt – schnelle, athletische Typen, die keine Angst haben. Wir brauchen aber auch geduldige, geschickte Leute, die verschwiegen sind und gut organisieren können. Und dann benötigen wir zu Hause natürlich auch verschiedene Leute; sie haben meistens spezielle technische Fähigkeiten oder etwas in der Art – es sind beispielsweise Fälscher oder Leute, die sich mit Chiffren auskennen und so weiter. Wir rekrutieren Mitarbeiter aus allen möglichen Bereichen.«

Charlotte, die an ihre Unfähigkeit, die Briefe von Dr. Wolf termingerecht zu erledigen, und an ihre Unzulänglichkeit als Saboteurin dachte, fing an, Jackson zu erklären, daß sie es vielleicht besser dabei bewenden lassen sollten. Aber er schien ihre Einwände nicht zu hören und ging über ihre Unterbrechung hinweg, als ob er mitten in einer vorbereiteten Rede steckte.

»Verschwiegenheit ist in der Tat der wichtigste Grundpfeiler der ganzen Sache. Natürlich wird man durch die Unmenge von Papierkram des Kriegsministeriums, das darauf besteht, ständig Listen aufzustellen, lahmgelegt. Aber in gewisser Hinsicht ist es deshalb für uns um so wichtiger, vollkommen und absolut verschwiegen zu sein. Liegt Ihnen das?«

Diesmal schaute er zur Seite in Richtung der Spitzengardine, die vor dem Fenster hing, aber Charlotte hatte das Gefühl, daß er trotzdem irgendwie in der Lage war, ihre Reaktion auf die Frage wahrzunehmen.

»Ja«, sagte sie. »Es ist wahrscheinlich das einzige, worin ich wirklich gut bin. Hören Sie, ich glaube nicht, daß ich mich eigne, um –«

»Lassen Sie mich zu Ende erzählen, Miss Gray.« Jackson gab ein weiteres Lachen von sich, um jede Unhöflichkeit abzumildern. »Ich möchte Ihnen noch etwas über uns erzählen. Die meisten unserer Chiffreure und Dechiffreure sind junge Mädchen –

und sie machen ihre Sache hervorragend. Überhaupt sind etliche unserer Mitarbeiter Frauen – nicht nur Sekretärinnen und Telefonistinnen, sondern auch Funkerinnen und Sprachwissenschaftlerinnen, die unsere Ausbildungszentren leiten. Wir haben auch weibliche Agenten im Außendienst. Ich erzähle Ihnen das nur für den Fall, daß Sie denken, Ihr Geschlecht sei ein Ausschlußkriterium. Das ist es ganz sicher nicht. Doch ich muß Ihnen sagen, daß die Frauen, die direkt in Frankreich eingesetzt werden, besonders gefährdet sind. Es wird keiner Frau gestattet, nach Frankreich zu gehen, ohne daß sie vorher vollständig aufgeklärt wird.« Er sah Charlotte wohlwollend an.

»Ich verstehe. Welche Art von Aufgaben sollte ich Ihrer Ansicht nach übernehmen?«

»Das hängt vollkommen davon ab, was wir über Sie herausfinden. Ich würde sagen, im Moment ist es am wahrscheinlichsten, daß wir Sie in einem unserer Ausbildungszentren beschäftigen können. Aber man kann nie wissen. Hatten Sie etwas Bestimmtes im Auge?«

»Ich glaube, ich würde gern nach Frankreich gehen. Es ist ein Land, für das ich sehr viel empfinde. Aber ich sehe ein, daß ich angesichts dessen, was Sie mir gerade erzählt haben, für die Art von Aufgaben, die erledigt werden müssen, ganz ungeeignet bin. Der Gedanke daran, daß ich Bomben legen oder etwas in der Art...«

Jackson lächelte. Wie der Portier am Empfang ließ er seinen Blick über ihr Schneiderkostüm und ihre im Schoß gefalteten Hände gleiten. »Ich bin der Ansicht, daß man bei solchen Dingen immer offen sein sollte. Die Ausbildung fördert oft außergewöhnliche Fähigkeiten zutage – Dinge, die viele Leute selbst nie für möglich gehalten hätten. Aber zunächst sollten wir herausfinden, ob wir überhaupt so weit gehen wollen. Als erstes möchte ich, daß Sie mir etwas über sich erzählen.«

Jackson stand vorsichtig auf und stützte sich dabei mit beiden Händen ab. Obwohl die Tatsache, daß er stand, sie benachteiligen sollte, fühlte sich Charlotte nicht eingeschüchtert. Während sie seine Fragen zu ihrem familiären Hintergrund beantwortete, gewann sie den Eindruck, daß sein humorvolles Gesicht etwas Beruhigendes annahm; ihm schien zu gefallen, daß ihr Vater gedient hatte, und er bat sie, mehr darüber zu erzählen. Er zeigte besonderes Interesse, als Charlotte erwähnte, daß sie an der Universität auch Italienisch studiert hatte. Man rechnete damit, daß die Italiener irgendwann den Teil Frankreichs östlich der Rhône besetzen würden, und bei dem Gedanken, daß jemand dreisprachig war, wurde er ganz aufgeregt.

»Ich spreche es leider nicht fließend«, sagte Charlotte. »Nicht Italienisch.«

»Aber Französisch schon?«

»Ja.«

»Und verstehen Sie die politische Lage?«

»Tut das überhaupt jemand?«

»Ha, das bezweifle ich. Was halten Sie von der Rückkehr unseres Freundes Monsieur Laval?«

»Ich weiß nicht genug, um das zu beurteilen. Mein Instinkt sagt mir nur, daß es irgendwie unheilvoll ist.«

Jackson nickte kurz und anerkennend. »Natürlich ist es schwer zu sagen ... Ich rate unseren Leuten, sich keine Sorgen über mögliche Komplikationen zu machen, sondern nur eines ganz klar im Kopf zu behalten: nämlich, daß der Kampf um Frankreich noch nicht verloren ist. In dieser Hinsicht hat die Vichy-Regierung ganz und gar unrecht. Zwei Jahre lang haben sie die Niederlage als *Fait accompli* hingenommen und versucht, sich im neuen deutschen Europa einen Platz zu erobern. Den britischen Widerstand hielten sie für absurd und haben geglaubt, er würde jeden Augenblick zusammenbrechen. Selbst jetzt, wo die Amerikaner in den Krieg eingetreten sind, glauben sie noch immer an einen sicheren Sieg der Deutschen. Das ist es, was sie meiner Meinung nach als ihre ›Realpolitik‹ bezeichnen würden und worauf sich die ganze Vichy-Philosophie gründet. Und ich muß Ihnen sagen, Miss Gray, daß das ein verhängnisvoller Irrtum ist. Wir sind noch nicht am Ende. Wir werden siegen.«

Charlotte lächelte. »Ja, ich hoffe es. Ich glaube, schon.«

»Und jetzt erzählen Sie mir doch bitte ein bißchen von den Gefühlen, die Sie für das Land empfinden.«

Charlotte sprach langsam, sie versuchte, nicht sentimental zu klingen, obwohl ihr bewußt war, daß keines der Worte, die sie benutzte, irgendwelche praktischen Auswirkungen auf das zu haben schien, was sie vielleicht tatsächlich tun würde. Jackson ging langsam durch das Zimmer und nickte gelegentlich mit dem Kopf, während sie sprach.

»Ich habe das Gefühl«, sagte sie, »daß ein nahezu perfektes Gesamtbild verlorengegangen ist... nicht nur durch die offensichtliche Tatsache der Besetzung, sondern auch durch die Art und Weise, wie man damit umgegangen ist. Ich glaube, daß man bereits zu dem Zeitpunkt, als ich als Schülerin nach Frankreich gegangen bin, spüren konnte, daß etwas in Auflösung begriffen war. Das war vor zehn Jahren. Schon damals schien in der Luft zu liegen, daß die Menschen die Politiker satt hatten und das Gesetz irgendwie selbst in die Hand nehmen wollten. Für eine Ausländerin wie mich war es sehr schwer zu verstehen, ich fand Frankreich wunderschön, sowohl Paris als auch das Land. Es schien so unberührt von modernen Entwicklungen, als hätte es sich seit dem neunzehnten Jahrhundert kaum verändert. Natürlich konnte ich verstehen, daß die Politiker nicht gerade große Staatsmänner waren – Leute wie Daladier und Laval und Reynaud und all die anderen Gestalten, die in den jeweiligen Regierungen immer wieder aufzutauchen schienen. Ich glaube nicht, daß sie selbst sich als Männer mit großen Visionen sahen. Aber die Verachtung, die die Menschen offenbar für sie empfanden, war geradezu antidemokratisch. Ich hatte das Gefühl, daß die meisten Franzosen das Parlament abschaffen und wieder zu etwas zurückkehren wollten, das direkter war, diktatorischer.«

»Und nun haben sie, was sie wollten. Marschall Pétain hat sie schon einmal gerettet, damals, 1916. Er war der Held des Ersten Weltkriegs.«

»Ja, und ich glaube, daß er ein anständiger Mann ist. Aber etwas stimmt nicht, oder? Ich bezweifle, daß jemand, der einen einmal gerettet hat, als er jung war, es ein zweites Mal tun kann, wenn er alt ist. Es ist so, als hätten die Franzosen den gegenwärtigen Problemen den Rücken gekehrt und seien zu Großvater gelaufen und hätten ihm gesagt, er solle die moderne Welt abschaffen.«

»Und wahrscheinlich wissen Sie, was unser Ziel in Frankreich ist.«

»Nun, Sie haben es mir gesagt, nicht wahr?«

»Ja. Aber in der Praxis bedeutet das, daß wir die Franzosen auffordern, ihrer Regierung nicht zu gehorchen – auch wenn ich das Wort ›Regierung‹ nur widerstrebend benutze, weil man ihre wahre Legitimität anzweifeln muß. Unter den uns zur Verfügung stehenden Mitteln sind auch solche, die man im Grunde als ›antidemokratisch‹ bezeichnen müßte. Wir ziehen nicht herum und veranstalten Treffen, bei denen wir Stimmung gegen die Vichy-Regierung machen, sondern setzen Gewehre und Sprengstoff ein. Selbst die organisatorische Seite unserer Arbeit ist nur das Vorspiel für Gewalt. Das Problem ist, Miss Gray, daß die Botschaft trotzdem immer noch auf ziemlich taube Ohren stößt. Viele Menschen in der Bevölkerung begrüßten die Vichy-Regierung, und sie haben großen Respekt vor dem Marschall, aber ein weit größerer Teil fürchtet noch Schlimmeres – öffentliches Chaos. Sie haben den Verdacht, daß die Résistance, so wie sie ist, der Vorläufer einer großangelegten kommunistischen Revolution sein könnte. Also klammern sie sich an die Vorstellung von Stabilität, von Recht und Ordnung, und wenden den Blick davon ab, wie sich die Dinge tatsächlich entwickeln.«

»Offensichtlich wissen Sie viel mehr darüber als ich. Ich bin seit fünf Jahren nicht mehr in Frankreich gewesen.«

Jackson hörte auf, im Zimmer auf und ab zu gehen, und nahm seinen Platz am Tisch gegenüber von Charlotte wieder ein. »Soviel zur Politik, Miss Gray. Wenn Sie einverstanden sind, werde ich Sie den Leuten empfehlen, die unseren Vorbereitungskurs leiten. Sie können sich dort umsehen und entscheiden, wie Sie damit zurechtkommen. Wenn Sie danach noch Interesse haben, können wir mit einer Ausbildung beginnen.«

»Sie werden mich also aufnehmen?«

»Ich muß sagen, ich bin ziemlich beeindruckt. Aber bevor Sie wirklich anfangen, müssen Sie noch dem guten alten Seelenklempner einen Besuch abstatten.«

»Wie bitte?«

»Dem Psychiater. Reine Routine, alle müssen da durch. Er stellt Ihnen ein paar Fragen zu Ihrer Familie und zeigt Ihnen ein paar seltsame Kritzeleien und will von Ihnen wissen, ob Sie sie an eine Babywiege oder an ein brennendes Haus oder etwas in der

Art erinnern. Eigentlich eine Menge Hokuspokus, aber die Art der Arbeit, das verstehen Sie sicher, lockt gelegentlich auch seltsame Zeitgenossen an. Sie sehen nicht sehr überzeugt aus. Es ist nichts Persönliches, Miss Gray.«

»Nein, nein. Es ist schon in Ordnung. Ich verstehe das sehr gut.«

»Hervorragend. Nun, Sie werden von uns hören. Versuchen Sie nicht, mich zu erreichen, warten Sie einfach, bis wir uns bei Ihnen melden. Finden Sie allein zurück zum Aufzug?«

Charlotte stellte fest, daß sie höflich, aber bestimmt aus dem Zimmer hinauskomplimentiert wurde, und machte sich auf den Rückweg durch das Labyrinth langer Flure, die alle gleich aussahen. Durch das Treffen mit »Mr. Jackson« und die Vorstellung, nach Frankreich zu gehen, fühlte sie sich plötzlich wie beschwingt.

Es würde dort einfacher für sie sein, sich selbst zu begreifen. Weit weg vom bedrückenden Einfluß ihrer Eltern würde sie vielleicht verstehen, was in ihrem Leben schiefgelaufen war. Dies war die Chance, auf die sie lange gewartet hatte – etwas völlig Neues anzupacken. Und außerhalb einer vertrauten Umgebung die Fragmente ihres Lebens wieder zu einem harmonischen Ganzen zusammenzufügen. Sie war sich sicher, daß ihr dies angesichts der Leidenschaft, die sie für Gregory empfand, sogar noch leichterfallen würde.

Als sie durch die Empfangshalle schritt, erfüllte sie der Gedanke an Gregory mit Leichtigkeit und Hoffnung. Den mürrischen Blick des Portiers bemerkte sie dabei nicht.

## 9. KAPITEL

Charlottes Hunger nach Glück brachte sie dazu, bei ihren kurzen und unregelmäßigen Treffen mit Gregory eine gewisse Routine einzuführen.

Dabei gab es ein paar immer wiederkehrende feste Bestandteile: Der erste war seine Unzuverlässigkeit oder zumindest die stets lange Unsicherheit, ob er überhaupt kommen konnte. Das erschien ihr für einen Piloten im Krieg nichts Außergewöhnliches, und wenn es einen anderen Grund gab, so wollte sie ihn nicht wissen. Sobald er sein Kommen bestätigt hatte, sorgte sie dafür, daß Daisy und Sally beide den Abend über nicht zu Hause waren. Das war leicht zu bewerkstelligen: Terence hatte eine neue Aufgabe bei der Admiralität, die es mit sich brachte, daß er vier Abende in der Woche in London verbrachte, und Sally wünschte, an jedem dieser Abende ausgeführt zu werden. Und auch Daisys Verlangen nach Gesellschaft hatte keinesfalls nachgelassen. Dann stellte sich die Frage nach dem Abendessen, das Charlotte zur Musik der Schallplatten kochte, die Gregory im Wohnzimmer aus dem alten Plattenständer neben Daisys Grammophon herauszog. Die Auswahl war nicht sehr groß, und Charlotte hörte am liebsten Ravel und Beethoven, aber ihr gefiel mit der Zeit auch die Tanzmusik, die Gregory immer aussuchte. Er brachte aus der Messe Gin mit, den sie mit Wermut und Eis tranken. Sie kochte irgend etwas mit den Zutaten, die sie in den Geschäften auftreiben konnte. Gregory machte sich nicht sehr viel aus Essen und beschwerte sich nie über die wiederkehrenden Pilaw-Variationen: Bei diesem orientalischen Reisgericht versteckte Charlotte, so gut sie konnte, allerlei Reste der knappen Rationen. Sie legte Wert auf ein ordentliches Tischtuch – aus weißem Damastleinen und an einigen Stellen abgenutzt, sie hatte es in einem Second-hand-Geschäft an der Earl's Court Road entdeckt –, Blumen und Kerzenlicht. Wenn das Essen endlich auf dem Tisch stand, erhob sie jedesmal ihr Glas auf ihn und trank mit spielerischem Ernst auf seine Gesundheit. Indem sie die sich wiederholenden kleinen Details ihrer wenigen gemeinsamen Abende immer wieder betonte, schaffte sie es, sie beide davon zu überzeugen, daß es noch viele solcher Abende geben würde.

Gregory brachte seinen ersten erfolgreichen Einsatz über Frankreich hinter sich: Er warf in der Nähe von Brive für eine Organisation der Abteilung G Munition, Vorräte und Bargeld ab. Sein Navigator war ein Londoner namens Brierley, dessen geduldige Stimme ihn über die aufgrund der Ausgangssperre völlig verdunkelte besetzte Zone hinunter zum Plateau des Limousin leitete. Da sie zwölf Minuten zu früh am Abwurfgelände ankamen, drehten sie ein paar Runden, und Brierley zählte die Minuten, bis er Gregory wieder zurück zu den schwachen Lichtpunkten vereinzelter Taschenlampen leitete. Es war ganz leicht, und als er den Steuerknüppel langsam heranzog, mußte Gregory sich zusammenreißen, um seiner Erleichterung nicht überschwenglich Luft zu machen.

»Sag's nicht«, meinte Charlotte, als sie sein bescheiden lächelndes Gesicht sah. »Kommt zufällig das Wort ›Kinder‹ darin vor?«

Er lachte. »Nein. Noch leichter als das.«

»Und wie soll ich erfahren, wenn dir etwas passiert? Ich bin keine Verwandte. Und wenn deine Arbeit so geheim ist, dann werden sie dich wohl kaum in der Zeitung als vermißt melden, oder?«

»Du kannst immer Borowski fragen oder dich mit den Halifax-Leuten in Verbindung setzen – McGrath oder Wetherby, dem Major. Ich werde ihm sagen, daß er dich informieren soll. Aber glaub mir, Charlotte, es wird nichts passieren. Diese Einsätze sind völlig ungefährlich. Wenn man in einem Jagdflugzeug überlebt hat, als Messerschmitts überall um einen herumschwärmten, dann kann man auch ein paar Kisten über einem unverteidigten Feld abwerfen.«

Charlotte erhielt einen weiteren Brief, in dem sie gebeten wurde, sich am folgenden Freitag abend in einem Landhaus in Surrey einzufinden. Sie beschloß, Gregory nichts davon zu erzählen, bis sie ihm mit etwas Definitivem gegenübertreten konnte. Sie wußte nicht, warum, aber sie wollte ihn überraschen. Irgendwann würde sie sich den Schwesternhelferinnen der FANYs anschließen müssen, deren Mitglieder in Seidenstrümpfen und überaus vorteilhaft geschnittenen Uniformen ausgestattet wurden, wie ihr Daisy aufgeregt erzählte. Sie fürchtete sich vor Gregorys Reaktion. Es würde nichts nutzen zu erklären, daß nur wenige dieser Mädchen aus gutem Hause etwas mit Erster Hilfe oder berittener Miliz – auf die der Name der Organisation First Aid Nursing Yeomanry anspielte – zu tun hatten, sondern daß sie vor allem den Umgang mit Sprengstoff lernten. Dann würde er sie nicht nur necken, sondern sich tatsächlich Sorgen machen. Bis jetzt wußte er nur, daß es ihr größter Wunsch war, nach Frankreich zu kommen.

Charlotte erzählte Daisy, daß sie am Wochenende ein paar alte Freunde besuchen wollte, und nahm nach dem Mittagessen einen Zug, der vom Bahnhof Waterloo abfuhr. Das Taxi setzte sie am Anfang einer langen, kiesbestreuten Auffahrt ab, die von Rhododendron gesäumt wurde. Ihr war mitgeteilt worden, sie solle »zum Tee« da sein, und sie fürchtete, daß zehn nach vier wohl noch etwas früh sein mochte. Sie schlenderte gemächlich die Auffahrt entlang und wollte sich gerade in dem nahen Wäldchen ein ruhiges Plätzchen suchen, um eine halbe Stunde in ihrem Buch zu lesen, als ein dicker, gelber Labrador hinter dem Gebüsch auftauchte, mit seinem Hinterteil wedelte und ein leises Bellen von sich gab, das nicht bedrohlich klang, sondern lediglich sein Herrchen warnte und die Fremde begrüßte. Der Hund tapste zu ihr hin und schob seinen breiten, flachen Kopf unter ihren Rock. Charlotte war noch damit beschäftigt, sich zu befreien, als eine männliche Stimme nach dem Hund rief.

»Keine Angst. Er tut Ihnen nichts.«

»Ja, das sehe ich.«

»Tony Sibley. Kommen Sie, ich nehme Ihre Tasche. Ein paar von den Damen sind schon da. Sind Sie Nancy Lee?«

»Nein. Charlotte Gray.«

»Ach, die Schottin. Das hört man. Herzlich willkommen.«

Hinter der Kurve der Auffahrt kam ein edwardianisches Haus in Sicht. Die bunten Glasscheiben in der Eingangstür und die steinernen Übertöpfe mit rosafarbenen Geranien konnten nicht davon ablenken, daß das Haus gedrungen und zweckmäßig wirkte.

»Ich hoffe, es macht Ihnen nichts aus, das Zimmer mit zwei anderen Frauen zu teilen«, sagte Sibley und hielt vor einem Schwarzen Brett in der gefliesten Eingangshalle. Der Geruch erinnerte Charlotte an Rodericks Internat – es roch nach Gebetbüchern, Cottage-pies und Bohnerwachs. »Sie sind mit Freeburg und Lee in einem Zimmer. Ich bringe Sie nach oben, danach können Sie uns hier unten beim Tee im Wohnzimmer Gesellschaft leisten.« Er wies mit der Hand auf eine offene Tür, als sie die blanke Treppe hinaufgingen.

Sibley war ein durchtrainierter Mann Ende Vierzig, mit blondem Haar und einem Ansatz von Koteletten, die schon grau wurden. Er trug ein Tweedjackett zu einer hellgrauen Flanellhose, die an den Beinen rauf- und runterrutschte, als er mit schnellen Schritten vor ihr die Treppe hochstieg, wobei über seinen Schuhen mit dicken Sohlen kastanienbraune Socken zum Vorschein kamen. Sie erreichten eine lange Galerie, die auf einer Seite von einem Geländer aus Mahagoni und auf der anderen Seite von einer Fensterreihe, die zum Garten zeigte, eingerahmt wurde. Obwohl Sibley ihre Tasche trug, hatte Charlotte Mühe, mit ihm Schritt zu halten. Sie folgte ihm eine zweite Treppe hinauf, wo man aufpassen mußte, daß man auf dem zerschlissenen Teppich, der auf den glatten Holzdielen lag, nicht ausrutschte. Oben öffnete er schwungvoll eine weiße Tür, die in ein schlichtes kleines Zimmer mit drei Holzbetten und einem Waschständer führte.

»Sie sind die erste. Wenn ich Sie wäre, würde ich mir das Bett am Fenster sichern«, sagte Sibley freundlich und ließ Charlottes Segeltuch-Reisetasche mit den Lederecken auf das Bett fallen. »Das Badezimmer ist am Ende des Gangs. Wir erwarten Sie in fünf Minuten unten.«

Charlotte mußte lächeln, als sie ihr Nachthemd auf das Bett legte und es sich damit vermutlich »gesichert« hatte.

Der Tee im großen Wohnzimmer wurde von einer eindrucksvollen Dame, die ihr als Mrs. Mitchell vorgestellt wurde, serviert. Ihre Funktion schien irgendwo zwischen Schulleiterin und Anstandsdame angesiedelt zu sein, als ob man die zwölf jungen Damen, die sich schließlich eingefunden hatten, in Gegenwart des verwegenen Sibley nicht allein lassen konnte. Zum Tee gab es Biskuitkuchen, der fast so gelb war wie zu Vorkriegszeiten, und gepfefferte Tomatensandwiches, deren weißes Brot mit rötlichem Saft getränkt war. Anschließend wurden sie angewiesen, sich auf dem Gelände umzusehen und sich miteinander bekannt zu machen. Um sieben Uhr gäbe es dann einen einführenden Vortrag und Sherry, gefolgt von einem Abendessen. Danach würden sie früh zu Bett gehen müssen, da sie unangenehmerweise bei Tagesanbruch geweckt würden. Charlotte rauchte mit ihren Zimmergenossinnen auf der Terrasse eine Zigarette und fragte sich, was sie um Himmels willen hier tat.

Sie hatte noch nie mit jemandem ein Schlafzimmer geteilt und fand die Vertraulichkeit, die dies mit sich brachte, erst abschreckend, bevor sie sich ins Gedächtnis rief, daß Saboteure auf weit Schlimmeres gefaßt sein mußten. Das Abendessen war nicht so gut wie der Tee: Champignonsuppe, Cottage-pie und Kochpudding hätten eigentlich mit etwas Stärkerem als Leitungswasser, das reichlich in Krügen bereitstand, hinuntergespült werden müssen. Gloria Freeburg, die von Freunden vorgewarnt worden war, hatte in ihrem Koffer einen Flachmann mit Brandy mitgebracht. Sie teilte ihn anschließend mit Charlotte und Nancy Lee, aber es stellte sich darauf nicht die erwartete Schlafsaalatmosphäre ein oder das, was Charlotte sich darunter vorstellte. Die beiden anderen schienen sich Gedanken über den nächsten Tag zu machen, während sie die Mutproben besprachen, die sie erwarteten.

Nach dem Frühstück führte Sibley sie durch den Garten zu einer Koppel, einer kleinen, mit Seilen abgetrennten Fläche, die, wie er erklärte, aus einem Teich mit Schwefelsäure bestand. Sie sollten zwei Mannschaften bilden, eine Anführerin ernennen und den Teich mit Hilfe eines leeren Ölfasses, zweier gespaltener Stöcke und eines ausgefransten Seils überqueren. Es waren noch weitere Hindernisse aufgebaut, die aussahen, als wären sie für die Sparausgabe eines Geschicklichkeitswettbewerbs errichtet worden. Die Frauen, in geliehenen Hosen und Turnschuhen, bahnten sich unter Sibleys Anfeuerungsrufen ihren Weg durch ein kleines, aber dicht vermintes Feld und den Lüftungsschacht einer Fabrik, dabei gab es nur zwei Opfer. Charlotte zog sich ein paar Zeitstrafen und am linken Fuß durch die Säure eine Verätzung zu, blieb sonst aber unverletzt. Mit hochrotem Kopf saß sie außer Atem am Rand des letzten Hindernisses und sah den letzten drei Frauen zu, die sich hindurchkämpften. Sie ertappte sich bei dem Gedanken, daß sie ausnahmsweise froh war, daß Gregory nicht bei ihr war.

Gregory machte ein paar Übungsschläge neben dem ersten Tee, während Ian Watson sich darauf vorbereitete, seinem Schläger freien Lauf zu lassen.

»Ein kurzes Par vier«, sagte Watson. »Das Grün ist gerade eben außer Sichtweite unter dem Gefälle, aber es geht geradeaus bergab.«

»Mach dir keine Gedanken. Ich folge einfach deinem Beispiel.«

»Du lieber Himmel, das würde ich nicht tun, mein Junge.«

Watson plazierte den Ball, trat ein paar Schritte zurück, ließ seinen Driver ein paarmal hin- und hersausen, watschelte dann zum Ball und schlug ihn direkt hinunter. »Damit muß ich mich zufriedengeben«, sagte er.

Gregory betrat den Abschlag zögernd mit einem Eisen Nummer drei. »Ich habe dir doch gesagt, daß ich lange nicht mehr gespielt habe, seit –«

»Jetzt mach schon, Gregory.«

Gregory schwang den Schläger langsam nach hinten und konzentrierte sich darauf, seinen Kopf außergewöhnlich still zu halten, drückte seinen linken Absatz auf dem höchsten Punkt seines Aufschwungs in den Boden, holte mit dem Schlägerkopf Schwung und hob seine Daumen. Das hatte ihm ein angegrauter, afrikanischer Caddie empfohlen, weil er damit seinem natürlichen Slice entgegenwirkte. Wie ein elektrischer Schlag durchzuckte es seine Finger, und der Ball flog in einem flachen Bogen fünfzig Meter weit, bevor er sich wie ein zielstrebiges Nagetier in das drahtige Heidekraut vergrub.

»Künstlerpech«, sagte Watson und ging raschen Schrittes zu seinem eigenen Ball, der einen kurzen Chip vom Grün entfernt lag.

Das nächste Mal, daß sie nah genug beieinander waren, um miteinander zu sprechen, war am vierten Fairway, und Watson sagte: »Es geht das Gerücht, daß du eine neue Freundin hast. Jemanden, den ich kenne?«

»Ich glaube nicht, Ian. Ich habe sie auf einer Literatenparty in London kennengelernt. Nicht ganz dein Kreis, glaube ich.«

»Deiner eigentlich auch nicht, Greg.«

Gregory lachte. »Sie ist eine bemerkenswerte Frau. Irgendwie hat sie es sich in den Kopf gesetzt, daß man sie über Frankreich mit dem Fallschirm absetzen sollte. Frag mich nicht, warum. Es muß mit den romantischen Gefühlen für das Land zu tun haben.«

»Was? Für Frankreich?«

»Ja. Und die Franzosen.«

»Du lieber Himmel«, sagte Watson. »Was für eine Vorstellung.«

»Du sagst es«, meinte Gregory mit einem Blick auf seine jämmerliche Ausgangslage in dem feuchten Sand. »Geh aus dem Weg.«

Nach ein paar Löchern wurde das Spiel Gregorys allmählich besser. Die Bälle begannen gerade zu fliegen oder schlimmstenfalls mit einem zulässigen Abbremsen. Beim Putten lag er allerdings immer knapp daneben. Er stellte sich das Loch so groß wie einen Mülleimerdeckel vor, sah den Ball an einem Band vor sich, vergegenwärtigte sich ein Durchschwingen, das so gerade war, daß er den Ball allein durch die Disziplin seiner Unterarme in das Loch zwingen würde. Und trotzdem rollte er entweder rechts vorbei, neigte sich nach links oder knallte gegen die Rückseite des Bechers und sprang mit einem lebhaften Topspin wieder heraus.

Ian Watson war in Schottland aufgewachsen und hatte seit seinem fünften Lebensjahr Golf gespielt. Der Reiz des Spiels und all seine raffinierten Kniffe waren ihm in Fleisch und Blut übergegangen. Vor dem sechsten Grün schlängelte sich ein einladender, kleiner Bach, aber er landete seinen zweiten Schlag mühelos auf dem verlockenden Grün dahinter. Es tat ihm gut, besser Golf zu spielen als Gregory. Da er erst im Winter 1940 zur Staffel gestoßen war, fühlte er sich Männern wie Borowski und Gregory gegenüber im Nachteil, die schon im August und September geflogen waren, in diesem vermeintlichen allgemeinen Chaos, das man später zur glorreichen Luftschlacht um England hochstilisiert hatte. Wie die meisten jüngeren Piloten war Watson sehr hinter Frauen her, aber die Nachricht von Gregorys Romanze kam für sie alle überraschend. Sie hatten angenommen, er sei träge geworden.

»Erzähl mir mehr von diesem Mädchen.«

»Das werde ich nicht tun. Ich will keine Konkurrenz.« Gregory dachte kurz an Charlottes braune Augen, die mit gespannter Intensität auf ihn gerichtet waren, an die Art und Weise, wie er mit seinen Fingern immer ihre Wange streichelte und sie dazu brachte, über ihre eigene Ernsthaftigkeit zu lachen. Er dachte an das Gefühl, das er manchmal verspürte, wenn sie sich auf ihn konzentrierte, als ob eine beunruhigende Intelligenz ein Scheinwerferlicht auf ihn gerichtet hätte. Wenn er an sie dachte, fühlte er, wie er schwach wurde, wie er nahe daran war, ein Gefühl zuzugeben – und ihm nachzugeben, um so das Gefühl noch zu verstärken. Es wäre wie ein Nachhausekommen, seine durch die schmerzlichen Verluste bedingte Unsicherheit würde ein Ende finden, und er merkte, welche Willensanstrengung es ihn kostete, diesen Schwächeanfall zu unterdrücken.

»Gleichstand«, sagte Watson schmallippig, als sie weiter zum sechzehnten Loch gingen.

Gregory schaute über den zugewucherten Teich zu dem langen schmalen Grün, das sich dahinter erstreckte. Obwohl die Flagge ganz am Ende stand, sah es für ihn so aus, als würde ein Eisen Nummer sechs ausreichen. Watson hatte aufgehört, ihm gute Ratschläge zu geben, als ihrer beider Spielstand sich annäherte.

Gregory absolvierte den Schlag mit Schwung, schien dabei aber mehr das hölzerne Tee als den Ball zu berühren.

»WG fürchte ich«, sagte Watson, während er die schlechte steile Parabel des Schlags beobachtete. »Wassergrab.«

Der Ball fiel mitten in das Unkraut am gegenüberliegenden Rand des Hindernisses. Watson ging bei seinem Schlag kein Risiko ein und beförderte seinen Ball tief auf einen Bunker am hinteren Ende des Grüns.

Beim siebzehnten Abschlag schlugen sie für die letzte Etappe die Richtung zum Klubhaus ein. Watson verbrachte viel Zeit damit, seinen Ball immer wieder neu auf das Tee zu setzen, und beförderte ihn dann steif und in hohem Bogen nach rechts, wo er zwischen Ästen hindurchrasselte und außer Sichtweite verschwand. Gregory, der so entspannt war, daß ihm alles egal war, sah, wie sein langsamer Annäherungsschlag sich einen geraden Weg bahnte, über einen Spazierweg hüpfte, der durch den Fairway führte, und weiter zur Flagge rollte, die in einiger Entfernung stand.

Als sie am letzten Abschlag ankamen, war der Spielstand ausgeglichen. Watson fand offensichtlich, daß dies den Spielverlauf nicht angemessen wiedergab, daß er irgendwie betrogen worden sei. Das letzte Grün lag zwischen dem Klubhaus auf der einen und einem großen See auf der anderen Seite. Es war ein kurzes

Par vier und wie das erste Loch fast mit einem Schlag zu erreichen.

Gregory schlug mit einem Eisen Nummer drei nach links, es war ein kurzer, sicherer Schlag, für den zweiten Schlag lag das Grün ungehindert vor ihm. Watson hatte seine Nerven gut genug unter Kontrolle, um einen Holzschläger zu nehmen, mit dem er in eine Reichweite von dreißig Metern bis zum Grün schlug. Mit federnden Schritten ging er voran.

»Du solltest aufpassen, daß du von hier aus nicht das Klubhaus triffst«, sagte er. »Das Fenster am Ende gehört zur Damentoilette. Sehr teures Glas aus dem neunzehnten Jahrhundert. Ich glaube, als hier das Universitätsturnier ausgetragen wurde, hat der Mannschaftsführer von Cambridge einen Teil davon in Trümmer gelegt. Er ist auf das Dach des Klubhauses geklettert – das hatte ihm sein Partner eingebrockt – und hat den Ball aus dem Spiel geschlagen.«

Mit diesen Bildern vor Augen – ein junger Mann mit hellblauem Schal, der mit einem Eisenschläger Nummer neun auf den Dachziegeln herumkriecht, halb angezogene Damen beim Nasepudern, die durch splitterndes Glas erschreckt werden –, stand Gregory über seinem Ball. Es war ein gerader Schlag mit einem Eisen Nummer acht. Sein natürliches Abbremsen würde verhindern, daß er bis zum Klubhaus oder zu dem Baum schlug, der danebenstand. Er blickte den Fairway entlang und sah Ian Watson, der darauf wartete, daß er weiterspielte.

Er sah Watsons eifrigen Gesichtsausdruck voll freundlicher Erwartung, der durch seinen Siegeswillen schärfere Konturen angenommen hatte. Er dachte daran, wie oft er diesen Gesichtsausdruck schon gesehen hatte: bei Bill Dexter, als er das letzte Mal in seine Spitfire geklettert war; Forsters bescheidenes Lächeln eines typischen Kolonisten, als er vor hingerissenen Zuhörern in der Messe von seinem ersten Abschuß erzählte; das zähe Grinsen des Kanadiers Jimmy Somers; an Borowskis polnischen Freund mit den scharfen Gesichtszügen, dessen Flugzeug einen großen Krater in den Hügeln der Sussex Downs hinterlassen hatte. Gregory fühlte Sorge und Mitleid für den armen Watson in sich aufwallen. Als er über dem Ball stand, richtete er seine Füße so aus, daß sie in einem Winkel von fünfundvierzig Grad zur Flugbahn standen. Beim Aufschwung klappte er seinen linken Ellbogen auf, so daß der Schläger von weit außerhalb der Flugbahn nach unten sauste und er den Ball mit ganzer Kraft und einem Slice in hohem Bogen über das Grün beförderte, wo er einen Augenblick in der Luft hing, bevor er in den See hinabstürzte. Watson drehte sich um, sein Gesicht leuchtete vor ungläubigem Entzücken.

Charlotte Gray saß in einem ledernen Armsessel und war so tief eingesunken, daß sie ihre Ellbogen kaum auf den Armlehnen ablegen konnte. Ihre Blicke schweiften über eine Reihe von Buchrücken auf dem Regal: Grays *Anatomy, Das Seelenleben des Kleinkindes* von Melanie Klein, *Zur Psychoanalyse von Kriegsneurosen* mit einer Einführung von Sigmund Freud. Ihre Augen huschten immer wieder über die Buchstaben der Titel, obwohl sie sie las, ohne sich über ihre Bedeutung klarzuwerden. Vor dem Regal befand sich der vor Haaröl glänzende Kopf des überraschend jungen Psychiaters Dr. Burch, mit seinem bebrillten Gesicht, das einen Ausdruck von gelassener Neugier besaß. Gelegentlich klopfte er mit dem Ende seines Stifts gegen die Seiten des aufgeschlagenen Aktendeckels auf seinem Schoß. Er schrieb nicht mit.

»Lassen Sie uns über Ihre Eltern sprechen. Sind sie glücklich?«

»Soweit ich weiß.« Sie dachte an das windgepeitschte Haus, die durch seine Arbeit bedingte lange Abwesenheit ihres Vaters, seine schrecklichen wortlosen Tage, die nervös schwatzende Komplizenschaft ihrer Mutter.

Dr. Burch sagte nichts, Charlotte sagte nichts. Sie wußte, daß die Stille, die ihr vielleicht peinlich war, sie dazu verleiten sollte, weitere Einzelheiten zu erzählen, und daß die erste spontane Flut von Informationen aufgrund ihrer Auswahl bedeutsam war – sowohl durch das, was sie auswählte, als auch durch das, was sie lieber wegließ.

Also sagte sie nichts.

Dr. Burch lächelte ein humorloses, leicht mißbilligendes Lächeln, als ob er andeuten wollte, Charlotte sei schwierig oder unhöflich. »Möchten Sie mir vielleicht ein bißchen mehr über sie erzählen?«

»Es hängt davon ab, was Sie wissen wollen. Sie sind schon sehr lange verheiratet. Sie haben zwei Kinder, die sie lieben. Sie haben genug Geld. Mein Vater arbeitet noch. Sie sind gesund. Sie haben sicher allen Grund, glücklich zu sein.«

»Aber Sie sind sich nicht sicher. Liegt es daran, daß Sie sie nicht oft sehen?«

»Wegen irgendeinem Streit, meinen Sie? Nein, überhaupt nicht.«

»Und was ist mit Ihrer Kindheit? War Ihr Familienleben harmonisch?«

Charlotte seufzte. »Wir waren eine ganz normale Familie. Ich hatte einen älteren Bruder namens Roderick. Wir hatten einen Hund und ein paar Katzen. Meine Mutter war eine nette Frau, eine gute Ehefrau und Mutter. Mein Vater war ernst. Er arbeitete sehr viel. Er war Arzt, zunächst Mediziner, aber er fing an, sich für Psychologie zu interessieren. Ich glaube, das lag zum Teil an seinen Erfahrungen, die er im Ersten Weltkrieg gemacht hat, aber ich bin mir nicht sicher, was den Zeitpunkt betrifft. Er war sehr belesen und war sicherlich schon sehr früh mit Freud und anderen vertraut, obwohl sie damals natürlich noch nicht so geschätzt wurden wie heute. Die Leute dachten, sie seien pornographisch.« Sie wies mit dem Kopf auf Dr. Burchs Bücherregal.

»Hat er als Psychiater praktiziert?«

»Ja, irgendwann schon. Es war seltsam, weil er eigentlich die meisten anderen Psychiater verabscheute. Er hielt das meiste für Quatsch. Er haßte all das Gerede über Träume. Er war als Mediziner glücklicher.«

Burch sagte nichts, und Charlotte sah ihn an. Er zog eine Augenbraue hoch, aber sagte immer noch nichts.

Charlotte rutschte plötzlich in ihrem Sessel nach vorn und schenkte ihm ihr breitestes und charmantestes Lächeln, sie strich sich den Rock über ihren Hüften glatt, als sie sich wieder zurechtsetzte. »Es muß eine sehr undankbare Aufgabe für Sie sein, all diese jungen Frauen über ihre Vergangenheit auszufragen.«

Burch zuckte bei ihrem plötzlichen umgänglichen Entgegenkommen ein wenig zurück. Leicht unbeholfen rutschte er auf seinem Stuhl hin und her und wollte die künstliche Grundlage ihrer Unterhaltung wiederherstellen. »Wir sind nicht hier, um über mich zu sprechen, Miss Gray.« Charlotte spürte, daß sie einen kleinen Sieg errungen hatte.

»Obwohl Sie vielleicht das interessantere Gesprächsthema wären.«

Ihre Haltung grenzte jetzt geradezu an Koketterie. Burch wurde bestimmter. »Sie haben meine Frage nicht beantwortet: War Ihr Familienleben harmonisch?«

»Was ist schon harmonisch? Es war ganz in Ordnung.«

Ihr Blick schweifte erneut die Reihe von Büchern entlang, und zum zehntenmal strich sie dabei, ohne es wahrzunehmen, über die ausladenden Speichen des Buchstabens K im Namen Klein. Sie dachte an ein anderes Sprechzimmer: nicht an das von Wolf oder Burch, sondern an ein kaltes Wohnzimmer im ersten Stock eines Granithauses in Aberdeen.

Sie ist siebzehn Jahre alt und kurz davor, die Schule zu beenden. Ihr Haar ist mit den ordentlichen Klammern, die in der Abschlußklasse ihrer höheren Schule üblich waren, aus dem Gesicht genommen, ihre Schulmädchenknie hat sie zusammengepreßt. Unter ihren Augen ist die Haut angeschwollen, rosa und feucht; sie ringt nach Luft und seufzt, denn durch die wiederholten Schluchzer in ihrer Brust ist sie völlig außer Atem. Sie kann ihren Schmerz nicht mehr für sich behalten und legt ihr aufgedunsenes, glänzendes Gesicht mit einem lauten Aufschrei in ihre Hände. Als wollte sie durch dieses Geräusch die Wege zu ihren Lungen freipusten und die sie umklammernde Erinnerung an ihren Betrug lösen und dann aus ihrem Gedächtnis löschen.

Der Arzt, mit dem sie spricht, glaubt ihr nicht.

»Ich werde Ihnen jetzt ein paar Bilder zeigen«, sagte Burch, »und ich möchte, daß Sie mir sagen, an was Sie jedes einzelne erinnert.«

Er griff mit einer Hand in die Schreibtischschublade und nahm einen Stapel gefalteter Seiten heraus. Er klappte eine auseinander und schob sie zu Charlotte hinüber, die sich aus den Tiefen des Armsessels erhoben hatte und ihm jetzt gegenübersaß.

Sie betrachtete die symmetrischen Formen, die dadurch entstanden waren, daß das Papier in der Mitte über einem schwarzen Tintenklecks gefaltet worden war.

»Eine Tarantel.«

»Haben Sie Angst vor Insekten?«

»Nicht besonders.«

»Und das?«

»Tinte auf Papier.«

»Und das?«

»Wein auf Papier, Farbe auf Papier, schwarzes Wasser auf Papier.«

»Und das?«

»Ein Schloß im Wald.«

»Und das?«

»Rührei mit Trüffeln.«

»Nun gut. Und das?«

»Eigentlich nichts. Insekten. Brombeersträucher. Muster im Sand.«

»Und das?«

»Es sieht aus wie ein Archipel irgendwo in der Südsee. Hier ist das Haus des Generalgouverneurs mit seiner schattigen Veranda mit Blick aufs Meer.«

»Entzückend. Und das?«

»Das ist ein Gesicht. Ein Wasserspeier an einer Kirche.«

»Und das?«

»Wieder ein Klecks. Ich fürchte, wir sind wieder bei den Klecksen. Tinte auf Papier.«

»Und das?«

»Ein Klecks.«

»Und das?«

»Ein Klecks. Erinnert vage an einen Hund, bleibt aber ein Klecks. Ich habe das Gefühl, daß es sich bei allem, was nun kommt, um Kleckse handelt.«

Schließlich legte Burch die Seiten wieder in seinen Schreibtisch. »Nun gut. Jetzt werde ich ein Wort sagen, und ich möchte, daß Sie mir das erste Wort nennen, das Ihnen dazu einfällt. Ich möchte, daß Sie die Sache ernst nehmen. Sie müssen sich entspannen. Lassen Sie Ihren Gedanken freien Lauf. Setzen Sie sich wieder in den Armsessel, und schließen Sie die Augen.«

Charlotte versank in den Polstern, legte den Kopf zurück und schloß die Augen. In dem Zimmer roch es wie in einer Kirche, sie entspannte sich mehr, als sie erwartet hatte. Burch saß auf dem harten Stuhl mit einer Liste auf seinem Schoß. Seine Augen gingen die Liste durch.

»Getränk.« »Wasser.«

»Haus.« »Garten.«

»Mutter.« »Haar.«

»Hund.« »Beine.«

»Apfel.« »Eva.«

»Stock.« »Schlagen.«

»Vater.« »Trauriges Aussehen.«

»Bitte nur ein Wort. Versuchen Sie es noch einmal. Vater.« »Weste.«

»Zuhause.« »Kalt.«

»Freund.« »Mädchen.«

»Krieg.« »Frieden.«

»London.« »Wohnung.«

»Kuß.« »Lippen.«

»Fußboden.« »Diele.«

»Decke.« »Weiß.«

»Bett.« »Hinlegen.«

»Rot.« »Lippen.«

»Blau.« »Uniform.«

»Blumen.« »Rosen.«

»Frankreich.« »Straßen.«

»Sex.« »Weiblich.«

»In Ordnung. Sie können die Augen wieder aufmachen.«

Charlotte blinzelte. Burch legte den Aktendeckel auf seinen Schreibtisch. Auf einem niedrigen Regal stand ein rechteckiger Korb, der ein paar Holzklötze enthielt, die aussahen wie Bauklötze für Kinder. Burch wollte gerade die Hand nach ihnen ausstrecken, als er sah, wie Charlotte ihn beobachtete. Etwas in ihrem Gesichtsausdruck schien ihn eines Besseren zu belehren.

»Gut, Miss Gray«, sagte er und stand auf. »Ich denke, das genügt. Sind Sie so nett und bitten die nächste junge Dame herein?«

»Habe ich bestanden? Werden Sie mich für die weiterführende Ausbildung empfehlen?«

»Ich glaube, schon.«

Als sie am Schreibtisch vorbeikam, erhaschte Charlotte einen Blick auf die Notizen, die er sich auf einer Seite gemacht hatte, auf der oben stand: »Fähnrich Charlotte Gray«. Das einzige, was er aufgeschrieben hatte war: »Unb. Az.«

## 10. KAPITEL

Gregory nahm zwei Treppenstufen auf einmal und hielt dabei mit einer Hand die Ginflasche in seiner Manteltasche umklammert. Er hatte aufgehört, sich wegen seiner Motive Sorgen zu machen; er wußte nur, wie sehr er wollte, daß sich die Wohnungstür öffnete. Charlotte lehnte wartend am Türrahmen, sie trug ein ärmelloses, geblümtes Sommerkleid, und ihre Beine waren nackt. Gregory atmete den Duft von Maiglöckchen ein, als er sie auf ihren warmen Hals küßte.

»Ist die Luft rein?«

»Ja. Ich glaube nicht, daß eine von ihnen vor elf zurück ist.«

Gregory fuhr mit den Händen durch Charlottes Haar. Sie schob ihn von sich und steckte sich den Schildpattkamm, den er gelockert hatte, wieder ins Haar.

Gregory goß ihnen etwas zu trinken ein. »Ich muß bald wieder nach Frankreich«, sagte er. »Sobald das Wetter es zuläßt.«

»Wieder ein Fallschirmabwurf?« fragte Charlotte und setzte sich neben ihn auf das Sofa.

»So was Ähnliches. Sie haben mir eine Adresse in Clermont-Ferrand gegeben.«

»Wozu?«

»Es ist eine Citroën-Werkstatt mitten in der Stadt. Der Besitzer gehört zur Organisation vor Ort. Er heißt, glaube ich, Chollet, aber er ist unter dem Namen Hercule bekannt. Ich soll mich mit ihm in Verbindung setzen, wenn etwas schiefgeht.«

»Was zum Beispiel?«

»Ich … ich weiß nicht. Ich bin sicher, daß alles gutgehen wird.«

»Du hast mir gesagt, daß einem in einer großen Halifax nichts passieren kann.«

Gregory schien zerstreut, riß sich dann aber abrupt zusammen. »Ich habe heute gerade erfahren, was das Codewort der Abteilung G für Mond ist. Es ist ein Mädchenname.«

»Ich weiß nicht«, sagte Charlotte. »Phoebe? Selena?«

»Nein, es ist Charlotte! Ich habe all diese Mitteilungen gelesen: ›Charlotte unbefriedigend‹, ›Charlotte tadellos‹, ›Bedaure, Mission wegen Charlottes Zustand unmöglich‹. Charlotte und Isaac – die beiden wichtigsten Menschen in meinem Leben.«

»Wer ist Isaac?«

»Isaac Newton. Der schwarze Ritter.«

»Wovon redest du?«

»Mit Isaac bezeichnen Piloten die Gravitation.«

»Ich verstehe.« Charlotte lächelte und legte ihre Hand auf sein Knie. »Und wie kommst du mit deinem Französisch voran? Möchtest du ein bißchen üben?«

»Heute nicht. Ich bin einfach nicht so klug wie du, Charlotte, das ist das Problem.«

»Man muß nicht klug sein, um eine Sprache zu lernen. Kinder können das.«

»Nun, ich nehme an, ich kann mich verständigen, aber sobald ich den Mund aufmache, werden sie erkennen, daß ich kein Franzose bin.«

»Du mußt einfach vorsichtig sein. Schau nicht so traurig drein. Ich hasse es, wenn du so unnahbar bist wie jetzt.«

Gregory zündete zwei Zigaretten an und gab Charlotte eine davon. Er seufzte. »Du bist mehr wert als zehn von meiner Sorte, altes Mädchen.«

Charlotte erhob einen Zeigefinger. »Kein RAF-Slang, bitte.«

»Wie bitte?«

»Nennt ihr eure Flugzeuge nicht so? ›Altes Mädchen‹ und ›altes Ding‹?«

Gregory lächelte müde. »Weißt du, Charlotte, ich bin eigentlich nicht so. Dieses blödsinnige Gerede von den tollkühnen, wagemutigen Fliegern. Ich mag diese Typen überhaupt nicht.«

»Ich weiß. Ich weiß, daß du nicht wirklich so bist.« Sie hatte seine Hand genommen, als sie wie eine Mutter mit beruhigender, nachsichtiger Stimme, die Gregory schmachvollerweise rührend fand, auf ihn einredete. Er legte den Kopf auf den Baumwollstoff ihres Kleides, während sie ihm über das Haar strich.

»Ich rede manchmal so, weil ich einige dieser Männer mittlerweile sehr gern habe. Das ist das Problem. Sie kommen dir wahrscheinlich alle lächerlich vor, und in mancher Hinsicht geht es mir genauso. Aber sie waren sehr jung. Sie hatten ihr Leben noch nicht einmal angefangen. Du mußt ihnen ein paar ihrer Albernheiten verzeihen.«

»Du sprichst mit solcher Zuneigung von ihnen«, sagte Charlotte. »Manchmal glaube ich, daß du sie lieber hast als mich.«

Gregory stand auf. »Ach komm. Wir wollen uns diese Abende, die wir zusammen haben, nicht mit morbiden Gedanken verderben. Laß uns essen. Was gibt es heute? Dosenfleisch?«

»Nein. Es gibt *pot au feu à la mode du Ministère de la Guerre.*«

»Klingt vielversprechend. Ich möchte, daß du mir mehr über deine Ausbildung erzählst. Du machst doch nicht wirklich Ernst, oder?«

Charlotte zog die Küchengardinen zu und zündete die Kerzen auf dem Tisch an. Sie erzählte ihm von Dr. Burch und daß sie bald zu einer Schulung nach Schottland fahren sollte.

Gregory beobachtete sie. Manchmal, wenn er sie reden hörte, fühlte er, daß er bislang immer nur von einer Sache in die nächste gestolpert war, ohne je richtig darüber nachzudenken: Indien, England, Njassaland, Ackerbau, Freunde, Frauen, Krieg... Er mußte ein paar Entscheidungen getroffen haben, einige, die auf rasche Befriedigung abzielten, einige, die durch Vernunft begründet waren, aber nie hatte er etwas in einem Ausmaß durchdacht, wie Charlotte es tat. Es kam ihm fast so vor, als sei er nie erwachsen geworden, sondern habe sich immer auf sein Glück und die kindliche Überzeugung verlassen, daß schon alles gutginge. Wenn er sich selbst genauso erforscht hätte wie Charlotte, hätten ihn die Kriegserfahrungen vielleicht nicht so erschüttert. Er beobachtete gern die nervöse Eindringlichkeit ihrer Erzählungen, wenn sie von ihren Bewerbungsgesprächen und Erfahrungen berichtete. Ihn schauderte bei dem Gedanken, daß sie ihm vollkommen vertraute, denn er glaubte, daß er dieses Ausmaß an Vertrauen nicht verdiene. Er hatte, auch wenn er es nicht zugab, tatsächlich ein wenig Angst vor ihr, und die einzige Möglichkeit, diese Angst zu unterdrücken, bestand darin, den heftigen erotischen Gefühlen nachzugeben, die ihre leidenschaftliche Sorge um sein Wohlergehen in ihm erregte.

Um zehn Uhr mußte er gehen. Charlotte war auf dem Bett eingeschlafen, ihr Gesicht schimmerte rosig und entspannt, ihr Atem ging regelmäßig. Gregory hob sein Uniformhemd und die Flanellhose vom Boden auf und zog sie an. Er fuhr mit einer Hand durch sein Haar, setzte sich dann auf den harten kleinen Stuhl am anderen Ende des Zimmers und betrachtete sie im düsteren Dämmerlicht des Sommerabends.

Er hatte ihr nicht den wahren Grund für seinen Flug erzählt. Vielleicht sah er sie nie wieder.

Sie lag auf der Seite und hatte ein Knie angewinkelt, als wollte sie laufen. Dort, wo die Haut ihrer Fußoberfläche auf die Sohle traf, waren ein paar trockene Fältchen. Ihre Fußnägel waren rot lackiert. Gregorys Blick schweifte über ihren spitzen Fußknöchel, das gerade Schienbein hinauf zu der Kuhle, die von den gedehnten Sehnen ihres angewinkelten Knies umgeben wurde, zu den dünnen, rosigen Fältchen des anderen, durchgestreckten Knies, dann über die Wölbung ihres Oberschenkels, dessen Fleisch von der gleichen festen Beschaffenheit war wie das ihres Unterschenkels. Oberhalb der Hüftknochen befanden sich zwei weiche Hautfalten, die er zu ihrem peinlichen Entsetzen als Liebesgriffe bezeichnete. Gregorys Lippen zuckten, als er an ihre Entrüstung dachte. Er erklärte ihr, daß zum Ausgleich einer sonst vielleicht zu konventionellen Figur ein Makel nötig sei. Aber Charlotte schämte sich für diese Röllchen genauso wie für die kleine Rundung ihres Bauchs, der sich in ihren engeren Röcken ein wenig abzeichnete.

Aber das Bäuchlein gefiel Gregory ebenfalls, obwohl es sich, so wie sie jetzt dalag, vor seinem Blick verbarg. Er konnte nur den unteren Teil ihrer Rippen und ihren Oberarm mit seinen blassen Sommersprossen erkennen, die bis zu ihrer Schulter rieselten, wo ihr blondes Haar unordentlich ausgebreitet lag – nur eine dunklere Strähne klebte verschwitzt an ihrer Wange.

Als er fertig angezogen war, stellte er sich neben ihr Bett und widmete ihrem Körper einen letzten Blick – es war fast ganz dunkel, und er mußte sich anstrengen, um noch etwas zu erkennen –, während sie in diesem tiefen, fast totenähnlichen Schlaf lag, der so typisch für sie war. Er war von dem fast paradoxen Gefühl gerührt, daß dieses Persönliche, für sie Wesentliche ihren Körper mit seinen Lebensfunktionen wie eine unsichtbare Membran umgab. Nur zu gern wäre er mit seiner Hand der Linie von Oberschenkel und Hüfte gefolgt, hätte nur zu gern ihre mandolinenförmigen Pobacken geküßt, die kindlich entblößt dalagen. Aber er fürchtete, daß er sie dadurch aufgeweckt hätte, und deckte sie statt dessen vorsichtig mit dem Laken zu und schlich auf Zehenspitzen aus dem Zimmer.

Unerklärlicherweise legte er nur widerstrebend die wenigen Schritte durch den Flur bis zur Wohnungstür zurück. Er wünschte, er hätte ihr erzählt, was er wirklich vorhatte. Er nahm einen Zettel vom Flurtisch und kritzelte eine Nachricht darauf: »Charlotte befriedigend. 10 Uhr 21 abends. A bientôt. XX.« Er ging zurück in ihr Zimmer und legte den Zettel auf den Nachttisch.

Gregory war eine Dreiviertelstunde durch die Nacht gefahren, als er spürte, wie ein plötzlicher Druck sich zwischen seinen Rippen ausbreitete. Eine Minute lang glaubte er, sich übergeben zu müssen, und fuhr das Auto an den Rand der unbeleuchteten Landstraße. Er stieg aus und blieb an der Tür stehen. Etwas wollte unbedingt seinem Brustkorb entweichen und ließ seine Arme und Hände erzittern.

Er hielt sich krampfhaft oben an der geöffneten Tür fest und kämpfte darum, sich wieder unter Kontrolle zu bekommen. Eine Fülle zusammengepreßter Luft explodierte mit einem Schrei aus seinem Mund. Er beugte sich über die Motorhaube des Autos, um Halt zu haben, und spürte, wie weitere heftige Ausbrüche darum rangen, dem ersten zu folgen. Bald schluchzte er wie ein Kind.

Als er auf dem Boden kniete und sein Gesicht in den Händen hielt, hatte er das seltsame Gefühl, daß er sich zugleich außerhalb seines Körpers befand. Und er dachte, wie seltsam dieser Mann in Uniform aussah, der da ohne erkennbaren Grund weinte. Seine Gedanken waren distanziert, doch nicht leidenschaftslos, denn er empfand schreckliches Mitgefühl für diese zweite Person.

Die Reflexe seines Körpers hatten ihm gezeigt, was sein Verstand nicht zugeben wollte. Es war ihm doch nicht gelungen, die Dinge, die er in den letzten zwei Jahren erlebt hatte, so gut zu verarbeiten, wie er es sich eingebildet hatte. Er war noch jung, und er hatte in dieser kurzen Zeit Dinge gesehen, von denen normalerweise nur alte Männer wußten. Und dann war da diese Frau in seinem Leben aufgetaucht.

Wenn er an Charlotte dachte, empfand Gregory unendliches Glück. Mitten im allgegenwärtigen Tod war diese Möglichkeit der Erlösung erstanden. Wenn er an die Leidenschaft dachte, die sie so aufrichtig für ihn empfand, hatte er das Gefühl, auserwählt zu sein. Der Zufall, daß von allen Frauen auf der Welt diejenige, die er liebte (und erleichtert gab er zu, daß es das war, was er fühlte), seine Gefühle sogar erwiderte – erschien ihm als das denkbar größte Glück, das ein Mensch nur erleben konnte. Und die ungläubige Freude über sein Glück war fast genauso erheiternd wie das Gefühl selbst.

Er sackte auf dem Autositz zusammen. Das Schreckliche daran war der Zeitpunkt. Erst als es zu spät war, es ihr zu sagen, hatte er endlich verstanden. In ein paar Tagen war er fort, und vielleicht kam er nie mehr zurück.

Charlotte schrieb Gregory aus Schottland. Sie stellte sich vor, wie er den Brief mit in sein Quartier nahm und sich auf sein hartes Bett legte, um ihn zu lesen. Der Gedanke, daß seine Finger dort sein würden, wo ihre gewesen waren, gefiel ihr. Sie stellte sich vor, wie der Zigarettenrauch von seiner Hand emporschlängelte und wie die Rauchschwaden seinen Lippen entströmten.

> Mein liebster Peter,
> ich vermute, daß dies gegen alle Vorschriften verstößt und daß ich als Spionin erschossen werde, wenn jemand erfährt, daß ich geschrieben habe, also laß diesen Brief nicht herumliegen. Wie geht es Dir? Ich vermisse Dich sehr. Ich denke an Dich in deinem schrecklich kalten Flugzeug und an Deine armen eiskalten Füße. Du fehlst mir.
> Mein Kurs in Inverie Bay ist beendet. Den anderen wurde gezeigt, wie sie leichte Maschinengewehre bedienen und wie

sie sich nachts an den Feind anschleichen und leise mit bloßen Händen töten. Ich betrachte diese Hände mit den manikürten Fingernägeln, die abends Cocktailgläser halten, und ich muß an mich halten, um ein Kichern zu unterdrücken. Ich frage mich, ob die Deutschen wissen, was auf sie zukommt. Ich scheine dem ganzen gewalttätigen Kram entkommen zu sein, dafür bin ich dankbar. Mir hat ein Mann mit Whiskyatem beigebracht, Nachrichten per Morsezeichen zu übermitteln; an einiges konnte ich mich noch aus meiner Zeit bei den Pfadfinderinnen erinnern. Lach nicht. Gestern hat uns ein alter Schleppnetzfischer in seinem Ruderboot mitgenommen. Wir sollten lernen, Fallschirme und Material, das ins Wasser gefallen ist, aufzunehmen. Du weißt ja, wie unvorsichtig die verflixten Jungs von der RAF bei ihren Abwurfmanövern sind ... Jedenfalls hat sich dieser alte Knabe sehr schmeichelhaft ausgedrückt und meinte, ich hätte beim Umgang mit einem Boot eine natürliche Begabung, was mich überrascht hat. Es war ziemlich harte Arbeit, da der Wind über die Bucht fegte und die Wellen gegen das Boot peitschten. Meine armen Arme.

Wir mußten jeden Abend beim Essen unsere Uniform tragen. Sie schmeichelt mir bei weitem nicht so wie Daisy glaubt: Sie ist ziemlich kratzig, und mein Rock ist um die Mitte herum zu eng – keine unverschämten Bemerkungen, wenn ich bitten darf. Das Essen ist abwechslungsreich und oft recht gut – frischer Hering und frische Makrele, selbstgebackenes Brot, aber es ist ein wenig schwerverdaulich und erinnert für meinen Geschmack zu sehr an »Hausmannskost«. Die anderen Kursteilnehmerinnen sind überwiegend Engländerinnen aus den Grafschaften rund um London. Mit einer von ihnen, Marigold, habe ich mich etwas angefreundet. Sie ist sehr gut bei den Querfeldein- und den Hindernisläufen. Mir ist vollkommen klar, und den Lehrern glaube ich auch, daß ich in all diesen Dingen überhaupt nichts tauge. Doch da ich den Kurs nun mal angefangen habe, muß ich ihn auch beenden. Danach entscheiden sie, was für eine Aufgabe sie mir übertragen – wenn sie mir überhaupt eine übertragen. Wahrscheinlich halten sie mich

lediglich für fähig, den Wagen des Brigadekommandeurs zu fahren. Es ist ein Jammer, denn ich möchte wirklich gern nach Frankreich und etwas Nützliches tun.
Nächste Woche fahren wir nach Manchester, wo wir im Fallschirmspringen ausgebildet werden. Selbst mir sollte es wohl gelingen, aus einem Flugzeug zu fallen. Davor liegen allerdings noch zwei wichtige Termine: erstens der 36stündige Querfeldeinmarsch, der schon berüchtigt ist (»Glaub mir, Mädchen, du kannst froh sein, wenn du in der Woche danach noch deine Schühchen anziehen kannst« – eine Kostprobe von dem hämischen Gerede des Funkerlehrers mit dem Whiskyatem), und einen Tag später Tee mit meiner Mutter. Ich habe versucht, ihr zu erklären, daß ich keine Freizeit habe, da alles sehr geheim ist und so weiter, aber sie hat darauf bestanden, daß wir uns in Fort William treffen. Sie fährt von Edinburgh extra dorthin, um mich zu sehen. Da wir vor Manchester tatsächlich zwei Tage frei haben, kann ich nicht gut ablehnen.
Einige Mädchen haben offenbar Unterricht darin bekommen, wie sie sich einer Vernehmung widersetzen. Aus irgendeinem Grund wurde zweien von ihnen gesagt, sie sollten sich ausziehen, als sie von zwei »Gestapo«-Offizieren vernommen wurden. Damit es keinesfalls als unschicklich angesehen werden konnte, war die große Frau, die das Wohnheim leitet, als eine Art Anstandsdame zugegen. Marigold meinte, das Interesse der Frau sei allerdings weitaus unnatürlicher gewesen als das der Männer!
Ich werde nach Manchester Anfang der Woche wieder in London sein, dort werde ich warten, bis ich erfahre, was das Schicksal mit mir vorhat. Kannst Du dann in die Stadt kommen? Wahrscheinlich hast Du bis dahin Deine Reise nach Frankreich hinter Dir, wenn »Charlotte« es erlaubt. Ich hoffe, daß Du kommen kannst und wir unsere gewohnten Abende wieder aufnehmen können. Mir fehlen Dein trauriges altes Gesicht und die schrecklichen Dinge, die Du sagst und tust, wenn wir allein sind. Du kannst mir hier nicht schreiben, aber Du könntest einen Brief an die Wohnung in London schicken, damit er bei meiner Rückkehr auf mich wartet.

Liebst Du mich ein ganz kleines bißchen?

Ich schicke Dir meine dicksten, dicksten Küsse. Charlotte.

Einer der Gründe, warum Charlotte an dem Kurs hatte teilnehmen wollen, war, daß sie Gregory irgendwie so erschüttern wollte, daß seine Gefühle für sie noch stärker wurden. Wenn sie ihm ihre Unabhängigkeit demonstrierte, würde er vielleicht erkennen, wie abhängig er seinerseits von ihr war. Sie war sich nie sicher gewesen, ob sie tatsächlich jemals nach Frankreich fahren würde, aber jetzt, wo sie die anderen Frauen gesehen hatte, die sich freiwillig gemeldet hatten und die auch nicht viel anders waren als sie – nicht stärker, nicht mutiger und im Französischen nicht besser –, war die Aussicht, tatsächlich zu fahren, wahrscheinlicher geworden.

Unterdessen brauchte sie Bestätigung. Sie wollte von ihm hören, nicht nur einmal, sondern viele Male, daß er sie brauchte. Er sollte ihr sagen, daß er die Zugeständnisse, die sie seiner Begierde zuliebe an ihr Schamgefühl gemacht hatte, anerkannte, und mehr als alles andere wollte sie, daß er ihr sagte, wie sehr er sie achtete.

Und all das, dachte sie, als sie im Bummelzug nach Fort William saß, ohne dabei schwach zu erscheinen oder sich an ihn zu klammern. Es war ein heißer Nachmittag, an einem schmalen Fluß sah sie einen Angler auf seinem Hocker sitzen. In der rechten Hand hielt er die Rute, während er mit der linken wedelte, um die Mücken zu verscheuchen. Es war eigenartig, solch eine friedliche Szene zu beobachten: Schottland, Frankreich… Saßen vielleicht an den Ufern der Seine in der Nahe von Monets Haus in Giverny auch gerade Männer, die angelten? Warum kämpften sie nicht? Wie viele Bürger waren nötig, um einen Krieg zu führen, und worin lag die Verantwortung derjenigen, die nicht dabei waren? Irgend jemand mußte das normale Leben, das aus Arbeit, Essen, Zubettgehen bestand, weiterführen. Irgend jemand mußte angeln. Konnte man ruhigen Gewissens bei Toulouse die Angelschnur über den fischreichen Gewässern der Garonne auswerfen, obwohl man wußte, daß dort, wo sie ins Meer strömte, in den Hafenanlagen von Bordeaux deutsche Soldaten patrouillierten? Man wählte eine Regierung und tat dann das, was einem gesagt wurde. Niemand konnte eigentlich mehr erwarten. Und welches Recht hatte sie, eine Ausländerin, sich da einzumischen?

Charlotte wartete am Bahnhof auf den Zug aus Edinburgh und sah, wie die vertraute, mittlerweile noch etwas fülligere Gestalt ihrer Mutter aus dem Zug stieg. Sie winkte ihr von der Fahrkartenschranke aus zu und wandte sich dann ab, damit sie nicht dem Blick ihrer Mutter standhalten mußte, während sie den ganzen Zug entlangging. Amelia Grays gepuderte Wange streifte leicht die ungeschminkte Haut ihrer Tochter und wich nach dieser Pflichtberührung schaudernd zurück. Charlotte nahm ihr eine Tasche ab, die zum Bersten vollgestopft war, wie immer mit Strickzeug, Büchern aus der Leihbibliothek und Geschenken, die in Seidenpapier eingewickelt waren.

Für Charlotte gab es Unterhemden, Taschentücher und Schokolade, die sie in der Hotelhalle auspackte, während sie darauf warteten, daß die Kellnerin den Tee brachte. Erfreut über Charlottes Dankbarkeit ließ Amelia sich in den geblümten Armsessel zurücksinken. Sie war eine große, gutaussehende Frau, die zu Korpulenz neigte und deren braunes Haar von grauen Strähnen durchzogen war. Mit ihrem Bemuttern und Verhätscheln gab sie sich große Mühe, ihre angeborene Zurückhaltung und ihre Furcht vor Szenen oder Gefühlsausbrüchen wettzumachen.

Die Kellnerin trug eine berüschte Schürze und ein weißes Häubchen, das mit Haarnadeln festgesteckt war, was Charlotte auffiel, als sie das schwere Tablett auf dem niedrigen Tisch aus Walnußholz abstellte. Aus den dicken Sandwiches mit Ei ragten seitlich Kressebüschel heraus. Auf einem Teller mit Weidenmuster waren fächerartig drei verschiedene Kuchen drapiert.

»Erzähl mal, wie kommst du mit deinem Kurs voran?«

»Er ist zu Ende. Morgen fahre ich nach Manchester und dann zurück nach London.«

»Wofür ist der Kurs denn eigentlich?«

»Die FANYs. Du weißt schon, die First Aid –«

»Ich weiß, wer die FANYs sind. Die Tochter von Mary McKechnie ist auch eine FANY. Wirst du auch Fahrerin?«

»Ich gehe davon aus, ja.«

»Warum mußt du denn dann solch einen Kurs machen?«

»Das darf ich eigentlich nicht sagen. Man weiß nie, wer vielleicht zuhört.«

»Also wirklich, Charlotte.« Amelia lachte. »Ich bin deine Mutter.«

Es entstand eine Pause, in der Charlotte mehr hätte sagen können, aber nach einem peinlichen Augenblick merkte sie, daß ihre Mutter erleichtert war, nichts zu erfahren. Ihre Neugier war reine Höflichkeit.

»Wie geht es Vater?«

»Ach, du weißt schon. Er ist eben ... Vater.«

»Viel zu tun?«

»Natürlich. Sehr viel zu tun. Sie nehmen eine Reihe von Veränderungen im Krankenhaus vor, und er will bei der Umstrukturierung dabeisein.«

»Siehst du ihn oft?«

»Er kommt immer sehr spät nach Hause.«

»Und hast du von Roderick gehört?«

»Ja, das habe ich. Ich bekam neulich einen sehr netten Brief von ihm. Sein Bataillon ist immer noch in Lincolnshire, aber sie hoffen, daß sie bald nach Übersee versetzt werden. Sie wissen noch nicht, wohin. Er sagt, er hat das ganze Training allmählich satt. Er will raus und etwas tun.«

»Typisch Roderick.«

»Ja.«

»Machst du dir Sorgen?«

»Nein. Er kann auf sich aufpassen.«

Amelia schenkte ihnen beiden Tee nach, nahm ein Stück Kuchen, ihr drittes, und legte es dann wieder zurück. Hier strengte sich jemand offensichtlich sehr an, dachte Charlotte.

»Natürlich mache ich mir Sorgen – um euch beide.« Sie sah hinunter auf den Tisch. »Ich wünschte, du würdest heiraten, Charlotte. Hast du einen jungen Mann?«

»Eigentlich nicht.«

»Es geht mich natürlich nichts an. Ich wollte nur ...«

»Sprich ruhig weiter.« Charlotte war die offensichtliche Qual ihrer Mutter peinlich, aber sie fand, daß sie sie ermutigen sollte, wenn sie so kurz davor war, einmal aufrichtig zu sein.

»Manchmal frage ich mich, ob ich wirklich genug für dich getan habe, als du noch ein Kind warst.« Amelias Gesicht war vor Anstrengung angespannt. Charlotte sagte nichts. »Wahrscheinlich war ich keine sehr gute Mutter.«

»Inwiefern?«

Amelia konnte nicht fortfahren. Charlotte wußte, wieviel Mühe es sie gekostet hatte, und sie empfand Mitleid mit ihr. »Ist schon gut«, sagte sie und tätschelte ihren Arm. Sie fühlte, wie ihre Mutter instinktiv vor der Berührung zurückschreckte.

»Das sagst du so, Charlotte, du sagst, ist schon gut. Aber ich weiß eigentlich nicht, was du denkst. Das habe ich noch nie gewußt.«

»Ist schon gut, Mama. Ist schon gut.«

Schließlich sagte Amelia: »Ich wußte nicht, daß du rauchst.«

»Tue ich auch nicht. Normalerweise.« Charlotte war es gar nicht aufgefallen, daß sie sich eine Zigarette angezündet hatte. Das war Gregorys Schuld.

»Denkt immer daran, was eure Mütter euch gesagt haben!« rief der Lehrer, der ihnen das Fallschirmspringen beibrachte, als sie aufgereiht dastanden, um Übungssprünge von einem knapp fünfzehn Meter hohen Turm zu absolvieren. Dabei grinste er anzüglich. »Beine zusammen!«

»Ich frage mich, wie oft er das schon gesagt hat«, meinte Marigold, die mit Charlotte in der Reihe stand.

Am nächsten Tag sprangen sie aus einem Flugzeug. Charlotte war dankbar für den unnachgiebigen Schubs des Ausbildungsleiters. Kurze Augenblicke der Todesangst wurden gefolgt von einem Gefühl ohnmächtigen Taumels, als sich mit einem Ruck der Fallschirm öffnete. Das harte Training von Inverie Bay schien sich gelohnt zu haben; mit Ausnahme eines Mannes, der sich den Fuß verstaucht hatte, waren sie alle erpicht darauf, wieder zu springen. Marigold erzählte Charlotte, daß der letzte Teil der Ausbildung im New Forest anstrengend und langweilig sein sollte, aber angesichts des Hochgefühls beim Fallschirmspringen hielten sie das für ein typisches Militärgerücht.

Am nächsten Tag verabschiedete sich Charlotte an der Euston Station von Marigold und nahm ein Taxi. Der Fahrer schlingerte im Zickzack durch enge Seitenstraßen, um zum Trafalgar Square zu gelangen. Wahrscheinlich hatte er sie aufgrund ihrer Uniform und ihres Koffers am Bahnhof nicht für eine Ortskundige gehalten, dachte Charlotte, als er in der Mall Gas gab. Büroangestellte, die gerade Mittagspause hatten, saßen im Green Park in gestreiften Liegestühlen auf dem Rasen und warfen den mageren Enten Brotkrümel zu. In London schien noch alles seinen gewohnten Gang zu gehen.

Ob wohl ein Brief von Gregory sie in der Wohnung erwarten würde? Er war kein großer Briefeschreiber. Abgesehen von ein paar gelegentlichen Notizen, die er auf ihrem Nachttisch hinterlassen hatte (was dachte er wohl, wenn er sie ansah, verletzlich und schlafend?), hatte sie wenig, anhand dessen sie seine Handschrift erkennen konnte. Doch bestimmt war er wenigstens so höflich gewesen, ihren Brief zu beantworten, zumindest mit ein paar Zeilen.

Als sie am Haus ankamen, spürte Charlotte, wie ihre Finger leicht zitterten, als sie die Tür aufschloß. Vielleicht lag es aber nur an der Anstrengung, weil sie ihren schweren Koffer die Stufen hinaufgeschleppt hatte. Im Flur sah sie auf der alten Kommode rasch die Briefe durch, die für den ersten Stock bestimmt waren: Dort war nichts für sie dabei. Oben in der Wohnung sichtete sie auf dem Tisch im Flur die Zeitungen, die alte Post und die Zeitschriften. Für sie waren eine Einladung zu einer Galerie, ein Kontoauszug, eine Postkarte von Roderick aus Lincolnshire und ein Modekatalog gekommen.

Sie fühlte, wie Bitterkeit und Hoffnungslosigkeit sie überfielen, die in keinem Verhältnis zu einem nicht vorhandenen Brief standen. Sie ging ins Wohnzimmer und ließ sich auf dem Sofa nieder. Dies ist Krieg, ein historischer Notfall, sagte sie sich, und er fliegt gefährliche Flugzeuge. Welche Priorität hat da schon ein Brief, den ich selbstgerechterweise erwartet habe? Das war die logische Situation, aber, wie ihr Französischprofessor an der Universität manchmal gesagt hatte: Was nutzt die Logik angesichts der Macht der Wahrheit?

Charlotte ging in die Küche, um sich einen Tee zu machen. Hier war während ihrer Abwesenheit wieder der alte Zustand eingekehrt, wenn auch nicht das absolute Chaos, das einmal geherrscht hatte. Charlotte wärmte die Kanne vor, stellte die

Tasse bereit und goß kochendheißes Wasser auf die Teeblätter, bevor sie zu ihrem großen Ärger feststellte, daß keine Milch da war.

Sie nahm ihren schwarzen Tee mit ins Wohnzimmer und blätterte auf dem Sofa die Tageszeitung vom Vortag durch. Wenn er bis sieben Uhr nicht angerufen hatte, würde sie sich mit Marigold Davies in Verbindung setzen, die in einer Art Wohnheim wohnte, und mit ihr ausgehen. Die *Times* brachte schlechte Nachrichten von der Ostfront, wo Hitlers Truppen in Rußland weiter auf dem Vormarsch waren. Charlotte legte die Zeitung beiseite und ging in den Flur, um sich aus ihrem Koffer ein Buch zu holen. Es war kühl und ruhig in der Wohnung, und das Umblättern der Seiten machte ein lautes Geräusch in dem düsteren Wohnzimmer. Charlotte hatte das Gefühl, daß sich das Leben woanders abspielte, während die Stiluhr auf dem Kaminsims tickend das Verstreichen der leeren Minuten verkündete. Gelegentlich sah sie von ihrem Buch hoch und zu dem schwarzen Telefon auf dem Tisch am Fenster. Einmal ging sie hinüber und sah nach, ob der Hörer richtig auflag. Sie legte das Buch beiseite und schloß die Augen.

Die Tage waren sehr ausgefüllt gewesen: der Psychiater, die Hindernisparcours, das Hinausstürzen aus einem sicheren, langsam tuckernden Flugzeug ... Das Außergewöhnliche war zur Normalität, oder wenn schon nicht zur Normalität, dann wenigstens zum Alltag geworden. Irgendein Ereignis der letzten paar Wochen hatte in ihren Gedanken etwas Unangenehmes aufgewühlt, obwohl es gerade noch außer Reichweite ihres Bewußtseins war. Charlotte lehnte den Kopf gegen die rauhen Noppen des Sofas und erforschte die Tiefen ihres Gedächtnisses.

Sie ist in ihrem Kinderzimmer. Dort ist das Kamingitter, das mit seinem Eisengeflecht das Kohlenfeuer umgibt, dort liegt der rote Teppich mit seinen verblichenen goldenen Schnörkeln. Dort an der Wand unter dem Fenster sind ihre Puppen aufgereiht. Dort befindet sich ein blau gestrichenes Bücherregal aus Holz, auf dem eine Reihe Geschichten über Hexen, die Schule und Ponys stehen. Dort steht das ramponierte Bett unter der dicken, kuscheligen Daunendecke. Es ist Abend, und sie spielt in den paar Minuten vor dem Zubettgehen im Bademantel auf dem

Fußboden – mit einem Puzzle oder einem Buch. Es ist ein zerbrechliches Paradies.

Sie hört ein furchtbares Geräusch, halb Schreien, halb Weinen. Sie geht die Galerie entlang bis zu einer offenen Tür. Ihr Vater kniet vor dem Bett. Er dreht sich zu ihr um, und sie erschrickt angesichts der Tränen auf seinem männlichen und kriegerischen Gesicht. Ihr ist bewußt, daß sie auf einer unsichtbaren, weit entfernten Ebene vielleicht Mitleid mit ihm haben könnte, aber ihr kindliches Gemüt hat einfach nur Angst.

Sie geht zu ihm. Irgend etwas scheint ihn zu quälen. Dann explodiert das Bild, das bis zu diesem Augenblick ganz klar gewesen ist, und zerspringt in tausend Stücke. Nur ein Gefühl von Betrug und Verletzung bleibt. Bis zu einem gewissen Punkt ist es körperlicher Schmerz, aber seltsamer noch ist das Gefühl, daß Grenzen überschritten werden, daß die Welt aus ihrer eigentlichen Umlaufbahn katapultiert wird.

An das, was tatsächlich geschehen ist, konnte sie sich nie richtig erinnern. Je mehr sie es versuchte, desto mehr entzog es sich ihr, bis es so schien, als sei es in einer anderen Zeit, in einem anderen Dasein passiert, in einem anderen Leben, wo andere Regeln herrschten. Sie war sich allein der eindringenden Wirklichkeit des Vorfalls sicher; es war wirklicher als jede klare und normale Erinnerung.

Charlotte öffnete wieder die Augen. Sie lebte schon so lange mit dieser unvollständigen Erinnerung, daß sie Teil ihrer Seelenlandschaft geworden war. Sie war zu einem Teil von Charlottes Persönlichkeit geworden, wenn auch mit verschwommenen Konturen, und während der langen, unkomplizierten Zeiträume ihres Lebens war sie so wenig beachtet worden wie andere Fragmente ihrer Vergangenheit. Vermutlich hatten Dr. Burchs Fragen diese Erinnerung wieder aufgerührt, doch sie war zuversichtlich, daß sie sie wieder ziehen lassen, daß sie sie erneut in das Reich der Schatten verbannen konnte.

Sie brachte ihre Teetasse in die Küche. Sie hatte gerade noch Zeit für ein Bad, bevor die anderen von der Arbeit nach Hause kamen; also trug sie ihren Koffer durch den Flur zu ihrem Zimmer und hatte ihn halb durch die Tür gezwängt, als ihr Blick auf ein Blatt Papier fiel, das auf dem Bett lag. Es war eine Nachricht von Daisy. »Liebe C. Willkommen zurück – ich glaube, heute kommst Du zurück. Jemand namens Borowski (?) hat angerufen und seine Nummer hinterlassen. Könntest Du ihn zurückrufen? Liebe Grüße, Daisy.«

Charlotte nahm das Blatt Papier mit ins Wohnzimmer. Zwei Stunden lang hatte sie in der Wohnung gesessen und nicht einmal daran gedacht, in ihrem Schlafzimmer nachzusehen. Sie nahm den Hörer ab und wartete auf die Vermittlung. Ihre Stimme klang weit weg, aber ruhig, als sie die Nummer von Daisys Zettel ablas. Es war wahrscheinlich eine Einladung zu einem Tanzabend der Staffel, sagte sie sich. Sicher wollte er fragen, ob sie und Gregory an einem Bridge- oder Tennisspiel teilnehmen wollten; und er hatte Gregory nicht persönlich erreicht, da er umgezogen war. Er ist vermutlich nur auf der Suche nach Gregory, es hat gar nichts mit mir zu tun… Er ruft an, um zu sagen, daß sie gehört hätten, er sei tot, sie haben versucht, mich zu erreichen… Auf seltsame Weise erschien die Frage, ob sie hysterisch wurde, fast wie eine bewußte Entscheidung.

Es war die Nummer der Messe für die Piloten, und ein Steward nahm ab. »Fliegerhauptmann Borowski? Sie haben Glück, Madam. Ich habe ihn heute nachmittag hier gesehen. Es kann jedoch etwas dauern, bis wir ihn gefunden haben. Wollen Sie solange dranbleiben?«

»Ja, bitte.«

»Gut, dann schicke ich jemanden los.«

In der quälenden Stille interpretierte Charlotte jedes Knistern in der Leitung als das Geräusch von Borowskis leichtfüßigem Schritt, während er fröhlich/traurig zum Telefon eilte/schlurfte. Sie nahm sich schon für den Fall, daß Gregory davongekommen war, mögliche religiöse Opfer vor – Wohltätigkeitsarbeit, den Besuch von Gottesdiensten… Sie zwang sich, über ihre übertriebenen nonnengleichen Gelübde zu lächeln, denn tief in ihrem Innern war sie davon überzeugt, daß die schrecklichen Dinge, die sie sich vorstellte, nicht passieren konnten. Sie mußte sich nur zusammennehmen, durfte nicht schon vorher anfangen, sich zu freuen, um das Schicksal nicht herauszufordern, bevor Entwarnung gegeben wurde.

»Hallo?«

»Hallo, spricht dort Borowski?« Sie kannte seinen Vornamen nicht. »Hier ist Charlotte Gray. Sie haben angerufen.«

»Ja. Peter Gregory bat mich, Sie anzurufen, wenn ... wenn, Sie wissen schon, wenn irgend etwas schiefgegangen ist oder so. Und ich dachte einfach, ich –«

»Was ist? Was ist passiert?«

»Ich fürchte, ich habe keine guten Nachrichten. Er wird vermißt. Es ist ein bißchen unklar. Wie Sie wissen, ist er bei den Halifax-Typen, und ich habe alles nur aus zweiter Hand erfahren, aber soweit ich verstanden habe, ist er letzte Woche verschwunden. Und seitdem haben sie keinen Muckser mehr von ihm gehört.«

»Aber ... er hat mir gesagt, man könnte in einer Halifax nicht abstürzen.«

»Er hat keine Halifax geflogen. Offenbar war er in einer Lysander, das ist ein kleiner einmotoriger Eindecker. Er ist klammheimlich auf ihnen ausgebildet worden, um irgend jemanden abzuholen. Einzelheiten weiß ich auch nicht. Es sind winzige Dinger. Sie können auf einem Grasstreifen von fünfhundert Metern landen. Sie setzen sie ein, um Leute abzuholen, Agenten, nehme ich an. Er war ein Naturtalent, weil er Jagdflugzeuge geflogen hat.«

»Wissen Sie noch mehr? Ist er am Leben?«

»Ich fürchte, das weiß ich nicht. Wie ich schon sagte, ich habe es nur gehört. Sie sollten versuchen, mit den Leuten von seinem Stützpunkt zu reden. Es ist ein bißchen knifflig, weil alles, was sie tun, so geheim ist, aber es sind alles wirklich nette Kerle. Ich meine, Gregory hat mir gesagt, der Major heiße Wetherby.«

»Wenn er nicht abgestürzt wäre, dann wäre er doch zurückgekommen, oder?«

»Nicht unbedingt. Ich nehme nicht an, daß er dafür genug Benzin gehabt hat. Ich bezweifle, daß der Radius viel größer ist als siebenhundertzwanzig Kilometer, selbst wenn man Waffen und Munition wegläßt und noch einen zusätzlichen Tank montiert. Wenn also aus einem unerfindlichen Grund sein Mann nicht erschienen ist und er deshalb nicht auftanken konnte, dann saß er fest.«

»Kein Wunder, daß er Französisch lernen sollte«, murmelte Charlotte. »Er hat mir nie erzählt, was er vorhatte.«

»Versuchen Sie, sich keine Sorgen zu machen. Er ist ein verdammt guter Pilot. Und außerdem hat er immer verteufeltes Glück. Ich vermute, er trinkt wahrscheinlich bei irgendeinem Bauern zuviel französischen Wein und wartet darauf, morgen von einem anderen Flugzeug eingesammelt zu werden. Sie müssen wissen, daß sie alles tun werden, um ihn zurückzuholen. Sie werden keinen Piloten mit seiner Erfahrung da drüben lassen.«

»Aber was ist, wenn er abgestürzt ist?«

»Nun, das ist etwas anderes. Ich wünschte, ich könnte mehr tun, um Ihnen zu helfen. Wenn Sie möchten, versuche ich, seine Leute zu erreichen. Wer ist sein engster Verwandter?«

»Er hat keine. Er ist Einzelkind.«

Charlotte versuchte, sich von Borowski zu verabschieden, aber die Worte blieben ihr im Hals stecken. Sie legte den Hörer auf, aber in ihrem verschwommenen Blick verfehlte sie die Gabel, der Hörer rutschte vom Tisch und hing an seiner geflochtenen braunen Schnur herunter, dabei drehte sich Borowskis besorgte Stimme in der Muschel, als Charlotte auf die Knie sank und den Kopf auf den Boden legte.

Eine halbe Stunde später schloß Daisy Forester die Wohnungstür auf und rief, ob jemand zu Hause sei. Sie hatte in St. James's einen langen Tag gehabt und freute sich auf ein Bad, darauf, ihre verschwitzten Sachen auszuziehen, und auf das, was der Abend vielleicht zu bieten hatte. Als sie keine Antwort bekam, drehte sie den Wasserhahn an der Badewanne auf, ging dann in ihr Schlafzimmer und zog sich aus. Eine Minute später erschien sie im Bademantel und war auf dem Weg ins Badezimmer, als sie den Koffer bemerkte, der am Ende des Flurs aus Charlottes Schlafzimmer ragte.

»Charlotte?« Sie tappte zu der offenen Tür. »Charlotte? Mein Gott, was ist passiert? Sag es mir.«

»Er ist ...« Die Worte wurden einzeln durch die Luftschleuse in ihrer Kehle gepreßt. »Tot. Er ist ... abgestürzt ... Ach, Daisy ... es ist so ungerecht.«

»Nimm es nicht so schwer, Charlotte. Ist schon gut. Beruhige dich doch. Beruhige dich.«

Charlotte klammerte sich an Daisys Schulter fest, während Daisy ihr über das Haar streichelte. »Ganz ruhig, ganz ruhig.«

Charlotte sah wieder auf, und Daisy bemerkte, wie sie sich gegen die lähmende Trauer aufbäumte. »Es ist so ... *ungerecht*. Ich habe ihn so geliebt.«

Obwohl Daisy merkte, daß ihr vor tiefempfundenem Mitgefühl die Tränen kamen, fühlte sie sich gleichzeitig seltsam distanziert. Obwohl sie Charlotte gern mochte, hatte sie sie immer für labil gehalten: die Art und Weise, wie sie auf diesen offensichtlich verletzten Mann fixiert war, und die Tatsache, daß ihre unbestritten gute Erziehung ihr so wenig Schutz bot. Charlottes Selbstbeherrschung schüchterte sie zwar ein wenig ein, aber sie tat Daisy auch leid, weil sie so verletzlich war.

Charlotte begann wieder zu wimmern, und Daisy fühlte sich an ein Gedicht erinnert, aber sie wußte nicht, welches ... Eine Frau, die wimmerte. Es klang erschreckend. Das Geräusch, das Charlotte von sich gab, als sie sich aus Daisys Umarmung befreite und auf das Bett warf, kam einem Urschrei gleich.

»Nun komm, Charlotte«, sagte sie. »Du mußt damit aufhören, du mußt dich beruhigen. Jetzt komm schon.« Sie richtete sie auf und faßte sie unter dem Kinn, so daß Charlotte gezwungen war, sie anzusehen. Als Charlotte immer noch versuchte, krampfhaft den Kopf wegzudrehen, schrie Daisy sie an: »Hör auf damit!«

Charlotte starrte sie einen Augenblick lang haßerfüllt an, dann fiel sie wieder in sich zusammen. »Ich kann nicht«, schluchzte sie, aber es sah so aus, als würde sie allmählich wieder zu einer beherrschbareren Trauer finden.

In den folgenden Minuten entlockte Daisy Charlotte die ganze Geschichte, soweit sie in der Lage war, sie zu erzählen, streichelte ihr über das Haar und hielt ihre Hände. Sobald sie hörte, daß eine vage Aussicht auf Hoffnung bestand, so unwahrscheinlich es auch sein mochte, verwandte Daisy ihre ganze Anstrengung darauf, Charlotte in dem Glauben zu bestärken, daß Gregory am Leben war. Sie machte praktische Vorschläge, nähere Erkundigungen einzuziehen: Telefonanrufe, Briefe, Freunde, die sie ansprechen konnte, die wiederum andere Freunde ansprechen würden.

Nach einer Viertelstunde hatte sie Charlotte das erste Anzeichen eines schüchternen Lächelns in ihrem verquollenen Gesicht entlockt und war sehr erleichtert, daß diese erste Hürde hinter ihr lag. Der Erleichterung folgte die schuldbewußte Ahnung, daß in den nächsten Wochen viel geduldiger Freundschaftsdienst gefragt war.

»Ich werde uns beiden jetzt einen schönen großen Drink mixen«, sagte Daisy. »Du bleibst hier. Ich bin gleich wieder da.«

Auf dem Weg in die Küche fühlte sie unter ihren nackten Füßen den vom Wasser durchnäßten Teppich – die Badewanne hatte sie vollkommen vergessen.

## 11. KAPITEL

Richard Cannerley kam zu spät zu einer Besprechung mit Sir Oliver Cresswell und eilte mit äußerst schlechtem Gewissen die Stufen des Travellers Club hinauf. Cannerleys Vater lag im Sterben, und er hatte sich zu lange an dessen Bett im Westminster Hospital aufgehalten. Jeden Tag dachte er beim Abschied, daß es der letzte sein könnte, und jedesmal versuchte er, diesen Augenblick – in dem sein Vater noch lebte – im Gedächtnis festzuhalten, als ob er ihn auf diese Weise bewahren könnte. Schon als Kind hatte er sich am letzten Ferientag auf diese Weise den letzten Anblick seiner Eltern ins Gedächtnis eingeprägt, damit er das kommende Semester im Internat aushielt.

Im Taxi fragte er sich, ob er die Krankheit seines Vaters als Entschuldigung vorbringen konnte, um Sir Oliver wegen seines Zuspätkommens zu besänftigen. Schließlich war es sein Vater gewesen, der Cannerley ein Gefühl von Nationalstolz und Ehrgefühl vermittelt hatte, Dinge also, von denen er glaubte, daß Sir Oliver sie geerbt habe. Unglücklicherweise hatte sein Vater ihm auch einen Verhaltenskodex hinterlassen, der es für absolut unpassend hielt, persönliche Gefühle als Entschuldigung für professionelle Unzulänglichkeiten anzuführen.

Cannerley fand Sir Oliver auf einem Sofa in der hinteren Fensternische des Salons. Außer Atem – er beließ es bei vagen Entschuldigungen – nahm er das mit einer Geste angedeutete Angebot an, er möge sich setzen.

Sir Olivers äußere Erscheinung war für Cannerley immer ein

wenig enttäuschend. Er nahm sich nicht in acht, wenn er sich hinsetzte, so daß sein Jackett im Rücken immer zerknittert war. Es befand sich zwar nichts so Auffälliges wie ein Eier- oder Saucenfleck auf seinen Aufschlägen, aber der Stoff sah trotzdem nie so weich oder gereinigt aus wie etwas, das absolut sauber war. Seine buschigen Augenbrauen hingen über ein paar dicke und verschmierte Brillengläser.

»Diese Frau, Charlotte Gray«, sagte Sir Oliver, als Cannerley sich gesetzt hatte. »Ich glaube, Sie kennen sie.«

»Ja«, erwiderte Cannerley eifrig. »Ich habe sie Abteilung G zugewiesen.«

»Sind Sie in Verbindung geblieben?« Das war eine beliebte Frage.

»Natürlich.«

Sir Oliver nickte. »Sie erinnern sich doch an Fowler, den kleinen betrügerischen Geschäftsmann, von dem ich Ihnen erzählt habe?«

»Unser Verbindungsmann zur Abteilung G?«

»Genau. Nun, es ist ihm gelungen, mir eine Kopie ihrer psychologischen Berichte über diese Gray zu besorgen. Sie sind ziemlich gut. Es wird angedeutet, daß es in ihrer Kindheit etwas gab, das sie aus der Fassung gebracht hat. Davon abgesehen klardenkend, erfinderisch. Entschlossen.«

»O ja«, sagte Cannerley, »sie ist sehr entschlossen, aber sie hat sich das Falsche in den Kopf gesetzt. Sie ist irgendwie auf Frankreich fixiert.«

Sir Oliver nickte. »Was wissen Sie über ihren Freund?«

»Er ist ein ehemaliger Spitfirepilot«, sagte Cannerley. »Wie viele dieser Kerle, die bei der Luftschlacht um England dabei waren, ist er ein ziemlich hoffnungsloser Fall. Er hat im Frühling ein absurdes Himmelfahrtskommando über Dieppe oder Le Havre absolviert. Die RAF ist wirklich unglaublich.«

»Aber das Mädchen ist Feuer und Flamme?«

»Meinen Nachforschungen zufolge ist sie vollkommen verrückt nach ihm. Sie hat jedenfalls auf andere Formen männlichen Charmes nicht reagiert.«

»Ich verstehe.« Sir Oliver atmete tief ein, und Cannerley hörte, wie der Schleim in seiner Nasenhöhle rasselte. »Er ist über

Frankreich verschwunden. Er hat eine Lysander geflogen. Offenbar hatte er einen Unfall.«

»Ist er am Leben?« fragte Cannerley.

»Das wissen wir nicht. Der Punkt ist der, daß diese Gray wahrscheinlich nach drüben zu Fowlers Abteilung geschickt wird. So lautet jedenfalls das Gerücht.«

»Haben Sie das von Fowler?«

Sir Oliver nickte.

»Aber sie eignet sich doch sicher nicht als Agentin, oder?« fragte Cannerley.

»Um Gottes willen, nein. Sie wird als ›Kurier‹ geschickt, diese reizende Bezeichnung stammt von der Abteilung G. Sie soll einen Agenten an seinem Ziel abliefern und dann selbst einen kleinen Auftrag ausführen.«

»Ungefähr wie eine FANY hier in England.«

»Ganz genau. Wachsam sein. Darauf achten, daß die Nähte gerade sitzen. Den Wagen nicht abwürgen. Offenbar braucht der Agent Begleitung, weil sein Französisch nicht gut genug ist.«

»Haben sie nicht genug Leute, die Französisch sprechen?«

»Offenbar nicht. Erstaunlich, nicht wahr? Sie sagen, es sei gut genug, wenn er unter Freunden ist, aber sie wollen nicht riskieren, daß er mit Sicherheitsleuten und so weiter spricht.«

Sir Oliver schwieg, als ein spanischer Ober kam, um ihm Kaffee nachzuschenken, den er nach dem Mittagessen immer trank. »Jedenfalls«, sagte er, als der Ober sich wieder entfernt hatte, »habe ich mich gefragt, ob dieser verschwundene Flieger für uns vielleicht von Vorteil sein kann.«

»Ich fürchte, ich kann Ihnen nicht ganz folgen.«

Sir Oliver löffelte etwas von dem groben Kaffezucker in seine kleine, weiße Tasse und rührte kräftig um. »Ich bin nicht sicher, ob es schon etwas gibt, dem Sie ›folgen‹ können.«

»Ich verstehe.« Cannerley fühlte sich geschmeichelt, Zeuge der berüchtigten, komplizierten Gedankengänge von Sir Oliver zu sein – und das auch noch zu solch einem frühen Zeitpunkt. »Aber es gibt etwas, das ich Ihrer Meinung nach tun soll?«

»Ja. Das Übliche.«

»In Verbindung bleiben.«

»Genau.«

Als Cannerley merkte, daß Sir Oliver nicht zu bewegen war, die Unterhaltung mit Small talk fortzuführen, machte er sich auf den Weg nach draußen zur Pall Mall. Während er auf ein Taxi wartete, fühlte er, wie eine bedrückende Niedergeschlagenheit sich über ihn herabsenkte. Etwas stimmte nicht. Hing es mit dem Mädchen zusammen? Er beneidete den Flieger, aber er machte sich keine übermäßigen Sorgen um sie. Nein, das, was ihn beunruhigte, hatte mit Sir Oliver zu tun.

Ein Taxi hielt an. »Ormond Gate«, sagte Cannerley durch das Fenster, aber sobald er drinnen saß, lehnte er sich nach vorn und klopfte an die Scheibe. »Tut mir leid. Ich habe mich anders entschieden. Westminster Hospital.«

Charlotte begab sich mit Marigold Davies auf die Bahnfahrt in den New Forest. In ihrer Handtasche befanden sich die Notiz, die Gregory an jenem letzten Abend neben ihrem Bett liegengelassen hatte, und ein Brief von seinem Major.

> Liebe Miss Gray,
> im Anschluß an unser heutiges Telefonat schreibe ich Ihnen, um zu betonen, daß wir, obwohl wir keine Nachricht von Fliegerhauptmann Gregory erhalten haben, seit er vor einiger Zeit zu einer Mission aufgebrochen ist, keinen Grund haben, das Schlimmste anzunehmen. Obwohl wir eine reguläre RAF-Staffel sind, die zwar unabhängig von anderen Organisationen ist, aber mit anderen Streitkräften zusammenarbeitet, werden Sie zweifellos verstehen, daß es mir nicht möglich ist, Einzelheiten des Fluges bekanntzugeben, weder in bezug auf sein Ziel noch was den Zweck seines Einsatzes betrifft. Ich kann Ihnen jedoch sagen, daß Fliegerhauptmann Gregory ein außerordentlich fähiger Pilot und ein patriotischer Offizier mit dem entsprechenden Pflichtgefühl ist. Ich persönlich glaube, daß es ihm aus irgendeinem Grund nicht möglich war, den Zweck seiner Mission vollständig zu erfüllen, aber daß er alles versuchen wird, sich mit uns in Verbindung zu setzen, wenn es ihm sicher und vernünftig erscheint.
> Er wird offiziell als »vermißt« gemeldet, aber ich bin sicher,

daß Sie fest an ihn glauben, so wie es seine Kollegen ganz sicher tun.
Mit freundlichen Grüßen,
Allan Wetherby, Major

Am Telefon hatte ihr Wetherby »ganz im Vertrauen« gesagt, daß höchstwahrscheinlich der Mann, den Gregory abholen sollte, nicht erschienen sei. Ohne den Agenten oder die Unterstützung der Widerstandsorganisation habe Gregory nicht auftanken können und sei somit gezwungen gewesen, »andere Vorkehrungen zu treffen«. Charlotte stellte sich vor, wie er mit seinem grauenvollen Französisch Benzin von einem Bauern erbat, um dann festzustellen, daß man ihn an die Vichy-Behörden verraten hatte. Sie versuchte, in ihrer Vorstellung dieses Bild zu entwickeln, weil die einzige andere Alternative darin bestand zu glauben, daß er bereits tot sei.

Sie erzählte Marigold nichts von ihren Sorgen, als der Zug Kurs auf Surrey nahm. Sie hatte sich Daisy anvertraut, und das war genug. Jetzt würde sie ihre Ausbildung mit der größten Aufmerksamkeit zu Ende führen, und dann würde sie nach Frankreich gehen und ihn suchen.

Gewißheit, Erkennen, Vernehmung und Gewißheit. Das war es, erzählte ihnen der Offizier, der den Kurs leitete und über seine geistreiche Wortwiederholung grinste, worum es in der Gruppe D ging. Charlotte und Marigold waren zwei von sechs Frauen, die an dem Kurs teilnahmen. Sie saßen nebeneinander und lernten, jedes deutsche Flugzeug und Rangabzeichen, jeden deutschen Dienstgrad und jedes deutsche Regiment zu identifizieren. Undefinierbarer, aber weitaus wichtiger war die Schulung darin, wie sie Offiziere des deutschen Spionageabwehrdienstes erkannten, also die Abwehr und ihre Kollegen, von denen sich eine unbekannte Zahl in Frankreich aufhielt – und von denen man annahm, daß sie an der Fahrkartenkontrolle in Bahnhöfen standen, in Cafés saßen und in öffentlichen Telefonzellen vorgaben zu telefonieren. Charlotte lernte jede Einzelheit auswendig und schrieb nach Aufforderung fehlerfreie Prüfungsarbeiten.

Ein ernster, schauspielerisch begabter Mann in den Sechzigern gab ihnen praktische Tips, wie sie ganz normal und natürlich wirkten. Es nutzte nichts, sich als Tarnung eine Geschichte zu überlegen und bei einem Verhör nichts davon preiszugeben. Sie mußten jederzeit aussehen wie Menschen, die nicht einmal eine Geschichte hatten.

Charlotte teilte sich ein Schlafzimmer mit Marigold und einer jungen Frau namens Liliane, deren Mutter Französin war. Sie nahm den Kurs nicht so ernst wie die beiden anderen und behauptete, daß sie zunächst nach Schottland gefahren sei, weil sie auf eine Anzeige geantwortet habe, die zweisprachige Sekretärinnen suchte. Sie habe erst begriffen, daß man sie nicht zur Schreibkraft ausbilden wollte, als man ihr anbot, sie im lautlosen Töten zu unterrichten.

Für eine Übung im Vernehmen schlossen sich den drei Frauen drei Männer an. Sie sollten sich gemeinsam eine Geschichte ausdenken, die nicht nur Einzelheiten zu den einzelnen Personen enthielt, sondern auch dazu, was sie alle tags zuvor während der vier Nachmittagsstunden getan hätten, als ein Nahverkehrszug entgleist war. Jeder von ihnen würde getrennt vernommen werden.

Charlotte wurde um drei Uhr morgens vom Licht einer Taschenlampe geweckt, mit der ihr jemand ins Gesicht leuchtete, und von einer Ordonnanz ins Billardzimmer geführt, das in der hinteren Hälfte des Hauses lag; dort warteten zwei Offiziere in SS-Uniform. Der eine war der Kommandeur des Kurses, den anderen Mann hatte sie noch nie gesehen. Angesichts der Anwesenheit einer älteren FANY in Uniform fragte sich Charlotte, ob es sich hierbei um eine nackte Vernehmung handeln würde, wie Marigold sie beschrieben hatte. Die beiden Männer hatten entweder noch nie von der Strategie gehört, daß einer den Befragten beschimpft und der andere ihm gut zuredet, oder sie hatten sich über diese Vorstellung hinweggesetzt: Sie attackierten sie beide von Anfang an, bauten sich dicht vor ihr auf und setzten ihre Körpergröße ein, um sie einzuschüchtern. Charlotte, aus dem Tiefschlaf gerissen, blaß und mit verquollenen Augen, ihren rosafarbenen Morgenmantel eng um sich geschlungen, erinnerte sich gelassen an alle Einzelheiten ihrer auswendig gelernten Geschichte und konnte sie mit der konzentrierten Exaktheit wiedergeben, die ihr nach dem Aufwachen immer eigen war.

Sie versuchten, sie zu verunsichern, indem sie behaupteten, daß andere Gruppenmitglieder erzählt hätten, daß sie den Nachmittag ganz anders verbracht hätten, aber Charlotte antwortete nur, sie müßten sich geirrt haben. Sie stellte fest, daß die Gedächtnisstützen, die sie sich selbst beigebracht hatte und die ihr geholfen hatten, als junges Mädchen die Prüfungen in der Schule zu bestehen, immer noch funktionierten.

Nach zwei Stunden ließ man sie gehen. Sie ging die breite, glänzende Treppe hinauf und den Korridor entlang zu ihrem Zimmer. Vorsichtig drehte sie den Türknauf, um die anderen nicht aufzuwecken, ging über den Linoleumboden und zog dabei ihren Morgenmantel aus. Lautlos schlüpfte sie unter die Bettdecke und versuchte wieder einzuschlafen.

Ihr Kopf war zu voll. Es war eine warme Nacht, und der Vorhang war ein wenig beiseite geschoben, damit ein möglicher Luftzug durch das geöffnete Fenster hereinströmen konnte.

Die ersten Abschnitte ihrer Ausbildung hatte sie unmöglich und absurd gefunden, doch ihre Einstellung hatte sich geändert. Jetzt erschien sie ihr dringend notwendig und ernstzunehmend, und selbst der Anblick von zwei Engländern, die sich mit Naziuniformen verkleidet hatten, fand sie nicht lächerlich. Diese Theaterspiele und Kostüme, diese Farben der Staatszugehörigkeit waren Zeichen einer tödlichen, sittenstrengen Ordnung. Auch wenn die Briten über Hitler und seine grotesken Helfer lachten, ließ sie sich von ihrer oberflächlichen Absurdität nicht täuschen, denn das Böse an sich suchte sich seine spezielle Erscheinungsform nicht aus. Das hatten deutsche Philosophen schon lange vor den Nazis formuliert.

Sie dachte an Frankreich in der Dunkelheit. Dieses Land war bei ihren ersten Besuchen noch so haarsträubend stolz auf sich gewesen und hatte den Namen Verdun wie ein gemurmeltes Gebet intoniert. Es war nur schwer vorstellbar, daß der Faden, der es mit dem unschuldigen Ruhm von Reims verbunden hatte, mit Prousts Combray oder mit Louveciennes, dem Dorf, das die impressionistischen Maler unsterblich gemacht hatten, vollkommen abgerissen war. Es herrschte ein allumfassendes Gefühl des nationalen Zusammenbruchs, und auch ihr eigenes kleines Leben hatte den Verlust der Kontinuität zu beklagen. Sie spürte, daß der Ausgang des einen vom anderen abhing, daß sie nur hoffen konnte, in ihrer eigenen Zukunft an das verlorene Glück der Vergangenheit anknüpfen zu können, wenn auch Frankreich den verlorenen Faden wiederfand.

Dringender als diese Hoffnung jedoch war ihr Bedürfnis, so schnell wie möglich nach Clermont-Ferrand zu gelangen, Monsieur Chollet in seiner Werkstatt aufzuspüren und herauszufinden, ob Gregory sich gemeldet hatte. Wenn er das nicht getan hatte, würde sie jedes ihr zur Verfügung stehende Mittel, all ihren Scharfsinn und ihre Entschlossenheit einsetzen, in die Dunkelheit hinausgehen und ihn suchen.

Der Vorhang bewegte sich, als der ersehnte Luftzug hereinwehte, und in dem Stück Himmel, das sie in dem entstandenen Spalt erkennen konnte, sah sie einen wolkenverhangenen Mond. Charlotte zunehmend, Charlotte rund... Sie schloß die Augen und fühlte, wie sich ihre Lippen zu einer schmalen Linie nach innen zogen. Sie sah sein Gesicht. Mach dir keine Sorgen, mein Geliebter, mach dir keine Sorgen, ich komme und hole dich.

ZWEITER TEIL

# Sommer 1942

## 1. KAPITEL

André Duguay rannte eine überwucherte Allee zwischen zwei Feldern entlang. Es war eine Abkürzung, die ihm seine Mutter verboten hatte, aus Furcht vor den Schlangen, die sich ihrer Meinung nach in dem hohen Gras versteckten, aber André hatte es eilig. Unter seiner kurzen Hose sahen magere Oberschenkel hervor, seine Waden hatten im Lauf des Sommers einen honigfarbenen Schimmer angenommen. Wie eine Sprungfeder hüpfte er über die Hindernisse der stachligen Sträucher, die seit langem ausgetrockneten Matschfurchen und die schlafenden Schlangen.

Als er außer Atem die Straße erreichte, zögerte er einen Augenblick. Links, rechts... Er war noch zu klein, um das unterscheiden zu können, aber er wußte, daß es den Hügel hinauf zur Schule ging. Also mußte er den anderen Richtung Wald nehmen. Er folgte der Straße zehn Minuten lang, dabei ging er eine Weile langsamer, um Luft zu schöpfen, und rannte wieder ein Stück, um Zeit aufzuholen. Schließlich sah er den Pfad, den er wiedererkannte, und vernahm das aufgeregte Bellen eines deutschen Schäferhundes, kaum daß er den Hof erreicht hatte. Vorsichtig ging er weiter. Sein Vater hatte ihm oft gesagt, was er tun sollte, wenn ihm ein Hund begegnete, trotzdem verspürte er den Drang, ihn zu streicheln: Seinem schlichten Verständnis zufolge waren Tiere und Kinder wie Verbündete gegen die Welt der Erwachsenen mit ihren Vorschriften und Verpflichtungen. Er stand still, hielt dem Hund seine Handoberfläche entgegen und machte keinerlei Anstalten, dessen Territorium zu durchqueren, bis der Hund zurückwich, mit seinem buschigen Schwanz wedelte, aufhörte zu knurren und somit André vorläufig anerkannte.

André erklomm die äußeren Treppenstufen an einem der vernachlässigten Nebengebäude. Eine Tür stand offen, sie führte in ein düsteres Zimmer mit einem steinernen Waschbecken in einer Ecke. Eine rotgesichtige Frau mit Kopftuch, die André nur als Marions *mamie* kannte, goß aus einer Pfanne Fett über eine Entenkeule, die in einem Einmachglas lag. Sie sah auf, als André zögernd in der Tür stand, und begrüßte ihn in dem rauhen Akzent der Region, aber André war zu schüchtern, um die Begrüßung zu erwidern. Die alte Frau fuhr mit ihrer fettigen Arbeit fort und verschloß das Glas luftdicht mit einem Dichtungsring aus Gummi und einem Glasdeckel. André schaute sich nervös im Zimmer um, in dem drei Enten in unterschiedlichen Stadien der Zerteilung auf einem langen, schmutzigen Tisch lagen und eine Reihe rußgeschwärzter Pfannen von einem Balken herabhing. Marions *mamie* wischte sich die Hände vorn an ihrer Schürze ab, wobei sich das frische Fett auf ihren Handflächen mit einigen älteren Schmalzschichten mischte, die sich auf dem Stoff angesammelt hatten.

»Bist du gekommen, um ein paar Eier zu holen?« Sie rollte durch das Zimmer wie ein alter Seebär, einen Handballen hatte sie auf die Speckfalten über ihrer Hüfte gestemmt.

»Ja.« Andrés Stimme klang klar und glockenhell, vor allem, wenn er unsicher war. »Bitte«, fiel ihm ein.

»Ich kann dir nur vier geben. Hast du das Geld?«

André zog ein zusammengerolltes Stück Papier aus der Hosentasche und gab es ihr. Die alte Frau öffnete es und zählte die Münzen, die darin eingerollt waren. Sie nickte. »Ich tue sie dir in eine Papiertüte. Paß nur auf, daß du sie nicht fallen läßt.«

André schüttelte heftig den Kopf, riß die Augen auf und zog in einer Grimasse, als wollte er sich über sich selbst lustig machen, seine Unterlippe herunter. Eier waren lebensnotwendig.

Vorsichtig ging er die Treppenstufen wieder hinunter. Er erinnerte sich noch gut daran, wie er das erste Mal auf allen vieren eine Treppe erklommen hatte – wenn niemand hinsah, krabbelte er zu Hause noch oft wie ein Hund die Treppe hinauf. Dann lief er über den Hof und hielt dabei die Papiertüte fest umklammert. »Danke!« rief er mit klarer Stimme zurück, als er an die mahnende Stimme seines Vaters dachte. Als Antwort darauf fing der Hund erneut zu bellen an.

Die Kirchturmspitze von Lavaurette kam in Sicht, als André wieder die Straße erreichte. Seine Mutter hatte ihm gesagt, der ganze Ausflug würde ungefähr eine Stunde dauern, und sie hatte ungeduldig gelächelt, als er sie gefragt hatte: »Ist das lange?«

André umklammerte das obere Ende der gedrehten Papiertüte mit den Eiern: Seine Eltern hatten ihn fast zum Weinen gebracht, sosehr hatten sie ihm eingeschärft, daß er die Lebensmittel unbedingt unversehrt nach Hause bringen mußte.

Lavaurette war ein Ort, der nicht unterzukriegen war. Im Warteraum des Hôtel de Ville hingen Fotos aus dem neunzehnten Jahrhundert, eins davon zeigte die Hauptstraße im Jahr 1910: Schwarzweiß reihte sich da ein kleines Geschäft neben das andere, die sich in fast jedem Haus von den vorderen Räumen bis auf den Bürgersteig ausbreiteten: Tabakhändler, Schreiner, Stoffhändler, Friseursalon, Gemüsehändler. Junge und ältere Männer lehnten rauchend in den Türrahmen; außerhalb des schmalen Kameraausschnitts waren sie bei der Arbeit zu sehen – auf den Feldern, in dem riesigen Steinbruch, der im Süden eine Fahrradstrecke weit entfernt lag, und in der Fabrik am Rande des Ortes. Und später gab es dann keine Männer mehr, dann gab es nur noch eine grob gemeißelte Marianne, deren klar herausgearbeitetes Gesicht anstatt Triumph auszudrücken so aussah, als sei sie angesichts der Liste mit den Namen der Toten erblindet, die sich auf dem steinernen Podest zu ihren Füßen auf und ab schlängelte, durch Familien, durch Straßen, durch die Rippen und Lungen von Lavaurette.

In den Jahren nach dem Ersten Weltkrieg war Lavaurette, das einmal den Charakter und Status einer kleinen Stadt besessen hatte, in einen Dornröschenschlaf verfallen. Die wichtigsten Gebäude waren geblieben: das Hôtel de Ville, ein stattlicher Bau im Empirestil mit schön gefliesten Dachsimsen; davor ein gepflasterter Platz mit einem neoklassizistischen Postamt und strengen öffentlichen Gebäuden. Eine von Platanen gesäumte Avenue führte zum Bahnhof, der mit seinen verblaßten Buchstaben auf cremefarben verputzten Wänden die verschlafene Atmosphäre des Ortes zu verkörpern schien. Die Prellblöcke am Rangiergleis für Güterzüge waren verrostet, es gab nur zwei Bahnsteige für Passagierzüge, deren wenige Fahrgäste hier schließlich ihren Anschluß an die Hauptverbindung nach Bordeaux und Clermont-Ferrand bekamen. Die Reise nach Clermont war dieselbe geblieben, seit die Bahnlinie 1882 in Betrieb genommen worden war, aber bei der Fahrt nach Bordeaux mußte man jetzt die Demarkationslinie zur besetzten Zone überqueren. Im Zug wurden Papiere kontrolliert, und unter den großen röhrenförmigen Dächern des Bahnhofs Saint-Jean in Bordeaux patrouillierten deutsche Soldaten – wohlerzogen, diszipliniert, höflich und ordentlich gekleidet, darin waren sich alle Reisenden einig.

Obwohl es jetzt eine neue Generation von zwanzigjährigen Männern gab, wurde das öffentliche Leben von Lavaurette viele Jahre lang von seinen Frauen bestimmt: Da war Mademoiselle Cariteau, die das Postamt leitete, eine hochgewachsene Frau von vierzig Jahren mit einem ausgeprägten Kinn; sie besaß eine Art männlicher Tüchtigkeit und sie zeigte ihre weißen Zähne, wenn sie lächelte. Die Leute sagten, sie sei die geborene Ehefrau, doch in ihrer Generation gab es keine Männer, die sie hätten heiraten können. Oder Madame Galliot, im Krieg verwitwet und mit einem kleinen Mädchen im Säuglingsalter allein gelassen; ihre Haushaltswarenhandlung diente den anderen Frauen von Lavaurette, die in der Männergesellschaft des Café du Centre nicht willkommen waren, als Treffpunkt.

Welch dramatischer Natur die Veränderungen auch sein mochten und welche gewaltsamen Umstände auch immer dazu geführt haben mochten: Lavaurette hatte für Besucher auf den ersten Blick eine kontinuierliche Verbindung an unschuldige Tage bewahrt – an die Zeit vor dem Holocaust, als ein Dorf wie dieses dem Paradies so nahe zu kommen schien, wie es bei etwas, das Menschen geschaffen hatten, möglich war. Auf jeden Fall wirkte es hübsch altmodisch, mit seinen drei Plätzen, den schmalen Gassen, den Fensterläden vor den Fenstern und seiner mühsam bewahrten Würde. Es lag weit genug im Süden, um heiße Sommer zu erleben, und weit genug im Norden, um durch und durch französisch zu sein – keine Spur von Spanien, Ligurien oder dem Languedoc. Da die Zahl der Bewohner stetig abgenommen hatte, war es nicht nötig gewesen, neue Häuser zu bauen. Auch wenn der Ackerboden in der Umgebung von unterschiedlich guter Qualität war, hatte er bis zur gierigen Enteignung durch die Besatzer an den Samstagen für einen reichhaltigen Markt gesorgt. Der Pfarrer wurde hier noch respektiert, seine Kirche war immer voll besetzt. Es war unmöglich zu sagen, ob alles wirklich verloren war, weil so vieles unverändert weitergeführt wurde.

André erreichte das untere Ende der Avenue Gambetta, wo ihm der Fleischer Monsieur Gastinel einen Gruß zuwinkte; er war Lavaurettes einziger selbsternannter Gaullist, ein Mann, dessen minderwertige Würstchen, erfinderische Möchtegern-Steaks und aus Innereien zubereitete Gerichte eher denjenigen vorbehalten waren, die wie er von General de Gaulles leidenschaftlicher Radioansprache inspiriert worden waren, in der er behauptet hatte, daß der Kampf um Frankreich weiterginge und es sei zwar eine Schlacht, nicht aber der Krieg verloren. Ein Stückchen Lammbrust oder ein Löffel Kalbsmaul in Lake fand manchmal den Weg in die rationierten Taschen derjenigen, die die Legitimität von Vichy leugneten und glaubten, daß der wahre Geist der Republik jetzt in Übersee im Exil zu finden sei.

Womit auch immer die anderen Geschäfte handelten, es waren kaum Waren im Schaufenster ausgestellt; das einzige, was es im Überfluß zu geben schien, waren Porträts von Marschall Pétain. Sein weises, gütiges Gesicht starrte gerahmt und manchmal umgeben von reichlich rotem Samt oder siegesgewiß auf einem Marmorsockel thronend auf die Straße. Der schneeweiße Schnurrbart und die nachsichtigen Augen des Retters schienen zu sagen: Wir sind auf Abwege geraten, und nun wird uns eine Lektion erteilt; wir können nicht sagen, wie lange diese lehrreiche Buße dauern wird; wir haben sie uns selbst zuzuschreiben, und nun müssen wir erkennen, daß unsere Denkweise falsch war. Die älteren Dorfbewohner erinnerten sich, daß Pétain einmal der Held von Frankreich gewesen war, als er 1916 bei der Schlacht von Verdun die Deutschen zurückgedrängt hatte, und daß er der erste Führer war, der gezeigt hatte, daß er sich um das Leben seiner Männer sorgte. Seine wacklige Regierung von 1940, die beschlossen hatte, die Republik aufzulösen, und sich selbst alle Vollmachten übertragen hatte, war jetzt der einzig sichere Hafen im Sturm. Der Marschall war ein anständiger Mann, sagten sie; und außerdem hatten die Bewohner von Lavaurette niemanden, an den sie sich sonst wenden konnten.

André stieß mit dem Fuß einen Feuerstein den Straßenrand entlang. Wenn er nach Hause kam, würde er mit seinem jüngeren Bruder Jacob draußen im Garten unter dem Kastanienbaum den kleinen Graben weiter ausheben, der als Burggraben diente für das Schloß, das sie aus alten Kartons bauten. André war fast sieben, Jacob erst vier Jahre alt, aber ihre Mutter behandelte sie beide immer noch wie Babys. Obwohl André sich mühelos allein anziehen konnte, half sie ihm gern, streichelte seine Haut und fuhr mit den Händen durch sein schwarzes Haar. Bevor sie zu Bett ging, schlich sie noch immer in Andrés Zimmer und gab ihm einen Kuß, seine goldene Haut kitzelte dabei sanft unter ihren Lippen, er atmete tief und gleichmäßig.

André stieß die Tür zu Madame Galliots Haushaltswarenhandlung auf und ging schüchtern über die geschrubbten Dielen zum Ladentisch. Er suchte in seiner Tasche nach dem zweiten zusammengerollten Papier, das seine Mutter ihm gegeben hatte und mit dem er Kerzen kaufen sollte. Ein halbes Dutzend Leute stand am Ladentisch, sie unterhielten sich laut und verhinderten, daß er den Blick von Madame Galliot erhaschte.

»Ich finde, es ist längst überfällig«, sagte Madame Galliot gerade. »Der Marschall ist der erste Mensch, der den Mut gehabt hat, den Stier bei den Hörnern zu packen, das ist alles. Seit Jahren haben sie uns allmählich zugrunde gerichtet und alle anständigen Franzosen betrogen. Der Tag, an dem sie gesagt haben, daß kein Jude mehr Lehrer sein darf, war der beste Tag, den wir hier seit sehr, sehr langer Zeit erlebt haben.«

André wartete, bis er an der Reihe war. In dem Laden roch es nach Kokosmatten, Kampfer und feuerverzinkten Eimern. Hinter Madame Galliots ungehalten nickendem Kopf stand eine oben spitz zulaufende Trittleiter, die sie benutzte, um die unterschiedlichen Kartons mit Gummiringen und Nägeln vom obersten Regal herunterzuholen. Die glattgehobelten Dielen führten von der Ladenmitte in einen zweiten Raum, in dem es weniger durchdringend roch und der mit Pfannen und Kasserollen, steifen Besen für den Hof sowie langen Regalen mit Tafelgeschirr – drapiert um runde, riesige Suppenschüsseln – vollgestopft war.

»Ich wußte nicht, daß Duguay einer von ihnen war«, sagte ein alter Mann namens Roudil. »Er schien ein ganz netter Kerl zu sein. Er hat niemandem Unannehmlichkeiten bereitet, und ich glaube nicht, daß er krumme Geschäfte gemacht hat.«

»Oh, aber die Mutter schon. Eine typische Israelitin«, sagte

Madame Galliot. »Sie haben ihren Namen in Duguay geändert, um uns alle an der Nase herumzuführen.«

Als er seinen Familiennamen hörte, fand André den Mut, etwas zu sagen. Die Gruppe von Leuten am Ladentisch teilte sich, um ihn durchzulassen, und er ging nach vorn, dabei hielt er sein Geld hoch. »Haben Sie Kerzen, bitte?«

Madame Galliots laut tönender Redefluß brach abrupt ab. Ihre Hände flatterten nach oben und zupften nervös die orangefarbenen Strähnen zurecht, die ihrem Haarnetz entkommen waren. Sie rückte ihre Brille gerade und gab ein truthahnähnliches Glucken von sich, als sie sich bückte, um hinter sich eine Schublade zu öffnen.

Die übrigen fünf Erwachsenen blieben stumm, ängstlich bemüht, weder einander noch den Jungen anzusehen. Roudil hustete und strich mit der Hand über Andrés Haar. »Alles in Ordnung, kleiner Mann? Gehst du jetzt spielen?«

»Ja. Ich gehe jetzt nach Hause.« Als er den besorgten, aber freundlichen Gesichtsausdruck des alten Mannes sah, fügte André beherzt hinzu: »Ich baue mit meinem Bruder ein Schloß. Aus alten Kartons. Mein Vater hilft uns dabei.«

»Das ist ja nett«, sagte Roudil. »Ein Schloß.«

Dann herrschte wieder Stille, abgesehen vom Scharren der Schuhe auf dem splittrigen Boden. Madame Galliot gab André ein Paket Kerzen und nahm seine Münzen entgegen. Sie hob sie dicht an ihr Gesicht, um nachzuzählen.

»Du schuldest mir …« Sie zögerte. »Sag deinen Eltern …« Sie hielt inne und schaute auf ihre Füße; dann, mit großer Anstrengung, als ob sie sich auf unbekanntem kommerziellen Gebiet bewegte, sagte sie: »Du kannst mir den Rest schuldig bleiben.«

»Danke schön. Auf Wiedersehen, Madame.«

Die Erwachsenen beobachteten schweigend, wie der Junge die Tür zumachte und dabei die Glocke kurz und schrill klingeln ließ und dann anfing, die Straße entlangzuhüpfen.

Seine Füße glitten mit einem rhythmischen Scharren über den Boden wie Jazzbesen über eine kleine Trommel. Hüpfen ermüdete ihn nicht mehr als gehen; es war seine Art, den Hügel hinauf zum Haus seiner Eltern zu gelangen. Es war Zeit für ihn, etwas zu essen und zu trinken, und er wußte, daß seine Mutter etwas für ihn fertig haben würde. Sie hatte versucht, ihm zu erklären, daß es in diesen Zeiten für die Erwachsenen schwierig sei, den Kindern genug zu essen zu geben und erst recht das, was sie früher so gern aßen. André verstand nicht, warum plötzlich alles so knapp geworden war, und außerdem hatte seine Mutter normalerweise immer etwas da.

Die Haustür war verschlossen, das war ungewöhnlich. André stellte sich auf die Zehenspitzen und griff nach oben zum Türklopfer. Da erst sah er, daß jemand einen Stern auf die Tür gemalt hatte. Ein paar Tropfen gelber Farbe rannen von den hastig hingeschmierten Diagonalen herunter.

Er klopfte wieder an die Tür, aber drinnen regte sich nichts. Seine Mutter hatte ihm oft gesagt, daß er, wenn er einmal nach Hause kam und niemanden vorfand, nach nebenan zu Madame Redon gehen und sie fragen sollte, ob er bei ihr warten könne.

Mit den Eiern und den Kerzen, die er immer noch fest umklammert hielt, ging André weiter zum Haus der alten Witwe und hob wieder seine kleine Faust. Er sah durch das halb geöffnete Fenster im ersten Stock, wie sich drinnen etwas bewegte, aber niemand kam zur Tür. Wenn Madame Redon zu Hause war, warum machte sie dann die Tür nicht auf?

André setzte sich auf die Treppe seines Elternhauses und fühlte, wie ihm Tränen in die Augen traten.

»Du kommst besser mit mir«, hörte er plötzlich eine Stimme sagen. Er wußte überhaupt nicht mehr, wie lange er schon so dagesessen hatte.

Mit geröteten Augen sah er auf und erblickte einen jüngeren Mann, der ihm seine Hand entgegenstreckte. Er kannte den Mann nicht, obwohl er ihn im Dorf schon gesehen hatte. »Ich heiße Julien. Ich werde mich um dich kümmern.«

André gab ihm die Hand und fühlte den beruhigenden Händedruck des Mannes; eine gewisse Ordnung kehrte in sein Leben zurück. »Was ist passiert? Wo ist meine Mutter?«

Der junge Mann antwortete nicht, er sah aus, als hätte er Angst. André, dem klarwurde, daß etwas geschehen war, was sogar ein freundlicher Erwachsener nicht erklären konnte, und daß dieses Etwas seinen Eltern geschehen war, fing an zu schluchzen. »Was ist los? Wo ist sie? Wo ist sie?«

Der Warteraum des Hôtel de Ville war voll von verwirrten Menschen, einige saßen auf den Bänken an der Wand, einige standen vor dem Schreibtisch Schlange, hinter dem ein hitziger Beamter versuchte, ihre Fragen zu beantworten. Meistens ging es um eine Genehmigung oder Papiere, die nur der Bürgermeister erteilen oder ausstellen konnte – die Erlaubnis, Bauschutt zu entsorgen, den Anspruch auf Lebensmittelkarten, eine Reiseerlaubnis. Es roch nach zu vielen Menschen auf zu engem Raum.

Julien Levade hielt André fest an der Hand, als er sich einen Weg durch die Menge nach vorn bahnte. Widerwillig machten die Leute ihm Platz. Als sie merkten, daß er ihren bösen Blicken keine Beachtung schenkte, begannen drei Frauen, ihn in seine Schranken zu verweisen.

Julien, ein besonnener, vernünftiger Mann, erklärte ihnen ruhig, daß ein Junge seine Eltern verloren habe und daß sein Anliegen wohl dringender sei als ihres. »Es tut mir leid, Madame, und ich entschuldige mich dafür. Verstehen Sie, es ist nicht für mich, es ist für das Kind. Sehen Sie, wie verstört er ist.«

André war noch nie zuvor im Hôtel de Ville gewesen; die Eingangshalle mit der gewölbten Decke, die Marmortreppen und nun dieses Zimmer voller Menschen, die alle durcheinanderredeten, hatten ihm angst gemacht. Er packte die Hand des fremden Mannes noch fester und hoffte, daß dieser den verlorenen Faden wiederfinden und die Dinge an ihren rechten Platz rücken würde. Der Mann schien zu glauben, daß der Beamte wußte, wo seine Mutter war. Vielleicht war sie irgendwo hinter dem Schalter, in einem Zimmer, das weiter hinten im Gebäude lag. Sie war so stark und hatte ihm ganz allein die Welt erklärt – wie konnte sie es zulassen, daß ihr selbst etwas Schlimmes passierte?

»Mir ist egal, worum es geht. Sie können sich nicht einfach vordrängeln.«

»Das stimmt. Wir haben alle unsere Probleme. Sie warten gefälligst, bis Sie an der Reihe sind, genau wie alle anderen.«

Julien schob die Frau mit seinem Ellbogen beiseite und lehnte sich über den Schalter. Er packte den Beamten am Arm und zog ihn zu sich heran. »Das Kind saß draußen vor seinem Haus auf der Straße. Auf die Haustür haben sie einen Davidsstern gemalt, und seine Eltern sind verschwunden. Was geht hier vor?«

Der Beamte versuchte, sich aus Juliens Griff zu befreien. »Lassen Sie mich los! Was erlauben Sie sich eigentlich? Lassen Sie los!«

»Sie haben gehört, was ich gesagt habe.« Julien ließ Andrés Hand los, damit er den Beamten noch fester packen konnte. »Sagen Sie mir, was hier vor sich geht. Ich habe heute morgen Gerüchte gehört, Sonderzüge am Bahnhof und ähnliche Dinge.«

Der Beamte fühlte sich sichtlich unwohl unter dem harten Griff des Fremden, der seine Handgelenke gepackt hatte, und er versuchte vergeblich, seine verrutschte Brille zurechtzurücken. »Lassen Sie mich los. Ich weiß nichts darüber. Es hat nichts mit dem Hôtel de Ville zu tun. Sie gehen besser zur Polizei und sprechen mit denen.«

Julien zog den Beamten noch ein wenig näher zu sich heran und zischte leise: »Sie wissen etwas, nicht wahr?« Dann stieß er ihn von sich, als ob der Mann ihn plötzlich anekelte, nahm Andrés Hand und bahnte sich seinen Rückweg durch die vorwurfsvoll dreinblickende Gruppe von Leuten.

Es war jetzt später Nachmittag, und die Tische draußen vor dem Café du Commerce füllten sich allmählich. Trotz der Hitze waren die Gäste korrekt gekleidet, die Männer trugen Hemd und Krawatte, die Frauen Kleider, Handtaschen und geputzte Schuhe. Ältere Männer und Frauen kamen aus der Bäckerei mit einem Brot für den Abend, aus einigen Häusern drangen schon Essensgerüche durch die geöffneten Fenster. Es dufteten zwar nicht mehr nach Fleischgerichten wie noch vor zwei Jahren, aber es roch immer noch recht verlockend nach den verschiedensten Zutaten, die verwahrt oder aus geheimen Vorratslagern hervorgezaubert worden waren. Die Kirchenglocke an der Place de l'Église schlug laut sechs Uhr, ein paar Sekunden zu spät, wie sie es seit hundertsechzig Jahren tat.

André hatte jetzt solche Angst, daß er nicht mehr denken konnte, während er neben dem weit ausschreitenden Julien lief und stolperte. Die Gendarmerie lag auf der anderen Seite des Ortes an einem kiesbestreuten Vorplatz, wo die Männer im Schatten Boule spielten. Julien drückte die Doppeltür auf und zog André durch die Eingangshalle in einen Vorraum, in dem ein schwerer Deckenventilator die stickige Luft verquirlte. Er betätigte die Klingel, die auf der Schalterablage stand, und sie hörten, wie sich weiter hinten im Gebäude quietschend eine Tür öffnete.

Ein Gendarm erschien und wischte sich den Mund am Ärmel seiner Uniform ab, als ob er bei einer kleinen abendlichen Zwischenmahlzeit gestört worden sei. Er schüttelte Julien, der ihn von seinen regelmäßigen Runden durch Lavaurette kannte, die Hand. Bernard war ein gutmütiger, freundlicher Mann, der aussah, als würde ihn seine Arbeit langweilen.

»Ich versuche herauszufinden, was mit den Eltern dieses Jungen geschehen ist.«

Bernard sah über den Schalter zu André, der sich an Juliens Hosenbein festhielt.

»Wie ist sein Name?«

»Duguay. Sie wohnen in der Straße neben meiner.«

Bernards Augen flackerten unsicher, dann sah er nach unten. Er hustete und nahm einige Papiere aus dem Fach unter dem Schalter.

»Ich glaube... lassen Sie mich nachsehen... ja... Duguay, Duguay, Duguay... nur einen Moment... Ja, hier haben wir sie.« Sein Finger hielt auf einer getippten Liste inne.

»Nun?« wollte Julien wissen. »Was ist mit ihnen passiert?«

»Nun ja. Ich weiß es nicht genau. Es hat nichts mit der Gendarmerie zu tun, verstehen Sie? Eine Art Befehl von der Regierung, soweit ich weiß.«

»Ja, aber was ist passiert?«

Bernard sah unglücklich drein. »Ich... Ich glaube... Hören Sie, wollen Sie einen Augenblick mit in mein Büro kommen und den Jungen hierlassen?«

Julien sah hinunter auf Andrés hoffnungsloses Gesicht. Einen Augenblick allein im Vorraum zurückzubleiben, war sicher nicht das Schlimmste, was vor ihm lag. Er nickte und folgte Bernard durch die Glastür. »Es dauert nicht lange, André.«

André setzte sich auf einen Korbstuhl, der an der Wand stand, und schaukelte mit den Beinen. Er hatte aufgehört zu weinen, aber in seinem Mund hatte er einen seltsamen Geschmack. Er spürte nur seinen Atem, seine Haut, sah den Raum, in dem er sich befand. Die Sekunden wollten einfach nicht vergehen, es war, als sei die Zeit stehengeblieben, und dieser trockene Geschmack im Mund wollte auch nicht vergehen.

Bernard zündete sich in seinem Büro eine Zigarette an. »Es hat nichts mit uns zu tun«, wiederholte er und zog unter einigen Papieren auf dem Schreibtisch einen Aschenbecher hervor. Er setzte sich auf seinen Stuhl und deutete auf den Platz ihm gegenüber.

Julien schüttelte den Kopf und blieb stehen. »Sagen Sie es mir nur.«

»Wir hatten Besuch von der Polizei aus Vichy. Diese Scheißkerle, ich hasse sie. Verstehen Sie mich nicht falsch. Ich mag den Marschall. Ich respektiere ihn. Aber diese Männer... Jedenfalls kommt dieser Beamte, zeigt seine Papiere und sagt, er habe eine Liste mit Personen aus dieser Region.«

»Juden?«

Bernard nickte. »Nun, Sie wissen genausogut wie ich über Lavaurette Bescheid. Niemand ist seit dem Krieg gekommen oder gegangen, ich meine, Einwanderer. Es ist nicht wie in Paris oder Clermont. Ich wußte nicht, daß die Duguays... Ich bin mir sicher, daß ich sie in der Kirche gesehen habe. Jedenfalls sollte ein Zug aus Süden kommen, aus Montauban, Agen oder so. Ein Sonderzug, und sie sollten mitfahren. Das war alles, was sie uns gesagt haben.«

»Ein Sonderzug?«

Bernard zuckte bei dem Klang von Juliens Stimme zusammen. Er sah zu ihm hoch, aber er hielt seinem Blick nicht stand.

Julien fragte: »Und was ist dann passiert? Sind sie gekommen und haben sie mitgenommen?«

Bernard schluckte. »Sie haben vermutlich gehört, was letzten Monat in Paris passiert ist. Es wurden dort sehr viele zusammengetrieben, und sie haben sie in irgendein Sportstadion gebracht. Sie mußten es ein wenig verschieben, weil ihnen plötzlich klarwurde, daß es der dreizehnte war, Sie wissen schon, der Tag vor dem vierzehnten Juli, und sie dachten, es sei nicht... sei nicht...«

»Festlich?«

Bernard hustete. Julien konnte sehen, wie der Schweiß seinen Hemdkragen durchnäßte, dort, wo er den Hals einengte. Die

Zigarette hatte einen einzelnen Faden Tabak auf seiner Unterlippe hinterlassen.

Bernard sah zu ihm auf, und in seinen Augen lag etwas Flehendes. »Ich bin nur ein Gendarm, ich tue das, was man von mir verlangt. Ich will niemandem etwas Böses. Ich gehe nur durch die Stadt und versuche zu helfen. Ich ...«

»Sie haben es selbst getan, nicht wahr?«

»Was?«

»Sie haben sie selbst verhaftet, oder?«

Bernards Augen wanderten wieder zum Schreibtisch zurück. Er stützte sein Gesicht in die Hände und seufzte. Der Atem kam stoßweise. »Wenn ich es nicht getan hätte, hätten sie jemand anderem befohlen, es zu tun. Die Familie mußte so oder so diesen Zug nehmen, das müssen Sie verstehen.«

Bernard stand auf, er schien sich zu sammeln und begegnete Juliens Blick wieder. »Eigentlich muß ich Ihnen das gar nicht erklären. Ich habe Ihnen erzählt, was ich weiß, weil ... nun ja, weil ich Sie kenne. Weil Sie gefragt haben. Aber wenn Sie glauben, daß mir irgend jemand in Lavaurette die Schuld geben wird, weil ich meine Anweisungen befolgt habe, dann sind sie verrückt. Dies ist eine gesetzestreue Stadt. Wir respektieren die Regierung und tun, was man uns sagt. Das ist der einzige Weg nach vorn.«

»Wohin bringt sie der Zug?«

»Das weiß ich nicht. Es gibt eine Reihe von Flüchtlingslagern, wo –«

»Die Duguays sind keine Flüchtlinge. Sie sind Franzosen. Sie leben hier.«

Bernard zuckte die Achseln. »Also, dort werden sie hingebracht. Es ist nur bis Kriegsende. Offenbar ist sie Ausländerin, und sie sind noch nicht lange hiergewesen. All diese Leute, die aus dem Ausland hereinströmen, müssen aussortiert werden. Ich bin sicher, daß es ihnen gutgeht.«

»Stand in den Dokumenten nicht, wo der Zug hinfuhr?«

»Ich vermute schon, aber ich habe keine gesehen. Mir wurde nur gesagt, daß ich die Familie am Bahnhof abliefern soll.« Bernard schaute nach unten. »Und dann waren sie böse, weil ich nur die Eltern gebracht habe.«

»Warum haben Sie die Kinder nicht mitgenommen?«

»Ich konnte sie nicht finden. Der Kleine, den Sie haben, muß draußen auf dem Feld gewesen sein. Den anderen konnte ich… nicht finden.«

»Aber er ist erst drei oder vier. Ich habe ihn oft in Begleitung seiner Mutter gesehen. Sie hätte ihn nicht allein gelassen.«

»Ich konnte ihn nicht finden. Mehr kann ich nicht sagen. Wir hatten nicht genug Zeit. Ich habe die Abfahrtszeit des Zuges erst heute morgen erfahren.«

»Es sieht der Gendarmerie gar nicht ähnlich, so schlampig zu sein.«

Bernard sagte nichts. Er nahm noch eine Zigarette aus dem Päckchen, stopfte den lockeren Tabak mit den Fingern hinein und wischte sich mit dem Handrücken über die Stirn, bevor er die Zigarette anzündete. Er reichte Julien die Schachtel, aber der schüttelte den Kopf.

»Ich frage mich, wo er ist«, sagte Julien. »Der Kleine. Ich glaube, er heißt Jacob.«

»Es ist mir ein Rätsel. Wahrscheinlich bei Nachbarn oder so. Also, sollten Sie jetzt nicht besser gehen und sich um den anderen Jungen kümmern? Wissen Sie, sie werden wiederkommen.«

»Wollen Sie ihn nicht verhaften? Ich bin sicher, sie lassen einen anderen Zug für ihn kommen.«

»Sie machen es einem auch nicht einfach, wie? Begreifen Sie nicht, daß ich versuche, Ihnen zu helfen? Soweit es mich betrifft, sind beide Jungen verschwunden. Und jetzt nehmen Sie ihn um Gottes willen mit.«

»Sagen Sie mir, wo der andere ist, und ich werde Ihre Rolle in dieser Sache nie erwähnen. Ich werde dieses ganze Gespräch vergessen.«

Bernard fuhr sich mit der Zunge über die Lippen, diesmal fand er den Tabakrest. Er zog ihn mit den Schneidezähnen auf seine Zungenspitze, wo er ihn mit Daumen und Zeigefinger packte.

»Sie schluchzte. Die Mutter, sie klammerte sich an mich. Sie umschlang meine Füße, so daß ich mich nicht rühren konnte.« Bernard wandte Julien den Rücken zu und sah zum Fenster hinaus. Er drückte es auf, und von draußen drang das Geräusch von Boulekugeln herein, die im Sand aufschlugen und aneinanderklickten; sie hörten tiefe, lachende Männerstimmen und das friedliche Geräusch von Gläsern und einer Flasche Pastis, die auf einem Tablett klirrten, das der Kellner vom Café gegenüber brachte.

»Ich habe mir Sorgen gemacht, daß wir zu spät am Zug sein würden. Der Vater weinte ebenfalls. Sie flehten mich an. Ich wußte nicht, was ich tun sollte. Ich sollte solche Situationen nicht erleben ... Es war furchtbar.« Bernards Stimme fing an zu zittern. Er drehte sich vom Fenster weg. Sein Gesicht war rot angelaufen, er hatte die Hände an den Seiten seiner Uniform zu Fäusten geballt.

»Sie haben das Kind zur Kellertür gebracht. Der Kleine schrie. Die Mutter war hysterisch, sie lag auf dem Fußboden. Schließlich mußte der Vater sie wegziehen. Er hat das Kind hineingestoßen und die Tür abgeschlossen. Ich ... ich mußte sie es tun lassen. Dann bin ich mit ihnen durch die Seitenstraßen zum Bahnhof gegangen. Wir haben nicht die Avenue benutzt. Ich hätte es nicht tun sollen. Jetzt bekomme ich Ärger.«

Bernard zitterte. Er fuhr sich mit dem Ärmel über seine gerötete Wange, über die eine Träne gerollt war.

Julien sagte: »Sie bekommen keinen Ärger. Dafür sorge ich. Wo ist der Schlüssel?«

Schweigend holte Bernard einen verrosteten Eisenschlüssel aus der Tasche, den er Julien aushändigte. Er öffnete den Mund, als wollte er noch etwas sagen, dann machte er ihn wieder zu. Julien, der blaß und scheinbar ungerührt geblieben war, sah ihn an und neigte seinen Kopf fragend zur Seite.

Bernards Verwirrung verwandelte sich in ängstliche Wut. »Es ist nicht meine Schuld. Ich wollte nichts dergleichen tun. Sehen Sie mich nicht so an. Sie müssen wissen, ich habe auch Frau und Kinder. Sie sind für mich das Allerwichtigste, sie sind es, an die ich vor allen anderen denken muß, vor irgendwelchen Juden oder sonst jemandem. Sie sind nicht verheiratet, oder? Nun, dann werden Sie das auch nicht verstehen. Wenn irgendwas davon herauskommt, bin ich erledigt. Versprechen Sie es mir? Geben Sie mir Ihr Ehrenwort?«

»Ja.« Julien legte seine Hand auf Bernards Arm. »Ich gebe Ihnen mein Wort. Ich werde von dem, was zwischen uns vorgefallen ist, niemandem erzählen. Bleiben Sie als Gegenleistung einfach bei Ihrer Geschichte, wenn Sie jemand fragt. Die Kinder waren nicht da, und Sie wissen nicht, wo sie sind. In Ordnung?«

Bernard nickte. Julien streckte seine Hand aus, und Bernard ergriff sie. Als Julien die Tür öffnete, um zu gehen, sagte Bernard: »Warum interessieren Sie sich so für diese Kinder? Warum haben Sie das auf sich genommen?«

Julien seufzte. »Es war einfach Zufall. Ich sah das Kind und dachte, daß ich ihm helfen muß. Es war Zufall.«

Er ging wieder ins Vorzimmer, wo André immer noch auf seinem Stuhl saß und hoffte, daß sich die Zeit und die Welt wieder in Bewegung setzten.

»Ich glaube, wir müssen jetzt sehr vorsichtig sein«, sagte Julien, als sie zur Place de l'Église kamen. »Ich glaube, es ist besser, wenn ich vorgehe, um sicher zu sein, daß alles in Ordnung ist. Du bleibst ...« Er blieb stehen und sah sich um. »... in der Kirche. Ich komme in einer Minute wieder und hole dich.«

André setzte sich in eine dunkle Ecke, die Julien ausgesucht hatte, und betrachtete die Marmorstatue einer Heiligen, die ein Stück Stoff oder ein Taschentuch in ihren kalten Fingern hielt. Alles drängte sich ihm mit ungewollter Klarheit auf: der Geruch nach altem Weihrauch, das Holz unter seinen Oberschenkeln, die Statue einer Frau, die nicht seine Mutter war, der Stapel stoffbezogener Bücher auf der Ablage neben ihm. Als ob es gar nicht wahr wäre.

»Gut, komm mit.« Julien stand in der Tür. »Haben deine Eltern draußen irgendwo einen Schlüssel versteckt?«

André nickte. Eine schmale Gasse führte am Haus entlang zu einem Seiteneingang des Gartens. Julien folgte ihm auf dem steinigen Weg, und André schob ein schmiedeeisernes Gitter auf. Beim Öffnen ertönte eine lieblich klingende Glocke.

In dem kleinen Garten direkt am Haus befand sich eine gepflasterte Terrasse, die von verschwenderischem Jasmin, der an einem Eisengitter emporwucherte, überspannt wurde. André hob einen Stein hoch, unter dem er einen Schlüssel hervorzog. Er schloß die Küchentür auf. Der Suppentopf auf dem Herd war völlig ausgebrannt und verursachte einen erstickenden Gestank. Julien drehte die Flamme aus. Der Tisch war für vier Personen gedeckt, und es standen eine Karaffe mit Wasser sowie ein Weidenkorb mit sechs Scheiben Brot darauf.

»Wo ist der Keller?«

»Hier entlang.«

Im Flur war es kühl und dunkel; an der Wand hingen rosafarbene Lampenschirme und ein großer gerahmter Sepiadruck eines ordengeschmückten Duguay-Vorfahren in Uniform mit herunterhängendem Schnurrbart. Julien schloß die Kellertür auf. Er nahm Andrés Hand, als sie die dunkle Treppe hinuntergingen.

»Jacob? Jacob? Bist du da?«

André rief ebenfalls mit einem ängstlichen Unterton in seiner hohen, klaren Stimme nach seinem kleinen Bruder. »Jacob?«

»Wir brauchen eine Kerze. Weißt du, wo welche sind?«

»Ich habe im Laden welche gekauft. Ich... ich habe sie irgendwo liegengelassen.«

»In der Küche müssen noch welche sein. Geh mal nachsehen. Ich habe ein paar Streichhölzer.«

Allein ging Julien langsam weiter die Treppe hinunter, dabei fühlte er mit einer Hand an der kalten Steinwand entlang. »Jacob?« rief er leise. »Jacob?«

Andrés Stimme flüsterte oben an der Treppe: »Ich habe eine gefunden.« Julien zündete ein Streichholz an, um ihm den Weg nach unten zu leuchten, und machte dann die Kerze an. Unten im Keller stand eine Reihe leerer Weinfässer auf dem festgestampften Erdboden. Die Kerze warf lange Schatten bis zu den dicken Holzbalken unter der Decke.

»Schauen Sie.« André zeigte auf ein Bündel in der Ecke. Als sie näher kamen, sahen sie im Kerzenlicht, daß dort ein kleiner Junge auf der Seite eingerollt lag und schlief.

André streckte seine Hand aus und berührte ihn. »Jacob«, flüsterte er ängstlich und eindringlich. »Jacob.« Er schüttelte seinen Bruder an der Schulter, und der Junge regte sich und kam langsam wieder auf die Füße. Mit weit aufgerissenen Augen starrte er sie an.

Julien fragte sich, was sie tun würden. Seiner Erfahrung nach umarmten sich Geschwister in diesem Alter nicht, es sei denn, um ein falsches Gefühl zu demonstrieren, das ihre Eltern verlangten.

André nahm förmlich Jacobs Arm und küßte seine Hand. Jacob sagte nichts, er sah sich nur verwirrt um. Seine großen, dunklen, tiefliegenden Augen blinzelten verschlafen und noch leicht benommen im Kerzenlicht. André breitete die Arme aus, und Jacob ließ sich von ihm umarmen. Dabei trat er ihm auf den Fuß und taumelte ein wenig, als ob es sich um eine ungewöhnliche Geste handelte, die sie sich von älteren Leuten abgeguckt hatten.

»Monsieur, was sollen wir jetzt tun?«

»Ich glaube, ihr kommt besser mit zu mir. Mein Haus liegt in der Straße neben eurer. Ihr könnt bei mir wohnen, bis ich ein besseres Zuhause für euch gefunden habe.«

»Wo ist meine Mutter?« fragte André.

»Ich weiß es nicht. Sie und dein Vater sind mit dem Zug irgendwohin gefahren. Sie mußten überstürzt aufbrechen, deshalb konnten sie sich nicht von euch verabschieden.« Julien nahm die beiden an der Hand. »Ihr müßt jetzt sehr tapfer sein. Es kann eine Weile dauern, bis ihr eure Eltern wiederseht, aber ihr müßt versuchen, euch keine Sorgen zu machen. Ich sorge dafür, daß man sich ordentlich um euch kümmert. Ihr könnt mir vertrauen. Ich werde euch helfen.«

Er spürte, wie vier Augen in der Dunkelheit hin und her über sein Gesicht huschten, dann kniete er auf dem festgestampften Boden nieder und schloß die beiden kleinen mageren Körper in seine Arme.

Noch am selben Abend ging Julien Levade gegen zehn Uhr hinunter zum Café du Centre. Die Straßen glänzten vor Nässe nach dem plötzlichen Sommergewitter, und er ging vorsichtig über das unbeleuchtete rutschige Pflaster. Durch halb geschlossene Fensterläden und Fenster, die nach dem Regen wieder geöffnet worden waren, hörte er Stimmengemurmel; er sah, wie im Schein einer grellen Küchenlampe ein Mann müde die Flasche Wein wieder mit einem Korken verschloß, während seine Frau das Geschirr abräumte. Vereinzelte Reklameschilder leuchteten auf die dunkle Straße.

An der Bar bestellte Julien ein Glas Wein. Der Besitzer, Monsieur Gayral, ein niedergeschlagener Mann mit gebeugter Haltung von sechzig Jahren, der aber mindestens zwanzig Jahre älter wirkte, schob ihm das Glas über den Tresen. Selbst seine buschigen Augenbrauen schienen müde und kraftlos herunterzuhängen. Madame Gayral, die im Speisesaal bediente, war eine hektische, tüchtige kleine Frau mit hellrot gefärbten Haaren und all der Energie, die ihr Mann verloren hatte. Gayral war trotzdem ein beliebter Wirt, denn er war stets sehr diskret. Nichts, was im Café du Centre gesprochen wurde, drang je nach draußen, und seine melancholische Art ging so weit, daß er offenbar taub zu sein schien, wenn in seiner Gegenwart extreme Meinungen oder lüsterner Klatsch (wenn beispielsweise über eine Vaterschaft spekuliert wurde) geäußert wurden, die selbst für eine Bar wie diese schockierend waren. Bei denen, die von dieser Diskretion schon profitiert hatten, genoß Gayral den Ruf eines Mannes von großer, wenn auch zurückhaltender Weisheit und von überraschend trockenem Humor, der allein deswegen legendär war, weil er ihn nie zum Ausdruck brachte.

Julien hatte nichts gegessen, aber er wußte, daß es mit Madame Gayrals Kochkünsten selbst in Zeiten des Überflusses schon nicht allzuweit her gewesen war. Sie versuchte ihre Unsicherheit zu vertuschen, indem sie viele verschiedene Gänge servierte, wohl in der Hoffnung, daß wenigstens einer davon schmeckte. So folgten einer wäßrigen Suppe beispielsweise Schinken mit einem Stück Melone, etwas aufgeschnittener Hering in Essig, dann ein Stück eingelegte Ente mit Erbsen, ein feuchter grüner Salat, danach ein gegrilltes Würstchen mit Kartoffelpüree, zum Abschluß ein ganzer Teewagen mit einer Auswahl an Käse und verschiedenen Desserts auf Milchbasis. Am Ende fühlten sich die Gäste in der Regel aufgebläht und doch unzufrieden. Seit der Besatzung war es regelrecht riskant geworden, im Café du Centre zu essen. Denn die Vichy-Regierung hatte nicht nur zugestimmt, daß die Deutschen mehr essen mußten als die Franzosen, sondern auch beschlossen, daß Frankreich zusätzlich zu den zwanzig Millionen Francs, die es pro Tag für das Privileg, besetzt worden zu sein, bezahlte, den Besatzern auch noch die besten Nahrungsmittel überlassen sollte. Es war allein Madame Gayrals glänzender Idee zu verdanken, Irène Galliot, die Tochter der Haushaltswarenhändlerin, als Bedienung einzustellen, daß die männliche Stammkundschft geblieben war. Irène war zwar die Tochter ihrer Mutter – genauso förmlich, unnachgiebig, geradezu erbarmungslos –, und doch war sie seltsamerweise wesentlich hübscher. Roudil mutmaßte galant, dies beweise, daß Madame Galliot in ihrer Jugend selbst eine Schönheit gewesen sein mußte; die meisten waren jedoch der Ansicht, daß vermutlich der alte Galliot, der 1917 in der Frühjahrsoffensive am Chemin de Dames umgekommen war und den einige noch gekannt hatten, nicht der Vater des Mädchens war. Irène hatte dickes, gewelltes, braunes Haar und schlanke Beine und besaß nur eine Andeutung – für viele Männer in Lavaurette eine aufregende Andeutung – von bäuerlicher Schwere um die Hüften, ein betörend wirkungsvolles, wenn auch seltenes Lächeln, aristokratisch (verdächtig) helle Haut und ein Gesicht, das man gerechterweise nur als schön bezeichnen konnte, selbst wenn es dem Alterungsprozeß vermutlich nicht gut standhalten würde.

Es war Irènes freier Tag, und Madame Gayral räumte an den Tischen der enttäuschten männlichen Gäste, die zu begriffsstutzig waren, sich den wöchentlichen Dienstplan der Kellnerin zu merken, die Teller ab. Die Abwesenheit der Dame des Hauses wiederum bedeutete, daß die Unterhaltung an der Bar noch unbedachter war als sonst. Selbst Gayral war so aufgebracht, daß er redete, und man reagierte auf seine Meinung mit überraschtem, aber respektvollem Schweigen.

»Einige Leute meinen, daß man Laval nicht trauen kann, aber ich behaupte, er ist ein sehr kluger Mann. Jedesmal, wenn in der besetzten Zone einer dieser Kommunisten einen deutschen Soldaten erschossen hat, haben sich die Deutschen zehn unschuldige Leute gegriffen und hingerichtet. Jetzt hat Laval eine Vereinbarung getroffen. Jetzt gibt es in der besetzten Zone französische Polizisten, und die sorgen für Ruhe und Ordnung. So sollte es auch sein: Frankreich wird von Franzosen polizeilich überwacht, Besatzung hin oder her.«

Es entstand eine Pause, in der die anderen sich Zeit ließen, Gayrals Meinung zu verdauen. Ein Mann namens Benech, der Schulmeister war, erwiderte höflich: »Da haben Sie vielleicht recht. Da haben Sie vielleicht wirklich recht. Aber Sie müssen auch zugeben, daß die Boche-Soldaten sich tadellos aufgeführt haben – auch wenn sie sehr provoziert wurden.«

Gayral nickte.

»Nicht allzusehr«, sagte Julien. »Ein gelegentlicher Einzelfall, aber kaum irgendwelche –«

»Ach, die jämmerlichen Kommunisten«, sagte Benech. »Wann werden sie es endlich begreifen? Sie sind fast genauso schlimm wie die RAF und ihre Bombenangriffe. Je eher sich die Engländer mit dem Unvermeidlichen abfinden, desto besser für uns alle.« Benech kam erst seit kurzer Zeit ins Café du Centre. Er erlaubte sich jeden Abend nur zwei alkoholische Getränke, aber erntete einen gewissen Respekt für seine energisch vertretenen Ansichten.

Gayral fing an zu reden. »Ich habe eine Geschichte über eine große Fabrik in Clermont gehört. Ich werde nicht sagen, welche.« Zwei oder drei Köpfe nickten anerkennend angesichts seiner Verschwiegenheit. »Der Direktor bekam Besuch von einem Engländer, der ihm erzählte, daß die RAF seine Fabrik bombardieren würde, weil sie Maschinen produzierte, die die Deutschen für ihre Kriegsanstrengungen benötigten. Der Engländer sagte, wenn ihm der Direktor eine Kopie der Fabrikgrundrisse aushändigte, würde er dafür sorgen, daß sie ihre Bomben nur auf die wichtigen Teile, die sich nicht wieder rekonstruieren ließen, abwerfen würden und daß niemand dabei verletzt würde. Wenn er sich weigerte, würden sie einfach die ganze Fabrik bombardieren. Der Fabrikbesitzer sagte ihm, er solle beweisen, daß er wirklich Verbindung zur RAF habe, und sie dazu bringen, in der folgenden Nacht auf einem Feld außerhalb des Ortes eine einzelne Bombe abzuwerfen. Nun, offensichtlich haben sie das getan. Der Direktor gab dem Mann die Fabrikgrundrisse, und zwei Nächte später kamen sie herübergeflogen und zerstörten nur die wichtigsten Maschinen, genau wie besprochen.«

»Wie ist der Engländer nach Frankreich hereingekommen?« fragte Roudil.

»Sie springen mit dem Fallschirm ab. Es gibt Hunderte von ihnen.«

»Dahinter steckt dieses Ungeheuer Churchill«, sagte Benech. »Das ist der selbstsüchtigste Mann in Europa. Um seines eigenen Ruhmes willen zieht er diesen Krieg immer weiter in die Länge. Warum kann er das Unvermeidliche nicht einsehen? Wenn der Marschall – der Marschall, der Retter von Verdun, wenn ich bitten darf – akzeptiert, daß die Boches den Krieg gewonnen haben, warum sieht dieser törichte Mann das nicht ein? Und wo waren die Engländer, als wir sie im Ersten Weltkrieg gebraucht haben? Sie sind zu Hause geblieben.«

»Ich glaube, einige sind herübergekommen«, antwortete Roudil.

»Das glaube ich nicht, mein Freund«, erwiderte Benech. »Und überhaupt, warum sollte dieser Fabrikbesitzer den Engländern helfen? Das verstößt gegen das Gesetz. Der Marschall hat das sehr deutlich gemacht, als er gesagt hat, daß wir mit dem Besatzer ›eine Zusammenarbeit in Aussicht genommen‹ haben. Das waren genau seine Worte, und recht hatte er. Wir müssen an unsere Zukunft denken und an die Zukunft unserer Kinder. Dieser Krieg wird nur noch ungefähr ein Jahr dauern – ein Jahr, was macht das schon –, und wenn er vorbei ist, werden wir in der Lage sein, unseren Platz im neuen Europa einzunehmen.«

Roudil runzelte sein faltiges Gesicht angesichts dieser so klar und unerschütterlich vorgetragenen Meinung. Benech hörte sich an wie ein Mann, der spürte, wie der Gang der Geschichte endlich seine seit langem vertretenen Ansichten rechtfertigte.

»Ich glaube, ganz so einfach, wie Sie sagen, ist es doch nicht«, meinte Roudil. »Der Marschall spielt ein doppeltes Spiel. Er scheint alles zu tun, worum sie ihn bitten, aber in Wahrheit wartet er nur auf den richtigen Augenblick. Er ist vielleicht alt, aber er ist gerissen, jawohl. Schauen Sie sich doch an, wie er die Souveränität Frankreichs erhalten hat. Nennen Sie mir ein Land in Europa, das sich seine Unabhängigkeit bewahrt hat, nachdem es besetzt wurde. Norwegen? Schweden? Belgien? O nein, der Marschall ist schlau, und wir haben nicht das letzte Mal von seiner Listigkeit gehört.«

»Was genau ist diese Souveränität denn wert?« fragte Julien. »Ein alter Mann in einem Hotelzimmer mit Machtbefugnissen, die ihm niemand bewilligt hat, tut das, was ihm die Deutschen befehlen. Ist das Souveränität? Wenn Paris besetzt und die Republik tot ist?«

»Ach, die Republik, die Republik«, entgegnete Benech und nippte an seinem zweiten Glas. »Die Republik hat sich selbst umgebracht. Ich hätte gedacht, daß das jeder erkannt hätte, nach dem Durcheinander, das Monsieur Blum und seine Juden angerichtet haben. Wenn die Deutschen nötig waren, um uns wieder zur Besinnung zu bringen, dann bin ich ehrlich gestanden froh darum. Und ich sage Ihnen noch etwas – wir benötigen noch ein paar Jahre, um wieder alles in Ordnung zu bringen. Wenn die Anwesenheit der Besatzer nötig ist, um dem Marschall Zeit zu geben, das Land wieder auf den richtigen Kurs zu bringen, dann muß es wohl so sein.«

Julien hatte diese Meinung schon so oft gehört, daß er es leid war, Einwände dagegen zu erheben. In gewisser Hinsicht bewunderte er ihre Logik. Daß man von einer sich anständig verhaltenden fremden Macht besetzt wurde, versetzte einen in die Lage, auf friedlichem Weg die konservativen innenpolitischen Reformen durchzusetzen, die das eigene Land schon lange nötig hatte. Er fand die Haltung ebenso opportunistisch wie gewagt. Aus solch einer dumm-optimistischen, unverbesserlichen Sicht à la Pangloss erschien die Situation nicht nur bequem, sondern auch geradezu von einer Art schicksalhaftem Optimismus erhellt.

Anstatt zu streiten, sagte Julien zu Gayral: »Wie ich gehört habe, kommt Ihr Sohn nach Hause.«

Gayral lächelte. »Ja, endlich. Es hat ewig gedauert, bis er aus Syrien herausgekommen ist. Aber ich kann Ihnen sagen, dieser Junge wird froh sein, wenn er der Wüste den Rücken kehren kann! Wir erwarten ihn nächste Woche.«

»Dann war er nicht versucht, auf die Seite der Sieger zu wechseln?« Julien konnte nicht anders, er mußte ihn aufziehen.

»Welche Seite?«

»Die freien Franzosen. Die Einheiten, die ihn geschlagen haben.«

»Frei, daß ich nicht lache! Das sind bloß ein paar Banditen, die von Amerikanern und Engländern angeführt werden! Im Regiment meines Jungen gab es nur zwei Männer, die zu ihnen übergelaufen sind. So beliebt sind sie!«

»Und der Rest ist nach Hause gekommen?«

»Natürlich ist er das!« unterbrach Benech ihn enthusiastisch. »Es wird hier vielleicht etwas zu tun geben, wissen Sie. Sie haben doch von der Landung der Alliierten gelesen, oder? Es wird vermutet, daß die Engländer vielleicht versuchen werden, im Norden einzumarschieren. Der Marschall sagt, wir müssen bereit sein, um ihnen standzuhalten. Ich kann Ihnen sagen, das wird bestimmt kein schöner Anblick, vor allem, wenn die Amerikaner sich daran beteiligen.«

»Die Amerikaner«, sagte Roudil ungläubig. »Was haben die denn damit zu tun?«

»Sie haben einen Vertreter zu den freien Franzosen geschickt«, erwiderte Julien.

»Nun«, meinte Benech, »das zeigt doch nur, wie wenig sie wissen.« Er schüttelte sich vor Lachen. »Die armen alten Amerikaner! Sie haben die Angelegenheit wirklich falsch verstanden.«

Roudil gackerte wie über einen guten Witz; Gayral gab ein Grunzen von sich. Benech traten vor Lachen die Tränen in die Augen, und seine Ansichten waren so offensichtlich unbedarftharmlos, daß selbst Julien sich ein Lächeln nicht verkneifen konnte.

## 2. KAPITEL

Charlotte saß in einem roten Lehnstuhl in einer Wohnung in Marylebone und versuchte, ihre nervösen Magenkrämpfe so weit unter Kontrolle zu bekommen, daß sie in der Lage war, sich auf das zu konzentrieren, was Mr. Jackson ihr gerade erzählte.

Er lief im Zimmer umher und zog beim Sprechen abwechselnd seine Hose hoch oder steckte sein Hemd weiter hinein. Ihre Blicke folgten ihm, bis er hinter einer Stehlampe verschwand und sie sich in ihrem Sessel umdrehen mußte, um ihn wieder sehen zu können.

»Ich weiß, es ist ein wenig überstürzt. Ich fürchte, wir halten uns nicht gerade an die Vorschriften, aber natürlich gibt es eigentlich keine Vorschriften, das verstehen Sie sicher.«

Jackson blieb an einem Schreibtisch am Fenster stehen und nahm ein paar Papiere in die Hand. »Die Berichte über Sie sind außerordentlich gut, das muß ich schon sagen. Und die Franzöischleute haben gesagt, daß Sie als Einheimische durchgingen. Das sagen sie nicht bei jedem, das können Sie mir glauben.«

»Sind das freie Franzosen?«

»Du lieber Himmel, nein, die würden sich nie mit uns unterhalten. De Gaulle beschäftigt seine eigenen kleinen Organisationen – sie werden nie zueinanderfinden. Jedenfalls haben meine Leute gesagt, Sie seien erstklassig.«

»Das ist sehr freundlich von Ihnen. Ich glaube nicht, daß das ganz der Wahrheit entspricht.«

Jackson zog schulmeisterhaft eine Augenbraue hoch. »Lassen Sie mich Ihnen mein kleines Vorhaben erläutern. Haben Sie übrigens den Brief mitgebracht?«

Charlotte reichte ihm den Umschlag, der eine kurze Anweisung enthielt, daß sie sich in der Wohnung einfinden solle. Jackson schob ihn in die Tasche seiner Flanellhose.

»Es gibt eine relativ neue Widerstandsgruppe nicht weit von Limoges, die von einem unserer besten Leute gegründet wurde. Sie heißt Violinist.«

Während er redete, überschlug Charlotte in Gedanken: von Limoges nach Clermont... Wahrscheinlich nicht mehr als zweihundertfünfzig Kilometer, alles in der unbesetzten Zone. Drei Tage mit dem Fahrrad, vielleicht vier – es war lange her, daß sie morgens mit dem Fahrrad und einem Korb voller Bücher in die höhere Schule gefahren war.

»...Ihre Aufgabe ist also wirklich sehr leicht. Zunächst begleiten Sie Yves. Wir wollten ihn erst Hugues nennen, aber er kann das ›u‹ so schwer aussprechen. Er kommt aus Lancashire, und ich werde Ihnen seinen richtigen Namen nicht nennen, es ist auch nicht wichtig, daß Sie ihn kennen. Er ist ein außerordentlich fähiger Mann und spricht zwar Französisch, doch unser zahmer Franzose war nicht sehr angetan von seinem Akzent – ein bißchen mehr Burnley als Bourges, wenn Sie verstehen. Sie werden daher als seine Begleitperson mitfahren und verhindern, daß er mit jemandem spricht, bis Sie sicher in dem Haus bei Uzerche eingetroffen sind, wo er sich einer sehr aktiven kleinen Organisation anschließen wird. Dann wünschen Sie ihm *bon voyage.* Soweit alles klar?«

Charlotte nickte. »Ja, sehr klar. Sie werden mir mehr Einzelheiten nennen, wenn es soweit ist.«

»Natürlich.« Jackson grinste wie ein Frosch. »Karten, Geld,

Adressen und, nicht zu vergessen, die gute alte Geschichte zur Tarnung. Sie werden sehr viel auswendig lernen müssen, aber man sagt, Sie hätten ein Gedächtnis wie ein Elefant, wenn Sie den Ausdruck verzeihen.«

»Ich werde mein Bestes tun.«

»Hervorragend. Nun, der zweite Teil Ihrer Aufgabe ist noch einfacher. Wir möchten, daß Sie einer unserer Funkerinnen in der Gegend einen Satz Steckquarze überbringen. Diese kleinen Dinger sind ganz leicht und einfach zu transportieren. Doch sie haben zwei Nachteile: Sie sind sehr zerbrechlich, und sie sind unverkennbar. Der Funkerin ist ein kleines Mißgeschick passiert – ich weiß nicht genau, was geschehen ist –, jedenfalls braucht sie einen neuen Satz. Ihnen wird natürlich ein günstiger Treffpunkt und Zeitpunkt mitgeteilt, alles andere bleibt Ihnen überlassen. Ich nehme an, daß man Sie bitten wird, die Steckquarze irgendwo zu hinterlegen, so daß Sie die Dame also gar nicht persönlich treffen werden. Sie wissen schon: Sie lassen sie in der Damentoilette liegen oder so was in der Art.« Jackson lachte kurz auf.

»Und was tue ich dann?«

»Dann? Dann, meine liebe Miss Gray, kommen Sie nach Hause. Rückflug.«

»Derselbe Ort, dasselbe Flugzeug?«

»Nein, das bezweifle ich. Ich denke, Sie werden in einer der großen Maschinen hinüberfliegen, wahrscheinlich in einer Whitley. Vermutlich werden sie gleichzeitig etwas Kriegsmaterial abwerfen. Ich gehe davon aus, daß Sie in einer kleinen Lysander zurückkommen, einer Maschine, die dort auch landen kann. Was halten Sie von der ganzen Sache?«

Charlotte fuhr sich mit der Zunge über ihre trockenen Lippen. »Es klingt sehr unkompliziert.«

»Das ist es auch! Nun, ich nehme nicht an, daß ich Sie mit einem kleinen Mittagessen locken kann, oder nicht? Wir müssen Sie aufpäppeln, wissen Sie, das Essen in Frankreich ist furchtbar. Natürlich kann ich Sie nicht in meinen Klub mitnehmen, aber um die Ecke gibt es ein hübsches kleines Lokal. Mögen Sie Fisch?«

Und dann ging alles sehr schnell. Jackson gab Charlotte in die Obhut einer Frau namens Valerie Kay, einer strengen, schulmeisterlichen Person, von der Charlotte sich vorstellen konnte, daß sie an den altehrwürdigen Universitäten in einer Art Vorreiterrolle als eine der ersten Frauen studiert hatte. Ihr drahtiges braunes Haar trug sie streng zurückgekämmt, und durch ihr ganzes Gehabe schien sie bei jeder Gelegenheit den Ernst des Unterfangens zu betonen. Der wichtigste Teil der Vorbereitung war die Geschichte, die Charlotte zur Tarnung dienen sollte. Charlotte erhielt den Namen Dominique Guilbert; sie war 1917 in Paris geboren worden, war mit einem Beamten aus Angoulême verheiratet, der jetzt Kriegsgefangener in Deutschland war, und war unterwegs zu ihrem kranken Vater, der in Limoges wohnte. Sie war eine Zeitlang in Belgien zur Schule gegangen, das sollte die möglichen Fehler in der Aussprache entschuldigen. Ihr wurde erklärt, daß die Verachtung der Franzosen für »die kleinen Belgier« so groß war, daß selbst die absonderlichsten nichtfrankophonen Klänge gefahrlos einem kurzen Aufenthalt in Brüssel zugeschrieben werden konnten. Sie brauchten zwei Stunden, um die Einzelheiten ihrer Geschichte durchzugehen. Anschließend hatte Charlotte einen Tag Zeit, um die Geschichte und dazu die Namen und Adressen von Kontaktpersonen auswendig zu lernen, bevor sie wieder in der Wohnung in Marylebone erscheinen sollte, um dort geprüft zu werden. Zusätzlich zu ihrem ersten Decknamen erhielt sie einen zweiten: Danièle. Angeblich schafften gute Agenten es, bei einem Verhör nicht einmal ihren ersten Decknamen preiszugeben, außerdem war eine solche doppelte Absicherung für andere Leute in der Organisation hilfreich. Von jetzt an hieß sie, wann immer sie mit ihnen zu tun hatte, Danièle.

Charlotte schrieb ihrer Mutter, daß sie in einer offiziellen Angelegenheit verreisen müsse und sich melden würde, sobald sie könnte. Sie sagte Daisy, daß sie zwei Wochen wegfahren würde und daß sie das Zimmer so lange an jemand anderen vermieten könne. Daisy warf ihr einen langen, besorgten Blick zu, sagte aber nichts. Valerie Kay fragte sie Schritt für Schritt ihre Geschichte ab, dann nahm sie ein ausgemergelter Franzose ins Kreuzverhör, der durch eine immer dicker werdende Wolke von

Zigarettenrauch seine Fragen abfeuerte. Charlotte vermißte die aufmunternde Gegenwart von Mr. Jackson, aber man schien mit ihren Antworten zufrieden zu sein.

»Allerdings ist da noch etwas, worüber wir bis jetzt nicht gesprochen haben«, sagte Miss Kay. »Ihr Haar.«

»Was ist damit?«

»Es hat keine sehr französische Farbe, nicht wahr? Ich habe um zwei Uhr in der Brook Street einen Termin bei einem französischen Friseur vereinbart. Die Färbung sollte ein paar Wochen vorhalten, es sei denn, Ihr Haar wächst sehr schnell.«

Charlotte nickte und hatte den leisen Verdacht, daß Miss Kay angesichts der Vorstellung, daß man ihre Haarfarbe in ein langweiliges Braun verwandelte, herzlose Genugtuung empfand.

Um vier Uhr traf Charlotte mit kurzgeschnittenem, braunem Haar für die letzten Vorbereitungen wieder in der Wohnung ein. Ein Mann, der sie an einen Butler erinnerte und den sie noch nicht kannte, öffnete ihr die Tür. Er machte einen Schritt zur Seite, nahm sie dann fest am Ellbogen und führte sie in ein Schlafzimmer. »Warten Sie bitte hier, Miss. Es wird sich gleich jemand um Sie kümmern.«

Charlotte sah sich in dem ordentlichen Zimmer um, über dem Bett hing ein blasses Seeaquarell; unter dem Fenster stand eine Frisierkommode mit einem blumenbedruckten, gerüschten Vorhang, aber es lagen keine Make-up-Utensilien oder Haarbürsten darauf. Es sah aus, als sei es sehr lange her, daß hier tatsächlich jemand geschlafen hatte. Charlotte war ruhig und aufgeregt zugleich: Was sie tat, war nicht nur richtig, sondern in gewisser Weise auch unvermeidlich. Ihr Leben und ihre Erziehung hatten sie an diesen Punkt gebracht; sie hatte keine Angst, in ein Land zurückzukehren, das sie liebte und das sie in ihrer Erinnerung mit der Vorstellung vollendeter Zivilisation verband. Sie war zuversichtlich, daß sie diesen einfachen Auftrag erledigen konnte, und doch brachte die ganze Sache ein berauschendes Gefühl von Flucht mit sich. Im Gegensatz zu so vielen Menschen, die den Bomben in London ausgesetzt, durch das deutsche Heer oder die französische Bürokratie gefangen waren, hatte sie das befreiende Privileg, etwas tun zu können.

Die Tür öffnete sich, und Charlotte strahlte über das ganze

Gesicht, als sie Mr. Jackson vor sich sah. »Meine Güte, das haben sie ja hervorragend hinbekommen. Sie sehen so französisch aus wie Jeanne d'Arc.« Er legte ein braunes Päckchen auf das Bett. »Hier sind ein paar Kleider. Ich möchte, daß Sie sie anziehen. Sie sind in Frankreich gemacht worden, und wenn nicht, haben wir französische Etiketten eingenäht. In den Taschen sind ein paar französische Tabakreste und etwas Dreck aus der Gegend, in die Sie fahren. In Ihrem Koffer befinden sich eine komplette Garderobe zum Wechseln und zwei zusätzliche Garnituren Unterwäsche. Gleich kommt jemand zu Ihnen.«

Ein wenig traurig knöpfte Charlotte ihren knielangen, dunkelblauen Rock auf und schob ihn über ihren elfenbeinfarbenen Slip. Bei der Abteilung G waren sie bezüglich ihrer Vorstellung, was französische Frauen in Zeiten der Besatzung trugen, kein Risiko eingegangen: wollene Unterhosen, grobe Strümpfe, die offenbar an den bereitgestellten Strumpfbändern befestigt werden sollten, ein wadenlanger Rock und ein schlecht gestrickter Pullover. Charlotte schnürte die klobigen Schuhe zu und betrachtete sich im Spiegel der Frisierkommode. Valerie Kay kam ins Zimmer, um Charlottes persönliche Sachen abzuholen.

»Wir bewahren sie bis zu Ihrer Rückkehr sicher auf«, sagte sie und wickelte das Bündel mit abschätziger Miene in einen Bogen braunes Packpapier. »Ich möchte, daß Sie gleich ins Badezimmer gehen und sich abschminken, aber bitte warten Sie hier, bis Sie gerufen werden.«

Charlotte saß auf der Bettkante und wartete. Nebenan hörte sie mehrere andere Stimmen und ständiges Türenklappen. Irgend etwas ging da vor sich. Die Behutsamkeit und die Vorsicht, die bislang ihren Umgang mit diesen Leuten gekennzeichnet hatten, waren plötzlich kurzen Worten und raschen Schritten gewichen. Charlotte hatte den Eindruck, daß mindestens drei andere Personen genau wie sie eingewiesen und vorbereitet wurden, und aus Sicherheitsgründen wurde dafür gesorgt, daß sie einander nicht begegneten. Sie mußte lächeln bei dem Gedanken, daß der Butler hin und her ging, hinter den verschiedenen Türen falsche Identitäten übergestreift und Hosen ausgezogen wurden. Aber vermutlich war es nur gut so, daß sie nicht in der Lage war, sich durch ein Zeichen des Erkennens zu verraten, wenn sie einem dieser Menschen unter den prüfenden Blicken eines SS-Offiziers abends in Bordeaux im Bahnhof Saint-Jean begegnen sollte.

Der Butler erschien erneut und führte Charlotte den Flur entlang in ein anderes Zimmer, in dem ein Stuhl stand, der an einen Zahnarztstuhl erinnerte. »Nehmen Sie dort Platz, Miss.«

Einige Minuten später, nach noch mehr Schritten und knallenden Türen, kam ein kleiner, weißhaariger Mann herein und stellte sich als Mr. Legge vor.

»Und Sie sind ... Lassen Sie mich nachschauen«, sagte er und sah auf ein Klemmbrett, das an der Seite des Stuhls hing. »Danièle.«

»Das stimmt.«

»Machen Sie weit auf.«

»Wie bitte?«

»Machen Sie bitte Ihren Mund weit auf. Ich werde Ihre Füllungen austauschen. Lassen Sie mal sehen, gar nicht so schlecht. Nur sechs, soweit ich sehen kann. Sie müssen einen guten Zahnarzt gehabt haben, als Sie klein waren.«

»Die Belgier sind bekannt dafür.«

Legge war anscheinend zu alt und schwach, um mit seinem Fuß den Bohrmechanismus fest genug zu betätigen, damit er seine volle Leistung brachte, also wurden die silbrigen schottischen Füllungen Stück für Stück herausgemeißelt, um durch schwere Goldplomben, wahrscheinlich eine französische Zusammensetzung, ersetzt zu werden. Während der alte Mann emsig weiterarbeitete, fragte Charlotte sich verbittert, ob sie wohl Metalle aus genau der Gegend zusammengestellt hatten, wo sie planmäßig mit dem Fallschirm abspringen würde.

Nach zwei Fehlstarts, bei einem drückte der Butler sie gegen die Wand und hielt ihr die Augen zu, wurde Charlotte schließlich in das Wohnzimmer der Wohnung geführt, wo Jackson ihr zu Beginn die Einzelheiten ihrer Mission erläutert hatte.

»Danièle«, sagte er. »Willkommen. Nehmen Sie doch Platz.« Er schenkte ihr sein breitestes, aufmunterndstes Lächeln. »Wie fühlen Sie sich?«

»Ganz gut«, sagte Charlotte ehrlich, durch Jacksons Art beruhigt. »Auf den Zahnarzt hätte ich verzichten können.«

»Ich weiß, ich weiß. Die meisten meiner Leute finden, ich sei verrückt, aber meine Einstellung ist die, daß wir einfach alles tun müssen, um unsere Agenten zu schützen. Das ist alles. Heute scheinen wir Glück zu haben, mit ›Charlotte‹, meine ich. Sagt Ihnen dieser Name etwas?«

»Natürlich.« Sie zeigte durch das Fenster auf den Himmel, wo eine Mondsichel weiß glänzte.

»Sonst nichts?« Jackson grinste.

»Ganz sicher nicht.«

»Hervorragend.« Er setzte wieder eine ernste Miene auf und hustete. »Nun, sobald Sie Yves in Uzerche abgeliefert haben, werden Sie ihn dort zurücklassen und nicht versuchen, sich mit ihm in Verbindung zu setzen. Verstanden? Er ist dort bei Freunden und wird Sie nicht brauchen. Dann fahren Sie mit den Steckquarzen zu dieser Adresse, gehen dort in den Friseurladen und wiederholen das, was hier geschrieben steht.« Er schob ein Stück Papier über den Tisch. Der Friseurladen befand sich in einem Ort namens Ussel. Charlotte prägte sich den Text ein. »Haben Sie das? Gut.« Jackson nahm das Papier wieder an sich und zerriß es. »Wir sind jetzt so gut wie startbereit. Manchmal müssen wir die Leute ewig lange warten lassen, entweder hier oder in einem unserer Häuser in East Anglia. Aber der Wetterbericht ist erstklassig. Strahlend hell bis nach Limoges. Was Ihre Rückreise betrifft: Sie werden das tun, was Ihnen ein Franzose vor Ort sagt. Es ist auch möglich, daß Sie von unserem Mann hören, der dort Violinist leitet. Er heißt Mirabel, aber er ist sehr beschäftigt, und ich gehe davon aus, daß sich der Franzose darum kümmern kann. Ich kenne seinen Namen nicht, aber den wird er Ihnen beim Absprung mitteilen. Ein Flugzeug wird Sie in einer Woche oder zehn Tagen wieder dort abholen. Der Bursche vor Ort wird von seinem Funker über die Einzelheiten informiert. Alles klar?«

Charlotte nickte.

Jackson holte tief Luft. »Das ist alles ziemlich unkompliziert, aber wenn es klappt, wovon ich ausgehe, dann finden wir das nächste Mal etwas Aufregenderes für Sie. Können Sie mir folgen?«

»Natürlich.« Charlotte nickte.

»Nun, da ist noch etwas, worüber ich mit Ihnen sprechen muß.« Jackson ließ sich auf der Schreibtischkante nieder.

»Manchmal werden die Leute da drüben sehr einsam. Sie können niemandem von sich erzählen, sie haben überhaupt sehr wenig zwischenmenschliche Kontakte. Sie bleiben zwar nur eine Woche, daher gehe ich davon aus, daß Sie gut zurechtkommen, aber selbst eine Woche kann sehr lang sein. Seien Sie darauf vorbereitet, und lassen Sie sich davon nicht unterkriegen. Neigen Sie dazu, sich einsam zu fühlen?«

Nicht unbedingt einsam, dachte Charlotte, verlassen, elend, verzweifelt... »Nicht besonders«, sagte sie. »Eigentlich nicht.«

»Gut. Sie erhalten die letzten Instruktionen von einem meiner Mitarbeiter am Flugplatz. Er gibt Ihnen auch das kleine Päckchen mit den Steckquarzen. Ich komme normalerweise lieber selbst, aber wie Ihnen wahrscheinlich aufgefallen ist, haben wir heute sehr viel zu tun. Ich werde Sie gleich mit einer jungen Frau bekannt machen, die von jetzt an bis zu dem Augenblick, in dem Sie ins Flugzeug steigen, bei Ihnen bleiben wird – eigentlich eine Art Begleitperson. Sie können sie Alice nennen. Alle Mädchen, die diese Aufgabe übernehmen, heißen Alice. Sie ist nur dazu da, um auf Sie aufzupassen und darauf zu achten, daß Sie nicht geistesabwesend eine Packung englische Zigaretten in die Tasche stecken oder ähnliches. Sie muß Sie sogar zum Sie-wissen-schon begleiten. Das ist alles ganz normal, aber bevor wir uns verabschieden, möchte ich Ihnen viel Glück wünschen. Es ist eine schrecklich kleine, einfache Aufgabe, aber das erste Mal ist es immer ein bißchen aufregend. Ich möchte Ihnen das hier schenken.«

Er gab ihr eine kleine Schachtel mit einer orangefarbenen Schleife. Darin lag eine silberne Puderdose.

»Vielen Dank«, sagte Charlotte. »Sie ist wunderschön. Ist sie für ein Mädchen wie Danièle nicht zu kostspielig?«

»Aber nein. Sie ist außerdem französisch. Sehen Sie mal nach, wer sie gemacht hat.«

Julien Levades Büro lag im ersten Stock an einer der größeren Straßen von Lavaurette. Durch eine doppelte Außentür trat man von der Straße in einen Hof, und geradeaus direkt gegenüber führte der Haupteingang zu einem düsteren Empfangsbereich, in dem es nach Bohnerwachs und grobem Tabak roch. Pauline

Bobotte, die Empfangsdame, eine rundliche Frau in den Dreißigern, wies Besuchern den Weg zu dem halben Dutzend verschiedener Firmen, die das Gebäude beherbergte. Sie bediente die kleine Telefonzentrale, dabei plapperte sie in ihrem ausgeprägten Akzent die Nummern nach und steckte die kleinen Stöpsel mit ihren ausgefransten Schnüren um. Es war für sie einfach eine Frage der Gewohnheit, jedes Gespräch zu belauschen, das sie wollte, und kein Besucher, mochte er auch noch so lange in der Eingangshalle gewartet haben und mochte sein Termin auch noch so dringend sein, hatte das Recht, sie bei ihren geschickten Handgriffen zu stören.

»Mademoiselle Bobotte?«

»Ja?«

»Hier ist Monsieur Levade. Ich wollte nur fragen, ob Sie eine Sekunde Zeit haben... Natürlich nicht, wenn Sie beschäftigt sind.«

»Ist es etwa schon wieder Kaffeezeit?«

»Fast.«

»Ich schaue mal, was ich tun kann.«

Zehn Minuten später kam Pauline Bobotte mit einer kleinen, weißen Porzellantasse in Juliens Büro, leicht außer Atem von dem vorsichtigen Treppensteigen. Julien wußte, daß es besser war, nicht zu fragen, woher sie den Kaffee besorgte – sie war eine erfinderische Frau, die nicht nur gute Beziehungen zu den örtlichen Ladenbesitzern, sondern auch intimere Beziehungen zu einem Geschäftsmann aus Toulouse pflegte, der auf seinem Weg nach Norden regelmäßig in Lavaurette Station machte. Pauline Bobotte war im Gegenzug ihrerseits zu Verschwiegenheit in der Lage. Sie fragte beispielsweise nie, warum verschiedene Anrufer von Monsieur Levade als »Octave« sprachen und warum es immer diese Leute waren, die dringende heimliche Treffen zu vereinbaren schienen. Es gab Zeiten, in denen man besser schwieg und zuhörte.

Der Preis, den Julien für den Kaffee bezahlte, bestand aus einer kurzen, leicht koketten Unterhaltung mit Mademoiselle Bobotte, in der sie ihn nach seiner Arbeit und er sie nach ihrem Privatleben fragte, wobei er durchblicken ließ, daß sie sicher eine große Zahl von Verehrern vor ihm geheimhielt.

Pauline Bobotte sah sich die Pläne auf Juliens Zeichenbrett an. »Sie haben keine großen Fortschritte gemacht, oder?« fragte sie.

»Ich befinde mich im Stadium des kreativen Denkprozesses. In meinem Kopf entstehen wunderschöne Formen. Marmortreppen, die aus dem Nichts emporsteigen. Schimmernde Springbrunnen. Ich frage mich, ob es auf dem Rasen Pfauen geben sollte.«

»Nun, ich hoffe, Sie planen in diesem Hotel auch ein paar Schlafzimmer ein.«

»Also wirklich, Mademoiselle! Schlafzimmer, Schlafzimmer – ist das alles, woran Sie denken?«

»Ihr Pariser seid alle gleich«, erwiderte Pauline Bobotte streng, um davon abzulenken, daß sie rot wurde. »Völlig unpraktisch. Wenn ein Reisender übernachtet, möchte er ein gutes, bequemes Bett, das ist alles. Er will keine Pfauen und Springbrunnen.«

»Ich dachte, wir lassen den Kreuzgang, vielleicht stellen wir ein paar Töpfe mit Blumen hinein, Geranien, Stiefmütterchen. Wie finden Sie das?«

»Ich finde, es ist eine Schande, ein schönes altes Gebäude zu zerstören. Warum kann es nicht weiter als Kloster bestehen bleiben?«

»Weil hier seit Jahren kein Mönch gelebt hat. Alles geht vorbei, alles verändert sich.«

»Nun, mich überrascht, daß einige Leute heutzutage Geld genug haben, um solche Dinge in Angriff zu nehmen. Alles, was wir tun können, ist Leib und Seele zusammenhalten.«

»Im Gegenteil, die Besatzung bietet dem klugen Geschäftsmann ideale Bedingungen. Das Leben wird weitergehen. Es wird wieder volle Hotels und reiche Gäste geben. Ob es Franzosen oder Deutsche sein werden, kann ich natürlich nicht sagen. Aber meine Arbeitgeber sind auf alle Eventualitäten vorbereitet, und sie haben zweifellos sichergestellt, daß sie niemanden beleidigen werden. Hören Sie mal, ich glaube, da klingelt das Telefon.«

Pauline nahm widerstrebend die leere Tasse und machte sich auf den Weg nach unten. Ein paar Sekunden später klingelte Juliens Telefon. »Ich stelle Sie durch«, hörte er Paulines Stimme sagen.

»Octave?« fragte eine Männerstimme.

»Ja«, antwortete Julien.
»Auguste. Es geht los. Halb elf. Verstanden?«
»Ja.«
Dann wurde zu Pauline Bobottes Ärger aufgelegt.

Charlotte hockte eine Stunde und zwanzig Minuten als Dominique verkleidet auf der Bettkante in einem weiteren Zimmer der Wohnung und wartete. Es klopfte nur kurz an der Tür, und eine teuer gekleidete Frau, etwas älter als Charlotte, kam herein und stellte sich vor.

»Danièle? Ich bin Alice. Ich werde mich von jetzt an um Sie kümmern.«

Charlotte betrachtete das Schneiderkostüm der Frau, ihre Handtasche aus Krokodilleder und wurde sich der Schäbigkeit ihres eigenen mausbraunen Haars, ihrer Kleider und der klobigen Schuhe bewußt.

»Der Wagen steht unten bereit. Die Fahrt dauert ungefähr anderthalb Stunden. Müssen Sie noch mal zur Toilette?« Charlotte fiel auf, daß »Alice« einen feinen – vielleicht affektierten – englischen Akzent besaß. Obwohl sie keine Uniform trug, erinnerte sie Charlotte daran, daß Cannerley über die FANYs gesagt hatte, sie seien piekfein.

»Nein danke. Das habe ich schon erledigt, als ich mich abgeschminkt habe.«

»Sehr gut. Wenn Sie dann soweit sind, sollten wir, denke ich, aufbrechen.«

Alice öffnete einen Spaltbreit die Tür und erhielt ein bestätigendes Nicken vom Butler am Ende des Flurs.

»Also gut, meine Liebe. Bitte.«

Charlotte folgte Alice zur Wohnungstür, auf dem Treppenabsatz hörte sie noch das kurze »Viel Glück, Miss« des Butlers.

Draußen wartete ein schwarzer Riley, und eine uniformierte FANY stand wie ein Chauffeur neben der hinteren Wagentür. Sie nahm Charlottes abgewetzten braunen Koffer und verstaute ihn im Kofferraum, während Charlotte sich auf den roten Ledersitz sinken ließ. Es war früher Abend, und ein Zeitungsverkäufer rief irgend etwas Unverständliches. Die Fahrerin betätigte einen Schalter am Armaturenbrett, und Charlotte hörte, wie an der

Seite des Wagens der Fahrtrichtungsanzeiger ausgefahren wurde, dann reihten sie sich in den Verkehr Richtung St. John's Wood ein.

Julien beendete gerade sein Abendessen, das die Haushälterin vorbereitet und auf dem Herd stehengelassen hatte. Er fuhr mit einem Stück Brot über den Tellerrand, um die restliche Sauce des Eintopfs aus Fleisch und Gemüse aufzunehmen. Aus Sorge, daß ihm dann vielleicht der Appetit verging, fragte er nie nach den Zutaten, aber die Bemühungen dieses Abends waren sogar fast wohlschmeckend gewesen, dazu hatte auch das halbe Glas Rotwein beigetragen, das er beim Aufwärmen hinzugefügt hatte.

Er goß den letzten Rest aus der Literflasche Côte du Rhône in sein Glas und zündete sich eine Zigarette an. Er konnte nicht verbergen, daß er dies sehr genoß: Er hatte noch genug Zeit, er war gerade eben betrunken genug, und es war eine wunderschöne Nacht mit unzähligen Sternen am Himmel. Er brachte das Geschirr in die Küche, dann ging er durch die Wohnung und schloß die Fensterläden. Durch die hohen Decken und den nackten Fußboden war die Wohnung sehr hellhörig; seine Schuhe hatte er an der Haustür stehenlassen, damit er die Familie, die im Erdgeschoß wohnte, nicht störte. Er füllte einen kleinen Flachmann mit Brandy und schob ihn in die Tasche seiner alten Lederjacke, bevor er sie vom Haken nahm. Er konnte sich nicht erinnern, wann diese Ausflüge einen solch alkoholischen Charakter angenommen hatten, aber mittlerweile war Alkohol offenbar unentbehrlich. Als er nachsah, ob das Schlafzimmerfenster offenstand, stellte er befriedigt fest, wie gut die Haushälterin aufgeräumt hatte: Das Bett mit dem hölzernen Fußende und seinem antiken Himmel sah richtiggehend feudal aus, dachte er. Niemand anders hatte dieses alte, zugige Appartement gewollt; nur ein Architekt konnte dumm genug sein, es zu mieten. Er zog ein Paar feste Schuhe an, klopfte auf seine Taschen, um sich zu vergewissern, daß er seine Zigaretten dabeihatte, und nahm einen kleinen Rucksack, der neben der Haustür lag. Darin befanden sich vier Taschenlampen und ein paar Ersatzbatterien.

Julien polterte die Treppe hinunter. Es fiel ihm wie immer erst viel zu spät ein, daß er so nicht unbemerkt an der Wohnung der

Hausmeisterin vorbeikäme. Rasch durchquerte er den Flur, als er sie schon an der Tür rascheln hörte.

»So spät noch aus, Monsieur Levade?«

»Ganz recht. Ich treffe mich mit meiner Verlobten am Bahnhof. Sie ist gerade aus Lyon angekommen.«

»Ich dachte, sie sei aus Paris.«

»Ach, das ist eine andere«, erwiderte Julien, als er zur Haustür hinausging. »Gute Nacht.«

Er ging um das Haus herum auf die Seite des Gebäudes, wo er immer sein Fahrrad abstellte. Der schwache Schein seines Vorderlichts entwickelte sich zu einem ansehnlichen Leuchten, als er auf dem Weg ins Dorf seine Fahrt beschleunigte.

An der Hauptstraße, die aus dem Ort hinausführte, stand kurz vor der Schule ein solides, geräumiges Haus, das Mademoiselle Cariteau, der Postmeisterin, gehörte. Julien lehnte sein Fahrrad ans Geländer und klopfte vorsichtig an der Hintertür auf die Scheibe.

»Wer ist da?« Eine männlich wirkende Silhouette mit einer weiblichen Stimme bewegte sich hinter dem hellen, heruntergezogenen Rollo an der Tür.

Julien lächelte. »Ich bin's. Julien.«

Ein Riegel wurde weggeschoben, die Tür zu einer großen, unordentlichen Küche öffnete sich, und Sylvie Cariteau hielt ihm zur Begrüßung erst die eine, dann die andere Wange hin.

»Guten Abend, Madame.« Julien ging hinein, um Mademoiselle Cariteaus Mutter, die in einem Schaukelstuhl vor dem riesigen, rußgeschwärzten Kamin saß, die Hand zu schütteln.

»Setz dich.« Mademoiselle Cariteau zog am Tisch, auf dem noch die Reste des dürftigen Abendessens standen, einen Stuhl hervor. Sie schenkte Julien ein Glas Wein ein und schob es ihm über die abgenutzte Eichenplatte zu.

Julien sah Mademoiselle Cariteau an und zog nur eine Augenbraue in die Höhe. »Alles in Ordnung?«

»Alles in Ordnung. Sie schlafen. Meine Mutter hat heute auf sie aufgepaßt.«

Mademoiselle Cariteau breitete die Hände aus und wies mit einem Blick nach oben. Julien war nie oben gewesen, aber er konnte sich aufgrund der Ausmaße des Hauses gut vorstellen, daß dort genügend Platz war, der nicht genutzt wurde. »Wir haben zwölf Schlafzimmer«, sagte Mademoiselle Cariteau.

»Wie geht es den Kindern, Madame?«

Als Pariser hatte er immer leichte Schwierigkeiten, genau mitzubekommen, was Madame Cariteau sagte. Obwohl sie vermutlich nicht älter als siebzig Jahre war, fehlten ihr einige Zähne, und das machte es nicht eben leichter, ihren Akzent zu verstehen.

»Sie hatten Angst. Der Kleine, Jacob, hat den ganzen Morgen geweint, und dann schien er plötzlich wieder fröhlicher zu werden. Ich habe ihnen etwas Papier und ein paar Stifte gegeben, und sie haben ein wenig gemalt. Nachmittags habe ich sie zusammen lachen hören. Der Ältere hat mich immer wieder gefragt, wann seine Eltern zurückkämen.« Die alte Frau kniff die Lippen zusammen und zuckte die Achseln. »Ich lasse sie nicht gern nach unten, und das ist lästig.«

Julien seufzte. »Wir müssen versuchen, eine andere Lösung zu finden.«

»Laß sie erst einmal hier«, sagte Mademoiselle Cariteau. »Wir kommen schon zurecht.«

Julien sah fragend zu ihrer Mutter hinüber, die zum Zeichen ihres Einverständnisses kurz mürrisch nickte.

Die Whitley roch nach neuen Maschinen: nach Öl, Metall, Nieten. Charlotte fühlte, wie ein Paar Hände sie von hinten schoben und ihr dann mit der Schulter ein weiterer Schubs gegeben wurde. Sie lag ausgestreckt im Flugzeug und konnte sich wegen des unförmigen Fallschirms kaum bewegen. Auf Anweisung eines RAF-Feldwebels legte sie sich über den Bombenschacht und lehnte mit Kopf und Schultern gegen die Seite des Flugzeugrumpfs. Obwohl sie es aufgrund ihrer Ausbildung hätte besser wissen müssen, hatte sie irgendwie Sitze erwartet. »Yves« kam nach ihr ins Flugzeug und nahm ihr gegenüber seine Position ein. Er blinzelte ihr aufmunternd zu. Charlotte war plötzlich sicher, daß ihr übel werden würde. Die Tatsache, daß sie nicht nach draußen sehen konnte, der Geruch der Maschinen und ihr Angstgefühl erinnerten sie daran, wie sie bei den langen Fahrten durch das schottische Hochland hinten im Landrover ihres Vaters gesessen hatte: Die Fenster waren wegen des Regens beschlagen, die Luft war durch den Pfeifenrauch zum Schneiden dick, und die Aussicht war durch die Hinterköpfe ihrer Eltern und die nackten Knie von Roderick, der neben ihr saß, eingeschränkt.

Am Ende des Flugzeugrumpfs lagerten mehrere Holzkisten, an denen Fallschirme befestigt waren. Außer Yves und Charlotte waren noch zwei Feldwebel der RAF an Bord, die ihnen beim »Aussteigen« helfen würden, wenn sie die Abwurfzone erreicht hatten. Während die Motoren warmliefen, prüften die beiden Männer, ob alles sicher festgezurrt war; dann setzte sich einer von ihnen zwischen Charlotte und die Wand, die sie vom Cockpit und der übrigen Besatzung trennte. Er tätschelte ihren Oberschenkel und grinste. »Alles okay, Schätzchen?« Jeder schien hier aus Lancashire zu kommen.

Das Flugzeug kam zum Stehen, und der Motorenlärm wurde lauter. Gregory würde wissen, was das bedeutete: Vielleicht warteten sie auf ein Signal. Dann begann das Flugzeug zu dröhnen und zu rütteln, als es über die Piste raste. Der ganze Rumpf schien zu zittern, Metall, Gewicht, Ladung, Körper und Schwerkraft kämpften gegen die bullige Beharrlichkeit der Motoren, bis das Flugzeug widerstrebend, allen Naturgesetzen zum Trotz, vom Boden abhob.

Bis zu ihrer Ausbildung in Manchester hatte Charlotte erst einmal in einem Flugzeug gesessen, und zwar als sie nach Rom geflogen war, um ihren Italienischkurs abzuschließen. Bei all ihren Reisen nach Frankreich war sie in Victoria Station in einen Zug mit Schiffsanschluß gestiegen und am Gare du Nord angekommen. Das Seltsame an diesem Flugzeug war, daß es nach unten zu zeigen schien, das Heck lag deutlich höher als der Bug. Nach ein paar Minuten fragte sie den Feldwebel, und er erklärte ihr, daß das charakteristisch für die Whitley sei – kein Grund zur Aufregung – und daß sie tatsächlich stetig an Höhe gewannen. Er kramte ein paar Becher und eine Thermoskanne hervor, aus der er Tee einschenkte. Yves nahm lächelnd einen Becher, und auch Charlotte nahm ihn dankend an. Vielleicht würde es ihrem Magen bessergehen, wenn er etwas zu tun hatte.

»Ich habe auch was Stärkeres dabei, wenn Sie möchten«, sagte der Feldwebel und hielt einen Flachmann hoch. Charlotte erinnerte sich daran, daß ihr Vater immer erzählt hatte, wie im letzten Krieg die Rumration an der Front erhöht wurde, bevor die Männer aus den Gräben in den Sturm aus Stahl hinaus mußten.

»Was ist das?« fragte sie.

»Rum.«

Sie schüttelte den Kopf. Um über einem freien Feld abzuspringen, in einem Land, nach dem sie sich sehnte, mußte sie sich keinen Mut antrinken.

»Wir werden bei Cabourg die französische Küste erreichen«, sagte er, »und dann über Tours Richtung Süden fliegen. Bald müssen wir die Lichter ausschalten. Ich schlage vor, Sie versuchen ein wenig zu schlafen. Ich sorge dafür, daß Sie Ihre Haltestelle nicht verpassen. Ach, und übrigens –« Er mußte schreien, um sich bei dem Motorenlärm verständlich zu machen. »Wenn Sie Maschinengewehrsalven hören, dann ist das wahrscheinlich einer von unseren Leuten im hinteren Drehturm, der testet, ob seine Ausrüstung funktioniert. Das bedeutet nicht, daß uns die Deutschen im Nacken sitzen, okay?«

Charlotte hatte nicht gewußt, daß ein Bordschütze mitflog, aber der Gedanke war irgendwie beruhigend. Yves lächelte und nickte; er schien bereits kurz vor dem Einschlafen zu sein. Das dämmrige Licht wurde ausgeschaltet, als sie den Kanal überquerten, und in der Dunkelheit versuchte Charlotte, sich vorzustellen, wie Cabourg unter ihnen lag. Sie dachte daran, wie sie mit ihrem Buch in Monsieur Loiseaus schattigem Garten gesessen hatte. In der Phantasie eines bedeutenden Mannes hatte dieses Dorf in der Normandie, das er in Balbec umbenannt und ein wenig weiter nach Westen verlegt hatte, eine Art unbeständiges Paradies dargestellt. Nach der Reise in der Kleinbahn und dem bezaubernden Anblick der kleinen Gruppe von Mädchen am Strand war die verräterische Pracht des Hotels selbst der Schauplatz von Snobismus, Erniedrigung gewesen, hier wurde dem Erzähler auch der Kuß von Albertine, dem Objekt seiner Liebe, verweigert. Doch als Teenager, als sie Prousts Roman zum erstenmal las, war Charlotte Balbec wie ein Ort vorgekommen, an dem sich eine perfekt entwickelte Gesellschaft eingekapselt hatte und intensive Gefühle angemessen geschätzt und nicht einfach deshalb abgetan wurden, weil sie, wie alles, vergänglich waren.

Sie hatte nicht wirklich verstanden, was der eifersüchtige Erzähler meinte, wenn er Albertine verdächtigte, »heimliche Vergnügen« mit Léa und den anderen Frauen zu genießen.

Jetzt hielten sich im Speisesaal des Hotels Nazioffiziere auf; alle Schlafzimmer, in denen einst die reichen Leute aus Saint-Germain aus ihren dezenten, wollenen Badekostümen geschlüpft waren, um dann ein Abendkleid anzuziehen oder eine weiße Krawatte umzulegen, wurden jetzt wahrscheinlich von jeweils vier mordlustigen jungen Männern in grauen Uniformen bewohnt. Möglicherweise war die herrliche Welt der Bücher mehr als nur Fiktion; vielleicht war sie einfach unwahr.

Schließlich spürte Charlotte, wie der Feldwebel ihr erneut seine Hand auf den Oberschenkel legte. »Wir beginnen jetzt den Sinkflug. Tours haben wir hinter uns gelassen und nähern uns jetzt Limoges. Wir werden zuerst das Kriegsmaterial absetzen und dann Sie beide. Wenn wir es umgekehrt machen, landet vielleicht eine unangenehme Überraschung auf Ihrem Kopf. Er springt zuerst, dann Sie. Jetzt zeige ich Ihnen die Aufzugsleine, damit Sie beruhigt sein können, daß Sie sicher festgemacht sind.«

Er zeigte auf die Verbindung zwischen dem Fallschirm und der Aufzugsleine, die den Fallschirm mit einem Ruck aufgehen ließ, sobald Charlotte das Fahrwerk hinter sich gelassen hatte.

»Sehen Sie? Schön fest. Keine Angst?«

»Bestens.«

Beide Feldwebel gingen nach vorn zur Absprungöffnung, die sich direkt hinter der Trennwand vom Cockpit befand. Sie zogen die beiden Hälften auf und bedeuteten Yves und Charlotte, nach vorn zu kommen. Charlotte spähte in die Dunkelheit unter ihnen. Zunächst sah sie gar nichts, dann konnte sie die funkelnden Lichter eines Ortes erkennen. Sie fühlte ein Stechen in den Augen.

Der andere Feldwebel schickte sie wieder zurück an ihre Plätze, als die Maschine zu sinken begann, er selbst blieb neben der Öffnung. Der Pilot schien Schwierigkeiten zu haben, den schweren Bomber auf Kurs zu halten, die Maschine bewegte sich schwerfällig auf und ab, während er sich bemühte, das Flugzeug auf der vorgeschriebenen Höhe abzufangen. Charlotte spürte, wie ihre Handflächen anfingen zu schwitzen, während die Motoren röhrten, leiser wurden und dann wieder röhrten. Sie schluckte schwer und zwang sich, etwas Speichel zu produzieren; der Feldwebel an der Öffnung sagte etwas und machte ein besorgtes Gesicht, aber wegen des Motorenlärms konnte sie ihn nicht verstehen. Dann sah sie, daß er beide Daumen hob, und sie las von seinen Lippen das Wort »Lichter« ab. Irgendwo in der wogenden Dunkelheit unter ihnen stand ein Bauer mit einer Taschenlampe, und Charlottes Herz war plötzlich voll absurder Liebe für diesen Mann.

Die Feldwebel begannen damit, die Kisten hinauszuwerfen, und sie konnten den schweren Ruck unter dem Rumpf spüren, als die Aufzugsleinen abrollten und die Fallschirme aufgingen. Sechs Kisten fielen rasch hintereinander hinunter, dann gewann das Flugzeug an Höhe und ging in eine große Kurve für den zweiten Anflug.

»Jetzt seid ihr dran«, verkündete Charlottes Feldwebel grinsend, als er sie nach vorn zur Öffnung beorderte.

Yves streckte Charlotte seine Hand entgegen. »Viel Glück.« Sie hockten neben der Öffnung, als das schwere Flugzeug sich noch einmal aufbäumte und wieder herabsackte. Im Rumpf wurde die Innenbeleuchtung wieder eingeschaltet, und über der Luke leuchtete eine rote Lampe auf. Der eine Feldwebel zog Yves nach vorn, beobachtete die Lampe, bis sie grün aufleuchtete, dann wuchtete er ihn hinaus in die Nacht. Sie hörten einen Knall und ein Flattern. Der andere Feldwebel zog Charlotte am Arm bis zum Rand der Öffnung; während sie so dasaß, baumelten ihre Beine in der Dunkelheit. Sie sah seine unruhigen Augen, die die rote Lampe anstarrten. Dann küßte er sie auf die Wange und stieß sie nach draußen.

Durch den Windstoß flog sie erst kopfüber, dann seitwärts durch die Luft; schließlich fühlte sie, wie die Beingurte ihres Fallschirms ihr unter den Oberschenkeln ins Fleisch schnitten, als sich der Schirm öffnete und das Gurtwerk ihr Gewicht trug. Ihre Körperteile, die über den Himmel verstreut gewesen zu sein schienen, Kopf hier, Beine weit hinter ihr, Magen irgendwo im Flugzeugrumpf, sammelten sich allmählich wieder um einen zentralen Punkt, der durch das Zerren der Schwerkraft an dem Gurtwerk zwischen ihren Beinen hergestellt wurde. Durch die

Triebkraft des Flugzeugs pendelte der Fallschirm nach wie vor in großen, Übelkeit erregenden Bogen hin und her, doch trotz der Übelkeit und der Angst spürte Charlotte das erhebende Gefühl des Falls, und der Druck der Gurte gab ihr die Gewißheit, daß sie in Sicherheit war. Sie traf auf den Erdboden, als sie noch hin und her pendelte – viel früher, als sie erwartet hatte –, und sie prallte mit ihrem ganzen Gewicht auf einen Ellbogen, da ihre Beine – die sie vorschriftsmäßig zusammengehalten hatte – nicht verhindern konnten, daß sie mit Schwung auf die Seite stürzte. Sie spürte, wie Erde und Gras in ihren Mund eindrangen. Einen Augenblick lang lag sie regungslos da, weder in der Lage zu atmen noch sich zu bewegen. Langsam sammelte sie sich und konnte sich nach und nach aufrichten. Als ihr atemlos bewußt wurde, daß sie wieder festen Boden unter den Füßen hatte, drückte sie den Trennverschluß auf ihrem Bauch, um den Fallschirm zu lösen. Sie blickte sich um und sah inmitten des dunklen Felds den Schein der Taschenlampe. Und anstelle von Angst fühlte sie nur ein unwiderstehliches Gefühl des Glücks in sich aufsteigen.

Auf dem Hof luden die drei Männer rasch die Kisten von der Karre, während das klapperdürre Pferd im Mondlicht schnaubte.

»Fast fertig. Noch einen Augenblick.«

Yves und Charlotte standen da und wußten beide nicht, was sie sagen sollten, aber sie mußten einander ständig anlächeln. Einer der Männer holte aus einer geöffneten Kiste ihre Koffer hervor.

Man führte sie ins Haus, und Octave, Auguste und César stellten sich ihnen ordentlich vor. Da sie von einem Besucher der Abteilung G ausgebildet worden waren, achteten die Männer gewissenhaft darauf, nur diese Namen zu benutzen, und Charlotte fand es schwierig, selbst diese elementare Deckung zu durchdringen, um Vermutungen darüber anzustellen, was für Menschen sie waren. Auf jeden Fall kamen sie ihr nicht vor wie Bauern. Derjenige, der sich Octave nannte, war Ende Zwanzig, dunkelhaarig und hatte ein ausdrucksvolles, humorvolles Gesicht; er sprach sehr schnell und hatte eindeutig einen Pariser Akzent. César sah aus wie ein Schuljunge, war hochgewachsen und hatte große Hände und eine leise Stimme, aber er wirkte linkisch und ehrerbietig, als ob er sich seiner Ausbildung schäme. Nur Auguste sah so aus, als stammte er aus der Gegend: Er war kräftig gebaut, hatte eine gesunde Gesichtsfarbe und einen struppigen Schnurrbart, der vorzeitig ergraut zu sein schien. Er kümmerte sich auch um das Kochen, holte eine ein Meter fünfzig lange, dicke Wurst hervor, schnitt sie in kleinere Stücke und warf sie dann in eine Pfanne. César holte einen runden, schweren Laib Brot aus dem Schrank, und Octave schenkte jedem ein Glas Wein ein.

Als sie gegenseitig auf ihre Gesundheit anstießen, hatte Charlotte den Eindruck, daß dies nicht der erste Wein war, den die Männer an diesem Abend tranken. Als die Wurst fast fertig war, schlug Auguste ein halbes Dutzend Eier in die Pfanne und verteilte alles auf zwei Teller.

»Und was ist mit Ihnen?« fragte Charlotte, als sich Auguste zu den beiden anderen Männern an den Tisch setzte und sich mit erwartungsvollem Gesichtsausdruck zurücklehnte, um seinen Gästen beim Essen zuzusehen.

»Wir haben schon zu Abend gegessen.«

Charlotte rechnete aus, daß sich außer den drei Spiegeleiern ungefähr siebzig Zentimeter Wurst auf ihrem Teller befanden.

Keiner der drei Männer würde verfügbar sein, um ihnen am nächsten Morgen zu helfen. Also verbrachten sie ein paar Minuten damit, Landkarten zu studieren, damit Yves und Charlotte wußten, wo sie waren und wo sie hinmußten. Sie bewunderten die falschen Ausweise, die für sie in London hergestellt worden waren. Am nächsten Tag sollten sie zu Fuß zum Bahnhof von Lavaurette gehen, der ungefähr fünf Kilometer entfernt war, und dort den Zug nehmen. Octave sagte ihnen, sie sollten nehmen, was sie für die Nacht brauchten, und er werde dafür sorgen, daß ihre Koffer am Bahnhof untergestellt werden. Es wäre zu auffällig, wenn sie mit Koffern durch die Gegend marschierten.

Als Charlotte beim besten Willen nichts mehr essen konnte, schob sie ihren Teller in die Mitte des Tisches. Unter Augustes überraschten und enttäuschten Ausrufen bat sie César, der mit dem unersättlichen Hunger eines Heranwachsenden zugeschaut hatte, ihr zu helfen.

Die Männer verabschiedeten sich und schüttelten ihnen herzlich die Hände. Yves und Charlotte seien für die Nacht vollkommen in Sicherheit, sie bräuchten sich keine Sorgen zu machen. Octave schrieb seine Büronummer auf ein Stück Papier, zeigte es Charlotte, und als sie sich die Nummer eingeprägt hatte, steckte er es wieder in die Tasche.

»Es gibt kaum Deutsche in der unbesetzten Zone«, sagte er. »Aber Sie müssen auf die Vichy-Polizei aufpassen. Und seien Sie auch bei den Gendarmen vorsichtig, selbst wenn die meisten von ihnen ein Auge zudrücken. Ich bin sicher, daß man Ihnen das alles schon erzählt hat.«

Yves nickte. Je mehr Zeit Charlotte in seiner Gesellschaft verbrachte, desto besser gefiel ihr Yves; er war ein ruhiger, wortkarger kleiner Mann, aber in seinen Augen leuchtete eine schalkhafte Ungeduld.

Im oberen Stock fanden sie zu beiden Seiten des Bauernhauses jeweils ein Schlafzimmer vor. Charlotte entschied sich für das Zimmer, in dem das Bett ein Kopfpolster hatte. Sie hatte aus ihrem Koffer eines der französischen Unterhemden zurückbehalten, das sie nun auf dem Polster ausbreitete. Sie hatte auch ein paar Waschutensilien behalten, die ihr allerdings wenig nutzten, da es in dem Bauernhaus kein fließendes Wasser gab.

Als sie die quietschenden Fensterläden schließen wollte, erspähte Charlotte das Rücklicht eines Fahrrads, das von einer Seite auf die andere taumelte, als Julien Levade beschwipst versuchte, mit dem Gewicht ihres Koffers auf dem Gepäckträger sein Gleichgewicht zu halten.

Mademoiselle Cariteaus Haus schien trotz seiner freistehenden Lage an der Hauptstraße und seiner zahlreichen großen Fenster kaum Licht hereinzulassen. Die Zimmer im oberen Stockwerk, in denen André und Jacob untergebracht waren, ließen nur einen mehr oder weniger breiten Spalt Sommersonne herein, der über den Fensterplatz und über die ausgetretenen Bodendielen fiel; die langen Flure, auf denen aufgereiht riesige Kleiderschränke standen, blieben im immerwährenden Dämmerlicht.

Im Lauf der Tage versuchte Madame Cariteau, die Jungen an einen bestimmten Tagesablauf zu gewöhnen, weil sie glaubte, daß sie sie dadurch davon abhalten könnte, ihren Gedanken freien Lauf zu lassen. Sie besaß aus der Kinderzeit ihrer eigenen Tochter noch ein, zwei Kinderbücher und hatte in einem der alten Kleiderschränke noch eine Puppe und etwas Holzspielzeug gefunden. Sylvie war ein liebes Mädchen und überhaupt nicht schwierig gewesen, obwohl sie keinen Vater hatte. Da sich so viele Kinder in Lavaurette in der gleichen Lage befanden, war es zu keiner Zeit ungewöhnlich gewesen, auch wenn Sylvie es vielleicht traurig fand. Die Beziehung zwischen Mutter und junger Tochter war glücklich und fruchtbar gewesen, doch das lag bereits eine ganze Zeit zurück. Madame Cariteau stellte fest, daß sie offenbar keine glückliche Hand mehr mit kleinen Kindern hatte; sie versuchte sich krampfhaft daran zu erinnern, wie man sie am besten beschäftigte. Glücklicherweise schien der ältere Junge in Ansätzen lesen zu können, daher nahm sie ihn nach dem Mittagessen und nachdem sie Jacob zum Mittagsschlaf ins Bett gesteckt hatte, auf den Schoß und ging mit ihm Sylvies alte Bücher durch.

Es war schwer zu sagen, wer von beiden besser lesen konnte. Madame Cariteaus größere Erfahrung beim Betrachten von Buchstabengruppen, die sich auf Schaufenstern oder Straßenschildern drängten, versetzte sie in die Lage, einige lange oder komplexe Wörter wiederzuerkennen, so wie sie ein menschliches Gesicht wiedererkannt hätte; aber Andrés hartnäckige phonetische Technik half ihm, den Klang der Wörter zusammenzusetzen, an denen Madame Cariteau scheiterte. Nach ein paar Tagen, in denen er seinen Kopf an den Busen der Frau gelehnt und ihren ungewaschenen, alten, aber seltsam beruhigenden Geruch eingeatmet hatte, kannte André jedenfalls die Geschichte von der Krokodilmutter und ihren verschwundenen Eiern so gut, daß er kaum noch auf die Wörter schauen mußte. Madame Cariteau war von seiner Gelehrigkeit und ihrer unvermuteten Fähigkeit, jemandem etwas beizubringen, beeindruckt.

Auf seine Frage »Wo ist meine Mutter?« antwortete sie stets mit denselben Worten: »Sie sind weggefahren, aber sie kommen wieder. Bis dahin seid ihr bei uns ganz sicher.« Indem sie diese Sätze nie abwandelte, bekam André bald das Gefühl, daß es sich kaum lohnte, diese Frage zu stellen; am Anfang hatte er noch ungefähr hundertmal am Tag gefragt, schließlich fragte er nur noch ein halbes dutzendmal.

Madame Cariteau machte es Spaß, auf die Kinder aufzupassen, und sie betrachtete es als einen Akt weiblicher Güte. Obwohl sie fand, daß die Juden im allgemeinen unehrlich und gegen die Franzosen eingestellt waren und daß die Vichy-Gesetzgebung, die ihre Aktivitäten einschränken und ihre Unternehmen konfiszieren wollte, schon lange überfällig gewesen war, sah sie nicht ein, weshalb man den Kleinen die Schuld geben sollte. Schließlich konnten Jacob und André nichts dafür, daß sie als Juden geboren worden waren. Die Ansichten ihrer Tochter waren da etwas differenzierter, weshalb sich auch Julien zunächst an sie gewandt hatte, damit sie auf die Kinder aufpaßte. Das war ihre Angelegenheit, Sylvie hatte ein Recht darauf, jede Ansicht zu vertreten, die sie wollte, fand Madame Cariteau, aber deshalb mußte sie selbst sich nicht von ihnen beeinflussen lassen.

André wollte unterdessen nur glücklich sein, und da er sein ganzes Leben lang glücklich gewesen war, neigte er automatisch zu diesem vertrauten Gemütszustand. Sylvie Cariteau sagte ihrer Mutter, sie finde, er sei »anpassungsfähig«, und lobte ihn dafür, doch was in ihm ablief, war versteckter und unbewußter. Da es nicht in seiner Macht stand, die Situation, in der er sich befand, zu ändern, verleiteten ihn sein Lebenswille und das Vermächtnis natürlicher Zufriedenheit zu der Erfahrung, daß er diese Situation ertragen konnte.

Doch etwas in ihm war erlahmt. Ohne die ständigen Berührungen seiner Mutter verkrampfte er sich ein wenig; seine Bewegungen waren nun nicht mehr so fließend; er ging öfter, als daß er hüpfte; er erinnerte sich mehr an sich selbst und vergaß nicht mehr, bitte oder danke zu sagen. Auch begann er allmählich die Abwesenheit seines Vaters zu spüren; er vermißte seine massige Gestalt und die Stabilität, die sie verkörperte; ihm fehlte das Gefühl körperlicher Befreiung, wenn er nach einem gemeinsamen Ringkampf losgelassen wurde. Und wenn die zu beobachtenden Veränderungen auch gering waren, so erlebte er doch immer noch Anfälle von Trübsal.

»Ich finde, wir sollten Französisch sprechen, Sie nicht auch?« fragte Charlotte.

»Um so besser«, sagte Yves, »dann können wir gleich anfangen zu üben.«

Sie gingen einen Feldweg entlang, bis sie auf eine schmale Landstraße mit hohen Hecken stießen; zu beiden Seiten grasten Kühe auf den Weiden. Bereits um zehn Uhr morgens schien die Sonne schon so warm wie zur Mittagshitze; von weiter entfernten Feldern, auf denen das Heu teilweise schon zu riesigen, kreisrunden Ballen gerollt worden war, ertönte der Klang von Kuhglocken. Charlotte fühlte sich gut ausgeruht und wie zu Hause; die Ereignisse des Vorabends hatten die quälenden Gedanken an Gregory aus ihrem Kopf vertrieben, und sie hatte gut geschlafen.

Durch die Helligkeit des spätsommerlichen Lichts wirkte die Landschaft fast surrealistisch französisch; die Bauernhäuser und die Vegetation waren so typisch, daß es fast an Übertreibung grenzte. Alles ist sicher, schienen sie zu suggerieren, alles ist unverändert. Und trotzdem war sich Charlotte ihrer Maskerade so deutlich bewußt, daß sie meinte, es müsse doch jedem auffallen, dem sie begegneten. Was konnte man in ihr und Yves schon anderes sehen, wenn nicht zwei Briten, die letzte Nacht hier mit dem Fallschirm abgesprungen waren und beabsichtigten, die französische Regierung und ihre deutschen Herren zu unterminieren?

Als sie schließlich einem jungen Mann auf dem Fahrrad begegneten und sich kurz grüßten, konnte Charlotte sich nur knapp davor zurückhalten, alles zu gestehen und ihn zu bitten, sie zur nächsten Polizeiwache zu bringen. Aber weder dieser Mann noch die alte Frau auf dem Bauernhof oder Bernard, der Gendarm, dem sie am Ortsrand von Lavaurette begegneten, schien sie überhaupt zu beachten. Yves gab zu, das gleiche gefühlt zu haben, woraufhin sie sich einigten, diese seltsame und infantile Vorstellung sofort aus ihrem Gedächtnis zu verbannen.

Als sie ihre Koffer wieder in Empfang genommen hatten, konnte Charlotte dennoch nicht umhin, überrascht festzustellen, wie unbefangen die ersten Francs, die sie aus dem großen Geldbündel entrollte, mit dem sie in London ausgestattet worden war, von dem Beamten in Empfang genommen wurden und wie desinteressiert er ihnen ihre Fahrscheine ausstellte.

Und die Vorstellung, eine gewisse Dominique Guilbert zu sein, die in Paris geboren worden und mit einem Beamten verheiratet war, gefiel Charlotte eigentlich recht gut. Die quälenden Gedanken über den verschollenen Peter Gregory rührten Dominique Guilbert nicht, genausowenig wie die Wunden und ungelösten Verwicklungen von Charlotte Grays Kindheit. Sie mußte nur an ihren Ehemann und ihren kranken Vater denken.

Der Zug fuhr erst um zwei Uhr nachmittags, also aßen Charlotte und Yves in Lavaurette zu Mittag. Der Speisesaal des Café du Centre war halb voll, die Gäste waren überwiegend Männer. Charlotte musterte die Kellnerin – eine attraktive, hochmütige junge Frau, die sich Charlottes Meinung nach zuviel auf ihr gutes Aussehen und ihre Wirkung auf Männer einbildete. Sie brachte ihnen eine bescheidene Mahlzeit, die nicht besonders gut schmeckte, und riß anschließend die betreffenden Lebensmittelmarken heraus, die wie ihre falschen Pässe in London gedruckt worden waren.

Sie gingen zum Bahnhof und warteten. Bevor sie die Organisation in Uzerche aufsuchten, die bereits ihre Arbeit aufgenommen hatte, mußte Yves noch etwas in Agen, einer größeren Stadt im Südwesten, erledigen. Da sie wegen der schlechten Verbindungen nur umständlich aus Lavaurette herauskamen, würden sie den ganzen Nachmittag im Zug verbringen, und Charlotte kaufte ein paar Zeitungen, um sich damit die Zeit zu vertreiben. Sie gab Yves eine, obwohl sie sich nicht sicher war, wieviel er davon verstand; das Französisch, das er mit ihr gesprochen hatte, war schlechter, als Mr. Jackson angedeutet hatte. Seine anderen Fähigkeiten mußten ungewöhnlich und speziell sein, daß die Abteilung G ein solches Risiko mit ihm einging, dachte Charlotte; vielleicht würde sie eines Tages erfahren, worin sie bestanden.

## 3. KAPITEL

Einen zwanzigminütigen Fußmarsch von Lavaurette entfernt stand ein Haus mit schiefergedeckten Türmen und einem tiefliegenden, rechteckigen Hof, zu dem ein Taubenschlag mit gewölbtem Dach gehörte. Das Haus lag inmitten großer Ländereien, die aber in einem sehr vernachlässigten Zustand waren. Es war nicht direkt ein Château, auch wenn es für ein Schloß groß genug gewesen wäre. Im Ort war es unter dem Namen Domaine bekannt. Es war nicht die Art von Haus, in dem irgend jemand aus Lavaurette leben wollte: zu einsam, zu zugig, zu imposant. Im Winter ließ es sich kaum heizen, und im Sommer ließen sich der hallende Salon, das riesige, getäfelte Eßzimmer und die unzähligen Schlafzimmer unmöglich mit Leben füllen. Dennoch war keines der Zimmer verschlossen, alle wurden in einer Art Schwebezustand belassen, mit gemachten Betten, mit nicht gerade sauberen Fußböden, die gelegentlich gefegt wurden, und verblaßten, aber sonst unversehrten Tapeten.

Es mußte einmal von einer Familie bewohnt gewesen sein, auch wenn selbst die fruchtbarsten Eltern nicht alle Zimmer hätten füllen können. Man hätte Verwandte und Gäste in dem halben Dutzend Dienstbotenzimmer auf dem Dachboden unterbringen müssen, damit einen die langen, ineinander übergehenden Räume durch ihre Stille nicht zu sehr einschüchterten. Im Lauf der Jahre schien die Luft sich innerhalb des Hauses ausgedehnt zu haben, bis sie sich nicht weiter ausbreiten konnte und statt dessen dicker wurde, bis sie jedes Geräusch und die kleinste Bewegung verschluckte und mit Stille umschloß.

Es war früher Morgen; Ringeltauben gurrten in den Bäumen, und die Sonnenstrahlen drangen im Osten durch die offenstehenden Fensterläden bereits weit ins Haus ein.

In einem der kleineren Schlafzimmer saß der einzige Bewohner des Hauses im Bett und bemühte angestrengt sein Gedächtnis; er versuchte sich daran zu erinnern, ob er geträumt hatte. Zu dem alleinigen Zweck, sofort alles zu notieren, lag neben seinem Bett ein großer Notizblock mit Bleistiftaufzeichnungen und Skizzen, aber er hatte drei Monate gebraucht, um eine Seite zu füllen, und weder die Bilder noch die Wörter schienen irgendwie von Bedeutung zu sein. Der Mann kratzte sich in seinem dichten weißen Haar und seufzte. Nichts.

In einer Ecke des Zimmers war auf einem Tisch ein kleiner Altar aufgebaut, eine Marienfigur auf einem Spitzendeckchen, zusammen mit einem Missale und einigen Kerzen. Der Mann stieg ein wenig steif aus dem Bett, rieb sich die Fußknöchel und ging hinüber zum Altar, wo er niederkniete, um zu beten. Als katholischer Konvertit war er bemüht, alles richtig zu machen, aber als Jude konnte er die etwas gesprächigere Art im Umgang mit seinem Schöpfer nicht ganz abschütteln. Er betete für sich, und er betete für seine verstorbenen Freunde – möge Gott sich ihrer erbarmen –, ihre Namen hatte er im Missale festgehalten und sprach sie laut aus. Seinen eigenen Familiennamen Rutkowski hatte schon sein Vater in Levade geändert; er fand, daß dieser Name ein gelungener Kompromiß zwischen den Lauten seiner geliebten Wahlheimat und der Anerkennung seiner hebräischen Wurzeln war.

Er sprach ein kurzes Gebet für seinen Sohn Julien und für die anderen Kinder, die er gezeugt, aber nie kennengelernt hatte. Er bedauerte zutiefst, daß er sich diesen verstreut lebenden Menschen, die mittlerweile zwischen vierzig und zehn Jahre alt sein mußten, nicht verbunden fühlen konnte; er wußte nicht einmal, ob es vier oder fünf oder sechs Kinder waren, auch wenn er glaubte, daß er eine Tochter in Limoges hatte. Seit seiner Konvertierung vor zehn Jahren bedauerte er diese Nachlässigkeit.

In der Domaine gab es nur ein Badezimmer, einen winzigen Raum, dessen Zugang als Schranktür getarnt war. Es war auch nur eine Behelfslösung, denn im Obergeschoß gab es sonst kein fließendes Wasser. Für einen Mann von zweiundsechzig Jahren war es ein langer und unbequemer Weg, um ihn jeden Morgen zurückzulegen. Aber er wollte nicht in ein näher gelegenes Schlafzimmer umziehen, weil er glaubte, daß das Zimmer, das er sich ausgesucht hatte, besondere traumfördernde Eigenschaften besaß.

Die Tatsache, daß Levade die Domaine gemietet hatte, war in Lavaurette hitzig diskutiert worden. Von Madame Galliot war er als Wüstling und von Monsieur Benech als Jude beschimpft worden, Madame Gayral hielt ihn für einen Teufelsanbeter. Unstrittig war nur, daß er Pariser war und irgendwie seltsam. Gelegentlich waren Besucher, darunter auch Priester, beobachtet worden, wie sie den Weg zur Domaine eingeschlagen hatten, doch Levade selbst hatte nie einen Fuß in das Café du Centre gesetzt, nie hatte man ihn Lebensmittel oder Tabak einkaufen sehen. Er beschäftigte eine Haushälterin, ein Mädchen aus einem anderen

Dorf, von der vermutet wurde, daß sie geistig behindert sei. Sein Sohn brachte ihm einmal in der Woche Essen und Wein – ein weiterer Grund, weshalb Julien in Lavaurette mit Vorsicht behandelt wurde, auch wenn niemand ihn direkt ablehnte.

Es wurde gemunkelt, daß das größte Schlafzimmer in der Domaine, ein lichtdurchflutetes, luftiges Gemach mit hoher Decke und Fenstern, die bis zum Fußboden reichten, der Schauplatz der anstößigen, unchristlichen Aktivitäten war, an denen der alte Mann Gefallen fand. Doch hatte sich nie ein verläßlicher Zeuge dafür finden lassen, daß Levade angeblich das ehemalige Elternschlafzimmer – den geheiligten Ort im Herzen der Familie und Mittelpunkt eines alten, traditionellen Hauses – zu einem wüsten und verwahrlosten Gemach hatte verkommen lassen.

Eine Stunde nach dem Aufstehen ging Levade gewaschen, angezogen und traumlos zur verschlossenen Tür des großen Schlafzimmers.

Die Zeitung, die Charlotte im Zug las, lieferte ihr die ersten Hinweise, wie sehr sich das Land seit ihrem letzten Besuch verändert hatte. Früher hatte sie die französischen Zeitungen trocken und langweilig gefunden, als Teenager wohl auch von Monsieur Loiseau, dem Vater ihrer Gastfamilie, in ihrem Urteil beeinflußt. Er hatte sie mit der französischen Presse vertraut gemacht und ehrfürchtig von *Le Figaro* und seinem berühmten Herausgeber Gaston Calmette gesprochen, der ermordet worden war und dem Proust die Ehre hatte zuteil werden lassen, ihm sein Werk *Auf der Suche nach der verlorenen Zeit* zu widmen. Pflichtbewußt und unermüdlich hatte sie die Berichte über Entwicklungen an der Börse, über Außenpolitik und strukturelle Veränderungen im Justizministerium gelesen.

Die Zeitung, die sie auf der Fahrt nach Agen durchblätterte, schien weniger an Berichten als an Propaganda interessiert: Vaterland, Patriotismus und die Gefahren des Bolschewismus wurden in fast jedem Artikel heraufbeschworen. Sie zählte acht Fotos von Marschall Pétain, der als eine Art überpolitische Figur dargestellt wurde und dem Leser eine Entschuldigung dafür lieferte, sich über nationale Angelegenheiten keine Gedanken machen zu müssen. Es gab fröhliche Berichte über Sportveranstaltungen und Vereine, die sich dem Wiederaufleben von traditionellen Volksliedern verschrieben hatten, und Fotos von Kindern in unterschiedlichen Uniformen. In Charlottes Augen sahen sie aus wie englische Braunhemden oder Mitglieder der Hitlerjugend. Doch merkwürdigerweise wurde die Tatsache, daß Frankreich teilweise von den Nazis besetzt und ganz von ihnen unterjocht worden war, kaum erwähnt.

In den unkritischen Artikeln wurde eine Gesellschaft gefeiert, die sich mit Lagerfeuern, Khakishorts und guter Erziehung befaßte. Eine Karikatur zeigte den Geist von Frankreich, wie er seinen Arm um ein uniformiertes Kind gelegt hatte. Die Figur, die diesen heiligen Geist verkörperte, war keine Marianne, die eine Fahne umklammert hielt, sondern ein riesiger Gallier, der einen Rock trug, einen blonden Schnauzbart sowie schulterlange Haare hatte. Es war so, als ob England unter dem Blitzkrieg beschlossen hätte, die Geister von Caratacus und Morrisdance heraufzubeschwören.

Die Stimmung in den Artikeln war weder stoisch noch resigniert, sondern ausgesprochen fröhlich. Man war dabei, ein neues Europa zu schaffen, und die besten Köpfe der bürokratischen Klasse Frankreichs – einer natürlichen Logik zufolge also die besten Köpfe Europas – standen im Zentrum dieses Prozesses und leisteten ihre Arbeit in einer Reihe von Hotels in Vichy. Es wurde akzeptiert, daß ein Teil der politischen Macht zeitweise abgegeben worden war, was von den Verfassern aller drei Artikel auf der Titelseite eher als ein lohnender Schachzug eingestuft wurde. Sie brachten strategische Argumente vor, nach denen die Deutschen eine feste Struktur zur Verfügung stellten, in deren Rahmen die französischen Interessen nach dem unmittelbar bevorstehenden Ende des Krieges am besten durchgesetzt werden konnten. In strategischer Hinsicht, behaupteten sie, beschleunige der gegenwärtige Ausnahmezustand längst überfällige Reformen, indem er beispielsweise die demokratischen Exzesse der Dritten Republik beende. Und in moralischer Hinsicht glaubten sie, daß eine gewisse Kasteiung des Fleisches – wie Rationierung und Ausgangssperre – nicht nur wohlverdient sei, sondern auch die nationale Vitalität, die in einen Zustand schwacher, jüdischer Dekadenz verfallen war, wiederbelebe.

Unangenehm berührt bot Charlotte Yves die Zeitung an, der aber schüttelte schweigend den Kopf, als ob er in Gegenwart der drei anderen Passagiere im Abteil nicht riskieren wollte, Französisch zu sprechen.

Nach einer Stunde wurde die Tür aufgeschoben, und ein Polizist bat sie um ihre Papiere. Er trug eine andere Uniform als alle, die sie zuvor gesehen hatte, aber die drei Franzosen im Abteil schien seine Aufforderung nicht zu überraschen, und sie reichten ihm unterwürfig ihre Papiere. Charlotte sah aus dem Fenster, während er den Personalausweis von Dominique Guilbert prüfend betrachtete, das Foto mit ihrem abgewandten Gesicht verglich und ihr den Ausweis wortlos zurückgab. Sie bemerkte, daß es Yves angesichts der Tatsache, daß erneut ein Beamter seine Ehrlichkeit anzweifelte, gelang, ein resigniertes und leicht trotziges Gesicht zu ziehen. Der Polizist selbst schien über seine Aufgabe auch nicht gerade erfreut und schloß mit einem leisen Murren die Tür. Charlotte mußte ein erleichtertes Lächeln unterdrücken; sie verwandelte es in ein Gähnen, während sie die Landschaft des südwestlichen Frankreich betrachtete. Der Ausdruck, der ihr einfiel, war »Kinderspiel«.

Gegen halb sieben verlangsamte der Zug an einem steilen, bewaldeten Berg endlich seine Fahrt. Hier und da konnte man ein Stück weißen Felsen und ein paar Häuser erkennen. Agen, Agen bellte es mit dem gurrenden Akzent des Südwestens aus der Lautsprecheranlage des Bahnhofs. Yves und Charlotte stiegen aus und gingen zur Bahnhofshalle, wo sie eine Gepäckaufbewahrung fanden. Yves trug einen kleinen Aktenkoffer.

Gegenüber vom Bahnhof stand auf der anderen Straßenseite ein spitzwinkliges, hellblau gestrichenes Gebäude mit Zierleisten aus Stuck, die aussahen wie bei einer Hochzeitstorte, und der Aufschrift Café Hôtel Terminus.

»Hier treffen wir uns, nachdem Sie mich zu meiner Adresse gebracht haben«, sagte Yves.

Anstelle von Taxis standen vor dem Bahnhof nur zweirädrige Pferdekutschen. In Agen selbst fuhren kaum Autos, und die wenigen, die es gab, bewegten sich schwerfällig, da ihre Motoren nicht mit Benzin, sondern mit Braunkohlengas betrieben wurden. Im Kofferraum steckte ein klobiger Zylinder. Auf den ersten

Blick herrschte in der Stadt eine ausgesprochen südliche Atmosphäre. Die Häuser an der Straße, die sie zum Boulevard de la République führte, hatten Dachziegel und schmiedeeiserne Balkongitter, die nahezu italienisch anmuteten. Allerdings hätte man zu dieser Tageszeit in Neapel und Rom schwatzende *passeggiata* zu sehen bekommen, und hier waren nur wenige Menschen auf der Straße, und es gab auch in den Schaufenstern außer Fotos von Marschall Pétain nichts für sie zu sehen. Eine düstere, verzweifelte Stimmung lag in der Luft, die auch der warme Abend und der Klang der Frauenstimmen, die durch die offenen Fensterläden drangen, nicht zerstreuen konnten. Ein junger Mann kam ihnen entgegen, der sich auf einem Fahrrad vorwärts quälte; er zog einen umgebauten Anhänger, in dem zwei ältere, selbstbewußte Leute in Sonntagskleidung saßen, hinter sich her, und vor Anstrengung floß ihm der Schweiß in Strömen herunter.

Zum erstenmal hatte Charlotte Angst. Es war nicht die Angst, verhaftet oder deportiert zu werden, sondern eine instinktive Reaktion auf den Ort selbst. Es waren keine Deutschen da, es gab keine Gewalt, aber diese Stadt im Süden, mit ihren vielen dunkelhäutigen Menschen, die nicht auf die gleiche Art französisch waren wie in Vichy oder Illiers, schien vollkommen hilflos zu sein und kurz vor dem Zusammenbruch zu stehen.

Sie eilte mit Yves die schmaler werdenden Straßen zu der Adresse, deren Lage sie ebenso auswendig gelernt hatten wie den Weg, der dorthin führte. Rasch und unbehelligt fanden sie ihren Weg durch die heiße, bemitleidenswerte Stadt; sie schienen fast die einzigen Menschen zu sein, die ein Ziel hatten.

An einer Haustür neben einem leeren Café drückten sie auf die Klingel und hörten drinnen auf der Treppe Schritte. Eine Frau mit Kopftuch öffnete die Tür, und nach einem Austausch verschlüsselter Beteuerungen, der in Charlottes Augen unnötig in die Länge gezogen wurde, nahm sie Yves mit ins Haus.

»Zwei Stunden«, sagte Yves, als er die Tür hinter sich zumachte.

Um sich die Zeit zu vertreiben, ging Charlotte so langsam wie möglich in einem großen Bogen zurück zum Bahnhof. Sie ertappte sich dabei, daß sie lautlos ihre Lippen bewegte und mit Gregory sprach, wie sie es oft tat, wenn sie allein war. Ihre Unterhaltungen mit ihm dienten je nach Stimmung unterschiedlichen Zwecken, auch wenn sie alle gleichermaßen voraussetzten, daß er nicht tot war.

Nicht tot, dachte sie, als sie in der Bar des Hôtel Terminus saß, in jeder Beziehung nicht tot: Er atmete noch irgendwo in Frankreich, und auch die Liebe, die zwischen ihnen existierte wie ein zartes, aber wildes drittes Wesen, war noch immer lebendig.

War es nur die Anstrengung ihres Gedächtnisses, die ihre Liebe am Leben hielt, und würde diese Anstrengung schließlich im Laufe der Zeit unweigerlich nachlassen? Sie glaubte es nicht. Das Überleben dieses Gefühls war in gewisser Weise wichtiger als das Überleben von Gregory. Allein das Erleben dieses erhabenen Gefühls hatte es ihr ermöglicht, aus der Enge ihrer persönlichen Geschichte auszubrechen, hatte ihrem Leben einen Sinn gegeben. Es schien unwichtig, wo diese Liebe zuerst, in diesem, jenem oder in irgendeinem anderen Augenblick aufgeflammt war, denn wenn sie real war und einen Sinn hatte, dann existierte sie auch außerhalb der Zeit.

Und doch vermißte sie ihn. Wie ein Kind, dem man seine Mutter weggenommen hatte, wie jemand, dem man seine Quelle der Liebe entzogen hatte, sehnte sie sich nach ihm – jetzt, hier, in diesem Augenblick in der Bar des Hotels, wo sie diesen widerlichen schwarzen Kaffee trank. Ihre Hände sehnten sich danach, über sein Haar zu streichen, ihrer Haut fehlte seine Berührung, sie fühlte sich krank und innerlich verschlossen, weil ihr natürlicher Gedankenfluß erst durch die Unterhaltung mit ihm Gestalt angenommen hatte. Sie fühlte nicht die gestaltlose Verzweiflung, die sie früher manches Mal überfallen hatte. Im Gegenteil, sie fühlte sich geführt, nahezu elektrisiert. Aber die schwerlastende Angst um Gregory – diesen einen vermißten Flieger, diesen unzuverlässigen, vielleicht (sie schüttelte den Kopf, während sie die Lippen bewegte) unwürdigen Mann – erfüllte ihren gesamten Oberkörper, ihr Zwerchfell, ihre Lungen, Rippen und Schultern mit solch einem erdrückenden Gewicht, daß die Seufzer, mit denen sie es abzuschütteln versuchte, ihren ganzen Körper erzittern ließen.

Sie sah von ihrem Tisch auf und bemerkte, daß Yves vor ihr stand und sie ein wenig neugierig beobachtete.

»Alles in Ordnung?« fragte sie.

Er nickte.

»Wir sollten uns vielleicht eine Bleibe für die Nacht suchen«, sagte Charlotte.

»Hier?«

»Es ist ziemlich düster, nicht wahr?« sagte Charlotte. »Ich bin sicher, wir finden etwas Hübscheres. Sollen wir uns auf die Suche machen?«

Yves nickte wieder, und Charlotte ließ ein paar Münzen auf dem Tisch liegen. Sie verscheuchte alle Gedanken an Gregory aus ihrem Gedächtnis und versuchte, sich mit Hilfe der unerwünschten Energie, die diese Gedanken mit sich brachten, wieder ganz auf die ihr übertragene Aufgabe zu konzentrieren, die da lautete, daß sie sich um Yves kümmerte.

Das Problem eines Doppelzimmers brachte Yves zögernd auf englisch zur Sprache, und zwar in einem Park, in den er Charlotte führte, um sicherzugehen, daß ihnen niemand zuhörte. Es sei schon seltsam genug, daß sie und nicht er das Reden im Hotel übernahm, erklärte er, aber es sei geradezu verdächtig, wenn sie dann auch noch zwei getrennte Zimmer bestellte. Natürlich würden ihre Personalausweise erkennen lassen, daß sie nicht miteinander verheiratet waren, aber in gewisser Hinsicht machte das ihre gemeinsame Reise weitaus plausibler: Ein Mann nahm immer seine Geliebte, nie seine Ehefrau, mit auf eine Geschäftsreise wie die, die seine Tarngeschichte beschrieb. Und dies sei eine Tatsache, die, allen Veränderungen in diesem traumatisierten Land zum Trotz, noch jeder richtige Hotelbesitzer verstand. Er wolle ihr jedoch versichern, daß seine Absichten natürlich…

Yves döste in einem Lehnstuhl, der in einer Ecke des Zimmers stand, nachdem er auf den Flur gegangen war, während Charlotte sich auszog. In dem schmalen Doppelbett hätten zwei Leute unweigerlich eng zusammenrücken müssen, aber für einen war es groß genug, um sich gemütlich auszustrecken. Obwohl sie es also vergleichsweise bequem hatte, schlief Charlotte schlecht. Durch die dünnen Wände konnte sie hören, wie ihre Zimmernachbarn miteinander schliefen. Sie wimmerte hingebungsvoll, während er verbissen grunzte und zustieß, daß die Bodendielen knarrten. Die einzige Toilette am Ende des Gangs rauschte unablässig die ganze Nacht, und auf den nackten Dielen des Treppenabsatzes hörte man ständig laut polternde Schritte.

Charlotte war froh, als sie am nächsten Morgen wieder im Zug saßen und nach Norden fuhren. Es gab keine freien Sitzplätze mehr, und auch Stehplätze waren begrenzt. Jeder der Reisenden schien mindestens drei große Gepäckstücke dabeizuhaben. Den Gerüchen nach zu urteilen, die den Koffern entstiegen, konnte man den Zweck der meisten Fahrten leicht erraten: nämlich Lebensmittel zu kaufen und nach Hause zu transportieren. Angesichts der Überzahl der Passagiere schien die Ordnung vollends zusammenzubrechen. An einer der vielen Haltestellen auf dem Weg nach Norden sah Charlotte, wie einige junge Männer sich am Ende sogar durch die Fenster in den Zug schlängelten.

In Uzerche lieferte Charlotte Yves an seinem Ziel ab. Hier war er Mr. Jackson zufolge gut getarnt und benötigte ihre schützende Hand nicht länger. Seine weiteren Aktionen gingen Charlotte nichts mehr an. Die Abteilung G propagierte ein Minimum an Informationen und hatte ihr dringend abgeraten, Fragen zu stellen. Sie hatte den Eindruck, daß er bald nach London zurückkehren würde, vielleicht sogar mit demselben Flugzeug wie sie, aber sie fragte nicht nach. Bis dahin würde der Kontakt zu Yves erst über London und dann über einen Funker in Uzerche laufen. Die Kommunikation zwischen Uzerche und Lavaurette war unzuverlässig, auch wenn die Mitteilungen, die empfangen wurden, durch »Octave« weitergeleitet wurden.

In Uzerche war der Kontakt sehr viel schneller hergestellt als in Agen. Das in einem Vorort liegende Haus, an dem sie ankamen, gehörte einem pensionierten Lehrer, der sie schon seit Stunden erwartet hatte und bei dem Treffen einen entspannten Eindruck machte. Er stellte sich als Gérard vor und lud Charlotte ein, etwas zu trinken, bevor sie sich wieder auf den Weg machte. Es war mitten am Nachmittag, und Gérard, ein hochgewachsener, höflicher Mann, trug ein Tablett mit Getränken hinaus auf die Terrasse hinter seinem Haus. Dort schliefen zwei fette schwarze Dackel auf dem Kies. Er sei Witwer, erklärte er, und die Hunde seien seine wichtigsten Gefährten. Charlotte war überzeugt, daß sie eindeutig einen Großteil seiner mageren Nahrungsmittelration erhielten. Gérard sprach von seinen Englandbesuchen in den zwanziger Jahren und seiner besonderen Liebe, die dem Lake District galt. Seine förmliche und aufgeklärte Haltung schien von den politischen Ereignissen unberührt geblieben zu sein, auch wenn er dafür gezwungenermaßen seinen Blick abgewendet haben mußte.

Nachdem sie ihre Gläser mehrmals geleert und wieder gefüllt hatten, wurde es für Charlotte Zeit aufzubrechen, wie Gérard ihr in versteckten Andeutungen nahelegte. Yves sah auf die Uhr. Widerstrebend stand Charlotte auf, und beide Männer begleiteten sie zur Tür. Sie küßte Yves auf beide Wangen, als sie im Flur standen, und gab Gérard die Hand.

Als sie hörte, wie hinter ihr die Tür zugemacht wurde, und sie langsam die ruhige Straße entlangging, überkam sie zum erstenmal ein panisches Gefühl der Einsamkeit.

Unterdessen wartete Cannerley an einem grauen Londoner Abend im Sekretariat von Sir Oliver Cresswells Büro und drehte unter den prüfenden Blicken einer älteren Sekretärin an seinen Manschettenknöpfen. Er nahm an, daß hinter dem Termin, den er morgens per Telefon mitgeteilt bekommen hatte, etwas ungewöhnlich Wichtiges steckte. Diesmal hatte er darauf geachtet, pünktlich zu erscheinen.

»Kommen Sie herein.« Sir Oliver erschien kurz an der Tür, die er einen Spaltbreit offenließ. »Setzen Sie sich.«

Cannerley nahm auf dem einzigen harten Stuhl gegenüber dem Schreibtisch Platz, Sir Oliver stand mit seinen Ellbogen auf den Kaminsims gestützt. Für einen geistig so übergewissenhaften Mann war sein Büro mit seinen wackligen Papierstapeln und den zwei oder drei vertrockneten Pflanzen bemerkenswert unaufgeräumt. Über einem langen Tisch, der an der Wand stand, hing eine Reproduktion von Goyas Porträt des Duke of Wellington.

Sir Oliver setzte sich an den Schreibtisch und sah aus dem Fenster. »Sie erinnern sich an unsere kleine Unterhaltung von neulich? Nun, ich habe darüber nachgedacht. Und mir ist da eine Idee gekommen.«

»Wirklich?« Cannerley versuchte, darüber hinwegzusehen, daß die Schuhe seines Vorgesetzten nicht geputzt waren.

Sir Oliver hustete. »Sind Sie mit den jetzigen Gewohnheiten der französischen Résistance vertraut?«

»Selbstverständlich. Ich habe einen Bericht darüber geschrieben. Er war als Bericht der Kategorie B eingestuft, aber –«

»Ach ja, natürlich haben Sie das. Nun, wie Sie wissen, sind die Kommunisten bisher die einzig aktive Gruppe gewesen. Aber unsere Regierung macht sich ihretwegen keine Sorgen. Sie haben die ganze Macht der Besatzer, von Vichy und der französischen Bevölkerung gegen sich. Das Problem ist, daß jetzt eine Reihe von gaullistischen Organisationen entsteht.«

Cannerley beugte sich vor. »Von ihnen habe ich noch nicht viel gehört.«

»Da gab es auch noch nichts zu hören. Ihre Taktik ist es, den richtigen Moment abzuwarten, um zuzuschlagen. ›Langfristige Aktion‹ nennen sie das, glaube ich.«

Cannerley lachte, und Sir Oliver fuhr sich mit dem Handrücken rasch über den Mund. »Inzwischen haben sie Bedarf an Waffenlieferungen. Und ihre wichtigste Organisation ist von Anfang an von Agenten der deutschen Abwehr unterwandert worden. Obwohl sie im Augenblick noch kleine Fische sind, halten unsere Vorgesetzten es für nötig, die gaullistische Bewegung zu beobachten.«

Cannerley versuchte sich zu konzentrieren. »Mir war nicht klar, daß irgend jemand de Gaulle ernst nimmt.«

»Das tut auch niemand. Aber wenn der Krieg nach Art der Alliierten weitergeht ...«

»Selbst wenn«, sagte Cannerley. »Der alte Jean d'Arc mit seinen tapferen Männern in Carlton Terrace ... Also, zunächst mal ist er von der französischen Regierung zum Tode verurteilt worden!«

Sir Oliver seufzte. »Wie die Franzosen müssen auch wir uns Gedanken darüber machen, wie Europa nach dem Krieg aussehen soll. Wir müssen alle Möglichkeiten durchspielen, so lächerlich sie auch sein mögen. Unser Land will in einem neuen Europa an der Spitze stehen, wenn auch mit etwas amerikanischer Unterstützung.«

»Und was ist mit den Russen?«

»Du lieber Himmel, ich kann Ihnen versichern, daß es Pläne

gibt, unseren russischen Freunden soweit im Osten wie möglich die Hand zu schütteln.« Sir Oliver schauderte. »Unterdessen würde es einer Reihe von Zwecken dienen, wenn man den gaullistischen Organisationen den Boden entzöge. Es wäre ein Rückschlag für die deutsche Abwehr. Es würde den Organisationen der Abteilung G den Weg frei machen und de Gaulle davon abhalten, größenwahnsinnig zu werden. Es würde helfen, die französische Résistance unter britischer Kontrolle zu behalten. Und natürlich steht unser Unternehmen anschließend glänzend da. Es ist ein glückliches Zusammentreffen von Idealismus und Eigennutz.«

Cannerley lächelte. »Heißt das Wort, das wir suchen, Realpolitik?«

»Ich hoffe nicht. Jedenfalls ist es in meinen Augen sehr wahrscheinlich, daß Fowler – oder ›Mirabel‹ wie sie ihn dort drüben offenbar nennen –, mit der Gray reden will, wo sie jetzt schon in der Gegend ist. Er bittet sie, eine kleine Sache für ihn zu erledigen, und sie gibt die Information – wenn das das richtige Wort ist – an die örtlichen Gaullisten weiter. Falsche Zeiten, falsche Kartenkoordinaten und so weiter. Die Folge ist leichtes Chaos. Das Ziel ist, die Verwirrung so öffentlich wie möglich zu machen und den Ruf des Generals soweit wie möglich zu schädigen.«

»Wie wird er sie überzeugen?«

»Er wird Informationen haben, an denen sie interessiert ist.«

»Über was?«

»Etwas, das sie motiviert.«

»Patriotismus?«

»Ja«, sagte Sir Oliver. »Was sonst?«

»Die Liebe zu Frankreich?«

»Und?«

Cannerley war übel. Er fuhr sich mit der Zunge über die Lippen. »Den Flieger.«

Sir Oliver legte leicht den Kopf zur Seite.

»Ich verstehe«, sagte Cannerley. »Er wird ihr sagen, wo sie ihn findet.«

»Nur, wenn sie sich sonst als nicht… fügsam genug erweist.«

»Aber angenommen, er ist tot.«

Sir Oliver breitete mit einem bescheidenen Schulterzucken die

Hände aus. »Um ehrlich zu sein, finde ich nicht, daß das einen großen Unterschied macht.«

»Ich verstehe. Sie meinen, solange sie es nicht erfährt.« Cannerley bemühte sich um Selbstbeherrschung, die ihm im Lauf seines Lebens zur zweiten Natur geworden war. Er bemühte sich, weiterhin geschäftsmäßig zu klingen. »Und Fowler macht sich gut?«

»O ja«, antwortete Sir Oliver. »Sehr entgegenkommend. Ein kleiner Gauner, der sich nach außen hin sehr respektabel gibt und daher große Angst hat, daß seine steuerlichen Unregelmäßigkeiten an die Öffentlichkeit gelangen könnten.« Er hustete. »Ein ziemlich typischer Fall für Abteilung G.«

Cannerley lächelte kurz. »Und das Mädchen ist dem gewachsen?«

»Es ist nur eine Nachricht. Wie Sie schon sagten, ganz normale FANY-Arbeit. Und das hält Fowler uns alles vom Hals. Wir werden ihn noch brauchen.«

»Aber wird die Abteilung G nicht die Verantwortung dafür übernehmen wollen?«

»Das möchte ich sehr bezweifeln. Sie sollen den Widerstand organisieren, nicht andere Gruppen in die Irre leiten. ›Europa in Brand stecken‹ und so weiter.« Sir Oliver unterdrückte ein weiteres Lächeln. »Theoretisch.«

»Und es wäre ihnen peinlich zuzugeben, daß dieses Mädchen unberechenbar in der Gegend herumschwirrt.«

Sir Oliver nickte. »Und daß ihr Leiter vor Ort ein Betrüger ist. Wenn das natürlich nach hinten losgeht, sitzt die Abteilung G in der Tinte.«

»Ich verstehe.«

»Und Sie finden sicher, daß man inbrünstig wünschen sollte, daß es darauf hinausläuft. Doch gegenwärtig muß unser wichtigstes Ziel sein, die Gaullisten zu diskreditieren. Das Geniale dabei ist, daß wir kein Risiko eingehen.«

»Das Mädchen ausgenommen.«

»Vielleicht.« Sir Oliver nahm eine Zigarette aus einem silbernen Kästchen und klopfte damit leicht auf den Schreibtisch.

»Sie ist schrecklich exponiert, nicht wahr?« fragte Cannerley. Plötzlich sah er Charlottes braune Augen vor sich – vertrauensvoll und leicht schüchtern –, als er ihr im Ritz das erste Mal einige Möglichkeiten aufgezeigt hatte. »Und sie ist noch nicht einmal Agentin, sie führt nur einen Auftrag aus.«

»Es wird behauptet, sie spreche sehr gut Französisch.«

Cannerley fuhr sich mit einer Hand über sein glattrasiertes Kinn. Er wußte, daß er unschlüssig aussah, aber er konnte es nicht ändern. Er hatte ein ungutes Gefühl in der Magengegend. Es war wie damals als Kind, als er in Polzeath am Strand versucht hatte, bei seinen Freunden Eindruck zu schinden. Er war weit aufs Meer hinausgeschwommen und hatte gewinkt. Erst in diesem Augenblick war ihm klargeworden, daß er es ohne Hilfe unmöglich schaffen würde, wieder an Land zu schwimmen.

»Man muß immer ein Risiko eingehen, wenn man etwas erreichen will, Cannerley.« Sir Oliver setzte seine schmutzige Brille ab, nahm einige Papiere von seinem Schreibtisch und hielt sie sich dicht vor das Gesicht, um sie zu lesen.

»Gut, aber was passiert, wenn es schiefgeht?«

»Nun ja.« Sir Oliver sah auf. »Lassen Sie uns nachdenken. Was würde jemandem passieren, der sich den Zorn einer Gruppe von französischen Widerstandskämpfern und des deutschen Sicherheitsdienstes, der sich eingeschleust hat ...«

»Ganz abgesehen von der deutschen Wehrmacht und der französischen Polizei.«

»Welche Folgen das haben wird«, sagte Sir Oliver, »kann ich unmöglich genau voraussagen.«

Cannerley schürzte die Lippen.

»Aber bitte denken Sie daran, daß sich die Art und Weise dieses Krieges in Frankreich wahrscheinlich ändern wird. Wenn die Alliierten in Nordafrika Erfolg haben, dann werden die Deutschen auch in Südfrankreich einmarschieren wollen. Es wird keine unbesetzte Zone mehr geben. Je mehr Widerstand sie erfahren, desto schärfer werden sie gegen die Länder vorgehen, die sie besetzen. Und das bedeutet, daß sie schließlich echten Widerstand provozieren werden. Sogar in Frankreich.«

»Und wir werden in der besten Position sein, um diesen Widerstand neu zu organisieren«, sagte Cannerley.

»Genau«, sagte Sir Oliver. »Dies ist nur ein kleiner Warnschuß. Es wird noch viel schlimmer kommen. Fowler wird jedoch handeln müssen, weil ich glaube, daß das Mädchen bald zurückkommen soll. Nun ja, ich dachte, daß Sie das erfahren sollten, wo Sie doch das Mädchen zu ihnen geschickt haben.«

»Auf jeden Fall. Ich danke Ihnen.«

»Joan wird Sie hinausbegleiten.«

Nachdem Cannerley das Gebäude verlassen hatte, machte er einen Spaziergang am Embankment entlang. Die Themse floß träge und grau von Battersea und Vauxhall flußabwärts. Bei ihrem Anblick mußte er an die schnell fließenden französischen Flüsse wie die Tarn und die Dordogne denken, an Maßnahmen und Sabotage und an das, was Charlotte Gray vielleicht gerade tat.

Es war nicht so, daß ihm besonders viel an ihr lag, das war nicht das Problem. Die Schwierigkeit war die, daß er Angst hatte. Jeder, den er kannte, hatte sich mit dem Krieg und den Anforderungen, die der nationale Notstand an ihr Leben stellte, arrangiert, und ihm kam es so vor, als hätte er sich zu dem falschen Kompromiß verleiten lassen.

Sein Vater war noch am Leben, er wurde von Tag zu Tag schwächer und erholte sich dann kurz wieder. Cannerley fühlte, daß ein Verständnis der Welt, eine Vorgehensweise, die taktisch und verschwiegen war und doch auf bestimmten Prinzipien beruhte, mit ihm sterben würde. Er hatte geglaubt, daß Sir Oliver und andere dieser Zwischengeneration dieses ungeschriebene, fast mystische Verstehen geerbt hatten. Aber in Sir Oliver erkannte er jetzt nur dessen praktischen Aspekt: Er manövrierte, um eine bestimmte Position zu erreichen, verfolgte bestimmte Interessen auf Kosten anderer Interessen, ohne auf den Wert, der ihnen innewohnte, Rücksicht zu nehmen und ohne auch nur einen Gedanken an die Folgen, die das für die Menschen haben würde, zu verschwenden. Wenn sein Vater starb, dachte Cannerley, gab es auf der Welt niemanden mehr, den er grenzenlos bewundern konnte.

Ich bin ein Feigling, dachte er. Ich sitze in der Falle, und ich habe so große Angst, daß ich mich nicht rühren kann.

Die Art seiner Arbeit brachte es mit sich, daß er niemandem

seine Sorgen anvertrauen konnte. Die einzige Möglichkeit, die er hatte, war, weiterzumachen und sich noch stärker als zuvor ganz korrekt zu verhalten.

## 4. KAPITEL

Bei ihrer Ankunft in Limoges hatte feiner Sprühregen eingesetzt, und als Charlotte den Bahnhof verließ, stellte sie fest, daß der Regen sich über die gesamte graue Stadt ausgebreitet hatte.

Seit der Nacht ihrer Ankunft hatte sie sich nicht mehr satt gegessen, aber sie ging davon aus, daß Limoges ein Ort war, der vielfältige Möglichkeiten bot, angenehm und traditionell zu Abend zu essen – entweder bescheiden nach der lokalen, ländlichen Küche oder fein und teuer in einem der großen Restaurants mit Speisekarten nach Pariser Vorbild. Charlotte stellte sich eines dieser leicht überraschenden französischen Abendessen vor, das sie mit der Familie Loiseau in der Rue de Tournon eingenommen hatte und das schon auszuklingen schien, nur um dann mit einer luftigen Omelette oder einem Paar gebackener Wachteln auf geröstetem Brot von neuem fortgesetzt zu werden.

Es war einfacher, als Frau allein einkaufen zu gehen, als allein im Restaurant zu essen, und Charlotte tauschte ihre Brotmarke gegen einen trockenen Laib von knapp zweihundert Gramm ein. Da durch das Mittagessen im Café du Centre in Lavaurette ihre Käseration für einen Monat bereits aufgebraucht war, kaufte sie notgedrungen gegen bare Münze ein kleines Stück fettarmen Käse von dem verschwörerisch blinzelnden und verdächtig gutgenährten Besitzer eines Milchgeschäfts. Er erwähnte außerdem, daß die Möglichkeit bestand, Schinken aus Bayonne und Erbsen in Dosen zu erwerben, aber Charlotte sagte ihm, daß sie ein anderes Mal wiederkäme.

Am Abend setzte sie sich in ihrem Hotelzimmer aufs Bett und breitete ihr Habe aus: ein schwarzes Päckchen aus Samt, das innen mit Schaumgummi ausgekleidet war und den Satz Steckquarze enthielt; eine silberne Puderdose; französische Zahnpasta und eine französische Zahnbürste; Damenbinden (hergestellt in Toulouse), die ihr von Alice am Flugplatz unauffällig zugesteckt worden waren; ein Stück Papier, auf dem sie in der Bahnhofshalle von Limoges die Abfahrtzeiten des Zuges gekritzelt hatte, wobei sie sorgfältig darauf geachtet hatte, die Zahlen französisch zu schreiben (die große Neun mit dem kurzen Abwärtsstrich und dem Haken am Ende, der nach oben zeigte, die Eins mit dem langgezogenen Bogen an der linken Seite und die Vier mit dem winzigen Querstrich); einen Krimi von der Sorte, die Dominique Guilbert interessieren würde und den sie in Uzerche gekauft hatte; Dominiques Oberbekleidung zum Wechseln, zwei Garnituren Unterwäsche und ein gefalteter Regenmantel. Außerdem besaß sie eine verdächtig hohe Summe Francs, die Dominique, wenn sie gefragt wurde, notgedrungen für Hotelrechnungen und die ärztliche Behandlung ihres Vaters bei sich trug.

Charlotte mußte sich der Tatsache stellen, daß sie jetzt offen und ehrlich Angst hatte. Es war gefährlich, sich in Limoges aufzuhalten, weil angeblich Dominiques Vater hier wohnte. Leicht könnte ihre Geschichte auffliegen. Es wäre jedoch zu kompliziert, von einem anderen Ort aus nach Clermont-Ferrand zu fahren. Sie würde zu lange brauchen und dadurch vielleicht ihr Flugzeug nach Hause verpassen. Aus demselben Grund hatte sie erleichtert das Vorhaben aufgegeben, mit dem Fahrrad zu fahren.

Sie legte das Brot und den Käse auf den Tisch und nahm ein Glas vom Nachttisch. Doch der einzige Wasserhahn im Zimmer befand sich am Bidet, das sich hinter einem schmierigen Vorhang verbarg, und Charlotte spürte, wie sich ihr Gesicht bei diesem Gedanken verzog. Im Badezimmer am Ende des Flurs wusch sie sich gründlich, füllte dann das Glas mit Wasser und ging wieder in ihr Zimmer, um zu Abend zu essen.

Ach, Peter, dachte sie, erhob dabei ihr Glas und starrte auf die verblichene Blümchentapete. Ein Abendessen ohne dich, ohne Gin oder Kerzen und ohne deine polternde Stimme ist kein Abendessen. Doch wie immer, wenn sie sich in Gedanken am meisten nach seinen Worten sehnte, wollten sie sich nicht einstellen.

Nach Gregorys Verschwinden hatte sich das Abbild seines Gesichts acht oder neun Tage lang über die Netzhaut ihrer Erinnerung gelegt: genau und vollkommen, ein Bild, durch das alles andere gefiltert wurde. Dann war sie eines Morgens aufgewacht, und das Bild war verschwunden. Obwohl sie seine Züge Pore für Pore hätte beschreiben können und sogar in der Lage gewesen wäre, ein Porträt von ihm zu zeichnen, schien die Einheit, das Wesen selbst, verschwunden. Wie sie das Kaleidoskop auch drehte, das Muster ließ sich nicht wieder klar und richtig einstellen, und seine Abwesenheit quälte sie.

Eine Kirchenglocke schlug neun Uhr, und Charlotte trat ans Fenster. Über die Dächer konnte sie in eine enge, kleine Seitenstraße bis in den Winkel eines gepflasterten Platzes sehen. Hinter verschlossenen Fensterläden war hier und da Licht zu erkennen, aber es war niemand auf der Straße.

Das mußte die eigentümliche, quälende Einsamkeit sein, vor der Mr. Jackson sie gewarnt hatte. Auch wenn Jackson von der Last, die Gregorys Abwesenheit für sie bedeutete, nichts gewußt haben konnte. Aber auch davon abgesehen war es schlimm genug. Es gab niemanden, dem sie sich anvertrauen konnte, niemanden, der ihrem wahren Selbst Wärme entgegenbrachte. Und selbst dieses glorreiche Land, wo sie früher nur die Luft einatmen mußte, um sich sicher aufgehoben und wie zu Hause zu fühlen, hatte seinen Glanz verloren und war zu einem fremden Land geworden.

Sie fuhr mit einer Fingerspitze durch die trockenen Krümel auf dem Tisch und bemühte sich, ihre Gedanken zusammenzuhalten.

In Lavaurette versuchte Julien Levade herauszufinden, was mit Monsieur und Madame Duguay geschehen war. Seit zwei Jahren wurden sehr viele verschleppte Menschen durch ganz Frankreich transportiert. Die Aufteilung des Landes in eine besetzte und eine unbesetzte Zone hatte es fast unmöglich gemacht, Einzelpersonen aufzuspüren. Laval hatte darauf bestanden, daß die Vichy-Polizei für die Einhaltung der Gesetze sowohl in der besetzten als auch in der unbesetzten Zone verantwortlich sei. Das hatte vielleicht bei der Polizei zu einer besseren Zusammenarbeit und bei den Verwaltungspapieren zu mehr Einheitlichkeit geführt, gleichzeitig aber konnte vieles besser verschleiert werden, was den Abtransport der Juden betraf. Einige Leute, die eher zu Benechs Ansichten neigten, sahen in der polizeilichen Überwachung der besetzten Zone ein Zeichen dafür, daß die französische Autonomie zu einem großen Teil gewahrt blieb. Doch Julien befürchtete, daß dies die Gestapo nur ausnutzte, um die französische Polizei an ihrer Stelle die Vernehmungen und Morde durchführen zu lassen.

Er hatte große Lager für jüdische Flüchtlinge gesehen, die die Vichy-Regierung in der gesamten unbesetzten Zone errichten ließ, ohne daß sie von den Deutschen dazu aufgefordert worden war. Er konnte nicht verstehen, wie sein Land zögern konnte, diese Flüchtlinge aufzunehmen, genauso war es ihm ein Rätsel, warum es sich gegen jeden Neuankömmling aus dem Osten so heftig wehrte. Die Regierung war weder bereit, die Flüchtlinge aufzunehmen, noch wollte sie ihnen zur Flucht verhelfen, selbst als deutlich wurde, daß die Deutschen etwas gegen sie planten: Anstatt die Menschen zu ermutigen, über die Häfen im unbesetzten Süden das Land zu verlassen, sperrte die Regierung sie hinter Stacheldraht ein, wo sie auf ihre nicht näher bestimmte Beseitigung warteten.

Die meisten dieser Menschen kamen aus Polen, einige aus Deutschland, ein paar aus anderen europäischen Ländern. Als Julien erfuhr, daß auch französische Juden in Paris zusammengetrieben wurden, tat er das zunächst als ein von den Kommunisten gestreutes Gerücht ab. Sein Großvater Max Rutkowski hatte seine Wahlheimat mit der Leidenschaft eines Einwanderers geliebt, der die bürgerlichen Rechte, die ihm in seiner Heimat verweigert worden waren, in der neuen Gesellschaft vorfand, in die er sich eingegliedert hatte. Die Bewunderung, die er Frankreich entgegenbrachte, wurde noch durch ein Gefühl der Dankbarkeit verstärkt, so daß er selbst seinen beruflichen Erfolg und sein harmonisches Familienleben auf die Schönheit und Gerechtigkeit dieser erhabenen Kultur zurückführte, in der er lebte. Obwohl der Vater von Max Rutkowski Katholik gewesen war, war er stolz auf seine jüdische Abstammung und auf den Glauben, in dem er erzogen worden war, und besaß genug Selbstvertrauen, dies in dem Pariser Vorort, in dem er lebte, auch offen zu bekennen. Zu dem Zeitpunkt, als er sich mit einer französischen Jüdin verlobte, hatte er seinen Familiennamen aus verwaltungstechnischer Bequemlichkeit und weil er seinen französischen

Klang liebte, bereits in Levade geändert. Doch das hielt ihn nicht davon ab, seinen Sohn Auguste Levade im jüdischen Glauben zu erziehen. Obwohl für Julien, einen Franzosen der dritten Generation, die Frage der Nationalität keine so große Rolle mehr spielte, hatte er gelernt, sein Land auf nachdenkliche Weise zu bewundern, was seine patriotische Erziehung noch verstärkt hatte.

Juliens Mutter, bei der er gelebt hatte, nachdem sein Vater sie kurz nach Juliens zehntem Geburtstag verlassen hatte, war eine französische Katholikin, deren Familie ihre bourgeoisen Wurzeln an die hundert Jahre zurückverfolgen konnte, bis sie sich in einem respektablen Dunkel verloren. Julien überstand die Tatsache, daß sein Vater sie verlassen hatte, scheinbar unversehrt. Sein von Natur ausgeglichenes Temperament absorbierte den Schock und half seiner Mutter dabei, ihn ebenfalls zu verdauen. Seine schulischen Leistungen trugen ihm weiterhin das Lob seiner Lehrer ein, die der Ansicht waren, daß er seinen Wunsch, Architekt zu werden, mit Leichtigkeit in die Tat umsetzen konnte.

Daß Julien sich bei Aktionen der Résistance engagierte, war zunächst gleichermaßen in seinem Temperament und in seiner politischen Überzeugung begründet. Er war, was den traurigen General in London betraf, unsicher. Auch wenn ihm die Vorstellung gefiel, daß Frankreich nur eine Schlacht und nicht den Krieg verloren hatte und daß der wahre Geist Frankreichs in Übersee wachgehalten wurde, fiel es ihm schwer zu glauben, daß dieser Mann, der oft eine eher komische Figur abgab, der einzige wahre Hüter dieses Geistes sein sollte. Die Kommunistische Partei war verboten worden, da sie durch ihre Verbindung zu Rußland theoretisch die Alliierten unterstützte. Julien hatte an einem geheimen Treffen in Limoges teilgenommen, wo sie über Sabotage und bewaffneten Widerstand gesprochen hatten, aber ihm war nicht wohl bei dem Gedanken an die Pläne, die die Kommunisten für Frankreich hatten. Ihm behagte ihre Begeisterung für Stalin und vor allem die Art und Weise nicht, wie sie ein paar Jahre zuvor dazu beigetragen hatten, die Volksfront – die einzige Regierung, für die er so etwas wie Begeisterung empfunden hatte – zu Fall zu bringen. Erst als Mirabel bei einer früheren Mission an Julien herangetreten war, hatte er ihn zum Handeln bewegen können.

Seine Ziele schienen verlockend einfach: so viele Züge wie möglich sprengen und Widerstandsgruppen gründen, die dazu beitrugen, den Eindringling hinauszuwerfen. Es war die unverfälschte, unpolitische Kraft dieser Sprache, die Julien anzog.

Indem er einzelne Aufträge ausführte, Anrufe entgegennahm und half, das Kriegsmaterial, das per Fallschirm abgeworfen wurde, zu verteilen, akzeptierte Julien, daß sein Handeln, so unbedeutend es sein mochte und soviel Alkohol dabei auch im Spiel war, eine Art politisches Bekenntnis darstellte. Obwohl er einen Anflug von Unbehagen spürte, weil er sich dem Marschall, der in seiner Jugend ein Nationalheld gewesen war, gegenüber respektlos verhielt, war er unsentimental genug, die Unzulänglichkeiten der Regierung zu erkennen. Ihre undisziplinierte Schacherei in Sachen Souveränität beflügelte ihn nicht gerade. Wenn die Macht Rußlands und Amerikas zum Tragen kam, was mit Sicherheit der Fall sein würde, fürchtete er, daß das Festhalten an der Illusion der Autonomie keine Waffe war, die man als Druckmittel einsetzen konnte, sondern eher ein Nachteil, den die Deutschen ausnutzen würden.

Das Verschwinden von Monsieur und Madame Duguay änderte alles. Bernards Gesichtsausdruck öffnete Julien einen klaren und entsetzlichen Augenblick lang die Augen: Die Verkettung von Kompromiß und Trägheit, die an keiner Stelle als eine moralisch begründete Wahl erkennbar war, hatte ihn am Ende noch in seinem Entschluß bestärkt. Die Mittäterschaft eines rechtschaffenen Mannes, der nur daran dachte, daß er zum Abendessen wieder bei seiner Familie sein wollte, hatte einen Kreis des Unheils geschlossen. Von diesem Tag an verbarg Juliens charmantes Temperament eine neue Entschlossenheit. Er vermutete, daß jeder irgendwann einen Augenblick der Klarheit erlebte. Für ihn bestand die Offenbarung in dem Ausdruck, der in den Augen eines Gendarmen lag, der für seine Schuld keine Verantwortung übernehmen wollte. Nachdem er im Rathaus zunächst seiner Wut Luft gemacht hatte, verbarg er sie vor den Bürgern von Lavaurette. Er dachte, es sei auf diese Weise sicherer, aber durch die Nachforschungen, die er anschließend anstellte, wurde Pauline Bobottes Telefonvermittlung zu einer Zentrale für gefährliche Aktivitäten.

Charlotte packte am Morgen sorgfältig ihre Sachen zusammen und überprüfte, ob sich etwas Britisches, das nicht dazugehörte, auf unerfindliche Weise eingeschmuggelt hatte. Nur meine Gedanken, sagte sie laut, als sie ein letztes Mal ihren Blick durch das Zimmer gleiten ließ und sich dann auf ihr Ziel konzentrierte: Ussel.

Der Bahnhof in Limoges war bereits voller Menschen, als sie, durch Erfahrung klüger, eine halbe Stunde vor Abfahrt ihres Zuges dort eintraf. Sie trank am Stehimbiß eine Tasse Kaffee und ging dann mit dem Geschmack von gerösteten Weizenkörnern im Mund den Bahnsteig entlang.

Die Szenerie erinnerte sie an ihre Ankunft auf dem Hof, sie hatte etwas beunruhigend Karikaturhaftes an sich. Obwohl eigentlich sie diejenige war, die andere täuschte, kam es ihr so vor, als sei es umgekehrt: Die Reisenden, die jeweils ihren Zielorten zustrebten, der Betrieb auf dem Provinzbahnhof, das Verhalten, die Kleidung und Gewohnheiten der Menschen – all das unterschied sich von außen besehen nicht von dem, was sie bei ihren ersten Frankreichbesuchen als Kind so entzückt hatte, und war doch in Wirklichkeit Teil eines verschwörerischen Dramas.

Als der Zug in den Bahnhof einfuhr, war es, als hätte es die Ruhe und Geduld, die Charlotte einmal als die französische Variante des britischen Schlangestehens schätzengelernt hatte, nie gegeben. An allen Türen herrschte großes Gedränge, so daß mehrere Passagiere, die versuchten auszusteigen, wieder ins Abteil zurückgeschoben wurden. Mit ein paar anderen Leuten, die das Gedränge zunächst mißbilligend beobachteten, gab Charlotte schließlich der Übermacht der Menge nach und beteiligte sich an der Jagd nach einem Platz.

Mit etwas Glück ergatterte sie einen Sitzplatz, doch da in der Gepäckablage kein Platz für ihren Koffer war, mußte sie ihn auf den Knien festhalten. An der Art, wie viele Leute mühelos ihre Koffer herumwarfen, sah man, daß sie leer waren. Wenn sie dann abends von ihrem Ausflug in die Umgebung nach Limoges zurückkehrten, würden die Koffer mit Eiern, Schinken, Wurst und Öl gefüllt sein und die Gerüche veströmen, die ihr auf der Fahrt mit Yves aufgefallen waren. Nachdem sich die durch das Einsteigen verursachte schlechte Laune gelegt hatte und der Zug eine halbe Stunde unterwegs war, spürte Charlotte, wie im Abteil eine unverkennbar fröhliche Atmosphäre aufkam, und sie fühlte, wie sie selbst allmählich in heitere Reisestimmung verfiel.

Es war wieder ein heißer Tag. Die Wiesen, die während der Fahrt rechts und links an ihnen vorbeizogen, leuchteten in einem gelblich-grünen Licht; die dunkleren Schattierungen der Baumgruppen, das flüchtig sichtbare Braun der Stämme und Äste der Eichen, die in Reihen angepflanzt die Hügel säumten, boten Anlaß, sowohl an eine Zukunft als auch an die Vergangenheit zu glauben, die sie so strahlend beschworen.

Charlotte nahm Dominiques Krimi aus dem Koffer und fing an zu lesen. Die Leiche eines Mannes wurde von der Concierge im Flur seiner Wohnung entdeckt, die im siebten Arrondissement von Paris lag; ein silberner Dolch steckte zwischen seinen Rippen. Die Concierge half einem melancholischen Kommissar bei seinen Ermittlungen. Als der Kriminalbeamte nach seinem ersten erfolglosen Vormittag zum Mittagessen in ein Café an der Place Saint-Sulpice ging, merkte Charlotte entsetzt, wie ihr Magen angesichts seines Tagesgerichts vor Neid laut knurrte: ein Eintopf aus Wurst und Linsen, dazu ein grüner Salat, »angemacht mit dickflüssigem Salatöl«. Die Frau, die ihr gegenübersaß, lächelte mitfühlend, als Charlotte sich für das Magenknurren entschuldigte. Der junge Mann neben ihr, vermutlich der Sohn, öffnete seine Tasche und bot Charlotte das Endstück eines Brotes an, aus dem eine dicke Scheibe Schinken hervorlugte. Nachdem sie protestiert und er darauf bestanden hatte, nahm sie es und wurde in eine Unterhaltung hineingezogen.

Charlotte hatte Dominique eine Schwester in Clermont-Ferrand verschafft, um dadurch ihren geplanten Besuch bei Gregorys Mechaniker zu vertuschen, und das noch verbliebene kalvinistische Überbleibsel in ihr war angesichts der Leichtigkeit, mit der sie das erfundene Leben dieser Germaine beschrieb, entsetzt. Der junge Mann sah interessiert aus, und Charlotte versuchte, ihre Phantasie zu zügeln. Ernst erwähnte sie die Krankheit ihres Vaters und konzentrierte sich dann in ihrer Unterhaltung auf die anderen. Mutter und Sohn schienen beide durchaus freundlich, doch im Abteil befanden sich noch fünf andere Personen, und zwei standen in der Tür, die alle ihrer Unterhaltung lauschen konnten. Nicht alle würden ihr gleichermaßen wohlgesonnen sein; und auf eines hatte man sie in ihrer Ausbildung immer wieder hingewiesen, daß nämlich die Franzosen die Deutschen, was die Zahl und die Mannigfaltigkeit ihrer Polizei- und Sicherheitskräfte anging, bei weitem übertrafen.

Es war ein Fehler gewesen, das Brot anzunehmen und sich in eine Unterhaltung ziehen zu lassen, aber sie hatte Hunger gehabt und war einsam gewesen. Sie wollte mit jemandem reden, auch wenn es sich dabei nur um einen Fremden handelte und sie einen falschen Namen trug. Um sich herauszuwinden, fing sie an zu gähnen, und als sich eine entsprechend lange Gesprächspause einstellte, täuschte sie ein vormittägliches Nickerchen vor.

Ussel sah am Spätnachmittag im Sprühregen kleiner und armseliger aus als auf der Landkarte. Es gab zwar einige Werkstätten, Plätze und Geschäfte, doch der Ort besaß die Atmosphäre einer entlegenen Handelsniederlassung. Das Dorf hatte sich an der Hauptstraße entlang ausgebreitet, die es jäh in zwei Teile zerschnitt. Charlotte suchte mit ihrem Koffer Zuflucht in der Bar eines Hotels, wo sie wartete, bis sie zu ihrer Verabredung mit der Friseuse Antoinette gehen konnte.

Seltsamerweise wurde sie jetzt, wo der Augenblick für die heimliche Tat gekommen war, unsicher, sie spürte, daß ihre Hände sich verkrampften, und es kam ihr so vor, als mache ihr Gesicht geradezu Reklame für ihr schuldbewußtes Aussehen. Ussel lag viel höher als die Orte, die sie bis jetzt besucht hatte; die Luft war dünn und außerdem feucht, und sie hatte das Gefühl, als sei sie vom übrigen Frankreich abgeschnitten. Die Aussicht, daß sie ihre Reise wegen eines leidenschaftlichen, riskanten Unterfangens, das sie selbst ersonnen hatte, noch zu den von Vulkanen umgebenen Höhen von Clermont-Ferrand fortsetzen würde, erschien ihr nun wie ein tollkühner Plan, den sich nur jemand hatte ausdenken können, der im Flachland lebte und außerdem leicht geistesgestört war.

Sie stemmte die Absätze von Dominiques häßlichen Schuhen in den Fußboden der Bar und preßte die Lippen zusammen. Sie würde weitermachen. Um zehn vor sieben verließ sie das Hotel und trat hinaus in den Regen. Sie ging die Hauptstraße entlang und bog nach links Richtung Kirche ab. Sie bewegte sich rasch, weil sie in dieser Stadt, die nicht von Touristen besucht wurde, keine Aufmerksamkeit erregen wollte. Die Straßen traten wie auf einem Foto, das in der Entwicklerflüssigkeit allmählich Gestalt annimmt, an die Oberfläche ihrer Erinnerung. An der Avenue Sémard, in der Nähe des Bahnhofs, kam sie zu einem Friseurladen. Sie ignorierte das Schild, auf dem »Geschlossen« stand, öffnete die Tür und trat ein.

Die Stuhlreihen waren leer, und in dem Raum hing ein süßlicher, feuchter Dunst. Ein kleiner weißer Hund kam unter einem Bambusvorhang hergelaufen, bellte zaghaft und wedelte mit dem Schwanz. Aus dem Radio ertönte ein Lied von Charles Trenet. Charlotte umklammerte den Griff ihres Koffers und wartete. Eine Frauenstimme befahl dem Hund, still zu sein. Doch niemand erschien, und Charlotte hatte das Gefühl, am Rand einer Katastrophe zu stehen. Sie hatte einen weiten Weg zurückgelegt, um zu diesem stickigen kleinen Raum zu gelangen, und jetzt, wo sie hier stand, erschien ihr alles so unwirklich.

Der Bambusvorhang teilte sich, und eine hochgewachsene, gutaussehende Frau in einem blauen Kittel kam die Stufe herunter in den Salon.

»Es tut mir leid, Madame, wir haben geschlossen.«

»Ich habe einen Termin für sieben Uhr vereinbart.«

»Auf welchen Namen, Madame?« Die Frau ging hinüber zum Terminkalender, der auf einem Tisch neben der Tür lag.

»Danièle.«

Die Friseuse fuhr mit dem Finger von oben nach unten die Seite entlang, blätterte eine Seite um, als ob sie weiter vorn im Buch suchte, und schlug sie dann wieder zurück.

»Danièle ... Danièle.«

Charlotte fühlte, wie ihr eine Schweißperle den Rücken hinunterlief.

Die Frau drehte sich um und sah Charlotte das erste Mal tief und direkt in die Augen. »Schlechtes Wetter für Waschen und Legen.«

Charlotte lächelte strahlend. »Man hat mir gesagt, ich solle auf Antoinette bestehen, wie das Wetter auch sei.«

»Das ist ganz richtig. Sie ist die Beste.«

Antoinette trat einen Schritt vor und nahm Charlotte bei der Hand. »Kommen Sie, wir gehen nach hinten«, sagte sie und ging voran durch den Vorhang.

Sie setzten sich an den Tisch in der düsteren Küche und tranken Wein, den Antoinette aus einer Literflasche ohne Etikett einschenkte.

»Sie sehen müde aus«, sagte sie. »Seit wann sind Sie schon hier?«

»Wirklich?« Charlotte betastete die zarte Haut unter ihren Augen. »Ja, ich habe nicht sehr viel geschlafen, fürchte ich – aus den verschiedensten Gründen. Seit ein paar Tagen. Soweit ich weiß, werde ich bald nach England zurückkehren. Ich brauche noch die Bestätigung über Funk.«

Antoinette besaß eine tiefe Stimme und eine ruhige, sympathische Art. Sie hatte große dunkelbraune Augen und dichtes, zerzaustes Haar, das ihr knapp bis zu den Schultern reichte. Charlotte betrachtete sie eingehend, während sie sprach, und schätzte ihr Alter auf ungefähr achtunddreißig. An der rechten Hand trug sie einen Rubinring, die linke Hand jedoch war nackt. Sie wurde den Eindruck nicht los, daß sie für eine Friseuse doch etwas zu kultiviert war; etwas in ihrer Art deutete auf eine Bildung und Erfahrung hin, die über Schneiden und Fönen hinausging.

»Ihre Haare haben Sie gut hinbekommen«, sagte Antoinette und nahm eine Zigarette aus der Packung, die auf dem Tisch lag.

»Du meine Güte, ist es so offensichtlich?«

Antoinette lächelte. »Machen Sie sich keine Gedanken. Nur für jemanden, der etwas davon versteht. Und Ihr Französisch ist fast perfekt.«

»Fast?«

»Fast.«

»Ich bin in Belgien zur Schule gegangen. Erklärt das die Sache?«

»Ich glaube, für mich schon.«

Das knisternde Radio, die Fenster, die wegen des Regens beschlagen waren, und das einzelne Handtuch, das zum Trocknen aufgehängt war, erinnerten Charlotte an die Montagnachmittage ihrer Kindheit, wenn ihre Mutter anfing, die gewaschenen Sachen zu bügeln; es herrschte eine steife Trägheit, die auf verführerische Weise deprimierend war. Entspannt durch den Wein, fühlte sich Charlotte eigenartig sentimental.

»Nehmen Sie heute abend den Zug zurück?« fragte Antoinette.

»Nein, ich fahre heute abend nicht zurück. Ich fahre weiter nach Clermont-Ferrand.«

»Ich verstehe. Ein weiterer Auftrag.«

Als Charlotte ihren fragenden, aber freundlichen Gesichtsausdruck sah, mußte sie sich sehr zusammennehmen, sich ihr nicht anzuvertrauen.

»Das stimmt«, erwiderte sie.

»Sie können heute hier übernachten, wenn Sie möchten. Es fahren morgen früh zwei Züge.«

»Ist es sicher?«

Antoinette lachte. »Es ist vollkommen sicher. Es ist, als ob Sie in einem anderen Land wären. Der Krieg und die Besatzung sind an uns vorübergegangen. Die Leute ärgern sich ein wenig bei dem Gedanken, daß eine Menge Deutsche an der Küste herummarschieren, aber das ist auch so gut wie alles. Frankreich ist ein großes Land. Unser Leben hier hat sich kaum verändert.«

»Und was ist mit der Rationierung?«

»Wir sind wirtschaftlich ziemlich unabhängig. Ich würde sagen, wir haben etwas weniger zu essen, aber wir kommen ganz gut zurecht. Wenn der Mechaniker das Auto des Bauern repariert, gibt er ihm außer Bargeld noch ein Huhn. Wenn ich jemandem die Haare schneide, bitte ich manchmal um Eier oder Schinken. Es geht alles sehr freundschaftlich zu.«

»Das ist in Lavaurette, in dem Ort, wo ich zuerst war, anders.«

Antoinette zuckte die Achseln. »Es kommt eben darauf an. In manchen Städten gibt es mehr zu essen. In manchen sind sie geschickter als anderswo, ein System auszuarbeiten, das den Leuten zusagt. Also, wenn Sie wollen, können Sie hier über dem Laden übernachten. Ich mache Ihnen Abendessen, beziehe das Bett frisch und bringe Ihnen morgen das Frühstück. Würde Ihnen das gefallen?«

»Sehr. Vielen Dank.« Charlotte war plötzlich furchtbar gerührt von diesem Angebot, sie spürte sogar einen Augenblick lang, daß ihre Augen brannten. Sie blinzelte. Antoinette hatte recht: Offenbar war sie sehr müde.

Um ihre Fassung wiederzugewinnen, fragte sie: »Was hat Sie dazu gebracht, sich mit... Funkerei und all dem zu beschäftigen?«

Antoinette seufzte. »Nur ein Gefühl. Mein Bruder und einige Freunde von mir... Vermutlich sollten wir uns nicht zu ausführlich über diese Dinge unterhalten.«

»Wahrscheinlich nicht.« Charlotte wollte sich jedoch darüber unterhalten oder über irgend etwas anderes. Zu lange war sie mit den Stimmen in ihrem Kopf allein gewesen. »Was können Sie hier oben tun, auf halber Höhe in den Bergen, ohne Ziele, ohne Soldaten?«

»Wir warten. Ich glaube, die Zeit wird kommen. Es gibt eine Reihe von Aktivitäten in den Bergen, weil sie sich gut als Versteck eignen. Das Zentralmassiv wird das Herz der Résistance sein, wenn die Zeit reif ist.«

»Und wann wird sie reif sein?«

Antoinette lächelte. »Möchten Sie meine ehrliche Meinung hören?«

»Natürlich.«

»Ich glaube, sie wird reif sein, wenn die Mehrzahl der Leute ihre Meinung über den vermutlichen Ausgang des Krieges ändert. Sie werden auf der Seite der Sieger stehen wollen.«

Charlotte antwortete nicht, sondern sah auf den Tisch, sie spürte noch immer das seltsame Stechen hinter den Augen. Sie fand, daß Antoinette erschöpft wirkte, daß ihre Haltung keinerlei Idealismus oder Hoffnung zeigte. Wahrscheinlich würde es tatsächlich so kommen, wie sie sagte.

Charlotte stand auf. »Ich glaube, ich sollte Ihnen jetzt das Päckchen geben.«

»In Ordnung.« Antoinette nickte, und Charlotte holte vorsichtig das schwarze Samtpäckchen aus ihrem Koffer, das sie in eines von Dominiques Unterhemden gewickelt hatte.

Fasziniert sah sie zu, wie Antoinettes lange, schmale Finger sanft die Ummantelung aus Schaumstoff aus dem Päckchen herausnahmen. Was darin eingebettet war, sah für Charlotte so aus wie vier Patronensicherungen aus Keramik, ähnlich wie die, mit denen sich ihr Vater so oft bei Kerzenlicht fluchend abgemüht hatte. Sie nahm eine in die Hand und drehte sie um: Ein Gehäuse, aus dem zwei Metallstifte ragten, enthielt ein Stück Quarz, dessen Abstimmung die Frequenz der Übertragung bestimmte. Sie sahen außerordentlich klein und unbedeutend aus dafür, daß solche Vorsicht und Mühe für sie aufgewendet worden waren. Welche Auswirkungen auf die Freiheit eines Landes konnte dieses kleine Stück haushaltstechnischen Zubehörs, das sie in der Hand hielt, schon haben?

Antoinette nahm den Steckquarz vorsichtig wieder an sich und legte ihn sacht zu den anderen in die Schaumstoffhülle zurück. Dann drückte sie Charlottes Hand. »Vielen Dank«, sagte sie. »Das haben Sie sehr gut gemacht.«

Charlotte fühlte, wie die ganze Luft aus ihren Lungen wich, als die unterdrückten Gefühle der letzten Tage in ihr aufwallten. Antoinette ging auf sie zu und legte ihre Arme um sie.

Sie zogen sich beide vor dem Abendessen um. Charlotte schlüpfte in Dominiques weniger schäbigen Rock und Pullover, und Antoinette zog ihren Kittel aus, kämmte sich das Haar und legte etwas Lippenstift auf. Sie aßen oben im Wohnzimmer, und schließlich erzählte Charlotte Antoinette den Grund für ihren Besuch in Clermont-Ferrand.

»Glauben Sie, ich bin verrückt?«

»Ganz und gar nicht.«

»Aber ist es gefährlich?«

»Warum sollte eine Frau nicht in eine Werkstatt gehen und eine einfache Frage stellen? Das Problem ist, daß es so viele verschiedene Sicherheitskräfte gibt, und in einer großen Stadt wie Clermont-Ferrand gibt es davon eben entsprechend mehr. Es gibt eine Menge unangenehmer, kleiner Männer, die ihre Persönlichkeitsprobleme dadurch gelöst haben, daß sie eine Uniform angezogen und ein paar Geschichten erzählt haben. Einige von ihnen sind Kriminelle oder Faschisten, die eine Möglichkeit entdeckt haben, ihre sadistischen Neigungen auf legale Art und Weise auszuleben. Einige sind ausgesprochen gewalttätig. Dann gibt es noch die Leute, die andere gern bespitzeln. Also, ich würde nicht sagen, daß es vollkommen ungefährlich ist, aber bei Ihnen wüßte ich nicht, was sie über Sie berichten können. Sie kommen an, Sie gehen zu Ihrer Werkstatt und fahren wieder. Sie haben keine Zeit, bei irgend jemandem Verdacht zu erregen. Sie haben auch keine Zeit, irgend jemanden gegen sich aufzubringen. Sie dürfen nicht vergessen, daß eine Menge Leute ihre Freunde oder Nachbarn an die Behörden verraten, weil sie sich für irgendeinen häuslichen Streit rächen wollen. Hat man Ihnen all diese Dinge nicht erzählt, bevor Sie gefahren sind?«

»Doch, schon. Aber es ist so schwer, sich das alles vorzustellen. Mir war nicht bewußt, wie normal und gleichzeitig seltsam alles sein würde. Man geht in eine Bäckerei oder kauft eine Fahrkarte, alles sieht so aus wie früher, und doch weiß man, daß man vielleicht dafür verhaftet wird, daß man etwas Falsches sagt. Alles scheint normal, und das ist so tückisch.«

Antoinette lächelte. »Dieser Mann, er muß etwas ganz Besonderes sein.«

»Das ist er.« Charlotte erwiderte das Lächeln. »Etwas ganz Besonderes.« Sie hatte sich nach ihren Tränen beruhigt und konnte sich mit neuer Klarheit auf das Ziel ihrer Reise konzentrieren.

»Möchten Sie mir von ihm erzählen?«

»Eigentlich nicht. Ich werde nicht erreichen, daß Sie das für ihn empfinden, was ich für ihn empfinde. Ich kann nur sagen, daß das, was ich tue, mir ganz vernünftig vorkommt. Die Erziehung, die ich genossen habe, war sehr konventionell, und obwohl die Ansicht vertreten wurde, daß die Familie sehr wichtig sei und daß sie zunächst durch die Liebe zwischen beiden Elternteilen zusammengehalten werde, hat uns niemand je ermutigt, an die romantische Liebe oder ein vergleichbares Ideal zu glauben. Ich meine sogar, daß die meisten Frauen, die uns unterrichtet haben, von dieser Vorstellung entsetzt waren. Sie haben uns in romantischer Lyrik unterrichtet, doch dabei ging es nur um die Sprache und das Versmaß. Ich selbst glaube nicht einmal an diese Vorstellung – jedenfalls nicht in Form einer Vorstellung. Aber ich nehme an, zu einem gewissen Zeitpunkt muß man entscheiden, was einem wichtig ist und was einem etwas bedeutet. Das kann praktische oder auch idealistische Gründe haben, wie bei den Leuten, die Sie beschrieben haben und die für die Résistance arbeiten, weil sie glauben, daß sie gewinnen wird. Es ist eine Entscheidung. Ich glaube nicht an irgendein Ideal, ich glaube nur an einen bestimmten Mann. Ich glaube an die Reinheit des Gefühls, das ich für ihn empfinde und das er, glaube ich, auch für mich empfindet. Ich bin der Ansicht, daß die Kraft dieses Gefühls jede andere Leitlinie übertrifft und daß ich keine Ordnung in mein Leben bringen kann, bis ich weiß, daß er am Leben ist.«

»Sie lieben ihn wirklich, nicht wahr?«

»Natürlich tue ich das. Und wenn diese Liebe nur zeigt, daß ich empfänglich dafür war, wenn er irgendwie eine Schwäche oder Verwundung bei mir ausgenutzt hat, dann ist das eben so. Ich kann nichts dagegen tun, so bin ich nun mal. So zu tun oder zu glauben, es sei anders, wäre unehrlich.«

Charlotte störte der nachsichtige Ausdruck in den Augen der älteren Frau nicht, der gleichzeitig skeptisch und mitfühlend war. Sie vermutete, daß ein Teil von Antoinette – wie objektiv sie Charlottes jugendliche Begeisterung auch betrachten mochte –, vermutlich bedauerte, daß der Tag, an dem ihr eigenes Leben von solch einer Gewißheit bestimmt wurde, wahrscheinlich nicht noch einmal kommen würde.

Auf Charlottes Frage verriet Antoinette ihr, daß sie verheiratet gewesen sei. Aber ihr Ehemann habe sie so oft betrogen, daß selbst die dehnbaren Grenzen einer bürgerlichen Ehe überschritten worden seien. Er habe sie verlassen, um mit einem jungen Mädchen in der Normandie zusammenzuleben, und sie habe seinen Weggang nicht bedauert, vor allem, weil sie keine Kinder hatten, die ihn vermißt hätten. Sie habe Liebhaber gehabt, erzählte sie Charlotte, aber sie zöge es vor, allein zu leben. Ihr bester Freund sei ihr Bruder, er sei Arzt in einem Nachbarort und habe ihr geholfen, den Laden zu finanzieren.

»Mir gefällt es hier«, sagte sie. »Die Landschaft ist wunderschön, und Gilberte, das Mädchen, das für mich arbeitet, ist entzückend. Wir essen gut, wir trinken gut, selbst jetzt noch. Ungefähr alle zwei Wochen besucht mich ein Herr aus Clermont-Ferrand und bleibt über Nacht.« Sie lächelte und nahm sich noch eine Zigarette. »Das genügt. Ich habe ihn gern. Dann, ungefähr vor sechs Monaten, hat mich mein Bruder gefragt, ob ich ihm nicht bei einer kleinen Organisation helfen wollte, die er zusammen mit einem Engländer aufbaute, der eines Tages vom Himmel gefallen sei. Er mußte mich nicht lange überreden. Ich tue es sehr gern. Ich liebe die Aufregung, die mit der Nachrichtenübermittlung verbunden ist. Ich bin eine sehr glückliche Frau.« Sie blies den Rauch zwischen ihren lächelnden, geschminkten Lippen hervor.

Antoinette bestand darauf, daß Charlotte in ihrem Bett schlief, während sie sich das Sofa mit einem Kopfkissen und einer Decke zurechtmachte. Charlotte spürte die glatte Kühle der frischen Laken auf ihrer Haut. Die Nacht war warm, und da Abteilung G vergessen hatte, Dominique mit einem Nachthemd auszustatten, schlief sie nackt. Dominiques Unterwäsche hatte sie im Badezimmer ausgewaschen und dort zum Trocknen aufgehängt, was sie an Daisys Wohnung in London erinnerte, die nicht nur weit entfernt zu sein, sondern auch in eine andere Zeit zu gehören schien.

Antoinettes Schlafzimmer war der einzige Raum in der Wohnung, mit dem sie sich sehr viel Mühe gegeben hatte. Die Teppiche und das antike Mobiliar waren mit Bedacht ausgesucht worden. Das Bett selbst war so breit wie das, welches Charlotte in der ersten Nacht im Hotel gehabt hatte. Innerhalb von Minuten war sie eingeschlafen und atmete auf dem Rücken liegend tief und regelmäßig.

Es war fast drei Uhr, als sie weinend und laut schreiend aufwachte. Sie setzte sich auf und fühlte, daß ihr Haar an den Schläfen ganz feucht war. In ihrem Traum war sie in eine Falle geraten und gefoltert worden; der Augenblick des Verrats ähnelte der halb verschütteten Erinnerung an das unheilvolle Versäumnis ihres Vaters, aber die Gewalt wurde nicht von ihm, sondern von Gregory ausgeübt.

Während der ganzen Zeit war Gregorys Bild aus ihrem Kopf wie ausgelöscht gewesen, als sei dies die Bestätigung seines Todes. Und nun war es plötzlich in ihrem Traum brutal wieder hergestellt worden.

»Ist alles in Ordnung mit Ihnen?« Antoinette stand in der Tür.

»Ja, ich... Ich habe geträumt.«

Antoinette kam zu ihr und setzte sich auf die Bettkante. Sie legte tröstend ihre Arme um Charlotte, und Charlotte spürte die englische Stickerei ihres Nachthemds an ihrer Wange. Antoinette murmelte beruhigende Worte, und schließlich spürte Charlotte, wie sie allmählich wieder in Schlaf versank.

Hinter den geschlossenen Fensterläden war es tiefdunkel, und die Wolken über dem Berghang verhüllten den Himmel. Charlotte klammerte sich an Antoinette, als sie zurücksank und mehrmals die Grenze zwischen Schlaf und nebelhaftem Wachsein überschritt; sie wollte nicht loslassen für den Fall, daß der gleiche Traum wieder auf sie wartete. Sie spürte, wie Antoinette ihr sanft über das Haar streichelte, und fand beruhigt allmählich wieder in den Schlaf. Antoinette küßte sie auf die Wange, und Charlotte spürte, wie Antoinettes Hände mit sanften Bewegungen über ihre Schulter glitten, bis sie beide eingeschlafen waren.

## 5. KAPITEL

Um neun Uhr bog eine junge Frau auf einem Fahrrad in den langen, steinigen Weg zur Domaine ein. Sie war einfach gekleidet und hatte weder eine Tasche noch sonstiges Gepäck bei sich.

Es war wieder ein strahlender Tag. In den Platanen, die den Weg voller Schlaglöcher säumten, zwischen den blaßgrünen Blättern und den schorfigen Stämmen, die aussahen, als seien sie von Ekzemen übersät, zwitscherten die Vögel.

Neben der Haustür lehnte die Frau ihr Fahrrad an eine Säule und stieg die breiten Steinstufen hinauf. Sie beachtete den eisernen Klingelzug nicht und drückte wie gewohnt einen Flügel der schweren Eingangstür auf und ging ins Haus. Durch den stickigen Geruch nach altem Gips, Holz und abgestandener Luft drang ein zarter, kaum wahrnehmbarer Kaffeeduft aus der entlegenen Küche. Sie ging nach rechts durch die geflieste Eingangshalle zu einer weiteren Doppeltür, die in ein Eßzimmer führte. Auf dem Eßtisch, an dem zwanzig Personen Platz gehabt hätten, standen noch ein einzelner Kerzenhalter, ein Teller und ein leeres Weinglas. Sie nahm die Sachen auf ihrem Weg mit und stellte sie in einer Speisekammer in das steinerne Spülbecken. Der Abwasch gehörte nicht zu ihren Pflichten; das übernahm das Dienstmädchen, das wie üblich zu spät kam.

In der Küche mit der gewölbten Decke füllte sie zwei kleine, weiße Tassen mit heißem Kaffee. Sie ging an den leeren Dienstbotenzimmern vorbei die Stufen hinauf; dabei achtete sie sorgfältig auf die schwarze Flüssigkeit, die sie vor sich hertrug. Das alte Holz der Treppe verströmte einen Duft von Limonen. Durch den sonnendurchfluteten Korridor kam sie zum großen Schlafzimmer. Sie klopfte an die Tür.

Levades Stimme rief sie herein. »Guten Morgen, Anne-Marie.«

Das Zimmer wurde beherrscht von einem riesigen Bett mit Baldachin und Vorhängen, die beiseite geschoben und festgesteckt worden waren. Die Teppiche waren ebenfalls zur Seite geschoben worden, und der Fußboden war übersät von Leinwänden, Farbtuben, Blättern mit Zeichnungen, verschmierten Farbpaletten, geöffneten Büchern, die auf den Seiten mit bestimmten Illustrationen beschwert worden waren, Bücherstapeln, Gläsern voller Pinsel, Behältern mit Farbreiniger, Meißeln, Hämmern, kleinen Kistchen mit Nägeln, die Julien von Madame Galliots oberstem Regal erstanden hatte, sowie hölzernen Keilrahmen in verschiedenen Stadien des Zusammenbaus. Die vielen Tische im Zimmer waren unter Kleidungsstücken und noch mehr Büchern, Kerzen und Heiligenfiguren fast nicht mehr zu sehen.

Levade war rasiert und angezogen; er hatte sein dichtes weißes Haar gekämmt und ein sauberes Hemd gefunden, das er über der Hose trug und das fast bis zu den Knien reichte. Er stand am Fenster, wo das Nordlicht klar war.

Anne-Marie ging zu einem Paravent in der äußersten Ecke; auf einem Stuhl voller Farbflecke lagen ein langer grüner Seidenrock und ein Paar Sandalen mit dünnen Riemchen. Sie zog ihre eigenen Sachen aus und streifte den Rock und die Sandalen über, dann kam sie wieder hinter dem Paravent hervor.

Sie stand mit nacktem Busen und unbefangen mitten im Zimmer. »Hatten Sie eine gute Nacht?«

Levade schüttelte den Kopf. »Nein.« Seine Stimme klang schwermütig und gleichzeitig resigniert. »Nichts.«

»Machen wir da weiter, wo wir gestern aufgehört haben?« fragte Anne-Marie.

»Ich denke schon.« Levade stellte seine leere Kaffeetasse ab, und während sich Anne-Marie auf einem Stuhl am Fenster niederließ, ging er zu ihr, um die Falten des grünen Rocks zu arrangieren. Er sah auf die halbfertige Leinwand auf der Staffelei und verglich das Bild von Anne-Marie mit der Person selbst. Er ging zurück und korrigierte ihre Arme ein wenig, brachte ihr Haar in Ordnung und zupfte an den Falten ihres Rocks.

Anne-Marie hatte ein Buch vom Boden aufgehoben und blätterte darin, während Levade mit ihrer Haltung beschäftigt war.

»Und was ist mit Ihnen?« fragte Levade. »Haben Sie geträumt?«

»Nichts, an das ich mich erinnern kann. Meine Träume sind so langweilig im Vergleich zu denen, die Sie beschrieben haben und die Sie früher einmal hatten.«

Levade nahm seinen Pinsel und strich sich das Haar aus dem Gesicht. »Ich glaube, den letzten Traum hatte ich vor einem Monat. Wissen Sie, was ich geträumt habe? Daß ich aufgewacht bin, daß es Morgen war, ich aufgestanden bin, mich gewaschen habe, in dieses Zimmer gegangen bin, um zu malen, daß Sie kamen... Es war eigentlich überhaupt kein Traum. Es war prosaischer, als wach zu sein.«

Levade schüttelte den Kopf und lächelte. Anne-Marie verschränkte die Arme.

In Juliens Büro klingelte das Telefon.

»Ich stelle Sie jetzt durch«, sagte Pauline Bobotte.

Es war ein Kommunist aus Limoges, an den Julien sich wider besseres Wissen gewandt hatte, um Informationen zu erhalten. Er wollte eigentlich keinen Umgang mit Kommunisten pflegen, aber in Kriegszeiten mußte man sich manchmal eben nach den Gegebenheiten richten. Im selben Moment, als er es vor sich selbst zu rechtfertigen suchte, wurde ihm bewußt, daß genau dieses Argument auch Pétain und Laval anführten. Der Unterschied lag darin, daß seine Einstellung moralisch begründet war; außerdem konnte er im Gegensatz zu ihnen noch Recht und Unrecht unterscheiden. Das hoffte er jedenfalls.

»Es gab letzten Monat eine riesige Razzia in Paris. Zehntausende Juden, Franzosen genauso wie Flüchtlinge. Offenbar hat die Polizei sie in eine Radrennbahn gebracht. Aber diese Sache von vor ein paar Tagen, das war das erste Mal, daß sie es in der unbesetzten Zone getan haben. Ich habe gehört, daß sie sie nach Paris bringen und dann irgendwann deportieren. Niemand scheint zu wissen, wohin.«

Julien nickte. »Ich danke Ihnen. Rufen Sie mich an, wenn Sie irgend etwas hören?«

»Das kommt darauf an. Wir werden Ihre Hilfe brauchen.«

»Ich verstehe.«

Es wurde still in der Leitung, und Pauline Bobotte zog den Stöpsel aus der Telefonzentrale.

Julien seufzte. Heute abend mußte er Sylvie Cariteau und ihre Mutter besuchen. Gemeinsam würden sie entscheiden, was sie André und Jacob sagten und was mit ihnen geschehen sollte. Es war schwierig, aus der Tagespresse herauszulesen, was wirklich passierte. Aber nach allem, was Julien gelesen und gehört hatte, war ihm klar, daß die Verfolgung der Juden nicht nachlassen würde. Was auch immer die Vichy-Regierung glaubte, die Deutschen waren dabei, den Krieg zu verlieren. Juliens einfacher Analyse zufolge bedeutete dies, daß sie in den besetzten Ländern noch härter durchgreifen würden, sie würden mehr Geld verlangen, mehr Essen und mehr Arbeitskräfte. Wenn ihre Truppen im Ausland Niederlagen einstecken mußten, war das ein Grund mehr, alles, was sie in Europa erreichen konnten, rigoros zu verfolgen. Und da aus Gründen, die niemand außerhalb Deutschlands so richtig begreifen konnte, das Zusammentreiben der Juden in verschiedenen Lagern für einen bestimmten Teil der Naziplanung von zentraler Bedeutung zu sein schien, wäre in Zukunft das Leben von André und Jacob noch mehr gefährdet.

Es lag wohl an seiner im allgemeinen optimistischen Natur und an dem verinnerlichten Vertrauen zu seinem Land, daß Julien nicht eine Minute seine eigene Lage überdachte. Obwohl sein Vater zu drei Vierteln Jude war – auf seiten seiner Mutter ganz und auf seiten seines Vaters Rutkowski halb –, hatte Julien, weil Levade eine Katholikin geheiratet hatte, nur eine durch und durch jüdische Großmutter, nämlich Max Rutkowskis Frau. Das hieß, er hatte anderthalb jüdische Großeltern, wenn man berücksichtigte, daß Rutkowski Halbjude war. Mathematisch anders ausgedrückt hieß das, daß Julien zu drei Achteln Jude war. Da diese lächerlichen Bruchteile ihm nie auch nur das geringste bedeutet hatten, konnte er sich nicht vorstellen, daß sich irgend jemand anderer in Frankreich dafür interessierte.

Heute abend würde er ins Café du Centre gehen, um in Erfahrung zu bringen, wie die Stimmung im Ort war, die wahrscheinlich einigermaßen repräsentativ das wiedergab, was man in den kleinen Städten Frankreichs so dachte, und wenn es nur der Stand der Unwissenheit war, den man daran ablesen konnte.

Er erwartete außerdem, bald von dem englischen Mädchen zu hören, das mit dem Fallschirm abgesprungen war. Sie war für eine Engländerin überraschend dunkel gewesen, aber die Intensität ihrer haselnußbraunen Augen ging ihm nicht aus dem Sinn.

Auf der Toilette des Zuges, der im Schneckentempo Richtung Clermont-Ferrand fuhr, las Charlotte die Kritzeleien von früheren Reisenden. »London hat Krieg erklärt« war eine Meinung, neben einer Karikatur, die an Fagin, die Gestalt des jüdischen Hehlers aus Dickens' *Oliver Twist*, erinnerte und einen dünnen Bart trug. Dies hatte die Zustimmung eines anderen Reisenden nach sich gezogen: »Sachse + Jude + Tatar = die Bestie.«

Gaben diese in den kühnen Großbuchstaben der Anonymität geschriebenen Meinungen die wahren Gefühle des französischen Volkes wieder? War es dies, was sie sagen würden, wenn sie frei reden könnten? Charlotte wollte es lieber nicht glauben. Obwohl sie die Leidenschaft der antibritischen Gefühle (oder antienglischen, wie sie sie fälschlicherweise nannten) immer noch entsetzte, glaubte sie nicht, daß sie allgemein verbreitet waren. Sie brauchte schließlich nur daran zu denken, wie man sie in der Nacht ihrer Ankunft empfangen hatte.

Sie machte sich wieder auf den Weg zu ihrem Platz, den die nette Frau neben ihr versprochen hatte freizuhalten. Charlotte lächelte ihr zu und sah dann gebannt aus dem Fenster. Sie hatte nur ein paar Minuten gebraucht, um mit Hilfe des Michelinführers herauszufinden, zu welcher der beiden Werkstätten sie gehen mußte. Gregory hatte eindeutig »mitten in Clermont« gesagt; das Telefonbuch hatte bestätigt, daß der Besitzer

»A. Chollet« hieß. Sie rechnete aus, daß sie um sieben Uhr wieder im Zug sitzen konnte.

Zu ihrer Rechten zweigte eine Bahnstrecke ab, die hinauf zu den Heilquellen von la Bourboule und weiter nach Mont-Dore führte. Wolken schwebten den Berg hinunter, und die Sommersonne von Lavaurette schien weit entfernt; es wurde allmählich kalt im Abteil.

Antoinette hatte sie um neun Uhr geweckt und ihr das Frühstück, Brot und Marmelade und etwas zu trinken, das halbwegs nach Kaffee schmeckte, ans Bett gebracht. Sie saß in ihrem blauen Kittel auf der Bettkante und sah Charlotte beim Essen zu. Gilberte kümmerte sich unten bereits um die erste Kundin. Charlotte nahm rasch Abschied und versprach, Antoinette aus England zu schreiben, wenn der Krieg vorbei war. Als sie gerade gehen wollte, drückte Antoinette ihr ein Fläschchen in die Hand: Haarfärbemittel. »Nur für alle Fälle«, sagte Antoinette, als sie ihr einen Abschiedskuß gab.

Eine halbe Stunde, bevor sie in Clermont-Ferrand ankommen sollten, spürte Charlotte, wie sie vor Angst allmählich erstarrte. Die Ausweiskontrolle war mit der üblichen raschen Gleichgültigkeit absolviert worden, hatte sie aber dennoch daran erinnert, wie allein und schutzlos sie war. Für diesen Ausflug hatte sie nicht einmal eine Geschichte parat, wie man sie sich in London für sie ausgedacht hatte. Während sie die einfache Aufgabe für Mr. Jackson erledigt und sich innerhalb der Grenzen bewegt hatte, die die Persönlichkeit von Dominique Guilbert erlaubte, hatte sie sich einigermaßen beschützt und zugehörig gefühlt, wie in dem Augenblick in der Whitley, als ihr der Feldwebel die Aufzugsleine ihres Fallschirms gezeigt hatte, die ihre Sicherheit garantierte. Jetzt befand sie sich dagegen im freien Fall.

Der Zug kroch unter das Bahnhofsdach, eine Eisenkonstruktion der Jahrhundertwende, und spuckte Dampf aus. Charlotte ergriff ihren Koffer und bahnte sich einen Weg hinaus auf den Bahnsteig. Auf dem Bahnhofsvorplatz betrachtete sie aufmerksam den Plan mit den Straßenbahnlinien und überquerte die Straße zu der, wie sie hoffte, richtigen Haltestelle. Es herrschte das übliche Gedränge: respektable Herren mit Filzhüten und gestutzten Schnurrbärten, kleine Witwen mit spitzen Ellbogen.

Aufrecht zwischen zwei Leuten am Eingang der Straßenbahn eingequetscht, verstaute Charlotte ihren Koffer zwischen den Füßen und umklammerte eine Halteschlaufe, als die Straßenbahn mit einem Ruck Richtung Stadtzentrum losfuhr.

Sie fand den richtigen Weg zu der Straße, die am Ende der Rue Blatin lag. Die breite und trübe Hauptverkehrsstraße machte bei diesem Wetter einen verwaschenen und tristen Eindruck, zumal kaum Autos unterwegs waren. Es war beinahe, als würde man einen Blick zurück in die Zeit vor dem Krieg werfen, vielleicht sogar in die Zeit vor dem letzten Krieg. An einem fünfstöckigen Gebäude prangte ganz oben der Name Franck Gorce, Schneider. Im Erdgeschoß lag hinter einem Rundbogengitter eine Bar mit dem Namen Faisan Doré, auf dem Bürgersteig davor standen ein paar leere Stühle. Gegenüber blickte man auf die Fassade der Bank Crédit Lyonnais, deren Name in Kursivschrift tief in den Stein über den hohen Türen gemeißelt war.

Von hier aus hatte man einen unverbauten Blick die Straße entlang bis hin zu dem hochaufragenden Zentralmassiv in der Ferne. Der Anblick beschwor in Charlotte die Erinnerung an eine andere, ähnliche Straße herauf, die sie als Kind gesehen hatte, und zwar auf der ersten Fahrt mit ihrem Vater über den Kanal nach Frankreich. Es war der Anblick, an den sie immer gedacht hatte, wenn jemand in ihrer Gegenwart Frankreich erwähnte.

Sie ging die Straße entlang und überlegte dabei, wie weit es wohl bis zu ihrem Ziel war. Sie war zehn Minuten unterwegs, als sie oben an einer Hausecke den Straßennamen las, und brauchte weitere fünf Minuten, bis sie zur Werkstatt gelangte, die an dem etwas heruntergekommenen Ende der Straße lag, die dort in eine ungepflegte Geschäftsstraße überging.

Charlotte trat durch eine Doppeltür aus Holz hinein in die schmierige Finsternis. Sie zitterte. Eine schwarz gekleidete Frau mit Brille und mit einem zusammengepreßten, schmalen Mund, trat aus einem abgeteilten Raum auf der rechten Seite hervor. Mit einer Frau hatte Charlotte nicht gerechnet. In dem düsteren Licht sah man fast nichts.

»Ja bitte, Mademoiselle?«

»Ich suche Monsieur Chollet.«

»Er arbeitet an einem Auto. Er ist dort ganz hinten am Ende.«

»Kann ich zu ihm und ihn sprechen?«

Die alte Frau betrachtete Charlotte von oben bis unten. Ihre Mundwinkel zeigten nach unten. »Er ist beschäftigt.«

»Ich werde ihn nicht lange aufhalten.«

Die Witwe zuckte die Achseln, und Charlotte betrachtete das als Erlaubnis. Sie ging über den Betonboden, der durch das Entleeren von unzähligen Ölwannen schwarz gefärbt war, in die Richtung, aus der sie Arbeitsgeräusche hören konnte. Eine massige Gestalt beugte sich gerade über den Motor eines großen, schwarzen Citroën, wie er von Ministern der Vichy-Regierung und der Gestapo bevorzugt wurde.

»Monsieur?«

Der Mann hob den Kopf.

»Sind Sie Monsieur Chollet?«

»Ja, der bin ich.« Chollet war ein korpulenter Mann mit einem roten Gesicht und glänzender Haut. Eigentlich sah er zu alt aus, um der Sohn der schwarz gekleideten Frau zu sein, aber es war möglich, daß Rotwein und kräftige Mahlzeiten ihn vorzeitig hatten altern lassen. Der Stummel einer nicht angezündeten gelben Zigarette klemmte in seinem Mundwinkel.

Charlotte holte angespannt Luft. »Ein Freund hat mir geraten, mich an Sie zu wenden. Er wollte sich mit Ihnen in Verbindung setzen, wenn er in Schwierigkeiten geriete. Er sagte, daß Sie auf den Namen Hercule hören.« Der Name war auf französisch schwer auszusprechen, und Charlotte versuchte sich auf das verschluckte »r« und das pfeifende »u« zu konzentrieren.

Chollet brummte vor sich hin. »Ich weiß nicht, wovon Sie sprechen.«

In dem trüben Licht fiel es ihr schwer, seinen Gesichtsausdruck zu erkennen, aber Charlotte konnte gerade genug sehen, um in seinen Augen eine kurze Unsicherheit zu bemerken.

»Es ist sehr wichtig«, sagte sie. »Ich möchte nur wissen, ob Sie etwas von ihm gehört haben. Er wurde vor kurzer Zeit erwartet, aber wir haben nichts von ihm gehört.«

Chollet sagte nichts, aber er schüttelte langsam seinen Kopf. Sein ganzer Körper signalisierte, daß er sich auf nichts einlassen wollte.

Das hatte Charlotte nicht vorausgesehen, sie war so um ihre

eigene Sicherheit besorgt gewesen, daß sie nicht damit gerechnet hatte, daß sie Gregorys Kontaktmann vielleicht verdächtig vorkam. Sie wußte nicht, wie sie ihn davon überzeugen konnte, daß sie keine Agentin der anderen Seite war. Im Grunde war es nur verständlich, daß er ihr nicht traute. Er tat das einzig Sichere und Richtige.

»Monsieur, ich kann verstehen, daß Sie zögern. Ich kann Ihnen nicht das Erkennungszeichen geben, das ich haben sollte, weil Sie nicht meine Kontaktperson sind. Aber ich bitte Sie, mir zu glauben.«

Chollet beugte sich wieder über den Motor und setzte seine Arbeit fort. Charlotte fand selbst, daß sie sich anhörte wie die schlimmste Informantin. Je länger die Unterhaltung dauerte, desto mehr stieg ihre Bewunderung für Chollets Reaktion. Doch sie war verzweifelt, sie war viele Kilometer gereist, um diesen Mann zu finden, und jetzt sollte alles vergebens sein. Gregory war vielleicht am Leben und brauchte Hilfe. Sie könnte ihn herausholen, genau wie sie Yves an sein Ziel gebracht hatte, doch ohne sie würde Gregory es nie schaffen.

»Ich bin Britin«, sagte sie. »Ich bin keine Informantin. Ich gehöre zu keiner Vichy-Organisation. Das kann ich Ihnen beweisen. Ich werde Englisch sprechen.« Sie sagte auf englisch: »Bitte glauben Sie mir, Monsieur Chollet, ich brauche dringend Ihre Hilfe. Ich kann nicht behaupten, daß der Krieg davon abhängt, aber mein Leben ganz bestimmt. Bitte nehmen Sie Ihren Kopf aus dem Wagen und hören Sie mich an. Alles, was ich will, ist, Ihnen eine Telefonnummer geben. Ich spreche noch mehr Englisch, wenn Sie möchten. Es war einmal ein Mädchen namens Aschenputtel, die hatte zwei häßliche Schwestern, die auf einen Ball gingen, und das arme Aschenputtel hatte kein Kleid ... Mein Gott, ich kann mich nicht einmal an die Geschichte erinnern. Ich habe mich noch nie für Märchen begeistert.«

Sie beugte sich nach vorn und tippte Chollet auf den Rücken. Er richtete sich auf und drehte sich zu ihr um. Charlotte versuchte zu weinen, um so vielleicht sein Mitleid zu erregen, aber es wollten keine Tränen kommen, und überhaupt konnte ein weiblicher Polizeispitzel sie wahrscheinlich genausogut vortäuschen wie sie.

Sie nahm seine ölverschmierte, fleischige Hand in ihre und sagte auf französisch: »Glauben Sie mir jetzt?« Sie lächelte ihn an und versuchte dabei, all ihren Charme und ihre weiblichen Reize spielen zu lassen.

Chollets Augenlider rutschten über seine vorstehenden Augäpfel wie bei einer widerspenstigen Kröte, und sein Mund spitzte sich zu einer winzigen Bestätigung.

»Und, haben Sie etwas gehört?«

Sein Kopf bewegte sich einen halben Zentimeter in beide Richtungen.

Obwohl es draußen auf der Straße regnete, kam sie ihr nach der Dunkelheit in der Werkstatt sehr hell vor. Charlotte ging ein paar Meter und ließ sich dann gegen einen Laternenpfahl sinken. Die Furcht vor der Entdeckung und die Erleichterung, daß sie Chollets Widerstand gebrochen hatte, machten nun der Verzweiflung Platz. Sie war den ganzen weiten Weg in der Dunkelheit zu den Vulkanen gereist, um ihren Liebhaber zu suchen, und jetzt war er nicht da. Sie war gekommen und hatte versagt, und Gregory war tot.

## 6. KAPITEL

Madame Cariteau lockerte allmählich die Einschränkungen, die sie André und Jacob Duguay auferlegt hatte. Am Anfang hatte sie die beiden nie allein gelassen, inzwischen ging sie schon mal für eine halbe Stunde einkaufen, nachdem sie André eingeschärft hatte, daß er und Jacob weder das Haus verlassen noch jemandem die Tür aufmachen durften.

Im Vorderzimmer stand ein altes Klavier, auf dem ihr Mann hin und wieder gespielt hatte. Als sie André und Jacob einmal erlaubt hatte, das Zimmer zu betreten, hatten sie den Deckel geöffnet und angefangen, auf den Tasten herumzuklimpern. Während Jacob nur mit seiner Faust daraufhämmern konnte, waren André schon melodische Läufe aus einzelnen Noten gelungen. Und soweit es seine kleinen Hände erlaubten, konnte er einfache Akkorde spielen. Es gab in der Schule ein Klavier, erzählte er Madame Cariteau, und die Lehrerin hatte ihn zum Spielen ermutigt.

Der Schreibwarenhändler auf halbem Weg den Hügel hinauf hatte auch ein paar Noten, die Madame Cariteau bei früheren Gelegenheiten nie weiter beachtet hatte. Nachdem sie jetzt Brot gekauft hatte, ging sie in den Laden, um sich die Noten anzuschauen. Es gab die eine oder andere Sonate und ein paar Konzerte von Franck, Fauré und Saint-Saëns, aber bei den meisten handelte es sich um Volkslieder, von denen sie die aussuchte, die ihr am einfachsten schienen – die beiden mit den wenigsten Noten –, und nahm sie für André mit nach Hause.

Sie ging durch die Hintertür in die Küche, stellte ihren Korb ab und sah nach den Jungen. An einem Ende der geräumigen Eingangshalle befand sich eine breite, schöne Treppe mit vierzehn Stufen, die zu einem Treppenabsatz auf halber Höhe führte. Als Madame Cariteau die Halle betrat, rumpelte gerade ein Koffer die Treppe herunter, in dem Jacob Duguay angstvolle Freudenschreie ausstieß, während er polternd über das polierte Holz schlitterte. André stand oben und machte ein betont unschuldiges Gesicht, als er Madame Cariteau bemerkte.

Jacob kam vor Freude juchzend vor ihren Füßen zum Stehen. Als er aufschaute und sie sah, fing er frei von irgendwelchen Schuldgefühlen an zu erklären, was sie gerade taten.

»Wir bringen den Koffer nach oben, und André setzt mich hinein und –«

»Ja, ich sehe, was ihr gerade macht. Das müßt ihr mir nicht erklären. André, wo hast du den Koffer her?«

»Er war einfach da«, erwiderte André. »Er lag einfach so herum.«

Madame Cariteau kippte Jacob aus dem Koffer und betrachtete ihn eingehend. »Diesen Koffer bewahre ich in meinem Schlafzimmerschrank auf. Bist du in meinem Zimmer gewesen?«

»Nein«, antwortete André.

»André hat ihn geholt«, erwiderte Jacob gleichzeitig.

Madame Cariteau schimpfte mit ihnen, weil sie Lärm gemacht hatten und weil sie nicht oben geblieben waren, wie sie ihnen gesagt hatte. Als André anfing zu protestieren, fuhr sie ihn an, er solle auf sein Zimmer gehen und dort für den Rest des Tages bleiben. Er machte auf dem Absatz kehrt und versuchte vor ihr zu verbergen, daß sein Mund zitterte. Mit hängendem Kopf stampfte er polternd den dunklen Flur entlang und schlug seine Zimmertür hinter sich zu.

Julien Levade zeichnete an einem Entwurf für den Umbau des Klosters, als das Telefon klingelte.

Pauline Bobottes Stimme klang wie immer, wenn es sich um eine Anruferin handelte, leicht beleidigt und gereizt. »Eine Frau namens Danièle möchte Sie sprechen, Monsieur Levade.«

»Danke, Mademoiselle Bobotte. Stellen Sie sie bitte durch. Hallo? Danièle? Alles in Ordnung?«

»Ja, danke. Ich bin wieder in Lavaurette. Ich stehe am Bahnhof.«

»Sie müssen erschöpft sein.« Julien sah auf seine Armbanduhr. Er könnte um halb eins zum Mittagessen gehen und Danièle zunächst einmal in seine Wohnung bringen. »Kennen Sie die Kirche? Ja? Ich treffe Sie dort um Viertel vor eins. Bis gleich.«

Charlotte legte den Hörer auf und atmete tief aus. Sie hatte die Nacht in düsteren Wartesälen und unbequemen Zügen verbracht und hätte am liebsten mehrere Tage geschlafen, um ihre steifen Gliedmaßen wieder zu lockern, um den pochenden Schmerz in den Schläfen loszuwerden und um sich von der bedrückenden Last in ihrer Brust zu befreien.

Sie würde ungefähr zwanzig Minuten brauchen, um zur Kirche zu gehen, das hieß, sie mußte bis dahin noch vierzig Minuten totschlagen. Der beste Platz dafür wäre der Warteraum am Bahnhof, aber das würde nur irgendeinen uniformierten Beamten auf die Idee bringen, sich ihre Papiere anzusehen. Mühsam schleppte sie sich mit ihrem Koffer die Avenue entlang, bis sie an einen Pfad kam, der zwischen zwei Platanen abzweigte. Nach ein paar Metern gelangte sie zu einem umgekippten Baumstamm. Sie setzte sich und nahm Dominiques Krimi aus dem Koffer. Was sie da tat, war verdächtig und auffällig, aber die Erschöpfung hatte sie selbstsicher gemacht; sie würde den Ärger nicht einmal vortäuschen müssen, wenn irgend jemand ihr Fragen stellen wollte.

Sie war fünf Minuten zu früh an der Kirche und betrachtete gerade eines der Buntglasfenster, als sie hörte, wie knirschend die Tür aufging.

Julien kam rasch durch das Kirchenschiff auf sie zu und gab ihr die Hand. »Ich glaube, es wäre besser, wenn wir nicht zusammen gesehen werden. Ich werde vorgehen. Es ist die zweite Straße hinter der Kirche, das dritte Haus auf der rechten Seite. Ich lasse die Haustür auf, und mit etwas Glück kommen Sie herein, ohne daß die Concierge Sie sieht. Ich wohne im ersten Stock.«

Charlotte ließ ihm drei Minuten Vorsprung und machte sich dann auch auf den Weg. Sie fand das Haus relativ schnell und betrat den gefliesten Hausflur. Eine junge Frau kam gerade aus der Erdgeschoßwohnung, sie besaß weit auseinanderstehende blaue Augen, gewelltes blondes Haar und hatte kokett viel roten Lippenstift aufgetragen.

Sie lächelte Charlotte zu. »Hallo, Sie müssen die Verlobte von Monsieur Levade sein.«

»Ich ... ich freue mich, Sie kennenzulernen«, antwortete Charlotte unverbindlich.

»Er wohnt im ersten Stock. Nun – das wissen Sie ja sicher. Er ist gerade gekommen.«

»Danke schön.«

»Bis später«, sagte die Frau freundlich, als sie die Haustür hinter sich zumachte.

Charlotte ging die Treppe hinauf und klopfte an die offene Tür von Juliens Wohnung. Er kam aus dem Wohnzimmer und nahm ihr den Koffer ab. »Kommen Sie herein, und setzen Sie sich. Ich mache uns gerade etwas zum Mittagessen.«

»Ich habe jemanden im Hausflur getroffen. Eine sehr hübsche Frau, die offenbar glaubte, ich sei Ihre Verlobte.«

»Ach, das ist Pauline Benoit. Sie ist nett, nicht wahr?« sagte Julien aus der Küche.

»Wer ist sie?«

»Sie ist die Concierge.«

»Ich dachte, eine Concierge sei normalerweise alt und neugierig und trage Lockenwickler.«

»Sie haben zu viele Kriminalromane gelesen«, sagte Julien, als er wieder ins Wohnzimmer kam und für Charlotte einen Stuhl am Eßzimmertisch hervorzog.

»Nein, das habe ich nicht. Ich hasse Kriminalromane.« Sie stellte verärgert fest, daß es nicht sehr überzeugend klang.

»Mein Leben wird von zwei Paulines beherrscht«, sagte er. »Pauline Benoit zu Hause und Pauline Bobotte bei der Arbeit. Die Bobotte ist eigentlich viel neugieriger als die Benoit. Sie belauscht alle meine Telefongespräche. Die Benoit möchte nur wissen, ob eine heimliche Romanze in der Luft liegt. Ich lasse sie im ungewissen, sie hält mich für einen Bigamisten.«

Er verschwand in der Küche und kam mit einem gefüllten Teller und einem Glas Wein wieder, beides stellte er vor Charlotte hin.

»Es tut mir leid«, sagte er. »Das ist alles, was ich da habe. Es schmeckt besser, als es aussieht. Ich hatte es gestern zum Abendessen.«

»Was ist es denn?«

»Ein Eintopf.«

»Was für eine Art Eintopf?«

»Fragen Sie besser nicht.«

»Essen Sie denn nichts davon?«

»Nein. Ich werde... Ich werde später etwas essen.«

Charlotte nahm einen Bissen von dem aufgewärmten Essen.

»Soweit ich weiß, werden Sie nächste Woche nach Hause zurückkehren.«

»Ist das bestätigt worden?«

»Ja. Natürlich hängt es vom Wetter ab. Aber es ist in der letzten Zeit sehr klar gewesen, und ich habe nicht gehört, daß es sich ändern soll. Werden Sie froh sein, wenn Sie wieder in England sind?«

»Ich nehme es an.« Charlotte nahm einen großen Schluck von dem herben Wein. »Ich habe getan, was ich tun sollte«, erwiderte sie unaufrichtig.

»Wenn Sie sich nach dem Mittagessen ausruhen möchten, dann sind Sie hier ganz sicher. Sie können in meinem Bett schlafen, wenn Sie wollen.«

»Ich danke Ihnen. Aber bitte machen Sie keine Umstände.«

»Es sind keine Umstände. Ich schließe die Wohnungstür ab und sage Pauline, daß sie niemanden herauflassen soll.«

Als Julien ihren Teller abgeräumt hatte, zeigte er Charlotte sein Schlafzimmer. Er machte die Fensterläden zu und deutete auf das große Bett mit seinen feudalen Vorhängen.

»Wenn jemand an die Tür klopft, geben Sie keine Antwort. Ich habe den Schlüssel und schließe gegen sieben Uhr selbst auf. Schlafen Sie gut.« Er schenkte ihr noch ein unschuldiges Lächeln, das Charlotte müde erwiderte.

Sie streifte Dominiques klobige Schuhe ab, fand dann aber, daß sie besser angezogen blieb für den Fall, daß sie überstürzt aufstehen mußte. Als Julien gegangen war, machte sie die Flügeltür zum Wohnzimmer zu und ging wieder zum Bett.

Wenn sie auf dem Bauch lag, hatte sie manchmal das Gefühl, daß ihr Körpergewicht half, den Schmerz in ihrem Unterleib zu unterdrücken. Sie deckte sich mit der Daunendecke zu und versuchte zu schlafen. Sein Gesicht war wieder verschwunden.

Peter Gregory saß aufrecht im Bett und sah besorgt zu, wie der ortsansässige Tierarzt sein Bein untersuchte.

Er vermutete, daß Gregory sich ein Schienbein gebrochen hatte, aber eine genaue Diagnose konnte der Tierarzt nicht stellen, da er sich auf das Tasten mit den Fingern beschränken mußte. Er war spezialisiert auf Erkrankungen des Verdauungsapparats bei Schafen, auch wenn er sich mit allen Wiederkäuern auskannte und sogar seine Meinung zu Haustieren äußerte, wenn er darum gebeten wurde.

Ein englischer Flieger stellte ihn vor andere Probleme, vor allem, weil er ihn nicht in die Praxis mitnehmen konnte. Ein Kleinbauer hatte ihn verständigt, der wußte, daß auf sein Wohlwollen Verlaß war, wohingegen der praktische Arzt ein freimütiger Pétain-Anhänger war, der in seiner Freizeit Jugendgruppen organisierte, die zum Zelten fuhren und beim Marschieren Lieder mit militaristischem Schmiß sangen.

Der Veterinär sah von Gregorys magerem Bein hoch und sagte in dem regionalen Akzent rasch etwas, das Gregory nicht verstand. Die ältlichen Bauersleute, die ihn aufgenommen hatten, nickten in weiser Zustimmung. Als der Veterinär seine Überlegungen ausführlicher erklärte, wünschte Gregory, er hätte bei Madame Fanons langweiligen Französischstunden besser aufgepaßt oder öfter Charlottes Angebot, ihm Unterricht zu erteilen, angenommen. Ansonsten war er mit Blutergüssen und Schnittwunden davongekommen. Was sich wie ein gebrochener Ellbogen angefühlt hatte, schmerzte ihn nicht mehr, und die Schwellung war zurückgegangen. Eine lange klaffende Wunde, die vom Oberschenkel über die Hüfte bis hinauf zum Kreuz reichte, hatte sich so weit geschlossen, daß die angeschwollenen, eiternden Wundränder allmählich erkennbar abheilten. Das leuchtende Lila der Blutergüsse unter seinen Augen war nun einem tiefen Gelb gewichen, die Schwellungen waren zurückgegangen, und die Haut hatte sich wieder den ursprünglichen Konturen seines Schädels angepaßt. Am meisten schmerzten sein Nacken und seine Schultern, weil er kopfüber im Gurtzeug gehangen und darauf gewartet hatte, losgeschnitten zu werden.

»Sie hatten Glück«, sagten sie ihm zum hundertstenmal, und zum hundertstenmal erwiderte er: »Ich weiß.« Gregory, der nie unterging, der nie getötet wurde: Er hatte Glück gehabt, daß er den Absturz überlebt hatte, er hatte Glück gehabt, daß es so dicht am Landeplatz passiert war, er hatte Glück gehabt, daß er von mitfühlenden Menschen gefunden worden war. ...Sein Glück, das wußte er bereits, bevor er aus England abflog, kannte offenbar wirklich keine Grenzen.

Er hatte sie gebeten, ihm auf einer Karte zu zeigen, wo er sich genau befand, aber sie besaßen keine. Sie nannten ihm die Namen der nächstgelegenen Dörfer, aber die halfen Gregory nicht weiter. Vom Fenster seines Schlafzimmers konnte er Weizenfelder sehen, die durch Zwergeichen und struppige Hecken unterteilt waren. Dahinter lagen Wälder und Dickicht, die sich über das wellenförmige Land erstreckten, und auf einem weiter entfernt gelegenen Hügel stand ein Turm. Vielleicht ein Wasserturm, aber durch den grauen Stein und den mit Zinnen versehenen Rand sah er eher aus wie das Überbleibsel einer Befestigungsanlage. In seinem Blickwinkel lagen keine Häuser und Straßen. Er wußte nicht, wo er war, und konnte sich nicht bewegen.

Allein die Bewunderung, die er für das Paar hegte, das ihn aufgenommen hatte, bewahrte ihn davor zu verzweifeln. Sie wußten nichts über ihn, und doch riskierten sie für ihn ihr Leben. Es war nicht so, daß sie die Situation besonders gut verstanden; vermutlich waren sie genauso verwirrt und ängstlich wie alle anderen in diesem besetzten Land. Aber jeden Morgen brachte ihm die alte Frau Brot und Milch; sie hatte ihm zu verstehen gegeben, daß ihr Name Béatrice war, indem sie wiederholt mit einem Finger auf ihr Brustbein gezeigt und immer wieder den Namen gesagt hatte. Jeden Abend setzte sich der alte Mann, der Jacques hieß, zu ihm und gab ihm Zigaretten und essigsauren Wein.

Der Veterinär erklärte ihm mit Händen und Füßen, daß er im Bett bleiben müsse.

»Wie lange?« fragte Gregory.

Der Veterinär zuckte die Achseln. »Fünfzehn Tage?«

»Und dann?«

»Wir werden sehen.«

Glücklicherweise hatte er noch ein paar Francscheine von der Rolle Banknoten übrig, die ihm die RAF vor seinem Abflug gegeben hatte. Seine Gastgeber konnten dadurch die Erzeugnisse ihres Hofes mit Butter und Wein vom Schwarzmarkt ergänzen.

Als der Veterinär gegangen war, sank Gregory zurück auf das Kissen und nahm eine Zigarette aus der Packung, die auf dem Nachttisch lag. Es gab nichts zu tun, als aus dem Fenster über die leeren Felder zu starren. Er dachte an Charlotte, an ihre Augen, an ihre tiefe, lebensrettende Leidenschaft.

Es war fünf Uhr, als Charlotte wach wurde, nachdem sie tiefer geschlafen hatte als erwartet. Sie lag eine Minute lang auf dem Rücken und wähnte sich noch in Antoinettes Schlafzimmer in Ussel. Dieses Zimmer war jedoch größer und kahler. An einer Wand stand ein Bücherregal mit Glastüren, und es gab einen Stuhl mit einer geflochtenen Sitzfläche, über dem eine Männerhose hing. Der Augenblick der Panik und Orientierungslosigkeit verging, als sie sich wieder an Julien erinnerte: an sein schwarzes Haar, das an den Schläfen zurückwich, und an das noch jugendliche Gesicht mit seinen dunklen, attraktiven Augen, deren Ausdruck so rasch wechseln konnte. Sie erinnerte sich an das Mittagessen, den Eintopf, die Unterhaltung darüber, wann sie abgeholt werden würde.

Charlotte streckte sich unter der Daunendecke und gähnte. Sie brauchte jetzt dringend einen Tee, um sie von ihrem verschlafenen Nebengleis herunterzubringen und den Anschluß ans Hauptgleis des Tages wiederherzustellen. Sie stieg aus dem Bett, strich sich die Kleider glatt und ging dann in die Küche. Das einzige Teeähnliche, das sie finden konnte, war ein Glaskrug mit ein paar getrockneten Blättern, die Charlotte für Kamille oder Eisenkraut hielt. Sie brachte etwas Wasser zum Kochen und nahm ihre Tasse mit ins Wohnzimmer.

Bald würde sie nach Hause fahren. Sie würde wieder in ihre Wohnung zu Daisy und Sally zurückkehren und auf weitere Anrufe von Mr. Jackson warten. Wahrscheinlich schickten sie sie dann in eines ihrer Ausbildungszentren, wo sie bei den letzten Vorbereitungen für andere Agenten helfen, Französischunterricht geben oder die Wagen der Mitarbeiter fahren konnte. Da die Abteilung G angefangen hatte, ihr ein Gehalt zu zahlen, brauchte sie sich nicht nach einer anderen Stelle umzusehen, und in der Zwischenzeit war sie frei, London zu erkunden, Museen zu besuchen oder einkaufen zu gehen. Sie konnte sogar nach Schottland fahren und ihre Eltern besuchen. Sie würde ihr gewohntes Leben wieder aufnehmen, und Männer wie Cannerley würden sie anrufen, um sie zum Abendessen einzuladen. Es war ein privilegiertes und angenehmes Leben, das da vor ihr lag, ein normales Leben, eines, wie es sich die meisten jungen Frauen wünschten. Sie sollte sich eigentlich glücklich schätzen.

Doch allein bei dem Gedanken daran sträubte sich alles in ihr. Frankreich zu diesem Zeitpunkt zu verlassen, war undenkbar. Die offiziellen und privaten Aufträge hatte sie zwar zügig erledigt, doch dabei war sie in das erschreckende Schicksal der Menschen, die sie kennengelernt hatte, mit hineingezogen worden. Sie konnte Frankreich nicht verlassen, bis sie gesehen hatte, ob Antoinettes Prophezeiung über die Résistance eintrat. Sie wollte sehen, wie der große Schuljunge César wieder einen Pferdekarren mit Vorräten belud, sie wollte verstehen, warum die Engländer so sehr gehaßt wurden. Und Julien faszinierte sie: Was ließ einen Mann wie ihn in einem Nest wie Lavaurette herumschwirren und ihn wie beim Ausstreuen von Blütenstaub einen Augenblick hier auftauchen und dann wieder dort, wohingegen die meisten Männer seiner Klasse und seiner Generation in den ruhigen, von Deutschen besetzten Straßen von Paris unauffällig ihren Geschäften nachgingen?

Sie nahm einen Brotkanten, der vom Mittagessen übriggeblieben war, tauchte ihn in den Tee und saugte daran. Es wurden zwar keine wunderbaren, aus dem Gedächtnis entschwundenen Erinnerungen geweckt, aber ein angenehmer Kräutergeschmack legte sich auf ihre Zunge und ermutigte sie, einen Schluck direkt aus der Tasse zu nehmen.

Sie würde nicht abreisen. Sie würde in Frankreich bleiben, bis sie das Gefühl hatte, etwas Lohnendes getan zu haben. Noch dringender war jedoch ihr Bedürfnis, Gregory zu finden. Jetzt nach Hause zu fliegen, hieße zuzugeben, daß er tot war, und das konnte sie unmöglich tun. Sie hatte zwar keine Ahnung, wie sie es anstellen sollte, ihn zu finden, aber allein dadurch, daß sie in Frankreich blieb, hatte sie mehr Möglichkeiten; als letztes blieb ihr immer noch, Chollet wieder anzurufen. Nach London zurückzukehren, bedeutete aufzugeben. Und wenn sie Peter Gregory aufgab, gab sie den Glauben an ihr eigenes Leben auf.

Sie dachte, daß sich ihr eigener Kummer in dem Land widerspiegelte, in dem sie sich aufhielt. Wie zwei Reisende, die von ihrem langen Weg abgekommen waren, bemühte sich jeder nun darum, das unsichere Paradies wiederzufinden, aus dem man aufgebrochen war. Obwohl sie zugeben mußte, daß ihr Bedürfnis, in Frankreich zu bleiben, wahrscheinlich neurotisch war, eher zwanghaft und wenig rational. Doch auf einmal empfand sie die Angewohnheit, sich selbst zu analysieren, als ermüdend. Die Verbindung zwischen dieser öffentlichen und dieser privaten Welt war vermutlich allein die Tatsache, daß der Mann, den sie liebte, sich in Frankreich aufhielt; von ihm hing die Entscheidung über ihr eigenes Leben ab. Aber wenn das ihre Motivation war, dann war sie so tief verschüttet, daß sie sie nicht wahrnahm. Alles, was sie empfand, war eine zwingende persönliche wie moralische Kraft, der sie Folge leisten mußte, so verworren ihre Wurzeln auch sein mochten.

Julien kam um sechs Uhr geräuschvoll die nackten Treppenstufen herauf. Charlotte hörte, wie er einer Frauenstimme, die aus der Eingangshalle hinter ihm herrief, spöttisch antwortete. Leicht außer Atem streifte er sich die Schuhe von den Füßen, als er ins Wohnzimmer kam.

»Wie geht es Ihnen? Haben Sie gut geschlafen?«

»Ja, vielen Dank.«

»Gut, dann also zum Abendessen. Die Haushälterin kommt am Mittwoch nicht, daher muß ich improvisieren. Wir können nicht ausgehen, weil ich alle meine Lebensmittelkarten schon verbraucht habe.«

»Ich habe etwas Geld«, sagte Charlotte. »Können wir nicht –«

»Meine liebe Danièle, was schlagen Sie da vor? Doch sicher nicht den Schwarzmarkt?«

Charlotte dachte an das Arrangement, das ihr Antoinette in Ussel beschrieben hatte. »Natürlich nicht, Monsieur. Ich dachte gerade an etwas nicht ganz so Schwarzes.«

Julien knirschte mit den Zähnen. »Ich glaube, ich kenne da genau das Richtige. Das Café du Centre.«

»Aber ich bin dort mit Yves gewesen und –.«

»Aber Sie haben doch nicht Madame Gayral kennengelernt, oder?«

»Ich überlasse es Ihnen, aber bezahlen werde ich, darauf bestehe ich.«

»Das werden wir sehen«, sagte Julien. »Aber vorher muß ich noch ein, zwei Dinge erledigen. Was halten Sie davon, wenn wir um halb acht aufbrechen?«

»Sehr schön. Ich werde meinen Krimi weiterlesen.«

Julien zeigte sich Charlotte gegenüber sehr aufmerksam. Er war erstaunt, wieviel sie zu Abend essen konnte: alles, was auf der Speisekarte stand, und wenigstens drei Gerichte, die nicht darauf standen und die Irène ihnen, heute in einem schwarzen Rock und einer sauberen weißen Bluse, brachte und ein paar Minuten später die leeren Teller ohne ein Lächeln wieder abräumte. Irgendwo hatte Madame Gayral einen Kapaun aufgetrieben, etwas Brie, der den Punkt erreicht hatte, an dem er zu zerfließen begann, und ein paar Eier, die sie zu einer Omelette mit ein paar mageren, aber aromatischen Trüffelschnitzeln verarbeitet hatte. Als sie die erste Flasche geleert hatten, bestellte Julien noch Wein nach und war erfreut zu sehen, daß Charlotte soviel trank, wie er es für eine Frau angemessen fand: jeweils weniger als die Hälfte, aber auch nicht weniger als ein Drittel der Flasche.

Als sie wieder in seiner Wohnung waren, bezog er das Bett

frisch und stellte eine Karaffe mit Wasser sowie ein Glas auf den Tisch. Er bot ihr an, sich in seinem Bücherschrank zu bedienen, und bedauerte, daß er nicht genügend Kriminalromane besaß. Gegen halb elf hielt er ihr die Schlafzimmertür auf und wünschte ihr eine gute Nachtruhe.

Doch Charlotte blieb in der Tür stehen und sagte: »Octave, wenn ich hier in Lavaurette bliebe, wenn ich nicht nach Hause fahren würde, könnte ich dann irgendwie für Sie von Nutzen sein?«

Charlotte sah, daß Julien überlegte, welche Folgen diese Entscheidung haben könnte, bevor er antwortete. »Ich kann jede Hilfe gebrauchen, die ich kriegen kann. Wir rechnen jetzt jeden Tag damit, daß neues Kriegsmaterial abgeworfen wird. Eines Tages werden wir vielleicht in der Lage sein, alle jungen Männer zu rekrutieren, aber im Augenblick ist es unsere Aufgabe, einfach weiter dazusein. Das hat mir jedenfalls Mirabel gesagt. Und es ist einfacher, weiter zu existieren, wenn wir mehr Leute sind. Aber –«

»Gut. Ich habe entschieden hierzubleiben. Ich kann nicht nach Hause, wenn ich meine Aufgabe noch nicht vollständig erfüllt habe.«

»Wir müssen ihnen mitteilen, daß sie kein Flugzeug schicken sollen. Das wird ihnen nicht gefallen.«

»Ich bezweifle sehr, daß das Flugzeug allein für mich bestimmt war. Es wird noch andere, wichtigere Leute geben. Yves zum Beispiel.«

»Es gibt eine Menge Gründe, warum Sie nicht bleiben sollten. Ich glaube wirklich, daß es unvernünftig ist. Unter anderem wegen der Gefahr, der Schwierigkeit, Kontakt mit London aufzunehmen, der –«

»Aber es ist doch möglich, oder? Sie haben Kontakt zum Funker.«

»Ja. Das habe ich.«

Julien stand da und sah Charlotte mit zur Seite geneigtem Kopf lange an. Vielleicht, dachte sie, hatte sein Tun ebenfalls irgendeine private Motivation.

»Danièle, Sie sind eine außergewöhnliche Frau.« Er betrachtete ihre helle Haut und ihre dunklen, braunen Augen. »Was, um

Himmels willen, tun Sie da bloß?« Er lächelte. »Wieso tun Sie das? Stehen hier in meiner Wohnung in Lavaurette, so angezogen, und weigern sich, in ein kleines Flugzeug zu steigen, das Sie in Sicherheit bringt. Was in aller Welt bringt Sie dazu, das zu tun?«

»Liebe«, erwiderte sie.

»Liebe?«

»Ja.«

»Aber warum sind Sie nicht zu Hause wie alle anderen englischen Mädchen und –«

»Schottischen.«

»Schottischen Mädchen in Ihrem schönen, unbesetzten Land, bei Ihrer Familie und Ihren Freunden?«

»Es ist jetzt zu spät, das zu erklären. Aber ich liebe Ihr Land wirklich. Ich wünschte, mehr Landsleute von Ihnen würden mein Land lieben, aber vielleicht werden sie das ja eines Tages tun. Ich habe diese eine Chance, mein Leben zu ändern, meine Seele zu retten, und ob mir das gelingt, hängt aus irgendeinem Grund, den ich noch nicht verstehe, davon ab, ob es Ihnen gelingt, die Seele Ihres Landes ebenfalls zu retten.«

Julien schüttelte, sichtlich verblüfft, den Kopf, sagte aber nichts dazu. »Also, wenn Sie bleiben werden, dann verraten Sie mir doch Ihren Namen. Wie heißen Sie?«

»Madame Guilbert. Dominique.«

Julien stand auf und füllte erneut sein Glas. »Und dann noch etwas. Wir müssen überlegen, was Sie tun können – eine Arbeit. Aber da fällt mir etwas ein. Können Sie kochen?«

## 7. KAPITEL

Es war mitten am Nachmittag, als Charlotte mit Mademoiselle Cariteaus Fahrrad von der Straße in den Weg zwischen den schorfigen Platanen abbog, der zur Domaine führte. Sie hatte ein wollenes Kopftuch um, bei dessen Anblick Julien gelächelt hatte. Es war die einzige Kleideranschaffung, die Charlotte sich mit Mitteln der Abteilung G gestattet hatte. Und sie hatte es auch nur erstanden, weil sie fand, daß sie damit mehr wie Dominique Guilbert aussah. Zwischen den Bäumen erhaschte sie ab und zu einen Blick auf das Haus; aber erst, als der Weg einen Schwenk nach rechts, zu dem Taubenschlag mit dem gewölbten Dach machte, sah sie das Haus zum erstenmal ganz vor sich. Obwohl vieles nicht ins Bild zu passen schien, seine terrakottafarbenen Fensterläden und die schiefe Haustür, hatte sie das Gefühl, als habe sie es schon viele Male gesehen. Die ganze Bauart schien einem uralten Entwurf zu folgen, einem universellen Plan typisch französischen, ländlichen Friedens, den keine Revolution und kein völkermordender Krieg ernsthaft ins Wanken bringen konnten.

Charlotte zog mit beiden Händen am eisernen Klingelzug und drehte, als niemand kam, an dem großen Türklopfer, der gleichzeitig als Türklinke diente. In der großen Eingangshalle öffneten sich rechts und links Korridore, und eine breite Treppe mit zwei Aufgängen schien über ihrem Kopf zu der sehr hohen Decke zu führen. Trotz der Unsicherheit ihrer Lage war Charlotte, als sie dort in der Eingangshalle stand, auf einmal ganz aufgeregt. Wenn sie genug Zeit in diesem Haus verbringen könnte, würde es ihr vielleicht eine verschüttete Struktur oder eine innere Harmonie offenbaren, so daß sie hier möglicherweise den verschwundenen Weg fand, der eine Verbindung zur Vergangenheit darstellte.

»Madame Guilbert?«

Die Stimme ertönte irgendwo über ihrem Kopf. Sie schaute hoch und sah zwischen den Geländersäulen ein Paar nackter Füße die Treppe herunterkommen. Auf dem Treppenabsatz hatte sie die Gestalt voll im Blick: ein alter Mann in einer marineblauen Baumwollhose – als wollte er segeln gehen – und einem Hemd ohne Kragen, das ihm fast bis auf die Knie hing.

»Bitte bleiben Sie da. Ich komme hinunter.«

Charlotte widerstrebte es instinktiv, diesem Mann zu nahe zu kommen. Er hielt ihr seine Hand entgegen, als er herunterkam und auf sie zuging, und sie schüttelte sie, so kurz sie konnte. Sein Griff war warm und trocken, und seine Haut war mit Farbspritzern übersät; von seinem Körper ging ein sauberer, starker Geruch von Ölfarben aus. Seine zusammengekniffenen Augen waren umgeben von einer faltigen Haut, die an ein Reptil erinnerte, doch seine hellblaue Iris war ungetrübt.

»Ich glaube, wir gehen am besten in den Salon.« Er ging voraus, den Korridor zur Linken entlang, und führte sie an zwei oder drei Türen vorbei in einen langen, hohen Raum, der die ganze Breite des Hauses einnahm. Drinnen war es dunkel, bis er ein paar Fensterläden öffnete, die zu einer Seite den Blick auf einen zugewucherten Garten freigaben. Helles Licht strömte durch die Öffnung ins Zimmer, das mit steifem Mobiliar aus dem neunzehnten Jahrhundert vollgestopft war, überladen und verschnörkelt sowie unbequem gepolstert. Über der Kamineinfassung aus Marmor hing ein vergoldeter Spiegel, und am Ende des Zimmers, noch im Halbdunkel, stand ein Möbelstück, das aussah wie ein riesiger flacher Tisch mit einer Leselampe.

»Setzen Sie sich doch. Wie ich gehört habe, kennen Sie meinen Sohn Julien. Er hat mir von Ihnen erzählt.«

Charlotte spürte, wie eine Wolke aus feinem alten Staub aufstieg, als sie sich auf die Sofakante setzte. Also das war Octaves richtiger Name. Im Café du Centre hatte sie gehört, wie er, trotz seiner Ermahnungen, nur mit »Monsieur« angeredet wurde. Julien... Der Name hörte sich nicht schlecht an, er hatte den gleichen römischen Klang wie Octave, aber besaß dabei eine gewisse Leichtigkeit und Eleganz. »Ja. Ich kenne ihn ein wenig.«

Levade fuhr sich mit einer Hand durch sein dichtes weißes Haar und brachte es in Unordnung, so daß es strähnig am Kopf anlag. Charlotte spürte sogar im Dämmerlicht die Klarheit seines Blicks, und sie bemerkte die schuppige Haut an seinen nackten Füßen.

»Er hielt es für möglich, daß Sie eine Unterkunft brauchen, wo Sie einige Zeit wohnen können.«

»Das stimmt.« Sie wollte zwar nicht mit diesem Mann unter demselben Dach leben, aber sie wollte in diesem Haus wohnen. »Mein Vater ist im Krankenhaus, und ich möchte gern in seiner Nähe sein. Mein Mann ist in Deutschland in Kriegsgefangenschaft, wie so viele andere auch.«

»Ich verstehe«, antwortete Levade. »Es kommt eine Frau, um das Haus sauberzuhalten, aber sie hat, glaube ich, Schwierigkeiten zu Hause. Sie kommt unregelmäßig. Sie könnten hier umsonst wohnen, wenn Sie bereit sind, beim Kochen und Putzen zu helfen. Sie würden bei mir auch zu essen bekommen. Sind Sie eine gute Köchin?«

»Das hat mich Ihr Sohn auch schon gefragt. Nicht besonders, aber ich kann es lernen. Einfache Sachen kann ich.«

Levade seufzte und stand auf. »Wann kommt Ihr Mann zurück?«

»Ich weiß es nicht.«

»Die Regierung schickt Leute zum Arbeiten nach Deutschland, im Austausch für unsere Gefangenen. Haben Sie davon schon gehört?«

»Ja. Drei Männer für jeden Gefangenen. Das kommt mir etwas ungerecht vor.«

»Es ist nicht nur ungerecht. Die Deutschen wollen nur ausgebildete Leute, also zählen sie die Bauernburschen nicht. Lavals jüngster Triumph besteht darin, im Austausch für jeden Kriegsgefangenen acht Männer zu schicken, vier davon ausgebildet. Der Mann ist ein Narr.«

Charlotte nickte.

»Finden Sie nicht auch?«

»Ich glaube, ich verstehe nicht viel von Politik.«

Levade nickte kurz. Er ging hinüber zum Kamin und stützte sich mit einem Arm auf den Sims. »Sind Sie ein ruhiger Mensch? Machen Sie im Haus Lärm?«

»Nein, eigentlich nicht. Ich kann so still sein, wie Sie möchten. Ihr Sohn hat mir gesagt, daß Sie Maler sind, also nehme ich an –«

»Das war ich mal. Mittlerweile nicht mehr. Jetzt trage ich Ölfarben auf Leinwände auf, aber das kann jeder.« Levade ging langsam in die noch dunkle Ecke des Salons. »Ich verbringe jeden Morgen ein paar Stunden oben im Atelier. Ich esse nicht zu Mittag, also brauchen Sie sich darum nicht zu kümmern. Ich esse normalerweise um sechs, und abends lese ich. Ich möchte, daß Sie keine Arbeiten erledigen, wenn ich male. Sie müssen später saubermachen.«

»Das ist kein Problem. Wann immer es Ihnen recht ist.«

»Ich könnte Ihnen auch etwas Geld geben. Wenn Sie möchten.«

»Ja«, sagte Charlotte rasch. »Darauf wollte ich auch gerade zu sprechen kommen.« Es wäre Dominiques erster Gedanke gewesen.

»Was immer Sie für richtig halten«, erwiderte Levade. »Warum fragen Sie nicht im Dorf? Natürlich können Sie dafür nichts kaufen, es sei denn, Sie möchten ein Foto von Marschall Pétain haben.«

»Ich muß etwas Geld sparen für die Zeit, wenn mein Mann zurückkommt«, erwiderte Charlotte spröde.

»Nun gut, ich zeige Ihnen ein Zimmer. Es gibt zwei, Sie können sich eins aussuchen.«

Levade ging rasch aus dem Salon, trotz seines Alters schien er noch recht beweglich, und Charlotte folgte ihm zur Treppe. Sie gingen den Treppenabsatz im ersten Stock entlang, am verschlossenen Atelier vorbei, und Charlottes Blicke huschten von einer Seite zur anderen, weil sie soviel wie möglich von den Zimmern sehen wollte, deren Türen verlockenderweise halb offenstanden. Am Ende des Treppenabsatzes zweigten verschiedene Flure ab, die vermutlich zum Turm führten, sowie eine schmale, einfache Treppe, die Levade hinaufstieg. Ganz oben lagen die Dienstbotenräume oder vielleicht auch Kinderzimmer. Die Decken unter dem Dachvorsprung waren niedrig, aber man hatte einen Blick über die Ländereien bis hin zu einem See. Das beste Zimmer besaß einen verschlissenen Teppich, ein Kastenbett, auf dem eine graue Tagesdecke aus Seide lag, und an der Wand hinter dem Bett hing ein verblichener Wandbehang, auf dem Figuren, die an Watteau erinnerten, in antikem Rosa abgebildet waren.

»Ich finde es wunderschön.« Charlotte war angesichts dieses schlichten Zimmers aufgewühlter, als sie es sich vernünftigerweise erklären konnte. »Kann ich dieses haben?«

»Wenn es Ihnen gefällt. Haben Sie irgendwelches Gepäck?«

»Ich habe einen Koffer, aber der steht noch bei Ihrem Sohn. Er hat gesagt, er bringt ihn später vorbei, wenn alles geklärt ist.«

»Ich verstehe. Da ist noch etwas, was ich Ihnen sagen muß.« Levade stand im Türrahmen. Er war hager und nicht besonders groß, aber seine Gestalt füllte den schmalen Türrahmen fast aus. »Sie dürfen nichts von dem, was Sie hier sehen oder hören, weitererzählen. Ich führe ein ruhiges Leben, aber ich habe ein paar kleine Angewohnheiten, von denen ich nicht möchte, daß man in den Bars von Lavaurette über sie spricht. Verstehen Sie?«

»Ja, natürlich.«

»Wenn Sie mich je zerstreut oder teilnahmslos antreffen, müssen Sie darüber hinwegsehen.«

Charlotte nickte. Sie fühlte sich befangen, als Levade seinen Blick taxierend von oben nach unten über ihre Figur in den schlichten Kleidern schweifen ließ. Sein Gesichtsausdruck wurde ein wenig weicher; es war kein Lächeln, aber es drückte eine gewisse Bestätigung und Anerkennung aus, daß sie ein eigenständiges Wesen war.

»Rufen Sie mich um sechs, wenn Sie das Abendessen fertig haben? In der Küche finden Sie ein paar Lebensmittel.«

Alles, was Charlotte in der Domaine sah, bestätigte ihre Überzeugung, daß sie gut daran tat zu bleiben. Sie empfand eine innere Ruhe, die sich einstellte, wenn sie in einer schwierigen Angelegenheit richtig entschieden hatte. Von diesem Haus aus würde sie Gregory finden.

Am späten Nachmittag fuhr Julien zur Domaine, um Mademoiselle Cariteaus Fahrrad abzuholen. Dafür hatte er sich den Lieferwagen von Gastinel, dem Schlachter, ausgeliehen. Dominique könne eines von den alten Fahrrädern der Familie benutzen, die in der Scheune standen, erklärte er, denn Sylvie Cariteau benötigte ihr Fahrrad jeden Tag.

Julien gefiel es, daß Dominique ihm im Haus seines Vaters die Tür öffnete. Ihr freundschaftliches Verhältnis war inzwischen soweit gediehen, daß er ihr ganz selbstverständlich seine Wange hinhielt, damit sie sie küßte. Und er gestattete sich, mit seinen Lippen auf den ihren einen Augenblick zu verweilen, während er den schwachen Duft von Maiglöckchen auf ihrer Haut einatmete. Der gesellschaftliche Widerspruch gefiel ihm ebenfalls: Er war vertraut mit Dominique und mit Levade, doch sie redete Levade mit »Monsieur« an und war bei ihm angestellt. Wofür sein Vater Dominique hielt, war schwer zu sagen.

Er glaubte, daß sein Vater sie mochte und sicher sofort geahnt hatte, daß sie nicht das war, wofür sie sich ausgab. Julien war bei dem Gedanken an das englische Mädchen – schottische Mädchen, verbesserte er sich – ganz aufgeregt; ihre wahre Identität lag wie ein unerforschtes Riff in den seichten Gewässern dieser Dominique. Als er sie näher kennenlernte und anfing, sie gernzuhaben, wurde ihm bewußt, daß er nichts über sie erfuhr. Die freundschaftlichen Gefühle, die er zunehmend für sie hegte, galten jemandem, der gar nicht existierte. Daher waren seine Gefühle nicht wie bei einer normalen Beziehung irgendwelchen Einschränkungen unterworfen, und es war auch nicht die übliche Vorsicht geboten. Warum fand er das nur so aufregend?

Es war Levade gewesen, der Julien empört von dem Vorhaben erzählt hatte, das Kloster zu einem Hotel umzubauen. 1937, zu Beginn seines Exils in der Domaine, war er oft ins Kloster gegangen, um dort zu beten. Als der Orden beschlossen hatte, es zu verkaufen, hatte er Julien gegenüber von einer traurigen Entwicklung gesprochen und nicht von einer potentiellen Einkommensquelle. Levade war bedrückt oder wirkte zumindest so, als Juliens Firma Pläne für den Umbau vorlegte. Später sagte er Julien, daß es besser sei, wenn er den Umbau übernehme, als daß das Kloster in die Hände eines Barbaren falle. Außerdem bedeutete dies, daß er seinen Sohn öfter sehen würde. Zu Anfang war das nicht der Fall, denn Julien konnte den größten Teil seiner Arbeit von Paris aus erledigen. Dann wurde das Büro von der Regierung beschlagnahmt, weil der Seniorpartner, ein Mann namens Weil, Jude war. Der Bauträger, der den Vertrag übernahm, wollte Julien als Architekt behalten, doch der fühlte sich angesichts der schleichenden Kollaboration vieler Pariser bereits unbehaglich und beschloß, daß dies eine günstige Gelegenheit war, die Hauptstadt zu verlassen und in die Nähe des Baugeländes zu ziehen. Levade war von dem Umzug begeistert und riet ihm, sich in Lavaurette eine Wohnung zu suchen.

Auf einen Vorschlag von Julien hin besuchte Charlotte auf dem Rückweg André und Jacob im Haus der Cariteaus. Julien glaubte, daß die Jungen in Abwesenheit ihrer Mutter vielleicht eine junge Frau zu schätzen wußten, und Charlotte war entzückt darüber, zu ihnen zu fahren, weil sie das Gefühl hatte, damit ausdrücklich einen Akt des Widerstands zu leisten.

Sylvies hübsches, lächelndes Gesicht erschien an der Hintertür. Sie arbeitete an jenem Tag nur halbtags bei der Post und paßte auf die Jungen auf, während ihre Mutter unterwegs war. Sie rief die Treppe hinauf nach André und Jacob, und sie hörten eifriges Fußgetrappel, bevor die beiden ins Zimmer stürmten.

Jacob war noch in einem Alter, wo sich Müdigkeit durch Tränen äußerte – wie Stürme, die unerwartet bei klarem Himmel ausbrachen. Aber André hatte den empfindlichen Punkt erreicht, an dem das Leben nicht mehr länger ein Ablauf von Empfindungen war, die nichts miteinander zu tun hatten, sondern an dem es sich in etwas verwandelte, das aus einem kontinuierlichen und mehr oder weniger verständlichen Ganzen bestand.

Ihn faszinierten Ritter in Rüstungen, Soldaten, Helden des Mittelalters, Griechen, Römer und Geschichten aus der Bibel. Julien war es gelungen, von einem Buchhändler in Clermont-Ferrand per Post ein paar gebrauchte Bücher zu bestellen, aber er wartete auf eine neue Lieferung und erzählte Charlotte, daß sie ihre Erinnerungen bemühen oder neue Geschichten erfinden müsse.

Die beiden kleinen Jungen saßen neben ihr auf einem alten Sofa in der Küche. Es war lange her, daß sie in der Schule einen Preis für ihre Leistungen zum Thema Antike erhalten hatte. Wie hieß doch gleich der Vater von Ikarus, der die Schwingen gebaut hatte? Sie erinnerte sich an Persephone, die von Hades entführt wurde, aber wie war sie schließlich entkommen? An den Trojanischen Krieg konnte sie sich größtenteils erinnern; zumindest konnte sie leicht ein paar Schlachten improvisieren, in denen ihre Lieblingshelden nach dem Eingreifen einer wohlwollenden Göttin die anderen schlugen. Die Rückkehr des Odysseus würde sie über mehrere Besuche ausdehnen.

André saß da, das Kinn auf die Hände gestützt, und sah ohne zu blinzeln starr zu Charlotte auf. Seine Konzentration schien unermüdlich, gelegentlich unterbrach er sie oder warf ihr vor, irgendeine Einzelheit aus der Vergangenheit der Gestalten ausgelassen zu haben. Er wollte ein vollständiges Bild, und da waren gewisse Einzelheiten – die Antriebskraft von Agamemnons Schiffen, das Wachs von Ikarus' Schwingen –, die er besonders wichtig fand.

Jacob hörte sich einen Teil einer Geschichte an, aber ließ sich leicht ablenken. Er stürzte sich auf irgendeine komische Einzelheit und wiederholte sie mehrmals oder lief im Zimmer umher und spielte ein persönliches Spiel, das ihm dazu eingefallen war.

Dies war eine ziemliche Erleichterung für Charlotte, sie hielt Jacob nicht davon ab, mitten in der Geschichte aufzustehen.

Mademoiselle Cariteau machte sich unterdessen in der Küche zu schaffen, trug das Geschirr ins Spülbecken, fegte den Fußboden, nahm gelegentlich den Deckel des gewaltigen Suppentopfs hoch und schüttelte angesichts des schwachen und fleischlosen Aromas, das aus dem Topf aufstieg, enttäuscht den Kopf. Trotzdem schien ihre gute Laune unerschütterlich.

Jacob stellte schließlich die Frage nach seinen Eltern, eine Frage, die Charlotte befürchtet hatte, sie mußte die Geschichte, die sie André erzählte, unterbrechen.

»Ich weiß nicht genau, wann du sie wiedersehen wirst. Ich fürchte, das kann ich dir nicht sagen.«

Obwohl es Jacob gewesen war, der die Frage gestellt hatte, waren es Andrés intelligente, vorwurfsvolle Augen, vor denen Charlotte Angst hatte.

»Wo sind sie?« fragte Jacob mit seiner noch unausgebildeten Stimme.

»Ich weiß es nicht genau. Ich nehme an, daß sie vielleicht in Paris sind. Du mußt versuchen, dir keine Sorgen zu machen. Eines wissen wir ganz genau: Sie kommen so schnell nach Hause, wie sie können. Ich weiß, daß sie keinen Augenblick zögern würden. Das dürft ihr nicht vergessen: Sobald sie können, nehmen sie den Zug nach Hause.«

»Aber warum sind sie weggefahren?«

»Die Zeiten sind schwierig. Es herrscht Krieg. Die Menschen müssen in einem Krieg an andere Orte fahren, an Orte, wo sie nicht unbedingt hinfahren möchten.«

»Warum sind sie nach Paris gefahren?«

»Ich weiß es nicht. Ich nehme an, sie hatten keine Wahl. Manchmal muß man bestimmte Dinge tun, wenn man erwachsen ist.« Jacob hatte ganz offensichtlich den Besuch des Gendarmen bei ihnen zu Hause vollkommen vergessen.

»Und wann sehen wir sie wieder?« Jacob war hartnäckiger als gewöhnlich.

»Ich weiß es nicht. Und ich kann auch nicht so tun, als wüßte ich es. Aber ich hoffe, daß es bald sein wird. Wir dürfen nie, nie die Hoffnung aufgeben.«

Obwohl Jacob das Kreuzverhör durchführte, spürte Charlotte die ganze Zeit Andrés starre, ungläubige Blicke.

Sylvie Cariteau beugte sich über das Sofa, um das Buch aufzuheben, das sie auf dem Boden liegengelassen hatte. Charlotte atmete den Duft ihrer klaren Haut ein, die auch in Kriegszeiten so sauber geschrubbt war wie zu anderen Zeiten. Als sie sich aufrichtete und wieder dem Tisch zuwandte, bemerkte Charlotte außerdem, daß sich dort, wo ihre schlichte Bluse fest in den Rock gesteckt war, ein Teil ihrer Unterhose verfangen hatte. Sie war aus korallenrotem Satin und mit Spitze eingefaßt, in die ein frivoles Muster aus Gänseblümchen und Vergißmeinnicht eingewebt war. Charlotte fragte sich, ob Sylvie einfach nur etwas für Blumen übrighatte, oder ob sie ein Zeichen für persönliche, hoffnungsvolle Phantasien waren, die sie seit zwanzig Jahren in einem Lavaurette ohne Männer hegte.

»Kommen Sie wieder, Madame«, sagte Sylvie Cariteau beim Aufbruch von Charlotte. »Es hat ihnen gefallen, nicht wahr, Jungs?«

»Ja, ja, kommen Sie wieder, kommen Sie wieder.«

An diesem Abend mußte Charlotte für Levade das Abendessen zubereiten. Da sie sich in der Küche nicht auskannte, verbrachte sie ein paar Minuten damit, in alle Schränke zu schauen.

Frühere Besitzer hatten genug Teller und Gläser angeschafft, um hundert Leute zu bewirten, aber erst als Charlotte eine hinter der Küche liegende Kammer erforschte, fand sie ein paar Lebensmittel. Es war kurz nach sechs, als sie sich auf die Suche nach Levade machte, um ihm zu sagen, daß sein Abendessen fertig sei. Er hatte ihr gesagt, daß er oben arbeite, aber nicht, in welchem Zimmer. Also klopfte sie an jede Tür, ohne eine Antwort zu erhalten, bis sie schließlich Levades Stimme hörte, die ihr undeutlich und zerstreut antwortete. Sie wartete, bis er die Tür öffnete, und hoffte, dabei einen Blick in sein Atelier werfen zu können, aber er schlüpfte rasch durch den Türspalt und ließ ihr eben genug Zeit, daß sie ein riesiges Bett sehen konnte, bevor er den Schlüssel im Schloß herumdrehte.

Er ging schweigend vor ihr her ins Eßzimmer, wo sie am Kopfende des Tisches ein Gedeck für ihn aufgelegt hatte. Er murmelte ein Tischgebet, goß Wein in das Kristallglas und trank rasch, während Charlotte wieder in die Küche ging, um das Essen zu holen. Er steckte sich eine Serviette in den Kragenausschnitt, als ob er Sorge hätte, sein mit Farbflecken übersätes Hemd zu beschmutzen, und lehnte sich in seinem Stuhl zurück, als Charlotte eine fette Pastete vor ihn stellte. Das Brot, das sie gefunden hatte, war so trocken wie üblich, aber er brach sich begeistert ein großes Stück ab. Er machte keine Bemerkung über die Pastete oder das Hauptgericht, ein Stück Hühnchen, das sie in einer Sauce aufgewärmt hatte, die sie mit dem, was sie in der Speisekammer fand, improvisiert hatte. Zum Nachtisch gab es einen Pfirsich, den sie im Obstgarten an einem Baum entdeckt hatte. Er aß ihn ebenfalls, ohne ein Wort zu sagen.

»Ich fürchte, es ist kein Kaffee da«, sagte sie, als sie seinen Teller abräumte.

»Das macht nichts. Ich gehe jetzt ein bißchen spazieren. In ungefähr einer Stunde bin ich zurück.«

Als sie jetzt so dicht neben ihm stand, sah Charlotte, daß er nicht so alt war, wie sie gedacht hatte. Das weiße Haar war irreführend, und seine Haut war zwar faltig, aber nicht welk oder runzlig.

»War das Abendessen in Ordnung?«

»Was?« Er drehte sich beim Verlassen des Zimmers um. »Ja. Danke. Essen Sie auch etwas.«

Es war nicht gerade eine gnädige Einladung, künftig ein Gedeck mehr aufzulegen, wie sie es halbwegs erwartet hatte, aber es war immerhin etwas. Es war ihr auch nicht wichtig, ob diesem Mann ihre Kochkünste zusagten. Sie wollte einfach nur in diesem Haus bleiben.

Sie aß gerade in der Küche die Reste vom Hühnchen, als sie hörte, wie in der Eingangshalle jemand rief. Sie eilte über den federnden Fußboden des Eßzimmers und stellte fest, daß Julien sie an diesem Tag ein zweites Mal besuchte.

»Ach, Dominique. Genau die Person, die ich sehen wollte. Hier ist Ihr Koffer. Ist mein Vater ausgegangen?«

»Ja. Er macht einen Spaziergang.«

Sie setzten sich ans Ende des abgeräumten Eßtisches, wo Julien ihnen beiden ein Glas Wein einschenkte und sich eine Zigarette anzündete. Charlotte beobachtete, wie sein humorvolles Gesicht ernster wurde, als er sich überlegte, was er sagen wollte. Er trug ein am Hals offenes, hellblaues Hemd und ein abgetragenes Tweedjackett. Er sah eher wie ein Freizeitmaler aus und nicht wie ein professioneller Architekt, der gerade aus dem Büro kam.

»Gefällt es Ihnen hier in der Domaine?«

»Ja, sehr. Es ist ein wunderschönes Haus. Ziemlich geheimnisvoll, finden Sie nicht auch?«

»Unbedingt. Ich möchte im Winter nicht allein hier sein.«

»Ihrem Vater macht es aber offenbar nichts aus.«

»Nein. Er kann sich an den langen Winterabenden gut selbst beschäftigen.«

»Er hat mir erzählt, daß er kein Maler mehr sei, sondern nur noch Ölfarbe auf die Leinwand auftrage. Das klang sehr traurig.«

Julien lachte. »Ja. Er hat früher wundervolle Bilder gemalt. Er kann sich nicht damit abfinden, daß es vorbei ist. Er sollte sich glücklich schätzen und froh sein, daß von allen Leuten, die versucht haben zu malen, er einer der wenigen war, die etwas geschaffen haben, das die Mühe wert war, und die in sich hineinhorchten und eine Verbindung herstellen konnten. Aber er sieht das nicht so. Er glaubt, daß ein Fluch über ihm liegt, daß ihm von einer grausamen, willkürlichen Macht etwas vorenthalten wird.«

»Ich vermute, die meisten Menschen zögern zuzugeben, daß bei ihren Erfolgen Glück im Spiel war.«

»Ja. Vor allem, wenn Glück nicht das Wesentliche ist, sondern Talent und harte Arbeit am wichtigsten sind.« Julien lächelte. »Welches Zimmer haben Sie genommen?«

»Es ist ein kleines Zimmer im zweiten Stock mit einem hübschen Wandbehang über dem Bett. Es ist reizend.«

»Ja, ich glaube, ich kenne es. Wahrscheinlich gehörte es einem Dienstmädchen.«

»Wie mir.«

Julien fuhr sich mit einer Hand durchs Haar. »Ich bin sehr froh, daß Sie bleiben. Ich brauche mehr Leute. César ist eine große Hilfe, aber er muß kilometerweit mit dem Fahrrad fahren, um hierherzukommen. Ich sollte Ihnen das eigentlich nicht sagen, aber er ist der Schulsprecher des Gymnasiums. Das haben Sie sich wahrscheinlich gedacht.«

»Ich war mir nicht sicher.«

»Und Auguste hat uns verlassen. Er hat mir gesagt, daß er nicht mehr für die Engländer arbeiten will. Er ist zu einer Organisation gegangen, die von General de Gaulle geleitet wird.«

»Ich wußte gar nicht, daß es so etwas gibt.«

»Nun, das hat er mir jedenfalls gesagt. Hören Sie, Dominique, ich habe eine Nachricht erhalten. Von Mirabel, er trägt die Verantwortung für alles. Er möchte, daß Sie sich mit ihm treffen. Er hat wichtige Neuigkeiten für Sie. Er wird wieder anrufen und einen Treffpunkt vereinbaren.«

»Neuigkeiten?«

»Das hat er gesagt.«

»Ich nehme an, er wird mir sagen, ich solle sofort nach Hause zurückkehren.«

»Den Eindruck habe ich nicht. Vielleicht weiß er nicht, daß Sie mit Yves zusammen zurückfliegen sollten. So wenig Information wie möglich. Ist das nicht Ihre Losung?«

»Vielleicht. Wie ist Mirabel so?«

»Er ist nett. Dies ist sein dritter Besuch. Ich kenne ihn ganz gut. Er ist ein großer, kräftiger Kerl – sehr überlegen, sowohl körperlich als auch geistig.«

Charlotte begleitete Julien bis zur Eingangshalle und kam sich einen Augenblick lang verlassen vor, als sie ihm hinterhersah, wie er die breiten Treppenstufen hinunterging.

Sie drehte sich um und ging wieder ins Haus. Um was konnte es sich bei Mirabels »Neuigkeiten« handeln? Wahrscheinlich war es ein Verweis der Abteilung G oder ein Befehl, daß sie sich abholen lassen und nach Hause fliegen sollte. Sie dachte, natürlich gibt es nur eine wichtige Neuigkeit, die mich interessiert, und das ist, zu erfahren, ob Peter Gregory noch am Leben ist.

Angesichts ihrer Überzeugung gestattete sie es sich zu hoffen und fast an die absurde Vorstellung zu glauben, daß Mirabel ihr genau solche Nachrichten bringen würde. Sie hatte einen trockenen Geschmack im Mund, als sie nach oben ging. Den Geschmack der Hirngespinste, dachte sie bitter.

## 8. KAPITEL

Eine Sache, die Claude Benech an der Besatzung gefiel, war, daß es in den Geschäften weniger Dinge gab, für die er sich gezwungen sah, Geld auszugeben. Obwohl er normalerweise eine Selbstbeherrschung walten ließ, die an Lähmung grenzte, wenn es darum ging, sein mageres Schulmeistergehalt auszugeben, fühlte er sich aufgrund seiner Position hin und wieder verpflichtet, einen neuen Anzug oder ein neues Paar Schuhe für die Arbeit zu erstehen oder sich wenigstens an Feiertagen abends beim Weinhändler einen gewissen Anschein von zivilisierter Freundlichkeit zu geben. Anschließend trottete er dann immer die Straßen zu seiner einfachen Wohnung entlang, seine Einkaufstasche voll mit Käse, Wein und Madeleines, die er eigentlich gar nicht wollte. In diesen Zeiten der Not gab es solchen Firlefanz jedoch einfach nicht zu kaufen, und er konnte einen viel größeren Teil seines Gehalts auf die Bank bringen.

Benech blühte auf in Marschall Pétains neuer Welt, die aus Arbeit, Familie und Vaterland bestand. Er wäre sogar so weit gegangen zu sagen, daß er das erste Mal in seinem Leben glücklich war. Verschiedene Epochen paßten zu verschiedenen Menschen, und die Askese des neuen Regimes brachte in ihm eine Art Kühnheit hervor: Er war ein Mann des Schicksals, dessen Stunde gekommen war.

Er war jedenfalls wie besessen von seiner Arbeit. In der Schule war er bis zu einer gewissen Position aufgestiegen: Der Schuldirektor hatte ihm die Aufgabe übertragen, den Stundenplan für seine Kollegen zu erstellen. Benech stürzte sich mit Feuereifer auf diese Aufgabe; sein Streben nach einer gewissen Stellung und Kontrolle wog schwerer als die Langeweile, die damit verbunden war. In der Schule blühte er auf und wurde jemand, den seine Kollegen stillschweigend bewunderten und den seine Schüler, die er früher nur mit Mühe unter Kontrolle halten konnte, nun fürchteten. Als Ende 1940 der Religionsunterricht an den Schulen wieder eingeführt wurde, befürwortete Benech dies, auch wenn er bis zu diesem Zeitpunkt kein frommer Mensch gewesen war. Er hatte gelesen, daß der Marschall glaubte, die französische Armee werde von den Deutschen gedemütigt, weil ihre Reserveoffiziere von sozialistischen Lehrern unterrichtet worden seien. Als die nächste Regierung den Religionsunterricht wieder zu einer freiwilligen Angelegenheit erklärte, warb Benech erfolgreich dafür, daß er an seiner Schule beibehalten wurde. Er hatte immer die Art und Weise verabscheut, wie seine Lehrerkollegen die Volksfront und andere zum Scheitern verurteilte Bewegungen der jüdischen Linken unterstützt hatten, und nun fühlte er sich bestätigt. Daß die Regierung 1940 alle Juden aus dem Schuldienst entlassen hatte, war ein Schritt, von dem er aufgrund seiner eleganten Einfachheit begeistert war: Mit einem einzigen kräftigen Zug wurden sowohl unangenehme Ursache als auch verderbliche Wirkung beseitigt.

In der Schule organisierte Benech Jugendgruppen, die mehr oder weniger den katholischen und nationalen Organisationen angegliedert waren. Sie gingen am Wochenende zelten, zogen Uniformen an und sangen patriotische Lieder. Daß diese Organisationen wegen ihres militaristischen Charakters in der besetzten Zone verboten waren, machte Benech gerade stolz: Es zeigte, daß sie gefürchtet wurden und daß das wahre Frankreich in Vichy überlebt hatte.

Das Vaterland war ein Thema, bei dem sich Benech sicher fühlte. Mehr als alles andere – viel mehr als die deutsche Besatzung – fürchtete er eine kommunistische Revolution. Die Kommunisten waren kurz davor gewesen, an der Regierung beteiligt zu werden. Immerhin war es ihnen gelungen, die Volksfront zu gründen. Soweit es Benech betraf, war das schon schlimm genug; es hatte genügt, um seine Erinnerung daran auszulöschen, wie sie außerdem dazu beigetragen hatten, den Zusammenbruch der Volksfront herbeizuführen.

Seine Gefühle den Deutschen gegenüber waren etwas komplizierter. Einerseits fühlte er sich aufgrund der Niederlage seines Landes persönlich gedemütigt und war froh, in der lahmen republikanischen Gesinnung der jüdischen Linken intern einen Schuldigen gefunden zu haben. Andererseits bewunderte er die deutschen Truppen und glaubte, daß Lavals langfristiger Plan, Frankreich in einem neuen Europa einen Ehrenplatz zu sichern, vernünftig war.

Seiner Ansicht nach benutzten die Kommunisten die Besatzung einfach als Ausgangspunkt für ihre revolutionären Ziele. Ihr wirklicher Feind war das traditionsbewußte Frankreich der Vergangenheit; es waren nicht die vorübergehenden Unannehmlichkeiten, die durch die Deutschen verursacht wurden. Die Vichy-Regierung hatte Benechs Ansicht zufolge nicht nur geschickt die Autonomie und den Geist Frankreichs am Leben erhalten, sondern auch im wesentlichen den Vormarsch der Kommunisten verhindert. Vichy war die beste – die einzige – Hoffnung auf Ordnung, ein Bollwerk gegen den Bolschewismus. Und diejenigen, die versuchten, sich dagegen zu wehren oder sich der Besatzung zu widersetzen, waren die wahren und gefährlichsten Feinde. Es war kein Übermaß an Logik erforderlich, um zu dem Schluß zu gelangen, daß der Feind des Feindes – also der Besatzer – ein Freund sein mußte. Er hätte es nicht ganz so offen ausgedrückt, aber indem sie die Kommunisten bekämpften und das traditionsbewußte Vichy-Frankreich unterstützten, waren die Deutschen, wie Benech glaubte, sicher auf dem richtigen Weg. Ihre fortwährende Anwesenheit war notwendig, damit unterdessen die Vichy-Regierung die unerwünschten Elemente aussortieren und das alte Land wieder auf den richtigen Kurs bringen konnte.

Die Familie war ein weniger erfreulicher Bereich in Benechs Leben. Er war der zweitälteste von drei Söhnen, die ihren Vater bei der Schlacht an der Marne verloren hatten. Sie wurden in Lavaurette von ihrer Mutter aufgezogen, die sich ganz der Liebe zu ihrem ältesten Sohn Charles hingab, einem gutaussehenden Jungen, der schließlich Arbeit bei der Eisenbahn fand. Louis, der jüngste, war intelligent, und obwohl er von seiner Mutter wenig ermutigt wurde, erhielt er ein Stipendium für das Gymnasium. Von dort erklomm er eine andere gesellschaftliche Stufe und verschwand aus ihrem Leben. Madame Benechs Haltung gegenüber ihrem zweitältesten Sohn Claude war von offenkundiger Gleichgültigkeit geprägt. Sie fand sein ungehobeltes Aussehen enttäuschend: Er hatte struppiges schwarzes Haar, bereits im Alter von siebzehn einen langen Schnurrbart, blasse, graue Haut und eine nervöse Art, die schmeichlerisch sein sollte. Sie hegte keine Abneigung gegen ihn, sie schien sich lediglich nichts aus ihm zu machen. Sie redete mit ihm, als sei er ein Untermieter, den seine Eltern vergessen hatten, mit nach Hause zu nehmen.

Was die Gründung einer eigenen Familie betraf, so hatte Benech ein paar Jahre zuvor kurz vor einer Übereinkunft mit einer Frau gestanden, die in einer Bäckerei arbeitete. Doch zwei Wochen vor der geplanten Hochzeit war sie mit einem Bauern verschwunden. Sylvie Cariteau war vermutlich zu alt, um noch Kinder zu bekommen, dachte Benech; Pauline Bobotte ließ sich nicht – jedenfalls nicht durch ihn – von ihrem Geschäftsmann aus Toulouse abbringen, der sie immer besuchte; Irène Galliot... Doch er zog es vor, sich nicht an die übermütige Verachtung zu erinnern, mit der Irène seinen hoffnungsvollen Annäherungsversuchen begegnet war. Er konzentrierte sich gedanklich lieber auf die junge Frau, die er in letzter Zeit öfter im Dorf gesehen hatte. Sie war neu in Lavaurette und wohnte offenbar in der Domaine und arbeitete dort als Haushälterin für den alten Juden. Diese Frau war irgendwie verdächtig, aber gleichzeitig attraktiv, und er hegte gewisse Pläne und Träume, die mit ihr zu tun hatten.

In seinem neuen zufriedenen Leben genoß Claude Benech zunehmend die Gesellschaft anderer Leute. Er gestattete sich abends zwei alkoholische Getränke im Café du Centre, wo ihm, wie er glaubte, die Stammgäste mit Respekt begegneten. Die Ereignisse hatten seine Ansichten bestätigt, und er vertrat sie nachdrücklich und selbstsicher. Als Mann, der mit dem Strom der Geschichte schwamm, fühlte er, daß es nur eine Frage der Zeit war, bis sich die familiären Probleme seines Lebens ebenfalls lösten. Als er seinen Mantel anzog und auf sein Fahrrad stieg, um zum Café du Centre zu fahren, war er sicher, daß die Welt auf ihn zukam.

An jenem Abend ging Charlotte zum erstenmal in ihrem neuen Zimmer zu Bett. Sie legte Dominiques Kleidung zum Wechseln in eine Schublade und hängte ihren Rock hinter einem roten Vorhang an eine Kleiderstange. Bis jetzt hatte sie das Geld der Abteilung G streng gehütet, als käme es einem Verrat gleich, wenn sie etwas davon ausgab. Aber wo sie jetzt auf unbestimmte Zeit hierbleiben würde, war sie sich sicher, daß die Kriegsanstrengungen nicht ganz und gar fehlschlagen würden, wenn sie ein paar neue Unterhosen erstand. Dominiques Unterhosen waren aus so dickem Gewebe, daß es oft zwei Tage dauerte, bis sie vollkommen trocken waren, und manchmal sah sie sich vor die unangenehme Entscheidung gestellt, sie entweder feucht anzuziehen oder zwei Tage hintereinander dieselbe zu tragen. Offenbar gab es in Lavaurette keinerlei Kleidung zu kaufen, daher überlegte sie, an einem Morgen mit dem Zug in eine größere Stadt zu fahren. Sie wünschte, sie hätte ein paar Photographien, die sie auf den Nachttisch hätte stellen können: eine von Gregory und vielleicht eine von Roderick, selbst eine Photographie von ihren Eltern, wenn sie nur alt genug war.

Dominiques Stimme war in jenen Tagen seltener in ihrem Kopf zu hören. Charlotte stellte fest, daß sie es war, die öfter mit Dominique sprach, um ihr die Dinge zu erklären, die sie in ihrem Namen tat. Die Vorstellung, jemand anderer zu sein, gefiel ihr, und als sie das Licht ausmachte und die Decke bis unters Kinn hochzog, wurde ihr bewußt, daß es das war, was sie so zur Domaine hingezogen hatte.

Sie lebte das Leben von jemand anderem. Dieses Haus war durchdrungen von unbekannten Geschichten, aber anstatt bloß Zuschauerin zu sein, war sie zu einer rechtmäßigen Akteurin geworden, die sich mitten darin aufhielt. Indem sie eine neue Identität annahm, hatte sie sich irgendwie von den Zwängen befreit, die ihre eigene Identität ihr auferlegt hatte, und sich gestattet, in den Strom einer zeitlosen Wirklichkeit einzutauchen, der mitreißender war als der, in dem sie sich sonst bewegte.

Als sie in ihrem Bett lag, erinnerte sie sich daran, wie sie im Haus von Monsieur Loiseaus Prousts Roman gelesen und wie sie begeistert hatte, was dem Autor gelungen zu sein schien. Je besser man im allgemeinen einen Ort kennenlernte, desto mehr verlor sich das Wesentliche, und er wurde mehr und mehr durch seine Eigenarten und Unzulänglichkeiten definiert. Die Ahnung von etwas Übernatürlichem oder Bedeutungsvollem traf normalerweise nur denjenigen mit ganzer Kraft, der zum erstenmal zu Besuch war, und verschwand mit zunehmender Vertrautheit allmählich wieder. Doch in seinem Werk schien Proust der paradoxe Kniff geglückt zu sein, seine Orte durch die Vertrautheit und Aufmerksamkeit, mit der er seine individuellen Charaktere beschrieb, universell werden zu lassen. Charlotte freute sich so sehr über diesen Kunstgriff, daß sie zunächst nicht erkannte, wie sehr er mit den Auswirkungen der Zeit verknüpft war; wie sehr es von der Kraft der unfreiwilligen Erinnerung abhing, daß man die tiefere Ebene der Wirklichkeit aus der Gefangenschaft der Jahre befreite. Der Roman machte dies am Ende ganz deutlich, aber Charlotte war als Teenager von den Sätzen viel zu berauscht gewesen, um ihre endgültige Bedeutung zu begreifen. Monsieur Loiseau hatte ihr nicht geholfen; er war einfach entzückt gewesen, daß dieses französische Literaturdenkmal seinen »englischen« Gast so begeistert hatte. Charlotte hatte später den Verdacht, daß er den Roman wahrscheinlich nie zu Ende gelesen hatte, sondern einfach stolz über dieses französische Werk war; außerdem gefiel ihm wohl, daß zufällig eine der Nebenfiguren denselben Nachnamen trug wie er: eine Frau, die in Combray ein Haus neben der Kirche besaß und Fuchsien im Garten hatte.

Soweit dies möglich war, schien es Charlotte in der Domaine zu gelingen, in dieser tieferen Wirklichkeit zu leben, wenn auch nur zeitweise. Ansonsten legten ihr die praktischen Umstände ihres Lebens Beschränkungen auf. Sie war noch immer nicht ganz überzeugt, daß Gregory tot war. Offenbar hatte er sich noch nicht mit der Werkstatt in Clermont-Ferrand in Verbindung gesetzt, aber das mußte nicht viel heißen. Sie hatte sich an seine Abwesenheit so gewöhnt, daß dies nun die Art und Weise darstellte, wie sie ihn kannte; und der nebensächliche Beweis, daß diese Abwesenheit unter Umständen endgültig war, schien überraschenderweise keinen großen Unterschied zu machen. Es gab Augenblicke, in denen sie sich dem Kummer hingab, und ihre Verwundbarkeit bei solchen Ausbrüchen hielt sich durch die bloße Angst des Nichtwissens in gewissen Grenzen. Ein anderes Mal glaubte sie, daß ihre Gefühle einfach nicht ausgereift genug waren, um der ständigen Unsicherheit standzuhalten. Unterdessen waren da noch Mirabel und die Hoffnung, die er verkörperte.

Sie würde weiterleben, und irgendwann würde der Schmerz nachlassen, oder sie würde zumindest ein Existenzstadium erreichen, in dem er erklärbar wurde. Während sie auf diese Erleuchtung wartete, trat keines der Symptome auf, die ihre

Mutter veranlaßt hatten, sie als Teenager zum Psychiater in Aberdeen zu schicken. Solche Depressionen konnten in ihrer veränderten Gedankenwelt keine Wurzeln mehr schlagen. Sie war schlagartig aktiv geworden, vielleicht durch Kummer, vielleicht durch einen intellektuelleren Prozeß, und zwar auf eine Art und Weise, die dem Energieverlust, der solcher Verzweiflung vorausging, keinen Platz ließ.

In der Domaine fühlte sie sich tatkräftig, sie fühlte sich gefährlich lebendig. Sie war am richtigen Ort, da war sie sich sicher, und etwas würde passieren. Draußen lagen die Ausläufer des Zentralmassivs eingehüllt in die sommerliche Dunkelheit. Hinter einem beleuchteten Fenster irgendwo im ersten Stock eines Hauses telefonierte Julien leise, rauchte und trank Cognac aus einem antiken Glas. Irgendwo versteckte sich unverletzt Peter Gregory und plante geduldig seine Rückkehr. Unten in den hallenden Räumen dieses traditionellen Herrenhauses tat Levade die untraditionellen Dinge, die er nachts eben so tat. In Bordeaux stampften deutsche Soldaten mit den Füßen auf.

Ich bin fast glücklich, dachte Charlotte, und es ist Blasphemie, angesichts solchen Leids glücklich zu sein. Etwas wird geschehen.

Kurz vor drei Uhr, als Charlotte in tiefem Schlaf versunken war, wurde Peter Gregory von einer heiser flüsternden Stimme geweckt.

»Monsieur. Zeit zum Aufbruch. Kommen Sie.«

Das Paar stand im Türrahmen seines Zimmers. Béatrice hielt ihm eine Einkaufstasche hin, in die sie Kleider zum Wechseln, eine getrocknete Wurst und einen Laib Brot gesteckt hatte. Der alte Mann fummelte mit seinen Streichhölzern herum, bis schließlich ein Lichtschein aufflackerte.

Gregory haßte es, mitten in der Nacht geweckt zu werden. Es erinnerte ihn an die Tage in Afrika, wenn ein Diener ihn vor Tagesanbruch weckte, weil die Arbeit getan werden mußte, bevor es heiß wurde. Die Erfahrung von abrupt beendetem Schlaf rief in ihm die Zeit am Fliegerhorst wach, als sie bei Alarm zu ihren Flugzeugen gebracht wurden, wenn gerade die Sonne aufging.

Vorsichtig stellte er seine Beine auf den Boden. Er war vollständig angezogen, er trug Sachen, die Jacques ihm gegeben hatte. Die Hosenbeine waren lächerlich kurz, aber unten durch ein Stück Stoff, das einigermaßen paßte, verlängert worden. Er nahm seine Jacke vom Stuhl und folgte seinen Gastgebern nach unten.

Draußen im Wirtschaftshof wartete ein Pferdekarren. Jacques gab Gregory einen Spazierstock und trug seine Tasche zum Karren. Das Mondlicht ergoß sich über den Matsch und den Mist zu ihren Füßen.

»Auf Wiedersehen, Béatrice.« Gregory umarmte die alte Frau und spürte, wie ihr fester, kleiner Körper in seinen Armen vor Schluchzen bebte.

Der alte Mann küßte ihn auf beide Wangen, dabei kratzten seine rauhen Stoppeln über Gregorys glattrasierte Haut.

»Ich komme wieder«, sagte Gregory, ebenfalls den Tränen nahe. »Ich komme wieder.«

Mit Jacques' Hilfe kletterte er auf den Karren. Er streckte sein Bein auf ein paar alten Säcken aus, während der Wagen sich langsam zuckelnd in Bewegung setzte.

Gregory blickte zurück auf die drei grauen, U-förmig angeordneten Gebäude des Bauernhofs in der Dunkelheit. Er hob die Hand und winkte den alten Leuten zu: zwei winzigen Gestalten, die im Matsch standen und sich umschlungen hielten.

DRITTER TEIL

# Herbst – Winter 1942/43

## 1. KAPITEL

Robin Morris war spät dran, als er sein Büro verließ, um Mittag zu essen. Um Viertel vor eins war er mit Dick Cannerley in der Bar seines Klubs verabredet, und es war bereits fünf nach eins, als es ihm endlich gelang, ein Taxi zu ergattern.

Den ganzen Morgen hatte er in einer Dringlichkeitssitzung gesessen. Der Minister und sein Staatssekretär waren um halb neun herausgerauscht, beinahe in Panik versetzt von einer Nachricht der Deutschen, die abgehört worden war und nach der vermutlich Frankreich kurz davorstand, Großbritannien den Krieg zu erklären.

Die Taxis schwärmten aus allen Richtungen auf das Gebäude zu wie schwarze Vögel. Auf den Marmorböden hallten eilige Schritte; die Eichentüren des Besprechungszimmers, in dem das Komitee tagte, knirschten in einem fort beim Öffnen und Schließen in ihren Eisenscharnieren. Morris und Sir Oliver Cresswell, sein Vorgesetzter, trugen die Einzelheiten ihrer eigenen hektischen Ermittlungen mit ruhiger, geschäftsmäßiger Miene vor. Sir Oliver beruhigte den aufgeregten Minister und las jede der neuesten, hastig angeforderten Mitteilungen, die während der Besprechung hereingereicht wurden, mit dem gleichen Desinteresse vor, mit dem er wahrscheinlich auch eine ihm unbekannte Weinkarte vorlesen würde.

»Was Monsieur Laval auch immer tut oder nicht tut«, sagte er, »wir gehen davon aus, daß Marschall Pétain nach wie vor das Staatsoberhaupt ist, und wenn er bei der Neutralität Kompromisse macht, dann ist seine Regierung nicht länger glaubwürdig.«

»Was für ein verdammter Unsinn!« entgegnete der Minister. »Er war von Anfang an nicht glaubwürdig, und es ist nicht Pétain, der die Verantwortung trägt. Die trägt Laval. Falls es Ihnen entgangen sein sollte: Der Schwanz wedelt mit dem Hund. Vergessen Sie nicht, daß die französischen Streitkräfte bereits mit den Deutschen in Afrika gekämpft haben.«

»Jedoch nicht Seite an Seite, Herr Minister«, erwiderte Sir Oliver. »Ich gebe zu, gegen einen gemeinsamen Feind, aber nicht buchstäblich Seite an Seite.«

»Das kommt auf das gleiche heraus.«

»Es ist, zugegebenermaßen, ein... politischer Unterschied.«

Der Minister ließ sich nicht provozieren, stellte Morris bewundernd fest, sondern machte nochmals deutlich, was er von Sir Oliver und seinen Mitarbeitern erwartete.

»Ich kann Ihnen versichern«, sagte Sir Oliver, »daß unsere Männer im Außendienst sich bis jetzt nichts haben entgehen lassen. Natürlich gebe ich zu, daß das Hauptmotiv für die französische Bevölkerung und ihre Regierung darin besteht, öffentlichen Aufruhr zu vermeiden, und ich bin auch sicher, daß Ihre Analyse von Monsieur Lavals Ehrgeiz zutrifft. Schließlich glaubt er, daß ein deutsches Europa – vermutlich mit Frankreich als Partner oder Kronprinz – die einzige Möglichkeit darstellt, eine bolschewistische Zukunft zu verhindern. Und in diesem Fall würde es in Lavals Augen Sinn machen, wenn er seinem Verbündeten bewaffnete Unterstützung anbietet. Jedoch werden die Deutschen unserer Einschätzung nach seine Bedingungen vermutlich nicht akzeptieren. Unseren Informationen zufolge hat Laval im Gegenzug für die bewaffnete Unterstützung Frankreichs die Wiederherstellung der deutsch-französischen Grenzen von 1914 verlangt.«

»Ein Urteil kann ich mir selbst bilden«, entgegnete der Minister. »Was uns im Augenblick fehlt, sind Informationen, und zwar vor allem über die französische Seite.«

Morris rutschte auf seinem harten Mahagonistuhl hin und her und schraffierte sorgfältig seinen Namen auf der Verteilerliste des jüngsten Berichts.

»Ich kann Ihnen versichern, Herr Minister«, sagte Sir Oliver, »daß sich unsere Bemühungen noch stärker auf Vichy konzentrieren als auf die Besatzer. Was die Auswertung der Ereignisse betrifft, gibt es gut funktionierende Abläufe, und ich bin sicher, Sie stimmen mir zu, daß es unvermeidlich ist, daß wir die Fakten ein wenig aufbereiten, weil sonst das Ministerium mit lauter Einzelheiten überschwemmt wird.« Er räusperte sich und straffte die Schultern. »Jetzt frage ich mich, ob wir ein wenig planen können, wie wir in den kommenden Monaten am besten zusammenarbeiten. Morris hat einen kurzen Bericht vorbereitet, den er Ihnen jetzt gern unterbreiten möchte.«

Morris hatte um zwei Uhr morgens einen Telefonanruf von Sir Oliver erhalten, der ihm mitteilte, daß er sich gefälligst etwas Überzeugendes einfallen lassen solle. Bis um sechs Uhr hatte er den Bericht fertig, von dem er hoffte, daß er zumindest glaubhaft war. Er hatte gerade noch Zeit gehabt, ein Bad zu nehmen und sich zu rasieren, bevor er den neuen Nadelstreifenanzug anzog, den er sich bei Cannerleys Schneider hatte machen lassen. Das schwere Jackett gab ihm etwas Zuversichtliches und Offizielles, als er mit einer qualitativen Einschätzung der Informationen begann, die sie erhalten hatten. Anschließend theoretisierte er über die Verfahren, die im Lauf des Krieges möglicherweise nötig werden würden.

»Daß die Deutschen den kanadischen Überfall auf Dieppe erfolgreich abgewehrt haben, hat bei der französischen Bevölkerung große Erleichterung hervorgerufen. Unsere ersten Berichte über Marschall Pétains Verteidigungsvorbereitungen gegen die Invasion der Alliierten vom Golf von Biskaya und vom Mittelmeer aus wurden, wie Sie wissen, später durch militärische Beobachtungen bestätigt. Wenn sich das Blatt natürlich allmählich zugunsten der Alliierten wendet, erscheint die Furcht vor einer Invasion vom Mittelmeer aus vielleicht größer, sowohl für die Besatzer als auch für die Besetzten. Unsere Berichte geben jedenfalls zur Zeit keinen Anlaß zur Sorge.«

»Sorge?« Der Minister sah ungläubig drein.

»Wir brauchen uns keine Sorgen zu machen, daß die Unruhe der Deutschen möglicherweise irgendwelche plötzlichen Aktionen innerhalb Frankreichs zur Folge hat – daß sie beispielsweise in die unbesetzte Zone vorrücken.«

Der Minister brummte: »Partner, Kronprinz – eher eine verdammte Konkubine.« Aber er sagte nichts weiter, und das gab Morris Gelegenheit zu einer detaillierten, praktischen Analyse der zukünftigen Anforderungen für das, was sie im Abteilungsjargon »den Außendienst« nannten.

Als er im Sitz des Taxis versank und den Novemberblättern zusah, wie sie über die nassen Straßen wirbelten, hatte Morris das

Gefühl, daß er ungeschoren davongekommen war. Der Privatsekretär des Ministers hatte ihn die ganze Zeit, während er seinen Bericht vortrug, mit einem unverhohlen skeptischen Blick beobachtet; dadurch hatte er zweimal den Faden verloren und angefangen zu stottern. Im übrigen fand er, daß er das leise »Gut gemacht, Morris« von Sir Oliver verdient hatte, das ihm dieser nach dem Ende der Besprechung in der Lobby zugeflüstert hatte.

»Ich hatte die Hoffnung schon fast aufgegeben«, sagte Cannerley, als Morris die breite Treppe hinauf über den gebohnerten Treppenabsatz in die Bar hetzte. »Was darf es sein, Sherry?«

»Danke.« Morris merkte, wie seine Hand zitterte, als Cannerley ihm das unhandliche kleine Glas reichte. »Ein verdammtes Chaos in der Firma.« Er sah sich flüchtig in der Bar um, bevor er ihm mit gesenkter Stimme anvertraute: »Sie sind davon überzeugt, daß Laval kurz davorsteht, den Alliierten den Krieg zu erklären.«

Cannerley lachte. »Das wäre natürlich die logische Folge seiner Anschauungen. Sollen wir hinuntergehen? Wir sind im Speisezimmer. Ansonsten hätten wir nur mit dem vorliebnehmen können, was an der langen Tafel serviert wird, und die ist schon von den Langweilern des Klubs reichlich umlagert. Die sind offenbar nicht kleinzukriegen. Wir brauchen wieder einen Blitzkrieg, nur diesmal sollten sie besser zielen.«

»Wie geht's Celia?« fragte Morris, als der Ober eine Karaffe mit hauseigenem roten Bordeaux auf den Tisch zwischen sie stellte.

»Sehr gut, danke.«

»Und die Hochzeitspläne?«

»Mein Gott, Robin, du bist ja schlimmer als ihre Mutter. Die Hochzeit ist verschoben. Ich bin nicht sicher, ob ich bereit bin für die Ehe.«

»Du meinst, du willst einfach noch eine Weile nichts anbrennen lassen?«

»Das ist eine ziemlich vulgäre Ausdrucksweise, wenn ich das sagen darf«, erwiderte Cannerley. »Ich stelle tatsächlich fest, daß der Kriegszustand unter den weiblichen Bekannten eine gewisse... Freizügigkeit ausgelöst hat. Findest du nicht auch?«

Morris fand das nicht. »Der Tod wirft seine Schatten voraus, nehme ich an. *Timor mortis conturbat me.*«

»Die eingelegten Shrimps«, sagte Cannerley zum Ober. »Verdammt teuer, ich weiß nicht, wo sie sie herhaben. Aber nimm sie, Robin, wenn du magst.« Er schob eine helle Haarlocke aus der Stirn.

Auf der Speisekarte von Morris standen keine Preise, und er traute sich nicht.

»Nein, ich nehme...« Er überflog die Speisekarte, um etwas Bescheideneres zu finden. »Als Vorspeise den Salat mit Sardinen. Erinnerst du dich an das Mädchen, das wir im Zug auf der Rückfahrt von Edinburgh kennengelernt haben?«

»Aber ja«, sagte Cannerley, »die kleine Schottin. Damit ist eine Geschichte verknüpft. Weißt du, was passiert ist?« Er beugte sich nach vorn. »Hast du gehört, daß wir drüben einen Mann von der Abteilung G rekrutiert haben? Fowler? Er sollte dafür sorgen, daß die junge Dame einen kleinen Auftrag erledigt und eine irreführende Nachricht weiterleitet. Als Gegenleistung wollte er ihr irgendeine allgemeine Auskunft über den Aufenthaltsort ihres Freundes liefern.«

Morris nickte.

»Es ist alles ziemlich aus dem Ruder geraten. Fowler mußte die Region verdammt überstürzt verlassen. Es wurde offenbar alles ein bißchen heiß. Ihm ist es gerade eben gelungen, wieder Kontakt zu ihr aufzunehmen.«

»Ich dachte, sie sollte sich nur kurze Zeit dort aufhalten.«

»Offenbar weigert sie sich, nach Hause zu kommen.«

»Warum?« fragte Morris.

»Wer weiß. Abteilung G hat es wie üblich verpfuscht.«

»Ist es schlimm, daß sie noch da ist?«

»Nicht für uns. Es ist eigentlich sogar von Vorteil für uns, weil es Fowler Gelegenheit gibt, etwas mehr aus der Sache zu machen. Aber ich vermute, Abteilung G ist gerade ganz schön in Fahrt.«

Morris lachte. »Wie dem auch sei, ich treffe mich im Moment mit einer Frau, die lose mit ihr befreundet ist«, sagte er. »Sie heißt Sally, sie haben mal zusammen gewohnt.«

»Wie ist sie denn so?« fragte Cannerley, als das Essen kam.

»Sie ist ganz nett. Entzückend, um ehrlich zu sein. Das Problem ist, daß sie ganz verrückt nach einem Fregattenkapitän der Kriegsmarine ist.«

»Mein Gott«, sagte Cannerley. »Ich habe keine eingelegten Shrimps mehr gegessen, seit der Krieg ausgebrochen ist. Es gab sie immer in Goodwood.«

Da der große Zeiger der Uhr die Zwei überschritten hatte, als sie mit dem Essen fertig waren, war es ihnen gestattet, der Schachtel im silbernen Halter ein Streichholz zu entnehmen und sich eine Zigarre anzuzünden, während sie einen dünnen, bitteren Kaffee tranken. Allmählich kamen sie wieder auf den Anfang ihres Gesprächs zurück.

»Ich halte es für sehr unwahrscheinlich, daß Laval zu einer Kriegserklärung imstande ist«, sagte Cannerley. »Auch wenn ich ziemlich sicher bin, daß er es gerne möchte.«

»Warum bist du sicher, daß er nicht dazu imstande ist?«

»Weil er versuchen würde, sie mit irgendeiner Abmachung zu verbinden, und die Deutschen noch nie an einer wie auch immer gearteten Zusammenarbeit mit Vichy interessiert waren.«

»Sie lassen die besetzte Zone überwachen.«

»Das entlastet sie. Sie gewähren Vichy den Anschein von Autonomie, weil es dazu beiträgt, die öffentliche Ordnung zu wahren, aber die Deutschen haben auf keinem einzigen Gebiet ernsthaft mit ihnen zusammengearbeitet. Und selbst wenn sie den Krieg gewännen, würden sie Lavals Speichelleckerei vollkommen ignorieren.«

»Kein Ehrenplatz an der Tafel?«

Cannerley lachte. »Sie wären noch nicht mal am unteren Ende zu finden. Noch nicht mal im selben Raum.«

In der kurzen Pause, die darauf folgte, sagte Morris: »Tut mir leid wegen deines Vaters. Ich habe die Todesanzeige gelesen.«

Cannerleys Gesicht verdunkelte sich. »Ja, danke. Manchmal glaube ich ... Ich weiß nicht, es ist mehr als nur der Tod.«

»Geht es dir gut? Du siehst furchtbar aus.«

»Ja.« Cannerley lachte. »Ja, mir geht's gut. Spielst du am Wochenende?«

»Ja, in Worplesdon. Ich freue mich schon sehr darauf.«

Kurz darauf standen sie auf den breiten Steintreppen des alten, grauen Gebäudes und schlugen ihren Mantelkragen hoch, während sie an dem trüben Nachmittag Ausschau nach dem gelb leuchtenden Freizeichen eines Taxis hielten.

Morris versuchte sich vorzustellen, wie London unter deutscher Besatzung aussehen könnte: Wachtposten vor der National Gallery; das Außenministerium beschlagnahmt als Kommandozentrale für irgendein verrücktes Naziprojekt; Menschen, die die Straßen entlang zu ihren schmachvollen Behausungen hasteten; eine Farce von Schattenregierung unter der Leitung von Lord Halifax, die sich in irgendeine elegante Stadt zurückgezogen hätte – vielleicht nach Cheltenham oder Leamington Spa. Welche Fügung in der Staatsführung, der Geographie und des politischen Betrebens, wie viele verzweifelte Tage, an denen übermüdete junge Männer zu ihren leichtgebauten Flugzeugen gestolpert und von Rasenflächen aus gestartet waren, hatten die Katastrophe so haarscharf abgewendet? Er zitterte, als der Novemberwind in Böen aus Richtung der St. Martin's Lane die schmale Straße entlangfegte.

In Frankreich erwachte Charlotte allmählich aus ihrem tiefen Schlaf und stellte fest, daß die Äste der fast kahlen Kastanie in verschwommenen Schatten auf der nackten Wand ihres Schlafzimmers hin und her wogten. Draußen raschelte in den letzten trockenen Blättern der Herbstwind; ein Dichter hätte das Geräusch vielleicht mit dem Klang von schluchzenden Geigen verglichen, aber es hörte sich eher nach gedämpften Schlägen auf zusammengebundenen Becken an.

Charlotte zog sich an und ging die kahle Hintertreppe hinunter in die Küche. Die metallenen Türgriffe der Schränke fühlten sich kalt an; in dem großen, gefliesten Raum spürte man zum erstenmal, daß der Winter bevorstand. Charlotte machte das nichts aus; nach einer Kindheit im schottischen Hochland fürchtete sie sich nicht vor der strengen Kälte, die diese Jahreszeit mit sich brachte, auch wenn sie sich fragte, wie ein Haus von der Größe der Domaine beheizt werden sollte. In ihrem Schlafzimmer konnte sie abends ein Feuer anmachen, und da Levade selten sein Atelier verließ, würde ein ständig geschürtes Feuer in dem großen Kamin mit Marmoreinfassung genügen. Die übrigen nicht benutzten Zimmer müßte man zusperren und der Kälte überlassen.

Das war jedenfalls ihre Meinung, und sie würde sicher nicht

zögern, diese auch zum Ausdruck zu bringen. Seit ihrer Ankunft in der Domaine hatte sie gelernt, daß Offenheit die Eigenschaft war, die Levade am meisten zu schätzen schien. Seine Ehrlichkeit sich selbst gegenüber hatte bei ihr zu einer ebensolchen Freimütigkeit geführt; und es wäre nichts gewonnen, wenn sie nicht alles zur Sprache brachte, was ihr am Herzen lag. Die einzige Kunst bestand darin, bei Levade den richtigen Augenblick abzupassen und ihn nicht zu stören, wenn er durch seine Arbeit abgelenkt war.

Als sie im Eßzimmer das Geräusch seiner Pantoffeln auf dem rissigen Holzfußboden hörte, brachte sie ihm seinen Tee. Sein Gesicht war aschfahl, um die Augenhöhlen lagen tiefe graue Schatten; sie fand, daß seine Haut für einen Menschen in seinem Alter erstaunlich ausdrucksvoll und wandelbar war. Sein Kopf hing unbeweglich über der blauen Schale mit Tee, die sie ihm hingestellt hatte, und sie konnte die schreckliche Last der Schlaflosigkeit spüren, die seinen schwerfälligen Bewegungen anhaftete. In ungefähr einer Stunde, wenn er noch mehr Tee getrunken und ein paar Zigaretten geraucht hatte und im Garten herumgelaufen war, würde es ihm bessergehen.

Er hob den Kopf. »Ich habe nachgedacht, Madame Guilbert. Ich glaube, Sie und ich, wir kennen uns jetzt gut genug, daß Sie manchmal nachmittags in mein Atelier kommen können.«

Charlotte antwortete etwas konfus, so überrascht war sie, unsicher, was er von ihr wollte. Würde eine Dominique Guilbert ihm für diese Ehre danken oder um mehr Geld bitten, oder würde sie ein solches Angebot empört ablehnen?

Levade lächelte angesichts ihrer Verwirrung. »Ich brauche zunächst ein wenig Hilfe, um meine Papiere zu ordnen. Und ich nehme an, dem Zimmer würde es auch nicht schaden, wenn es mal wieder saubergemacht wird. Es muß zwei Jahre her sein, daß ich das letzte Mal eine Putzfrau hineingelassen habe.«

»Ich verstehe«, sagte Charlotte. »Das geht in Ordnung.«

Als sie sich wieder gefaßt hatte, sagte Levade: »Natürlich gibt es auch noch ein paar andere Dinge, bei denen Sie mir helfen können.«

Bevor Charlotte Gelegenheit hatte herauszufinden, worum es sich handeln könnte, klingelte in der Eingangshalle das Telefon, und Levade bedeutete ihr mit einem Nicken, daß sie abnehmen sollte.

»Dominique!« Juliens aufgeregte Stimme drang an ihr Ohr. »Sie haben es getan. Sie haben es getan, sie sind durchgebrochen, sie haben uns überrannt, sie haben –«

»Julien, was –«

»Jetzt herrscht der totale Krieg. Kein Pétain mehr, keine Abkommen, das war's. Sie sind hier in Lavaurette, sie sind überall.«

»Meinen Sie etwa, daß sie –«

»Ja, sie haben gestern nacht die letzte Linie durchbrochen, ganze Divisionen, sie haben das gesamte Land eingenommen. Sie sind auf dem Weg Richtung Meer, um die Küste zu schützen, aber sie lassen überall ihre Soldaten zurück. Wir werden unseren eigenen kleinen Deutschen haben, der für uns zuständig ist. Kommen Sie und schauen Sie sich das an, Dominique. Kommen Sie.«

Charlotte rannte zurück ins Eßzimmer, um es Levade zu erzählen, der den Kopf schüttelte und fluchte.

»Ich möchte ins Dorf fahren«, sagte Charlotte. »Haben Sie etwas dagegen, wenn ich –«

»Nein, fahren Sie nur.«

In Lavaurette schienen sich alle Bewohner auf der Straße eingefunden zu haben und murmelten in eng zusammenstehenden Gruppen oder starrten schweigend und schreckerfüllt auf die deutschen Kraftfahrzeuge, die entlang der Avenue Gambetta geparkt waren. Ein kleiner Junge marschierte mit übertriebenem Stechschritt vor ihnen auf und ab, bis er von seiner Mutter gerettet wurde.

Charlotte entdeckte Julien, der von gestikulierenden Menschen umringt war, darunter zwei, die sie aus dem Café du Centre kannte – den stillen Schulmeister Claude Benech und Roudil, den Verdun-Veteranen, der sein Vertrauen Marschall Pétain geschenkt hatte. Seit sie Julien kannte, schien er das erste Mal die Beherrschung verloren zu haben; er stritt lautstark mit den beiden Männern und zeigte auf die geparkten deutschen Lastwagen.

Charlotte durchfuhr ein panischer Schrecken, und ihr wurde schlagartig klar, daß sie ihn sofort bremsen mußte. Sie rannte mitten in das Menschenknäuel und packte ihn am Ellbogen. Nach einem kurzen Seitenblick auf sie setzte Julien seine Tirade fort. Er brüllte Roudil an und stieß ein paar beleidigende Worte über Pétain hervor.

Charlotte nahm erneut seinen Arm. »Julien, Sie müssen mit mir kommen. Sie werden in der Domaine gebraucht, Sie müssen sofort kommen.« Julien sah sie nur kurz an und schob dann ihre Hand beiseite. Roudils faltige, wettergegerbte Gesichtszüge schienen erschreckend starr, dann fing sein Mund an zu zittern, und unter seinen geschlossenen Augenlidern rollten dicke, beschämende Tränen hervor.

»Und was Sie betrifft«, sagte Julien und wandte sich an Benech. »Sie –«

Weiter kam er nicht. Charlotte reckte sich nach oben und preßte ihren Mund auf seinen. Sie schlang ihre Arme um ihn und umklammerte ihn, so fest sie konnte. Als sie spürte, daß Juliens Körper sich ein wenig entspannte, ließ sie ihn los. Ihr Mund befand sich noch dicht an seinem, als sie sagte: »Sie müssen jetzt mitkommen. Ihr Vater braucht Sie. Verstehen Sie?«

Allmählich schien Julien zur Besinnung zu kommen, und auf seinem Gesicht zeichneten sich nacheinander Überraschung, Sorge und heimliche Schuljungenfreude ab. Endlich hat er verstanden, dachte Charlotte, als er sich räusperte und sich kurz bei Roudil entschuldigte, der sich mit einem Taschentuch die Wangen trocknete. Julien und Charlotte gingen schweigend den Hügel hinauf, mit dem unbehaglichen Gefühl, von neugierigen Blicken verfolgt zu werden.

Zwei- oder dreimal setzte Julien an, um etwas zu sagen, beherrschte sich dann aber wieder. »Das war dumm von mir, Dominique«, überwand er sich schließlich. »Ich muß Ihnen danken, daß Sie mich unterbrochen haben.«

Oben am Platz setzten sie sich vor dem Hôtel de Ville auf eine Bank und sahen hinunter in den Ort. Sie konnten den deutschen Konvoi noch erkennen: ein halbes Dutzend Lastwagen für Truppentransporte, ein gepanzertes Fahrzeug und ein beschlagnahmter schwarzer Citroën, wie der, an dem Monsieur Chollet in Clermont-Ferrand gearbeitet hatte. Deutsche Soldaten saßen am staubigen Straßenrand und tranken aus Emailbechern, während die jüngeren Offiziere sich auf die Suche nach Lebensmitteln machten.

Charlotte beobachtete Juliens Gesicht, aber traute sich nicht, etwas zu sagen. Er stützte das Kinn auf die Hände und schüttelte dann den Kopf.

»Vielleicht ist es ja gut so, ich weiß es nicht. Vielleicht...« Er zuckte mit den Schultern. »Wenigstens bedeutet das, daß wir alle im selben Boot sitzen, es muß jetzt eine allgemeine, einheitliche Résistance geben. ...Und doch kann ich es einfach nicht glauben – diese Männer in Uniform zu sehen, diese dummen Bauernjungen und Fabrikarbeiter aus Hannover oder Bayern oder wo immer sie auch herkommen, hier in Lavaurette. ...Irgendwie kam es mir in Paris anders vor. Dort war es leichter zu glauben, daß es mit der Diplomatie nicht richtig geklappt hatte und daß man die deutschen Truppen lediglich als eine neue und ziemlich ungeduldige Art Polizei betrachten mußte. Man konnte es einfach alles für einen weiteren politischen Fehler halten – und an die haben wir uns weiß Gott gewöhnt. Aber hier wirken sie so fremd...«

Charlotte fühlte mit ihm, er war verwirrt und hatte offenbar das bedrückende Gefühl, daß sich das alles irgendwie hätte verhindern lassen können.

»Wir müssen sehr vorsichtig sein, Octave«, sagte sie.

»Ich weiß. Übrigens haben Sie mich gerade bei einem anderen Namen genannt. Als Sie mich geküßt haben.«

»Ich weiß. Es wäre dumm gewesen, wenn ich Sie vor Leuten, die genau wissen, daß Sie nicht so heißen, ›Octave‹ genannt hätte.«

Julien sah sie an, kniff die Augen zusammen, diesmal zeigte er jedoch nicht sein übliches freimütiges Lächeln, sondern wirkte vielmehr verblüfft. »Sie sind wirklich eine bemerkenswerte Frau, Madame Guilbert. Sehr entschlossen.«

»Als ich sechzehn war, stand in meinem Schulzeugnis, daß ich zu passiv sei.«

Julien stieß ein lautes, schnaubendes Gelächter hervor. »Passiv! Du meine Güte.«

»Jedenfalls«, sagte Charlotte, »mußte jemand unter diesen Umständen die Initiative ergreifen.«

»Es hat mir gefallen, daß Sie mich geküßt haben.«

»Das hat nichts zu bedeuten.«

»Wie meinen Sie das?«

»Es war politisch.«

Auf Juliens Gesicht breitete sich ein strahlendes Lächeln aus. »Ich verstehe. Und es müßte ein vergleichbarer Notfall eintreten, um es zu wiederholen?«

»Mindestens.«

Es entstand eine Pause, und Julien schaute auf den Boden; er zeichnete mit der Kante seiner Schuhe Muster in den Staub. »Erinnern Sie sich, wie Sie sich damals entschlossen haben hierzubleiben und das Gefühl hatten, es sei eigentlich noch nicht richtig losgegangen mit den Aktionen?«

»Ja.«

»Was für ein Gefühl haben Sie jetzt?«

»Ich habe das Gefühl, daß es jetzt losgeht«, antwortete Charlotte. »Aber ich bin nicht entmutigt. Ich bin der Ansicht, daß der Feind sich jetzt offen zeigt, und das ist gut so – auf diese Weise hat man ihn voll im Blick.«

Julien zog ein Päckchen Zigaretten aus seiner Jackentasche und zündete sich eine Zigarette an. »Ich weiß, daß die Deutschen versuchen werden, uns auszuquetschen, sie werden auf irgendeine Weise dafür sorgen, daß wir für sie arbeiten. Und hier im Süden wird es Krieg geben. Das wird einigen Leuten nicht gefallen, sie werden das Aufrechterhalten der Ordnung über alles andere stellen.«

»Aber wollen Sie denn Kämpfe sehen?«

»Natürlich will ich das. Und Sie können nicht behaupten, wir hätten überstürzt gehandelt. Es ist zweieinhalb Jahre her, daß die Deutschen bei uns einmarschiert sind.« Er lächelte. »Sie sehen besorgt aus.«

»Ja«, erwiderte Charlotte. »Ich dachte gerade daran, wie unauffällig Sie die ganze Zeit von Ihrem Büro aus gearbeitet haben – all die Male, die Sie mich in der Domaine angerufen oder wie Sie bei Césars Mutter eine Nachricht hinterlassen haben, die Anrufe des Funkers, Ihre Gespräche mit den Kommunisten – ja, schauen Sie nicht so überrascht, ich weiß, daß Ihnen manchmal nichts anders übrigblieb. Und all das haben Sie getan, ohne irgend jemandem nur andeutungsweise zu verraten, was Sie wirklich fühlen. Ich will gar nicht daran denken, daß Ihre ganze

Arbeit unter Umständen durch einen dummen Gefühlsausbruch vernichtet sein könnte.«

»Es stimmt nicht ganz, daß ich nie angedeutet habe, was ich denke. Ich war immer ehrlich, wenn es um die Fehler der Vichy-Regierung ging. Als ich mich dann an diesen Aktivitäten beteiligt habe, fand ich, daß es Verdacht erregen würde, wenn ich plötzlich meine Meinung änderte. Also wurde es zu einem doppelten Bluff.«

»Aber wegen der Geschichte von heute morgen müssen Sie etwas unternehmen. Da sind Sie zu weit gegangen.«

Julien legte seine Hand auf ihre. »Sie haben recht. Ich werde heute abend ins Café du Centre gehen und sie verwirren. Ich werde sagen, daß wir unter den Umständen keine andere Wahl haben, als mit den Deutschen zu kooperieren. Ich werde das Wort ›sachlich‹ verwenden.«

»Gut.«

»Warum kommen Sie nicht auch?« Julien sah Charlotte ins Gesicht.

»Dienstmädchen gehen nicht in Bars. Und ich bin eine verheiratete Frau.«

»Ich weiß, aber nach dem, was heute morgen passiert ist, denkt sowieso jeder, daß wir miteinander schlafen.«

»Also meinen Sie, wir könnten es genausogut auch tun?«

»Nein, das habe ich nicht gesagt, ich –«

»Hören Sie, Julien – ich werde Sie nur dieses eine Mal so nennen. Sie sind ein wunderbarer Freund. Ich hatte noch nie einen Freund wie Sie. Ich kann Ihnen gar nicht sagen, wieviel mir das in den letzten Wochen bedeutet hat. Es ist nicht nur, daß wir sozusagen beruflich so gut zusammenarbeiten, wir wären auch ohne das Freunde. Empfinden Sie das nicht auch so?« Charlottes Stimme klang gespannt und mühsam kontrolliert.

»Ja.« Julien klang bei weitem nicht so überzeugt. »Ja, natürlich, Dominique.«

Warum sah er dann so verletzt aus, fragte sich Charlotte, als sie seine Hand wieder zurücklegte. Sie sagte: »Ich muß zurück zur Domaine. Ich habe noch zu tun. Rufen Sie mich heute abend an und geben mir Bescheid, wenn etwas passiert?«

Charlotte ging wieder den Hügel hinunter zu Madame Galliots Haushaltswarenhandlung, wo sie ihr Fahrrad abgestellt hatte. Auf dem Weg dorthin kam sie am Kriegerdenkmal mit seiner gemeißelten Marianne vorbei, die aussah, als sei sie seekrank und von der Namenliste, auf der sie stand, geblendet. An der Avenue Gambetta setzten sich die deutschen Lastwagen in Bewegung und brachen allmählich einer nach dem anderen in einer Lärm- und Abgaswolke Richtung Süden auf.

Claude Benech war angesichts der Entwicklungen verwirrt. Er hatte nicht erwartet, deutsche Soldaten in den Straßen von Lavaurette zu sehen. Ihre Gegenwart signalisierte entweder, daß die Besatzungsmacht sich die Freiheit herausnahm, sich jederzeit, wenn es ihr paßte, über Marschall Pétain hinwegzusetzen, oder daß ein Vorstoß der Alliierten im Süden drohte und eine Verteidigung der französischen Häfen erforderte. An keine der beiden Möglichkeiten mochte er so recht glauben. Einer Sache war er sich jedoch ganz sicher: Daß die Deutschen das gesamte Land besetzt hatten, machte einen kommunistischen Aufruhr nur noch wahrscheinlicher. Hitzköpfe wie Julien Levade und andere noch finsterere Bolschewisten würden versuchen, diese neue Entwicklung für ihren langgehegten Wunsch auszunutzen, um das traditionelle Frankreich zu unterminieren. Benech hatte sich im vergangenen Jahr eingehend mit Politik beschäftigt, und inzwischen war er von seinen Analysen und Voraussagen ziemlich überzeugt. Wenn er recht hatte, würde das bedeuten, daß ein Patriot wie er noch entschlossener und wachsamer werden mußte. Natürlich hieß das nicht, daß er plump oder grob wurde: Er würde einfach so weitermachen wie bisher, und was konnte alltäglicher sein als ein Besuch im Café du Centre?

Irène Galliot begrüßte ihn wie üblich mit einem Minimum an Höflichkeit, als sie auf dem Weg zum Speisesaal mit wiegendem Hüftschwung durch die Bar ging. Benechs Blick klebte an ihrem Hinterteil, das in einem engen Rock steckte. Mit einer Hüfte stieß sie die Pendeltür auf und beugte sich dabei ein wenig nach vorn, um die vier Teller mit Essen von ihrer sauberen weißen Bluse fernzuhalten. Dadurch gewährte sie Benech unabsichtlich einen Blick auf ihr glattes Dekolleté, dessen Rundungen von einem sittsamen und doch vielversprechenden Streifen weißer

Spitze bedeckt wurden. Dann war sie verschwunden, und Benech wandte sich traurig wieder der Theke zu, über die Gayral ihm sein Getränk zuschob.

Das Radio, das auf einem Regal ganz oben stand, spielte ein unangemessen frivoles Lied, das von einem Briefträger handelte, der sich heimlich davonmachte.

Benech ließ sich in die Unterhaltung einiger Männer hineinziehen, darunter Roudil und Julien Levade. Es war ein leises und niedergeschlagenes Gespräch. Benech bemerkte, wie eifrig bemüht Leval sich Roudil gegenüber verhielt. Er brachte ihm Kaffee von der Bar mit und erkundigte sich nach seinem Baugeschäft.

Die friedliche Stimmung, die im Raum herrschte, wurde abrupt unterbrochen, als die Stimme von Marschall Pétain im Radio erklang. Gayral stellte sofort das Radio auf maximale Lautstärke.

Die zwölf Leute in der Bar hielten inne und lauschten der mädchenhaften Stimme des alten Mannes, in der ein trockenes, zögerndes Hüsteln mitschwang. Irène Galliot blieb mit einem Stapel leerer Teller wie angewurzelt in der Tür stehen. Roudils alte Augen schauten flehentlich zum Radio hoch, als sähe er dort oben tatsächlich das Gesicht des alten Soldaten, der in der Hölle von Verdun die Misere von Männern wie ihm verstanden hatte und damals ihr Retter gewesen war.

Am Ende seiner hoffnungsvollen und patriotischen Rede, in der er sich für nichts entschuldigte, ließ Pétain die Marseillaise spielen. Der Klang des zögernden und donnernden Marsches erfüllt Benech mit ruhiger Gewißheit. Er bemerkte, daß Roudil die Hände vors Gesicht geschlagen hatte. Die Gefühle, die die Musik hervorrief, waren augenscheinlich gewaltig: Selbst Julien schien Mühe zu haben, einen heftigen inneren Konflikt zu bändigen.

## 2. KAPITEL

Einmal in der Woche belegte Charlotte morgens das Badezimmer mit Beschlag, nachdem sie das Frühstücksgeschirr weggeräumt und dafür gesorgt hatte, daß Levade sicher in seinem Atelier angekommen war. Der Brennofen, der mit Holz befeuert wurde und im allgemeinen für heißes Wasser sorgte, reichte gerade für eine volle Badewanne, in der sie ihr Haar mit der kräftigen Tinktur wusch, die aus den Tiefen von Madame Galliots Laden stammte.

Als sie im Wasser lag, versuchte Charlotte, sich auf das vorzubereiten, was Mirabel ihr vielleicht erzählen würde. Bis zum Eintreffen der Deutschen war ihr Leben, abgesehen von den Besuchen bei André und Jacob, mit keinem Risiko verbunden gewesen. Vermutlich änderte sich das jetzt; sie würde Mirabels Einschätzung abwarten müssen. Er hatte ihr erstes Treffen vor ein paar Wochen abgesagt, aber Julien zufolge bestand er jetzt noch nachdrücklicher darauf, daß sie sich diesmal trafen. Vielleicht würde er ihr befehlen, nach Hause zurückzukehren, und sie würde ihn inständig beschwören, daß sie in Frankreich noch nützlich sein könnte. Selbst wenn er darauf bestand, konnte sie immer noch ablehnen: Sie würde einfach nicht rechtzeitig eintreffen, um zur verabredeten Zeit das Flugzeug zu besteigen. Das hieße, daß Abteilung G sie verleugnen und entlassen würde, aber sie verfolgte dort ohnehin keine langfristigen Ziele. Es war nicht so, daß sie sich dadurch in größere Gefahr begab, denn sie konnten ihr in Frankreich ohnehin keinen Schutz gewähren. Was ihnen daran nicht gefallen würde, wäre der Gedanke an das, was sie wußte, und daß die Wahrscheinlichkeit, entdeckt und verhört zu werden, zunahm, je länger sie sich in Frankreich aufhielt und durch die Anwesenheit der Deutschen in der unbesetzten Zone jetzt noch größer wurde. Tatsache war allerdings auch, daß sie wenig zu erzählen hatte. Die Taktik von Abteilung G, nur ein Minimum an Informationen weiterzugeben, hatte gut funktioniert: Sie kannte weder Mirabels angenommenen noch seinen richtigen Namen, und sie wußte auch nicht, wo er sich aufhielt. Sie glaubte, daß sie ihn wenigstens vorläufig davon überzeugen könnte, daß sie nicht unbedingt ein Risiko, sondern eher ein Gewinn war. Was sie diesem Treffen so entgegenfiebern ließ, war ihre Hoffnung, ja beinahe die feste Überzeugung, daß Mirabel aufgrund seiner guten Kontakte wußte, wo sich Gregory versteckte.

Als sie ihr Haar notdürftig getrocknet hatte, machte sie sich daran, den Haaransatz zu färben, wo ihre natürliche Haarfarbe allmählich wieder zum Vorschein kam. Sie trug dabei Handschuhe und verteilte die Farbe mit einem Malerpinsel, den sie sich aus Levades Atelier ausgeliehen hatte. Fast zwei Drittel von Antoinettes Flasche hatte sie schon verbraucht; sie mußte an den Laden mit seiner feuchten Luft denken und fragte sich, wie es Antoinette in den verregneten Bergen mit Gilberte und ihrem Besucher aus Clermont-Ferrand, der alle zwei Wochen kam, wohl erging.

Charlotte warf einen Blick in den blau eingefaßten Spiegel über dem Waschbecken und betrachtete das Spiegelbild ihrer ängstlichen braunen Augen. Sie lächelte sich zu und drehte sich instinktiv, um in dem grellen Licht einen positiveren Blickwinkel zu finden.

Es gab Tage, an denen sie kaum an Peter Gregory dachte, Tage, an denen sie sich selbst überzeugte, daß er nicht existierte und daß ihre Erinnerung an ihn vorgetäuscht war; und doch glaubte sie noch immer, daß nur sie ihm sein Leben wiedergeben und daß nur er ihre Zukunft mit ihrer Vergangenheit sinnvoll verknüpfen konnte. Sie hatte Zeit gehabt, ihre Gefühle von allen Seiten zu betrachten und sich vorzustellen, sich sogar zu wünschen, daß sie dahinschwanden. Aber auch wenn ihr Verstand ihr viele Spielarten im Umgang mit Gefühlen aufzeigte – wie sehr man sie respektieren oder ihnen widerstehen sollte, wie wandelbar sie sein konnten, wie unausweichlich sie abstarben –, so blieb ihre Überzeugung jedoch unerschütterlich. Sie würde ihn finden.

Als sie mit nacktem Oberkörper so dastand und sich prüfend im Spiegel betrachtete, wurde Charlotte aus ihren träumerischen Gedanken gerissen, weil sie plötzlich das Gefühl hatte, daß jemand sie beobachtete. Sie schlang ein Handtuch um sich und riß die Tür des kleinen Badezimmes auf. Im Flur war niemand zu sehen.

Das dunkel gefärbte Haar unter einem Tuch verborgen, fegte sie am Nachmittag desselben Tages gerade den langen Flur im ersten Stock, als sich die Tür von Levades Atelier öffnete.

»Madame Guilbert? Könnten Sie einen Augenblick hereinkommen?«

Charlotte folgte ihm mit dem Besen in der Hand ins Atelier.

»Wie finden Sie das?« fragte Levade und wies auf die Leinwand, die auf der Staffelei stand. Das Bild zeigte eine Frau in einem grünen Seidenrock, in der Charlotte sein Modell Anne-Marie wiedererkannte. Es war ihm gelungen, ihren Ausdruck von leicht schüchterner Ernsthaftigkeit einzufangen; er hatte sie aussehen lassen wie eine intellektuelle Person, eine Lehrerin oder Philosophin, und doch hatte er sie barbusig in einem grünen Seidenrock gemalt und in einen imaginären Raum mit surrealen Dimensionen plaziert.

»Es ist wunderbar«, sagte Charlotte, obwohl sie es nicht wirklich wunderbar fand; aber man sah, daß es das Werk eines Menschen war, der sein Fach beherrschte.

»Was gefällt Ihnen daran?« Levade stand mit verschränkten Armen da, ausnahmsweise trug er Schuhe und eine Jacke über dem Hemd, das wie gewöhnlich aus der Hose hing.

»Mir gefällt einfach das Mädchen. Anne-Marie. Mir gefällt die Art, wie Sie sie gemalt haben.«

»Die Ähnlichkeit?« Es war erstaunlich, wie es ihm gelang, in dieses einfache Wort ein solches Ausmaß an Verachtung zu legen.

»Ich fürchte, ja. Schauen Sie sich ihre blasse Haut an. Und die Tatsache, daß die Augen mandelförmig und doch nicht schmal aussehen, die Mitte ist so groß und offen. Wunderschön. Ich habe das noch nie bei einer Frau gesehen.«

Levade seufzte. »Und was ist mit der Haut?«

»Sie ist großartig. Diese Blässe. Aber nicht weiß oder leichenblaß – sie sieht trotzdem gesund aus.«

Levade betrachtete das Bild schweigend. »Es ist ganz und gar nicht gut«, sagte er. Er ging zu einem kleinen runden Tisch und zündete sich eine Zigarette an. »Eigentlich ist es mir egal. Anne-Marie ist für mich nur eine Übung. Es gibt etwas an ihr, das ich versuche, richtig hinzubekommen. Wissen Sie, was es ist?«

Charlotte sah wieder auf das Bild. Es gab keinerlei Zweifel, daß Anne-Maries Brüste absichtlich oder unabsichtlich die Blicke auf sich zogen, ihre Nacktheit wurde durch den Hintergrund, vor dem die Figur plaziert war, noch betont.

»Es sind ihre Arme«, sagte Levade. »Die Haut ihrer Arme. Deswegen habe ich sie gebeten, mir Modell zu stehen. Sie hat in einem Café, nicht weit von hier, gearbeitet, und ich bin dort letztes Jahr einmal gewesen. Es war Sommer, und ihre Arme waren nackt. Sie beugte sich über mich, um einen Teller abzustellen, und ich war von ihrer Farbe und Beschaffenheit fasziniert.« Er schüttelte den Kopf und schnippte die Asche seiner Zigarette auf den Fußboden, ging dann hinüber und stellte sich vor den kleinen Tisch, auf dem ein paar Heiligenstatuen und eine Kerze standen.

Er starrte mit einem Ausdruck von resigniertem Widerwillen erneut auf das Bild.

»Die Arme sind sehr gut«, sagte Charlotte. »Aber vielleicht wird das Auge des Betrachters zu sehr von ihnen abgelenkt.«

»Stört Sie die Nacktheit? Nach all den Statuen und klassischen Vorbildern? Nach Michelangelo und Ingres und –«

»Ich finde nicht, daß es diese Art von Bild ist.«

»Erscheint es Ihnen lüstern?«

»Eigentlich nicht, weil darauf andere Dinge passieren. Aber ein wenig schon, ja.«

»Stellen Sie den Besen hin.« Levade ging hinüber zum Fenster und sah starr in den dichten Wald hinaus, der den Garten im Norden säumte. Sein faltiges Gesicht wirkte in dem sanften klaren Nachmittagslicht älter als sein hagerer Körper.

»Setzen Sie sich.« Er streckte seinen Arm Richtung Bett aus, und Charlotte ließ sich darauf nieder, dabei versuchte sie entspannt auszusehen. Levade blieb am Fenster stehen. Sie beobachtete aufmerksam sein halb abgewandtes Gesicht: die pochende Halsschlagader, den schrumpeligen Adamsapfel, der sich zwischen den Hautfalten hob und senkte, als er wieder etwas sagte.

»Haben Sie Nachricht von Ihrem Mann?«

Charlotte fühlte sich von Levade abgestoßen, aber sie zögerte zuzugeben, daß sie ihn nicht gänzlich verabscheute. »Nein, ich habe nichts gehört.«

»Lieben Sie ihn? Vermissen Sie ihn?«

»Nein. Es gibt einen anderen Mann, den ich liebe.«

»Wie ist sein Name?«

»Pierre.«

Levade wandte sich zum Zimmer um. »Erzählen Sie mir von ihm.«

Charlotte zögerte einen Augenblick, aber die Versuchung war zu groß. Beim Sprechen fiel ihr auf, wie lange sie die ungeteilte Last ihrer Gefühle für Gregory schon mit sich herumtrug. In ihren wachen Stunden und oft auch im Schlaf hatte sie dieser dumpfe, geheime Schmerz erfüllt. Als sie begann, nach Worten zu suchen, nahmen ihre Gefühle von ganz allein Gestalt an und durchbrachen ihre Verschwiegenheit, die sie nun dabei war aufzugeben. Sie spürte, wie die Gefühle in ihr aufwallten und ihre Bewegungen lebendiger machten: Ihre Hände griffen nach der Luft, bewegten sich im Kreis, und eine Röte überzog erst ihren Hals und stieg dann in ihre Wangen. Selbst in den bewegendsten Augenblicken ihrer Geschichte beobachtete sie Levades Augen, um festzustellen, ob er zuhörte, und sie sah, daß sich sein Kopf nicht bewegte, daß seine Augen sie unverwandt anschauten, und sie spürte sein waches Interesse.

Sie war erschüttert, als er sagte: »Ich glaube Ihnen nicht.«

»Was wollen Sie damit sagen?«

»Oh, ich nehme Ihnen den Schmerz und die Leidenschaft ab. Aber ich glaube nicht, daß dieser Pierre ein – was war er doch gleich? – Flieger aus Rennes ist. Ich glaube, er kommt aus England, genau wie Sie, Madame.«

Charlotte schluckte und sah hinunter auf ihre Hände, die jetzt regungslos in ihrem Schoß lagen. »Macht das einen Unterschied?« fragte sie.

Levade schürzte die Lippen und schüttelte den Kopf. »Überhaupt nicht. Der Rest der Geschichte stimmt vermutlich.«

»Ich bin nach Frankreich gekommen, um ihn zu suchen. Alles, was ich Ihnen darüber erzählt habe, wie sehr ich ihn vermisse, wie ich um sein Leben bange – all die Gefühle der Liebe, die ich beschrieben habe, sind wahr.«

»Ich glaube nicht, daß die jemand erfinden könnte, Madame Guilbert. Soll ich Sie weiter so nennen?«

Charlotte seufzte. »Sie können mich genausogut Dominique nennen.«

»Aber warum? Warum noch ein falscher Name? Er ist nicht besser als Madame Guilbert.«

»Aber selbst Julien nennt mich Dominique.«

»Es wäre unser Geheimnis, ein Zeichen unseres gegenseitigen Vertrauens. Wenn Sie möchten.« Er drehte ihr wieder den Rücken zu und sah aus dem Fenster.

Es herrschte lange Schweigen, das schließlich zu Charlottes Überraschung vom Klang ihrer eigenen Stimme gebrochen wurde. »Charlotte.«

»Charlotte.«

Sie nickte. Nach Wochen hörte sie zum erstenmal wieder ihren Namen, und er klang vertraut und liebevoll.

»Und dieser Pierre«, sagte Levade und räumte ein paar Papiere von einem Armsessel, bevor er sich setzte. »Haben Sie sich oft geliebt? Hat es Sie überrascht?«

»Ja. Mir war nicht bewußt gewesen, daß es so sein würde. Der Tag schien nicht genug Stunden zu haben. Wenn ich dachte, daß es zu Ende sei, selbst wenn er sich gerade verabschiedete, fing es wieder von vorn an. Er schaffte es nicht, die Wohnung zu verlassen, immer wieder sank er auf die Knie und fing an, meine Kleider herunterzureißen, und ich wollte es, als hätten wir es den ganzen Tag noch nicht getan, als hätten wir es noch nie getan. Es war schrecklich. Ich wußte nicht, ob es anderen auch... ob...«

Levade sagte nichts. Charlotte befürchtete plötzlich, daß er, anstatt wegen ihrer Qualen Mitgefühl zu empfinden, die Vorstellung auskostete, wie sie und Gregory sich geliebt hatten.

Sie sah ihn an. Es war zu spät, ihr Vertrauen wieder zurückzuziehen. »Ich hatte Angst. Ich hatte wirklich Angst. Es war, als wollte ich ihn verschlingen. Und doch waren meine Gefühle für ihn so sanft. Ich wollte ihm so gern helfen, seine Gesundheit und seinen Lebensmut wiederzufinden, ich hätte am liebsten alles ungeschehen gemacht, was man ihm angetan hatte. Was wir getan haben, war schrecklich, wundervoll – ich weiß nicht, wie Sie es nennen würden. Aber das war nicht der Grund dafür, daß ich hergekommen bin, um ihn zu suchen. Ich kam her, weil ich ihn liebte, weil dieses Gefühl... alles übertraf.«

»Und er hat eine bestimmte Schwäche in Ihnen angesprochen.«

»Natürlich hat er das. Warum sollte ich mich dessen schämen? Nicht jede Frau hätte gefühlt, was ich gefühlt habe. Ich bin sicher, daß es meine Schwächen und Fehler, meine eigenen Wunden waren, an die er gerührt hat. Darum liebte ich ihn so leidenschaftlich. Darum kann ich nicht loslassen, weil ich glaube, daß es außer ihm niemanden gibt, der das schaffen würde.«

Levade stieß einen langen, leisen Seufzer aus, der jedoch in keiner Weise verriet, was er dachte. Er beobachtete Charlotte, wie sie sich bemühte, ihre Aufregung wieder unter Kontrolle zu bringen. Sie sah mit geröteten Augen auf, sie nahm ihm seine Distanz übel.

»Haben Sie nichts dazu zu sagen?«

»Doch. Erzählen Sie mir, wie es Ihrer Meinung nach weitergehen sollte. Wie haben Sie sich Ihr weiteres Leben vorgestellt? Haben Sie geglaubt, daß Sie zusammenbleiben würden, bis einer von Ihnen stirbt? Daß er nie das Haus verlassen würde, ohne daß Sie sich vorher noch einmal geliebt hätten? Daß Ihre Leidenschaft schwinden und sich in eine Art kameradschaftliche Freundschaft verwandeln würde?«

»Nichts von alldem. Es war genug, bei ihm zu sein, in seiner Nähe zu sein. Es war fast genug, daß er am Leben war, auch wenn ich nicht bei ihm war.«

»Und Sie haben sich wahrhaftig keine Gedanken über die Zukunft gemacht?«

»Das habe ich nie getan. Obwohl es vielleicht daran lag, daß ich es mir einfach nicht gestattet habe. Eine kluge Frau gibt sich keinen derartigen Träumen hin, wenn sie im Krieg mit einem Kampfflugzeugpiloten zusammen ist.«

»Und Sie sind eine kluge Frau.«

Sie konnte aus seiner Stimme nicht heraushören, ob es sich dabei um eine Frage handelte.

»Das bezweifle ich.«

»Sind Sie klug genug zu wissen, daß die Probleme von Liebenden allen anderen auf dieser Welt, vor allem Ihren Freunden, vorkommen wie sonderbare Zügellosigkeiten, vergleichbar mit den eigensinnigen Mätzchen von Kindern?«

»Ja, ich glaube, das weiß ich.« Charlottes Stimme klang widerwillig. »Aber hören Sie. Wenn Ihnen in einem Augenblick Ihres Lebens etwas Übermenschliches geboten wird, wenn Sie die Möglichkeit haben, die Oberfläche der Dinge zu durchdringen – und Sie sagen, nein, vielleicht lieber nicht, das langweilt meine Freunde bloß. Was dann? Wie erklären Sie sich selbst den Rest Ihres Lebens? Wie verbringen Sie die Zeit, bis Sie sterben?« Charlotte war erhitzt und aufgebracht. »Ersetzen Sie das durch ein Interesse an was – Essen? Verbringen Sie die nächsten sechzig Jahre mit dem Versuch, den Akt des Atmens faszinierend zu finden?«

Levade lächelte, als er aufstand und zum Tisch hinüberging, auf dem er seine Zigaretten liegengelassen hatte. »Die Liebe, die ein Leben lang dauert und von der romantische Französinnen träumen – und vielleicht auch englische Mädchen, wenngleich nicht unbedingt Sie –, dieses Ideal, von dem sie glauben, daß es unerreichbar ist, ist in Wirklichkeit ziemlich weit verbreitet. Ich kenne Hunderte von Männern und Frauen, die sich ihr ganzes Leben lang geliebt haben und mit diesem Gefühl gestorben sind. Die Gefühle, die Sie beschreiben, sind da schon ungewöhnlicher.«

»Was meinen Sie damit?«

»Die Leidenschaft, das, was die Leute als ›rein körperlich‹ beschreiben, ist vielleicht seltener als das, was sie mit dauerhafter Liebe bezeichnen. Seltener und daher unter Umständen wertvoller.«

»Aber es war nicht nur das, es war mehr, es war –«

»Natürlich war es das. Das ist die Schwierigkeit.«

Charlotte spürte, daß Levade auf ihrer Seite war, aber sie nahm es ihm trotzdem übel.

»Ich nehme an, Sie haben auf diesem Gebiet viel Erfahrung«, sagte sie.

»Viele und sündige Erfahrungen«, erwiderte er und fuhr sich mit der Hand durchs Haar. »Ich bin hierhergekommen, um ihnen zu entfliehen.«

Er war zum Bett gekommen und setzte sich ans andere Ende, Charlotte gegenüber. Er drehte sich zu ihr um. »Ich habe in Paris gelebt. Die meiste Zeit meines Lebens habe ich dort verbracht.

Ich vermute, wir haben alle versucht zu vergessen, was wir gesehen haben.«

»Wo gesehen?«

»Im Krieg.«

Charlotte sah deutlich die Gesichtszüge ihres eigenen Vaters vor sich, und sie wandte den Blick ab von Levades altem, wissendem Gesicht. Sie wollte nicht hören, was er sagte, und das Wort, bei dem sie ihre Ohren verschlossen hatte, war »Krieg«.

Etwas in ihr revoltierte. Sie würde sich dem nicht stellen. Sie sah, wie sich Levades Lippen bewegten, hörte seine dünne Stimme, die belastet war durch die seltsamen Erfahrungen und die schrecklichen Kompromisse, die er gemacht haben mußte, aber sie nahm das, was er sagte, nicht in sich auf. Worte wie Verdun, Generation meiner Freunde perlten an ihrem Geist ab wie Quecksilber an poliertem Glas. Erst als Levade anfing, von seinem Leben in Paris nach dem Krieg zu erzählen, drang die Bedeutung dessen, was er sagte, zu ihr durch und wurde registriert.

Er wollte offenbar sagen, daß er und seine Freunde sich etwas gegönnt hatten, weil ihr Glaube an die Zivilisation an der Westfront in Stücke gerissen und unter den fauligen Schlamm gepflügt worden war. Sie taten, was sie wollten, weil nichts davon zu irgend etwas führte. Es hatte den Anschein, als wollte ihr Levade auf seine indirekte Art und Weise erzählen, daß er nach einer Weile von Frauen besessen gewesen war und es ihm gelungen war, sich ihnen ohne irgendeine praktische oder philosophische Zurückhaltung zu widmen.

»Zu der Zeit, als alles seinen Höhepunkt erreicht hatte, war es geradezu zwanghaft. Ich erinnere mich, daß ich in der Warteschlange bei einem Schlachter in der Rue des Acacias eine junge Frau sah, die hinter mir stand und darauf wartete, bedient zu werden. Ihre Gesichtshaut besaß einen rosigen Schimmer, den ich noch nie zuvor gesehen hatte. Ich konnte meinen Blick nicht von ihr abwenden. Es war eine Fläche von solch zarter Farbe, daß ich sie besitzen mußte, sie berühren mußte. Ich bin ihr nach Hause gefolgt.«

»Haben Sie mit ihr geschlafen?«

»Ja. Ich kann mich bei ihr an nichts anderes erinnern, nicht daran, ob sie groß oder klein, dick oder dünn war, nur an diese rosige Haut.«

»War es so leicht, sie zu überreden?«

»Ja. Das war es immer. Wenn man gefragt hat. Wenn man sich die Mühe machte, es auf einen Versuch ankommen zu lassen. Es waren diese Einzelheiten bei den Frauen, durch die ich mich zu ihnen hingezogen fühlte. Manchmal war es eine bestimmte Frau, manchmal empfand ich diese Leidenschaft für das gesamte Geschlecht. Ich sah ein Mädchen in einem Restaurant, und die Form des Oberschenkels unter ihrem Rock war schon genug. Mich reizte, wie einer Frau das Haar in die Stirn fiel, oder der Blick aus einem Paar brauner Augen.«

Es lag etwas geradezu Unschuldiges in der Leidenschaft, mit der Levade sprach. Sein Blick war auf die gegenüberliegende Wand über Charlottes Schulter geheftet.

»Haben Sie sich in all diese Frauen verliebt?«

Er sah ihr wieder ins Gesicht. »Diesen Ausdruck habe ich nie verwendet. Was ich fühlte, war zwingender und heftiger als das, was, glaube ich, mit diesem Ausdruck gemeint ist.«

»Aber war keine von diesen Frauen anders als die anderen? Sind Sie mit keiner von ihnen eine längere Bindung eingegangen?«

»Die Frage der Dauer war nicht wichtig. Was ich gefunden hatte, war eine Art Paradies, ein erreichbares Paradies. Ich mußte sehen, wie es ausging.«

»Hat es Sie glücklich gemacht?« Ihre Neugier verhinderte, daß in ihrer Stimme ein Anflug von Überraschung oder Ablehnung mitschwang.

»Ja. Eine Weile.« Das erste Mal während ihrer Unterhaltung schien Levade zu lächeln. Wenigstens dehnte sich sein Mund, und die Mundwinkel zeigten kurz nach oben, bevor sie sich wieder senkten. Er stand vom Bett auf und richtete ein wenig steif seinen Rücken auf.

»Ich verstehe Ihren Schmerz, Madame. Jeder in Ihrer Lage glaubt, daß seine Zwangslage auf einem einzigartig unfairen, quälenden Umstand beruht. Bei Ihnen ist es die Tatsache, daß in Kriegszeiten so viele Männer sterben. Es erscheint Ihnen selbstsüchtig, daß Sie sich um Ihren Pierre sorgen – aber niemandem von ihm erzählen können. Und insgeheim glauben Sie, daß Sie ihn mehr lieben, als jede andere Frau ihren vermißten Geliebten liebt. Ist es nicht so?«

»Das würde ich nicht sagen.«

»Sie dürfen es nicht aussprechen, aber das ist es, was Sie glauben. Wenn doch der, den Sie lieben, nicht so weit weg leben würde. Der verheiratete Mann, der sich in ein junges Mädchen verliebt hat, kann es seiner Frau, seiner engsten Vertrauten, nicht erzählen, und seinen Freunden kann er es ebenfalls nicht anvertrauen, weil sie es vielleicht mißbilligen. Es ist so ungerecht, denkt er. Aber jede dieser Situationen hat etwas speziell Ungerechtes.«

»Da ist noch etwas, was mir Sorgen macht«, sagte Charlotte. »Es ist die Kürze der Zeit, die wir miteinander hatten – nur ein paar Wochen. Kann daraus etwas entstehen, das von Dauer ist?«

Levade schüttelte den Kopf. »Sie machen sich Sorgen, daß er Sie vielleicht nicht mehr will, wenn Sie sich wiedersehen?«

»An manchen Tagen tue ich das. Er mußte Französisch lernen, um hierherzukommen. Er mußte in London Unterricht nehmen, und mich hat er auch gebeten, mit ihm französisch zu sprechen, damit er üben konnte.«

»Sie glauben, er hat Sie benutzt, nur weil er die Sprache lernen wollte, um mit Ihrer Hilfe seine neue Aufgabe erfüllen zu können?«

»Manchmal denke ich das. Er wollte diese neue Aufgabe, weil er sich nach der Gefahr sehnte. Ich glaube, er wollte sterben.«

Levade spazierte in seinem Atelier herum. Er nahm ein Buch vom Tisch und begann, darin herumzublättern.

»Wir haben einmal darüber gesprochen«, sagte Charlotte. »Darüber, daß er Französisch lernte. Aber das Schreckliche daran ist, daß ich nicht mehr weiß, was er gesagt hat. Ich habe es immer wieder versucht, aber ich kann mich beim besten Willen nicht daran erinnern.«

»Ich glaube, daß Sie einfach nicht mehr versuchen sollten, sich daran zu erinnern.«

Charlotte fand, daß Levades Stimme ihren priesterlichen Klang verloren hatte und sich wieder etwas mitfühlender anhörte. Er stand vor der Staffelei und hatte angefangen, mit einem Streichmesser eine kleine Farbfläche abzukratzen.

Charlotte stellte fest, daß sie wieder auf Anne-Maries Brüste starrte.

»Würden Sie mir eines Tages einmal Modell stehen, was glauben Sie?«

Trotz ihrer Zweifel fühlte sich Charlotte geschmeichelt. »Sie meinen, so?« Sie deutete auf Anne-Marie.

»Ich weiß nicht. Darüber habe ich noch nicht nachgedacht. Wahrscheinlich nicht.«

»Nun, vielleicht. Warten wir ab.«

Sie war erleichtert, gleichzeitig aber auch ein wenig beleidigt. Was stimmt mit meinen Brüsten nicht, fragte sie sich überrascht. Sie waren sicher nicht schöner als Anne-Maries, das stimmte schon, aber Gregory hatte immer gesagt, daß...

Levade drehte sich plötzlich um und ging durch das Zimmer, dorthin, wo ein Dutzend Gemälde an der Wand lehnten. Er zog eines hervor und drückte es Charlotte in die Hände. »Sehen Sie sich das an.«

Charlotte folgte Juliens Wegbeschreibung und traf Mirabel in einem alten Bauernhaus aus weißem Stein, das ungefähr eine Stunde mit dem Fahrrad von Lavaurette entfernt war. Am Ende des Weges, der von matschigen Blättern und den faulenden Früchten einer Roßkastanie gesäumt war, lag seitlich ein Kalvarienberg, der mit Moos und Flechten grün bewachsen war.

Das Haus war leer, eine ausladende weiße Marmortreppe führte von der Eingangshalle geradewegs zu einem Korridor, von dem aus ein halbes Dutzend große Zimmer abgingen, jedes von ihnen mit nackten Dielen und gestrichenen Wänden.

Mirabel führte Charlotte in das letzte Zimmer auf der rechten Seite, in dem zwei Kastenbetten standen. Als sie das Zimmer betrat, hallten ihre Schritte auf dem Fußboden, der vermutlich gleichzeitig die Decke des darunterliegenden Zimmers war.

Auf englisch sagte Mirabel mit einem leichten Akzent, der verriet, daß er aus Mittelengland stammte: »Herzlich willkommen, Danièle. Es ist schön, ein freundliches Gesicht zu sehen. Setzen Sie sich doch.«

Charlotte setzte sich mit geschlossenen Knien auf die Bettkante. Mirabel lief im Zimmer auf und ab. Er war groß, hatte lockiges, hellbraunes Haar – nahezu ein Färbefall, dachte Charlotte – und einen besorgten Gesichtsausdruck. Er trug Cordhosen und eine blaue Arbeiterjacke aus Baumwolle, hatte ein enorm breites Kreuz, doch auffallend schmale Finger, mit denen er sanft gestikulierte, während er sprach.

»Also, ich bin nicht ganz sicher, wie Ihre Pläne aussehen, aber ich bin gebeten worden, eine Bitte weiterzuleiten. Es tut mir leid, daß wir uns nicht früher treffen konnten. Aber ich wurde aufgehalten, es ließ sich nicht verhindern.« Mirabel räusperte sich. »Um es deutlicher zu sagen, es war verdammt gefährlich, ich mußte weg.«

»Wenn es darum geht zurückzufliegen, dann –«

»Warten Sie. Hören Sie mir zu.«

Er hatte etwas Gebieterisches, aber er schien geistesabwesend – wahrscheinlich dachte er an die Pflichten, die seine Position mit sich brachte. Er schien nervös zu sein.

»Ich glaube, sie sind uns schon wieder auf den Fersen«, sagte er.

»Wer? Die Deutschen?«

»Nein. Irgendeine verrückte französische Gruppe.«

Er sah einen Augenblick aus dem Fenster und schien sich dann wieder zu sammeln.

»Wie gut ist Ihr Französisch?« fragte er.

»Ich gehe als Französin durch. Eine Weile lang. Oder am Telefon.«

»Mit einer kurzen Nachricht kommen Sie also klar?«

»Ganz bestimmt.«

Mirabel erwiderte nichts. Er ging noch ein wenig im Zimmer umher. Charlotte fragte beiläufig: »Und was ist mit Ihnen?«

»Was?«

»Mit Ihrem Französisch.«

»Ich bin zweisprachig. Wie die meisten von uns. Meine Mutter war Französin.«

Mirabel stand am Fenster und betrachtete einen umgefallenen Baumstamm im Garten. Schließlich sagte er: »Sie suchen nach jemandem, nicht wahr?«

»Was meinen Sie?«

»Genau das. Es gibt noch einen anderen Grund dafür, daß Sie hier sind.«

Charlotte war beunruhigt genug, um sich an ihre Ausbildung zu erinnern: so wenig Informationen wie möglich. »Nein«, erwiderte sie. »Ich habe keinen anderen Grund.« Ihr wurde bewußt, daß sie keine Möglichkeit hatte herauszufinden, ob Mirabel der war, für den er sich ausgab: Julien hatte ihr gesagt, wo sie hinfahren sollte, und obwohl sie sich in bezug auf Julien sicher war, so konnte es doch möglich sein, daß dieser Mann nicht der wahre Mirabel war. Wenn er zweisprachig war, könnte er schließlich auch Franzose sein, ein Vichy-Polizist mit einem englischen Elternteil, von dem er die Sprache, inklusive Dialekt, gelernt hatte.

Mirabel schaute sie an, auf seinem Gesicht erschien ein müdes und leicht überhebliches Lächeln. »Gut. Lesen Sie das.« Er gab Charlotte ein Stück Papier, auf dem ein einziger Name und eine Straße mit Angabe der Hausnummer standen, darunter ein Kartenhinweis, ein Datum und eine Uhrzeit.

Charlotte sah auf. Mirabel sagte: »Können Sie das auswendig lernen?«

»Das habe ich schon getan.«

»Die Adresse ist in Limoges. Ich möchte, daß Sie dorthin fahren. Fragen Sie nach dem Namen. Dann teilen Sie ihm die anderen Angaben mit. Sie stammen von uns. Es sind Angaben, die einen Abwurf betreffen. Sie müssen sagen, daß Frédéric Sie geschickt hat. Haben Sie das verstanden? Es ist sehr wichtig. Sonst glauben sie Ihnen nicht. Frédéric.«

»Das ist alles?«

»Das ist alles.«

»Nun, das ist ziemlich einfach.«

Mirabel schaute Charlotte mißtrauisch an. »Wollen Sie nicht etwas... Ich meine, kann ich Ihnen gar nicht helfen?«

»Nein, es sieht ziemlich unkompliziert aus.«

Charlotte dachte einen Augenblick nach. »Ich dachte, daß Sie mir befehlen würden, nach Hause zurückzukehren.«

»Warum sollte ich das tun?«

»Weil ich mein Flugzeug nicht genommen habe. Ich sollte eigentlich nicht mehr hier sein.«

»Davon weiß ich nichts. Jedenfalls brauchen wir jeden, den wir kriegen können.«

»Werden Sie ihnen das sagen? Werden Sie den Leuten in London sagen, daß Sie mich brauchen?«

»Wir werden sehen. Aber dafür möchte ich, daß Sie mit niemandem über das sprechen, worum ich Sie eben gebeten habe. Erwähnen Sie es Octave gegenüber nicht.«

»Warum nicht?«

»Tun Sie es einfach nicht.« Mirabels Stimme war laut in dem kahlen Zimmer. Er nahm sich zusammen. »Dann habe ich vielleicht Neuigkeiten für Sie. Über die Person, die Sie suchen. Wir sollten in Verbindung bleiben.«

Charlotte atmete tief ein, um das Hämmern in ihrer Brust zu beruhigen. Sie sagte leise: »Ich weiß nicht, wie ich Sie erreichen kann.«

»Machen Sie sich darüber keine Gedanken«, sagte Mirabel. »Wenn Sie die Nachricht erfolgreich übermittelt haben, werde ich mich wieder mit Ihnen in Verbindung setzen.«

Charlotte wußte, daß sie nichts sagen sollte, konnte aber nicht anders, sie mußte es tun. Mit verhaltener Stimme fragte sie: »Wissen Sie wirklich, wo er ist?«

Mirabel schaute ihr in die Augen. »Ja, meine Liebe«, sagte er. »Ich weiß, wo er ist.«

## 3. KAPITEL

»Guten Morgen, Mademoiselle Bobotte. Sie sehen sehr gut aus. Sie gehen wohl zur Abwechslung im Moment früh schlafen.« Julien Levade ging rasch durch die Eingangshalle und atmete den vertrauten Geruch von Tabak und Holzpolitur ein, der heute noch einen zusätzlichen Bestandteil enthielt; vielleicht war es Lavendel, aber es roch nicht unbedingt nach einem Frauenparfüm, sondern eher nach einer Art kräftigem Alkohol, den Männer nach der Rasur auf ihrer abgeschabten Haut verrieben.

»Kaffee, Monsieur Levade?«

»Ach, so nennen Sie das? Wenn Sie darauf bestehen.« Julien bog auf der Treppe um die Kurve und war in Sicherheit.

Er saß an seinem Schreibtisch und schaute über den gepflasterten Hof zur Tür, die auf die Straße führte. Ein fetter Nazi hockte wie eine dumpf vor sich hin brütende Kröte im schönsten Haus von Lavaurette, das zu diesem Zweck beschlagnahmt worden war. Sein Land war zugrunde gerichtet, von außen war man einmarschiert, von innen war es verraten worden. Seine Arbeit war wegen fehlender Mittel vorübergehend eingestellt worden, und doch empfand er einen Hauch von Optimismus, als er zu den Fenstern des Wohnhauses gegenüber sah, die von der tiefstehenden Wintersonne beleuchtet waren.

Er öffnete das halbe Dutzend Briefe, das auf seinem Tisch lag, hängte seine Jacke hinter der Tür auf und ging zu seinem Zeichenbrett. Er war zufrieden, daß sein Umbau funktionierte, doch er hatte keine Ahnung, wer einmal in diesem Hotel übernachten sollte, welche Nationalität die Gäste haben würden und wann es eröffnet werden sollte. Es war anders als die unzähligen Unterkünfte mit Namen wie Hôtel du Lion d'Or oder Hôtel des Voyageurs, mit ihren goldenen Buchstaben auf schwarzen Marmortafeln, ihren muffigen Speisesälen, ihren Kressesuppen und den langen, feuchten Korridoren, wo die sanitären Anlagen nicht funktionierten und verdächtige, heimliche Treffen stattfanden. Sein Hotel sollte beeindruckend schlicht werden und die freigelegten Elemente feiern, aus denen es bestand. Er hatte nicht vor, die Steinfliesen hektarweise mit schattiertem Parkettfußboden völlig zu bedecken, die Balken zu verschalen oder die Decke mit Blümchentapete zu tapezieren. Die Wände sollten weiß gestrichen werden, und das Mobiliar sollte ebenso schlicht sein. Allerdings hoffte er, daß üppige Stoffe und das geplante Heizungssystem – ein großer Boiler, der in einer ehemaligen Einzelzelle unter dem Fußboden eingelassen war –, das, was immer noch an Buße in der Luft hing, möglichst bald verschwinden lassen würden.

Vielleicht fand die Eröffnung 1946 statt. Der Bürgermeister von Lavaurette würde erscheinen, und es würde auch eine Gesellschaft aus Paris kommen, die Seniorpartner der Firma mit ihren Ehefrauen. Am ersten Abend würden dann Reden gehalten, man bedankte sich bei den Bauunternehmern und brachte einen Toast auf den früheren Abt aus, der extra zu diesem Anlaß aus dem Altersheim dorthin gefahren würde. Julien würde seinen Smoking tragen, sich unter die Gäste mischen, bescheiden und höflich die Komplimente abwehren. Er lebte dann schon wieder in Paris, und sein alter Chef Weil war wieder eingesetzt. Die französische Staatsbürgerschaft, die Vichy widerrufen hatte, würde Weil von der neu gewählten rechtschaffenen und demokratischen Regierung natürlich zurückerhalten.

Julien starrte auf den Grundriß der Schlafzimmer. Das Zeichnen war der Teil seiner Arbeit, der ihm am besten gefiel. Das fertige Gebäude war nicht unbedingt schlechter als der Grundriß, aber es war immer anders. Zwischen der Idee und ihrer Verwirklichung leistete der Bauprozeß einen eigenen Beitrag; und dem Ergebnis fehlte die erhabene, betörende und komplexe Reinheit der Idee.

Der arme Weil, dachte Julien – wie er seine Arbeit und sein Leben in der Stadt geliebt hat. Er konnte ihn sich lebhaft vorstellen, mit seinen hellen Haaren und seinen raschen Blicken, die den Bruchteil einer Sekunde eher aufleuchteten als die seines Gesprächspartners, wenn er beim Mittagessen in einem seiner Stammlokale am Boulevard de Montparnasse irgendeine ironische Bemerkung oder Klatsch aufschnappte. Wie stolz er darauf war, Franzose zu sein – auch wenn er nie darüber geredet hätte, weil er es als banal empfand. Wie sehr es ihm gefallen hat, durch diese prächtige Stadt zu spazieren, mit den nicht zu übersehenden, vom Geist der Aufklärung beseelten Wahrzeichen wie der Place de la Concorde und dem Boulevard de la République. Jetzt hatte man ihm seine Arbeit und sein Vermögen genommen, und er mußte sich jeden Tag bei einem griesgrämigen, leitenden Regierungsbeamten im sechsten Arrondissement melden und am Kragen seines erstklassigen Kamelhaarmantels den gelben Stern tragen, auf dem das Wort »Jude« stand.

Julien war sicher, daß für Männer wie Weil schließlich wieder alles in Ordnung kommen würde. Wie könnte es anders sein? Sie mußten nur Geduld haben; sie mußten auf die Engländer und Amerikaner warten und auf Leute wie ihn selbst, die den freundlichen Invasoren den Weg ebneten.

Es klopfte an der Tür, und Pauline Bobotte erschien mit der kleinen weißen Porzellantasse voll Kaffee.

Sie blieb am Schreibtisch stehen. Julien sah in ihr gepudertes, rosiges Gesicht, das von kurzgeschnittenem kastanienfarbenem

Haar umrahmt wurde, das ihr in glänzenden Wellen am Kopf anlag. Mit einem Finger fuhr sie an der Schreibtischkante entlang.

»So, Monsieur Levade. Der Feind steht vor der Tür.«

»Er ist schon im Haus, Mademoiselle Bobotte. Wenn Sie genau hingesehen hätten, würden Sie wissen, daß er schon seit einer ganzen Weile hier ist.«

»Oh, ich sehe schon genau hin. Meine Mutter hat immer gesagt, ich habe hinten am Kopf Augen.« Sie lachte kurz auf. »Mir entgeht nichts, das kann ich Ihnen versichern.«

»Das glaube ich Ihnen gern, Mademoiselle Bobotte. Sie sind ein Phänomen. Es wird behauptet, daß Sie sich in Ihrer Telefonvermittlung mit drei Leuten gleichzeitig unterhalten können.«

»Die Leute übertreiben.« Pauline Bobotte sah erfreut aus. »Aber man hat mir berichtet, daß Sie eine neue Geliebte haben. Das Dienstmädchen Ihres Vaters – wenn das das richtige Wort ist.«

»Ach, hat man das? Ich frage mich, warum die Leute so etwas sagen.« Julien hatte eine Bemerkung in der Art erwartet und wollte herausfinden, was der Klatsch derzeit berichtete.

»Offenbar hat sie Sie geküßt, direkt vor allen Leuten, an dem Tag, als die Deutschen gekommen sind.«

»Ich glaube, Mademoiselle, das war im Überschwang des Augenblicks. Wir waren alle ein wenig aufgewühlt. Ich nehme an, ihr war nach ein wenig Beruhigung.«

»Beruhigung! Ein merkwürdiger Ausdruck dafür. Man sagt, Sie hätten außerordentlich erfreut ausgesehen.«

»Ich war nur höflich, das kann ich Ihnen versichern. Unter diesen Umständen tut man sein Bestes.«

»Jedenfalls dachte ich, Sie hätten eine Verlobte in Paris, Monsieur Levade.«

»Ach, dachten Sie das? Ich dachte, sie sei in Lyon. Sie sollten wirklich mit Pauline Benoit sprechen. Sie scheint besser über mein Privatleben informiert zu sein als ich.«

Pauline Bobotte schmollte bei der Erwähnung der anderen Pauline. »Jedenfalls«, sagte sie, »sollten Sie besser vorsichtig sein, wenn Sie mit einem Dienstmädchen wie ihr so weitermachen. Die Leute werden reden.«

»›Die Leute‹?« erwiderte Julien. »Nun, dann sollten Sie ›die Leute‹ davon abhalten, Mademoiselle Bobotte. Es sei denn, Sie glauben, daß Sie dadurch eine von ihnen werden. Madame Guilbert ist eine verheiratete Frau, deren tapferer Mann im Mai 1940 in Gefangenschaft geraten ist und vom Feind gefangengehalten wird. Sie ist ihm vollkommen treu. Es wäre nicht nur unmoralisch, sondern ziemlich unpatriotisch von mir, ihr gegenüber irgendwelche amourösen Absichten zu hegen. Ich sehe mich eher in der Rolle des Beschützers.«

Pauline Bobotte grummelte. »Sie ist aber hübsch.«

»Ist sie das? Ich nehme an, sie ist irgendwie elegant. Für ein Dienstmädchen. Mir ist das eigentlich noch nicht aufgefallen.«

»Warum haben Sie sie denn dann geküßt?«

»Ich habe sie nicht geküßt. Sie hat mich geküßt. Das habe ich Ihnen doch gesagt. Sie war überreizt.«

»Aber warum sollte sie –«

»Genug davon, Bobotte! Gehen Sie bitte wieder zu Ihrer Telefonzentrale. Ich habe Wichtiges zu arbeiten.« Julien gab ihr seine leere Tasse, und Pauline Bobotte machte sich unglücklich wieder auf den Weg zur Tür, wo sie stehenblieb, als wollte sie noch etwas sagen. Aber das Telefon, das unten klingelte, kam ihr zuvor.

»Ach, Dominique«, sagte Julien laut, als sie weg war. »Was soll ich bloß mit Ihnen machen?«

Er legte seine Füße auf den Schreibtisch und schwelgte in der Vorstellung, wie er es zustande brachte, Dominique einzuladen, mit ihm eine Nacht in dem Hotel zu verbringen, bevor es eröffnet wurde. Sie würden das größte Zimmer am Ende des westlichen Aufrisses nehmen, das mit Blick hinunter auf den Fluß. Das Bett war noch unberührt, die Laken waren aus Leinen, gerade erst aus ihrem braunen Papier gewickelt. In die Badewanne war noch nie Wasser eingelassen worden. Das Badezimmer selbst war erfüllt vom Duft der Gardenien, und die Lampen und Armaturen waren kühn und modern, verchromt mit Porzellaneinsätzen. Er hatte neue Kleider aus Paris für sie kommen lassen – einen Rock, ein Kostüm vielleicht, und er würde ihr beim Anziehen helfen. Im Lauf der langen Vertraulichkeiten der Nacht würde er die Schichten ihrer angenommenen Identitäten durchdringen, um das englische Mädchen zu entdecken und herauszufinden, was sie bewegte, was es war, das ihre Augen mit diesem ernsten und verzaubernden Strahlen erfüllte.

In der Mittagspause besuchte Julien die Duguay-Jungen. Mademoiselle Cariteau führte ihn in die Küche und schenkte ihm ein Glas Wein ein. Sie wirkte so energisch und zuversichtlich wie gewöhnlich, aber in ihren Augen lag ein besorgter Ausdruck.

»Ich lasse die Jungen jetzt nicht mehr gern nach unten«, sagte sie. »Es fällt ihnen sehr schwer, oben im zweiten Stock eingesperrt zu sein, aber ich kann es einfach nicht riskieren. Ich habe Maman gebeten, mehr Zeit mit ihnen zu verbringen, wenn ich bei der Arbeit bin, damit sie sich nicht so allein fühlen.«

Julien fand André und Jacob in einem kleinen Schlafzimmer im hinteren Teil des Hauses. »Ich habe euch etwas mitgebracht«, sagte er. »Ich habe es in einem Antiquitätenladen in einer Stadt gefunden, wo ich neulich war. Ich hoffe, sie gefallen euch.«

Er holte aus seiner Tasche sechs Bleisoldaten hervor, bei denen die bunten napoleonischen Uniformfarben allmählich abblätterten. Die Jungen griffen ungeduldig nach ihnen. Julien unterdrückte den pedantischen Drang, ihnen zu sagen, daß sie sich bedanken sollten. Dann sah er den aufgeregten Ausdruck in ihren Augen und erinnerte sich daran, daß sie wahrscheinlich kein Spielzeug mehr gesehen hatten, seit sie ihr Elternhaus verlassen hatten. Jacob hatte Schwierigkeiten, einen seiner Soldaten zum Stehen zu bringen; es war eine nutzlose Figur, die feierlich salutierte und deren Standfläche verbogen war. Jacob gluckste nichtsdestotrotz vor Vergnügen. Andrés Reaktion war eher unbestimmt; er war verärgert, daß bei einem seiner Soldaten ein Säbel abgebrochen war, und meinte, daß er mit einer Armee, die nur aus drei Soldaten bestand, nicht viel anfangen könne.

Julien erinnerte sich daran, wie André früher überall herumgehüpft war, und stellte fest, daß er diese Leichtigkeit verloren hatte. Er war ein mürrischer kleiner Junge geworden; seine Sachen wurden ihm allmählich zu klein, und sein Haar hing ihm in die Augen. Er sah unzufrieden aus und schien nach Anlässen zu suchen, um aufzubegehren. Dann, als Julien gehen wollte und schon in der Tür stand, hüpfte André plötzlich an seiner Seite auf und ab, packte seinen Arm und sagte: »Danke schön, danke schön«, dabei bellte er wie ein Hund.

Als Julien wieder in die Küche kam, machte sich Sylvie Cariteau gerade fertig, um wieder zum Postamt zu fahren.

»Es scheint ihnen einigermaßen gutzugehen, oder?« fragte er.
»So gut, wie es ihnen unter diesen Umständen gehen kann.«
»Hören Sie, Sylvie, Sie verstehen doch, wie die Dinge sich verändert haben, nicht wahr? Als André und Jacob anfangs hierherkamen, hätten Sie der Gendarmerie gegenüber jede Menge Entschuldigungen vorbringen können, und wahrscheinlich hätten sie ohnehin ein Auge zugedrückt. Jetzt ist alles anders. Sie nehmen die Juden von überall mit, dabei spielt es keine Rolle, ob es sich um Ausländer oder Franzosen handelt. Die Regierung versucht zwar, bei den Quoten zu verhandeln, aber letzten Endes kollaborieren sie mit den Deutschen. Sie gehen jetzt wirklich ein Risiko ein. Wenn Sie André und Jacob hier finden, werden Sie ebenfalls bestraft.«
»Ich weiß«, sagte Sylvie. »Aber ich kann sie jetzt nicht vor die Tür setzen. Um Maman mache ich mir mehr Sorgen. Sie begreift es einfach nicht.«
»Aber können Sie sich auf sie verlassen? Wird sie nichts verraten?«
»Nein, das glaube ich nicht. Ich habe versucht, es ihr zu erklären. Und sie hat die Jungen inzwischen gern. Eins verstehe ich nicht, Julien. Wohin bringen sie diese Leute?«
»Erst fahren sie nach Paris, dort werden sie in Züge verfrachtet.«
»Züge?«
»Ja. Nach Polen, hat man mir gesagt.«
»Und was geschieht dort mit ihnen?«
»Theoretisch arbeiten sie. Sie stecken sie in Arbeitslager.«
»Theoretisch?«
»Eigentlich... Wenn sie sie arbeiten lassen wollten, würden sie sie nach Deutschland schicken und nicht nach Polen. Ich weiß nicht. Es kursieren Gerüchte. Diese Menschen sind nicht wie wir.«

Auf dem Weg zurück in sein Büro lief Julien auf der Avenue Gambetta Claude Benech über den Weg. Er zögerte einen Augenblick und erinnerte sich dann, daß er Dominique versprochen hatte, ein doppeltes Spiel zu spielen, und streckte Benech zur Begrüßung die Hand entgegen. Benech nahm sie kurz und eilte dann weiter.

Benech wäre Julien Levade in diesem Moment lieber nicht begegnet. Er war nämlich auf dem Weg zu einem heimlichen Treffen, und obwohl es völlig korrekt war, wollte er nicht, daß man ihm über sein Tun Fragen stellte.

Ein paar Tage zuvor hatte er einen vervielfältigten Brief erhalten, der unter dem Symbol der Doppelaxt von Vichy und dem Motto »Arbeit, Familie, Vaterland« und den Worten »Lieber Patriot« begann. Der Brief lud ein, sich in einer Nebenstraße von Lavaurette bei einer bestimmten Adresse einzufinden, wo er etwas über eine Möglichkeit erfahren sollte, wie er seinem Land dienen konnte. Gegen eine Minute vor zwei Uhr klopfte Benech in einer dunklen Straße, die optimistischerweise Rue des Rosiers hieß, an eine dünne blaue Tür. Während er darauf wartete, daß man ihm öffnete, dachte er, daß sich hier wohl seit Jahren kein Rosenstrauch emporgekämpft hatte. Es war eine Gegend des Dorfes, die zwischen der Werkstatt und der Fabrik lag und die er kaum kannte.

Die Tür öffnete sich in einen düsteren Flur; am Fuß der Treppe stand ein runder Tisch, auf dem gerade ein Telefon klingelte. Erst als Benech drinnen stand und sich umdrehte, sah er den großen Mann, der ihm geöffnet hatte, hinter der Tür stehen. Er trug eine glänzende, wattierte Lederjacke, und eine Zigarette hing ihm im Mundwinkel. Der Mann führte ihn die Treppe hinauf, das heisere Klingeln des Telefons ignorierte er. In dem Zimmer, das nach vorn rausging, standen lediglich ein großer Kiefernholztisch mit weißen Farbflecken und drei harte Stühle. Die Fensterläden waren geschlossen, das Zimmer wurde von einer Glühbirne erhellt, die von der Decke baumelte. In diesem Licht konnte Benech den anderen Mann besser sehen: Er war Mitte Dreißig, hatte schwarzes, gewelltes Haar, Koteletten und buschige Augenbrauen. Er war kräftig gebaut und neigte zur Fettsucht, sein Bauch drückte die Gürtelschnalle leicht nach unten. Er hatte die Statur eines ehemaligen Fußballspielers oder Boxers.

»Sie können mich Clovis nennen.« Seine Zunge pfiff beim letzten Konsonanten, er sprach mit dem Akzent des Südostens. »Sie sind Monsieur Benech?«

Benech nickte. In Gegenwart dieses Mannes fühlte er sich ein wenig unsicher. Er hatte etwas Formelleres erwartet – Fahnen, eine Uniform –, und er war sich nicht sicher, ob der Direktor seiner Schule seine Anwesenheit hier gutheißen würde. Unten klingelte das Telefon unermüdlich weiter.

Clovis zündete sich eine neue Zigarette an und schob Benech das Päckchen über den Tisch zu. Dieser schüttelte den Kopf.

»Ich reise in der Gegend herum, um für eine Organisation Mitglieder zu gewinnen«, begann Clovis. »Sie soll ihre Arbeit offiziell im Januar aufnehmen, wir haben daher keine Zeit zu verlieren. Es handelt sich um eine politische Partei, aber Politik interessiert mich nicht. Ich suche Freiwillige für die Miliz, die der Partei angeschlossen ist. Das Ziel der Miliz ist es, für Ordnung zu sorgen, während die politische Reform durchgeführt wird.«

Benech fuhr sich mit der Zunge über die Lippen. »Ich bin nicht sicher. Ich möchte keiner Organisation angehören, die nicht Teil der Vision ist, die der Marschall für Frankreich hat.«

Clovis lachte, das Lachen hatte den tiefen, umgänglichen Klang, den Benech oft im Café du Centre gehört hatte und um den er die anderen Männer beneidete. »Es gibt keinen Grund, sich Sorgen zu machen, Monsieur, hierbei handelt es sich um ein Projekt von Monsieur Laval persönlich. Er wird bei dieser Organisation den Vorsitz haben.«

Benech setzte sich in seinem Stuhl nach vorn. »Wirklich?«

»Selbstverständlich. Die Partei hat das Ziel, alle patriotischen Gruppen im Land zusammenzuführen. Die Miliz steht allen Freiwilligen offen. Sie wird auch eine Jugendabteilung für Jungen und Mädchen haben. Aber ich rede hier von ständigen Mitarbeitern, Leuten, auf die wir uns verlassen können.«

Clovis war schlauer, als er aussah, dachte Benech. Vielleicht würde er ihm den zwanglosen Empfang verzeihen, wenn dieser Plan von Vichy ausging, Monsieur Laval der Drahtzieher war und somit den Segen des Marschalls persönlich hatte.

»... nur ein paar Fragen zu Ihren Anschauungen. Sie werden Sie bestimmt danach fragen«, sagte Clovis. »Wer ist der schlimmste Feind des wahren Frankreich?«

»Die Kommunisten«, antwortete Benech. »... und die Engländer«, fügte er rasch hinzu, weil er fürchtete, die erste Antwort sei vielleicht nicht richtig gewesen.

Clovis nickte und lächelte. Er schob ein Blatt Papier über den

Tisch. »Lesen Sie das. Es ist der Treueid, den Sie schwören müssen.«

Benech las: »Ich schwöre, gegen die Demokratie, gegen den gaullistischen Aufruhr und gegen den verderblichen Einfluß der Juden zu kämpfen...« Es war zwar für seinen Geschmack ein wenig zu scharf formuliert, aber im Grunde genommen war es der Schwur, auf den er sein ganzes Leben gewartet hatte.

»Gut.«

Als Clovis die Zigarette aus dem Mund nahm, fielen Benech die zahlreichen Kerben und Narben an den langen, dicken Fingern auf. Er spürte, daß dieser Mann sowohl etwas Beruhigendes als auch etwas Anspornendes hatte.

Die Hand, mit der er etwas aus der Schublade holte, war so groß, daß Benech nicht sehen konnte, was er auf den Tisch legte, bis er mit einer schwungvollen Gebärde seine Hand wegzog.

»Haben Sie je so eine benutzt?«

Da er aufgrund seines Asthmas vom Militärdienst befreit gewesen war, hatte Benech weder eine Faustfeuerwaffe benutzt noch jemals eine aus nächster Nähe gesehen. Er schauderte beim Anblick des kompakten, kurzen Griffs und des langen, glänzenden Laufs; er spürte, daß allmählich etwas geklärt wurde, daß endlich eine lange bestehende Ungerechtigkeit in Ordnung gebracht werden würde.

»Wenn Sie sich bewähren sollten und tun, was man Ihnen sagt, bekommen Sie so eine«, sagte Clovis. »Sie haben Glück. Den meisten Freiwilligen wird gesagt, daß sie ihr Pistolenhalfter mit Papier ausstopfen sollen. Sie bekommen außerdem eine Uniform – ein Khakihemd, einen schwarzen Schlips und eine Baskenmütze. Sie stellen eine dunkelblaue Hose und eine dunkelblaue Jacke. Wollen Sie noch mehr hören?«

Das Telefon im Flur hörte auf zu klingeln, und es war plötzlich still im Zimmer. Benech spürte, daß Clovis' durchdringender und spöttischer Blick auf ihm ruhte, und er wußte, daß eine Gelegenheit wie diese sich ihm vielleicht nie wieder bot.

»Ja«, antwortete er, »das will ich.«

Eine kalte, undurchdringliche Dunkelheit hatte sich über die Domaine gelegt, die ganze Nacht über war der Wind ums Haus gebraust, hatte dann wieder nachgelassen und war erneut aufgefrischt. Jetzt peitschte der Regen gegen die geschlossenen Fensterläden. Levade zitterte, als er in seinem Atelier ein Blatt Papier vom Schreibtisch nahm und die Kerze näher an sich heranzog. Für jemanden, der Bilder malte, hatte er eine unansehnliche Handschrift, die durch die Hast, mit der er schrieb, noch mehr entstellt wurde.

> 21. November 1942. 4.45 Uhr. Der Mensch ist allein auf der Welt. Eine Frau erwartet ein Baby, aber dieses besondere Baby, mit diesem Charakter? Nein. Sie weiß noch gar nicht, welches Geschlecht es haben wird, und würde es auf einem Foto, auf dem es älter ist, nicht erkennen. Und der Tod bedeutet ewige Isolation. Sie wird meine Hölle sein. Ich habe Angst vor dem Sterben, aber ich weiß, daß meine Furcht Sünde ist.
>
> Die Menschen haben mit Hilfe der Sprache den Eindruck vermittelt, es gäbe eine Gemeinschaft oder eine Gesellschaft; denn der einzelne kann nicht von Geburt an sprechen, er lernt nur, sich mit dem Mittel der Sprache, das von inzwischen Verstorbenen entwickelt und weitergegeben wurde, zurechtzufinden. Das Gefühl, Teil von etwas Größerem zu sein, ist in Wirklichkeit eine Illusion. Ein Mann und eine Frau können ihr ganzes Leben zusammenleben und trotzdem wenig über das Wesen des anderen wissen. Sie überraschen einander selten, weil sie sich nie über das, was für sie beide lebenswichtig ist, austauschen.
>
> Wie die Sprache kämpft die Kunst mit dem, was alltäglich ist, um die Wahrnehmungsgewohnheiten des einzelnen aufzurütteln, und gibt somit den Menschen die Möglichkeit zu erkennen, wie andere vor ihnen gelebt und was sie gesehen haben. Indem die Kunst etwas aufwühlt, versucht sie zu beruhigen, weil sie hofft, jeden Menschen aus der Tyrannei der Einsamkeit zu befreien.
>
> Kein Kind, das geboren wird, kennt die Welt, in die es eintritt, und im Augenblick seiner Geburt ist es für seine Eltern ein fremdes Wesen. Wenn es viele Jahre später stirbt, herrscht vielleicht bei vielen, die es zurückläßt, Bedauern,

daß sie es nicht besser gekannt haben, aber fast augenblicklich nach seinem Tod ist es vergessen, weil die anderen keine Zeit haben, etwas über sein Leben in Erfahrung zu bringen. Nach ein paar Jahren wird es ein- oder zweimal von einem Enkelkind erwähnt, dann von niemandem mehr. Unbekannt im Augenblick der Geburt und unbekannt im Augenblick des Todes. Diese Last der Einsamkeit! Ein unbekanntes menschliches Wesen.

Und doch, wenn ich an Gott glaube, kennt mich jemand. Ich erinnere mich, daß sie auf die Grabsteine der englischen Soldaten – die zu verstümmelt waren, um identifiziert zu werden –, gemeißelt haben: »Gott kennt mich.« Damit wollten sie ausdrücken, daß dort ein Mann lag, der einmal Arme und Beine, einen Vater und eine Mutter gehabt hat, aber daß sie nicht alles von ihm gefunden hatten – von seinem Namen ganz zu schweigen.

Gott wird mich erkennen, selbst wenn ich mich selbst nicht erkenne. Wenn Er mich geschaffen hat, dann hat Er mit mir gelebt. Er kennt die Art meiner Versuchungen und den Charakter meiner Schwächen. Also bin ich nicht allein. Ich habe als meinen Begleiter den Schöpfer der Welt.

In der Stunde meines Todes würde ich mir wünschen, daß Gott mich kennt.

Charlotte hatte die ungleichmäßige Pyramide von Austernschalen zur Seite geschoben und schnitt mit dem Messer in ein fettes Bresse-Hühnchen. Sie hatte ein ganzes bestellt, und es schreckte sie weder die Größe des Hühnchens noch die dampfende Schüssel mit frischer Petersiliensauce. Von dem Berg Kartoffelbrei auf ihrem Teller floß ein kleines Butterrinnsal fast bis in die ölige Vinaigrette, mit der ein großer grüner Salat angemacht war. Sie brach ein halbes Baguette ab, schnitt es der Länge nach auf, verstrich großzügig den reifen Camembert darauf, den ihr der Ober auf einen zusätzlichen Teller gelegt hatte, und machte sich so ein üppiges Sandwich. Als sie den letzten großen Schluck aus dem Burgunderglas trank, kam ein entferntes schrilles Geräusch immer näher, bis es ihren Kopf ausfüllte – und das Abendessen verschwand.

Wie gewöhnlich konnte sie es nicht glauben und wünschte, sie hätte eine Armbanduhr, mit der sie die Behauptung des lauten Weckers überprüfen konnte. Sieben Uhr? Es war noch dunkel; es konnte nicht später als vier oder fünf Uhr sein. Widerstrebend erinnerte sie sich daran, daß sie das immer dachte und daß jeden Morgen im Speisezimmer die Zeiger der dumpfen Louis-XVI-Uhr, die in ihrem lächerlichen lackierten Gehäuse verlogen tickte, sie auf ihren Fehler aufmerksam machten.

Der Tag blieb bis Mittag so, wie er begonnen hatte, kalt und entmutigend, dann kam ein Anruf von Julien. Der Funker hatte eine verschlüsselte Nachricht der BBC gehört, und Mirabel hatte den Code bestätigt: Am Donnerstag sollte ein Abwurf stattfinden. Mirabel selbst würde nicht dabeisein und hatte Julien damit betraut, das, was abgeworfen wurde, einzusammeln und zu lagern. Sie erwarteten Versorgungsmaterial, Waffen und Munition. Es sollte der umfangreichste Abwurf sein, der im Krieg bis dahin stattgefunden hatte; er spiegelte die Erwartung Londons wider, daß die Aktionen zunehmend öffentlicher wurden, jetzt, wo sich die Deutschen in der ehemaligen unbesetzten Zone aufhielten. Julien schien nahezu außer sich vor Aufregung, und Charlotte fragte sich, was Pauline Bobotte wohl bei der Nachricht dachte, während sie mit ihren rührigen Stöpseln beschäftigt war. Julien schlug vor, daß Dominique am Abend zum Essen nach Lavaurette kommen sollte, damit sie ihr »Vorgehen« besprechen konnten. Charlotte wußte, daß die einzige taktische Feinheit, die sie entscheiden mußten, darin bestand, ob sie oder César das altersschwache Fahrrad nehmen sollte. Aber sie ließ sich überzeugen und nahm die Einladung an. Julien mußte das geahnt haben, so wie er das Wort »Abendessen« aussprach.

Mit Dominiques beiden Pullovern unter dem Mantel und einem Schal um den Kopf schwang sie sich auf ihr Fahrrad und duckte sich vor dem Regen, der ihr ins Gesicht wehte.

»Guten Abend, Madame. Monsieur Levade hat mir gesagt, daß er Sie erwartet. Schreckliches Wetter, um unterwegs zu sein, nicht wahr?«

»Ja«, antwortete Charlotte, etwas verärgert, daß sie keine zwei Schritte in den Flur hatte machen können, bevor Pauline Benoits Tür aufging. »Aber es sieht so aus, als wollten Sie auch ausgehen.«

»Ja, in der Tat. Ich habe keine Wahl«, erwiderte Madame Benoit. »Die Pflicht ruft.«

Charlotte zerbrach sich nicht den Kopf darüber, was sie wohl damit meinte. Sie hatte Hunger, und der Gedanke an Madame Gayrals Küche, so schlecht sie auch sein mochte, vertrieb alles andere aus ihrem Kopf, als sie die Treppe zu Juliens Wohnung hinaufeilte.

Julien bot ihr einen Platz vor dem Kamin an und schenkte ihr ein Glas Wein ein. Es schien ihm schwerzufallen, still sitzen zu bleiben, immer wieder sprang er auf und ging in ein anderes Zimmer, um etwas Dringendes zu erledigen, von dem er aber nicht sagte, was es war. Charlotte schrieb diese Nervosität seiner Sorge um den bevorstehenden Abwurf zu. »Also, Dominique, sind Sie bereit für Donnerstag?«

»Ja, Octave. Ich bin bereit, danke der Nachfrage.«

»Meine Güte, nennen Sie mich Julien, wenn wir allein sind. Ich kann dieses dumme Octave-Geschwätz nicht ausstehen.«

»Ich bitte um Entschuldigung, ich dachte... Gut, Julien.«

»Weiß mein Vater, daß Sie mitkommen werden?«

Charlotte schlug die Beine übereinander und ließ sich ein wenig tiefer in den Lehnstuhl sinken. »Ich denke, schon. Er hat mir den ganzen Tag freigegeben. Ihr Vater scheint eine ganze Menge über mich zu wissen.«

»Nun, ich kann Ihnen versichern, daß er es nicht von mir erfahren hat. Ich bin vollkommen –«

»Entspannen Sie sich, Julien. Ich wollte Sie nicht beschuldigen. Ihr Vater scheint sich für bestimmte Aspekte meines Lebens zu interessieren, aber nicht dafür, was ich morgen vielleicht tun werde. Er hat zum Beispiel erraten, daß ich Schottin bin oder, wie er sagt, Engländerin, aber ich glaube nicht, daß er irgendwie neugierig ist und erfahren möchte, warum ich mich in Lavaurette aufhalte. Vielleicht war er aber auch nur so taktvoll, nicht zu fragen.«

»Und, um welche ›Aspekte‹ handelt es sich?« fragte Julien.

»Persönliche Dinge. Er kennt beispielsweise meinen Namen.«

»Ihren richtigen Namen?« Juliens Gesicht nahm einen äußerst

besorgten Ausdruck an, bei dem Charlotte vermutete, daß er um ihre Sicherheit fürchtete.

»Ja.«

»Und warum haben Sie ihm den verraten?«

»Ich war einsam.« Sie war froh, daß Mr. Jackson diese jämmerliche Entschuldigung nicht hören konnte.

Julien nickte und wollte etwas sagen, aber beherrschte sich dann, als ob er bei genauerer Betrachtung fand, daß dies eine plausible Begründung sei. Er seufzte und stand auf. Charlotte beobachtete ihn, als er zur Anrichte ging, um die Weinflasche zu holen. In dem hohen, hallenden Zimmer mit seinem schmucklosen Mobiliar und seinen hellen Farben sah er einen Augenblick lang verletzlich aus: ein einsamer Mann vor dem Hintergrund seiner Phantasie.

»Sie trinken zuviel«, sagte Charlotte, als er gedankenverloren in sein Weinglas starrte.

»Wahrscheinlich.« Er rollte mit den Augen, als ob sie ständig an ihm herumnörgelte, und lächelte. Es schien zu funktionieren.

»Haben Sie einen Tisch bestellt?« fragte Charlotte.

»Nein. Wir essen hier. Haben Sie noch nicht bemerkt, wie es hier duftet?«

»Doch, ich habe etwas bemerkt«, erwiderte Charlotte. »Ich dachte, es sei höflicher, es nicht zu erwähnen.«

Julien trank immer mehr Wein, und Charlotte mußte die Hand über ihr eigenes Glas halten, damit er es nicht weiter füllte. Er sprach vom Wetter und wie es die Operation beeinträchtigen konnte; er murmelte etwas über Gastinel, dabei machte er sich nicht mehr die Mühe, ihn »Auguste« zu nennen, und verwünschte ihn, daß er das Interesse verloren hatte.

»Ein typischer kleiner Ladenbesitzer, der nur daran denkt, wie er seine eigene Kasse füllen kann«, sagte er, als er die Suppenteller abräumte und einen Porzellanteller hereintrug, auf dem ein paar Scheiben rosafarbenes Fleisch mit Sauce lagen. Er behauptete, es sei Kalbfleisch, das er von einem Freund bekommen habe. Er hatte kaum etwas gegessen, als er sich eine Zigarette anzündete.

»Wie bringen Sie es fertig, immer so sauber auszusehen?« fragte er plötzlich.

»Es ist ein Wunder, wenn ich tatsächlich so aussehe. Der Holzofen braucht ungefähr drei Stunden, um den Boiler zu erwärmen. Ich bade nur einmal in der Woche. Sonst wasche ich mich mit kaltem Wasser.«

»Sie könnten das öffentliche Bad aufsuchen«, sagte Julien. »Das tue ich auch.«

»Ich wußte nicht, daß es eins gibt.«

»Hinter der Place de l'Église. Es ist in einer alten Schule untergebracht und findet heutzutage regen Zulauf, weil das Heizmaterial so knapp ist.«

»Das werde ich mir merken.«

»Sie sehen nicht so aus, als würden Sie es brauchen. Sie sehen aus wie eine Frau, die immer sauber ist und süß duftet, ein Tropfen Parfüm hinter den Ohren... Lassen Sie mich riechen.«

Er kam zu Charlotte herüber, schmiegte seinen Kopf an ihren Hals und atmete tief ein. »Ich wußte es«, sagte er, »köstlich.«

Charlotte schob ihn von sich.«

»Sie sind betrunken, Julien.«

»Nicht wirklich.« Es stimmte, die Unmenge Alkohol, die er getrunken hatte, schien bei ihm kaum Wirkung zu zeigen, außer daß er vielleicht ein wenig anhänglicher wurde. Charlotte fragte sich manchmal, warum er sich so bemühte.

Julien zog einen freistehenden Stuhl zu Charlotte heran und streckte die Hände nach ihr aus. Er sah auf seine Hände hinunter, die ihre umschlossen hielten, und dann in ihr Gesicht. Seine dunklen Augen waren zweifellos wunderschön, das mußte Charlotte zugeben.

»Wir haben schon einiges durchgemacht, nicht wahr, Dominique? Was immer jetzt auch mit uns geschehen wird, wir werden uns, glaube ich, immer daran erinnern.«

»Ja«, sagte Charlotte, »obwohl ich manchmal ein schlechtes Gewissen habe, weil ich es so genossen habe.«

»Genau«, antwortete Julien. »Als hätten wir es nicht ernstgenommen. Ich glaube, genau das ist es, was ich sagen will. Sie glauben, ich bin Ihr Freund, und das bin ich auch. Sie glauben, daß die Tatsache, daß wir zusammen lachen und zusammen arbeiten, der Art von Freundschaft, die wir haben können, Grenzen setzt. Ich glaube das nicht. Ich finde nicht, daß eine Romanze ernst sein muß. Man kann mit jemandem lachen und trotzdem mit ihm schlafen.«

»Natürlich, aber –«

»Ich möchte mit Ihnen schlafen, Dominique.«

»Julien! Ich glaube nicht, daß Sie das eine Frau so direkt fragen sollten.«

»Warum nicht?«

Charlotte wußte nicht, warum nicht.

Julien sagte: »Nehmen wir mal an, wir geraten Donnerstagnacht in einen deutschen Hinterhalt und werden von unserem fetten Deutschen und seinen Truppen umgebracht, von Maschinengewehren niedergemäht. Wir würden nie wissen, wie es war und, und ...«

»Das ist ziemlich unwahrscheinlich«, meinte Charlotte.

»Nun, vielleicht... Ich hoffe es. Aber möchten Sie es nicht trotzdem gern wissen?«

»Es geht nicht darum, was ich gern möchte, sondern darum, was richtig ist.«

»Aber Sie möchten gern?«

»Ich glaube, es gibt schlimmere Dinge.« Sie drückte Juliens Hände. »Ich mag Sie wirklich gern, Julien, das können Sie mir glauben. Ich habe Sie vorbehaltlos gern. Aber es gibt einen anderen Mann.«

»Also dann doch nicht ganz vorbehaltlos.«

»Nicht ganz.«

Sie beugte sich nach vorn und schlang ihre Arme um ihn. Julien legte seinen Kopf auf ihre Schulter und näherte sich ihrem Gesicht. Charlotte küßte ihn und spürte, wie er dabei seine Zunge zwischen ihre Lippen schob, sie erwartete heftige Selbstvorwürfe wegen ihrer Untreue. Aber eigentlich hielt sie nichts davon ab, Julien zu küssen und ihm zu erlauben, daß er seine Hände über ihren Körper gleiten ließ, nichts außer der Furcht, daß sie ihn zu sehr ermutigte. Widerstrebend machte sie sich von ihm los.

»Ich werde nicht mit dir schlafen, Julien. Aber ich weiß nicht, ob du mich weiter küssen möchtest oder ob das die Sache nur schlimmer macht.«

»Ich glaube, es macht die Sache nur schlimmer.«

Julien stand auf und fuhr sich mit der Hand durch sein Haar. Und mit einem angestrengten Versuch der Selbstdisziplin, der seinen Körper niederzudrücken schien, nahm er die halb leer gegessenen Teller und trug sie aus dem Zimmer.

Peter Gregory stand im Wohnzimmer des Bürgermeisters. Der Bürgermeister war im Nachthemd, er war zerzaust und unwillig. Gregory war verzweifelt.

»Ich brauche Papiere, um aus Frankreich auszureisen.«

»Wohin werden Sie reisen?«

»Spanien.«

»Haben Sie Geld?«

»Ja. Ich fahre mit dem Zug. Ich kann nicht weit laufen.«

»Aber Sie müssen über die Pyrenäen.«

»Dann mein Bein … besser.«

Der Bürgermeister schüttelte den Kopf. »Das ist sehr weit. Ich bin selbst noch nie so weit gekommen. Ich bin nur bis Toulouse gekommen. Sie werden es nicht schaffen. Nicht mit Ihrem Französisch. Und wenn ich Ihnen einen Personalausweis mit dem Stempel unserer Gemeinde gebe, dann werden nicht nur Sie, sondern auch wir Ärger bekommen.«

Es hatte einen Zeitpunkt gegeben, wo es Gregory egal gewesen war, ob er England jemals wiedersah. Jetzt kam es ihm so vor, als sei es das einzige, was er wollte; und wenn er es nicht schaffte, dann wäre es zumindest fast genauso befriedigend, bei dem Versuch zu sterben dorthin zu gelangen.

Wenn er es an jenem Abend, als er gegangen war, Charlotte doch nur gesagt hätte. Wenn er doch nur umgekehrt und in die Wohnung eingebrochen wäre, sie geweckt und ihr gesagt hätte, wie sehr er sie liebte. Er drehte den Ring an seinem Finger immer weiter. Er würde keinen Schritt aus dem Haus des Bürgermeisters machen. Es gab keinen besonderen Grund, der unsicheren Kette von Helfern, beim Tierarzt angefangen, zu trauen, mit deren Unterstützung er hier angelangt war, aber er hatte nichts sonst, worauf er seine Hoffnung gründen konnte.

»Monsieur, ich würde Ihnen gern helfen, aber ich muß in erster Linie an das Wohlergehen der Gemeinde denken.«

Gregory verstand das nicht ganz. Obwohl der Bürgermeister

Gregorys Französisch geringschätzig beurteilte, kam es ihm nicht in den Sinn, bei seiner eigenen Sprechweise darauf Rücksicht zu nehmen: Er rasselte seine Sätze herunter, glucksend, selbstgerecht und durchsetzt mit umgangssprachlichen Ausdrücken.

Die Tür ging auf, und die Frau des Bürgermeisters in einem langen Nachthemd betrat das Wohnzimmer. Sie trug das Haar unter einer Haube aus Baumwolle, und ihr Gesicht war dramatisch weiß.

Sie sah Gregory, wie er geduckt auf dem Sofa hockte und sein Bein in einem Winkel hielt, der ihm offensichtlich Beschwerden machte. Schmerzerfüllt und erschöpft sah er sie an und versuchte, einen letzten Rest von gewinnendem Charme aufzubringen. Gott weiß, wie ich in Jacques' alten Sachen aussehen muß, dachte er – abgemagert und mit entzündeten Augen. Ein Bild des Jammers.

Es war seine einzige Chance. Er lächelte die Frau an und begann seine mühselige Erklärung voller Grammatikfehler von vorn. Er schmückte die Geschichte mit, wie er hoffte, gewinnendem Lächeln und Schulterzucken aus. Plötzlich verließ die Frau das Zimmer, und Gregory stellte das Reden ein, einen Geschmack von Niederlage im Mund, und war nicht mehr in der Lage, Worte zu bilden.

Der Bürgermeister sah ihn an, räusperte sich und nickte, er schwieg ebenfalls. Gregory verfluchte erneut, daß er die Sprache nicht besser beherrschte. Wenn er doch nur mehr mit Charlotte geübt hätte, als sie es ihm angeboten hatte. Der Gedanke an sie verlieh ihm neue Kraft.

Er überlegte, wie er praktisch vorgehen würde. Er würde nachts unterwegs sein und etwas zu essen stehlen. Sie würden ihm eine Karte geben. Wenn er zu den Pyrenäen gelangte, würde er auf sein Glück vertrauen; wenn er keinen Führer fand, folgte er dem Kompaß... Es war unmöglich.

Die Frau kam mit einem Tablett zurück, auf dem eine Flasche mit Alkohol und drei Gläser standen. Sie schenkte ein Glas ein und gab es Gregory, er bedankte sich herzlich. Als er es an die Lippen setzte, mußte er an Leslie Brind denken, wie er im Rose and Crown das Meterglas von dem Balken über der Bar nahm. Die Kameradschaft dieser Männer, dumm und betrunken, wie sie waren, war kein Grund zu sterben, aber ein Grund mehr, um zu leben. Der Alkohol löste seine Zunge, und während er an diese Männer dachte, fing er wieder von vorn an.

»Du Dummkopf!« schrie die Frau, Gregory war wie betäubt von diesem plötzlichen Ausbruch. Ihr Gesicht war vor Zorn und Empörung verzerrt, daß er einen Augenblick brauchte, bis er begriff, daß sie mit ihrem Mann sprach. »Gib diesem Mann einen Ausweis! Wenn du noch einen Augenblick zögerst, packe ich meine Sachen und verlasse dich.«

»Aber, meine Liebe, ich muß doch an die Gemeinde denken.«

»Wenn du nicht den Mut hast, für deine Handlungen in der Gemeinde die Verantwortung zu übernehmen, dann weiß nur Gott, warum du Bürgermeister bist. Du bist jedenfalls ganz sicher nicht der Mann, den ich geheiratet habe. Gib mir die Ausweise.«

»Es sind keine hier. Sie sind im Rathaus.«

»Dann wirst du gleich morgen früh einen holen.«

»Aber er braucht ein Foto.« Das fleischige Gesicht des Bürgermeisters war starr vor Angst.

Gregory hatte das Wort »Foto« verstanden und wühlte in seinen Taschen. »Ratschläge für Piloten« von H.S. Verity, dem mit Orden für besondere Leistungen ausgezeichneten Oberstleutnant der Luftwaffe. Er kannte den Text auswendig: »Sie sollten immer eine Standard-Notausrüstung mit sich führen, etwas französisches Geld, eine oder zwei Pistolen, eine Thermosflasche mit heißem Kaffee oder was Sie möchten. Nehmen Sie alles aus den Taschen, was den Hunnen interessieren könnte, aber führen Sie immer ein paar kleine Fotos von sich selbst in Straßenkleidung mit sich. Sie können in gefälschte Ausweise geklebt werden. Ziehen Sie frische Unterwäsche an, bevor Sie fliegen, denn schmutzige Hemden können bei Wunden schlimme Folgen haben. Die Lysander ist ein warmes Flugzeug, und ich habe anstelle von Springerstiefeln immer ein Paar Schuhe getragen. Wenn Sie über die Pyrenäen laufen müssen, sollten Sie es sich besser bequem machen.«

Gregory gab dem Bürgermeister zwei Fotos.

Das Bild, das Levade Charlotte in die Hand gedrückt hatte, war das einzige, das er aus seiner besten Zeit noch besaß. Er hatte es zurückbehalten, als er die anderen verkaufte. Denn schon damals hatte er die leise Ahnung, daß sich die Planeten in seinem Kopf gerade in einer günstigen Konstellation bewegten, die aber zeitlich begrenzt war und vermutlich nie wiederkehren würde.

Charlotte betrachtete das Bild ein paar Minuten lang eingehend, danach hätte sie nicht mehr mit Sicherheit sagen können, was sie am Anfang gesehen hatte. Es zeigte einen Platz in einer französischen Stadt. Die Farben waren blaß, die Schatten der Gebäude wiesen scharfe Konturen auf. Es gab kein Zerfließen der Formen oder Farben wie bei einem impressionistischen Gemälde; im Gegenteil, die Technik war so realistisch, daß sie selbst die Blicke auf sich zog. Aber diesem selbstbewußten Vorgehen stand ein rätselhaftes Element gegenüber: Der Platz war verlassen, die Kirchturmuhr zeigte zwanzig Minuten vor vier, als ob diese nichtssagende Uhrzeit am Nachmittag von Bedeutung sei. Zwei Gestalten in einer Seitenstraße sahen in verschiedene Richtungen, offenbar gefangen in einem schmerzlichen Mißverständnis. Das Bild war von einer Trauer durchdrungen, die befremdend wirkte und den Betrachter gleichzeitig unwiderstehlich anzog.

Das Ergreifende daran war, daß man von einer unbestimmbaren Empfindung erfaßt wurde, daß einem jedoch durch die Vieldeutigkeit des Bildes wiederholt verwehrt wurde, dieser Empfindung freien Lauf zu lassen. An den folgenden Tagen überlegte Charlotte, was dieses Bild so ergreifend machte. Vielleicht lag es daran, daß Levade den Eindruck vermittelt hatte, daß er durch die Oberfläche der Welt hindurchsah und in eine tiefere Wirklichkeitsebene vordrang. Er hatte die übliche Sichtweise des Betrachters auseinandergenommen und sie anders wieder zusammengesetzt; sobald der Betrachter dann versuchte, sich auf diesen veränderten, wahrhaftigeren Zustand einzustellen, lösten sich die einzelnen Bestandteile des Bildes erneut auf. Es war ein bezauberndes, jedoch alles andere als beruhigendes Gefühl, das

Levade heraufbeschworen hatte; die starke Sehnsucht, die von der augenblicklichen Gewißheit hervorgerufen wurde, daß er etwas Unergründliches enthüllt hatte, wurde durch die metaphysischen Grenzen zunichte gemacht. Vielleicht gab es ein Körnchen Wahrheit, das er nicht hatte finden können. Vielleicht hatte er einen Punkt erreicht, an dem es nicht mehr weiterging.

Als sie ihn fragte, warum er nicht mehr so male, seufzte er. »Ganz einfach«, sagte er, »weil ich nicht mehr träume. Als junger Mann habe ich auf sehr traditionelle Art und Weise gemalt. Vor dem Krieg hatte ich mit ein paar anderen Leuten zusammen ein Atelier in der Rue Carpeaux. Wir haben uns angesehen, was Picasso und die anderen so taten, und obwohl ich fand, daß es wichtig sei, konnte ich meinen eigenen Stil, meine eigene Sprache nicht finden. Ich malte weiter im Stil von Künstlern, die ich bewunderte: Courbet oder Degas und später wie der junge Matisse. Als ich nach dem Krieg nach Paris zurückkehrte, schien sich alles verändert zu haben. Plötzlich entdeckte ich, daß ich ganz anders malen wollte, und die Themen sagten mir, wie sie verarbeitet werden wollten. Sie schienen mir mehr oder weniger vollständig im Traum zu erscheinen. Zumindest mußte ich mir nicht den Kopf zerbrechen, wie ich mit ihnen umgehen sollte. Ich mußte sie einfach aufzeichnen, so wie sie waren.«

Charlotte saß erneut auf Einladung von Levade in seinem Atelier auf dem Bett. »Und diese Träume, die Sie hatten, handelten sie von Orten, die Sie kannten, oder haben Sie sie erfunden?«

»Die meisten von ihnen sind Orte meiner Kindheit. Es war so, als gäbe es eine Landschaft in meinem Kopf, die ich vergessen hatte, und jede Nacht wurde sie Stück für Stück für mich wiederhergestellt. Vielleicht war es in gewisser Weise eine Auswirkung des Krieges. Ich wachte jeden Morgen auf und stellte fest, daß ein weiteres kleines Stück meines Selbst gerettet und mir wiedergegeben worden war, auch wenn es natürlich ganz anders aussah. Im Lauf der Zeit hatte es an Bedeutung zugenommen. Meine Träume schienen es umfassend einzufangen – auch das, was damals nicht offensichtlich gewesen war.«

»Wie lange hat das angedauert?« fragte Charlotte.

»Ungefähr fünf Jahre, nicht länger. Alle wirklich guten Bilder, die ich gemalt habe, fallen in diesen kurzen Zeitraum. Danach hat sich etwas verschoben, hat sich etwas verändert. Obwohl der Vorgang spontan zu sein schien, glaube ich, daß außerdem ein Funken Willenskraft beteiligt war. Ich habe viele Stunden vor der Staffelei verbracht – es gab schon eine gewisse Selbstdisziplin –, aber davon abgesehen war mir nicht bewußt, daß ich mich intellektuell irgendwie anstrengen mußte, auch wenn ich vermute, daß ich mich mehr angestrengt habe, als mir zu jenem Zeitpunkt bewußt war. Wenn man derart konzentriert malt, ist der eigene Verstand teilweise passiv, man befindet sich in einem Zustand, in dem man den Impulsen, die man verspürt, nachgibt, aber es ist auch etwas Aktives dabei. Man sorgt zumindest dafür, daß die Impulse die richtige Konstellation behalten. Es gibt ein Ziehen und Schieben, selbst das Loslassen ist ein relativ bewußter Akt. Die Tatsache, daß man sich des aktiven Teils nicht bewußt ist, macht es nicht weniger schwierig. Viele Maler sind aufgrund ihrer Bemühungen irgendwann erschöpft – meiner Ansicht nach war das zum Beispiel bei Derain der Fall. Vielleicht ist das schließlich auch mir passiert. Ich habe erlebt, daß meine spontanen Träume aufhörten, aber vielleicht war ich auch einfach nur erschöpft.«

Levade hustete, und auf seinem Gesicht erschien ein Lächeln, das wie üblich rasch wieder verschwand. »Und jetzt trage ich nur noch Farbe auf die Leinwand auf. Die Haut auf dem Arm einer Kellnerin.«

»Das muß frustrierend sein.«

»Natürlich. Ich denke ständig daran. Die Malerei war mein Leben, und sie hat mich im Stich gelassen. Und die Einsamkeit hat dafür gesorgt, daß ich Zeit habe, mir den Kopf darüber zu zerbrechen.«

Charlotte streifte die Schuhe ab und setzte sich zurück gegen die Nackenrolle, sie zog die Knie heran und schlang ihre Arme um sie. Levade hatte ganz offen und so gewandt gesprochen, als hätte er diese Frage in seinem Kopf bereits sehr oft erörtert.

»Haben Sie mit Julien darüber gesprochen?«

»Ja.« Levade saß auf einem kleinen Hocker, den er immer vor der Staffelei stehen hatte. »Zuerst war es schwierig, weil ich ihn nicht mehr sah, nachdem ich seine Mutter verlassen hatte, und ich dachte, daß er mich vielleicht nicht kennenlernen wollte.

Aber er ist ein sehr versöhnlicher Mann. Er hat ein bemerkenswertes Temperament. Schließlich habe ich ihm alles erzählt. Als er nach Lavaurette gezogen war, kam er in der ersten Zeit jeden Abend zum Essen. Er hat gekocht, und wir haben uns stundenlang unterhalten. Dann hat er, glaube ich, eine Frau kennengelernt.«

»Wer war das?«

»Er hat mir ihren Namen nicht genannt. Eine Frau aus dem Dorf. Er bleibt nie lange bei einer Frau.«

»Wie sein Vater.«

»Ich glaube, er hat einige Probleme. Der Unterschied liegt darin, daß er gern treu sein möchte, deshalb ist er immer wieder von sich enttäuscht.«

»Und Sie wollten das nicht?«

»Nicht, bis ich Juliens Mutter geheiratet habe, danach habe ich es versucht.«

»Und was war es bei Juliens Mutter, im Gegensatz zu allen anderen Frauen?«

»Es war ein Traum. Ich kannte sie seit fünf Jahren. Sie arbeitete in einer Bäckerei am Boulevard de Rochechouart. Ich habe sie fast jeden Tag gesehen, und ihr Bruder kannte eine Menge Leute, die mit mir befreundet waren. Sie war älter als ich, nicht besonders hübsch, eher stämmig-bürgerlich. Ihr Vater besaß eine Reihe von Geschäften, sie waren ziemlich wohlhabend. Dann hatte ich eines Nachts den überwältigenden Traum, daß ich verliebt in sie war. Ich wachte morgens auf und stellte fest, daß es stimmte. Ich war krank vor Liebe. Als ich Ihnen neulich erzählt habe, daß ich den Ausdruck ›verliebt sein‹ nicht verwende, hätte ich dieses eine Mal ausnehmen sollen. Ich brachte ihr Blumen ins Geschäft, ich ging ihr auf der Straße nach. Ich war außer mir, und gleichzeitig war ich innerlich überzeugt, daß dies die Frau war, mit der ich zusammensein mußte. Der Traum war keine Vision und kein Fragment, es war eine Tatsache, die der Wirklichkeit entsprach. Von diesem Tag an konnte ich mich nicht mehr daran erinnern, was ich vorher empfunden hatte. Ich konnte mir nicht mehr vorstellen, wie es war, nicht in sie verliebt zu sein.«

»Was ist schiefgegangen?«

»Ich nehme an, es war der Krieg. Julien wurde 1913 geboren, und im Jahr darauf wurde ich eingezogen. Ich kam von Zeit zu Zeit auf Urlaub nach Hause, aber es war schwierig. Das Leben, das ich an der Front führte, war mit dem, was zu Hause von mir erwartet wurde, nicht zu vereinbaren. Ich wußte, es veränderte mich innerlich. Ich spürte, daß es mich zugrunde richtete.«

Levades Stimme klang rauh und bewegt. Charlotte spürte, daß er ihr mehr von dem enthüllen wollte, was ihm widerfahren war.

»Und doch«, fuhr er etwas nachdenklicher fort«, war es in gewisser Weise nötig für meine Malerei. Ich habe Juliens Mutter 1922 verlassen, und zu der Zeit begannen meine Träume. Aber ohne die vier Jahre an der Front… Ich weiß nicht.«

Charlotte sah aus dem Fenster, draußen war es schon dunkel. »Ich sollte hinuntergehen und Abendessen kochen.«

Levade gab keine Antwort, er schien in Erinnerungen versunken.

»Ja«, sagte er schließlich. »Wenn Sie möchten. Vielleicht könnten Sie auf einem Tablett etwas heraufbringen.«

Nach dem Abendessen schloß Levade die Fensterläden im Atelier, reichte Charlotte Zigaretten, zwei Gläser und eine Flasche Armagnac.

»Wie haben Sie dieses Haus gefunden?« fragte Charlotte.

»Durch einen Freund von Kahnweiler, dem Galeristen. Es gehörte einer Familie mit mehreren Kindern, aber keines von ihnen wollte es oder konnte es sich leisten.«

Charlotte legte im Kamin etwas Holz nach und setzte sich dann auf den einzigen bequemen Sessel im Zimmer, einen lädierten Lehnstuhl mit geflochtener Sitzfläche. Einen Augenblick dachte sie an die Winternächte im schottischen Hochland. In ihrer Kindheit hatte es eine Zeit vollkommener Zufriedenheit gegeben, bevor sie ihr irgendwie genommen worden war. Sie mußte wirklich sehr jung gewesen sein, doch die Erfahrung war in ihrem Kopf noch sehr lebendig: ein Gefühl von Sicherheit und Ordnung, in dem die Bestandteile des häuslichen Lebens – der Geschmack der roten Johannisbeeren von den Sträuchern im Garten; der Klang einer Fahrradklingel; der Geruch des Paraffins, mit dem sie täglich die Heizöfen im Flur auffüllte, wie es ihre Aufgabe war; der erste Schauder, wenn sie in einem kalten, aber von Hitzeschwaden erfüllten Badezimmer in die Wanne mit heißem Wasser stieg, und die Wege, die sie entlangging – einen Zauber besessen hatten, der vollkommen war und nicht durch den Vergleich mit etwas anderem oder durch Verlust beeinträchtigt wurde.

Doch diese Einzelheiten, an die sie sich erinnerte, hatten ohne Liebe keinerlei Bedeutung. Wenigstens für eine kurze Zeit – das wurde Charlotte plötzlich bewußt – mußte zwischen ihr und ihren Eltern alles harmonisch gewesen sein. Sie hatte dieses kurze kindliche Paradies vergessen.

Levade nahm ein Glas und setzte sich in den Korbstuhl am Fenster. Er fing an, über sein Leben in Paris zu sprechen. Dann erzählte er Charlotte von einem Haus am Meer, in dem er einmal im Sommer gewohnt hatte. Julien, etwa zwölf Jahre alt, wurde in Paris von seiner Mutter in den Zug gesetzt und von Levade am Bahnhof abgeholt. Das Dorf war seit Jahrhunderten von Fischern und ihren Familien bewohnt, und es gab noch kein richtiges Hotel. Das Haus, zu dem Levade Julien führte, lag an einer kleinen Bucht mit rosafarbenen Klippen, auf denen Kiefern wuchsen. Es gab umgedrehte Boote und Hummerkörbe, um die sich die Fischer kümmerten, die auf dem Sand häßliche Stiefelabdrücke hinterließen. Besucher aus Paris hatten sich noch nie hierher verirrt, und die Dorfbewohner betrachteten sie mit verwunderter Gleichgültigkeit.

Levades weißgetünchtes kleines Landhaus besaß eine Terrasse mit Blick aufs Meer. Drinnen war alles schlicht und einfach, das Haus hatte zwei Schlafzimmer und einen kleinen Garten auf der Rückseite des Hauses. Ein Mädchen aus dem Dorf kam jeden Tag, um sauberzumachen und das Mittagessen zu kochen, es gab immer gerade die Sorte Fisch, die das Boot ihres Großvaters früh am Morgen mitgebracht hatte. Abends nahm Levade Julien an die Hand und führte ihn über den sandigen Dorfplatz mit einer windgepeitschten Lärche zu der Pension, die in einem gedrungenen Backsteinhaus mit strahlendblauen Fensterläden untergebracht war. Ein paar Freunde aus Paris wohnten dort, darunter auch Maler, einige von ihnen mit Kindern, die Matrosenkleider und Sonnenhüte trugen, einige mit ihren Geliebten und zwei Männer, die die Dienstmädchen verblüfften, weil sie sich ein Einzelzimmer teilten.

Den ganzen Tag arbeitete Levade draußen, er saß mit seiner Staffelei auf den Klippen oder ging mit einem Skizzenbuch auf der Landzunge spazieren. Manchmal nahm er ein Boot und ruderte in die Bucht hinaus, schaute zurück auf das zählebige, graue Dorf am Hang und betrachtete Juliens sonnengebräuntes Gesicht, während seine ins Wasser hängenden Finger die Wasseroberfläche teilten. Gelegentlich gab es telefonische Nachrichten aus Paris, die ihm von der Frau in der Telefonzentrale verständnislos übermittelt wurden. Einmal kam ein Junge mit einem Telegramm zum Strand. Aber diese dringenden Mitteilungen schienen nicht mehr zu sein als Gesten einer vergessenen Welt.

Die Wirklichkeit bestand aus den hin- und herschwingenden, teils verglasten Türen des Eßzimmers am Abend, der dünnen Sandspur, die aus den Leinenschuhen der Kinder rieselte, und dem Rahmkäse, den sie mit Genuß zum Nachtisch verspeisten, während ihre Eltern Zigarren rauchten oder sich noch mit den kleineren Hummerscheren beschäftigten; sie bestand aus den einfachen Gesichtern der Kellnerinnen und dem nachsichtigen Lächeln der Witwe, der die Pension gehörte.

Im Lauf des Sommers änderte sich die Zusammensetzung der Gesellschaft, und die Zahl der Gäste nahm ab, doch Levade fand, daß es keinen Grund gab, jemals wieder nach Hause zu fahren. Jede Nacht träumte er, manchmal unbrauchbare Geschichten, manchmal lediglich Projektionen des vergangenen Tages, aber er träumte auch von Gebäuden und Städten, von Landschaften, die ihm die Vergangenheit zurückgab und die nun durch den Besuch seiner Phantasie vollkommen verstanden und befreit wurden. Er malte mit Hingabe, und die Kraft seiner geistigen Energie erschöpfte ihn nicht, sondern belebte und erheiterte all seine Sinne. Mit einem der Mädchen in der Pension hatte er eine Abmachung getroffen: Er gab ihr Bücher und machte ihr Geschenke, und dafür war sie seine Geliebte, deren Wunsch, es ihm recht zu machen, keine Grenzen zu kennen schien.

»Ich denke oft daran«, sagte Levade, der jetzt auf dem Bett lag. »Manchmal gelingt es mir beinahe, es wieder einzufangen, aber nicht ganz. Ich kann mich nicht mehr genau genug erinnern, wie es wirklich war.«

Auch wenn es interessant klang, was Levade ihr erzählte, so konnte sich Charlotte eine gewisse mißbilligende Reaktion nicht verkneifen. Wer hatte auf Julien aufgepaßt, während Levade mit seiner kleinen Freundin beschäftigt war? Von welcher Dauer konnte dieses Eden sein, das Kinder hauptsächlich pittoresk fand?

Sie fragte: »Glauben Sie, daß alle Paradiese verloren sind, daß das in ihrer Natur liegt?«

»Verloren würde ich nicht sagen«, antwortete Levade. »Aber sie müssen in der Vergangenheit liegen. Die Gegenwart kann man sich nicht vorstellen, und die Vorstellungskraft ist unsere einzige Fähigkeit, mit Hilfe derer wir Schönheit begreifen können.«

Er stand auf und ging hinüber zum Tisch, um sein Glas aufzufüllen. »Ist das nicht auch Ihr Problem, Madame? Sie haben etwas verloren, vielleicht zwei Dinge, zwei Gefühlszustände. Sie wollen es nicht zugeben, aber vielleicht hat in wenigstens einem Gefühlszustand – während Ihrer Liebesaffäre – der Schmerz nachgelassen. Wenn Sie das zugeben, dann heißt das, daß die Ekstase nicht so wichtig war, wie Sie dachten; aber da dies das Gefühl war, nach dem Sie Ihr Leben ausrichteten, können Sie es sich nicht leisten, das zuzugeben.«

Charlotte erwiderte darauf nichts. Sie wußte nicht, ob Levade recht hatte, aber sie verspürte den Wunsch, seine übertriebene Ichbezogenheit auf verletzende Art und Weise bloßzustellen. Sie sagte: »Ich bin überrascht, wieviel Bedeutung Sie Träumen beimessen. Sie scheinen mir keine hilfreiche Richtschnur zu sein. Ich erinnere mich daran, daß ein Kollege meines Vaters, ein Psychologe, Träume einmal als ›Nervenabfall‹ bezeichnet hat.«

Levade lachte, ein beunruhigender Anblick, denn er legte seinen Kopf dabei so weit zurück, daß die Sehnen an seinem Hals hervortraten. »Die Leute geben immer glänzende Sätze von sich, wenn sie Angst haben. Ich erinnere mich, daß Proust in einem verzweifelten Augenblick, in dem er versuchte, sich von den Fesseln der Zeit zu befreien, es ungefähr so ausgedrückt hat: ›Die Wirklichkeit ist das Abfallprodukt der Erfahrung.‹«

Levade lachte so sehr, daß er sein Glas abstellen mußte.

»Mögen Sie Proust?« fragte Charlotte.

»Ja, ich fand, es war ein lustiges Buch. Aber ich war noch jung, als ich es gelesen habe. Ich glaube, hier im Haus ist irgendwo eine Ausgabe.«

»Lustig?« meinte Charlotte. »Vielleicht ist es lustig«, log sie. Sie hielt es für das tragischste Buch, das sie je gelesen hatte. »Ich finde es auch traurig. Die Hoffnung zu verlieren, daß man durch die Liebe das Glück finden kann, die Ernüchterung ...«

»Vielleicht. Jedenfalls plane ich mein Leben nicht mit Hilfe von Träumen. Ich hoffe und bete, daß sie mir bei meinen Bildern helfen. Aber mein Leben plane ich mit der Hilfe Gottes.«

Am Mittwoch, einen Tag, bevor der Fallschirmabwurf von Waffen und Ausrüstungsgegenständen erfolgen sollte, fuhr Charlotte nach Lavaurette, um Lebensmittel einzukaufen. Draußen vor Madame Galliots Geschäft fiel ihr ein, daß sie auch noch Kerzen benötigten, und als sie ihr Fahrrad an die Fassade des Ladens anlehnte, sah sie die in ein Cape gehüllte, offizielle Gestalt von Bernard, der ein Blatt Papier an die Mauer klebte. Als sie hinter ihm vorbeiging, konnte Charlotte nicht widerstehen und sah ihm über die Schulter. Das Plakat zeigte einen ertrinkenden Mann, der hilfesuchend die Hände hochstreckte; im Vordergrund wurden de Gaulle und Churchill gezeigt, wie sie freundlich einer unheimlichen jüdischen Gestalt in einem Mantel mit Astrachan-Kragen den Arm um die Schultern legten.

»Erinnert Euch an Mers el-Kebir! Erinnert Euch an Dünkirchen!« forderten die schwarzen, verschmierten Buchstaben auf. »LASST UNS DAS JETZT NICHT WEGWERFEN!«

Bernard starrt etwas verwirrt auf das Plakat, als er es mit den Händen glattstrich, doch Charlotte hielt es für unwahrscheinlich, daß er zum erstenmal davon hörte, daß die englische Flotte im algerischen Hafen Mers el-Kebir die französische Flotte versenkt hatte, damit sie nicht in deutsche Hände fiel. Als Bernard sie bemerkte, zuckte er die Achseln. Er entrollte ein weiteres gezeichnetes Plakat, auf dem ein gutaussehender Franzose mit gemeißelten Wangenknochen und unwahrscheinlich hellen Haaren abgebildet war, der einen üblen, unrasierten Israeliten mit einer übertrieben großen Hakennase am Kragen packte und ihm die Tür eines Hauses wies, an dem »Frankreich« stand.

In diesem Augenblick kletterte ein kleiner, kahlköpfiger Mann im Regenmantel, der eine Brille mit Metallrand trug, aus einem schwarzen Auto und kam herüber, um Bernards Arbeit zu inspizieren. Charlotte hatte ihn in Lavaurette noch nie zuvor gesehen. Er hatte eine wichtigtuerische Art, und seine polierten Schuhe hatten etwas Großstädtisches.

Als er das Plakat eingehend studiert hatte, wandte er sich an Bernard. »Wer ist das?« fragte er und deutete auf Charlotte.

»Madame Guilbert.«

Charlotte streckte ihm die Hand entgegen, aber der kahlköpfige Mann machte keine Anstalten, sie zu begrüßen. Er betrachtete sie langsam von oben bis unten und ging um sie herum, inspizierte ihr Profil und marschierte dann ohne ein Wort wieder zu seinem Wagen.

»Wer war dieser Mann?«

Bernard zuckte mit den Schultern. »Sein Name ist Pichon. Die Regierung hat ihn aus Paris hierhergeschickt. Er reist herum.«

»Ist er Polizist oder was?«

»Er sagt, er gehöre zur Section d'Enquête et de Contrôle oder so ähnlich. Fragen Sie mich nicht, was das ist. Er sagt, er hilft den Bürgermeistern vor Ort, all die neuen Verordnungen richtig auszulegen. Tatsache ist, er steckt überall seine Nase hinein.«

Charlotte sah wieder auf die Plakate. Das Seltsame an Lavaurette war, dachte Charlotte, als sie an Bernard vorbei in Madame Galliots Geschäft ging, daß es, oberflächlich betrachtet, immer noch ein beschaulicher, stiller Ort war. Doch in Wirklichkeit war es Schauplatz von ständigen Aktivitäten und geheimen Treffen, von numerierten Briefkästen, Jungen, die versteckt wurden, Propaganda und Täuschung, die in der Öffentlichkeit mit einem Lächeln zur Schau getragen wurden. Vielleicht taten die Deutschen gut daran, einen Befehlshaber vor Ort zu lassen.

Als sie in der Domaine auf ihr Zimmer ging, sah sie, daß jemand ein Stück Papier unter ihrer Tür hindurchgeschoben hatte. Es war eine Nachricht von Levade.

Mittwoch, 5.15 Uhr.

Als ihm klarwurde, daß er Gilberte nicht mehr liebte:

»Denn es gibt etwas in dieser Welt, in der alles sich abnutzt, alles untergeht, etwas, das noch vollkommener versinkt, noch nachhaltiger der Zerstörung anheimfällt und noch weniger Spuren zurückläßt als die Schönheit: den Kummer.«
*Die wiedergefundene Zeit,* Seite 14 f.

Als Charlotte dies las, dachte sie, daß ihr von der Proust-Lektüre als Teenager nur Klischees geblieben waren und daß sie das Buch überhaupt nicht verstanden hatte. Sie entschloß sich, nicht mehr daran zu denken, auch nicht an die unbeständigen Gefühls- und Sinnestaumel, die es beschrieb.

Um Mitternacht spürte Claude Benech zum erstenmal, wie sich der kräftige Griff einer Handfeuerwaffe auf der weichen Haut seiner Handinnenfläche anfühlte. Er legte sie auf den Stapel Schulhefte, die er gerade korrigierte. Was er hatte tun müssen, um sie zu bekommen, war schließlich doch einfach gewesen: Es war nur darum gegangen, aufmerksam zu beobachten und zu wissen, wen man informieren mußte.

Benech fühlte, wie seine Loyalität durch seine wachsende neue Verantwortung beflügelt und intensiviert wurde. Die Pistole auf seinem Schreibtisch ließ ihn die Agonie seines Landes klar erkennen: Es war Zeit zu handeln, es war Zeit, daß die große Mehrheit der anständigen Menschen, wie er einer war, für das kämpfte, woran sie glaubte. Sein ganzes Leben lang hatte er geduldig die Triumphe derjenigen ertragen, die es nicht verdient hatten, hatte mit angesehen, wie ihm unbedeutendere Männer vorgezogen worden waren, und er hatte es schweigend mit angesehen, weil er an die Ordnung glaubte. Das war seine Leidenschaft, das war ein anständiger und traditioneller Glaube; aber die Ordnung dauerte nicht ewig, sie hatte kein natürliches Vorrecht. Von Zeit zu Zeit mußten richtige Männer dafür kämpfen.

Er nahm die Waffe und wog sie in seiner Hand, und er spürte den Wunsch in sich aufkeimen, sie zu benutzen.

In dem großen Haus auf dem Hügel von Lavaurette las Gerd Lindemann die Anordnungen, die ihm per Motorrad zugestellt worden waren. Der knappe und doch bürokratische Tonfall der Papiere war für ihn ein Affront. Bis zum Winter 1939 hatte er als Theaterkritiker bei einer Zeitung gearbeitet und war stolz darauf gewesen, daß seine Artikel, wenn sie auch kurz waren und vom Redakteur nicht besonders beachtet wurden, immer tadellos geschrieben waren. Ein umfassender Bericht von nur dreihundertfünfzig Worten verlangte eine besondere Redekunst.

Lindemanns Ansichten über das Theater waren entschiedener als seine Ansichten über alles andere. Er hatte zugelassen, daß man ihn in diesem unbedeutenden Dorf mitten im Nichts zurückließ, weil er nicht in der Lage war durchzusetzen, daß man ihn irgendwo anders hinversetzte, wo es interessanter war. Er war nicht der typische Gauleiter, wie Julien Levade ihn sich vorstellte, sondern ein zögernder Infanterieoffizier, der aufgrund seiner Bildung und der Verluste an der Ostfront in die mittleren Ränge aufgestiegen war. Und er war sich bewußt, daß viele der Männer, die seinem Kommando unterstanden, nicht die großspurigen, blauäugigen jungen Männer waren, die die Franzosen durch ihre Arroganz und ihre Selbstdisziplin beeindruckt hatten, als sie 1940 in dem traumatisierten Land die Kontrolle übernommen hatten. Das halbe Dutzend Soldaten, das man auf dem Dachboden des Hauses einquartiert hatte, war griesgrämig, klein und nicht mehr jung. Keiner von ihnen wäre in einem so belanglosen Ort wie Lavaurette gelandet, wenn hier nicht eine Verbindung zu den großen Eisenbahnlinien bestanden hätte, die das Dorf sowohl zu einem nützlichen Knotenpunkt als auch zu einem möglichen Sabotageziel der Résistance machte – auch wenn man Lindemann informiert hatte, daß es in der Gegend bisher keine nennenswerten Aktivitäten gegeben hatte.

Er ging zum Kamin und betätigte die Klingel. Ihm gefiel dieses feudale Benehmen, und er fand Gefallen an dem ängstlichen Ausdruck in den Augen des kleinen Dienstmädchens, das eine Minute später hastig das Zimmer betrat. »Mehr Kaffee«, sagte er in akzeptablem Französisch. Was immer in der ersten Kanne gewesen war, er hatte es kaum fertiggebracht, es auszutrinken, aber er mußte sich irgendwie wachhalten, während er den Stapel von Anordnungen durcharbeitete. Die militärische Strategie war klar und deutlich: Es mußte eine große Anzahl von Männern an die Südküste verlegt werden, um von Nordafrika ausgehende Angriffe der Alliierten abzuwehren. Das hatte bedeutet, in die unbesetzte Zone einzufallen, aber die Taktik war die, bis zum Eintreffen der SS so wenig Männer wie möglich in dieser Zone zur Verwaltung zurückzulassen, damit so viele wie möglich bei den aktiven Einheiten bleiben konnten. Die Franzosen sollten ermuntert werden, so hart zu arbeiten, wie sie nur konnten, und Lindemanns Anordnungen schlugen Mittel und Wege vor, wie das zu erreichen war. Lavals Miliz würde ihre Arbeit im Januar aufnehmen, und als Gegenleistung dafür, daß sie den Besatzern ihre Unterstützung anboten, würde Laval wie üblich die Deutschen zur Zusammenarbeit auffordern, was beispielsweise Grenzen, Kriegsgefangene und Zahlungen betraf. Diese Aufforderung würde wie üblich abgelehnt werden.

Lindemann lächelte. Es war anzunehmen, daß die Miliz aus diversen Gewaltverbrechern, aus vorzeitig entlassenen Strafgefangenen und jungen Rowdys bestehen würde, die Angst hatten, andernfalls nach Deutschland gebracht zu werden – im Rahmen von Lavals Acht-gegen-einen-Austauschprogramm für die Kriegsgefangenen, die die Deutschen während des kurzen Angriffs im Mai 1940 genommen hatten. Lindemann konnte sich nicht vorstellen, daß irgend jemand anderer sich für die Miliz melden wollte, aber er mußte mit diesen Leuten zusammenarbeiten, also verurteilte er sie besser nicht schon im Vorwege.

Macht über das Leben von Menschen zu haben, war verführerisch für einen Mann, dessen Einfluß sich früher darauf beschränkt hatte, seinen Lesern die neue *Faust*-Inszenierung zu empfehlen oder ihnen davon abzuraten. Lindemann war Psychologe genug, daß es ihm Freude machte, den Männern unter seinem Kommando Aufgaben zuzuweisen und einzuschätzen, ob sie dazu in der Lage waren oder nicht. Es ärgerte ihn jedoch, daß er zusätzlich zu seinen rein verwaltungstechnischen Aufgaben verpflichtet wurde, an nichtmilitärischen Projekten mitzuwirken.

Die Besatzung der bislang unbesetzten Zone erleichterte ihnen den Zugriff auf die große Zahl jüdischer Flüchtlinge, die die Franzosen entgegenkommenderweise in Lagern eingesperrt hatte, wie auch auf die französischen Juden, die von vornherein hier lebten oder aus dem Norden hierhergeflohen waren. Lindemann wurde in den Anordnungen beauftragt, in Lavaurette das Zusammenführen zweier Züge zu beaufsichtigen und eine Quote an Juden aus dem Gebiet, für das er dem Namen nach verantwortlich war, beizusteuern. Diese Leute sollten erst nach Paris und dann weiter zu einem nicht näher bezeichneten Ort in Polen gebracht werden. Die offizielle Version war, daß sie in Lagern arbeiteten, genau wie die jungen nichtjüdischen Franzosen, die Laval gegen französische Kriegsgefangene austauschte.

Doch wenn sie arbeiten sollten, hatte Lindemann überlegt, würden sie wohl kaum alte Leute, schwangere Frauen und solch eine große Zahl an Kindern abtransportieren, und er war ziemlich erstaunt, daß die französische Regierung und die französische Polizei in diesen finsteren Plan einwilligten. Vielleicht hoffte der ewig optimistische Monsieur Laval als Gegenleistung für seine Hilfe auf ein paar Konzessionen in Sachen Unabhängigkeit.

Lindemann fand diesen Teil seiner Aufgabe ein wenig unsinnig. Das Mädchen kam mit dem Kaffee wieder. War *sie* Jüdin?

»Warten Sie.« Er schaute sie an. Sie war klein und dunkel. Es wäre möglich. Aber die meisten Franzosen sahen so aus – nicht so schlimm wie die Polen, aber auch nicht so großartig wie die Schweden oder Dänen. »Schon gut, Sie können gehen.«

Wie sollte er all diese Leute auftreiben? Was war, wenn sie nur Halbjuden waren? Offenbar hatte Vichy Rassendefinitionen veröffentlicht, die noch strenger waren als die des nationalsozialistischen Kommissariats für Jüdische Angelegenheiten in Paris. Ein Mann namens Pichon, der von Vichy auf eine Rundreise geschickt worden war, um den Regionalpräfekten zu helfen, hatte seine Unterstützung angeboten. Lindemann schüttelte den Kopf. Es fiel ihm schwer zu entscheiden, was er tun sollte.

Zur gleichen Zeit stand Peter Gregory in einem Hauseingang in einer schmalen Seitenstraße direkt am Hafen von Marseille. Regen tropfte von einem steinernen Türsturz über seinem Kopf. Ein

Mißverständnis wegen eines Zuges hatte ihn in diese Stadt geführt, aus der er ein paar Wochen zuvor vielleicht hätte hoffen können zu fliehen; aber inzwischen war sie zum Zentrum deutscher Militäroperationen geworden. Er hatte seinen Blick auf ein Haus schräg gegenüber gerichtet, aber wegen der Aktivitäten um ihn herum konnte er keinen Schritt tun.

Sein Rücken und seine Schultern schmerzten ihn, nachdem er sich drei Stunden lang unter einem Zug im Güterbahnhof versteckt hatte. Er hatte beobachtet, daß die Gestapo am Bahnhofsausgang offenbar alle Reisenden kontrollierte. Die dünne Kette von Sympathisanten, die ihn von der Absturzstelle bis zum Haus des Bürgermeisters und vier weitere Tage Richtung Pyrenäen gebracht hatte, war durch seinen Fehler mit dem Zug nun abgerissen.

Nachdem es ihm gelungen war, aus dem Güterbahnhof zu entkommen, indem er über eine Backsteinmauer kletterte, war Gregory anderthalb Kilometer zu Fuß gegangen, bis er sich in einer offenbar unbewohnten Gegend wiederfand. Er entdeckte ein Café, durch dessen Fenster er nur leere Tische sehen konnte, und ging hinein. Der Mann hinter der Bar wischte mit einem schmierigen Lappen über den Tresen. Gregory steckte sich eine Zigarette in den Mundwinkel, um seine Stimme undeutlich klingen zu lassen. »Telefon«, sagte er kurz angebunden, in der Hoffnung, damit eine Unterhaltung zu unterbinden, und der Mann wies mit dem Kopf auf die hintere Ecke des Raums. In einer dunklen Nische neben einer schmalen Tür mit den Buchstaben WC wählte er eine Telefonnummer in Clermont-Ferrand. Er war von der Diagnose »gebrochenes Bein«, die der Tierarzt gestellt hatte, nie überzeugt gewesen, und die Strapazen der letzten vier Tage hatten zu einer qualvollen Reibung im Schienbein geführt, als ob Knochenteile aneinander scheuerten. Er biß sich auf die Unterlippe, als er hörte, wie das Telefon in den entfernten Bergen des Zentralmassivs verzweifelt und einsam läutete.

Die Stimme des Werkstattbesitzers, der aus weinseligem Schlaf gerissen worden war, ertönte. Gregory spulte die Losungsworte ab, die man ihm in London beigebracht hatte, und hoffte, daß »Hercule« ihn mit seinem Akzent verstehen konnte. Gregory verstand kaum, was Monsieur Chollet ihm sagte. Schließlich bekam er eine Adresse in Marseille heraus, die er, so oft er sich traute, wiederholte und überprüfte, bis er merkte, daß Chollets Geduld allmählich erschöpft war.

»Ich danke Ihnen, Monsieur«, sagte Gregory. »Auf Wiederhören.«

»Da war eine Frau, die hat nach Ihnen gefragt. Im Sommer.«

»Was?«

»Eine Engländerin.«

»Hat sie eine Nachricht hinterlassen?«

»Nein. Auf Wiederhören.«

Gregory legte den Hörer auf. Eine Engländerin. Wie Charlotte es gehaßt hätte, daß man sie so bezeichnete. Er beugte sich einen Augenblick über das Telefon, und Tränen – vermutlich wegen der Schmerzen in seinem Bein – verschleierten seinen Blick.

Nun, um Mitternacht, wartete er in dem Hauseingang gegenüber der genannten Adresse. Irgendwie würde er in dieses Haus gelangen. Die Engländerin. Er lächelte. Was es auch kostete, er mußte da hinein.

Es war Mitternacht, als André Duguay sich im Bett aufsetzte und nach seiner Mutter rief. Es war ein Laut abgrundtiefer Panik, der Ausdruck einer Angst, die sich in seinem Kopf wochenlang allmählich gesteigert hatte und sich schließlich als Reaktion auf die Bilder, die ihm in seinem Traum erschienen waren, äußerten.

Das Gesicht seiner Mutter blieb undeutlich, und doch war er in seinem Traum bei ihr, er sah die dunklen Züge, das Gesicht, das sich über seine Wiege beugte. Im Lauf der Jahre hatte er die Umrisse ihres Gesichts verinnerlicht, es war für ihn das Gesicht der Liebe geworden. Er war bei ihr, er sah sie, und sie befand sich inmitten einer Menge von wehklagenden Menschen in der Dunkelheit.

Eilige Schritte von Mademoiselle Cariteau kamen den Flur englang. Sie hatte schnell ihren Morgenmantel übergeworfen und stolperte in das Zimmer der Jungen. Sie hatte bei dem Schrei nicht erkennen können, von wem er kam, und ohne Licht zu machen, ging sie zuerst zu Jacob, bis sie Andrés Stimme aus seinem Bett hörte.

Sie nahm den Jungen in ihre Arme und streichelte ihm übers

Haar. Auch wenn sie selbst keine Kinder hatte, spürte sie, wie eine Welle mütterlicher Zärtlichkeit von ihr ausging und das weinende Kind einhüllte, in dem instinktiven Wunsch, es zu beschützen.

Eine halbe Stunde lang wiegte Sylvie Cariteau den schutzlosen kleinen Jungen an ihrer Brust hin und her, hin und her.

Levade hatte am Schreibtisch in seinem Schlafzimmer eine Kerze angezündet. Eine Stunde zuvor hatte er sich von Julien verabschiedet, und seine Gedanken waren immer noch ganz bei dem Jungen. Er schrieb:

> Mitternacht.
> Gott sei gedankt für diesen Jungen. Die Freude, die er mir bereitet, ist einfach. Allein in der Nähe seines Lebens zu sein, bereitet mir Vergnügen. Deswegen muß ich ans Sterben denken, weil ich fühle, daß mein Geist eins mit seinem Geist ist und erst der Tod die Trennung zwischen uns auflösen wird. Ich glaube, daß wir im Paradies zusammensein werden, und ich glaube, daß wir eins werden, wie Gott, durch die Dreifaltigkeit, untrennbar mit Seinem eigenen Sohn verbunden ist.
> Natürlich glaube ich daran. Ich glaube daran, seit Christus mir in jener Nacht auf dem Berg des Toten Manns in Verdun erschienen ist, ohne Arme und Beine an einen Baumstumpf genagelt. Damals habe ich es nicht verstanden, aber später ist Er mir noch einmal erschienen, derselbe Körper, diesmal an einem Kreuz. Es war die Nacht, in der mein Cousin mir in einer Vision erschien; sein Gesicht war angestrahlt, erst am Morgen erfuhren wir, daß er gestorben war. Ich glaube daran, weil Gott mir in einem Traum meine liebste Mutter als Kind gezeigt hat, wo für ihr Glück gesorgt war, und weil ich als erwachsener Mann in der Lage war, für sie zu sorgen, so wie ich es wieder tun werde, wenn der Tod schließlich die Zeit aufhebt.
> Und die Hölle wird die Abwesenheit Gottes sein, der völlige Verlust Seiner Gegenwart. Ich habe an diesem Ort gelebt, und ich habe die Leere, die er hinterlassen hat, gespürt. Ich

habe diese Zeit ohne Gott erlebt, weil ich Seiner nicht würdig war. Die Chancen, die ich erhielt, habe ich ignoriert oder verschmäht, weil ich so tief in sinnliche Erfahrungen, ehrgeiziges Streben und Selbsttäuschung verstrickt war. Jeden Tag muß ich mich meines Glaubens versichern. Jeden Tag muß ich neu bekehrt werden.

Wenn ich in Zeiten wie diesen schreibe, klingt die Stimme, die ich höre, nicht wie meine eigene. Aber ich hoffe, daß diese Stimme der Hingabe die Stimme ist, die von all meinen unterschiedlichen Stimmen die wahrhaftigste ist. Meine Freundin Madame Guilbert hat mich dazu gebracht, darüber nachzudenken. Und doch hoffe ich, daß ich im Innersten gut bin und glaube. Was ist es denn, was am Ende sterben wird?

Und wenn ich gehe, wird es in einem Altenheim sein oder hier in meinem traumlosen Bett? Wenn es soweit ist, wird der Arzt meinen Atem noch ein paar Stunden künstlich verlängern, wird der Priester sich über mich beugen, um meine letzte und aufrichtigste Beichte abzunehmen. Einige Freunde werden kommen. Einige werden bei der Erinnerung an ihre eigene verlorene Jugend weinen – bei der Erinnerung an Erfahrungen, von denen sie zugeben müssen, daß sie auf immer verloren sind, jenseits der Vorstellung, die sie wieder lebendig macht, in dem Abgrund der Zeit, die sie abgeschlossen hat. Und mein sündiges Leben wird ihnen kein schönes und tröstliches Beispiel sein.

Irgendwie werden sie meinen offenstehenden Mund schließen, meine starrenden Augen zudrücken. Und mein Kopf, in dem es so lange von Gedanken gewimmelt hat, wird nicht einmal mehr den Funken einer Idee beinhalten. Meine ehemals warmen, beweglichen Hände werden nicht einmal mehr in der Lage sein, einen Pinsel hochzuheben. Jemand wird meinen Arm vom Bett anheben, und er wird wieder an die Seite meines Körpers fallen. Sie werden das faulende Fleisch einhüllen und es in eine Kiste legen. Die Millionen Menschen, die gelebt haben, ohne etwas von meinem unbedeutenden Leben zu wissen, werden immer noch ahnungslos sein. Die Handvoll, die mich gekannt hat, wird mich vergessen.

Aber ich glaube an Gott. In einigen Augenblicken habe ich – mit Seinem Segen und im Licht der Kunst – in eine Welt geschaut, die diese Welt transzendiert, aber gleichzeitig existiert wie eine verlorene Stadt, die durch mal undurchdringliche, mal durchsichtige Wellen aufscheint.

An diese Dinge habe ich immer geglaubt, und ich glaube auch an die Liebe für meinen Sohn. Der Tod trennt uns nicht von denen, die wir lieben. Es ist das Leben, das uns auf so enttäuschende Art voneinander fernhält. Ich vertraue auf Gott, daß Er mich am Tag des Jüngsten Gerichts mit denen, die ich geliebt habe, vereint und daß der Geist eines jeden von uns eins wird.

## 5. KAPITEL

Es war der Tag des Abwurfs, aber vor dem Abend hatte Charlotte in Limoges noch etwas zu erledigen. Sie zog sich rasch an und ging hinunter in die Spülküche, dort fand sie ein Stück Brot und eine Dose, deren Inhalt auf der Lebensmittelkarte als Fruchtaufstrich bezeichnet wurde. Sie spülte es mit einem Glas Wasser hinunter, band sich ihr Kopftuch um, sah nach, ob sie Dominiques Papiere in ihrer Handtasche hatte, und holte ihr Fahrrad. Als sie unter dem gewölbten Dach des Taubenschlags hindurchradelte, warf sie einen Blick zurück auf die Fassade des Hauses und sah, wie auf den fest verschlossenen Fensterläden von Levades Atelier die Sonne glänzte. Das Fahrrad schepperte über ein Schlagloch, das sie nicht gesehen hatte, und Wasser spritzte auf Dominiques bewundernswert strapazierfähige Schuhe. In den Platanen, die die Straße säumten, sangen die Vögel.

Außer ihr warteten nur noch zwei andere Passagiere auf den frühen Zug, beides ältere Frauen, die leere Einkaufskörbe über dem Arm trugen. Charlotte lächelte ihnen zu und formte mit den Lippen eine höfliche Begrüßung, gab aber gleichzeitig zu erkennen, daß sie keine Unterhaltung wünschte.

Im Zweite-Klasse-Abteil waren noch genügend Plätze frei, und als sich der Zug vorsichtig in die offene Landschaft vortastete und den Ort Lavaurette, der unter Ausschluß der Öffentlichkeit stattfindende und ungeahnte Konflikte schürte, hinter sich ließ, offenbarte sich ihr das Land ihres Herzens in all seinen vertrauten, bezaubernden Farben.

Wenn keine dramatische Wetteränderung eintrat, würde heute nacht der Abwurf stattfinden und sich in ihrem Kopf zu einem wichtigen Ereignis geformt haben. Sie würde warme Kleidung brauchen und unter dem, was immer sie in Limoges kaufen konnte, tragen. Sie wollte ein Bad nehmen, und da es in der Domaine kein heißes Wasser gab, bedeutete dies, daß sie um sechs Uhr, wenn es den Frauen vorbehalten war, das öffentliche Bad aufsuchte. Anschließend würde sie mit Julien, vielleicht auch mit César und einigen der anderen Männer, zu Abend essen; dann würde das große Flugzeug aus der Heimat auftauchen, das den Inhalt seines Frachtraums hinaus in die Dunkelheit schleuderte.

Die Bilder, die vor dem Zugfenster vorbeihuschten, ähnelten dem Land, an das Charlotte sich erinnerte; dieses Land mit seiner müßigen Harmonie, die aus Kirchen und Wiesen, grauen Dörfern und ihren fest verwurzelten Bewohnern bestand. Aber in den Straßen von Limoges war die gegenwärtige gespannte Situation deutlich. Die Menschen waren schäbig gekleidet, und da es keine motorisierten Fahrzeuge mehr gab, herrschte eine ungesunde Stille. Das bedrückte Charlotte aber nicht, als sie am Jardin d'Orsay entlangging, wo die Blumenbeete noch immer gut gepflegt wurden. Als sie näher kam, erkannte sie, daß sie mit Gemüse bepflanzt waren.

In ihrem Kopf wiederholte sie die Einzelheiten der Nachricht, die ihr Mirabel mitgeteilt hatte. Ihr Ziel war die Place des Jacobins, und die Person, die sie sprechen wollte, hieß Georges. Sie verspürte keine Angst, als sie durch die Straßen der Stadt lief, auch wenn sie sich dazu nicht gerade beglückwünschte. Entweder hatte man Angst oder nicht: Es war nichts, was man kontrollieren konnte.

Sie schaute sich trotzdem kurz um, bevor sie an der Tür klingelte. Doch es gab keinen Grund zur Beunruhigung: Limoges war in provinziellem Frieden versunken. Die Tür wurde geöffnet, und einen Concierge sah heraus.

»Guten Morgen, Madame. Ich bin auf der Suche nach Georges.«

»Wen soll ich melden?«

»Eine Freundin von Frédéric.«

Die Frau verschwand und ließ die Tür offen. Ein paar Minuten später kam ein stattlicher, unrasierter Mann in einer Strickjacke zur Haustür.

»Sind Sie Georges?«

»Ja.« Er nickte und schnippte etwas Asche von seiner Zigarette, die ihm in einem Mundwinkel hing.

»Ich habe eine Nachricht von Frédéric.« Sie nannte ihm die Uhrzeit, das Datum und die Kartenkoordinaten.

Zu ihrer Überraschung nahm er einen Stift aus der Tasche seiner Strickjacke und schrieb die Zahlen auf seine Zigarettenschachtel. Er hatte eindeutig nicht das Gedächtnistraining der Abteilung G genossen.

Georges lächelte. »Möchten Sie auf ein Glas Wein hereinkommen?«

»Nein, vielen Dank«, erwiderte Charlotte.

Er zuckte die Achseln, sie gaben sich die Hand, und sie ging rasch fort. Die Belohnung, die Mirabel ihr versprochen hatte, war so groß, daß sie sie nicht durch ihr Bleiben gefährden wollte.

Überhaupt gab es etwas, was dringender war als Wein. Pauline Benoit hatte ihr gesagt, daß es direkt beim Boulevard de la Cité ein Geschäft gab, wo man Kleidung kaufen konnte, wenn man nicht wählerisch war, was das Material betraf. Die Richtungsangaben, die Charlotte erhalten hatte, stimmten genau, und das Geschäft selbst war nicht zu übersehen. Die glänzende, schwarz gestrichene Fassade hatte ein Schaufenster, das zehn Jahre früher selbst der Rue du Faubourg St-Honoré keine Schande gemacht hätte. Im Seitenfenster standen Schaufensterpuppen in Kleidern und Kostümen, ihre Plastikhandgelenke waren keck hochgebogen, und ihre schmalen Füße steckten in Krokodillederschuhen. Eine hielt eine lange Zigarettenspitze aus Lapislazuli an die Lippen, eine andere trug offenkundig eine Nerzstola. Das andere Schaufenster präsentierte ein umfassendes Angebot an Unterwäsche. Charlotte betrachtete staunend die Büstenhalter, Unterröcke, Mieder, Unterhosen, Elastikschlüpfer, Petticoats, Korsetts und andere Teile aus Walfischknochen und rosafarbenem Flanell.

Als sie dastand und ins Schaufenster starrte, ging die Tür auf, und ein Mann in Hemdsärmeln und einem Meterband um den Hals kam heraus auf den Treppenabsatz.

»Treten Sie doch ein, Madame.«

Charlotte folgte ihm mit gemischten Gefühlen. Diese Auswahl war bestimmt nicht rechtmäßig erworben.

»All diese Sachen«, sagte sie und deutete auf das Schaufenster, »haben Sie –«

»Leider nicht, Madame. Setzen Sie sich doch.« Der Ladenbesitzer zog einen hohen Hocker zum Ladentisch. »Das sind die Überreste aus den Tagen vor dem Krieg. Wir behalten sie, damit sie uns daran erinnern, wie das Leben damals war.« Er war ungefähr sechzig Jahre alt, hatte ein rundes Gesicht und trug einen kleinen Schnurrbart. Er sah respektabel aus, mit humorvollen Augen, und Charlotte stellte fest, daß sie ihm nicht mißtrauen konnte.

Er lächelte. »Wir haben natürlich ein kleines Lager. Sucht Madame vielleicht nach irgend etwas Speziellem?«

Unterhosen, die nicht zwei Tage brauchten, bis sie trocken waren; Schuhe, in denen ihre Füße nicht so aussahen, als seien sie verunstaltet; etwas Hübsches für den Abend... »Vielleicht eine Bluse?« fragte sie vorsichtig.

Der Ladenbesitzer zog unter dem Ladentisch eine lange Schublade heraus. Sie enthielt vier weiße und helle Blusen aus Synthetik.

»Hmm... Ich suche eigentlich etwas Bunteres. Wenn Sie keine Blusen haben, dann vielleicht etwas aus Strick.«

»Aha, ein kleiner Pullover, ja.« Der Mann nahm eine Trittleiter und ging über die nackten Bodendielen in den hinteren Bereich des Ladens.

Während er verschiedene Schachteln vom obersten Regal herunterzog, hineinsah und sie murmelnd wieder hineinschob, dachte Charlotte an ihren vollen Kleiderschrank in Schottland: an den pflaumenfarbenen Kaschmirpullover, die fliederfarbene Strickjacke, die Blusen aus Seide und Baumwolle, die Kilts, die Faltenröcke, die ärmellosen Sommerkleider, die man nördlich von Berwick so selten tragen konnte, die Stapel von Unterwäsche aus Baumwolle und Seide.

Der Ladenbesitzer kam mit einem halben Dutzend Kleidungsstücken aus Wolle wieder und legte sie auf den Ladentisch. Charlotte hatte den Eindruck, als seien die meisten von seiner Mutter gestrickt. Er sah ihre Enttäuschung und sagte: »Einen Augenblick, Madame. Ich habe da etwas, das ich Ihnen zeigen möchte.«

Er holte hinten aus dem Laden ein weinrotes Kleid aus leichter Wolle mit einem dezenten Muster aus goldenen Schnörkeln, das aussah wie die Limousin-Variante eines Paisley-Musters. »Ich glaube, das ist genau Ihre Größe«, sagte er aufmunternd. »Vielleicht probieren Sie es einmal an.«

In der Umkleidekabine zog Charlotte Dominiques Rock und Pullover aus. Sie betrachtete ihr Spiegelbild und lächelte, als sie das Kleid anzog. Es war hochgeschlossen, aber über dem Busen ziemlich eng anliegend. Sie strich es über den Hüften glatt, der Saum schwang unterhalb ihrer Knie locker hin und her. Zusammen mit Dominiques dicken Strümpfen sah es nicht gerade elegant aus, aber es war sorgfältig gearbeitet und wirkte trotz seines damenhaften Stils wenigstens halbwegs weiblich.

Charlotte machte im Laden ein paar Schritte und drehte sich ein paarmal vor dem Spiegel.

Der Ladenbesitzer meinte, daß es wie angegossen säße. »Sehr, sehr hübsch, Madame.«

»Wie teuer ist es?«

»Aah.« Er hielt beide Hände hoch, beugte sich nach vorn und flüsterte Charlotte ins Ohr: »Sie sind vom Land, nicht wahr, Madame?«

»Ja.«

»Sagen wir… Können Sie mir…« Seine Stimme wurde noch leiser, »… eine Lammkeule dafür geben?«

»Wie bitte?« fragte Charlotte und mußte lachen.

»Dann eine Schulter.«

»Monsieur, es tut mir leid. Ich glaube, hier liegt ein Mißverständnis vor. Ich kann Ihnen Bargeld geben.«

Die Mundwinkel des Ladenbesitzers zeigten traurig nach unten. »Ich habe Bargeld, Madame. Das ist nicht das Problem. Aber ich kann mir dafür nichts kaufen.«

Charlotte lächelte. »Was ist mit den Sachen im Schaufenster?

Sind sie zu verkaufen? Wieviel verlangen Sie für das Kleid? Ein ganzes Schwein?«

»Mindestens. In Form von Schinken, Koteletts und Blutwurst. Man könnte anfangen mit dem Schweinebauch in Meersalz geschmort und der Leber, mit Zwiebeln zusammen in Butter und Olivenöl gebraten.«

Charlotte konnte ihn schließlich überzeugen, ein paar Banknoten der Abteilung G anzunehmen, mit denen sie zwei Unterhosen aus Seide und das Wollkleid bezahlte. Er verpackte alles zu einem Paket und verschnürte es mit einem Band, das er sorgfältig verknotete und abschnitt, als wüßte er, daß er an diesem Tag nichts weiter zu tun haben würde.

Die Wintersonne stand noch hoch am Himmel, als Charlotte das Geschäft verließ und sich wieder auf den Weg machte. Sie hatte noch viel Zeit bis zur Abfahrt ihres Zuges um zwei Uhr. Eigentlich hatte sie vor, die Kathedrale zu besichtigen, wurde aber von dem Lärm einer Menschenmenge abgelenkt, dem sie folgte. Sie kam zu einem Platz, den sie wiedererkannte, weil sie ihn von ihrem Zimmer aus teilweise hatte sehen können, als sie die erste Nacht in Limoges verbracht hatte. Auf den Treppen eines Denkmals stand ein Mann mit einem Megaphon und sprach zu ungefähr dreihundert Leuten, von denen viele Transparente und Fahnen trugen.

Charlotte trat an den Rand der Menge, die, wie sie fand, äußerst lebhaft, geradezu aufgewühlt wirkte.

Das Wort »Mörder« wurde von dem Sprecher oft verwendet und von der Menge wiederholt. Charlotte brauchte eine Weile, bis sie verstand, wer damit gemeint war und daß sich die Wut der Menge gegen die Männer der RAF richtete. Sie war überrascht, welch leidenschaftliche Gefühle sie hervorriefen. Die Bombenangriffe, die sie über Frankreich flogen, hatten dem Sprecher zufolge Hunderte von Zivilisten getötet, und all diese Todesfälle seien ganz unnötig gewesen. »Sie behaupten, daß sie deutsche Anlagen und französische Fabriken, die den deutschen Kriegsanstrengungen Nachschub liefern, zerstören, aber das ist gelogen. Die Engländer sind immer schon unsere Feinde gewesen, und das Monster Churchill zieht den Krieg nur wegen seiner selbstsüchtigen Ziele in die Länge! Dies ist ein Krieg zugunsten der Wall Street, ein Krieg zugunsten des Finanzzentrums von London und ein Krieg zugunsten der Israeliten!«

Beim Namen Churchill wurden innerhalb der heiseren Menge zahlreiche Flüche laut, der häufigste war »Jude«. Ein paar Trommeln begannen einen regelmäßigen Takt zu schlagen, doch die Leute konnten sich nicht entscheiden, ob sie »RAF-Mörder« oder »Churchill, de Gaulle – Jude« skandieren sollten. Charlotte betrachtete die Transparente und Plakate, die geschwenkt wurden. Die üblichen teuflischen Gesichter von Gestalten mit Schläfenlocken und schwarzen Mänteln waren abgebildet, die dabei waren, etwas zu stehlen und zu horten und mit den Briten, Russen und Amerikanern die Köpfe zusammensteckten. Auf einem war das Foto eines Lancaster-Bombers zu sehen, der einfallsreich mit Davidssternen verziert war.

Armer Gregory, dachte Charlotte, als sie sich unauffällig von dem Platz entfernte. Sie warf noch einen Blick über die Schulter auf die Menge, deren Atem in der eiskalten Luft drohende Gebilde produzierte.

Gegen fünf Uhr war sie wieder in Lavaurette. Pauline Bobotte teilte ihr mit, daß Monsieur Levade beschäftigt sei, also ließ Charlotte einige Päckchen mit Lebensmitteln, die sie für das Abendessen gekauft hatte, auf seinem Schreibtisch liegen und machte sich langsam auf den Weg ins öffentliche Bad. Der Gedanke an den Abwurf hatte die Bitterkeit vertrieben, die sie beim Anblick der Demonstration verspürt hatte. Die Menschen, die auf dem Feld die Taschenlampen hielten, sahen die Sache nicht so, ebensowenig wie Antoinette, die in den nieseligen Bergen von Ussel geduldig ihre Nachrichten funkte.

Das öffentliche Bad war acht Jahre zuvor von einem sozialistischen Bürgermeister eingerichtet worden, der fand, daß Lavaurette mit der Zeit gehen sollte. Während der Brennstoffknappheit hatte es an Beliebtheit zugenommen, obwohl es selbst jetzt von den führenden Bürgern der Stadt gemieden wurde. Diese wuschen sich lieber mit kaltem Wasser oder überhaupt nicht, als sich unter die Ladenbesitzer und das Proletariat zu mischen.

In dem gefliesten Vorraum bekam Charlotte von einer alten Frau, die in einem Häuschen mit Glasfassade saß, eine Eintrittskarte und ein Handtuch ausgehändigt. Auf der gegenüberliegenden Wand hing ein riesiges, gerahmtes Foto von Marschall Pétain, der nachsichtig auf seine sauberen Bürger hinunterschaute; darunter standen die Worte Arbeit, Familie, Vaterland, und ein örtlicher Schildermaler hatte ordentlich hinzugefügt: Sauberkeit.

Obwohl es erst ein paar Minuten nach sechs war, waren fast alle Bäder besetzt. In dem langgestreckten Raum standen zu beiden Seiten acht Badewannen. In der Mitte befanden sich Holzbänke, an denen in Kopfhöhe Stangen mit Haken für Kleider und Handtücher befestigt waren. Charlotte konnte auf ihrer Zunge die Hitzeschwaden schmecken, die in der kalten Luft aufstiegen und sie daran hinderten zu sehen, ob noch irgendwo etwas frei war. Sie ging die Laufbretter entlang, bis sie eine freie Wanne entdeckte, dort legte sie ihr Päckchen auf die Bank und fing an, sich auszuziehen.

Als sie Dominiques Büstenhalter über Schulter und Arme streifte, wurde sie von einer nackten Mademoiselle Cariteau angesprochen, die gerade in die Wanne neben ihr steigen wollte. Charlotte wußte nicht, wie sie sich in dieser Situation verhalten sollte, und merkte, wie sie rot wurde, was in dem Dampf aber nicht auffiel. Sylvie Cariteau machte auf die positiv gestimmte und sachliche Art Konversation, die sie auch im Postamt an den Tag legte, und Charlotte bemühte sich, so gut sie konnte, im gleichen Stil zu antworten.

Sylvie Cariteau wandte sich ab und ging um ihre Wanne herum, um die Wassertemperatur zu prüfen. Charlotte sah mit Erleichterung, wie sich ihr kräftiger Rücken und ihr fülliges Gesäß entfernten, als sie sich rasch weiter auszog und in die Wanne mit den hohen Seitenwänden stieg. Auf der anderen Seite stand Madame Galliot aus dem Haushaltswarengeschäft, doch da sie keine Brille trug und ihr Haar offen den Rücken herunterhing, dauerte es einen Augenblick, bis Charlotte sie erkannte. Nackt erschien sie ihr jünger und weniger furchteinflößend. Madame Galliot kam herüber zu Charlottes Wanne und beugte sich vor, um sich eines der Seifenstücke zu nehmen, die auf den Wasserhähnen plaziert waren. Als sie das tat, warf Charlotte einen Blick auf ihren Torso bis hinunter zu dem üppigen Dickicht aus dunklem Haar, das einen Augenblick lang so aussah wie die riesige Felltasche an einem Schottenrock. Charlotte senkte den Kopf und spritzte sich Wasser ins Gesicht.

Trotz des donnernden Geräusches, wenn Wasser in eine der Porzellanwannen eingelassen wurde, und des Rauschens, wenn die Frauen in ihren Wannen heißes und kaltes Wasser mischten, konnte man laute Unterhaltungen und Planschen hören. Charlotte erkannte Pauline Bobottes molligen, glänzenden Körper mit seinen spitzen Brüsten und dem Speckröllchen um die Mitte herum, dem offenkundig keine Entbehrungen hatten gefährlich werden können. Während sie sich kräftig trockenrubbelte, wackelte ihr Hinterteil wie das einer Frau auf einem Rubens-Gemälde. Charlotte fragte sich, ob es das war, was Männer anzog. Würde es Gregory gefallen? Ihm hätte es sicherlich Spaß gemacht, hier zu sein, dachte sie, obwohl ihm bekümmert die Abwesenheit von Madame Galliots Tochter aufgefallen wäre. Vielleicht war Irène zu stolz, sich vor anderen Leuten auszuziehen.

Seife, die sonst streng rationiert war, gab es hier reichlich, auch wenn die handtellergroßen, rosafarbenen Stücke, die an Backsteine erinnerten, ein wenig streng und chemisch rochen. Charlotte wusch sich mit verschwenderischem Vergnügen in dem tiefen Wasser, von dem sie soviel einlaufen lassen konnte, wie sie wollte. Als sie keinen Grund hatte, ihr Bad noch länger auszudehnen, stand sie widerstrebend auf und drehte sich zur Bank in der Mitte um.

Sie hatte in den Monaten, seit sie in Frankreich war, abgenommen, doch zu ihrem Ärger hatte sie an Händen, Füßen und Wangen abgenommen, an Stellen also, wo es keineswegs nötig gewesen wäre. Ihr war bewußt, daß sich über ihren Hüftknochen noch immer überflüssige Pölsterchen befanden und daß ihr Bauch seine leichte Rundung behalten hatte, auch wenn die Rippen darüber hervorstanden. Als sie vor der Bank stand und ein Bein aufstellte, um es abzutrocknen, ertappte sich Charlotte dabei, daß sie Pauline Benoit anstarrte, die, abgesehen von ihrem kirschroten Lippenstift und ihrem Haarband, nackt war, das heißt, eigentlich starrte eher Pauline sie an, vor allem ihre Lendengegend. Charlotte folgte den Blicken der anderen Frau zu dem zarten, gelockten Flaum goldenen Haars, den ihr aufgestelltes Bein nur halb verdeckte. Dann sah sie wieder Pauline an und merkte, wie ihre Augen nun auf ihrem Gesicht und der dunklen Kurzhaarfrisur ruhten. Sie begriff, was Pauline fasziniert hatte. Nach fast fünf Monaten in Frankreich war dies der erste Beweis für einen Fehler, den Abteilung G gemacht hatte. Als sie das neue Kleid angezogen hatte, nahm sie ihre übrigen Sachen mit hinaus in den Waschraum, der neben den Bädern lag. Sie frottierte ihr Haar kräftig und versuchte, es vor dem Spiegel in Form zu bringen. Sylvie Cariteau kämmte ihren schwarzen Pagenkopf und lächelte Charlotte freimütig zu.

»Kommen Sie auf ein Glas Wein zu mir, nachdem Sie mit Monsieur Levade zu Abend gegessen haben?«

»Ja, gern.«

»Um Ihnen Glück zu wünschen.«

Im Vorraum hüllte sich Charlotte in ihren Mantel, schlang sich das Kopftuch um und gab das tropfnasse Handtuch ab. Es war nicht weit bis zu Juliens Wohnung, und zum erstenmal würde sie ungehindert die Treppe erreichen, es sei denn, Pauline Benoit rannte nackt über die Place de l'Église.

»Mein Gott, Danièle, Sie sehen wundervoll aus«, sagte Julien, als Charlotte in seine Wohnung kam. »Sie erinnern sich doch an César, nicht wahr?«

Der Schulsprecher des Gymnasiums stand auf und streckte ihr seine Hand entgegen, offenbar traute er sich nicht, ihr seine Wange hinzuhalten. Charlotte küßte ihn trotzdem und nahm das Glas, das ihr Julien reichte.

»Wir erwarten noch ein paar mehr Leute zum Abendessen«, sagte Julien. »Lepidus bringt eine Pastete mit, und Antony hat angeblich einen Birnenkuchen. Frag mich nicht, wo sie das herhaben.«

»Was ist das, was ich da trinke?«

»Es ist Alkohol, der aus Äpfeln gemacht wird, eine Arte Calvados hier aus der Gegend. Ich fürchte, er ist ein wenig sauer, aber ich habe nicht viel Wein bekommen können. Mir gefällt dein Kleid. Stammt das aus dem Geschäft, von dem Pauline dir erzählt hat?«

»Ja. Ich sehe darin ein wenig aus wie meine Mutter, aber es

war das beste, was sie hatten. Ist wegen heute nacht alles in Ordnung?«

»Ja, es wurde in der BBC bestätigt. Es geht erst um Mitternacht los, aber ich möchte, daß wir bis um halb elf dort sind. Wir treffen dort die anderen. Wir haben einen Ersatzmann für Auguste.«

»Gut«, sagte Charlotte. »Verrat mir nicht seinen Namen. Caligula?«

»Dies ist eine ernste Angelegenheit, Madame. Sein Name ist Tiberius.«

»Ich wußte, es war nur eine Frage der Zeit, bis die Perversen an der Reihe sind.«

»Das reicht. César, unterhalte Danièle doch bitte ein bißchen, während ich mit dem Abendessen weitermache. Ich habe eine kleine Überraschung für euch.«

Die Aussicht, etwas tun zu können, schien Juliens gewohnten Humor wiederhergestellt zu haben, und Charlotte hörte ihn singen, während er in der Küche mit Töpfen und Pfannen klapperte. Antony und Lepidus kamen gemeinsam und brachten wie versprochen ihren Beitrag zum Essen mit. Sie legten die Sachen auf den Tisch und bedienten sich dann eifrig an Madame Benoits Apfelschnaps. Antony war ein fleischiger Mann mit dicken Brillengläsern, in dem Charlotte den Optiker von Lavaurette wiedererkannte, auch wenn sie ihn nicht darauf ansprach. Lepidus, das dritte Mitglied des Triumvirats, war weit über siebzig, hatte ein rotes Gesicht, und seine Hand zitterte so heftig, daß er sie mit der anderen stützen mußte, als er sein randvolles Glas hob. Ungefähr eine Minute später hatte er Tränen in den Augen, aber seine Hand war ruhig.

Juliens Überraschung waren zwei Hasen, die er am Morgen auf den Feldern der Domaine geschossen hatte. Er hatte sie in einer Sauce zubereitet, die hauptsächlich aus Senf bestand. Senf wurde auf der Verpackung von dem neuen Regime als »Gewürz« bezeichnet. Für die Füllung hatte er etwas Reis mit den Innereien vermischt, und als Beilage gab es Makkaroni anstelle von Kartoffeln, die von denjenigen, die für die Lebensmittelrationen zuständig waren, als »Stärkeerzeugnisse« bezeichnet wurden. Außerdem war etwas Orangefarbenes auf einen Teller gehäuft, das Juliens Gäste trotz ihres großen Hungers mißtrauisch beäugten.

»Das sollen gelbe Kohlrüben sein«, erklärte Julien Antony, der eine Gabel voll vor seine Brille hielt, um sie sich genauer anzusehen. »Ich glaube, normalerweise verfüttern sie die ans Vieh. Die Kommissare von Vichy, die für die Lebensmittelversorgung zuständig sind, haben sie ihrem loyalen, hungrigen Volk wärmstens empfohlen.«

»Hmm«, sagte Antony und inspizierte die Klumpen am Ende seiner Gabel. »Ich nehme nicht an, daß sie im Hôtel du Parc sehr häufig auf der Speisekarte stehen.«

»Das glaube ich auch nicht.«

Selbst César, dessen Appetit für drei Männer reichte, nahm nur ein kleines bißchen von dem seltsamen Gemüse. Charlotte, die es als Schwedische Rübe erkannte, hätte ihnen gern erzählt, daß man sie dort, wo sie herkam, als delikate Beilage zum Haggis, dem schottischen Gericht aus gehackten Schafsinnereien und Haferschrot, schätzte. Aber als Danièle konnte sie nur mit den Schultern zucken und so tun, als teile sie ihr Mißtrauen. Julien schenkte ständig Wein in die leeren Gläser, die stets aufmunternd in Richtung Flasche geschoben wurden. Charlotte beobachtete, wie sich Lepidus' Lippen begierig am Rand seines Glases festsaugten, und sie fragte sich, bis zu welchem Grad politischer Idealismus es war, der ihn dazu brachte, in einer kalten Winternacht sein Leben zu riskieren.

Zum vereinbarten Landeplatz zu gelangen war nicht mehr so einfach wie vor der Machtergreifung der Deutschen. Sie verließen um Viertel vor zehn einzeln das Haus, um vor der Ausgangssperre zu verschwinden. Julien wies sie an, getrennt und ohne Licht zum Bauernhof zu radeln.

»Du kannst mit mir zusammen fahren, Danièle«, sagte er. »Wir bilden die Nachhut.«

Als Charlotte im Freilauf die Rue de l'Église entlangfuhr und der Wind durch den dünnen Stoff von Dominiques Mantel pfiff, wurde ihr zum einen bewußt, wieviel sie getrunken hatte, und zum anderen, daß es nicht einmal die Hälfte von dem war, was die anderen getrunken hatten. Sie folgte Julien zu Madame Cariteaus Haus an der Hauptstraße.

»Wir haben eine halbe Stunde Zeit«, sagte Julien und klopfte an die Glasscheibe der Hintertür.

Sylvie Cariteau, deren Haar nach der Wäsche mit rosafarbener Karbolseife glänzte, ließ sie in die Küche, wo sie sechs Gläser auf den leergeräumten, geschrubbten Tisch gestellt hatte. An der Tür zum hinteren Teil des Hauses erschien auf das Rufen ihrer Tochter Madame Cariteau mit André und Jacob.

»Ich weiß nicht, worum es hier geht«, murmelte die alte Frau, »und ich glaube, ich möchte es auch gar nicht wissen. Ich bin eine loyale Bürgerin. Sylvie erzählt mir überhaupt nichts.«

»Wir sollten etwas singen. Jeder von uns ein Lied«, sagte Sylvie Cariteau und setzte sich ans Klavier. »Wer fängt an?«

»Madame, Madame, Sie zuerst«, sagte André und sah zu Charlotte auf.

»Ich glaube, Sie haben einen Bewunderer«, sagte Mademoiselle Cariteau.

Das einzige Lied, das Charlotte einfiel, war »Alouette«, das sie sang; beim Text wurde sie von Sylvie und André unterstützt. Julien leerte erst noch ein Glas, bevor er mit einem alten Volkslied begann, das von einem Mann handelte, der auf seine Frau eifersüchtig war und dem trotzdem Hörner aufgesetzt wurden. Madame Cariteaus schnalzendes Mißfallen ging in einem Refrain voller »La-la-las« unter, in den die Jungen ebenfalls mit einstimmen konnten.

Madame Cariteau ging hinüber zum Klavier und verschränkte die Arme vor der Brust. Sie stürzte sich auf ein Lied, auf das ihre Tochter nicht vorbereitet war, und es wurden ein paar Worte innerhalb der Familie gewechselt, bis sie sich darauf einigten, noch einmal von vorn anzufangen.

Als sie die richtige Tonart gefunden hatte, präsentierte sich Madame Cariteaus Stimme als überraschend klar und fest, nicht die Spur von Unsicherheit verwackelte die hohen Töne des traditionellen Liedes, das sie sich ausgesucht hatte. Als Charlotte den stämmigen, erschöpften Körper der alten Frau ansah, war sie erstaunt über die jugendliche Reinheit, die er sich unversehrt bewahrt hatte.

Es war ein Lied voller Selbstbewunderung und Sentimentalität, das von den unterschiedlichen Lebensabschnitten eines Mannes handelte. Eine der Strophen begann mit den Worten: »Eines Tages kamen die jungen Männer aus dem Krieg, das Korn stand hoch, und unsere Liebsten warteten…«, und eine Stille senkte sich über die Küche der Cariteaus. Charlotte mußte an Madame Cariteaus Ehemann denken und an all die Männer, die nicht für Sylvie zurückgekehrt waren. Sie spürte überrascht, wie ihr die Tränen in die Augen traten, und war entsetzt sowohl über dieses Gefühl als auch über ihren mangelnden musikalischen Geschmack.

Julien rief ein männliches »Bravo!«, um die Stimmung aufzulösen, und führte André nach vorn zum Klavier. Er sang ein Lied, das er in der Schule gelernt hatte, doch mit einem so schüchternen Stimmchen, daß man ihn kaum verstehen konnte.

Sylvie Cariteau sang einen Kanon von Bach. Ihre Stimme klang seltsamerweise rauher als die ihrer Mutter. Schließlich gab André die vielen Strophen einer Geschichte über ein kleines Schiff, das nie gesegelt war und sich nie auf eine lange Reise begeben hatte, zum besten. Bei dem Refrain »Matrosen, segelt auf den Wellen!« dirigierte Julien mit der leeren Weinflasche. Das machte den Jungen soviel Spaß, daß sie das ganze Lied noch einmal singen mußten.

Beim letzten Ton umarmte Julien die beiden Frauen herzlich, gab den Jungen einen Kuß, nahm Charlotte am Ellbogen und führte sie hinaus in die Nacht. Sie waren zehn Minuten die Straße entlanggefahren, bevor Charlotte wieder zu Atem kam.

Im Bauernhaus trafen sie die anderen Mitglieder der Gruppe, die unter den Laternen, die an den Deckenbalken der Küche hingen, im Kreis standen. Sie schlugen sich mit ihren behandschuhten Händen auf die Oberarme und tranken aus Kaffeetassen und Emailbechern, in die sie sich aus einer Flasche ohne Etikett einschenkten. Charlotte sah ungläubig zu, wie sich César, Lepidus und Antony erneut bedienten. Einer der anderen Männer brachte eine Mettwurst zum Vorschein, die er in Stücke schnitt und herumreichte. Ein jüngerer Mann mit gelockten Haaren und Bart zog eine Pistole aus seiner Jackentasche, leerte die Patronen in seine Handfläche, drehte die leere Patronenkammer, hielt sie vor die Laterne, prüfte Kimme und Korn und lud sie dann sorgfältig wieder. Charlotte band das Kopftuch unter ihrem Kinn fester und lächelte César zu, als sie sein Angebot einer Zigarette aus Sonnenblumenblättern ablehnte. Die Männer murmelten und brummten sich etwas zu, während sie mit den Schultern zuckten, Zigaretten anzündeten und sich gelegentlich auf die Schulter klopften.

Julien stellte zwei leere Tassen auf den Tisch, um die Lage des Bauernhofs und des Stalls auf der anderen Seite des Landeplatzes zu markieren. Dann zog er mit einem Finger zwei Spuren in den Wald, um den Weg, den das Flugzeug nehmen würde, und die Linie, die die Taschenlampen der Männer markieren mußten, zu zeigen. Es war ein großer Bomber, er wußte nicht, welches Fabrikat, aber er sollte sechzehn Behälter abwerfen. Wegen des Gewichts, das da herunterkam, war es gefährlich, sich in dem Bereich aufzuhalten, daher durfte sich niemand von dem ihm zugewiesenen Platz auch nur einen Schritt entfernen.

»Hör mal«, sagte einer der Männer, der etwas weniger bäuerlich aussah als die anderen, »mein Schwager war bei der Luftwaffe, und ich kenne mich ein bißchen mit der Fliegerei aus. Die Wahrscheinlichkeit, daß ein Bomber diese kleine Lichtung findet und etwas zu den Lichtern herunterwirft, die du beschrieben hast, ist hoffnungslos gering.«

Julien lächelte nachsichtig. »Sie haben es früher schon geschafft.«

»Nur anhand von Koordinaten und ein paar Taschenlampen? Du glaubst doch nicht etwa im Ernst –«

»Wenn du nicht mitmachen willst, dann kannst du jetzt gehen. Na los.«

Der Mann zuckte die Achseln und paffte einen Augenblick lang, wich aber nicht vom Fleck. »Ist schon gut, ich bleibe.«

»Gut.« Julien wandte sich an einen kleinen Mann mit zerrissenen Kleidern und einer ungepflegten Erscheinung, der so aussah, als habe er mehrere Nächte in den Wäldern verbracht. Er verströmte einen ungewaschenen Geruch, der Charlotte an einen Bettler erinnerte, der einmal in Glasgow von einem Hauseingang auf sie zugetaumelt war, aber Julien schien Hochachtung vor seinen Ortskenntnissen zu haben und vor allem vor seinen Kentnissen eines Waldes, durch den sie gehen mußten. Er erzählte ihnen, daß er die zweiten Kurznachrichten der BBC gehört habe, in denen der Abwurf bestätigt worden sei. Sie würden an einer vereinbarten Lichtung im Wald vier weitere Freiwillige treffen.

Julien schaute auf die Armbanduhr. »Sind alle soweit? Von dem Augenblick an, wo wir uns mit den anderen vier treffen, bis zu dem Moment, wenn der Abwurf beendet ist und alle Sachen weggeräumt sind, darf nicht gesprochen werden. Habt ihr mich verstanden?«

Die Männer stampften mit den Füßen auf den kalten Steinboden. Charlotte fand, sie sahen aus wie Jagdgehilfen, die sich in den Ländereien eines unbedeutenden Aristokraten, der schon bessere Zeiten gesehen hatte, auf eine stürmische Jagd vorbereiteten. Sie sah, wie zwei von ihnen aus der Flasche auf dem Tisch ihre Flachmänner auffüllten und sie in ihre Taschen gleiten ließen.

Als sie das Haus verließen und über den mondbeschienenen Wirtschaftshof polterten, verspürte Charlotte eine herrliche, verbotene Spannung, wie sie sie aus ihrer Kinderzeit kannte, wenn sie und Roderick in einer der endlosen Sommernächte unter dem nördlichen Himmel mit Hilfe einer Leiter aus dem Fenster geklettert und in Richtung Felder gerannt waren. Der schmerzhafte, schneidende Dezemberwind holte sie zurück in die Gegenwart, aber das Mondlicht war so weiß und gleichmäßig wie das einer Augustnacht im schottischen Hochland.

»›Charlotte‹... großartig«, dachte sie.

Sie gingen wie befohlen schweigend einzeln hintereinander einen schmalen Weg an einem Feld entlang, auf dem sechs Kühe standen, die wie gußeiserne Statuen aussahen. Der Mann, der an einen Landstreicher erinnerte und vorausging, war, wie Julien Charlotte zuflüsterte, ein Wilderer. Er führte sie in einen Graben und auf der anderen Seite hinauf in einen dichten Wald. Als sie das Geräusch von knackenden Zweigen und raschelnden Blättern hörte, schauderte es Charlotte angesichts des Gedankens, wie leicht es einer deutschen Patrouille fallen würde, mit einem Maschinengewehr rasch einen nach dem anderen zu töten. Nach ungefähr zwanzig Minuten erreichten sie den Rand einer großen Lichtung, die, wie Charlotte erkennen konnte, auf allen Seiten von dichtem Wald umgeben war.

Charlotte zuckte zusammen, als sie ein Geräusch hörte und eine Gestalt durch das dichte Unterholz kam und an ihre Schulter stieß. Sie hatte keine Pistole und hörte sich leise schreien, als sie Juliens Arm packte. Der Gestalt folgten drei weitere, die Julien eine Begrüßung zuflüsterten, während er ihnen bedeutete, zum Landeplatz weiterzugehen.

In den zwanzig Minuten bis zum planmäßigen Eintreffen des Flugzeugs postierte Julien im Abstand von jeweils knapp hundert Metern die Männer mit den Taschenlampen und sagte den übrigen, daß jeder mit größtmöglicher Sorgfalt die Anzahl der Fallschirme zählen sollte. Er nahm Charlotte am Handgelenk und führte sie zum Rand des Landeplatzes. »Paß gut auf, Danièle, und zähle. Wenn uns ein Fallschirm entgeht, bedeutet das, daß wir diesen Platz nie wieder benutzen können. Und sie werden dann hinter uns her sein.«

Charlotte beobachtete den Himmel und entdecke das Sternbild des Großen Bären, vermutlich kam das Flugzeug aus nördlicher Richtung. Der Gedanke an das englische Flugzeug mit Männern aus London, Lincolnshire und vielleicht aus Aberdeen, das sich mühsam seinen Weg durch die Nacht gebahnt hatte und bei Tagesanbruch die Männer wieder nach Hause gebracht haben würde, zu Tee und englischen Zeitungen, ließ in ihr zum erstenmal ein Gefühl von Heimweh aufkommen, bei dem ihr schwindelte.

Über ihren Köpfen stand eine schmale Mondsichel am Himmel, die das milchige Gesicht der Galaxien nahezu gelb aussehen ließ. Diese Bogenform erinnerte sie an ein paar Zeilen von Victor Hugo, die sie sich ärgerlicherweise nie richtig merken konnte. Sie handelten von einem unachtsamen Gott, der im Himmel gemäht, dann aufgehört und »seine Sichel in diesem goldenen Sternenfeld zurückgelassen« hatte.

Sie standen an ihren Plätzen und lauschten in die Dunkelheit. Das weite Land, das sie umgab, lag friedlich da, ihm war es gleichgültig, wo sich dieses eine winzige Flugzeug gerade befand. Wie unbedeutend es eigentlich war, dachte Charlotte: Die Dörfer in den Cevennen würden weiter an ihren felsigen Engpässen kleben, die Loire würde weiter auf ganzer Breite dahinfließen; die ungeheure Größe des stillen, ungestörten Landes ließ selbst ihre aufrichtigen Bemühungen ziemlich nutzlos erscheinen.

Sie lauschte angestrengt in die Stille der Nacht. Ein nächtlicher Vogel, der lärmend sein Gebiet verteidigte, ein plötzliches Rascheln im Unterholz, das möglicherweise von einem Hasen oder einem Fasan stammte, der sich verfangen hatte, danach herrschte wieder überall eisige Stille. Doch dann war ein Geräusch zu hören, das sich anhörte wie ein Atemzug, wie ein leises Brummen, das bei einem Pulsschlag stockte und unterdrückt wurde. Sie streckte die Hand aus und berührte Juliens Hand. Sie zeigte nach oben. »Ja?«

Julien legte einen Finger über seine Lippen und lauschte. Das Geräusch wurde lauter und entwickelte sich zu einem surrenden Grollen. »Ja.« Julien lief auf das Feld hinaus und rief den Männern in der Reihe etwas zu.

Das Geräusch war jetzt stetig, und über dem tiefen Vibrieren des Motors war ein Wimmern zu hören, als strengte er sich an, langsamer zu werden.

Endlich kam das Flugzeug in Sicht: ein schwarzes Viereck vor dem Hintergrund der mondbeschienenen weißen Wolken. Es wurde rasch größer, als es seinen Sinkflug in ihre Richtung begann. Ohne Lichter sah es aus wie ein gewaltiges Tier, das immer näher kam und tiefer sank, bis es auf einer Seite der Taschenlampen den Himmel verdunkelte und sich nur wenige Meter über ihren Köpfen befand. Dabei bebte durch den ungeheuren Lärm des Abgasrohrs die Erde. Charlotte sah vier große Motoren, dann die Unterseite des Flugzeugs, dann die eckigen Ruder am Heck, als es über sie hinwegflog und seinen Steigflug begann. Es warf nichts ab, sondern begann allmählich an Höhe zu gewinnen und schräg nach rechts abzudrehen.

»Stimmt etwas nicht?« rief Charlotte demjenigen zu, der am nächsten bei ihr stand. »War das nicht unseres?«

»Doch.« Es war der Mann, der einen Schwager hatte, der bei der Luftwaffe war. »Es war eine Halifax. Die kommt schon wieder.« Es klang unwirsch.

Das Motorengeräusch war kaum noch zu hören, als das schwere Flugzeug eine ausladende, schwerfällige Kurve flog und dann an einem Punkt, wo es kaum noch zu sehen war, allmählich wieder lauter wurde. Noch einmal kam das schwarze, gezackte Viereck im Licht des Großen Bären näher, und dieses Mal kam es fast flach über der Linie der wartenden Taschenlampen herein. Der Lärm der Propeller schien im frostigen Himmel ein

Echo zu haben, und als die Maschine über ihren Köpfen abgefangen wurde, spiegelte sich der Mond zitternd im Sicherheitsglas der Kabinenhaube.

In dem Augenblick, in dem die vier Motoren drohten, abgewürgt zu werden, öffnete sich der Bauch des Flugzeugs, und schwere, dunkle Blüten füllten den Himmel dahinter wie eine Handvoll schwarzes Konfetti. Sie pendelten in raschen, engen Bogen herab und landeten mit einem blechernen Geräusch auf dem harten Boden. Noch bevor das Flugzeug außer Sichtweite war, war der Landeplatz voller Leute, die zu den in sich zusammengefallenen Fallschirmen rannten und sie von ihrer metallenen Last befreiten. Vor lauter Aufregung hatte Charlotte das Zählen vergessen.

Julien rannte herum und versuchte herauszufinden, wie viele Fallschirme gelandet waren. Charlotte lief rasch zu dem nächstgelegenen Schirm und sah, daß der Wilderer gerade eine Trommel unten an einer Seite öffnete. Darin befanden sich drei weitere Blechdosen mit zwei Tragegriffen aus Metall. Er zog eine heraus, reichte sie weiter an Charlotte und bedeutete ihr, sie zur Ecke des Feldes zu bringen. Er selbst faltete den Fallschirm in den nun leeren Außenbehälter. Die kompakte kleine Röhre war außerordentlich schwer, und die Metallgriffe schnitten tief in Charlottes Hände. Ihr fiel auf, daß die meisten Männer die Röhren irgendwie auf ihre Schultern gewuchtet hatten. Sie nahm ihr Kopftuch ab, wickelte es zum Schutz um ihre Handflächen und schleppte den Zylinder weiter über das Feld.

Auf einer kleinen Lichtung am Rand des Waldes wurde alles aufgestapelt, doch Julien hielt die Männer davon ab, die Behälter zu öffnen, bis alles vom Landeplatz dorthin gebracht worden war. Des Gebot des Schweigens war in der Aufregung des Augenblicks völlig vergessen, sie rauchten und lachten und gratulierten sich gegenseitig zu dem erfolgreichen Abwurf.

Als Charlotte zurückging, um noch eines der schweren Pakete zu holen, hörte sie wieder das Geräusch des Flugzeugs. Es flog diesmal in einem anderen Winkel, es war nicht direkt über ihnen, sondern machte einen langsamen, großen Bogen in Ost-West-Richtung. Als es über der Lichtung niederflog, erschien es ihr gefährlich nah, und beim Klang der röhrenden Motoren glaubte Charlotte einen Augenblick, daß es abgewürgt werden und sich in den Erdboden bohren würde. Eine Taschenlampe zu ihrer Linken morste dem röhrenden, vibrierenden Flugzeug Lichtsignale. Charlotte, die mit den Augen dem Lichtstrahl folgte und allein auf dem Feld stand, das Haar gegen ihr Gesicht gepeitscht, sah hoch und konnte eine Sekunde lang in der schwarzen offenen Höhle des Bombenschachts einen knienden Engländer erkennen, der auf sie herunterschaute.

Seine Silhouette war einen Augenblick sichtbar, da sie von hinten durch ein Licht im Flugzeugrumpf erhellt wurde. Dann stieg das Flugzeug so rasch, wie es sein Gewicht erlaubte, und das Motorengeräusch wurde höher, als die Maschine ihren Bogen vollendete und gen Norden nach Hause flog.

»Sie sehen sich ihre Gefolgschaft manchmal gern an. Auf diese Art und Weise sagen sie guten Tag.« Das war Julien. »Komm mit. Wir wollen sehen, was sie uns mitgebracht haben.«

Charlotte folgte ihm wieder in den Wald. Sie zitterte.

Auf der Lichtung packten die Männer die Sachen aus den Metallbehältern in Säcke um. Es waren Bren guns – leichte Maschinengewehre –, Pistolen, Munition und Handgranaten darunter; außerdem gab es Plastiksprengstoff, den die Männer mißtrauisch inspizierten, und eine riesige Anzahl anderer leichter, billig aussehender Maschinengewehre – Sten guns – mit Magazinen und Verschlußstücken.

César stieß einen Schrei des Entzückens aus, als aus seiner Blechbüchse Schokoladenriegel, Butter, Konserven und erstklassige Zigaretten mit Virginiatabak zum Vorschein kamen, ein Päckchen öffnete er sofort und ließ es herumgehen.

»Man muß sie davon abhalten, die Fallschirme mitzunehmen«, sagte Julien. »Sie nähen daraus Kleidungsstücke, und jeder kann aufgrund der Nähte sehen, woraus sie gemacht sind.«

Schließlich hatten sie alle Vorräte vergraben und bedeckten den Platz mit Blättern und herumliegenden Ästen.

»Der Pferdekarren kommt morgen nacht hierher«, sagte Julien, »aber es ist zu gefährlich, alles mit nach Lavaurette zu nehmen, jetzt, wo die Deutschen hier sind. Wir werden es auf dem Bauernhof lagern müssen. Ist das in Ordnung?«

Der Bauer, an den er sich gewandt hatte, zuckte mit den Schultern, als er einen tiefen Zug von seiner englischen Zigarette nahm. »Wir hatten vor zwei Wochen Besuch von der Polizei, als wir zwei Kälber und eine trächtige Sau im Keller hatten. Sie haben sie nicht entdeckt.«

»Gut, dann kommt.« Die Männer gingen der Reihe nach mit dem Wilderer als Anführer durch den Wald, dann stolpernd und fluchend hinaus auf den schmalen Weg. Einer der Männer reichte Charlotte einen Flachmann, und obwohl sie bereits mehr getrunken hatte als jemals zuvor in ihrem Leben, spürte sie, daß die kameradschaftlichen Bande sie verpflichteten anzunehmen. Dies war jetzt schließlich der Dienst an der unklaren, aber wichtigen moralischen Sache, die sie zunächst gen Süden nach London geführt hatte; dies war der Grund, weshalb sie beschlossen hatte, in Frankreich zu bleiben. Da wollte sie jetzt nicht halbherzig erscheinen.

»Alles in Ordnung?« fragte Julien sie beim Bauernhof, als die Männer auf ihre Fahrräder stiegen und schwankend nach Hause fuhren.

»Ich glaube, schon.« Es war irgendwie schwer zu sagen. Die gefährliche Nähe des Flugzeugs und der Lärm, den es verursachte, hatten ihr angst gemacht, und dann hatte sie sich beim Anblick des einzelnen Fliegers, der auf sie heruntersah, betrogen und verletzt gefühlt. Sie hatte sich außerdem mit diesen albernen, betrunkenen Männern, die in der Dunkelheit herumgestolpert waren, stark verbunden gefühlt und war ihnen dankbar gewesen, daß sie verstanden hatten, was getan werden mußte. Sie war eine von ihnen, und sie wollte ihnen noch näher sein.

Ihre Haut schien angesichts dieser seltsamen Gefühlsmischung bersten zu wollen, als sie hinter Julien nach Lavaurette fuhr. Ihr Fahrrad wackelte bedrohlich, als sie von der Place de l'Église scharf um die Ecke bogen.

»Kommst du wirklich allein nach Hause?« fragte Julien und lehnte sein Fahrrad an die Wand.

Charlotte nickte.

Juliens Gesicht war dicht vor ihr. Er schien sie in der Dunkelheit genau zu betrachten. Sie schloß einen Augenblick die Augen, und ihr war bewußt, wie seltsam müde sie aussehen mußte. Es war, als sei sie durch den Alkohol betäubt, aber unter der schmerzfreien Oberfläche war sie bei stürmischem Bewußtsein.

»Möchtest du mit hereinkommen? Wir könnten noch einen Schlummertrunk nehmen. Du kannst auch hier übernachten, wenn du zu müde bist, um zur Domaine zurückzufahren. Mir macht es nichts aus, auf dem Sofa zu schlafen.«

Charlotte nickte, und Julien nahm ihren Arm, als sie durch die Eingangshalle und die Treppe hinaufgingen. Er machte im Wohnzimmer die Lampe an und reichte ihr ein Glas. Sie stellte es auf den Tisch und breitete die Arme aus. Julien umarmte sie, und sie ließ den Kopf auf seine Schulter sinken.

»Es ist alles in Ordnung, Dominique. Es ist alles in Ordnung.« Er küßte sie auf ihr Haar.

Sie legte den Kopf zurück und lächelte ihn an. »Ich bin so müde«, sagte sie.

»Natürlich bist du das. Es ist spät. Es wird schon bald Tag. Und heute nacht war ... anders.«

»Ja.« Charlotte wollte Julien ihre widersprüchlichen, leidenschaftlichen Gefühle erklären, wie stark sie waren und wie wichtig, aber sie war zu müde, um die richtigen Worte zu finden, und zu betrunken.

»Küß mich«, sagte sie.

Sie wollte Juliens Wohnung nicht verlassen; sie war bereits so lange allein und schon so lange auf die Quellen ihres eigenen Verstandes und ihrer eigenen Gefühle angewiesen gewesen, daß sie nun bei jemand anderem Kraft schöpfen und getröstet werden wollte.

»Ich möchte bei dir bleiben«, sagte sie.

Julien betrachtete erneut prüfend, geradezu sachlich analysierend, ihr Gesicht. »Bist du sicher? Wirst du es nicht bereuen?«

Charlotte lächelte. Sie würde nichts bereuen, was sie der Kameradschaft dieser Männer, mit denen sie den Abend verbracht hatte, näher brachte. Sie hatten aus der Vergangenheit gelernt, und sie hatten sich sehr bemüht, den Kontakt zu wahren, eine Verbindung aufrechtzuerhalten, die ihrem Land das Überleben ermöglichte, weil der Faden, der es mit den besseren Zeiten, den Zeiten vor dem Fall, verband, nie abgerissen war, so dünn er zeitweise gewesen sein mochte.

»Und Monsieur Guilbert?« wollte Julien wissen. »Was würde er dazu sagen?«

»Ist mir egal.« Sie breitete achselzuckend die Hände aus, als interessiere sie diese Frage nicht. »Sie können mich noch einmal küssen, wenn Sie möchten, Monsieur Levade.« Sie sah in Juliens Augen wieder diesen Ausdruck, der an die verstohlene Freude eines Schuljungen erinnerte – als könne er sein Glück nicht ganz glauben. Sie mußte lachen und löste ihren Mund von seinem.

»Dein Gesicht«, sagte sie.

»Was ist damit?«

Charlotte betrachtete seinen Gesichtsausdruck, der jetzt aufgewühlt und ernst war. »Nichts«, sagte sie. »Es ist ein wunderschönes Gesicht.«

»Madame Guilbert, Sie sind eine sehr aufreizende, verruchte Frau.«

»Sollen wir ins Schlafzimmer gehen?«

Charlotte setzte sich auf das Ende von Juliens Bett; sie erinnerte sich, wie sie an dem Tag, an dem sie in Lavaurette angekommen war, darin geschlafen hatte, mit ihrem Krimi; dabei war ihre wahre Identität in der von Dominique aufgegangen. Es würde herrlich sein, jetzt etwas spontan Zärtliches zu tun, etwas, das nicht durch Angst und Unsicherheit belastet würde.

»Mein Mann hat ohnehin eine Geliebte«, sagte sie, als sie die häßlichen Schuhe abstreifte. »Es geschieht ihm ganz recht.« Sie hob die Hände und machte hinten an ihrem Kleid die Knöpfe auf, dann stand sie auf und ließ das Kleid zu Boden fallen. Sie war gerade noch nüchtern genug, um auszurechnen, daß sie keine Gefahr lief, schwanger zu werden, es sei denn, ihr Körper hätte sie getäuscht, was aber bisher noch nie vorgekommen war.

»Ach, Dominique«, sagte Julien und ließ seine Hände über ihren Rücken gleiten und schob dann einen Finger unter den Saum ihrer neuen seidenen Unterwäsche. »Ich wollte schon immer mal eine Fremde lieben, deren Namen ich nicht einmal kenne.«

Charlotte fühlte, wie er ihre restlichen Kleidungsstücke abstreifte, und schloß fest die Augen in der bescheidenen Hoffnung, daß sie dadurch unsichtbar wurde. Julien schob sie sanft auf das

Bett, und sie fühlte, wie die Matratze schwankte, als er an seinen eigenen Kleidungsstücken zerrte.

»Schnell«, sagte sie, weil ihr bewußt wurde, daß ihre aufgewühlten Gefühle sich vielleicht rasch ändern könnten oder daß sie die heitere Stimmung, in der ihr alles egal war, verlassen könnte.

Sie fühlte, wie Juliens Lippen die Innenseite ihrer Oberschenkel küßten, und dachte einen Augenblick daran, was er da vielleicht sah. Und sie fragte sich, ob die graue Winterdämmerung, von der ein wenig durch die geschlossenen Fensterläden drang, bereits hell genug war, daß er sich genau wie Pauline Benoit wundern würde. Sie hob seine Schultern und spürte seinen Körper auf ihrem, als er sie auf den Mund küßte.

Sie fühlte, wie seine Hand sie zwischen ihren Beinen berührte, während er ihr ins Ohr flüsterte: »Madame Guilbert, Sie sind eine bemerkenswerte Frau. Wenn Sie nicht verheiratet wären, würde ich glauben, daß ich in Sie verliebt bin.«

»Bitte, Octave. Bitte.«

Charlotte hörte ihre eigene Stimme, als sie ihn bat, doch anzufangen, aber er wartete noch und flüsterte: »Dominique, du bist so schön«, während seine Hand sie zärtlich streichelte, bis sie es nicht mehr aushielt, ihre Hand ausstreckte und ihn in sich aufnahm.

Sie spürte, wie Julien seinen Körper anspannte, weil er verzweifelt versuchte, sich zu beherrschen. Er bewegte sich ein paar Minuten langsam vor und zurück und hielt dann kurz inne.

»Dominique«, hauchte er, »es ist so wunderschön, ich fürchte, daß ich mich auflösen werde, daß ich in eine Million kleine Stücke zerspringe.«

Sie bewegte sich auf ihn zu, eroberte ihn zurück, und er begann sich heftiger zu bewegen, bis er vor enttäuschter Verzückung aufseufzte, als würde er erkennen, daß seine Zeit begrenzt sei. Obwohl sie spürte, wie er versuchte, sich zurückzuhalten, fühlte sie sich durch die Heftigkeit seines Begehrens hin und her geschüttelt, und zwar so sehr, daß sie sich nicht in ihre eigene Phantasie wagte, sondern ihn lediglich mit bereitwilliger Zügellosigkeit begleitete.

Im letzten Augenblick fühlte sie ein Aufwallen des Gefühls in sich, als er zum letztenmal ihren angenommenen Namen seufzte;

aber mit welchem Namen sie antwortete, konnte sie nicht sagen, da ihr Kopf angefüllt war mit dem Bild von Julien, wie er ausgelöscht wurde, als er schwer atmend auf sie sank und dabei in winzige sterbende Teile zerbrach.

## 6. KAPITEL

Seit mehr als vierundzwanzig Stunden hatte Peter Gregory gewartet und beobachtet. Tagsüber verließ er die geschäftige Hafengegend und sah sich nach einem Platz um, wo er schlafen konnte, ohne daß er Aufmerksamkeit erregte. Obwohl er Bargeld in der Tasche hatte, hütete er sich vor dem Versuch, Lebensmittel ohne Lebensmittelkarten zu kaufen. Um weniger verdächtig auszusehen, mußte er sich auch rasieren, aber da er sich bis jetzt die notwendigen Utensilien von Jacques geborgt hatte (der alte Mann benutzte sie selbst nur selten), wußte er nicht, ob Rasiermesser und Rasierklingen ebenfalls rationiert waren.

Gegen Mittag waren die Schmerzen in seinem Bein so stark, daß er beschloß, ein Hotel zu riskieren, das er unweit des Hafens entdeckt hatte. Trotz des grellen Lichts an der Decke machte der Eingangsbereich mit Linoleumfußboden einen düsteren, zwielichtigen Eindruck, den auch der süßliche Geruch eines kürzlich verwendeten Desinfektionsmittels nicht milderte. Hinter der hohen Rezeption saß eine Frau um die Sechzig, die ihr grau werdendes Haar zu einem Knoten aufgesteckt hatte und dicke Brillengläser trug, die ihre mißtrauischen Augen unnatürlich groß erscheinen ließen.

Gregory steckte sich eine nicht angezündete Zigarette in den Mundwinkel, damit seine Aussprache undeutlicher war. »Zimmer?« stieß er barsch hervor und legte seinen Personalausweis auf die Rezeption. Am Nachmittag hatte er ihn auf dem Erdboden herumgerieben und die Ecken abgestoßen, damit er nicht mehr so neu aussah.

Die Frau drehte sich zu einem Brett um, das hinter ihr hing, und nahm einen Schlüssel von seinem Haken. Sie sagte etwas, was Gregory nicht verstand, woraufhin er so charmant lächelte, wie er nur konnte, und ausgiebig gähnte.

Sie sagte noch etwas, und er glaubte, das Wort Geld zu verstehen. Er überlegte rasch, daß sie, selbst wenn er es falsch verstanden hatte, kaum verärgert sein würde, wenn er ihr jetzt Bargeld hinlegte, und er steckte eine Hand in die Tasche. Vielleicht war es ja auch gar nicht die Art von Hotel, wo man übernachtete. Das Bezahlen entspannte ein wenig die Atmosphäre, und Gregory dachte, daß die Frau vielleicht genausoviel Angst hatte wie er. Man hatte ihm in London erzählt, daß an die fünfzehn verschiedene Polizei- und Sicherheitsorganisationen in Frankreich aktiv waren, und zweifellos hatte die Wirtin, wie die meisten Menschen, etwas zu verbergen und wollte nicht, daß sie es herausfanden.

Er ging die Treppe hinauf und den Flur entlang bis zu Zimmer Nummer 14. Das schmutzige kleine Fenster ging auf einen Innenhof hinaus, in den der Dunstabzug der Küche einen grauen, ungesunden Dampf ausstieß.

Gregory legte sich auf das Bett, und obwohl er sich fest vorgenommen hatte, sich nur auszuruhen, schlief er ein.

Es war dunkel, als er erwachte. Er machte sich wieder auf den Weg zu der Straße in der Nähe des Hafens. Die deutschen Truppen waren immer noch damit beschäftigt, Ausrüstungsgegenstände und Vorräte auszuladen, bei den Lastwagen zu stehen und zu rauchen, und noch immer liefen paarweise französische Polizisten herum.

Es war nach Mitternacht, als er beschloß, daß er nicht länger warten konnte. Wenn er nicht bald etwas unternahm, würde er bald vor Hunger und Müdigkeit ohnmächtig werden. Als sich in dem Haus, das er beobachtete, die Tür öffnete, ging er über die Straße und sprach den Mann mittleren Alters an, der gerade herauskam.

»Pascale?«

»Erster Stock.« Der Mann machte eine Kopfbewegung nach hinten und eilte davon.

Gregory ging das kahle Treppenhaus hinauf und klopfte an eine grün gestrichene Tür auf dem Treppenabsatz.

Sie wurde ein paar Zentimeter geöffnet, und er fand sich einer Frau mit strengen grauen Augen gegenüber.

»Was wollen Sie?«

»Pascale. Ich ...« Sein Französisch verließ ihn, er schloß die Augen und spürte, wie unter ihm der Boden zu schwanken schien. »Ich bin Engländer«, sagte er in seiner Muttersprache. »Um Gottes willen, helfen Sie mir.«

Die Tür öffnete sich, und er trat ein.

»Ganz ruhig«, sagte die Frau, ebenfalls auf englisch.

»Mein Gott, Sie sind Amerikanerin.«

Er kippte nach vorn und fiel gegen sie, und sie schleppte seinen knochigen Körper durch das Zimmer zu einem Diwan, der am Fenster stand.

Charlotte nahm es mit ihrer Arbeit in der Domaine sehr genau. Sie zwang sich, auf die sauberen Fußböden und Möbel stolz zu sein und Abendessen zu kochen, das, auch wenn es fast ungenießbar war, zumindest eine Abwechslung in Levades gleichförmigem Tagesablauf darstellte.

Sie begann, immer öfter an zu Hause zu denken.

Nach dem Anblick des schwarzen Flugzeugbauchs der Halifax über ihr, deren neugieriger Pilot noch eine Runde über dem rückständigen Land gedreht hatte, bevor er gen Norden nach England geflogen war, mußte sie an diese lakonischen Männer denken, an ihre Fliegeranzüge, ihr Bier und ihr Achselzucken, das den unrühmlichen Glauben an das, was sie taten, verbergen sollte. Sie dachte immer öfter an ihre Eltern und an ihren Bruder. Wenn Roderick jetzt im Ausland war, wie er es seit langem gehofft hatte, machten sie sich bestimmt große Sorgen um ihn. Roderick hatte die Gabe, sich immer im Zentrum unvorhergesehener Ereignisse und Unfälle aufzuhalten: Er befand sich stets in dem Zug, der eine Panne hatte, und hielt sich unweigerlich in dem Foyer des Kinos auf, in dem ein Feuer ausbrach.

Die Mischung aus Müdigkeit, Heiterkeit und den Nachwirkungen des Alkohols half ihr dabei, das Nachdenken über ihre Nacht mit Julien noch aufzuschieben. Dann, als ihr Kopf wieder ausgeruht und klar war, stellte sie fest, daß ihre erste Reaktion ein selbstgerechtes Gefühl von Loyalität sich selbst gegenüber war. Sie ertappte sich dabei, wie sie zu ihrem Spiegelbild sagte: »Warum nicht? Schließlich ist es mein Leben, ich bin für niemanden außer für mich selbst verantwortlich.« Eigentlich bewunderte sie ihre Kühnheit sogar und wollte das verletzliche Wesen – Kind, Frau, es machte keinerlei Unterschied – beschützen, das immer noch tief in ihr steckte und dem ihre größte Treue galt. Ich werde zu meinen Entscheidungen stehen, dachte sie heldenhaft, während sie in den eiskalten Zimmern der Domaine ihrer Arbeit nachging.

Doch ihre herausfordernde Haltung löste sich durch das Schamgefühl und die Unsicherheit, die sie empfand, allmählich in Luft auf. Ihr hatte die Vorstellung, daß es eine Dominique gab, gefallen, und sie hatte sie ohne Bedenken für ihre eigenen Zwecke benutzt. Doch nun bereute sie, daß sie sich dazu herabgelassen hatte, sie als Alibi für ihre eigene Wollust, für Betrug und ihr selbstsüchtiges Bedürfnis nach Bestätigung zu mißbrauchen. Für sie repräsentierte Dominique die Zwangslage einer ganz normalen Frau, die durch äußere Umstände aus ihrem häuslichen Paradies vertrieben worden war, und Charlotte empfand großes Mitgefühl. Ein paar Tage lang wog die Tatsache, daß sie Dominique mißbraucht hatte, schwerer als ihre Untreue gegenüber Gregory. Er war schon so lange abwesend und wurde seit so langer Zeit nicht durch eine realistische Hoffnung, sondern durch ihre neurotische Sehnsucht nach ihm am Leben erhalten, daß der Glaube, sie sei ihm untreu gewesen, eine Differenziertheit des Gefühls voraussetzte, zu der sie nicht fähig war.

Doch allmählich machten sich auf raffinierte Weise Schuldgefühle breit, und Charlotte litt unter der Sorge, daß nur ihre Treue ihn am Leben erhalten hatte; und mit dieser Sorge ging die abergläubische Befürchtung einher, daß er jetzt aufgeben oder sterben würde, jetzt, wo sie das einzige in ihrem Leben, das die versöhnende Kraft des Guten und der Reinheit besaß, aufs Spiel gesetzt hatte. Es spielte keine Rolle, daß es nur eine Nacht gewesen war und mit einem Mann, den sie ausgesprochen gernhatte. Treue war absolut nicht relativ, es wäre nicht schlimmer gewesen, wenn sie in jener Nacht mit jedem Mann auf dem Bauernhof geschlafen hätte. Ihre fortdauernde Geduld sollte mit einer Nachricht von Mirabel belohnt werden, und sie hatte im entscheidenden Augenblick versagt.

Von einem Tag zum anderen war Julien zu ihrem größten Problem geworden. Es war ihr peinlich, daß sie, wie sie annahm, unterschiedlich empfanden: Sie glaubte, daß er in sie verliebt war und daß sie ihn unweigerlich enttäuschen würde. Ihre einzige Hoffnung war, daß Männer in dieser Hinsicht vielleicht anders empfanden und daß sein offensichtliches Verlangen nach ihr nicht unbedingt auf tiefere Gefühle hindeutete. Trotz allem ertappte sie sich dabei, wie sie sich – auch wenn sie es sich nur als primitiven Instinkt vorstellen konnte – nach einer Bestätigung sehnte, daß er sich doch etwas aus ihr machte und daß ihre Nacht kein einmaliges Ereignis darstellte, das sich nicht wiederholen würde. Sie wollte wieder zu ihm gehen.

Charlotte war angesichts ihrer widersprüchlichen Gefühle verzweifelt, aber wenigstens in der Lage, eines genau zu entscheiden: Sie würde so lange wie möglich versuchen, Julien aus dem Weg zu gehen, bis sie wieder einen klareren Gedanken fassen konnte.

Eines Morgens wusch sie sich gerade mit eiskaltem Wasser im Badezimmerwaschbecken, spritzte sich naß und seifte sich gründlich ein, um so einen Besuch im öffentlichen Bad noch etwas hinausschieben zu können. Wieder hatte sie das seltsame Gefühl, daß jemand sie beobachtete, aber diesmal hatte sie nicht einmal die Zeit, sich etwas überzuwerfen, als schon die Tür von außen geöffnet wurde.

»Ach, Madame Guilbert. Entschuldigen Sie. Ich muß weg, und ich wollte Ihnen sagen, daß ich heute nachmittag eine Sendung erwarte. Ein paar Malfarben.« Levade zuckte mit den Schultern. »Zwecklos, nehme ich an. Ich werde sie nur auf der Leinwand verschmieren. Aber man weiß ja nie.«

Charlotte, tropfend und frierend, schlang sich hastig ein Handtuch um, ihr war es für sie beide peinlich. Levade starrte sie einfach ruhig an. Sie setzte an, gegen sein Eindringen zu protestieren, aber es kam ihr ziemlich überflüssig vor.

»Gut«, sagte sie. »Ich achte auf das Türklingeln.«

»Danke sehr. Ich bin gegen zwei zurück.«

Als er den Flur hinunter verschwunden war, trocknete Charlotte sich rasch ab. Betrachtete er sie wirklich nur mit den Augen des Künstlers? War sein Blick so rein, daß er lediglich die Umrisse von Renoir oder Modigliani sah? Seine Gleichgültigkeit ärgerte sie ein bißchen. Wenigstens findet er jetzt vielleicht meine

Brüste so schön wie die von Anne-Marie, dachte sie, als sie sich wieder anzog.

Unten lag ein Brief für Madame Guilbert. Auf einem einzelnen Blatt Papier standen die Worte: »Wir treffen uns Mittwoch, 16 Uhr. Derselbe Ort. Mirabel.«

Voller Freude zerknüllte sie das Papier in ihrer Hand. Sie liebte Mirabel; sie liebte es, daß er sein Wort hielt; sie liebte es, daß er sich Mühe gegeben hatte, seine Handschrift so französisch aussehen zu lassen.

»Ich glaube, ich träume für zwei«, erzählte Charlotte Levade an jenem Nachmittag, als er sie in sein Atelier eingeladen hatte, damit sie seine neuen Malfarben anschaute. »Etwas hat in mir eine ganze Flut von Träumen ausgelöst. Es sind jedoch keine Bilder, sondern sie handeln von Taten.«

Levade schien das nicht zu interessieren. Charlotte erinnerte sich, daß ihr Vater ihr als Teenager einmal erzählt hatte, daß die Träume anderer Leute das langweiligste Gesprächsthema der Welt seien. Man könne noch Interesse an Klatsch heucheln, mit der Begründung, daß er wenigstens einer tatsächlichen Erfahrung entspringe, so banal sie auch sein mochte; Träumen fehle selbst dieser schwache Aufhänger für das eigene Interesse. Dr. Gray lehnte die wichtige Rolle, die die meisten Ärzte auf seinem Gebiet Träumen zuschrieben, vehement ab und drängte seine eigenen Patienten meist dazu, diese Vorträge möglichst kurz zu fassen.

Levade betrachtete das Bild von Anne-Marie. »Sie ist eine reizende Frau, finden Sie nicht?« fragte er. »Sie hat eine ausgesprochen weibliche Ausstrahlung. Doch das Bild sagt uns gar nichts. Es könnte genausogut eine Fotografie sein.«

»Was ist mit der Haut ihrer Arme?« fragte Charlotte, obwohl sie noch immer fand, daß es nicht die Arme waren, die ihre Blicke auf sich zogen.

»Nur Farbe.«

In dem Traum, von dem Charlotte ihm erzählen wollte, hatte sie den Augenblick in ihrer Kindheit erneut durchlebt, in dem ihr Vater sie betrogen hatte. Um Levades Widerstand gegen das Thema Träume zu überwinden, mußte sie ihn als etwas hinstellen, das tatsächlich geschehen war, was auch – soweit sie das sagen konnte – der Realität entsprach.

Sie stand vom Bett auf und ging über die nackten Bodendielen, bis sie zwischen Levade und dem Licht, das durch das Fenster hereinfiel, stand. Auf diese Weise konnte sie seiner Aufmerksamkeit sicher sein. Ihre Zunge schien einen Augenblick an ihrem Gaumen zu kleben.

»Als ich ein Kind von ungefähr sieben Jahren war, hat mein Vater mir etwas angetan, das mich seitdem nicht wieder losgelassen hat. Er hat mir durch eine unschuldig wirkende Umarmung Schmerz zugefügt. Ich hatte meine Arme ausgebreitet, wie es ein Kind eben tut, und als er mich losließ, war etwas Schreckliches passiert. Alles war anders.«

Levades Hand verharrte regungslos, der Malerpinsel hing kurz vor der Leinwand in der Luft.

»Er hat Ihnen Gewalt angetan?« Levades Augen waren starr auf Charlottes Gesicht gerichtet.

»Er hat mir weh getan.«

Sie erzählte ihm, wie sie ihren Vater angetroffen hatte, als er weinte, und daß etwas passiert sei, als sie versucht habe, ihn zu trösten. Er habe sie weggestoßen, sie geohrfeigt... aber der Schmerz sei schlimmer gewesen als das, es habe sich angefühlt wie ein Bruch, wie das Ende der Unschuld.

»Hat er Sie wirklich geschlagen? Oder war es eher...?«

»Es klingt unglaublich«, antwortete Charlotte, »aber ich weiß es nicht. Es war ein körperlicher Schmerz, aber ich könnte nicht sagen, in welchem Teil meines Körpers. Der Schaden, den er mir zugefügt hat, war so persönlich und so verletzend, daß ich oft gedacht habe, er müsse sexueller Natur gewesen sein. Aber die Wahrheit ist, daß ich mich nicht erinnern kann. Mein Verstand hat es in diesem Alter nicht begriffen, und ich habe es einfach verdrängt. Was blieb, war die Angst, daß es wieder passieren könnte. Es war das Realste und Übermächtigste, das mir je in meinem Leben widerfahren ist, und trotzdem kann ich mich nicht erinnern, was es war.«

»Das ist keineswegs seltsam«, erwiderte Levade. »Ich kann das verstehen.«

»Wirklich?« Charlotte sah ihn ungläubig an. Nahezu zwanzig

Jahre lang hatte sie diese halb verdaute Angelegenheit ungebeichtet auf dem Herzen gehabt, es hatte ihr Denken und ihr Fühlen gequält. Nie hätte sie für möglich gehalten, daß jemand sie verstand.

Levade holte Luft; sein Gesicht leuchtete interessiert auf, und sein sonst so gebeugt und niedergedrückt wirkender Körper schien sich zu straffen. »Was kann die Seele eines Kindes mit solch einer Erfahrung anfangen? Es kann sie nur zur Seite schieben und vergraben. Es ist möglich, daß Sie vielleicht nie erfahren, was passiert ist; es liegt vielleicht außerhalb der Reichweite der Erinnerung. Und unter Umständen ist das auch gar nicht so furchtbar. Menschen können mit Geheimnissen und mit ungelösten Konflikten leben.«

Charlotte dachte an das Bild, das er ihr gezeigt hatte. »Ja, aber das Problem ist, daß es mein Leben beeinflußt hat. Ich hatte eine wunderbare Kindheit. Nichts schien sie zu trüben. Obwohl mein Vater ein Mann war, der seine Gefühle in der Regel nicht offen zeigte, fühlte ich mich umgeben von Liebe, ich wurde vor der Welt beschützt. Jede Entdeckung und jede Wahrnehmung, die ich kennenlernte, besaß diese Garantie von Liebe und Sicherheit. Dann, von jenem Augenblick an, war es mit dieser Seligkeit vorbei.«

»Wie hat sich das geäußert? Sind Sie labil geworden?«

»Später, als Teenager, wurde ich krank, und ich war bei mehreren Ärzten in Behandlung. Sie bezeichneten es als ›Depression‹, aber ich glaube nicht, daß sie wußten, was es war. Vielleicht hing es auch gar nicht mit dem Vorfall zusammen.«

»Was haben denn die Ärzte gesagt?«

»Ich habe es nur einem von ihnen erzählt. Das war in Aberdeen. Er hat mir nicht geglaubt. Er stand von seinem Stuhl auf, er wurde ärgerlich.«

»Und was haben Sie gemacht?«

»Ich fühlte mich gefangen. Ich mußte ausbrechen. Ich...« Charlotte fiel das Atmen schwer.

»Was hat er gesagt?«

Charlotte fing an zu schluchzen, lange, brennende Atemzüge, die tief aus ihrem Bauch kamen. »Er hat gesagt, ich sei... eine Lügnerin... ein böses Mädchen. Er...«

Levade legte ihr den Arm um die Schulter, und Charlotte dachte, wie seltsam es war, daß etwas, das so lange unterdrückt worden war, in der Umarmung eines Menschen, dem sie bis dahin so mißtraut hatte, an die Oberfläche trat.

Levade sorgte dafür, daß sie sich aufs Bett setzte, während er hinunterging und Tee kochte, der eine »Engländerin« wie sie beruhigen würde. Er kam mit einer kleinen Kanne schwarzen Kräutertees zurück und drängte ihr eine von seinen Zigaretten auf.

»Hier, nehmen Sie, Charlotte«, sagte er, und ihr wurde bewußt, daß er sie bis zu diesem Augenblick nicht bei ihrem Namen genannt hatte, obwohl er solches Aufhebens darum gemacht hatte, ihn herauszufinden.

Levade fing an zu husten, es war ein schreckliches, tiefes und würgendes Geräusch. Er rang nach Luft, einen Augenblick lang war er nicht in der Lage zu sprechen.

»Ist alles in Ordnung mit Ihnen? Das klingt furchtbar.«

»Das Haus ist nachts kalt. Das ist alles.« Er wischte ihre Besorgnis mit einer Handbewegung weg.

»Wie alt war Ihr Vater, als diese Dinge passiert sind?«

Charlotte schlürfte den bitteren Tee. »Ich kam 1917 zur Welt, und ich war ungefähr sechs, und wenn er 1887 geboren wurde –«

»Dann war er also im Krieg?«

»O ja, die ganze Zeit. Ich glaube, er muß sehr viel Glück gehabt haben. Er hat mir einmal erzählt, daß außer ihm fast alle Offiziere getötet wurden.«

»Hat er Ihnen viel vom Krieg erzählt?«

Charlotte bemühte sich, die Abneigung zu überwinden, die sie bei diesem Thema regelmäßig überkam.

»Nicht sehr viel. Er hat uns zu den Friedhöfen mitgenommen, als wir Kinder waren. Er hat uns gesagt, daß es nie wieder geschehen dürfe. Ich glaube, meinem Bruder und mir ist es schwergefallen, das alles zu verstehen. Ich glaube nicht, daß Kinder etwas von diesem Ausmaß begreifen können. Später, als wir älter waren, hat er immer seltener davon gesprochen. Er wurde in jeder Beziehung zunehmend in sich gekehrter, nicht nur, was seine eigenen Erfahrungen betraf.«

»Hat er Ihnen jemals Geschichten davon erzählt?«

»Nicht, daß ich mich erinnern könnte. Wir hatten einen allgemeinen Eindruck von Verwüstung und Tod. Doch an eine seltsame Sache, die er erwähnte, erinnere ich mich. Ich erinnere mich deshalb daran, weil es so gar nicht zu ihm paßte. Es kam wie aus heiterem Himmel. Ich glaube, ich war ungefähr zehn, und es war einer der seltenen Tage, an denen wir etwas zusammen unternahmen, wie eine richtige Familie. Wir fuhren an einen See und ruderten. Dann machten wir mittags ein Picknick...«

...Gray zündete sich eine Pfeife an, um die Mücken fernzuhalten. Er hielt die Streichholzschachtel über den Pfeifenkopf, damit sie besser zog, und paffte dann eine blaue Wolke in die dünne und stille Luft. Seine Frau breitete eine Decke mit Schottenkaro auf der Heide aus und nahm eine Thermoskanne aus einem Weidenkorb.

»Möchtest du eine Tasse Tee, William?«

»Was? Nein. Ich nehme einen kleinen Schluck. Hast du welchen eingepackt?«

Amelia Gray reichte ihm schweigend den Flachmann mit Whisky; er füllte den kleinen silbernen Deckel und setzte ihn an die Lippen. Der vertraute Geist breitete sich langsam und wohlig in seinem Körper aus, als er sich gegen einen Stein lehnte und hinunter auf das glitzernde Wasser schaute, wo seine Kinder spielten.

»Schau dir das Mädchen an, Amelia. Sie mal, wie es läuft. Wie ein Junge.«

»Sie ist entzückend«, sagte seine Frau. »Wir haben solches Glück, findest du nicht?«

Gray zog eine Augenbraue in die Höhe und nickte auf seine interessierte, aber skeptische Art, die er sich im Hörsal angewöhnt hatte. Er sah das Mädchen mit den goldgebräunten Beinen, das seinen Bruder am Ufer des Sees entlangjagte; er hörte ihre schrille, protestierende Stimme und sah die unermüdlichen Bewegungen ihrer wendigen Gestalt; sie war so schlank und muskulös. Woher kam nur diese aufgewühlte Trauer in ihren braunen Augen, wenn er mit ihr sprach?

Und dann sein Sohn, er war hager, seine Stimme rutschte bereits ab und zu in unerwartet tiefe Tonlagen. Er war ein unerschrockenes, lebhaftes Kind, das er als junger Vater stolz mit ganzem Herzen willkommen geheißen hatte, damals in jener unschuldigen Zeit, als die Welt zur Ruhe gekommen war; auch wenn es vereinzelt Rückschläge gegeben hatte, war sie doch langsam und deutlich zivilisierter geworden, bewohnbarer für seine Kinder und ihre zukünftigen Söhne und Töchter.

An diesem Sommermorgen im schottischen Hochland, als die letzte kalte Luft von der Sonne einfach verbrannt wurde, konnte er fast glauben, daß nichts verloren war, daß die mächtige Harmonie der Steine und des Wassers, der Klang der Generationen und ihr Gelächter sich auf ein natürliches und freudiges Ende zubewegten. Aber alles hatte sich verändert.

Manchmal wachte er nachts auf, schreiend und schweißgebadet. Gewöhnlich befand er sich am Ende des Verbindungsgrabens und schaute in die Augen seiner ungläubigen Kompanieführer, während er ihnen mitteilte, daß der Angriff bei Tageslicht erfolgen würde. *Bei Tageslicht?* Er sah die Angst und Verzagtheit in ihren Gesichtern. Etwas, was sie voreinander, sogar vor sich selbst, geheimgehalten hatten, erhielt in diesem Augenblick die Konturen der offensichtlichen, nahe bevorstehenden Wahrheit. Zwölf Stunden später war das Ausmaß zu erkennen; aber schon als er zwischen den behelfsmäßigen Verbandsplätzen hin und her ging und auf seine schroffe Art, die er sich angeeignet hatte, die schwerverletzten Männer ermutigte, wußte Gray, daß es Jahre brauchen würde, um zu begreifen, was sie an jenem Julimorgen gesehen hatten.

Er begann die Tatsache, daß er überlebt hatte, zu verfluchen. Er wurde von seinen Männern mit Skepsis betrachtet als jemand, der nicht nur überleben wollte, sondern den es außerdem zu interessieren schien, wer gewann. Aufgrund seiner unerschütterlichen Tüchtigkeit, seines wachen Verstandes und seiner Wißbegier fürchteten ihn seine Männer, als seien seine Reserven übermenschlich. Aber von dem Gewicht, das auf ihm lastete, wußten sie nichts; es war die Last weiterzumachen. Er erlebte, wie im Lauf der Jahre die Kompanien seines Bataillons von oben bis unten erneuert wurden, die Offiziere waren die ersten, die verschwanden, nur ihm schien der tödliche Abgang nicht gelingen zu wollen. Er wußte, daß er mit jedem Tag, an dem er sich aufraffte weiterzumachen, Raubbau an dem Leben betrieb, das er nach dem Krieg hoffentlich führen könnte.

Einer seiner Kompanieführer, ein in sich gekehrter, schwieriger Mann namens Wraysford, hatte einen Augenblick lang erkannt, was es ihn kostete. Er hatte in Grays Augen geschaut und die vollkommene Leere beschrieben, die er dort gesehen hatte, obwohl Gray bezweifelte, daß er den Grund dafür erkannt hatte. Er hatte versucht, sich diesem Mann anzuvertrauen, aber als er ihn ansprach, stellte er fest, daß seine Seele sich zu tief in ihm zusammengezogen hatte, um ihm antworten zu können.

Charlotte und Roderick aßen auf der Decke Sandwiches und spielten mit dem kleinen weißen Hund, der an dem Teller mit hartgekochten Eiern herumschnüffelte. Als Gray die großen braunen Augen seiner Tochter und den hellen Flaum auf ihren nackten Armen betrachtete, fühlte er sich unbeschreiblich alt und besudelt. Und doch liebte er dieses Mädchen immer noch, in seinem entsetzten und erschöpften Herzen liebte er es, und er wünschte – bis der Wunsch zur Qual wurde –, daß er ihm eine Welt hinterlassen könnte, die seine kindliche Fröhlichkeit verdiente.

Roderick war gerade über den Höhepunkt seiner jungenhaften Wißbegier hinaus, doch ab und an wandte er sich immer noch an seinen Vater, wenn er etwas wissen wollte. Jetzt fragte er ihn nach Soldaten und Kerkern und warum Könige und Barone nicht einfach die Gefangenen, die sie machten, töteten.

Angeregt durch die Schönheit der weiten Landschaft und den Gesang der Vögel am sonnigen Himmel lenkte Gray ausnahmsweise nicht kurz angebunden von der Frage ab, sondern antwortete ihm freundlich interessiert und ausführlich, wie es der Vater eines Jungen und eines Mädchens tun sollte.

Das Problem mit Rodericks Fragen bestand darin, daß er nie zufrieden war; seine endlosen Kreuzverhöre veranlaßten Gray immer zu einer kleinen Ausschweifung, um ihm Einhalt zu gebieten.

»Natürlich haben sie das auch getan, Roderick. Natürlich haben sie manchmal schlimme Dinge getan, vor allem im Mittelalter. Selbst in dem Krieg, in dem ich gekämpft habe, ist das vorgekommen. Einige Leute in meiner Division – nicht in meinem Bataillon, das will ich gleich hinzufügen – hatten einmal ein paar Deutsche gefangengenommen. Das war kurz nach der Somme-Schlacht, der großen Schlacht, von der ich euch erzählt habe; dort hatten sie mit ansehen müssen, wie fast alle ihre Freunde an einem einzigen Sommertag getötet wurden. Es hatte ein langes Trommelfeuer gegeben, Tag für Tag hagelte es Granaten, und einige Männer hat es fast um den Verstand gebracht. Dann ist eines Nachts ein Stoßtrupp auf dem Bauch über das Niemandsland gekrochen und hat ein Dutzend Boches gefangengenommen. Sie nahmen sie alle mit hinter ihre Linie, und der diensthabende Offizier sagte ihnen, daß sie in strömendem Regen mit ihnen acht Kilometer, größtenteils bergauf, zu einem Depot marschieren sollten, wo die Gefangenen bewacht würden. Diese Männer waren verzweifelt, sie waren total erschöpft. In solchen Augenblicken ist man fast kein Mensch mehr. Sie waren knapp einen Kilometer gelaufen, als sie in einen kleinen Wald gingen, um sich auszuruhen. Sie gingen nicht weiter. Sie baten den Offizier, beiseite zu treten, ungefähr hundert Meter weiterzugehen, und dann haben sie alle zwölf dort erschossen, wo sie standen. Sie haben dem Offizier erklärt, die Deutschen seien geflohen. Er wußte sehr wohl, was passiert war. Sie haben ihre Leichen dort liegen gelassen, wo sie –«

»Das reicht, mein Lieber. Roderick versteht dich, nicht wahr?« Amelia Gray nahm eine große Blechdose aus dem Picknickkorb. »Es ist solch ein herrlicher Tag, wir wollen ihn uns doch nicht verderben, oder? Charlotte, möchtest du ein Stück Kuchen?«

Charlotte saß auf der Decke, mit dem Kinn auf ihren herangezogenen Knien und hatte die Arme um ihre nackten Beine geschlungen. »Danke«, sagte sie, ihre Augen von ihrem Vater abgewandt …

»… Das ist alles, woran ich mich erinnere«, sagte sie zu Levade, als sie mit ihrer Version der Geschichte zu Ende war. »Sonst hat er nie etwas ausführlich erzählt.«

Levade stand da und klopfte mit dem hölzernen Ende seines Malpinsels auf seine Schneidezähne. »Ich nehme an, so etwas ist vorgekommen«, sagte er. »Jeder, der diese Jahre erlebt hat, könnte Ihnen etwas Schreckliches erzählen.«

»Und was ist mit Ihnen?«

»Ich habe es verdrängt. Ich könnte es niemandem erklären, der nicht dabeigewesen ist. Ich hatte die Wahl, entweder dachte ich die ganze Zeit daran oder überhaupt nicht. Dann haben mich allmählich andere Dinge abgelenkt. Frauen, die Malerei, die sinnlose Freude, am Leben zu sein.«

Charlotte betrachtete Levades ausdrucksloses, faltiges Gesicht und dachte, wie wenig sie ihn verstanden hatte. »Sie haben die ganze Zeit gekämpft, wie mein Vater?«

»Ja, ich habe mich freiwillig gemeldet, weil ich kämpfen wollte. Ich hatte die Liebe meines Vaters zu diesem Land geerbt. Ich war in Verdun dabei. Wie die meisten von uns. Ich war Jude, aber das war damals ganz in Ordnung. Man hielt uns für fähig, mit den anderen zu kämpfen und zu sterben. Sie haben mich schließlich zum Versorgungsmann gemacht. Das waren die Leute, die man am leichtesten entbehren konnte. Sie haben ein Dutzend Feldflaschen mit Wein an meinen Gürtel gebunden und mich mit Brotlaiben umwickelt, die sie mit einer Kordel zusammengebunden hatten. Man konnte unter dem Gewicht kaum stehen. Dann schubsten sie einen nachts raus, und man mußte von einem Graben über die Schlachtfelder und den Matsch zum nächsten rennen oder kriechen. Um zu dem Berg, den sie Toter Mann nannten, zu kommen, mußte man eine Stunde lang auf dem Bauch kriechen. Und wenn man dort ankam, bespuckten und verfluchten einen die Männer, weil das Brot mit einer dicken Schicht Dreck bedeckt und die Hälfte des Weins ausgelaufen war. Die Deutschen kannten die Wege, die wir benutzten, und haben sie in der Regel mit Granaten beschossen. Sie setzten nur alte Männer oder Schwächlinge wie mich als Versorgungsmänner ein. Die meisten haben es nicht lange gemacht. Ich erinnere mich daran, wie ich eines Nachts im Schlamm lag, ich hatte ihn in den Augen und in den Ohren, und ich habe aufgeschaut und sah den Torso eines Mannes, der mit einem Metallsplitter an den Baum genagelt war. Er hatte keinen Kopf, keine Beine, keine Arme. Aus seinem Bauch tropften die Gedärme. Viele Jahre später erschien mir dieses Bild wieder. In einer Vision von Christus.«

»Wie haben Sie es geschafft, nicht getötet zu werden?« fragte Charlotte.

»Ich hatte Glück. Ich wurde verwundet. Ich war drei Monate weg. Als ich zu meiner Einheit zurückkehrte, trug Pétain die Verantwortung. Ihm war das Leben seiner Männer wichtig. Wir sind immer noch zu Tausenden gestorben, aber er hat unsere Leben nicht verschwendet. Er verstand, daß wir in Verdun Frankreich in Ehren halten und verteidigen würden, aber er wußte auch, welchen Preis wir dafür zahlen mußten. In dieser Zeit einen solchen Mann zu haben – jemanden, der begreift, daß die ganze Geschichte seines Landes davon abhängt, was er tut, und der den Mut hat, es zu tun … Und doch kümmerte er sich um uns wie ein Vater, er machte sich Sorgen um unser Leben. Mein Gott, wir haben ihn damals geliebt.«

Charlotte sah, daß Levades Augenränder sich röteten, aber es schienen keine Tränen zu kommen. »Wir waren zu viert, als wir eines Nachts auf ein totes Pferd stießen. Das war nichts Ungewöhnliches. Es stank, als läge es schon seit Wochen dort. Mein Freund schnitt ein Stück aus seiner Flanke und fing an, es aufzuessen. Wir haben uns die fauligsten Stücke ausgesucht, damit wir krank würden. Zwei durften sich anschließend erholen, einer starb. Aber ich konnte es nicht bei mir behalten. Ich habe es immer wieder erbrochen. Es schien kein Entrinnen zu geben.«

»Aber Sie haben überlebt?«

»Irgendwie schon. Man hat mich vom Versorgungsgang befreit, und ich habe mich wieder den anderen angeschlossen.« Levade knöpfte sein Hemd auf und zog eine Hälfte davon zur Seite. »Hier wurde ich das erste Mal verwundet.« Eine lange rote Narbe verlief oben von der Schulter bis zur Achselhöhle, die Wundränder waren uneben und gerötet. Charlotte konnte die groben Stiche erkennen, mit denen die Wunde genäht worden war, vermutlich war es bei Laternenschein auf einem Feldverbandsplatz gemacht worden. »Es sieht schlimmer aus, als es war. Es war eigentlich nicht schlimm genug, das war das Problem. Ich hätte lieber ein Bein verloren.«

Charlotte erwiderte: »Und was denken Sie jetzt über die Deutschen? Hassen Sie sie?«

Levade lächelte. »Ich denke kaum an sie. Wenn ich es tue, bete ich für sie. Ich bete, daß Gott ihnen vergibt, was sie getan haben. Und was sie jetzt tun.«

Charlotte hatte immer noch nicht mit Julien gesprochen, als sie sich mit dem Fahrrad auf den Weg zu Mirabel machte.

Es war ein eisiger Dezembertag, und sie radelte schnell, damit ihr warm wurde. Während der ganzen Zeit, die sie in Frankreich war, hatte sie keinen Grund gehabt, daran zu zweifeln, daß es richtig gewesen war zu bleiben. Es kommt sicher nur selten vor, dachte sie, daß alle Pflichten und Eingebungen, die man hatte, in die gleiche Richtung gingen. Sie war für Julien und Mirabel nützlich gewesen. Sie hatte, soweit es bei dem eingeschränkten aktiven Widerstand, der bis jetzt stattfand, möglich war, ihre Arbeit getan. Sie hatte André und Jacob regelmäßig besucht und sie getröstet. Darüber hinaus hatte sie das Gefühl, daß die Zeit, die sie in Lavaurette verbracht hatte, und die Unterhaltungen, die sie mit Levade geführt hatte, ihr persönlich geholfen hatten. In der Domaine unter einem anderen Namen zu leben, hatte sie beruhigt, und sie hatte dort etwas gelernt.

Doch sosehr ihr Aufenthalt in Frankreich ihre unterschiedlichen Bedürfnisse befriedigt haben mochte, das Wichtigste von allem, der Verbleib von Gregory, war beiseite geschoben worden. Sie erinnerte sich an den letzten Abend ihrer Ausbildung in England, als sie den Vorhang geöffnet hatte, um draußen den verschwommenen Mond anzuschauen. »Charlotte« unklar. Sie hatte Gregory geschworen, daß sie ihn finden würde, und jetzt war sie endlich unterwegs.

Die schmale Straße schlängelte sich zwischen kahlen Feldern hindurch und dann durch einen Weiler, in dem ein Bauernhof sich zu beiden Seiten der Straße erstreckte. Auf der einen Seite lag das Haus, auf der anderen befanden sich Scheunen und Nebengebäude. Gänse schnatterten, und dürre Hühner flohen verärgert und flügelschlagend vor ihrem Fahrrad.

Nach einer weiteren Senke machte die Straße eine scharfe Rechtskurve, führte über eine bröckelige Betonbrücke mit verrosteten Eisennägeln und stieg ein letztes Mal an. An dem moosbedeckten Kalvarienberg vorbei gelangte sie auf dem zerfurchten Pfad zu dem weißen Steinhaus. Zwei magere Löwen hockten oben auf den Torpfosten und schnitten der kalten Landschaft eine Grimasse. Charlotte stieg ab und lehnte das Fahrrad gegen eine niedrige Mauer.

Ein kurzes prickelndes Gefühl überkam sie, als sie vor der Haustür stand. Sie sah sich selbst und ihren verzweifelten Auftrag durch die Augen eines ungläubigen Fremden. Dann war dieser Eindruck wieder verschwunden, weil die Dringlichkeit dessen, was sie tat, zu groß war. Sie drehte den großen Türknauf und drückte die eine Hälfte der schweren Doppeltür auf.

Die imposante Treppe führte direkt vor ihr nach oben; die breiten weißen Stufen wurden von Kerzen beleuchtet, die in gußeisernen Haltern an der Wand steckten. Charlotte ging langsam hinauf und spürte unter ihren Füßen die herrliche Oberfläche des Steins, der im Lauf der Jahrhunderte glattgeschliffen worden war. Sie ging den breiten Korridor entlang, das blankpolierte Eichenholz federte unter ihren Schritten. Im letzten Schlafzimmer auf der rechten Seite, dort, wo sie sich das letzte Mal mit Mirabel getroffen hatte, sah sie einen Lichtschein, der durch die offene Tür flackerte.

Sie hätte auf der Türschwelle tief Luft holen sollen, dachte sie; sie hätte ein kleines Gebet gen Himmel schicken sollen, aber sie wollte unbedingt hören, was sie erwartete: Sie wollte die Worte hören, die ihn wieder zum Leben erweckten.

Sie klopfte und betrat das düstere Zimmer. Die beiden Kastenbetten standen rechts; auf der linken Seite saß Mirabel, er hatte ihr den Rücken zugewandt und schaute durch das Fenster über den gestürzten Baum hinunter in den Garten. Als er ihr Klopfen hörte, drehte er sich auf seinem Stuhl langsam um, und als sein Gesicht von der Kerze erhellt wurde, sah Charlotte, daß es nicht Mirabel war, den sie da vor sich hatte, sondern Claude Benech.

»Ich danke Ihnen für Ihr Kommen«, sagte er. »Ich wußte, daß Sie kommen würden.«

Charlotte war so entgeistert, daß es ihr die Sprache verschlug.

Benech lächelte. »Sie haben, glaube ich, Monsieur ›Mirabel‹ erwartet.«

Charlotte sagte nichts, nicht weil ihre Ausbildung es verlangte oder weil ihr Selbsterhaltungstrieb es ihr gebot, sondern weil die Abwesenheit von Mirabel bedeutete, daß sie Gregory verloren hatte.

Benech räusperte sich. »Er hat mich gebeten, ihn zu entschuldigen. Er ist aufgehalten worden.«

Charlotte erinnerte sich, wie nervös Mirabel bei ihrem ersten Treffen gewesen war. Es schien keinen Sinn zu haben, daß sie so tat, als kenne sie ihn nicht. »Wo ist er?«

»Bei den zuständigen Behörden. Er ist ein Feind und wird als solcher behandelt.«

»Und Sie? Warum Sie?«

»Erinnern Sie sich, wie wir uns einmal in Lavaurette getroffen haben?«

Charlotte nickte. »Ich habe Sie gesehen.«

»Ich habe angefangen, mich für Ihr Leben zu interessieren, Madame. Ich habe gesehen, wie Sie Monsieur Levade geküßt haben, an dem Tag, als die Deutschen kamen. Ich war von Ihnen fasziniert. Ich gehöre einer patriotischen Organisation an. Seit einiger Zeit wurde dieser Monsieur ›Mirabel‹ beobachtet. Dann war es Zeit zu handeln. Ich konnte helfen.« Benech steckte eine Hand in seine Manteltasche. »Und dies war meine Belohnung.«

Im Kerzenlicht konnte Charlotte das glänzende Metall der Pistole in Benechs blassem Handteller sehen. Sie fragte sich, ob er verrückt war. Seine gesittete und deutliche Sprechweise war möglicherweise allzu kontrolliert. Sie durfte ihn nicht provozieren.

»Und Sie sind anstelle von ihnen hier?« fragte sie. »Anstelle Ihrer Organisation?«

»O nein, dies ist eine Privatangelegenheit.«

Charlotte dachte an Mirabels »französische« Handschrift in der Mitteilung. Sie hätte Verdacht schöpfen sollen. Der Kontakt hätte durch Julien hergestellt werden sollen, aber sie war so aufgeregt gewesen, daß sie nicht nachgedacht hatte.

»Ich weiß nicht, wie Ihre Pläne aussehen, Madame«, sagte Benech. »Aber Sie werden sicher feststellen, daß es sich lohnt, wenn Sie dafür sorgen, daß sie zu meinen Plänen passen. Die Behörden handeln in Kriegszeiten gründlich und direkt. Wir kämpfen für das Wohl unseres Landes. Ich bin sicher, Sie verstehen das.«

Charlotte neigte leicht den Kopf.

»Sie haben sich mit Ihrem Freund befaßt. Aber sie wären auch an Ihnen interessiert. Und vielleicht an anderen, die Sie kennen.« Benech lächelte wieder. »Reden Sie mit mir, Madame. Sie machen mich nervös, dabei möchte ich Ihnen nur helfen.«

Charlotte schluckte. »Was wollen Sie von mir?«

»Ich möchte«, sagte Benech, »daß Sie meine Freundin sind.«

»Das verstehe ich nicht.«

»Ich möchte, daß Sie mich in meiner Wohnung besuchen. Dort werden Sie mir Dinge erzählen, nach denen ich Sie frage. Wir werden eine vertrauensvolle Beziehung aufbauen. Und unsere Freundschaft wird natürlich auch in eine andere Richtung gehen.«

»Welche andere Richtung?«

»Die Richtung, die bei Männern und Frauen ganz natürlich ist.«

»Warum sollte ich das tun?«

»Ich glaube, diese Frage erübrigt sich«, erwiderte Benech. Er stand auf und steckte die Pistole wieder in seine Tasche. Er kam zu Charlotte, packte mit seiner rechten Hand ihr Kinn und drehte ihr Gesicht von einer Seite auf die andere.

»Monsieur Mirabel ist tot. Bevor er starb, hat er ziemlich viel geredet. Spielen Sie nicht mit mir, Madame, tun Sie das ja nicht.«

Es lag keine Anstrengung in Benechs Stimme, dachte Charlotte. Bei seiner Arbeit war er gewohnt, Drohungen auszusprechen und Anweisungen zu geben und dafür zu sorgen, daß sie befolgt wurden.

»In Ordnung«, sagte sie. »Ich komme morgen abend zu Ihnen.«

»Gut.«

Benech, der ihr Gesicht immer noch festhielt, drückte seinen Mund auf ihren.

»Morgen«, sagte Charlotte und schob ihn von sich. Es gelang ihr ein winziges Lächeln. »Ich muß jetzt gehen.«

Benech hielt sie am Arm fest. »Versuchen Sie nicht, die Stadt zu verlassen«, sagte er. »Ich werde Sie verfolgen und Sie finden.«

Sie nickte.

»Und wenn Sie jemandem auch nur ein Wort von dem verraten, was wir gerade besprochen haben...« Durch den Stoff seines Mantels hielt er die Pistole an ihren Hüftknochen.

Er hatte ihren Arm losgelassen. Charlotte lief rasch zur Tür. »Morgen«, sagte sie und rannte zur Treppe.

Als sie draußen ihr Fahrrad packte und durch das Tor wegradelte, hörte sie, wie Benech hinter ihr herrief. Er hatte seine Meinung geändert; vielleicht wollte er nicht bis morgen warten. Aber Charlotte zögerte keinen Moment und tauchte in die Dunkelheit ein.

Sie rannte die Treppe hinauf und hämmerte an Juliens Tür.

»Julien, Gott sei Dank bist du da.« Sie war so außer Atem, daß sie kaum sprechen konnte.

Julien war erfreut, sie zu sehen, doch diese Freude verwandelte sich schnell in Sorge und Wut, als Charlotte ihm erzählte, was passiert war. Sie erwähnte Peter Gregory mit keinem Wort und ließ den Eindruck entstehen, daß ihr zweites Treffen mit Mirabel angeblich auf sein Drängen zustande gekommen sei.

Als sie geendet hatte, sagte Julien: »Du mußt fort. Das ist das erste, was wir tun müssen. Dich hier rausbringen.«

»Und was ist mit dir?«

»Bei mir ist alles in Ordnung. Ich habe nichts falsch gemacht, jedenfalls nichts, wovon sie etwas wissen. Aber ich habe heute noch andere Neuigkeiten, die mir auch Sorgen machen. Du kennst doch Gastinel, den Schlachter?«

»Auguste?«

»Ja. Du weißt doch, daß er uns verlassen hat, um sich einer neugegründeten gaullistischen Organisation in Limoges anzuschließen. Nun, ich habe von Pauline Benoit, die mit ihm befreundet ist und, wie ich vermute, selbst eine Art Gaullistin ist, erfahren, daß ihnen eine Falle gestellt wurde. Sie haben sich für einen Abwurf an einer vereinbarten Stelle getroffen, aber das Flugzeug ist nicht gekommen. Statt dessen wartete dort die örtliche Polizei, die wissen wollte, was sie um Himmels willen alle dort zu suchen hatten. Sie haben die Nacht im Gefängnis verbracht. Ich habe sie überzeugt, daß sie jemand verraten hat.«

Bei dem Namen Limoges fühlte Charlotte sich plötzlich leer und wie von einem Schwindelgefühl gepackt. »Weißt du genau, wo dieser Abwurf stattfinden sollte?« fragte sie.

»Ziemlich genau. Warum?«

»Hast du eine Landkarte da?«

»Ja, drüben im Regal.«

Unter den staubigen Atlanten und Reiseführern holte Julien

schließlich eine detaillierte Karte der Umgebung hervor. Charlotte breitete sie unter der Lampe auf dem Fußboden aus. Sie konnte sich noch an die Koordinaten erinnern, die Mirabel ihr genannt hatte. Sie starrte einen Augenblick auf die kleinen Zahlen am Rand der Karte und fuhr dann mit einem Finger über das Papier.

»Hier«, sagte sie und wandte ihr Gesicht besorgt Julien zu. »War es hier?«

»Pauline hat einen Fluß und eine Kirche erwähnt. Ja, sieh mal, hier sind sie.«

Charlotte konnte einen Augenblick lang nicht sprechen. Schließlich sagte sie: »O Julien. Etwas Schreckliches ist passiert. Das war ich. Mirabel hat mich gebeten, jemandem in Limoges eine Nachricht zu überbringen. Ich muß einen Fehler gemacht haben und ihnen die falschen Koordinaten genannt haben. Aber wenn es einer von unseren Leuten war, warum sind dann die Gaullisten dort gewesen? Ich verstehe das nicht. Mein Gedächtnis ist... nun ja, fast unfehlbar. Ich muß sie der falschen Person gegeben haben.«

»Warum hast du mir nicht erzählt, was du vorhattest?«

»Mirabel hat mir gesagt, ich solle es dir nicht erzählen. So wenig Informationen wie möglich. Jedenfalls erschien es mir nicht wichtig.«

»Er hat dir gesagt, du sollst es mir nicht erzählen?«

»Ja, er sagte: ›Was immer Sie tun, sagen Sie es nicht Octave.‹«

Julien schüttelte den Kopf. »O Gott. Sie haben dich benutzt, stimmt's?«

»Ich verstehe das nicht. Mirabel ist doch –«

»Mirabel ist wie jeder andere. Er untersteht den Befehlen der Politiker. Und die Engländer sind auch nicht besser als die Franzosen.«

»Du meinst, er hat mich absichtlich irregeführt?«

»Wem auch immer du die Nachricht übermittelt hast, es war keiner von uns. Es war ein Gaullist. Ich weiß zwar nicht, warum die Engländer ihnen dazwischenpfuschen wollten. Aber der Grund spielt auch keine Rolle. Was hat er dir als Gegenleistung versprochen?«

»Ich... Gar nichts. Eigentlich nichts.«

»›Eigentlich‹ nichts?«

»Nun, er ließ durchblicken, daß er mir helfen könne, jemanden zu finden, wenn ich täte, worum er mich bat, wenn wir in Kontakt blieben. Er hat sich nicht sehr klar ausgedrückt.«

»Den Flieger?«

»Woher weißt du das?«

»Mein Vater hat es mir erzählt.«

Charlotte nickte schweigend.

»Du hast wirklich geglaubt, daß er weiß, wo dieser Mann sich aufhält?«

»Ich nehme an, ich hatte es gehofft. Ich meine, er kennt Leute, er hat Kontakt zu ihnen. Und ... und ...« Es klang alles zu albern.

»Ach, Dominique, meine arme Kleine.« Julien breitete die Arme aus und umarmte sie fest. »Meine arme, arme Kleine.«

Charlotte löste sich nur ungern aus Juliens sicherer Umarmung. »Und was soll ich jetzt tun?« fragte sie.

»Du mußt sofort nach Hause fliegen. Ich kann dafür sorgen, daß eine Nachricht nach London gefunkt wird. Du mußt so schnell wie möglich hier raus.«

»Aber Julien, ich habe doch gerade erst angefangen.«

»Wenn du bleibst, werden sie dich schnappen. Wenn Benech es nicht der Polizei erzählt, werden die Gaullisten es tun. Die Tatsache, daß du aus England kommst, macht es noch schlimmer. Das perfide Albion.«

»Aber wir stehen doch alle auf derselben Seite.«

»Jetzt, wo du sie irregeführt hast, nicht mehr.«

»O Gott, Julien. Und was ist mit Peter? Er schafft es ohne mich nicht. Jetzt wird er nie zurückkommen. Nur mein Aufenthalt in Frankreich hat ihn am Leben erhalten.«

Julien sah niedergeschmettert aus, als sie das sagte, als hätte er bis jetzt nicht wirklich an ihre tiefen Gefühle für jenen anderen Mann geglaubt. Er nahm ihre Hand und sagte sanft: »Wenn du ihn liebst, reise morgen ab. Wenn du bleibst, werden sie dich töten. Männer wie Benech sind schlimmer als die Deutschen. Wenn du ihn liebst, dann flieg um Himmels willen nach Hause.«

# 7. KAPITEL

Abendessen gab es an jenem Abend in der Domaine erst spät, und Julien bat Charlotte, ihm und seinem Vater Gesellschaft zu leisten. Es war das erste Mal, daß sie sie längere Zeit zusammen sah, und sie versuchte sich immer wieder vorzustellen, wie der zehnjährige Junge von der Schule nach Hause kam und eine weinende Mutter vorfand, die ihm sagte, daß sein Vater sie verlassen habe. Was hätte die verzweifelte Madame Levade wohl gedacht, wenn sie gewußt hätte, daß die beiden zwanzig Jahre später mit einer Schottin in dem riesigen, getäfelten Eßzimmer einer zugigen Villa saßen, viele Kilometer von Paris entfernt, und daß die Deutschen ihr Land besetzt hatten?

»Wie lange hustest du schon so?« fragte Julien und legte eine Hand auf den Arm seines Vaters.«

»Seit ein paar Wochen. Das hat nichts zu bedeuten. Im Haus ist es zugig, das ist alles.«

Julien zog die Augenbrauen hoch. Er behandelte seinen Vater mit einer leicht neckenden Ehrerbietung. Levade war noch nicht so alt, daß man sich Sorgen um ihn machen oder auf ihn aufpassen mußte. Doch Charlotte spürte, daß sich Julien in gewisser Hinsicht auf den Tag vorbereitete, an dem das nötig sein würde. In Levades Verhalten gegenüber seinem Sohn lag eine rührende Nachsicht, die Charlotte bei ihren Eltern so sehr vermißt hatte. Er stritt mit ihm und wehrte mit einem Achselzucken Juliens humorvolle Bemerkungen ab, doch er betrachtete ihn trotzdem die ganze Zeit mit stillem und leicht ungläubigem Stolz.

In ein paar Tagen, dachte Charlotte, wäre sie wieder in London, und dann hätte sie eigentlich keine Ausrede mehr, die lange Reise nach Schottland nicht zu machen. Trotz der gefährlichen Situation, in der sie sich befand, war ihr der Gedanke abzureisen unerträglich.

Ihr kärgliches Mahl war schnell beendet. Levade bat sie, noch etwas Wein zu holen und alles, was sie in der Küche sonst noch an Eßbarem finden könnte. Es gab eine Dose Sardinen, ein paar Makkaroni – von denen sie ein paar Hände voll zum Kochen aufsetzte –, drei Äpfel und eine Schüssel mit Walnüssen aus dem

Garten. Mit diesen Sachen und dem Wein kehrte sie schließlich ins Eßzimmer zurück, wo sie das Abendessen fortsetzten.

Charlotte hatte ihre Fassung wiedergewonnen. Als sie mit einem alten Austernmesser eine Walnußschale knackte, wurde ihr mit ruhiger Gewißheit klar, daß dies ihr letzter Abend in der Domaine sein würde, und dieser Gedanke stimmte sie traurig.

Es war fast Mitternacht, als sie hörten, wie jemand laut an die Doppeltüren des Hauses hämmerte.

»Mein Gott«, sagte Levade und zog eine Uhr aus seiner Tasche.

»Wartet hier.« Julien hatte bereits seinen Stuhl zurückgeschoben. Es lag eine Besorgnis in seiner Stimme, die Charlotte auf Übelkeit erregende Art ernüchterte.

Im Flur waren erste Stimmen und dann mehrere Paar Schritte zu hören, die sich näherten. Julien kam mit zwei Männern im Gefolge zurück, einer von ihnen war ein uniformierter deutscher Offizier. »Ich bin Oberleutnant Lindemann«, stellte er sich vor. »Sind Sie Monsieur Levade?«

»Ja.«

Lindemann nickte dem kleinen Mann zu, der neben ihm stand. Er trug einen braunen Regenmantel über einem gestärkten Hemdkragen und einer dunkelblauen Krawatte. Er war mittleren Alters, fast kahl, mit wenig dunklem, glänzendem Haar über den Ohren, hatte ein rundes, weiches Gesicht und trug eine Brille mit Metallfassung. Charlotte erkannte in ihm den Mann, der Bernard zugeschaut hatte, als dieser die Plakate vor Madame Galliots Geschäft aufgehängt hatte.

Er ging auf Levade zu und hielt ihm eine Hand hin. »Mein Name ist Paul Pichon. Ich arbeite für die Section d'Enquête et de Contrôle.«

Levade lächelte schwach. »Das klingt nach einer bemerkenswerten Organisation.« Die angebotene Hand nahm er nicht.

Monsieur Pichon sagte: »Wir haben einige Aufgaben der Antijüdischen Polizei übernommen, die, wie Sie wahrscheinlich wissen, aufgelöst wurde und nur noch dem Namen nach existiert.«

Levade zog in einer Geste ahnungsloser Gleichgültigkeit die Augenbrauen hoch.

Lindemann räusperte sich. »Wir müssen in ein anderes Zimmer gehen. Es müssen ein paar Fragen beantwortet werden.« Seine Stimme war trotz des schwerfälligen Akzents merkwürdig zaghaft, als sei er nicht sicher, wer verantwortlich war.

»Wir gehen in den Salon«, sagte Levade. »Ist er offen?«

Charlottes Herz sprengte fast ihren Brustkorb, als sie den Korridor entlanggingen, der von den Birnen in den vergoldeten Fassungen an der Wand nur schwach erleuchtet wurde. Sie ging zu dem langen Tisch am anderen Ende des Zimmers und machte die Lampe an. Der Raum roch wie immer nach feinem, altem Staub. Hinter sich hörte sie das Trampeln der Schritte auf dem Parkettboden. Warum waren so viele Leute hier? Es mußten mindestens vier weitere Männer, die sie noch nicht gesehen hatte, auf dem Weg von der Eingangshalle hierher sein.

Levade betrat den Raum und deutete auf die überladen gepolsterten Möbel aus dem neunzehnten Jahrhundert, aber Lindemann ging zum anderen Ende des Zimmers. Charlotte machte sich am Kamin zu schaffen; in diesem Winter war noch kein Feuer darin angezündet worden. Als sie aufschaute, stellte sie fest, daß die Männer sich an dem langen Tisch eingerichtet hatten. Lindemann saß auf einer Seite des Tisches in der Mitte, Pichon zu seiner Linken; rechts neben ihm saß ein deutscher Unteroffizier, ein kleiner, mürrisch aussehender Mann mit grauem Haar. Links neben Pichon saß ein blasser Mann mit Schnurrbart und einem nervösen Lächeln. Es war Claude Benech, und Charlotte mußte feststellen, daß sein Lächeln ihr galt.

An der Tür zur Bibliothek hatte Lindemann einen einzelnen deutschen Soldaten abgestellt, und Pichon signalisierte dem Gendarmen Bernard, daß er an der Tür stehenbleiben solle, die zum hinteren Teil des Hauses führte. Als er seinen Posten einnahm, verzog Bernard mit einem Blick zu Charlotte das Gesicht. Julien setzte sich ungefähr in der Mitte des Zimmers auf die Lehne eines Sessels, während Lindemann Levade anwies, er solle sich auf die andere Seite ihm gegenüber setzen.

Charlotte kniete noch immer regungslos am Kamin, als Lindemann etwas sagte. »Ich bin derzeit der Kommandierende Offizier in Lavaurette. Ich werde bald abreisen, wenn ... andere aus Paris eintreffen.«

»Meinen Sie die SS?« fragte Julien.

»Ich glaube schon. Ich habe Anweisungen von unserem Militärbefehlshaber in Paris. Ich muß Ihnen keine Einzelheiten erzählen. Unter der Besatzung liegt die Anwendung der Gesetze in den Händen der französischen Polizei. Das wissen Sie ja.«

»Warum sagen Sie uns nicht, was Sie hier wollen?« fragte Julien.

Lindemann gab mit einer Geste das Wort an Pichon, der sich räusperte. Lindemann schien erleichtert, nicht mehr reden zu müssen; und im Gegensatz zu Lindemann, in dessen Stimme ein wenig Unsicherheit mitgeschwungen hatte, klang Pichon ruhig und gebieterisch. »Natürlich«, sagte er. »Es scheint ein paar verfahrensrechtliche Unregelmäßigkeiten gegeben zu haben, was Ihre Papiere betrifft, Monsieur Levade. Letztes Jahr im Juni wurde, wie Ihnen zweifellos bekannt ist, in der unbesetzten Zone vom Judenrat eine detaillierte Erhebung durchgeführt. Ich habe hier eine Liste dieser Gemeinde, und Ihr Name erscheint nicht darauf. Haben Sie eine Bescheinigung, die beweist, daß Sie nicht der jüdischen Rasse angehören?«

Levade breitete seine Hände in einer kleinen, verächtlichen Geste der Geringschätzung aus. »Was für eine Bescheinigung?«

»Solche Papiere waren vom Generalkommissariat für jüdische Fragen ohne weiteres erhältlich.«

»Ich weiß nichts von diesen deutschen Institutionen.«

»Das ist keine deutsche Institution, sondern eine Abteilung der Regierung, Monsieur Levade, und sie ist für die unterschiedlichen Judenstatute verantwortlich. Selbst Sie werden wohl von ihnen gehört haben.«

»Sie meinen die Beschlagnahme des Besitzes, das Tragen des gelben Sterns, die Verfolgung von –«

»Diese Politik nennt man ›Arisierung‹«, erwiderte Pichon. Er schwieg einen Augenblick, und Charlotte bemerkte, wie er über den Tisch hinweg Levade scharf ins Gesicht sah. »Ich glaube, Sie täten gut daran, eine weniger distanzierte Haltung einzunehmen, Monsieur. Unwissenheit, selbst glaubhafte Unwissenheit, war vor dem Gesetz noch nie eine gute Verteidigung. In schwierigen Zeiten sind die Bürger mehr denn je verpflichtet, sich zu fügen und sich zu informieren. Das, Monsieur, ist der springende Punkt der ganzen jüdischen Frage.«

Levade antwortete darauf nicht, sondern warf schräg einen Blick hinüber zu Julien, der sich offensichtlich nur mit Mühe zurückhalten konnte und krampfhaft seine Hände zu Fäusten ballte und wieder öffnete.

»Lassen Sie mich das ein wenig näher erläutern«, sagte Pichon. »Ich will Sie nicht überfallen oder einschüchtern. Ich möchte, daß Sie die volle Handlungsvollmacht dieser Verfahren begreifen.«

Charlotte erhob sich vor dem schwach rauchenden Feuer. Pichons Stimme schien völlig emotionslos, aber ihr wurde dabei übel, sie ahnte Schreckliches. Die anfängliche Erleichterung darüber, daß sie gar nicht beachtet wurde, wich der Angst, daß Levade ein schlimmes Schicksal erwartete.

»Handlungsvollmacht?« sagte Julien. »Handlungsvollmacht? Welche Handlungsvollmacht können Sie denn schon haben, eine erfundene Organisation wie Sie, die –«

»Wir haben die Handlungsvollmacht der französischen Regierung, Monsieur. Das Gesetz vom 2. Juni 1941 gibt jeder Regionalpräfektur das Recht, jeden Juden, ob Ausländer oder Franzose, zu internieren. Juristisch«, sagte Pichon und setzte die Brille ab, als koste er das Wort so besser aus, »ist der Unterschied zwischen Juden mit französischer Staatsbürgerschaft und Flüchtlingen durch dieses Statut hinfällig geworden.«

»Aber in der unbesetzten Zone«, sagte Julien, »können Sie nicht –«

»Es gibt keine unbesetzte Zone mehr«, erwiderte Pichon. »Das kann Ihnen selbst hier in Lavaurette nicht entgangen sein. Bitte lassen Sie mich fortfahren. Seit den Ereignissen von 1940 hat sich die Regierung, wie Sie wissen, bemüht, die Souveränität Frankreichs durch lebhafte unabhängige Aktionen zu wahren. Das Hauptziel war, mit dem Besatzer zu kollaborieren, um diese Unabhängigkeit noch vollständiger zu sichern und zur gegebenen Zeit deren Grenzen noch auszudehnen. All dies hat die Regierung, die im Interesse ihrer Bürger gehandelt hat, erfolgreich umgesetzt, auch wenn der Lohn dieser Verhandlungen erst zutage treten wird, wenn die Alliierten besiegt sind. Doch der Gang der Ereignisse im Sommer erforderte eine gewisse Eile. Im Juni hat Herr Eichmann Paris einen Besuch abgestattet. Dabei hat er vorgeschlagen, daß insgesamt einhunderttausend Juden aus Frankreich deportiert werden, die Hälfte davon sollte aus der noch unbesetzten Zone kommen. Falls sie sich immer noch fragen, welche Handlungsvollmacht wir für diese Maßnahmen haben, interessiert es Sie vielleicht zu erfahren, daß der Generalsekretär der französischen Nationalpolizei, Monsieur Bousquet, vorgeschlagen hat, Juden aus der unbesetzten Zone mit einzubeziehen.«

»Das glaube ich Ihnen nicht«, entgegnete Julien.

Pichon zuckte mit den Schultern. »Der Vertreter von Monsieur Bousquet, Monsieur Leguay, wurde von Herrn Röthke von der deutschen Militärverwaltung darüber informiert, daß auch französische Staatsbürger israelitischer Herkunft in die Deportationen mit eingeschlossen werden und daß Monsieur Laval dagegen keine Einwände erhoben habe. Beim Umgang mit Familien hat es ein paar verwaltungstechnische Schwierigkeiten gegeben, wie Sie sich denken können. Kinder wurden zurückgelassen, und das hat zu einiger Verwirrung geführt. Doch Herr Dannecker, der, wie die meisten Leute wissen – mit Ausnahme von Ihnen vielleicht, Monsieur –, der für Judenfragen zuständige Vertreter des Reichssicherheitshauptamtes in Paris ist, hat am 6. Juli nach Berlin berichtet, daß Monsieur Laval persönlich vorgeschlagen habe, bei Familien, die aus der besetzten Zone deportiert werden, auch die Kinder im Alter von unter sechzehn Jahren zu deportieren.«

Pichon sah sich in dem stillen Zimmer um und lächelte. »Ich muß Ihnen etwas beichten. Ich bin Rechtsanwalt. Und es gefällt mir, wie sorgfältig die Vorkehrungen getroffen wurden, das muß ich zugeben. Es gibt sonst immer so viele Probleme bei solchen Fragen der Zuständigkeit, daß es ein Vergnügen ist, mit einem Sachverhalt zu tun zu haben, bei dem alles so ordnungsgemäß und kooperativ abläuft.«

Julien sprach mit einer Stimme, die matt und schwach klang im Vergleich zu dem gehässigen Tonfall ein paar Minuten zuvor. »Laval hat freiwillig die Kinder angeboten?«

»Ja«, antwortete Pichon. »Ich habe eine Kopie des Berichts, den Herr Dannecker nach Berlin geschickt hat.« Er fing an, unter den Papieren, die vor ihm auf dem Tisch lagen, zu suchen. »Er hat mich neugierig gemacht, und ich habe den Originaltext von einem Sekretär abschreiben lassen. Hier, wenn Sie ihn …«

Julien schüttelte den Kopf.

Niemand sagte ein Wort. Benech machte sich an einigen Papieren zu schaffen, die er vor sich auf den Tisch gelegt hatte; es fiel ihm offenbar schwer, ein zufriedenes Lächeln zu unterdrücken. Der Unteroffizier zu Lindemanns Rechter starrte geradeaus vor sich hin.

Schließlich sagte Julien: »Wozu überhaupt all dieses Gerede von Deportation?«

Lindemann wandte sich an Pichon. »Bitte fahren Sie fort.« Er schien der einzige zu sein, der es irgendwie eilig hatte.

Pichon räusperte sich. »Eine unvermeidliche Folge solch eines Systems der Zusammenarbeit ist, daß sehr viel Schreibarbeit nötig ist. Viele Bürger sind nicht in der Lage, sich mit all den Anweisungen zu befassen, die sie von den Vichy-Behörden, die für die einzelnen Verwaltungsbezirke zuständig sind, erhalten haben. Aus diesem Grund wurden verschiedene Leute, so wie ich auch, damit beauftragt, sie bei ihrer Arbeit zu unterstützen. Der Bürgermeister von Lavaurette, zweifellos ein achtbarer Mann, war beispielsweise dankbar für meine Hilfe. Soweit ich weiß, ist er von Beruf Kleinbauer.«

»Er baut Melonen an«, ergänzte Bernard vom Türrahmen aus.

»Danke, Monsieur«, sagte Pichon. »Nun zu Ihnen, Monsieur Levade.« Pichon zog ein einzelnes Blatt Papier aus dem Stapel, der vor ihm lag, strich es glatt und hielt es dann ein wenig von sich, so daß er es durch seine glitzernden Brillengläser besser lesen konnte. »Mit der Tatsache, daß Sie sich bei der Erhebung nicht erfassen ließen, haben wir uns schon befaßt. Jetzt muß ich Sie bitten, mir Ihre Papiere zu zeigen.«

»Meine was?«

»Personalausweis, Arbeitserlaubnis und Lebensmittelkarte. Bitte erzählen Sie mir nicht, daß Sie keine besitzen. Jeder französische Bürger hat sie erhalten. Wie hätten Sie sonst etwas zu essen kaufen können?«

»Ich weiß es wirklich nicht. Möglicherweise liegen sie in einer Schublade.«

»Gehen Sie, und schauen Sie nach.« Pichons Stimme wurde

schärfer, als er Bernard mit einer auffordernden Handbewegung signalisierte, er solle Levade begleiten.

Charlotte sah zu, wie Levade aufstand und durchs Zimmer ging.

»Sie.« Lindemann nickte in Charlottes Richtung. »Sie sollte nicht dabeisein. Und er auch nicht, sein Sohn«, sagte er und schaute Julien an.

»Oh, ich finde schon«, erwiderte Pichon ruhig. »Meiner Meinung nach ist die Anwesenheit des jungen Monsieur Levade vollkommen ... angemessen. Was das Dienstmädchen betrifft, so habe ich keine Einwände. Ich halte es für eine gute Idee, daß die unteren Schichten verfolgen können, wie ein Rechtsverfahren ordnungsgemäß durchgeführt wird.«

»Ich ebenfalls«, sagte Benech und starrte Charlotte mit einem zögernden, hinterhältigen Lächeln an.

Levade kehrte mit einem Briefumschlag zurück, den er vor Pichon auf den Tisch fallen ließ. »Ich weiß nicht, ob es das ist, was Sie wollen«, sagte er. »Es ist alles, was ich finden konnte.«

Er fing an, furchtbar zu husten, und wandte den Kopf von den Männern ab, die am Tisch saßen.

Pichon nahm den Inhalt des Briefumschlags heraus und sah ihn sich genau an. »Tatsächlich«, sagte er. »Wie ich mir gedacht habe. Warum sind sie nicht ordnungsgemäß gestempelt?«

»Ich weiß nicht, was Sie meinen.«

»Ich glaube schon, daß Sie das wissen, Monsieur Levade. Am 11. Dezember hat die Regierung angeordnet, daß alle relevanten Personalausweise mit dem Wort ›Jude‹ gestempelt werden. Jeder weiß das. Es hängen Bekanntmachungen im Ort aus, es wurde im Radio gemeldet. Es ist Gesetz.«

Levade zuckte die Achseln. »Ich weiß nichts von diesen deutschen Angelegenheiten, diesen ...«

»Es handelt sich nicht um deutsche Angelegenheiten«, erwiderte Pichon, der aufgestanden war und diese Worte über den Tisch hinweg Levade zuzischte. »Es ist ein Gesetz, das die französische Regierung beschlossen hat. Und wenn Sie auch nur die geringste Vorstellung davon gehabt hätten, was Staatsbürgerschaft bedeutet, hätten Sie es befolgt.«

Lindemann räusperte sich. »Gibt es sonst noch etwas? Es ist schon spät.«

Pichon setzte sich wieder. Levade schüttelte langsam den Kopf. Charlotte, die ihn nur von hinten sah, dachte bei dem gurgelnden Geräusch, das sie hörte, daß er weinte. Als sie zu ihm ging, weil sie ihn trösten wollte, merkte sie, daß er leise lachte.

»Setzen Sie sich, Mademoiselle«, sagte Pichon. »Die Liste der Anschuldigungen, die ich hier vorliegen habe, reicht in meinen Augen aus, um eine Deportation zu empfehlen.«

Julien ging hinüber zu dem Tisch. Charlotte erkannte, daß er bemüht war, sich zurückzuhalten, und daß er überlegt sprechen würde. »Eines scheint mir bei Ihrem Fall jedoch zu fehlen, Monsieur, und das ist der Beweis dafür, daß mein Vater Jude ist. Wenn Sie sich im Haus umsehen, werden Sie, glaube ich, zu dem Ergebnis gelangen, daß mein Vater gläubiger Katholik ist.«

»Ach, tatsächlich, die Frage der Definition. Die Präzedenzfälle sind sehr interessant, und das Recht entwickelt sich ständig weiter, doch seine Grundlagen bleiben weiterhin eindeutig. Es ist eine Frage der Abstammung.«

»Mein Vater ist ein Franzose der zweiten Generation«, sagte Julien. »Er ist außerdem Kriegsveteran.«

»Wie bewundernswert. Als Monsieur Vallat Leiter des Generalkommissariats für jüdische Fragen war, neigte er dazu, in solchen Fällen Nachsicht walten zu lassen. Sein Nachfolger Monsieur Darquier de Pellepoix ist dazu weniger bereit. Im ersten Judenstatut wurde ein Jude als jemand definiert, der drei jüdische Großeltern hat. Monsieur Vallat war bereit zuzulassen, daß Religion eine Rolle spielte. Seinem zweiten Statut gemäß wurde jemandem, der sich zu einer anerkannt nichtjüdischen Religion bekannte, unter Umständen zugestanden, daß er kein Jude mehr war, vorausgesetzt, er hatte nur zwei jüdische Großeltern. Diejenigen mit drei jüdischen Großeltern blieben Juden, zu welcher Religion auch immer sie sich bekannten. Monsieur Vallats Ansicht nach war eine Taufe nicht überzeugend, da die jüdische Tradition durch die Rassenzugehörigkeit weitergegeben wird. Erblichkeit hat mehr Einfluß als Weihwasser. Er begann von Familien zu sprechen, in denen die vererbte Atmosphäre ›überwiegend jüdisch‹ war. Man kann daraus deutlich schließen, daß

Monsieur Vallat zu dem Zeitpunkt, als er sein Amt niederlegte, ein wenig verwirrt war, obwohl die Maßnahmen seiner Verordnung weiterhin von Nutzen sind. Lassen Sie uns einen Blick auf Ihre Familie werfen, Monsieur Levade.«

Charlotte sah Levade erwartungsvoll an. Endlich wurde ihm Gelegenheit gegeben, für sich selbst zu sprechen, und sicher begriff er, in welch einer schlimmen Lage er sich befand. Jetzt würde er doch bestimmt seine belustigte Trägheit abschütteln, in die er versunken zu sein schien. Er sah aus, als habe er Fieber und als ginge es ihm nicht gut.

»Kommen Sie, Monsieur Levade. Würden Sie uns nicht gern etwas über Ihre ach so französischen Vorfahren erzählen?«

Es war so still, daß Charlotte die Uhr über ihrem Kopf ticken hören konnte. Levade fing wieder an zu husten. Schließlich begann er zu sprechen. »Mein Vater war Schulmeister in einer kleinen Stadt bei Paris. Er war der patriotischste Mensch, den ich je gekannt habe. Er zitierte oft diesen kleinen Ausspruch: ›Glücklich wie Gott in Frankreich‹. Er war vermutlich ein ziemlich naiver Mann, jetzt, wo ich so an ihn zurückdenke, aber er war sehr zufrieden. Sein Glaube war ganz und gar nicht ausgeprägt. Ich vermute, daß er zumindest dem Namen nach Jude war, weil seine Mutter Jüdin war, aber er schien kein Seelenleben zu haben. Ich habe nie gesehen, daß er in die Synagoge ging oder in eine Kirche. Er freute sich an seiner Familie und an seinem Land. Er feierte immer die Namenstage und nahm an öffentlichen Versammlungen und Feierlichkeiten teil. Er war sehr konservativ, was die alten Traditionen betraf.« Levade lächelte. »Wie sehr viele frischgebackene Immigranten.«

»Würde es Ihnen etwas ausmachen, sich etwas genauer zu Ihrer Herkunft zu äußern?« Pichons Stimme hatte dabei einen leicht ironischen Tonfall.

»Ich glaube nicht, Monsieur. Ich habe Ihnen alles gesagt, was ich möchte.«

»Ich bin nicht sicher, daß bei jemandem in Ihrer Lage solche Zurückhaltung angebracht ist, Monsieur Levade. Vielleicht ist Ihr Sohn ja bereit, ein wenig mehr Entgegenkommen zu zeigen.« Pichon sah über seine Brillengläser hinweg zu Julien, der seinen Platz auf der Sessellehne wieder eingenommen hatte.

Julien schüttelte den Kopf. »Nicht, wenn mein Vater es nicht möchte.«

»Nun gut«, sagte Pichon. »Lassen Sie uns mit der Frage der Definition fortfahren.«

Charlotte bemerkte, wie sehr Pichon sich amüsierte. Die Konstruktion seiner Sätze hatte etwas Kriminalistisches, was ihm offensichtlich Freude bereitete.

Er nahm noch ein paar Papiere, die vor ihm auf dem Tisch lagen, in die Hand. »Monsieur Vallat wurde im Sommer im Generalkommissariat für jüdische Fragen abgelöst. Es ist eigentlich nicht an mir, das zu kommentieren, aber es scheint, daß er angefangen hatte, ein wenig mit den Besatzern zu wetteifern. Offenbar hat er einem von Herrn Danneckers SS-Offizieren gesagt, daß er bereits viel länger Antisemit sei als die deutschen Herren. Das war vermutlich für Herrn Dannecker der letzte Tropfen, der das Faß zum Überlaufen brachte.«

Pichon lachte auf, und Benech stimmte kurz ein. Lindemann sah auf die Uhr, als Pichon mit seinen Ausführungen über die Politik der französischen Regierung fortfuhr, die, wie er erklärte, zunächst als Antwort auf die Flüchtlingskrise schon ein paar Jahren zuvor beschlossen worden sei, als zunehmend Juden aus Osteuropa in Frankreich eintrafen. Die deutsche Besatzung habe gewisse Änderungen dieser Politik erforderlich gemacht, und Männer wie Vallat hätten protestiert, daß ihre eigenen Lösungen des jüdischen Problems durch Behörden von außen beeinflußt worden seien. Diese seien bei ihren Definitionen weniger streng gewesen, hätten aber wahrscheinlich unfeine Absichten gehegt.

Schließlich unterbrach ihn Lindemann. »Es ist nach ein Uhr«, sagte er. »Ich möchte heute nacht noch fertig werden. Bitte sprechen Sie mit Monsieur Levade.« Lindemanns Stimme klang zum ersten Mal entschlossen.

»Nun gut«, sagte Pichon. »Aber ich bestehe darauf, daß hier alles korrekt abläuft. Die Schwierigkeit liegt natürlich darin, die Religion der Großeltern festzustellen. Doch bei Fällen der jüngsten Vergangenheit ließen sich die Gerichte davon überzeugen, daß bei ausländischen Juden von der Vermutung auszugehen ist, daß sie Juden sind, wenn nicht ein Taufschein oder ein vergleichbares Dokument beweist, daß sie keine Juden sind. Dies stellt sehr wahrscheinlich einen Präzedenzfall für die Fälle dar, bei denen es um französische Juden geht. Der Grad der Assimilation eines Juden spielt dabei nicht notwendigerweise eine Rolle. Monsieur Vallat war theoretisch bereit, bestimmte Juden, die sich in die französische Kultur eingegliedert hatten, zu dulden – jedoch nicht alle, das muß betont werden. Ministerpräsident Monsieur Blum verkörperte alles, was er nicht leiden konnte. Monsieur Vallat war in diesem Punkt wieder ein wenig inkonsequent. Nicht so Monsieur Darquier de Pellepoix, der die Ansicht der Besatzungsmacht teilt, daß der jüdische Einfluß rassischer und nicht kultureller Natur ist und ein assimilierter Jude daher am gefährlichsten ist. Damit ist eine größere Übereinstimmung mit der Zielsetzung der Besatzungsmacht gegeben, was wiederum zu mehr Effizienz geführt hat. Unsere Abteilung hat sogar die Kopie eines Glückwunschtelegramms bekommen, das der Generalsekretär der französischen Nationalpolizei, Monsieur Bousquet, von seinem Amtskollegen in der SS, dem Höheren Polizeiführer Oberg, erhalten hat.«

Die ganze Zeit, während Pichon sprach, beobachtete Charlotte Levades Rücken. Sie dachte dabei an das Gemälde des verlassenen Platzes mit der Uhr, die zwanzig Minuten vor vier zeigte, und den beiden Gestalten, die das Gefühl vermittelten, daß eine Trennung unmittelbar bevorstand. Ihre Gefühle für Levade hatten sich vollkommen verändert: Jeder Anflug von Mißbilligung hatte sich verflüchtigt. Das lag zum Teil daran, daß sie glaubte, nicht mehr in der Position zu sein, wo sie seine erotische Vergangenheit mißbilligen konnte. Aber vor allem fürchtete sie sich nicht mehr vor ihm. Statt dessen erkannte sie, wieviel Schweres er erlebt haben mußte: den Überlebenskampf während des Krieges, den inneren Kampf mit seiner Kunst und seinem geduldigen Klopfen an die Tür zu seinem Unterbewußtsein. Ob sie Anerkennung für ihn empfand oder nicht, kam ihr jetzt belanglos vor; als sie sein gesenktes Haupt betrachtete, fühlte sie Schrecken und Mitleid.

Pichons Haut glänzte schwach im Licht der abgeschirmten Lampe auf dem Tisch vor ihm. Charlotte fand, daß es das Gesicht eines Mannes war, der immer recht gehabt hatte, der als

Schuljunge immer alle Fragen beantworten konnte und der verwirrt war, daß ihm sein offensichtlicher Erfolg weniger Freunde eintrug, als er eigentlich erwartet hatte. Die Welt der Erwachsenen hatte ihn jedoch nicht enttäuscht. Es gab Verfahren, mit denen er umgehen konnte, und Arbeitsgebiete, bei denen seine Präzision geschätzt wurde.

Pichon setzte seine Brille wieder auf, die er mit einem weißen Taschentuch geputzt hatte. Sein kleines Gesicht wirkte einen Augenblick weich und verletzlich, als er wie ein Neugeborenes rasch mit den Augen blinzelte. »Monsieur Levade, es stehen mehrere Möglichkeiten zur Wahl. Welche davon ich vorziehe, hängt davon ab, inwieweit Sie zur Zusammenarbeit bereit sind. Ich bin berechtigt, Ihre Verhaftung und den üblichen Prozeß anzuordnen, ich bin aber auch bevollmächtigt, ihre Deportation in eines der vielen Lager anzuordnen, und kann außerdem empfehlen, daß Sie von dort nach Paris verlegt werden.«

»Und was passiert in Paris?« fragte Julien.

»Die Eisenbahn, Monsieur Levade. Züge.«

»Wenn Sie uns drohen, Monsieur«, erwiderte Julien, »drücken Sie sich besser deutlicher aus.«

»Das Recht stellt keine Bedrohung dar, nur die Verfahren. Also«, sagte Pichon und wandte sich an Levade, »werden Sie mir helfen?«

Levade seufzte schwer. »Ich bin Maler. Das ist alles, was ich zu sagen habe.« Er hob die Hand an den Mund und fing wieder an zu husten.

Charlotte beobachtete Julien, der offenbar versuchte, den Blick seines Vaters zu erhaschen. Levade starrte jedoch entweder auf seine Füße oder direkt auf seinen Ankläger.

»Ich gehe einen Augenblick hinaus«, sagte Julien. »Ich hole mir eine Zigarette.«

Pichon signalisierte Bernard, er solle ihn begleiten, und Benech erhob sich schwerfällig von seinem Stuhl. »Ich werde auch mitkommen«, sagte er. Er ging rasch durch das Zimmer, und Charlotte konnte seine Schritte im Flur hören, als er sich beeilte, die anderen beiden einzuholen.

Lindemann sprach sehr schnell mit seinem Unteroffizier. Charlotte verstand nicht, was er sagte, aber seine Körperhaltung drückte Ungeduld aus. Die vergoldete Uhr auf dem Kaminsims zeigte fast halb zwei.

Als Julien wieder ins Zimmer kam, war sein Gesicht aschfahl und sein Blick auf einen unsichtbar weit entfernten Horizont gerichtet.

»Ist alles in Ordnung mit dir?« fragte Charlotte, als er am Kamin an ihr vorbeiging, aber er schien sie nicht zu bemerken. Charlotte kannte Julien immerhin so gut, daß sie wußte, daß sich außerhalb des Zimmers Entscheidendes abgespielt hatte.

»Ich möchte meinem Vater unter vier Augen etwas erklären«, sagte er.

»Nein«, entgegnete Benech.

Benech flüsterte Pichon etwas ins Ohr, und Pichon sagte unüberhörbar etwas zu Lindemann, der eine Handbewegung in Richtung des deutschen Soldaten an der Tür zur Bibliothek machte.

Lindemann gab einen Befehl; der deutsche Soldat kam durchs Zimmer und drückte Julien mit dem Kolben seines Gewehrs zurück in den Sessel.

Juliens Stimme zitterte, als er wieder sprechen konnte. Er sagte zu Lindemann: »Sie werden diesen Krieg verlieren. Das wissen Sie doch, nicht wahr?«

Der Soldat erhob sein Gewehr, aber Lindemann bedeutete ihm, sich wieder an die Tür zu stellen. Er schien belustigt. »Ich glaube, nicht in Frankreich«, antwortete Lindemann. »Hier nicht.«

»Doch«, entgegnete Julien. »Irgendwann auch hier.«

»Das glaube ich nicht«, sagte Pichon. »Die Menschen ziehen die Ordnung dem Widerstand vor, das haben wir ja gesehen. Sabotageakte haben Vergeltungsmaßnahmen der Besatzungsmacht zur Folge: Für jeden getöteten Deutschen werden zehn Geiseln erschossen. Jeder organisierte Widerstand würde außerdem den Kommunisten Tür und Tor öffnen. Das hieße, daß die Amerikaner und die Engländer einmarschieren müßten, was kein echter Franzose will. Der Aufruhr wäre schrecklich, vor allem zu einem Zeitpunkt, in dem es dem Marschall gerade gelungen ist, Frankreich wieder auf einen stabilen Kurs zu bringen.«

»Das sehen Sie falsch«, erwiderte Julien. »Am Ende wird es

Widerstand geben. Es wird ihn geben, wenn die Menschen erkennen, daß sie irregeleitet wurden. Ihr Problem, Monsieur, das Problem der Regierung, die Sie unterstützen, ist folgendes: Sie gingen ein Risiko ein. Sie haben sich entschlossen, so zu handeln, wie es Ihnen praktisch erschien. Jede Rücksichtnahme auf Ehre oder Moral wurde beiseite gewischt, weil Sie in Anbetracht der Ereignisse – der überwältigenden Wahrscheinlichkeit, daß Deutschland den Krieg gewinnen würde – nebensächlich zu sein schienen. Und das, Monsieur, ist die Gefahr dieser Art von Politik. Wenn Ihre praktischen Annahmen sich als falsch erweisen, haben Sie nichts, worauf Sie zurückgreifen können, weil Sie die Moral bereits geopfert haben. Sie waren nicht nur unmoralisch, Monsieur, Sie haben den nicht wiedergutzumachenden Fehler praktischer Politik begangen – Sie hatten unrecht.« Juliens Stimme stockte vor Verachtung, mit der er das letzte Wort aussprach, und ein paar Augenblicke bekam er keine Luft.

Pichon lachte. »Jedes Projekt erlebt gelegentlich Rückschläge, aber es gibt keinen Zweifel daran, daß wir in der neuen europäischen Allianz eine wichtige Rolle spielen werden.«

»Sie werden in Rußland verlieren, und Sie werden den Amerikanern und den Engländern in Europa unterliegen.«

Lindemann fragte: »Und Frankreich? Wer wird Frankreich retten?«

»Das spielt eigentlich keine Rolle«, antwortete Julien. »Vorausgesetzt, es gibt etwas, das noch nicht zugrunde gerichtet wurde, vorausgesetzt, es gibt noch etwas, das zu retten sich lohnt.«

Lindemann sagte: »Wir müssen Schluß machen, Monsieur Pichon –«

»Erklären Sie mir eines«, erwiderte Julien. »Wenn die Menschen, die Sie deportieren, in Deutschland arbeiten sollen, warum bringen Sie sie dann nach Polen?«

»Ich weiß es nicht«, antwortete Lindemann. »Das reicht.«

»Und wenn sie arbeiten sollen, warum nehmen Sie dann Frauen und Kinder?«

»Das reicht«, sagte Lindemann.

»Zwei Menschen aus Lavaurette, die im Sommer verschleppt wurden«, sagte Julien. »Was haben Sie mit ihnen gemacht? Es waren auch Franzosen.«

»Ich glaube nicht«, widersprach Pichon und sah einen Stapel Papiere durch. »Meinen Sie Monsieur und Madame Duguay? Sie kamen aus Elsaß-Lothringen wie viele Juden hier im Süden. Sie war belgischer Abstammung. Es waren weniger Juden in den Lagern, als die Regierung gedacht hatte, aber Monsieur Laval bestand darauf, die Quote, die er den Deutschen versprochen hatte, zu erfüllen. Hier können Sie es sehen. Schauen Sie.«

»Aber sie waren Franzosen, sie –«

»Das reicht«, sagte Lindemann und stand abrupt auf. »Ist dieser Mann Jude oder nicht?«

Es entstand eine bedrückende Pause, bevor sich Julien schließlich erhob. Charlotte sah, wie er Benech haßerfüllt anstarrte. Etwas war zwischen ihnen vorgefallen.

»Ja«, sagte Julien schließlich. »Mein Vater ist Jude. Drei seiner Großeltern waren Juden. Es ist in seinem Blut, seinem Geist, seiner Kultur, und es ist Teil seines Wesens, wie es auch Teil meines Wesens ist.«

Levades Hand befand sich unter seinem Hemd. Er hatte sanft die Haut unter seinem Schlüsselbein massiert, und Charlotte stellte sich vor, wie seine Fingerspitze über die erhabenen Wundränder fuhren. Als Julien zu sprechen anfing, hielt seine Hand inne.

Er drehte sich auf seinem Stuhl zur Seite, um seinen Sohn anzuschauen, aber nachdem er gesprochen hatte, drehte Julien den Kopf weg und sah auf den Fußboden.

Charlotte hielt sich die Hand vor den Mund.

Es war Claude Benech, der es schließlich wagte, die Stille zu durchbrechen. »Das bedeutet zwei für die Quote.«

Pichon schaute von seinen Papieren auf und sah Julien an. »Soweit ich weiß, war Ihre Mutter Französin, eine gute Katholikin.«

Julien hielt seinen Kopf abgewandt. »Ich bin Jude«, sagte er.

»Ich schlage vor, daß wir dieses Problem zu einem späteren Zeitpunkt lösen«, sagte Pichon.

»Nehmt den Alten«, sagte Lindemann. »Der Zug fährt morgen um zwei Uhr.«

Pichon machte eine Geste, die an Bernard gerichtet war. »Bringen Sie ihn zur Polizeiwache, und sperren Sie ihn in eine Zelle.«

Charlotte stand auf. »Lassen Sie mich für ihn ein paar Sachen in einen Koffer packen.«

Lindemann nickte. »Beeilen Sie sich.«

Charlotte rannte nach oben in Levades Schlafzimmer, wo sie einen alten Koffer fand. Mit zitternden Händen warf sie Hemden, Unterwäsche und eine dicke Tweedjacke, die sie im Kleiderschrank entdeckte, hinein, ebenso wie Waschutensilien, die Bücher auf dem Tisch sowie Schreibblock und Stift, die neben seinem Bett lagen. Sie rannte ins Atelier, wo sie eine Bibel, ein Meßbuch, ein Kruzifix, einen Zeichenblock und einen Bleistift einpackte. Dann schaute sie die Leinwände durch, die in einer Ecke gestapelt waren, bis sie diejenige gefunden hatte, die er ihr gezeigt hatte. Sie paßte nicht in den Koffer, und sie konnte die Nägel nicht herausziehen, mit denen die Leinwand auf der Rückseite des Keilrahmens befestigt war. Sie begann aufgeregt daran zu ziehen; dann hörte sie Schritte und Stimmen, die von der Treppe aus nach ihr riefen. Sie riß die Leinwand vom Keilrahmen, wobei die Ränder ausfransten, rollte sie zusammen und stopfte sie in den Koffer.

Sie kam atemlos in der Eingangshalle an, wo sie Bernard und Levade vorfand, Bernard hatte einen Arm unbeholfen durch Levades Arm gesteckt. Sie schlang ihre Arme um Levades Hals und hielt ihn fest an sich gedrückt. Sie spürte seine Berührung auf ihrem Rücken, seine Hand klopfte sanft auf ihre Schulterblätter, als ob sie es sei, die Trost bräuchte.

Sie machte sich los, und er schaute ihr ins Gesicht. »Machen Sie sich keine Sorgen«, sagte er. »Ich vertraue Gott. Ich habe keine Angst. Sorgen Sie dafür, daß es Julien gutgeht.« Seine Stimme war ruhig.

Sie ging zögernd den Korridor entlang, zurück in den Salon.

Pichon sprach gerade. »Ich glaube wirklich, es wäre besser, die richtigen Papiere zu haben. Ich bin sicher, bis morgen mittag könnten wir –«

»Möchten Sie, daß ich gehe oder daß ich bleibe?« fragte Julien. Alle drei Männer standen jetzt vor dem Kamin.

Er sah zu Lindemann, der ganz offensichtlich unschlüssig war. »Ich... Ich weiß nicht. Ich muß eine Quote erfüllen. Ich wünschte, ich könnte es vertagen. Sehr bald wird es in allen Präfekturen Offiziere der SS geben, und sie können entscheiden ... Ich ...«

Endlich schien er sich aber doch daran zu erinnern, daß er kein Theaterkritiker mehr war, sondern Soldat. Er richtete sich ein wenig gerader auf und sprach energisch mit dem deutschen Soldaten. Dann übersetzte er: »Ich habe ihm gesagt, er soll hierbleiben und Sie bewachen. Wir kommen morgen wieder.«

Benechs nervöses Lächeln verwandelte sich in ein Grinsen, das große Erleichterung widerspiegelte. Pichon fing an, systematisch und zufrieden seine Papiere zu sortieren. Dabei sah er aus wie ein Mann, der eine anspruchsvolle Aufgabe erfüllt hat, wohl wissend, daß seine Kollegen nicht erkannt hatten, wie mühevoll dies gewesen war.

Er sah auf seine Armbanduhr und zündete sich eine Zigarette an, die aromatisch nach echtem Tabak roch. Dann wandte er sich mit einem Lächeln an Charlotte. »Na bitte, junge Frau. Sie haben jetzt erlebt, wie ein korrektes Verfahren abläuft. Behalten Sie es in Erinnerung. Unser innenpolitisches Problem wurde durch eine rechtliche Zusammenarbeit gelöst und hat uns nichts gekostet.«

Lindemann fing an zu lachen. Es war die erste natürliche Reaktion, die er zeigte, und das Gelächter hallte in dem Zimmer, das von der stillen Winternacht umgeben war, seltsam wider.

»Nichts gekostet? Ich fürchte, doch. Die Kosten für die Deportationen werden von der französischen Regierung getragen. Sie betragen siebentausend Reichsmark für jeden Juden, dazu kommen die Kosten für zwei Wochen Verpflegung am Zielort.«

Pichon fing an zu stammeln. »Aber die Besatzungsmacht wird doch sicher nicht –«

»Sehen Sie in Ihren Papieren nach«, sagte Lindemann noch immer prustend. »Irgendwo werden Sie es finden.«

Pichon preßte die Lippen fest aufeinander, als er Lindemann und Benech aus dem Salon folgte. Benech drehte sich auf der Türschwelle zu Charlotte um. »Bis morgen«, sagte er leise.

Als das Geräusch ihrer Schritte verklungen war, ging Charlotte hinüber zu Julien. Er konnte sie nicht ansehen.

Sie legte ihre Hand auf seinen Arm. »Wirst du dich verabschieden?« fragte sie.

Julien schüttelte den Kopf und biß sich auf die Lippen, während ihm die Tränen übers Gesicht liefen. »Sag ihm, ich liebe ihn über alles.«

Charlotte ging zurück in die Eingangshalle und umarmte Levade ein letztes Mal. Sie flüsterte ihm Juliens Nachricht zu.

Levade antwortete nicht, aber die Gelassenheit seines Ausdrucks war unverändert. Bernard ging zur Tür und sah dann auf seine Gendarmenuniform hinunter. Er trat zurück und ließ die anderen vorgehen, dann nahm er wieder Levades Arm und führte ihn durch die Doppeltür der Domaine nach draußen.

Charlotte stand allein in der leeren Eingangshalle. Sie erinnerte sich an den ersten Tag, als sie gekommen war, um sich vorzustellen, wie sie hochgeschaut hatte und wie sie Levades nackte Füße gesehen hatte, die leise herunterkamen. Der weiße Stein und der verblaßte rosafarbene Stuck strahlten jetzt Kälte und Verlassenheit aus, als hätten sie niemals menschliches Leben umschlossen und als gehörten die Ahnengemälde an den Wänden zu einem Geschlecht, das längst erloschen war.

Sie zitterte in der Nachtluft, die durch die offene Eingangstür hereingeströmt war, schlang die Arme um ihren Körper und ging widerstrebend den Korridor entlang Richtung Salon.

Das Feuer war ausgegangen, und im Zimmer war es kalt. Die Stühle an dem langen Tisch standen unordentlich so da, wie die Männer sie in der Eile vor ihrem Aufbruch zurückgeschoben hatten. Ein Blatt Papier von Pichons Stapel war ihm bei seinem ordentlichen Aufräumen entgangen und lag einsam auf dem Boden. Julien saß im Sessel, hatte die Ellbogen auf die Knie gestützt und hielt den Kopf in den Händen.

Charlotte war vorsichtig. Sie wußte nicht, wie sie sich ihm nähern sollte, und blieb mit dem Rücken zum erloschenen Kaminfeuer in einiger Entfernung von ihm stehen.

Julien sagte nichts. Er regte sich nicht. Eine Last, die ihn durch ihr Gewicht zu zermalmen drohte, schien seinen Körper bewegungsunfähig zu machen. Schließlich ging sie zu dem kleinen Tisch, der neben seinem Sessel stand, und nahm sein Päckchen Zigaretten. Sie hielt es ihm fragend hin, und er winkte zustimmend mit der Hand.

Sie hatte keine Streichhölzer. Sie sah sich in dem Zimmer um und bemerkte erst in diesem Augenblick den deutschen Soldaten, der immer noch stand, wo man ihn zurückgelassen hatte: an der Tür zur Bibliothek.

Charlotte ging auf ihn zu. Er kam ihr für einen einfachen Soldaten ziemlich alt vor. Sein Auftreten hatte nichts von dem jugendlichen Stolz und Schwung, den die Franzosen angeblich bei den jungen deutschen Soldaten bewundert hatten, die als erste Paris und Bordeaux eingenommen hatten. Sie steckte die unangezündete Zigarette zwischen ihre Lippen, als sie sich ihm näherte, und er holte ein paar Streichhölzer aus der Brusttasche seines Uniformrocks.

Charlotte lächelte und dankte ihm mit einem der wenigen deutschen Worte, die sie kannte. Der Mann nickte nervös und verlagerte sein Gewicht.

Sie setzte sich auf die Armlehne von Juliens Sessel und legte ihre Hand zögernd auf sein Handgelenk. »Was ist passiert?«

Julien nahm seine Hände herunter und wandte ihr sein Gesicht zu. Es hatte die gleiche aschfahle Farbe, die ihr aufgefallen war, als er nach seiner kurzen Abwesenheit wieder ins Zimmer gekommen war, und seine Augen schienen immer noch auf einen Punkt jenseits der Wand zu starren. Er hustete, und mit offensichtlich großer Anstrengung brachte er seine Augen dazu, sie anzuschauen.

»Benech. Dieser Mann.« Er schwenkte mit der Hand in Richtung des Stuhls, auf dem Benech gesessen hatte. »Als ich aus dem Zimmer ging, um nach Zigaretten zu suchen, wollte ich eigentlich jemanden anrufen, aber das konnte ich nicht, weil der Gendarm mitkam. Und dann diese ... diese Kreatur, Benech.«

Juliens Stimme war tonlos und ausdruckslos, aber als er Benechs Namen zum zweitenmal hervorstieß, kehrte wieder ein wenig Farbe in sein Gesicht zurück. »Ich ging zum Schreibtisch, ich fummelte in einer Schublade herum und tat so, als suchte ich Zigaretten. Benech kam zu mir geeilt und zog mich in eine Ecke, damit Bernard uns nicht hören konnte. Er legte seine Lippen an mein Ohr und sagte: ›Wenn Sie uns nicht die Wahrheit sagen, müssen wir uns woanders umsehen.‹«

»Was hat er damit gemeint?«

Julien seufzte und schüttelte den Kopf. »Er baute sich vor mir auf und grinste, ein breites Grinsen. Er sagte: ›Ich bin Schulmeister. Es gehört zu meinen Aufgaben, zu wissen, wo die Kinder sich aufhalten.‹«

»O mein Gott.«

»Ich habe ihm geantwortet: ›Was wollen Sie damit sagen?‹ Er hatte immer noch dieses breite Grinsen auf dem Gesicht, als ob er etwas Schlaues getan habe und mich ins Vertrauen ziehen wolle. Er dachte einen Augenblick nach und dann sagte er: ›Nehmen wir einfach an, daß ich weiß, wo ich nach Dienstschluß noch ein Telegramm aufgeben kann.‹«

»O mein Gott, die armen Jungen.«

Julien nickte. »Ich antwortete wieder: ›Ich weiß nicht, was Sie meinen.‹ Das mußte ich sagen. Er lächelte einfach immer weiter. Dann sagte er so etwas wie: ›Die Zahlen in den Lagern sind enttäuschend, also ist die Polizei dabei, die Felder und Dörfer zu durchkämmen. Lavaurette ist ein kleiner Ort, und zwei Leute reichen, um die Quote zu erfüllen.‹ Und dann sagte er noch: ›Jedenfalls vorerst.‹«

Julien holte tief Luft und versuchte, die Kontrolle über sich zurückzugewinnen. Er sagte leise: »Wir gehen besser und reden darüber.«

Er stand auf und wandte sich an den deutschen Soldaten. »Wir gehen jetzt schlafen. Ins Bett.« Er machte mit über der Brust gefalteten Händen eine Geste des Schlafens.

Der Deutsche nickte und zeigte abwechselnd auf sie beide. Er hob einen Finger, dann zwei und deutete dann mit beiden Armen einen Kreis an.

»Ja, zusammen«, erwiderte Julien und legte einen Arm um Charlotte.

Der Soldat sah bei der Aussicht, nur ein Zimmer bewachen zu müssen, erleichtert aus.

»Kommen Sie«, sagte Julien und winkte ihn zu sich. »Ich zeige es Ihnen.«

Sie gingen die Treppe hinauf und den muffigen Korridor entlang, vorbei an Levades Atelier, die dröhnenden Schritte des Deutschen hinter ihnen.

Julien blieb vor einem der vielen unbenutzten Schlafzimmer

stehen und drehte den Türknauf. Das Zimmer war groß, aber kahl, es war hellgrau getäfelt; außer dem Bett gab es nur einen Kleiderschrank mit dunklen Eisenscharnieren darin. Der Deutsche ging zu den Fenstern und sah hinaus. Er drückte die beiden schweren Fensterflügel auf und fuhr mit einer Hand draußen über den Fenstersims, als suche er eine Leiter oder vielleicht ein verstecktes Maschinengewehr.

Er nickte zustimmend, ging zu einem Stuhl in der Ecke und setzte sich.

»Nein«, entgegnete Julien. »Sie. Draußen.« Er zeigte nach draußen.

Der Mann schüttelte den Kopf und hielt sein Gewehr ein paar Zentimeter höher.

Julien sagte: »Mann. Frau. Letzte gemeinsame Nacht.«

Der Soldat sah ausdruckslos aus. »Sprichst du Deutsch, Dominique?«

»Nein.« Sie sah den Deutschen an. »Italiano?«

Er schüttelte argwöhnisch den Kopf.

»Ich möchte nicht englisch mit ihm sprechen, das macht ihn vielleicht mißtrauisch«, flüsterte Charlotte in Juliens Ohr. »Aber ich kann dir die englischen Worte sagen, und du fragst. Sag: ›Sprechen Sie Englisch?‹«

Julien wiederholte die Worte langsam, und in den Augen des Deutschen leuchtete allmählich so etwas wie Verständnis auf.

Charlotte flüsterte: »Sag: ›Mann. Frau.‹ Zeig auf das Bett.«

Julien sagte die Worte und zog ausdrucksvoll eine Augenbraue hoch, als er auf das Bett zeigte.

Der Deutsche schüttelte den Kopf.

»Bitte, bitte!« flehte Charlotte auf deutsch, legte bittend die Hände aneinander und schenkte dem Deutschen ihr demütigstes, charmantestes Lächeln.

Er blieb ungerührt.

»Es ist eigentlich auch egal«, sagte Julien. »Wir müssen uns eben in seiner Gegenwart unterhalten. Er versteht uns ohnehin nicht.«

Eine lange Zeit saß Julien da und starrte auf das Bett. Er fuhr mit dem Finger über das verblichene Muster der Tagesdecke, dann hob er den Kopf und sah in Charlottes erwartungsvolle

Augen. »Ich glaube, mein Vater freut sich darauf zu sterben. Ich glaube, er hat keine Angst davor.«

Juliens Stimme klang unsicher.

»Du hast das Richtige getan«, sagte Charlotte.

»Er ist unglücklich. Er haßt seine sinnlichen Bedürfnisse, wie er sie nennt. Er hat die Fähigkeit verloren, gute Bilder zu malen. Sein Glaube wird es ihm leichtermachen.«

Charlotte streichelte seine Hand. »Ich bin überzeugt, daß du das Richtige getan hast. Ich bin wirklich überzeugt davon. Es muß entsetzlich für dich gewesen sein, aber –«

»Ich kam mir vor wie Judas. Ich bin froh, daß ich den Ausdruck in seinen Augen nicht sehen konnte.«

»Ich glaube, er hat es verstanden«, erwiderte Charlotte. »Als ich mich von ihm verabschiedet und ihm deine Worte ausgerichtet habe, glaubte ich wirklich, daß er es verstanden hat.«

Sie glaubte nicht, was sie sagte, und sie konnte den Gedanken nicht ertragen, daß Levade in dem Glauben, daß sein Sohn ihn verraten habe, in den Tod getrieben wurde. Sie sagte: »Er muß geahnt haben, daß du einen Grund dafür hattest. Er wußte, wie sehr du ihn liebst.«

»Hast du ihm irgend etwas gesagt?«

»Ich wußte nicht, was ich ihm sagen sollte. Warum hast du ihm nichts zugerufen und es ihm erklärt?«

»Dann hätten die Deutschen von den Jungen erfahren.«

»Glaubst du nicht, daß sie längst über sie Bescheid wußten?«

»Nein. Ich bin sicher, daß nur Benech von ihnen weiß. Er will selbst Macht. Ich glaube, der deutsche Offizier war nicht wirklich an ihnen interessiert. Ich glaube, er will einfach nur zu seiner Einheit zurück, er ist nur wegen des Eisenbahnknotenpunkts hier. Er scheint ja nicht einmal an mir interessiert zu sein, sonst hätte er mich nicht mit diesem alten Trottel zurückgelassen.«

»Ich dachte, er wartete nur auf die Papiere.«

»Er hätte mich mitnehmen können, wenn er gewollt hätte. Ich habe gesagt, ich sei Jude. Er hätte der Polizei sagen können, sie solle mich verhaften, weil mein Ausweis nicht mit dem Wort Jude gestempelt ist.«

Charlotte stellte fest, daß sie noch immer Juliens Hand hielt. »Und was wirst du jetzt tun?«

»Darauf bestehen, daß sie mich mitnehmen. Sonst wird Benech ihnen von André und Jacob erzählen.«

»Das würden sie nicht tun«, widersprach Charlotte. »Das können sie nicht. Nicht so kaltblütig. Zwei kleine Jungen. Sie –«

»Diese Grenze haben wir überschritten«, entgegnete Julien. »Sie sind zu allem fähig. Und das wird noch schlimmer. Ich habe das furchtbare Gefühl, daß dies erst der Anfang ist. Bis jetzt war alles nur geschicktes Lavieren. Ab jetzt wird die Hölle los sein.«

Charlotte dachte an Levade, allein in seiner Gefängniszelle. Er hatte die Hoffnung an sein Land und an seine Kunst verloren. Und auch wenn sie Julien das Gegenteil versichert hatte, war sie doch überzeugt, daß Levade glaubte, Julien habe ihn verraten. Was hätte er sonst glauben sollen? Seine Haltung, als er Charlotte in der Eingangshalle umarmte, hatte nicht von Verständnis, sondern von Resignation gezeugt: All das, schien sein fatalistischer Gesichtsausdruck zu sagen, und jetzt auch noch mein Sohn... Irgendwie mußte es ihr gelingen, ihm eine Nachricht zukommen zu lassen, man durfte niemanden, der so zugrunde gerichtet worden war, allein lassen.

»Hör zu, Julien«, sagte sie. »Ich gehe und warne Sylvie Cariteau, daß sie die Jungen irgendwo hinbringen soll, wo sie sicher sind, und du siehst zu, daß du entkommst.«

»Wie denn?«

»Du hast gesagt, er sei nur ein dummer Trottel. Dir wird schon etwas einfallen. Vielleicht schläft er ein.«

Julien dachte lange Zeit nach. »Das will ich nicht riskieren. Ich könnte den Gedanken nicht ertragen, daß sie André und Jakob mitnehmen.«

Charlotte erwiderte: »Ich glaube, du hast unrecht. Du bist wichtig, Julien. Du kannst deine Arbeit fortsetzen. Wenn es noch schlimmer werden sollte, wie du sagst, dann mußt du hier sein und kämpfen. Ich kann die Jungen aus Sylvies Haus herausholen.«

Julien schüttelte den Kopf. »Es ist zu gefährlich. Ich möchte nicht für den Tod von zwei Kindern verantwortlich sein, lieber sterbe ich selbst. Das ist genau das Problem, von dem ich unten gesprochen habe. Angenommen, ich fliehe, angenommen, sie nehmen die Jungen mit und erwischen mich dann auch noch. Wenn man seine Handlungen nicht auf das gründet, was richtig ist, hat man nichts mehr, auf das man zurückgreifen kann, wenn das Praktische schiefgeht.«

»Ich liebe die Jungen, Julien. Ich würde alles tun, um ihnen zu helfen. Aber dich selbst aufzugeben ist eine wirkungslose Geste. Es mag eine noble Geste sein, aber es ist eine ziemlich wirkungslose. Wenn du frei bleibst, kannst du das Leben von soviel mehr Menschen retten.«

»Ich muß Benech töten.«

»Was?«

»Es gibt keine andere Lösung. Er ist der einzige, der es weiß. Es ist das einzige, was helfen würde und irgendwie richtig wäre.«

Charlotte dachte einen Augenblick nach. »In Ordnung.« Wenn das hieße, daß Julien versuchen würde zu fliehen, dann war sie dafür. »Und was dann?«

»Dann muß ich aus Lavaurette verschwinden. Ich werde mich irgendwo einer Widerstandsorganisation anschließen. Es wird sicher bald richtige Kampfgruppen geben, da bin ich sicher.«

»Gut«, antwortete Charlotte. »Gut, das stimmt. Und ich sorge dafür, daß die Jungen woanders hinkommen, nur um sicherzugehen für den Fall, daß Benech Pichon doch von ihnen erzählt hat.« Sie schwieg einen Augenblick. »Und du machst dir keine Gedanken darüber, daß du einen Menschen umbringst?«

Julien schüttelte den Kopf. »Inzwischen nicht mehr. Nicht bei diesem Mann. Jetzt herrscht Krieg. Wenn man in einem Krieg kämpft, riskiert man, getötet zu werden.«

Es entstand eine Pause, als sie über diesen neuen Plan nachdachten, sie konnten beide nicht so recht glauben, daß sie sich einig geworden waren.

Julien sagte: »Es ist vor allem wichtig, die Jungen so schnell wie möglich woanders hinzubringen, so daß sie nicht mehr in Sylvies Haus sind, wenn etwas schiefgeht. Du mußt jetzt sofort dorthin fahren. Um Benech kümmere ich mich im Laufe des Tages. Danach mußt du zum Kloster fahren, an dem ich arbeite. Du weißt doch, wo es ist, oder?«

Charlotte nickte. Sie fühlte, wie er ihr einen kleinen Metallgegenstand in die Hand drückte.

»Das ist der Ersatzschlüssel für den Behelfszaun auf der Baustelle«, erklärte Julien. »Morgen fährst du dann sofort zum

Funker.« Er preßte seine Lippen an ihr Ohr und nannte ihr flüsternd einen Namen und eine Adresse. »Der Funker wird eine sichere Unterkunft für dich finden, bis das Flugzeug kommt. Aber du darfst keine Sekunde länger in Lavaurette bleiben. Hast du mich verstanden? Um Himmels willen, geh jetzt.« Er drückte dabei fest ihre Hand.

»Ja, ich verspreche es. Aber als Gegenleistung möchte ich, daß du mit Sylvie in Verbindung bleibst und hörst, ob eine Nachricht von mir da ist. Versprichst du mir das?«

»Das Postamt untersteht jetzt der Kontrolle der Deutschen.«

»Sylvie wird schon eine Möglichkeit finden. Versprich mir, daß du mit ihr in Verbindung bleiben wirst.«

Charlotte hatte bereits den Entwurf für einen Plan im Kopf, der vorsah, daß sie nicht nach Hause zurückkehrte. Sie war nur noch nicht ganz damit fertig.

Julien betrachtete sie prüfend. »In Ordnung«, antwortete er. »Aber tu nichts Unüberlegtes. Versuche nicht, ihn zu finden, hörst du? Fahr einfach nach Hause.«

»Du zerquetschst meine Hand«, erwiderte Charlotte. »Und wie komme ich jetzt hier raus?«

Julien zuckte die Achseln. »Frag ihn, ob du zur Toilette gehen darfst. Sag ihm, es sei dringend.«

Charlotte lächelte. »Ich kenne das deutsche Wort für Toilette nicht. Und ich werde es ihm nicht vorspielen.«

»Wenn ich frage, wird er mir sagen, ich solle aus dem Fenster pinkeln. Du mußt fragen.«

»Er wird mir sagen, ich solle das Waschbecken benutzen. Und sieh jetzt nicht hin, aber darunter steht sogar ein Nachttopf.«

»Ich habe eine Idee«, antwortete Julien. »Erinnerst du dich, was ich über Mann und Frau gesagt habe, die letzte gemeinsame Nacht?«

»Ja.«

»Das müssen wir tun.«

»In Gegenwart dieses Mannes?«

»Er muß dem irgendwie Einhalt gebieten.«

»Aber… Julien. Dann, dann…« Der Einwand, der Charlotte auf der Zunge lag, kam für sie überraschend. »Dann muß ich mich jetzt von dir verabschieden. Bevor wir… anfangen.«

Julien nickte. Immer wenn er mit Charlotte über Liebe oder sein Verlangen nach ihr gesprochen hatte, hatte er stets gelächelt – jetzt blieb sein Gesicht ernst. Es kam ihr ganz falsch vor, so anzufangen, ohne sein Lachen und seine Schmeicheleien.

»Ich möchte mich nicht von dir verabschieden.«

»Ich mich auch nicht von dir, Dominique. Wir sind Freunde, nicht wahr?«

»Das sind wir.« Sie nickte und biß sich auf die Lippen.

»Es ist schön, befreundet zu sein. Aber ich bin nicht dein Geliebter.«

»Nein.«

»Ich weiß von ihm. Du mußt auf ihn warten.«

»Ich werde auf ihn warten.« Das wußte sie. Es gab für sie keinerlei Zweifel daran. »Aber du, Julien. Ich habe noch nie einen Freund wie dich gehabt. Ich möchte mich jetzt nicht von dir verabschieden.«

Sie packte seine Hand auf dem Bett sehr fest.

»Sieh mich nicht mit solchen Augen an, Dominique.«

»Ich habe Angst, Julien.«

»Du wirst es schon schaffen. Halte dich nur nicht zu lange hier auf. Wenn etwas schiefgeht, setz dich mit Sylvie Cariteau in Verbindung.«

»Ich habe keine Angst um mich, sondern um dich.«

Sie stellte sich vor, wie Julien sich in der Nacht fortstahl, um Benech zu töten, und sich dann irgendwo in den Bergen versteckte. Es gab noch nicht genug Leute, denen er sich anschließen konnte, und auch keine richtige Widerstandsorganisation. Er würde gefaßt und erschossen werden. Sie konnte die Vorstellung nicht ertragen, daß er gejagt wurde und Angst hatte, weil dies nicht in seiner Natur lag. Sie wollte, daß er wie immer in seinem Büro saß, mit einer von seinen beiden Paulines scherzte und sich Wein einschenkte, während er telefonierte.

»Es wird alles gut.« Auf seinem ernsten Gesicht erschien ein zaghaftes Lächeln. Er beugte sich zu ihr und küßte sie auf den Mund.

Sie hatte selten weniger Lustgefühle empfunden, aber im Interesse von André und Jacob zwang sie sich, so zu tun, als erwidere sie den Kuß leidenschaftlich. Sie streichelte Juliens Haar, sie murmelte etwas, als er ihren Hals küßte.

Sie legte sich aufs Bett und schlang ihre Arme um Juliens Hals. Sie fühlte, wie seine Hand ihr Bein hinaufglitt und anfing, ihr Kleid hochzuheben. Der Deutsche gab immer noch keinen Ton von sich.

Julien flüsterte: »Ich weiß nicht, was ich noch tun soll. Er scheint nichts bemerkt zu haben.«

»Umarme mich einfach«, flüsterte sei leidenschaftlich in sein Ohr.

»Das reicht nicht. Mach mehr Geräusche.«

Charlotte schloß die Augen und spürte, daß das Bett so wackelte wie in jener Nacht in Juliens Wohnung. Sie versuchte, leidenschaftlich zu stöhnen, aber sie verschluckte sich dabei. Seine Hände hoben erneut den Rock ihres Kleides hoch und fingen an, an ihrer Unterwäsche zu zerren. Sie konnte nicht mehr lange so weitermachen. Von all den gemischten Gefühlen, die sie hatte, war das beschämende Gefühl, beobachtet zu werden, dasjenige, dessen sie sich am meisten bewußt war.

Sie spürte, wie Julien sich auf sie herabsinken ließ, dann hörte sie endlich ein Geräusch, von dem sie nie gedacht hätte, daß sie es einmal gern hören würde: ein barsch hervorgestoßener deutscher Befehl. Julien reagierte nicht, sondern machte weiter Anstalten, sich auf sie zu legen. Charlotte, die immer noch die Augen geschlossen hatte, hörte ein zweites Mal die Stimme des Deutschen, diesmal schon näher, und spürte, wie Juliens Körper zur Seite geschubst wurde.

Julien rollte auf die Seite des Bettes und zog Charlotte mit sich. Als sie verzweifelt versuchte, ihr Kleid herunterzuziehen, machte er mit seinen leidenschaftlichen Umarmungen weiter, zerrte an den Knöpfen hinten am Kleid, legte seinen Kopf an ihre Brust und sorgte so dafür, daß der Deutsche Charlotte wegdrängte. Er schob sie unsanft gegen die Tür und schrie Julien an, der halb ausgezogen war.

»Lauf!« schrie Julien, aber Charlotte stand einen Augenblick einfach nur da, die Haare zerrauft, die Kleider zerknittert und durcheinander, und war nicht in der Lage, sich loszureißen.

Als der Deutsche sich nach ihr umsah, warf Julien dem Mann seine Arme um den Hals und zerrte ihn mühsam in Richtung Fenster. »Geh!« schrie er über seine Schulter, und Charlotte wandte sich um, drehte den Türknauf und stürzte hinaus in den kalten, dunklen Korridor.

Sie rannte an Levades Atelier vorbei zum oberen Ende der Treppe, ergriff das Geländer und stolperte rutschend die hölzernen Stufen hinunter. In der Eingangshalle überlegte sie kurz, ob sie ihren Mantel holen sollte, aber sie hatte noch das verzweifelte Drängen von Juliens Stimme im Ohr.

Sie wuchtete die Doppeltür der Domaine auf und lief die Treppe hinunter, hinaus in die Winternacht. Sie rannte zur Scheune, wo sie ihr Fahrrad stehen hatte. Da sie es für besser hielt, im Dunkeln zu fahren, schaltete sie ihren Dynamo nicht ein. Keuchend bog sie in die lange Zufahrt ein, dort senkte sie vor dem eiskalten Nieselregen der Nacht den Kopf und strengte ihre Augen an, um die Schlaglöcher und die Grasnarbe unter der Allee der dunklen Platanen erkennen zu können.

## 8. KAPITEL

Peter Gregory war in beklagenswertem Zustand, als Pascale ihn in ihrer Wohnung über dem Hafen von Marseille endlich ausgezogen und zu Bett gebracht hatte. Aufgrund der Entzündung in seinem Bein hatte er hohes Fieber, und er war von den Strapazen und der Tatsache, daß er nichts gegessen hatte, vollkommen erschöpft. Pascale rief einen Arzt, der den Eiter aus der Wunde entfernte und sagte, daß er sonst nichts für ihn tun könne. Die Aktivitäten der vergangenen Tage hätten die Sache verschlimmert, und er könne nur Ruhe empfehlen.

Als das Fieber wieder einen Höchststand erreichte, rief Gregory, und Pascale kam zu ihm.

Sie setzte sich ans Bett und hielt seine Hand. »Halten Sie mich fest«, bat er sie stimmlos.

Als das Delirium ihn wieder entführte, legte sie ihm feuchte Lappen auf die Stirn. Endlich – sein Gesicht war hochrot und tropfte vor Schweiß, seine Haare klebten ihm am Kopf – versank er in tiefen Schlaf.

Pascale war unter ihrem richtigen Namen Nancy Brogan mit einem französischen Industriellen verheiratet gewesen, für den sie ihr Zuhause in Pennsylvania verlassen und ihre Stelle bei einem Nachrichtenmagazin aufgegeben hatte, um nach Lyon zu ziehen. Er war vor drei Jahren an einem Herzinfarkt gestorben und hatte Nancy im Alter von neununddreißig Jahren zur Witwe gemacht. Sie pendelte zwischen ihren Freunden, von denen die meisten in New York lebten, und ihrem neuen Zuhause in Lyon hin und her. Ihre alten Freunde aus dem College hielten es für verrückt, nicht zurückzukommen. Einer von ihnen verschaffte ihr sogar ein Stellenangebot in einem Verlag. Und doch fühlte sie sich zu dem Land ihres Mannes hingezogen, und als ein Engländer auf der Durchreise ihr zögernd erzählt hatte, daß sie ihm möglicherweise helfen könne, war ihr die Entscheidung zu bleiben leichtgefallen.

Es gefiel ihr, ihren passiven Patienten zu waschen und sich um ihn zu kümmern. Es verschaffte ihr eine Art kindliche Befriedigung, ein Gefühl der Kontrolle. Sie spürte, daß sich ihr eigenes Leben in einem kritischen Stadium befand und daß es ihr vielleicht half, diesen Mann zu pflegen. Sie fühlte sich nicht älter als an dem Tag ihrer Abschlußfeier am Vassar-College. Sie hatte festgestellt, daß das Älterwerden und das, was gemeinhin als »Reife« bezeichnet wurde, Mythen waren. Alles, was die Jahre bewirkten, war, einen von verschiedenen Vergnügungen auszuschließen, und zwar von einer nach der anderen.

Als es Gregory allmählich besserging, begann er ihr von seinem Leben zu erzählen. Da er sich nicht selbst helfen konnte, war er auf sie angewiesen. Und es war ganz natürlich, daß sich aus dieser Abhängigkeit ein Gefühl des Vertrauens entwickelte. Körperlich blühte er auf. Nancy entnahm seinen Geschichten, wie aktiv er gewesen war, beim Fliegen, beim Golf und bei anderen Sportarten. Sie sah, wie sein ursprünglich guter Gesundheitszustand allmählich wiederhergestellt wurde, als die Entzündung aus seinem Bein wich und ihre Pflege Wirkung zeigte. Und doch spürte sie auch seine Erschöpfung: eine seelische Ermüdung, die nichts mit dem zu tun hatte, was der Arzt bei ihm festgestellt hatte.

Er erzählte Nancy von einer Frau, die er liebte. Er fühle sich ihrer unwürdig, sagte er, so sehr, daß er nicht einmal ihren Namen erwähnte. Er sei sich nicht sicher, ob sie ihn wiedersehen wolle, sollte es ihm gelingen, nach Hause zu kommen. Er habe sie zunächst nicht richtig gewürdigt und erst erkannt, wie sehr er sie liebe, als es zu spät gewesen sei, und jetzt verfluche er sich für seine Dummheit.

Trotz der Leidenschaft, mit der er von dieser abwesenden Person sprach, ertappte sich Nancy dabei, wie sie ihr welliges braunes Haar glättete, bevor sie das Zimmer betrat. Sie trug sogar ein wenig roten Lippenstift. Schließlich war sie noch jung.

Sie versuchte, für ihn eine Umgebung zu schaffen, die mit den Sorgen des Krieges und den schicksalhaften Verknüpfungen menschlicher Verpflichtungen nichts zu tun hatte. Sie brachte ihm Essen, das sie mit Hilfe von amerikanischen Dollars auf dem schwärzesten Markt am Hafen hervorzauberte, und halbe Flaschen Burgunder, die sie sich aus den übervollen Kellern des alten Hauses, das ihrem Mann gehörte, hatte schicken lassen. Sie brachte Luxus in ihre unwirkliche Welt.

Gregory dagegen genoß es, an Charlotte zu denken. Er tröstete sich mit der Vorstellung, daß sie ruhig ihrer gewohnten Arbeit in London nachging, während er sich seinen Weg trotz Verletzung und Fieber bis in diesen vorläufig sicheren Hafen erkämpft hatte und sich für die Gefahren des Rückwegs wappnete.

Er sah sie in dem schmalen Zimmer am Ende des Flurs vor sich, wie sie sich morgens nach regungslosem Schlaf eilig ankleidete. Er konnte sich nicht mehr genau erinnern, wie die FANY-Uniform aussah, aber er war sicher, daß sie Charlotte nicht gefiel. Sie war bestimmt schon seit einiger Zeit wohlbehalten wieder zu Hause, nachdem sie ihre wie auch immer geartete kleine Aufgabe in Frankreich erledigt hatte, es sei denn, ihr Lysander-Pilot war ebenfalls abgestürzt und hatte sie nicht abholen können. Das erschien ihm jedoch unwahrscheinlich.

Morgens nahm sie dann ein Taxi und fuhr in irgendein Büro, wo sie einen langen Tag verbrachte, der ihm unerträglich langweilig vorkommen würde, an dem sie sich aber nützlich vorkam. Abends war sie dann in der Wohnung beschäftigt, kochte Abendessen und hörte sich die Probleme ihrer albernen Mitbewohnerinnen an. Er stellte sich vor, wie sie sich im Bett einkuschelte und bis in die frühen Morgenstunden las, und diese Vorstellung verschaffte ihm ein tiefes Gefühl des Friedens.

Levade saß im Zug ins Konzentrationslager und schrieb Briefe an seine Freunde.

Liebe Anne-Marie,
ich fürchte, mit unseren Sitzungen ist es vorbei. Bitte nimm Dir das Bild, wenn Du es haben willst. Es ist nicht gut, aber vielleicht möchtest Du ein Andenken an diese langen Nachmittage, die Du so tapfer ertragen hast. Verlier nie Deine Anmut, auch wenn die Jahre Dich Deiner raschen Bewegungen berauben werden. Deine Arme waren so schön, daß ich besessen von ihnen war: Ich erinnere mich noch gut an das Mittagessen auf der Terrasse des Restaurants. Aber ich bin ein schwacher Maler, dem es seit Jahren nicht mehr gelungen ist, die Oberfläche zu durchdringen und zu dem zu gelangen, was sich dahinter verbirgt. Vergiß mich jetzt, ich werde in meinen Gebeten an Dich denken.

Levade saß in einem Dritte-Klasse-Abteil, das von Gendarmen, die im Gang standen, bewacht wurde. Sie waren nicht glücklich über ihre Aufgabe und wandten den Blick von Levade und seinen fünf Mitgefangenen ab. Während der Zug gen Norden ratterte, lehnten sie sich gegen das Fenster und schauten zu, wie die schwache Nachmittagssonne über den Ausläufern des Limousin unterging.

Levade klebte den Brief an Anne-Marie zu und fing einen weiteren Brief an.

Lieber Julien,
es tut mir leid, daß wir keine Zeit hatten, uns voneinander zu verabschieden. Es gibt so vieles, was ich Dir gern noch gesagt hätte. Ich schäme mich dafür, daß ich in Deinem Leben so lange abwesend war, daß ich nicht da war, um Dir zu helfen. Das bereue ich zutiefst. Die Liebe eines Mannes für einen Sohn ist ein furchtbares und wunderbares Geschenk, das größte, das Gott uns gegeben hat. Es ist vergleichbar mit der Liebe Gottes für die Menschen. Denk an Abraham, der bereit war, seinen langersehnten Sohn Isaak zu töten, sein Messer in den lebendigen Jungen zu stoßen. Gott hat diese

Prüfung gewählt, weil sie die schwerste war. Und um die Welt zu retten, gab er seinen eigenen Sohn. In dem, was ein Vater für seinen Sohn empfindet, liegt so viel unnachgiebige Hoffnung, aber auch so viel Zärtlichkeit, daß ich sie Dir jetzt nicht beschreiben kann. Wenn Du selbst Söhne hast, mußt Du sie festhalten, wenn sie noch klein sind. Aber Du wirst sie nicht ewig in dieser Umarmung halten können. Sie sind getrennt von Dir, wie sehr Du sie auch liebst. Alles, was Du getan hast, ist, in einem Augenblick der Leidenschaft die Voraussetzungen für ihre Existenz zu schaffen.

Was die Umstände meines Fortgehens betrifft...

An dieser Stelle ließ Levade den Stift sinken, weil er es nicht übers Herz brachte zu erforschen, was passiert war, oder darüber nachzudenken, was Juliens Beweggründe gewesen sein mochten. Er hatte sich gedanklich in einen erhabenen Zustand versetzt, in dem es ihm gelang, das, was geschehen war, als irgendwie unausweichlich hinzunehmen. Es war die Wahrheit ausgesprochen worden: Er war Jude, und er war bereit, in einer schicksalhaften Hoffnung mit den Konsequenzen dieser Wahrheit zu leben. Er wurde sich in diesem Augenblick einer selbstsüchtigen Sehnsucht bewußt: Er wollte sterben. Aber er war in der Lage, diesen Wunsch zu leugnen oder ihn wenigstens in ein allgemeineres Gefühl der Ruhe einzuordnen, in dem seine eigenen Sehnsüchte keine aktive Rolle spielten. Nicht mein Wille, wiederholte er vor sich selbst, sondern Dein Wille geschehe.

Er würde auf Julien zurückkommen. Unterdessen begann er einen weiteren Brief, der an Charlotte gerichtet war.

Sehr verehrte Madame,

ich schicke diesen Brief für Sie an die Domaine, obwohl ich nicht weiß, ob Sie noch da sein werden. Ich werde ihn dem jungen Gendarmen im Gang des Zuges geben, der verzweifelt versucht, meinem Blick auszuweichen. Vielleicht fühlt er sich dann besser.

Ist es zu spät, Ihnen für Ihre Gesellschaft in meinem Haus zu danken? Ich war Ihnen ein schlechter Freund und Vermieter, aber Sie bei mir zu haben, war mir in den vielen langen Tagen und Nächten ein Trost. Ich wünschte mir so sehr, daß Sie nicht einen anderen Mann so liebten, weil ich glaube, daß Sie meinen Sohn hätten lieben können. Man wünscht sich, daß manches, das man in seinem eigenen Leben nicht erreicht hat, zufriedenstellend und beständig sei. Aber Sie sind ein anständiger Mensch, Madame. Sie haben solch ein mutiges Herz, und wenn nicht bei Julien, dann eben bei einem anderen Mann.

Habe ich Sie zu sehr aufgezogen? Ich wollte Sie so gern stark machen. Das Glück junger Menschen stellt für jemanden in meinem Alter fast die einzige Quelle der Freude dar. Ich habe mich sehr darüber gefreut, daß Sie sich mir anvertraut haben. Ich habe Ihnen gesagt, daß wir mit Rätseln, mit ungelösten Konflikten leben können. Inzwischen bin ich mir da nicht mehr so sicher. In der Kunst sind diese Dinge vielleicht gut. Ich glaube, im Leben sollte man versuchen, sich zu erinnern; ob dies durch einen Willensakt möglich ist, bezweifle ich. Erinnerungen kommen am besten unaufgefordert.

Ich wünsche Ihnen alles Gute. Denjenigen zuliebe, die alt sind, und denjenigen zuliebe, die bald sterben werden, müssen Sie etwas Wunderbares aus Ihrem Leben machen. Das würde den Menschen etwas bedeuten, die nicht frei wählen können.

Als er den Brief unterschrieben, ihn in einen Umschlag gesteckt und adressiert hatte, widmete sich Levade wieder dem Brief an Julien.

Lange starrte er auf den unvollendeten Absatz, aber er war immer noch nicht willens, seine Seelenruhe zu stören. Er war so in Gedanken versunken, daß er nicht bemerkte, wie der Zug langsamer wurde, als er sich seinem Ziel näherte.

Schließlich fuhr er fort:

Eine englische Mystikerin kehrte nach ihrer freudigsten Zwiesprache mit Gott zurück und sagte: »Alles wird gut werden; alle Dinge jeglicher Art werden gut werden.«

So, Julien, glaube ich …

Aber in diesem Augenblick kam der Zug mit einem kräftigen Ruck im Bahnhof zu stehen, und die Gendarmen schoben die Tür von Levades Abteil auf. Er hatte kaum noch Zeit »Ich liebe Dich« unter den Brief zu schreiben, ihn zuzukleben und hastig zu adressieren, bevor er und seine Mitreisenden eilig auf den Bahnsteig gescheucht wurden.

Der Bahnhof befand sich in einer Stadt inmitten des flachen Weidelands des Bourbonnais. Die Reisenden auf dem Bahnsteig betrachteten die kleine Gruppe schüchtern und mit verhohlener Neugier. Ein älterer Gendarm nahm die Papiere von dem jungen Mann entgegen, der sie im Zug bewacht hatte. Er sagte ihnen, sie sollten sich in einer Reihe aufstellen und ihm folgen.

Levade nahm seinen Koffer, den Charlotte gepackt hatte, und fühlte in seiner Jackentasche nach den drei Briefen. Als er an dem jüngsten der drei Gendarmen vorbeikam, hielt er sie ihm hin. »Könnten Sie die für mich abschicken? Es sind nur Briefe an meinen Sohn und ein paar Freunde.«

Der junge Mann schaute auf seine Füße, warf dann rasch einen Blick nach rechts und links, um festzustellen, ob er beobachtet wurde, und stopfte die Briefe in seine Tasche.

Der ältere Gendarm führte die sechs Menschen den Bahnsteig entlang, über eine Fußgängerbrücke aus Metall und wieder hinunter zu einem Rangiergleis im Güterbahnhof, wo ein halbes Dutzend Waggons aneinandergekoppelt waren.

Die Männer und Frauen warteten, sahen sich nach ihrem Zug um und fragten sich, ob der Beamte einen Fehler gemacht hatte.

Dann ging der Gendarm an die Seite eines der Waggons, schob den Riegel beiseite und zog die Tür auf. Der Waggon war voller Menschen, die dichtgedrängt standen. Der Gendarm wies mit einer Handbewegung auf den Waggon.

Levade kannte diese Art von offenem Güterwagen aus Holz. Als er von seinen Pflichten als Versorgungsmann in Verdun entbunden worden war, hatte er eine angenehm ungefährliche Zeit damit verbracht, in den Lagern des Ausladebahnhofs zu arbeiten. Solche Waggons waren fast jeden Tag angekommen, sie hatten Pferde transportiert.

Vielleicht hatte dieser Wagen ja auch das Pferd transportiert, das er versucht hatte zu essen.

# VIERTER TEIL

# 1943

## 1. KAPITEL

Als er hörte, daß Mademoiselle Cariteau eindringlich nach ihm rief, rannte André die Treppe hinunter. Es war sechs Uhr morgens, in der Küche saß die nette junge Frau, die sie manchmal besuchen kam und ihnen Geschichten vorlas. André lächelte sie kurz an und senkte dann seinen Blick auf den Fußboden. Mademoiselle Cariteau attackierte sein Gesicht mit einem Waschlappen, er schnitt Grimassen und versuchte, seinen Kopf wegzudrehen.

»Wir werden uns voneinander verabschieden«, sagte Mademoiselle Cariteau. »Ihr werdet für ein paar Tage in ein anderes Haus ziehen, ihr macht ein bißchen Ferien.«

»Das wird nett«, ergänzte Charlotte. »Du und Jacob, ihr kommt in ein Bauernhaus mit Tieren. Gefällt dir das?«

»Nein«, erwiderte André. »Ich will nicht.«

Die beiden Frauen versuchten ihn zu überzeugen, indem sie ihm das Leben auf dem Hof ausmalten, mit Hunden und Hühnern sowie alten Scheunen, in denen sie spielen konnten. Doch André blieb mißtrauisch.

»Ich will nicht weg. Mir gefällt es hier.«

»Jacob kommt auch mit«, sagte Charlotte. »Ihr könnt dort wunderbar zusammen spielen. Und ihr könnt hier später wieder zu Besuch kommen.«

André, der für einen Augenblick schon bereit schien, sich zu fügen, schüttelte plötzlich den Kopf. »Ich will meine Mutter. Ich will wissen, wo sie ist.«

»André, es gibt wirklich keine andere Möglichkeit«, sagte Charlotte sanft. »Dieser Krieg wird bald zu Ende sein. Und wenn er vorbei ist, wirst du deine Eltern wiedersehen. Davon bin ich überzeugt. Aber jetzt wäre es besser, wenn du tust, worum wir dich bitten. Vertrau mir.«

Doch André war Vernunftgründen nicht mehr zugänglich. Er fand, daß er schon genug Vertrauen gehabt hatte, und seine Eltern waren immer noch nicht zurück. Sein kleiner, kräftiger Körper versteifte sich vor Widerstand gegen die Pläne der Erwachsenen. Er klammerte sich an die Kante eines Stuhls und fing an, sich jammernd zu verteidigen.

Mademoiselle Cariteau sagte: »Ich gehe und hole den Kleinen.«

In der vergangenen Nacht hatte André erst ein Klopfen an der Küchentür und dann das Gemurmel von Stimmen gehört. Er war zum oberen Ende der Treppe gekrochen und hatte zwischen dem Geländer hindurch Madame und Mademoiselle Cariteau gesehen, die eindringlich mit der jungen Frau, Madame Guilbert, sprachen. Danach waren er und Jacob für den Rest der Nacht auf den Dachboden gebracht worden. Ihnen wurde gesagt, sie sollten dort auf einem Haufen alter Decken schlafen. Um nicht zu frieren, hielten sie sich in ungewohnter Umarmung umschlungen.

Sylvie Cariteau kehrte mit einem mißtrauischen Jacob und dem Koffer, den die Jungen einmal benutzt hatten, um damit die Treppe hinunterzurutschen, in die Küche zurück. Jetzt enthielt der Koffer ein paar Kleidungsstücke, die Sylvie eines Abends aus dem Haus der Duguays hatte schmuggeln können, die Blechsoldaten, die Julien gekauft hatte, das Buch über die Krokodilmutter, die ihr Ei verloren hatte, einen verstellbaren Schraubenschlüssel, der André ans Herz gewachsen war, und ein oder zwei andere kleine Dinge von unerklärlicher, aber großer persönlicher Bedeutung.

»Hört zu«, sagte Sylvie. »Etwas später am Morgen holt euch eine Freundin ab und bringt euch zum Bauernhof. Ich möchte jetzt nur, daß ihr euch von Madame Guilbert verabschiedet.«

Madame Cariteau tauchte in der Küche auf, und als sie sah, wie verstört André war, drückte sie ihn an ihre Brust. Dort atmete er ihren alten, säuerlichen Geruch ein und spürte die Wärme ihrer Umarmung, die ihn damals getröstet hatte, weil sie weich und weiblich war. Jetzt schien ihm die Umarmung noch bewußter zu machen, daß sie nicht seine Mutter war.

In der Nacht zuvor hatte Charlotte nach ihrer Fahrt von der Domaine tropfnaß an die Tür des Cariteaus geklopft. Sie hatte Sylvie die Lage erklärt, und dann hatten sie die Jungen auf den

Dachboden gebracht. Anschließend hatten sie sich an den Küchentisch gesetzt und versucht zu entscheiden, was sie mit ihnen machen sollten.

»Ich glaube, die beste Möglichkeit, die wir haben, ist Pauline Benoit«, meinte Sylvie.

Charlotte erinnerte sich an das, was Julien gesagt hatte. »Ist sie nicht Gaullistin?«

»Spielt das eine Rolle?«

»Vermutlich nicht.« Charlotte wollte so wenig wie möglich sagen.

»Sie ist eine liebe Frau. Sie wird zwei Kindern bestimmt helfen wollen.«

Nachdem Charlotte sich von Sylvie Cariteau verabschiedet hatte und auf Juliens Geheiß zum Kloster radelte, ging Sylvie leise durch die dunklen Straßen, um Pauline Benoit zu wecken. Obwohl Pauline zunächst ungehalten über die nächtliche Störung war, erkannte sie schnell die verzweifelte Lage der beiden Jungen und war erstaunt, wie erfolgreich Sylvie Cariteau sie versteckt hatte.

»Ich kann sie nicht zu mir nehmen«, sagte sie. »Das steht außer Frage, vor allem jetzt, wo Monsieur Levade in Schwierigkeiten steckt. Hier werden sie zuerst nachsehen. Wir müssen sie aus dem Dorf schaffen. Da fällt mir nur eine Person ein. Ich kenne sie nicht sehr gut, aber…«

»Wer ist sie?«

Sie saßen bei Kerzenschimmer in Paulines kleinem Wohnzimmer. »Haben Sie einen Augenblick Geduld. Lassen Sie mich nachdenken.«

Schließlich sagte sie: »Ja, ich glaube, es wird gehen. Sie heißt Anne-Marie. Sie sitzt dem alten Monsieur Levade Modell. Ihr Vater hat ungefähr zwanzig Minuten entfernt von hier einen Hof. Er kann den Mund halten. Er hat weiß Gott Grund genug, verschwiegen zu sein.«

»Sind Sie sicher, daß sie uns helfen werden?« fragte Sylvie Cariteau.

»Ziemlich sicher. Außerdem können wir ihnen immer noch anbieten, sie dafür zu bezahlen. Und die Jungen sind auf einem Bauernhof viel besser aufgehoben. Vielleicht bekommen sie sogar Eier. Ich werde mit Gastinels Lieferwagen hinfahren und sie fragen. Bei Tagesanbruch bin ich zurück.«

Julien Levade war kein besonders starker Mann, aber er war jünger und größer als der deutsche Soldat, der ihn bewachte, und außerdem hatte er bei dem Kampf, der nach Charlottes Flucht stattfand, mehr Grund zum Kämpfen. Mit dem Arm um die Kehle des Deutschen sagte er: »Lassen Sie Ihr Gewehr fallen, dann tue ich Ihnen nicht weh.«

Natürlich verstand der andere seine Worte nicht, er wand sich weiter in Juliens Umklammerung und stieß mit dem Ellbogen um sich. Es war lange her, daß Julien sich als Junge geschlagen hatte – Spielplatzraufereien mit zitternder Unterlippe, bei denen derjenige verlor, der anfing zu weinen. Julien konnte sich kaum noch erinnern, wie er es anstellen mußte. Die Haare seines Gegners, die seine Haut berührten, hatten etwas abstoßend Intimes.

Julien hielt einen Unterarm über die Kehle des Deutschen und verschränkte die Hände, um seine Umklammerung zu verstärken. Auf diese Weise konnte er den Soldaten langsam rückwärts zu Boden drücken, während er einen Schritt nach dem anderen zurückwich, um Platz zu machen. Als der Deutsche schließlich das Gleichgewicht verlor, war Julien gezwungen, ihn loszulassen. In diesem Augenblick trat er mit dem Fuß nach dem Gewehr, das der andere immer noch mit der rechten Hand umklammert hielt. Es schlitterte ein paar Meter über die nackten Holzdielen, und Julien trat dem Deutschen mit seinem Absatz, so fest er konnte, in die Rippen. Während der Mann nach Luft schnappte, konnte er einen Hechtsprung machen und selbst das Gewehr ergreifen, dann auf allen vieren hastig über den Boden zurückkrabbeln, sich umdrehen und hinknien, um dem Feind mit dem Gewehr in der Hand gegenüberzusitzen.

Der Deutsche richtete sich zu einer sitzenden Position auf, in der alle soldatische Haltung von ihm abfiel. Nach der Anstrengung noch japsend und prustend, legte er die Hände aneinander und flehte Julien an, nicht zu schießen.

Julien stand langsam auf und ging rückwärts zur Tür. Jetzt, da er die Kontrolle erlangt hatte, stellte sich plötzlich die unangenehme Frage, was er mit dem Mann tun sollte. Es gab nichts, womit er ihn fesseln konnte. Erschießen wollte er ihn auch nicht, denn er wollte ihm eigentlich nichts tun. Das tränenreiche Flehen des Soldaten zeigte deutlich, daß er eigentlich nur eine mitleiderregende Gestalt war, verstrickt in eine Aufgabe, die er eigentlich ablehnte, und bestrebt, zu seinen Kindern zurückzukehren, deren Fotos er jetzt umständlich aus seiner Brieftasche zu ziehen versuchte, was Julien peinlich berührte.

Vielleicht sollte er ihn nur ins Bein schießen, um ihn außer Gefecht zu setzen. Das waren wirklich Überlegungen wie im Krieg, bei seinen Aktivitäten hatte er bislang keine derartigen Erfahrungen sammeln können. Aber es nutzte nichts, jetzt zimperlich zu sein, dachte er. »Ziehen Sie Ihre Sachen aus«, sagte er.

Der Deutsche sah ihn an, den Kopf zur Seite gelegt, und versuchte angestrengt, ihn zu verstehen. Sein schütteres Haar war durch den Kampf zerzaust, eine einzelne lange Strähne hing ihm über ein Ohr. Sein Gesicht war mit dunklen Ringen und Tränensäcken unter den Augen gezeichnet und wirkte erschöpft. Julien machte vor, was er meinte, und der Deutsche, begeistert und erleichtert, daß er verstanden hatte, was man von ihm verlangte, tat sein Bestes, um Julien zufriedenzustellen.

»Weiter.« Julien machte eine Geste mit dem Gewehr. Der Kleiderstapel zu seinen Füßen wurde höher, und als der Mann schließlich nackt vor ihm stand, deutete Julien auf die Tür.

Zitternd durchquerte der deutsche Soldat das Zimmer, seinen Blick auf den Gewehrlauf gerichtet, als Julien einen Schritt zur Seite trat, um ihn vorbeizulassen.

Sie gingen den Flur im ersten Stock entlang, vorbei an der Tür zu Levades Atelier. Der weiße Hintern des Mannes schimmerte wie ein schwacher Lichtschein in der Dunkelheit. Oben an der Treppe berührte Julien den Rücken des Soldaten mit der Spitze des Gewehrs, und langsam tasteten sie sich so die Treppe hinunter – er wollte ihn daran erinnern, daß er es ernst meinte.

In der Eingangshalle schaltete Julien das Licht an, hielt das Gewehr zielsicher auf sein Opfer gerichtet und ging rückwärts zu dem Tisch, aus dem Levade zuvor seine Ausweise genommen hatte. Zwischen den Briefen und Papieren lag ein Schlüsselbund. Er nahm ihn mit zu der Tür neben der Treppe, die in den riesigen Keller der Domaine führte. Als er den richtigen Schlüssel gefunden hatte, signalisierte er dem Deutschen mit einer Kopfbewegung, er solle durch die Tür gehen.

»Das ist schon in Ordnung. Morgen früh kommen Ihre Freunde. Die werden Sie hören. Gehen Sie schon. Gehen Sie schon.« Er hob das Gewehr in die Luft und feuerte einen Schuß in die Decke.

Obwohl jeder Zentimeter seines Körpers sich protestierend sträubte, ging der Mann in einem Schauer aus herabrieselndem Gips, der aussah wie Schnee, langsam zur offenen Kellertür. Eine Hand hatte er zum Schutz erhoben, mit der anderen bedeckte er seine Genitalien, entweder als Selbstverteidigung oder aus instinktiver Scham.

Julien lächelte. »Ihnen wird nichts passieren. Ich lasse den Schlüssel hier auf dem Tisch liegen. Gehen Sie.«

Angesichts der eisigen Dunkelheit sträubte sich der Deutsche im letzten Moment plötzlich und drehte sich um, als wollte er sich zur Wehr setzen, aber Julien stieß ihn durch die Tür und schloß gegen den Widerstand des anderen Mannes die Tür ab.

Julien ging zurück ins Schlafzimmer und durchsuchte die Kleider des Mannes, um nachzusehen, ob er eine Faustfeuerwaffe oder etwas anderes, was er in den nächsten Tagen gebrauchen konnte, dabeihatte. Aber er fand nichts außer ein paar zusätzlichen Patronen für das Gewehr, die er in seine Jackentasche gleiten ließ.

Er holte ein Fahrrad aus der Scheune, um noch vor Tagesanbruch in Lavaurette zu sein.

Charlotte konnte im Kloster nicht schlafen. Unruhig wanderte sie in dem Zimmer voller Bücherregale, das aussah wie ein Büro, auf und ab und fuhr kurz vor Tagesanbruch wieder zum Haus der Cariteaus.

Sie lehnte ihr Fahrrad gegen die Wand neben der Hintertür und dachte an all die Male zurück, als sie die Jungen besucht hatte. Sie erinnerte sich an die Nacht des Fallschirmabwurfs und an die Aufregung, die sie verspürt hatte, als sie in die Dunkelheit hinausgeradelt waren.

Leise klopfte sie an die Tür, und Sylvie Cariteau ließ sie herein. Sie sah besorgt aus. »Madame, es ist gefährlich für Sie herzukommen.«

»Ich wollte nur nach den Jungen fragen. Ist alles in Ordnung mit ihnen?«

»Ja, Pauline ist gerade hiergewesen. Sie werden bei Anne-Marie wohnen.«

»Sie hatte nichts dagegen?«

»Nein.« Sylvie Cariteau schüttelte den Kopf. »Ich bin nicht sicher, ob sie sich der Gefahr bewußt ist. Aber Anne-Marie ist ein liebes Mädchen.«

Charlotte sah sich in der Küche um, mit dem riesigen, verrußten Herd, dem zerkratzten Eichentisch und den Spuren der bescheidenen Mahlzeiten.

Jetzt, wo der Augenblick gekommen war, konnte sie sich nicht losreißen. In diesem schlichten, viereckigen Raum war etwas Unschätzbares geschehen. Mit Sylvie und ihrer Mutter war sie, ungeachtet ihrer Verschiedenheit, zu einer tiefen Verständigung gelangt, der warmherzige und liebevolle Teil von ihr hatte in diesen beiden Frauen Seelenverwandte gefunden. Sich jetzt von ihnen zu trennen, bevor sie wußten, wie alles ausgehen würde, war, als ließe sie einen verletzlichen Teil von sich selbst zurück.

Sie fühlte, wie Sylvies Blick auf ihr ruhte. »Sie müssen gehen, Madame. Es ist schon fast hell.«

Charlotte ging zur Tür und zögerte dann. Als sie sich umdrehte, sah sie, daß Sylvie Tränen in den Augen standen.

»Ach, Sylvie«, sagte sie, ging zu ihr und schlang die Arme um sie.

Sie hielten sich ein paar Augenblicke umschlungen. Charlotte versuchte, die richtigen Worte zu finden, und gab dann auf. Sie wußte, daß sie beide das gleiche dachten.

»Ich werde wiederkommen.«

»Versprechen Sie es mir?« Jetzt lächelte Sylvie Cariteau und wischte sich mit dem Rücken ihrer großen roten Hände die Tränen aus dem Gesicht.

»Ich verspreche es.« Charlotte gab ihr einen Kuß auf die Wange und rannte aus dem Haus.

Beim ersten Morgenlicht radelte sie, so schnell sie konnte, aus Lavaurette hinaus. Noch immer klang ihr Juliens Warnung im Ohr. Sie rechnete damit, daß sie einen Tag brauchen würde, um zu der kleinen Stadt zu gelangen, in der der Funker wohnte, und sie wußte, daß sie keine Zeit verlieren durfte. Doch je weiter sie kam, desto mehr quälte sie der Gedanke an Levade, der in irgendeinem Internierungslager festgehalten wurde, und der Gedanke an Julien, der in die eisige Umgebung verbannt war und seinen Vater nicht erreichen konnte, um ihm zu erklären, was er getan hatte. Ihre Arbeit war noch nicht beendet, und erst, wenn sie es war, konnte sie nach Hause fahren.

Am späten Vormittag hielt sie am Rand eines Feldes, um sich auszuruhen. Dort stand ein kleines Steinhäuschen, vermutlich eine Art Vorratsraum oder Schutzhütte, die mittlerweile baufällig war. Sie schob das Fahrrad hinein und legte sich hin, um sich auszuruhen, aber es war sehr kalt. Sehnsüchtig dachte sie an Dominiques wollene Unterhemden.

Irgendwann am sonnenlosen Nachmittag nickte sie ein, und als sie erwachte, steifgefroren und hungrig, wußte sie, daß sie nach Lavaurette zurückkehren mußte. Sie würde einen Tag verstreichen lassen, bis sich die Aufregung ein wenig gelegt hatte, und dann zur Domaine zurückfahren. Sie begründete dies vor sich selbst damit, daß sie ihren Personalausweis und etwas Geld brauchte, und beides befand sich noch in ihrem Schlafzimmer. Auch wenn ihre innere Stimme ihr sagte, daß der Funker sie zu gegebener Zeit mit beidem versorgen konnte.

Sie radelte weiter in das nächstgelegene Dorf. Aber die Lebensmittelläden waren geschlossen, und es gab kein Café. Wenigstens standen in den Vorratsschränken der Domaine noch ein paar Konservendosen, sagte sie sich, als sie zu ihrer steinernen Schutzhütte zurückfuhr.

Die Nacht war lang, und sie konnte nicht schlafen. Die ersten paar Stunden des nächsten Tages verbrachte Charlotte damit, auf und ab zu gehen, um sich warm zu halten, dann radelte sie gemächlich zurück. Sie richtete es so ein, daß sie abends gegen acht Uhr in Lavaurette ankam, wenn es bereits dunkel war, aber noch keine Sperrstunde herrschte. Sie fuhr einen Umweg, der um Lavaurette herum und durch die Wälder führte, und näherte sich der Domaine von der Seite.

Die Eingangstür der Domaine war nur angelehnt, als habe jemand das Haus überstürzt verlassen. Es brannte kein Licht. Einen Augenblick blieb sie in der Eingangshalle stehen und sah sich um. Etwas stimmte nicht. Da fiel ihr auf, daß die Kellertür geöffnet war und der Schlüssel im Schloß steckte. Sie nahm eine Taschenlampe vom Tisch und ging die Stufen hinunter in die kalte Finsternis. Der Lichtstrahl schweifte über staubige Weinfässer; auf einigen von ihnen standen leere Flaschen, die durch Spinnweben miteinander verbunden waren, in den klebrigen Fäden hingen Fliegen, die schon seit langer Zeit tot waren, und dicke Staubflocken.

Charlotte ging vorsichtig über den unebenen Boden und leuchtete mit ihrer Taschenlampe die Wände entlang.

Es war niemand da. Sie ging wieder hinauf und legte, einem haushälterischen Instinkt folgend, die Schlüssel zurück in die Tischschublade, an ihren angestammten Platz. Im Licht der Taschenlampe ging sie in die Küche und öffnete die Dose mit Schinken, die sie für eine besondere Gelegenheit aufgehoben hatte. Sie schnitt den Schinken rasch in Scheiben und aß ihn mit einem trockenen Stück Brot und ein paar Walnüssen; dazu trank sie ein Glas schalen Wein aus einer offenen Flasche, die auf der Anrichte stand.

Dann schlich sie ein letztes Mal über den federnden Fußboden des Eßzimmers und ging ins oberste Stockwerk des Hauses, wo sie wieder einmal die Besitztümer von Dominique Guilbert in ihren schäbigen Lederkoffer packte und zum Abschied einen Blick auf das kleine Schlafzimmer warf, in dem sie die außergewöhnlichsten Tage ihres Lebens verbracht hatte: den verblaßten und fadenscheinigen Wandbehang mit seinen fröhlichen Figuren aus dem achtzehnten Jahrhundert, das Dienstbotenbett, den abgetretenen Teppich und die Aussicht nach unten auf den See.

In dem Zimmer, in dem sie und Julien gefangengehalten worden waren, zog sie die Laken und Decken glatt, die noch von ihrer vorgetäuschten Leidenschaft zerwühlt waren. Sie bemerkte, daß ein Stuhl umgekippt war, vermutlich während des Kampfes, der nach ihrer Flucht stattgefunden hatte. Sie zweifelte nicht daran, daß Julien sich durchgesetzt hatte. Bei ihrem letzten Blick auf ihn hatte er bereits einen Arm um den Hals des Deutschen gelegt.

Die Tür zu Levades Atelier stand offen. Drinnen war das Durcheinander seiner Arbeit unberührt, außer an der Stelle, wo sie das Bild vom Keilrahmen gerissen hatte. Im Licht ihrer Taschenlampe sah sie, daß einige Fäden der Leinwand – die meisten von ihnen waren weiß, aber einige waren auch bemalt – noch an den Nägeln hingen. Sie lächelte dem Porträt von Anne-Marie in ihrem grünen Rock zu, und ihre unergründlichen, mandelförmigen Augen lächelten unbefangen zurück. Überall waren die Spuren von Levades verzweifelten und fruchtlosen Anstrengungen sichtbar: die gestapelten Leinwände, die aufgeschlagenen Bücher, die Paletten, Tuben und ausgefransten Pinsel.

Sie ging durch alle Zimmer der Domaine, räumte auf und schaffte Ordnung. Es war viele Jahre her, daß eine Familie, verwurzelt in den kleinen Gewohnheiten und Abläufen des Alltags, hier gewohnt hatte. Levade war ein Außenseiter gewesen, der über etwas herrschte, das bereits dem Tode geweiht war. Und sie, die letzte Bewohnerin, war eine Hochstaplerin, eine Ausländerin, die gekommen war, um ihre Hände über die Oberflächen dieser zugigen, unbewohnten Räume gleiten zu lassen, um alles zu verriegeln und abzuschließen, wie ein bleicher Anwalt, der gekommen war, um das Haus zu verschließen und das Scheitern seines Vertrags mit der Geschichte zu besiegeln.

Schließlich hielt sie in der Eingangshalle inne, warf einen Blick zurück auf die breite Treppe und die nachgedunkelten Ölgemälde der Vorfahren, die die Wände von der Decke bis zum Boden zierten. Dann ging sie hinaus, zog die Tür hinter sich zu und eilte die steinernen Stufen hinunter, auf denen ein paar Tage zuvor der Hausherr von einem verwirrten Gendarmen abgeführt worden war.

Am Ende der Auffahrt veranlaßte sie ein letzter Ordnungsinstinkt, den Briefkasten zu öffnen. Von den Briefen war einer an sie adressiert. Das Fahrrad zwischen die Beine geklemmt, riß sie ihn auf. Im Licht der Taschenlampe erkannte sie Levades Handschrift. »Sehr verehrte Madame ...«

Mit brennenden Augen fuhr sie los. Sie mußte ihn finden und ihm sagen, was Julien getan hatte. Wenn sie das Mißverständnis zwischen Julien und Levade aufklären konnte, sah sie vielleicht den vermuteten Betrug, der zwischen ihr und ihrem eigenen Vater stand, in einem unverfälschteren Licht.

Charlotte wurde plötzlich klar, daß sie sich dadurch ihre

eigene Erlösung erhoffte. Sie würde die Qual ertragen, daß sie ihre Suche nach Gregory aufgeben mußte, wenn sie diese schlimmen Familienwunden heilen konnte. Dies war der richtige Weg, um sich ihres Geliebten würdig zu erweisen.

Julien hielt sich in einer Einzelzelle im Kloster auf. Im hinteren Teil des Gebäudes befand sich unter der Küche ein Raum, in dem bald die Boiler eingebaut werden würden. Er ging auf dem neuen Zementboden auf und ab und bewunderte den soliden, ebenen Verputz, der den Bauarbeitern in Vorbereitung für die riesigen Zylinder, die in Holzkisten verpackt draußen standen, gelungen war.

Ich sollte in diesem dunklen Raum, der von so vielen frommen, unglücklichen Männern als heilig verehrt wurde, beten, dachte er. Ich werde bald einen Mann töten, und ich sollte für meine Seele und für seine Seele beten.

Er lehnte das Gewehr des deutschen Soldaten gegen die Wand. Dutzende Male hatte er es gereinigt und einen öligen Lappen durch den Lauf gezogen, hatte den Kolben an seine Schulter gelegt, das kühle Gewicht in der linken Hand balanciert und durch das Visier geschaut. Er hatte alles getan, um gut vorbereitet zu sein – alles, außer abzudrücken.

Er zitterte in der Zelle. Es waren bereits einige Tage vergangen, und obwohl er sicher war, daß Dominique die Jungen aus Sylvie Cariteaus Haus herausgeholt hatte, sollte er handeln, bevor Benech, der über das »Wohlergehen der Kleinen« so gut informiert war, ihr neues Zuhause entdeckte. Er ging hin und her, stampfte dabei mit den Füßen auf und sah auf seine Armbanduhr. Es war schon fast dunkel. In ungefähr vier Stunden würde er riskieren, nach Lavaurette zu gehen, um Benech zu suchen. Er glaubte zu wissen, wo er ihn fand. Obwohl er die abgewetzte Lederjacke trug, die ihm bei so vielen nächtlichen Unternehmungen gute Dienste geleistet hatte, kroch die Kälte in ihm hoch. Er hatte sich aus dem Isoliermaterial, das später die Boiler ummanteln sollte, ein Bett bereitet und nahm jetzt einen Streifen davon, um ihn sich um die Schulter zu schlingen.

Er hörte, wie die Bauarbeiter draußen ihre Sachen packten. Wenigstens konnte er dann nach oben gehen und bekam etwas

Tapetenwechsel. Er hatte sich mit seinem eigenen Schlüssel Zutritt zum abgezäunten Teil der Baustelle verschafft und sich dann mit dem Vorarbeiter geeinigt. Dieser hatte sich bereit erklärt, nichts zu sagen, vorausgesetzt, Julien ließ sich bei den anderen Arbeitern nicht blicken.

Draußen wurden Schaufeln in die Schubkarren aus Metall geworfen, erschöpfte Abschiedsrufe erklangen, und schließlich hörte er, wie das Vorhängeschloß vom Türpfosten abprallte und dann kurz gegen den Maschendrahtzaun klapperte. Julien öffnete die Tür seiner Zelle und ging die Treppe hinauf. Draußen sah er die Rücklichter des Lastwagens verschwinden und den roten Schimmer des letzten Fahrradrücklichts im Januarnebel eintauchen. Er ging den Kreuzgang entlang zum Büro des Abts, das ein eigenes Badezimmer besaß.

Erleichtert, aber immer noch zitternd, zündete er eine Kerze an und ließ seinen Blick die Bücherregale entlangschweifen. Die Bücher waren noch nicht eingepackt worden. Er zog eine Ausgabe von Pascals *Gedanken* hervor und begann zu blättern. Vielleicht würde er darin ein wenig Trost finden. Vieles schien von Abraham oder den Juden zu handeln oder Pascals Reaktionen auf Montaigne zu betreffen. »*Gesunde Volksmeinungen*«, las Julien. »Das größte aller Übel sind die Bürgerkriege…«

Er blätterte die Seiten um, hob das Buch an sein Gesicht und roch an dem vergilbten, staubigen Papier. »Man stelle sich eine Anzahl Menschen vor, in Ketten gelegt und alle zum Tod verurteilt, von denen immer einige Tag für Tag vor den Augen der anderen erdrosselt werden, so daß die, die zurückbleiben, ihre eigene Seinslage in der ihresgleichen sehen und voller Schmerz und ohne Hoffnung aufeinanderschauen und warten, daß die Reihe an sie komme. Das ist ein Bild der Seinslage des Menschen.« Diese dramatische Textstelle kannte er noch aus seiner Schulzeit.

Er trug den Band hinüber zum Schreibtisch. Was er suchte, war eine gewisse Bestätigung, daß etwas offenkundig Böses gerechtfertigt war, wenn es zum Wohle vieler geschah. Im Krieg war das Töten vermutlich erlaubt, wenn es nur ein heiliger Krieg war. So waren beispielsweise Priester gekommen, um seinen Vater in Verdun zu segnen. Doch was, wenn kein Krieg erklärt worden war, wenn sich der Krieg innerhalb des Landes abspielte?

Alles, was Pascal anzubieten schien, war: »Das größte aller Übel sind die Bürgerkriege.« Vielleicht waren die Worte *»Gesunde Volksmeinungen«* kursiv gedruckt, um zu kennzeichnen, daß diese Meinung von jemand anderem stammte oder unbedeutend war wie ein Eintrag im Wörterbuch gängiger Meinungen von Bouvard und Pécuchet.

Bei Gedanke 408 hieß es: »Das Böse ist bequemer, es gibt davon eine Unendlichkeit, fast einzig ist das Gute; aber eine gewisse Art des Bösen ist fast ebenso schwer zu finden wie das, was man gut nennt, und oft läßt man dieses besondere Böse deshalb als gut gelten. Eine außerordentliche Größe der Seele gehört dazu, um es zu erreichen, fast die gleiche wie zum Guten.«

Besaßen er oder Benech diese »außerordentliche Größe der Seele«? Weder noch, erkannte er plötzlich. Es war Pétain, der sie besaß.

Als es Zeit war aufzubrechen, ging Julien durch die eisigen Klostergänge zurück und bewunderte dabei den steinernen Brunnen, der in der Mitte des umschlossenen, quadratischen Hofes errichtet worden war. Dann ging er hinunter in die Zelle, um sein Gewehr und sein Fahrrad zu holen. Er riß ein Stück Isoliermaterial ab und stopfte es unter seine Jacke, um sich gegen den Wind zu schützen, hängte sich das Gewehr um, schob dann das Fahrrad zum Tor und machte sich auf den Weg nach Lavaurette.

Zwanzig Minuten brauchte er, bis er an der verlassenen Fabrik ankam, die am Rand von Lavaurette lag. Dort bog er in eine schmale Seitenstraße ein und stellte sein Fahrrad ab. Er kam sich mit seinem Gewehr lächerlich auffällig vor, selbst in den unbeleuchteten Straßen. Glücklicherweise war es so kalt, daß keiner aus dem Haus gehen mochte. Julien hoffte, daß Benech es nicht zu kalt fand.

Sein Gesicht und seine Hände taten weh, und er merkte, daß er vor Hunger Magenschmerzen hatte. Es war fast zwei Tage her, daß er etwas gegessen hatte. Von einem außerhalb wohnenden Kleinbauern, der für Juliens Mietshaus das Brennholz lieferte, hatte er ein paar Eier und etwas Schinken gekauft. Als Julien sich dem Platz näherte, an dem das Café du Centre lag, nahm er einen Weg, der zur Rückseite des Cafés führte. Dort erhellte das Licht, das schwach durch die beschlagenen Küchenfenster fiel, einen unaufgeräumten Hof voller Kisten, Mülleimer und Teile, die von ausrangierten landwirtschaftlichen Geräten stammten. Er lehnte sein Gewehr gegen eine Wand und robbte hinüber zu den Holzkisten. In einer fand er eine Konservendose und ließ sie in seine Tasche gleiten, während er sich verstohlen umschaute. Direkt neben der Hintertür stand eine Kiste mit unförmigen Gegenständen, die nach Gemüse aussahen. Der Matsch im Hof fühlte sich gefroren an, als er sich langsam vorwärts schob; die kleine Eisschicht auf einer Pfütze knackte unter ihm. Während er auf das Haus zuschlich, konnte er ein Radio hören, das drinnen spielte. Den Blick starr auf die Glasscheibe der Hintertür gerichtet, steckte er seine Hand vorsichtig in die Kiste und zog etwas heraus, das sich anfühlte wie eine Kartoffel. Anschließend schlich er leise wieder zurück über den Hof zu seinem Gewehr und ging zu dem dunklen Weg, der zur Straße führte.

Er klemmte eine Taschenlampe zwischen die Zähne, um sein gestohlenes Abendessen in Augenschein zu nehmen. Es war eine Kartoffel mit Eiskristallen auf der matschigen Schale, an der Dose klebte kein Etikett. Er schälte erst mit seinem Taschenmesser die Kartoffel, dann setzte er sich auf den Grasstreifen und hämmerte mit einem Stein auf das Taschenmesser ein, bis er die Dose so weit geöffnet hatte, daß er wenigstens einen Teil des Inhalts herausholen konnte. Er schob sich etwas in den Mund, es war ein Stück Birne. Die Stärke an der Oberfläche der geschälten Kartoffel brannte an der Innenseite seiner Lippen, und er schob sich noch ein Stück Birne in den Mund. Auf diese Weise brachte er es fertig, die gefrorene Kartoffel und die überreife, schimmelige Birne aufzuessen.

Die vorderen Fenster des Café du Centre zeigten auf den Platz, aber von der Seite der Bar hatte man einen Blick auf eine schmale Straße, die zum Zentrum von Lavaurette führte und der Julien jetzt folgte. Er legte das Gewehr neben die Außenwand der Bar und warf vorsichtig einen Blick hinein.

Wie seltsam sein neugieriges, unrasiertes Gesicht jemandem vorkommen mußte, der ihn von drinnen sah, dachte er. Er sah Gayral persönlich, wie er hinter der Bar ein Glas polierte. Sein trauriger Schnurrbart schien bei dieser eintönigen Tätigkeit noch weiter herabzuhängen. Zwei Gestalten saßen an der Bar: Eine von ihnen war Benech, da war sich Julien sicher, auch wenn er nur seinen Rücken sah. Er fragte sich, was er wohl trank, jetzt, wo es fast unmöglich war, Alkohol zu erhalten. Es war so still in der Bar, daß Julien sogar einige Worte der Radiosendung verstehen konnte. Der Sprecher stellte einen neuen Minister der Regierung vor: Monsieur Darquier de Pellepoix, den Leiter des Generalkommissariats für jüdische Fragen. Obwohl die pathetische Stimme des Sprechers rasch von Gayral leiser gedreht wurde, konnte Julien noch ein paar Bruchstücke verstehen: »Getötet von London, Washington, Moskau und Jerusalem ... England, der Erbfeind ... der ideologische Krieg, den Israel wünscht ... Ein Sieg der Alliierten wird zur Folge haben, daß auch woanders passieren wird, was wir bereits in Nordafrika gesehen haben: An die Macht kommen wieder Juden und Freimaurer ... die sich ein halbes Jahrhundert auf dem Rücken der Siedler und Einheimischen ausgeruht haben, bis der Marschall sie weggeschafft hat.«

Bei der Erwähnung des Marschalls dachte Julien nicht als erstes an Vichy, sondern an Verdun, denn seit er ein Kind war, hatte er den Namen immer in diesem Zusammenhang gehört. Er erinnerte sich an die leise Ehrfurcht in der Stimme seines Vaters, wenn er den Namen aussprach. Dann dachte er schaudernd wieder an Pascals Worte: »Eine außerordentliche Größe der Seele gehört dazu, um das Böse zu erreichen.«

Dann sah er, wie Benech sich umdrehte und Gayral seine Tasse hinhielt – Julien fiel auf, daß es eine Tasse war und kein Glas. Für einen Moment konnte er Benechs Gesichtszüge erkennen. Vielleicht trank er mangels Wein Viandox oder eine Fleischersatzbrühe. Er mußte den gesellschaftlichen Wert seiner Barbesuche sehr hoch einschätzen, um den kalten Spaziergang von seiner Wohnung – wo auch immer sie lag – zum Café du Centre auf sich zu nehmen.

Julien trat rasch in den Schatten, als sich auf der Straße Schritte näherten. Doch er war rechtzeitig wieder an seinem Platz am Fenster, um zu sehen, wie Benech seinen Mantel anzog, seinen Hut aufsetzte und zur Vordertür des Cafés ging. Julien zog sich erneut in die Dunkelheit zurück und wartete. Mit ziemlicher Sicherheit mußte Benech an ihm vorbeikommen, um Richtung Ortsmitte zu gelangen. Seine einzige Sorge war, daß Benech mit dem Fahrrad da war, aber er hatte keins vor dem Café gesehen. Ein paar Augenblicke später hörte er Schritte und sah Benechs Gestalt, die mit hochgezogenen Schultern und den Händen unter dem Mantel rasch an ihm vorbei den Hügel hinaufging. Julien hob das Gewehr auf und folgte ihm. Wenn er ihm zu nahe kam, hörte Benech ihn vielleicht, wenn er zu weit hinter ihm blieb, verschwand Benech unter Umständen in einer unbeleuchteten Straße. Er versuchte, das Gewehr, so gut es ging, vor neugierigen Blicken zu verbergen, falls jemand aus dem Fenster schaute.

Doch überall waren die Fensterläden fest verschlossen. Die Schritte von Benech und seine eigenen waren die einzigen, die auf der Straße zu hören waren. Julien ging, so leise er konnte, und duckte sich einmal in einen Hauseingang, als er dachte, daß Benech gleich stehenbleiben würde. Benech bog von der Hauptstraße ab, und Julien lief bis zur Kreuzung vor. Ein kleines Stück entfernt stand Benech auf der Straße und suchte etwas in seiner Manteltasche, vermutlich den Haustürschlüssel. Julien hastete an den Häuserwänden entlang, bis er nur noch wenige Schritte entfernt war. Benech stieß die Tür auf und machte drinnen Licht. Julien rannte die kurze Entfernung bis zur Tür, als sich Benech beim Geräusch der Schritte ängstlich umdrehte. Im Licht der elektrischen Glühbirne im Flur erkannte er entsetzt Julien. Er versuchte, die Tür zuzuschlagen, aber Julien hielt seinen Fuß dazwischen. Die Tür prallte daran ab und erzitterte in den Angeln.

Julien legte einen Finger an die Lippen und wies auf das Gewehr. Er formte unhörbar mit den Lippen die Worte: »Wo ist Ihre Wohnung?«

Benech holte Luft, als ob er um Hilfe rufen wollte, aber Julien hielt ihm die Gewehrspitze unter das Kinn und legte erneut die Finger an die Lippen. Benech drehte sich um und ging vor ihm den Flur entlang.

Julien sah im Erdgeschoß Licht unter der Tür zu seiner Rechten hindurchschimmern. Es gab vermutlich vier oder fünf Wohnungen im Haus, dachte er.

Auf dem Treppenabsatz schloß Benech die Tür zu seiner Wohnung auf. Das Wohnzimmer war groß und aufgeräumt, das gemütliche Zuhause eines arbeitenden Mannes, aber offenbar ungeheizt.

»Was wollen Sie?« fragte Benech.

Julien hielt das Gewehr so, daß es auf Benechs Brustkorb gerichtet war. Er blickte ihm ins Gesicht, betrachtete die graue, teigige Haut, die regelmäßigen Züge, die auf ihre Art fast gutaussehend waren, aber durch die Angst entstellt und gewöhnlich wirkten.

»Sie haben neulich nachts etwas zu mir gesagt. Ich möchte, daß Sie mir das erklären. Sie haben gesagt: ›Ich bin Schulmeister. Es ist meine Aufgabe, zu wissen, wo sich die Kinder aufhalten.‹ Was haben Sie damit gemeint?«

Benech setzte sich und lächelte.

»Sie wissen sehr gut, was ich damit meine. Ich weiß über Sie und Ihren Vater Bescheid. Ich weiß von dem englischen Dienstmädchen, der Geliebten, die Sie sich mit Ihrem Vater teilen. Ich weiß von Ihren kleinen nächtlichen Eskapaden. Leute wie Sie begreifen nicht, was sich direkt vor ihrer Nase abspielt.« Er stieß eine kurzes spöttisches Lachen hervor. »Sie sind wie die Kinder, die ich unterrichte. Man erklärt ihnen eine einfache Tatsache immer und immer wieder, aber sie begreifen sie einfach nicht.«

»Wem haben Sie sonst noch von den Jungen erzählt? Haben Sie diesem Pichon davon erzählt?«

»Das geht Sie gar nichts an. Wenn ich es will, kann meine Organisation Sie jederzeit verhaften. Ich arbeite für die Regierung.« Er griff in die Tischschublade und zog ein Blatt Papier heraus. »Meine Mitgliedschaft in der Miliz. Sehen Sie.«

Als Julien zum Tisch hinüberging, steckte Benech erneut eine Hand in die Schublade und holte seinen Revolver hervor. Julien warf sich auf den Boden.

Der Knall, den der Schuß verursachte, war so laut, daß Julien einen Moment brauchte, um zu erkennen, daß er nicht getroffen war. Auch Benech schien einen Augenblick wie betäubt von dem Knall und dem Rückstoß des Revolvers. Er starrte auf dieses Ding in seiner Hand, als hätte es den Schuß irgendwie von selbst abgegeben. Julien richtete sich auf und rammte Benech den Gewehrkolben in den Mund, stieß ihn rückwärts vom Stuhl, riß das Gewehr zurück und rannte aus der Wohnung. Im Flur öffnete sich die Tür der Erdgeschoßwohnung, als er vorbeilief, und veranlaßte ihn, einen Schritt zur Seite zu machen. Mit dem Rücken zur Wand sah er hoch zu dem Treppenabsatz über ihm, wo

Benech stand und sich auf das Geländer stützte, wobei ihm Blut aus dem Mund tropfte. Julien hob das Gewehr und schoß ihm mitten ins Herz. Als Benech zusammensackte und über das Geländer fiel, entglitt ihm der Revolver. Das volle Gewicht des Toten fiel krachend zu Boden und ließ die morsche Holztreppe erzittern.

Charlotte erreichte die Adresse, die Julien ihr genannt hatte, am späten Nachmittag. Es war eine Straße in einer mittelgroßen Stadt, das Haus wirkte verlassen und unbewohnt. In Abständen von einer Stunde kehrte sie dorthin zurück, bis gegen acht Uhr ein Licht anging.

Mit der Erinnerung an Antoinette im Hinterkopf hatte sie erwartet, daß es sich bei »Zozo« um eine Frau handelte. Doch als die Tür aufging, stand vor ihr ein korpulenter Mann mit Hosenträgern. Sie brachten rasch die üblichen Formalitäten hinter sich, und Zozo führte sie in den Flur.

»Ich nehme an, Sie würden gern etwas zu Abend essen«, lächelte er.

»Was für eine wunderbare Idee.«

»Nehmen Sie Ihr Fahrrad mit herein.«

Es schien keine Madame Zozo zu geben, und nach dem Abendessen, das aus Suppe und Nudeln bestand, fragte Zozo: »Möchten Sie, daß ich eine Nachricht weiterleite? Für morgen ist wieder eine Meldung geplant.«

»Nein«, erwiderte Charlotte. »Noch nicht. Ich möchte, daß Sie mir eine Unterkunft besorgen.«

Zozo nickte. »Das kriege ich schon hin. Auf Ihre Verantwortung natürlich.«

»Dann muß ich mal Ihr Telefon benutzen.«

»Und das ist alles?«

»Vorerst ja.«

Auf Zozos rundlichem Gesicht erschien ein Lächeln. »Sie sind ja leicht zufriedenzustellen, Madame. Das Telefon ist gleich da hinten.«

Sie hatte fast sofort Sylvies Stimme im Ohr. Charlotte war ganz aufgeregt.

»Hallo? Hallo? Sylvie? Können Sie reden? Haben Sie schon

etwas von unserem Freund gehört? Und es geht ihm gut? Ich habe eine Nachricht für ihn. Er muß herausbekommen, wo sein Vater ist, und es Ihnen sagen. Verstehen Sie das? Es ist wichtig. Sagen Sie ihm, es ginge um Leben und Tod. Ich rufe wieder an.«

Es würde nicht leicht für Julien sein, Verbindung mit den entsprechenden Leuten aufzunehmen, aber sie wußte, daß er einen Weg finden würde, um an die Informationen zu kommen: Freunde, Kontakte, selbst Kommunisten. In der Zwischenzeit würde sie warten.

Peter Gregory saß in einem geliehenen Morgenmantel da und trank genußvoll eine Tasse Tee, die fast wie Kaffee schmeckte. Er hatte die Füße auf einen Hocker gelegt und sah aus dem Fenster hinaus auf die darunterliegende schmale Straße.

Auf der anderen Seite des Zimmers saß Nancy mit ihrer halbmondförmigen Brille auf der Nase und las Zeitung, dabei gab sie gelegentlich murmelnd ihrer Bestürzung Ausdruck.

Auf dem Tisch in der Ecke begann das Telefon zu klingeln, und Nancy ging mit der Zeitung in der Hand hin und nahm den Hörer ab.

Gregory fiel es bedeutend leichter, Nancys Französisch mit amerikanischem Akzent zu verstehen als die anderen regionalen Dialekte, die er gehört hatte. Jetzt sagte Nancy jedoch sehr wenig und kritzelte eine Notiz, die ihr die Stimme am anderen Ende diktierte, an den Rand der Zeitung.

Gregory war ungeduldig, er wollte sich wieder auf den Weg machen. Es war, als sei er von seinem Überdruß und der unheilvollen Müdigkeit befreit worden. Statt dessen fühlte er sich wie neugeboren, ruhig und gelassen und von neuer Hoffnung beseelt. Wenn er an Charlotte dachte, war er sich sicher, daß das, was ihn zurückgehalten hatte, Angst gewesen war. Er fürchtete ihren scharfen Verstand und die tiefen Gefühle, die sie für ihn empfand. Es hatte einige Zeit gedauert, bis er begriffen hatte, daß sie imstande war, ihn zu lieben, wie er war – daß sie die eigentümlichen Facetten und Verformungen seiner Persönlichkeit nicht nur anziehend fand, sondern sie sogar brauchte. Wieder fühlte er sich von einem verschwenderisch-freigebigen Schicksal gesegnet. Um ihrer würdig zu sein, mußte er nur eines tun: leben wollen. Und da mir das gelungen ist, dachte er mit einem kleinen Lächeln, muß ich nur noch eine weitere kleine Aufgabe erledigen: wieder zurückkehren.

»Das war ein italienischer Freund«, sagte Nancy. Sie setzte sich wieder in den Sessel und rückte ihre Brille zurecht. »Es sieht so aus, als würde sich vielleicht endlich etwas tun.« Sie sprach leise, dabei hatte sie den Kopf leicht abgewandt. »Wissen Sie, was eine Feluke ist?« fragte sie.

»Hört sich an wie eine Blase am Fuß.«

»Es ist ein Schiff, das aussieht wie ein portugiesischer Sardinenkutter. Ziemlich unbequem, glaube ich, aber Sie werden nicht weit damit fahren.«

»Was hat dieser italienische Freund damit zu tun?«

»Östlich der Rhône ist Frankreich von den Italienern besetzt. Wußten Sie das? Nun, dieser Freund von mir – er heißt Gianluca – wird Ihnen helfen. Er fährt mit Ihnen. Im Moment weiß ich nicht genau, wie sein Plan aussieht, aber er hat uns bisher noch nie im Stich gelassen.«

»Aber wenn wir die Rhône überqueren, treffen wir dann nicht auf italienische Solaten?«

»Das weiß ich nicht so genau, Peter.« Wie immer, wenn sie auf ein Thema zu sprechen kamen, das wirklich wichtig war, reagierte Nancy ausweichend auf seine Fragen.

»So wie ich es verstanden habe, sind die Italiener kompromißbereit. Fragen Sie sich selbst, welcher Ausweg für Sie leichter ist. Ich vermute, bei den Franzosen ist es ähnlich, oder nicht? Wir haben alle Angst vor der Vichy-Polizei, aber das ist nicht alles, stimmt's?«

Gregory dachte an das alte Ehepaar auf dem Bauernhof. »Nein, das ist nicht alles.«

»Für Sie soll es Donnerstag losgehen, aber dieser Festtag kann sich noch verschieben.«

## 2. KAPITEL

Levade traf am Montagnachmittag um zehn Minuten nach vier im Konzentrationslager Drancy ein. Ein paar Augenblicke lang war er einfach nur erleichtert. An der frischen Luft zu sein, war eine Wohltat für seine Lungen, die in dem stickigen, geschlossenen Eisenbahnwaggon gelitten hatten. Die kurze Busfahrt vom Bahnhof bis zum Lager hatte ihm keine Erleichterung verschafft, und er sog die eiskalte Luft ein, bis er wieder einen seiner langen, krampfartigen Hustenanfälle bekam, bei denen seine Rippen schmerzten und sich sein ganzer Körper zusammenkrümmte.

Als er sich wieder aufrichten konnte, fand er sich inmitten einer Gruppe von verwirrten und verdreckten Menschen wieder, die auf den halbfertigen Häuserkomplex starrten, der vor ihnen lag. Er bildete ein mehr als hundert Meter langes und ungefähr fünfundsiebzig Meter breites Rechteck, das auf drei Seiten von vierstöckigen Gebäuden eingerahmt wurde. Die vierte Seite war zwar offen, aber mit einem Stacheldrahtzaun abgesperrt, in den ein Tor hineingeschnitten worden war. An beiden Enden des Zauns befanden sich erhöht liegende Wachposten. Jeweils zwei Gendarmen hielten ihre Maschinengewehre auf den Hof gerichtet, der von den Gebäuden umschlossen wurde. Levade konnte auf der einen Seite einen Turm erkennen, an dem man die Bauarbeiten offenbar eingestellt hatte.

Seine Erleichterung schwand, als mehrere Gendarmen sich durch die Gruppe drängten und Befehle brüllten. Er mußte, wie schon während der Fahrt, seine ganze Willensanstrengung aufbieten, um der lähmenden Erschöpfung Herr zu werden.

Rundherum vernahm er in unterschiedlichen Sprachen murrende, widerwillige Stimmen – deutsch, jiddisch, polnisch und französisch mit verschiedenartigen ausländischen Akzenten. Die Gendarmen trieben die Menschen durch das Tor und schleusten sie dabei durch die enge Öffnung, so daß sie erneut zu dem Körperkontakt gezwungen wurden, der sie nach dem langen Eingepferchtsein im Zug mit Abscheu erfüllte. Halb ging Levade, halb wurde er von der sich langsam vorschiebenden Menge getragen, der man befohlen hatte, die lange Seite des Hofes hinunterzumarschieren. Einen Moment lang hob er die Augen und sah die Gesichter, die sich rund um den Hof an die Fensterscheiben preßten. Weit aufgerissene, ausdruckslose Augen schweiften über die Gestalten der Neuankömmlinge.

Am hinteren Ende befanden sich Holzbaracken, die ein wenig von den Hauptgebäuden abgesetzt waren, davor bildete sich allmählich eine Schlange. Levade umklammerte den Griff seines Koffers und lehnte sich gegen einen Pfosten, der das niedrige Dach über dem Gehweg stützte.

Dann wurde er von dem Schlagstock eines Gendarmen nach vorn gestoßen und stolperte in die düstere Baracke, wo in dem trüben Licht einiger Sturmlaternen lange Tische aufgebaut waren. An einem davon saß ein deutscher Offizier mit einem französischen Polizisten zu seiner Rechten. Der größte Teil der Arbeit in den Baracken wurde jedoch von den Gendarmen erledigt. Sie sorgten dafür, daß die Gefangenen ihre Koffer auf die Tische leerten, und nahmen ihnen alles weg, was den Vorschriften zufolge verboten war. Das, was sie konfisziert hatten, warfen sie über die Schulter nach hinten, wo schäbige Gestalten mit weißen Armbinden die Sachen zu Haufen schichteten.

Der Gendarm, der Levade gegenüberstand, rollte die Leinwand auseinander, die Charlotte eingepackt hatte, warf einen kurzen Blick darauf und schleuderte sie hinter sich. Er durchsuchte Levade gründlich und riß ihm dabei Jacke und Hemd vom Leib, um schnell fertig zu werden. Er rümpfte die Nase, als seine Finger die rote Narbe an Levades Schulter berührten. Er leerte den Koffer auf dem Tisch aus, warf einen Teil davon über seine Schulter und drückte den Rest Levade in die Arme. »Weiter!« befahl er. An der Tür wurde Levade ein Stück gelber Stoff in Form eines Sterns in die Hand gedrückt.

»Lies das.« Der Gendarm hielt Levade eine Mitteilung vors Gesicht. »Jeder Internierte, der innerhalb der Lagerbegrenzung ohne den Stern gesehen wird, wird eingesperrt und automatisch dem nächsten Transport zugeteilt.

Für jeden Internierten, der im Treppenhaus des Frauenlagers erwischt wird, gilt dieselbe Sanktion. Nur diejenigen, die eine weiße Armbinde erhalten haben, dürfen diese Treppenhäuser betreten.

Die Kapos sind dafür verantwortlich, daß die Anweisungen befolgt werden.«

Unter diesen Worten stand eine weitere Proklamation, die der Polizeikommissar unterzeichnet hatte. Sie beschrieb ausführlich die Bestrafung von zwei Menschen, die die Anweisungen nicht befolgt hatten: Obwohl sie mit »Ariern« verheiratet waren, sollten sie sofort deportiert werden.

Levade fühlte, wie ein junger Mann, der eine weiße Armbinde trug, sein Handgelenk ergriff. Sie gingen inmitten einer kleinen Gruppe von stolpernden Neuankömmlingen an einem Gebäude entlang, einige von ihnen weinten vor Erschöpfung und Angst.

Levade fand sich auf einer Treppe wieder, die er mühsam erklomm – er bekam kaum Luft und wurde ständig von hinten angerempelt. Dann kam er in einen großen Raum, in dem ein wildes Durcheinander herrschte und lautes Stimmengewirr ertönte. Er ließ sich einfach auf dem Fußboden nieder und schwitzte trotz der Kälte sein Hemd naß. Krampfhaft hielt er die wenigen Kleidungsstücke, die er hatte behalten dürfen, an seine Brust und lehnte sich erschöpft an die Wand.

Als ihm jemand eine Hand auf die Schulter legte, öffnete er die Augen und sah das glattrasierte Gesicht eines Mannes von ungefähr vierzig Jahren vor sich, der ihn ernst anschaute.

»Ist alles in Ordnung mit Ihnen?« Der Mann sprach ein authentisches, gebildetes Französisch.

Levade lächelte und nickte.

»Ich bin der Blockälteste. Ich werde versuchen, Ihnen zu helfen. Aber wenn neue Leute ankommen, herrscht erst einmal Chaos. Haben Sie Messer und Gabel und eine Schüssel? Nein? Gut, ich werde dafür sorgen, daß Sie sie bekommen.«

Levade schaute sich um. Draußen war es dunkel geworden, und der Raum wurde von ein paar nackten Glühbirnen erhellt. Mehrere Reihen von behelfsmäßigen Holzpritschen waren zu dreistöckigen Etagenbetten aufeinandergestellt worden. An vielen dieser Pritschen hingen Mäntel, Hemden, Jacken, Kochtöpfe und Taschen, die der Durchsuchung in den Baracken entgangen waren.

»Mein Name ist Hartmann«, sagte der Mann, der immer noch neben Levade kniete. »Sie können hier sitzen bleiben, wenn Sie wollen. Ich kümmere mich darum, daß der Stubenälteste Ihnen ein Bett besorgt.« Er lächelte kurz. »Wir sind hier sehr bürokratisch – der Älteste hier, der Älteste dort. Später gibt es Suppe. Sehen Sie zu, daß Sie welche bekommen.«

Levade nickte und versuchte dem Mann zu danken, aber sein Mund und seine Kehle waren so trocken, daß er kein Wort herausbekam.

Er schloß wieder die Augen und dachte an die Domaine. Wie hatte er dort gegen seine persönlichen Grenzen angekämpft und sich gegen die Beschränkungen, die ihm sein Alter und sein Temperament auferlegt hatten, gewehrt. Er hatte sich selbst für unglücklich gehalten. Jetzt erkannte er, daß er bei der Arbeit in seinem Atelier eine gewisse Freude empfunden hatte – so enttäuschend die Ergebnisse auch gewesen sein mochten. Und die Anwesenheit der Engländerin war ihm ebenfalls ein Trost gewesen.

Seitdem er die Domaine verlassen hatte, hatte ihn der Gestank von Exkrementen und ungewaschenen Körpern nicht mehr verlassen. Im ersten Lager Beaune-la-Rolande war es schon schlimm gewesen, aber hier in diesem Lager war die Luft fast so übelriechend wie im Zug. Es war schwer, unter diesen Umständen seine Mitmenschen zu lieben.

»Sie möchten ein Bett? Kommen Sie mit.« Levande wurde auf französisch von einem rundlichen, grauhaarigen Mann angesprochen, sein Akzent klang polnisch oder ungarisch. Er nahm Levade am Arm und führte ihn in eine Ecke des Raums.

»Sie müssen hinaufklettern. Ich halte Ihre Sachen.«

Er half Levade in ein mittleres Etagenbett hinauf. »Tut mir leid wegen der Enge. Der Raum ist eigentlich nur für fünfzig Leute gedacht, aber wir sind über hundert. Übrigens ist das Rauchen hier nicht erlaubt.«

Levade legte sich hin und drehte das Gesicht zur Wand. Über dem grauen Zement hingen lose dicke Stromkabel, die nicht unter Putz gelegt worden waren. Weiter unten in der Wand befand sich ein Hohlraum, in dem er eine Reihe miteinander verbundener Rohre und andere Anzeichen von unvollendeten Klempnerarbeiten erkennen konnte. Auf der anderen Seite des Raums war ein langes Zinkblech an der Wand befestigt worden, das als Waschbecken diente und von einem halben Dutzend Leitungen ohne Wasserhähne gespeist wurde.

Das Fenster, das ungefähr dreißig Zentimeter von Levades Gesicht entfernt war, war aus irgendeinem unerfindlichen Grund blau überstrichen worden – vielleicht, um zu verhindern, daß sie einen Blick in die Außenwelt warfen, dachte er. Es konnte auf Metallschienen auf- und zugeschoben werden, doch da man das Aufschieben mit Nägeln verhindert hatte, schlossen die Fenster nicht dicht. Levade war für den eisigen Luftzug dankbar, er machte den Gestank der Menschen in dem Raum erträglicher. Er deckte sich mit ein paar Kleidungsstücken zu und rollte sich zum Schlafen zusammen.

Später versuchte ihn eine Stimme für die Suppe zu interessieren, aber Levade schüttelte den Kopf und zog sich die Kleidungsstücke noch höher über die Schultern. Er hörte den scharfen Ton einer Pfeife und merkte, daß das Licht gelöscht wurde.

Dann fing er schließlich das erste Mal seit vielen Jahren an zu träumen – großartige, sinnenfrohe Geschichten, die auf angenehme Länge ausgedehnt wurden. Es waren visuelle Offenbarungen von Orten, an die er sich erinnerte, oder von anderen Welten, die für ihn Wirklichkeit wurden.

Als er morgens erwachte, konnte er nicht glauben, daß er wieder in dem Raum in Drancy war. Die überwältigende Existenz, in die seine Träume ihn auf so verzaubernde Weise versetzt hatten, hätte sich eigentlich über diese eingeengte Wirklichkeit hinwegsetzen sollen.

Es war sieben Uhr morgens, und einer der Kapos mit weißer Armbinde hatte einen Eimer Kaffee ins Zimmer gestellt. Die Menschen drängten sich mit Bechern, die sie ihm entgegenstreckten, um ihn, während der Stubenälteste vergeblich versuchte, sie dazu zu bringen, sich ordentlich anzustellen.

Levade rührte sich unter seinem Stoß von Kleidungsstücken. Er spürte, daß ihn die Haut auf Brust und Beinen schrecklich juckte. Es war ein Gefühl, das ihm irgendwie vertraut war, aber er brauchte einen Augenblick, bis er wußte, woher er es kannte. Dann fiel es ihm wieder ein: Läuse. Er hatte diesen quälenden Juckreiz nicht mehr gespürt, seit er 1918, bei Kriegsende, sein Uniformhemd verbrannt hatte.

Er erhob sich mühsam von seinem Bett und fragte den Stubenältesten, wo die Toilette sei.

»Sie müssen warten. Wir sind erst in fünf Minuten an der Reihe, um das Rote Schloß zu benutzen. Warten Sie hier.«

Einige Männer wuschen sich mit dem kalten Wasser, das aus den Leitungen über dem Zinktrog strömte. Ein paar standen nackt da und wuschen sich auch an den intimsten Stellen sorgfältig und ohne Eile; andere bespritzten und betupften sich verstohlen und versuchten, so wenig Haut wie möglich zu zeigen. Ein Vater, ein religiöser Mann, bemühte sich verzweifelt, seine Blöße vor seinem Sohn zu verbergen. Levade stellte fest, daß Charlotte ihm eine Zahnbürste und etwas Zahnpasta in die Jackentasche gesteckt hatte, und er wartete, bis die Reihe an ihm war.

Das Rote Schloß bestand aus einer Reihe von Latrinen in einer Behelfsbaracke, die sich in der Nähe des Haupttors befand. Als sein Zimmer an der Reihe war, die Latrinen zu benutzen, ging Levade, angeführt vom Kapo, mit seinen Mitgefangenen hinunter. Im Hof mußten sie sich dicht an den Gebäuden halten; ihnen war nicht erlaubt, einen Schritt weiter weg zu machen, sie mußten sich wie Schatten an der Wand entlang bewegen. Es gab nicht genug Latrinen für alle, das Toilettenpapier in den Kabinen hatten die Männer vor ihnen aufgebraucht, und als Levade an der Kette zog, kam kein Wasser. Der Gestank und der Schmutz waren ihm nicht neu. Alles erinnerte ihn an den vorangegangenen Krieg, wo sie ebenfalls unter solchen Bedingungen gelebt hatten. Damals war ihnen gesagt worden, es gebe einen Grund dafür: Der Ruhm und die Ehre des Landes stünden auf dem Spiel, und ihre Opfer würden ihnen hoch angerechnet, wenn sie von der Front nach Hause kämen. Jetzt rechnete Levade nicht damit, noch einmal nach Hause zurückzukehren.

Die Insassen aller Blocks versammelten sich zu einer bestimmten Zeit zum Häftlingsappell im aschebestreuten Hof. Levade war erstaunt, wie unterschiedlich seine Mitgefangenen waren. Es gab gepflegte, glattrasierte Männer in dicken Mänteln, die aussahen, als hätten sie eine wichtige geschäftliche Besprechung unterbrochen, um in Ruhe eine Zigarre zu rauchen; andere hatten das Aussehen von Vagabunden, bei denen sich der Schmutz seit langer Zeit im Gesicht eingegraben hatte; es gab

Frauen mit nackten Beinen, die ihre Familien bemutterten und versuchten, ein Minimum an Ordnung zu wahren; und es gab Kinder, viele lethargische Kleinkinder mit dunklen Augen, einige von ihnen konnten vor Müdigkeit kaum stehen, einige waren bei ihren Müttern, aber die meisten von ihnen standen allein da wie gelähmt, sprachlos.

Der Häftlingsappell dauerte bei den mehreren tausend Menschen, die dort versammelt waren, anderthalb Stunden. Levade stützte sich auf seinen jungen Nachbarn, und als es vorbei war, ging er zitternd zurück in sein Bett, wo er hustete, bis er dachte, die Rippen würden ihm brechen. Zwischen einer Gruppe Franzosen und einigen Polen gab es einen lautstarken Streit. Die Franzosen machten die Polen für ihre mißliche Lage und dafür, daß sie von der Polizei zusammengetrieben worden waren, verantwortlich. Die Polen hingegen beschwerten sich, daß die Franzosen von den Polizisten, die das Lager leiteten, Privilegien erhielten. Schließlich, so argumentierten sie, seien sie doch alle Juden.

»Ja«, schrie ein Mann mit Pariser Akzent aufgebracht zurück, »aber wir sind nicht alle Franzosen!«

Um elf Uhr morgens wurde etwas Brot ins Zimmer gebracht; die Laibe wurden in Portionen von je einem Siebtel pro Mann geteilt. Der Stubenälteste ging beim Aufteilen äußerst gewissenhaft vor, da Ungenauigkeit bei dieser Aufgabe bereits einmal dazu geführt hatte, daß zwei Männer umgehend deportiert wurden.

Levade hatte keinen Appetit, behielt aber sein Stück Brot und gab es dem jungen Mann, auf dessen Schulter er sich beim Appell gestützt hatte. Mittags wurde in dem Eimer, der morgens Kaffee enthalten hatte, etwas heraufgebracht, das als Suppe bezeichnet wurde – eine Brühe aus Kohlstreifen und heißem Wasser, die von den anderen Insassen hungrig entgegengenommen wurde.

»Möchten Sie keine Suppe?« fragte ihn Hartmann, der Blockälteste.

Levade schüttelte den Kopf.

»Sie sehen nicht gut aus.«

»Ich hab's auf der Brust. Es geht mir seit ein paar Wochen nicht gut. Und ich glaube, die Umstände machen es nicht gerade besser.«

Hartmann lächelte. »Ich werde versuchen, die Krankenschwestern dazu zu bringen, daß sie mal nach Ihnen sehen. Wir hatten in diesem Treppenhaus einen Arzt, aber er wurde deportiert.«

»Diese Deportationen«, sagte Levade. »Wohin gehen sie?«

»Nach Pitchipoi. Das sagen wir den Kindern. Das ist ein Name, den sie sich im Krankenzimmer ausgedacht haben. Sie gehen nach Polen.«

»Und was passiert dort?«

Hartmann zog die Schultern hoch und breitete seine Hände ein wenig aus. Levade sah in sein Gesicht, seine Augen waren von einem bemerkenswerten Tiefbraun mit einem schmalen, hellen Streifen in der Mitte. »Theoretisch«, sagte Hartmann, »arbeiten sie. In Wirklichkeit... In Wirklichkeit weiß ich es einfach nicht. Aber es gibt Gerüchte, es gibt Geschichten, die Sie im Lager zu hören bekommen werden.«

»Und was behaupten diese Gerüchte?«

Hartmann schüttelte langsam den Kopf. »Ich glaube, das ist unwichtig. Ich glaube, daß wir es herausfinden werden, Sie und ich.«

Levade lag auf seinem Bett, Hartmann stand neben ihm. Levade sagte: »Warum sind Sie hier? Was haben Sie verbrochen?«

»Was ich verbrochen habe... ach. Soweit sie es betraf, war es mein Verbrechen, keinen Stern zu tragen. Ich habe in einem kleinen Dorf in der Bretagne gewohnt, in der besetzten Zone, und jemand hat die örtliche Polizei informiert, daß ich Jude sei und mich weigere, den Stern zu tragen.«

Levade lächelte. »Genau wie bei mir. Meine Papiere waren nicht mit dem richtigen Wort gestempelt.«

»Die Familie meiner Mutter ist überhaupt nicht jüdisch«, antwortete Hartmann. »Mein Vater war Atheist. Aber sie brauchten noch Leute, um die Quote zu erfüllen. Ich bin jetzt seit sechs Monaten hier. Deshalb habe ich diese gehobene Position erhalten, und weil ich Rechtsanwalt bin. Aus irgendeinem Grund mögen die Behörden Rechtsanwälte. Ich nehme an, weil sie glauben, wir seien intelligent. Oder vielleicht, weil wir ehrlich sind.« Er lachte.

»Wer hat Sie ausgesucht?«

»Die Gendarmen. Sie leiten in Wirklichkeit das Lager. Offiziell trägt die französische Polizei die Verantwortung, ihr Kommissar ist der Lagerverwalter. Aber sie halten sich zurück, sie fühlen sich dadurch besser, da sie die Hüter der öffentlichen Ordnung sind und das tun, was die Regierung von ihnen verlangt; sie überlassen es den Gendarmen, sich die Finger schmutzig zu machen.«

»Und die Leute mit den Armbinden. Wer sind sie?«

»Sie sind auch eine Art jüdische Selbstverwaltung. Die Gendarmen sorgen dafür, daß wir das Lager soweit wie möglich selbst führen. Diese Leute nennt man Kapos. Es herrscht das gleiche Prinzip, das die Deutschen bei der französischen Polizei anwenden. Aber wenn man Blockältester ist, kann man auch Gutes tun, man arbeitet nicht nur für den Feind. Man kann Leuten helfen, man kann versuchen, sie aufzumuntern. Es gibt Zeiten, da ist die Moral schlecht. Vor einer Deportation gibt es viele Selbstmorde. Die Leute stürzen sich aus dem Fenster.«

Levade schloß die Augen. Seine Krankheit ebenso wie sein religiöser Gleichmut versetzten ihn anscheinend in die Lage, Abstand zu den Umständen zu wahren, in denen er sich befand; vielleicht waren sie aber auch nur zu seltsam, als daß man sie ganz erfassen konnte.

Er fragte: »Wie lange bleiben die Leute hier, bis sie deportiert werden?«

»Nicht lange«, erwiderte Hartmann. »Im Winter gab es eine vorübergehende Pause, in der offenbar kein Zug abgefahren ist, aber jetzt geht es allmählich wieder los. Einige bleiben ein paar Wochen, einige nur ein paar Tage.«

»Und wer sucht die Leute aus?«

»In gewissem Umfang tut das der jüdische Ordnungsdienst. Sie suchen erst Ausländer und danach Franzosen aus, und sie bemühen sich, Kriegsveteranen hintanzustellen. Aber die Polizei kann jeden einfach so dazu auswählen, und die Deutschen ebenso. Letzten Endes ist es Zufall.«

»Und die Kinder?«

»Ja, sie werden auch ausgesucht. Früher waren sie ausgenommen, aber die Zeiten sind vorbei.«

»Ich verstehe. Und, sind Sie Kriegsveteran?«

»Ja. Aber ich war erst am Ende dabei, ab 1917. Davor war ich noch zu jung. Und Sie?«

»Vier Jahre. Verdun. Der Gestank hier –«

»Ich weiß«, stimmte ihm Hartmann zu. »Das versetzt einen zurück in jene Zeit.«

Levade hatte wieder die Augen geschlossen. Er spürte die Hand des anderen Mannes auf seinem Handgelenk. »Ich sorge dafür, daß jemand kommt und Sie untersucht. Vielleicht sollten Sie jetzt schlafen.«

Aber Levade träumte bereits.

Sylvie Cariteau bestieg auf dem Platz ihr Fahrrad und machte sich auf den Weg in die ländliche Umgebung. Das Postamt war mittwochnachmittags immer geschlossen, daher hatte sie viel Zeit, aber sie wollte gern vor Einbruch der Dunkelheit wieder zurück sein.

Sie brauchte eine Stunde bis zu dem Bauernhof, wo die Jungen untergebracht waren. Als sie den matschigen Pfad entlangradelte, war sie sich nicht sicher, wie sie sie empfangen würden; sie wußte eigentlich nie, ob sie sie als ihre Retterin oder als ihre Gefängniswärterin betrachteten. Und André war im Lauf der langen Monate ohne seine Eltern empfindlich und sonderbar geworden.

Doch André war bester Laune. Er hüpfte herum, redete ohne Unterlaß und war erpicht, Sylvie die Wunderdinge seines neuen Zuhauses zu zeigen. Er war ein ganz entzückendes Kind, oder konnte es zumindest sein, dachte Sylvie, und der kleine Jacob beschwerte sich nie, sondern kam einfach, so schnell er konnte, hinterher.

Anne-Maries Mutter war in der Küche, sie entstammte derselben Generation wie Sylvie Cariteaus Mutter und war ähnlich zurückhaltend. Sie war nicht gerade begeistert, noch zwei Mäuler stopfen zu müssen, aber ihr Mann hatte ihr gesagt, daß sich das auf lange Sicht für sie auszahlen würde. Dabei hatte er Sylvie einen geheimnisvollen und verschwörerischen Blick zugeworfen.

Im Lauf des Nachmittags kam Anne-Marie von der Arbeit in ihrem Café zurück und spielte mit Sylvie und den Jungen. Dann begann sie, ein großes Omelett zuzubereiten, nachdem sie André beauftragt hatte, im Hühnerstall die dafür nötigen Eier zu sammeln. Sie hatte sogar Butter, die sie in der geschwärzten Pfanne auf dem Herd schäumend zum Schmelzen brachte.

Sie waren mitten beim Essen, als Anne-Marie plötzlich einen Finger auf die Lippen legte. »Schhh. Ich höre ein Auto. Schnell. Nach oben. Schnell!«

André und Jacob krabbelten die Leiter nach oben, während Anne-Marie ihre Teller in die Spüle stellte.

»Ist das nicht der Lastwagen Ihres Vaters?«

»Nein. Er hat kein Benzin. Wartet hier.«

Anne-Marie, unter deren unförmiger Winterkleidung sich eine zierliche Gestalt verbarg, ging zur Tür und wartete dort, die Hände in die Hüften gestemmt.

Ein deutsches Militärfahrzeug ohne Verdeck fuhr auf den Hof, vier Männer saßen darin, ihre Gewehre, die sie zwischen den Knien hielten, zeigten gen Himmel.

Anne-Marie rührte sich nicht vom Fleck, als die Männer ausstiegen und über den schmutzigen Hof auf sie zukamen.

Der größte der vier Männer machte einen Schritt nach vorn. »Sie haben Juden hier«, sagte er auf französisch. »Wir nehmen sie mit. Jüdische Jungen.«

»Ich weiß nicht, wovon Sie reden. Es sind keine Jungen hier. Nur meine Mutter und ich. Und eine Freundin.«

»Platz da.« Der deutsche Feldwebel drängte sich an ihr vorbei, ihm folgten ein Unteroffizier und der Soldat, der auch in der Domaine gewesen war, sowie ein weiterer Soldat, der zum Sonderkommando von Lavaurette gehörte.

Der Feldwebel brüllte den anderen einen Befehl zu, woraufhin sie die Küche durchsuchten, Möbelstücke umstießen und Schranktüren öffneten.

»Was wollen Sie?« fragte Anne-Maries Mutter.

Der Feldwebel blieb an der Tür zum nächsten Zimmer stehen. »Die französische Polizei sagt, daß hier Juden sind. Zwei Jungen. Wir nehmen sie mit.«

Einer der Soldaten rief etwas und deutete auf eine Tür, die mit einem Vorhängeschloß zugesperrt war und zu einem Vorratsraum führte.

»Wo ist der Schlüssel?« fragte der Feldwebel.

Anne-Marie zuckte mit den Schultern. »Kein Schlüssel.«

Der Feldwebel hämmerte mit dem Gewehrkolben so lange auf das Schloß ein, bis die Halterung des Schlosses vom Türrahmen abbrach.

Als die vier Männer den Vorratsraum untersuchten, sahen die Frauen einander an. Sylvie Cariteau hielt sich die Hand vor den Mund. Anne-Maries Augen huschten zwischen den beiden anderen Frauen hin und her, ihre Lippen waren dabei entschlossen aufeinandergepreßt.

Die Soldaten kamen wieder heraus. »Wo sind sie?« Der Feldwebel packte Anne-Marie bei den Aufschlägen ihrer dicken Wolljacke, und Anne-Marie spuckte ihm ins Gesicht. Er stieß sie rückwärts auf den Tisch und zerriß dabei den Stoff ihrer Jacke und den des Kleides darunter. Dadurch wurden ihre Brüste halb entblößt, die sie Levade so lange Zeit enthüllt hatte.

Er hielt einen Augenblick inne, schien sich dann wieder zu sammeln und zeigte auf die Leiter in der Ecke des Zimmers und gab einen weiteren Befehl. Die drei Soldaten kletterten hinauf, und Sylvie Cariteau sah zu, wie ihre Stiefel im Dämmerlicht über ihnen verschwanden. Sie hörte oben ihre Schritte und fragte sich, wie gut die Jungen versteckt waren.

Der Feldwebel wandte sich von Anne-Marie ab und begann sich erneut in der Küche umzusehen.

Anne-Marie beugte sich vor und flüsterte Sylvie ins Ohr: »Wenn wir beide sie aufhalten könnten, kann Maman die Jungen vielleicht hinten zum Fenster hinausschmuggeln.«

So wie sie das Wort »aufhalten« betonte, war Sylvie Cariteau sofort klar, was sie meinte, sie zögerte einen Augenblick und nickte dann traurig.

Anne-Marie flüsterte ihrer Mutter etwas zu, die daraufhin die Lippen schürzte.

»Was ist das?« Der deutsche Feldwebel hielt ein Buch in die Höhe, das er neben dem Spülbecken auf dem Fußboden gefunden hatte. Es war die Geschichte von der Krokodilmutter, die ihr Ei verloren hatte.

Er zog die Augenbrauen hoch, als er erneut auf Anne-Marie zuging. Dieses Mal sprach er leise. »Wo sind sie?«

»Hier ist niemand«, entgegnete Anne-Marie, doch ihre Stimme hatte angefangen zu zittern.

Die beiden Soldaten und der Unteroffizier kamen wieder die Leiter herunter.

Der Unteroffizier zuckte mit den Schultern und sagte kurz etwas auf deutsch. Der Feldwebel lächelte ungläubig und schüttelte den Kopf, dabei hielt er das Buch hoch.

Der Soldat, den Julien in der Domaine überwältigt hatte, trat vor, packte Sylvie Cariteau an den Haaren und zerrte in einer Drehbewegung an ihrem Kopf. Sie schrie vor Schmerz auf, während sie ihren Körper auf dem Stuhl herumdrehte.

Sie befreite sich aus seinem Griff und stand auf. Sie sah Anne-Marie eine Sekunde lang an, wie um sich eine Bestätigung zu holen, und umarmte dann zu seiner offenkundigen Überraschung den Soldaten.

Er stieß sie weg, schien es sich dann aber zu überlegen, als ob ihm nicht unbedingt mißfiel, was ihm dargeboten wurde. Er murmelte dem Unteroffizier etwas zu, dieser packte Sylvie Cariteau an beiden Armen, während der Soldat heftig an ihrem Rockbund zerrte. Als dieser zerriß, begann der Soldat, Sylvie anzuschreien und ins Gesicht zu schlagen.

Der Feldwebel sah gleichgültig zu, wie Sylvie die Kleider vom Leib gerissen wurden. Er wandte sich wieder Anne-Marie zu und sagte etwas zu dem anderen Soldaten, der sie an den Armen festhielt, während der Feldwebel ihr die Kleider vom Oberkörper riß. Seine Bewegungen waren langsam und überlegt, ganz im Gegensatz zu denen des Soldaten, der Sylvie Cariteau schlug, als sei er von Sinnen. Beide hatten ihren Gürtel gelockert und nestelten an ihren Hosenverschlüssen; sie stießen die Frauen rückwärts gegen den Küchentisch, während die anderen beiden Männer sie niedergedrückt hielten.

Anne-Maries Mutter schrie: »Hört auf damit, aufhören, hört auf damit, ihr Schweine. Sie sind oben. Ich zeige sie euch. Aufhören.« Sie trommelte dem Feldwebel mit ihren kleinen Fäusten auf die Schultern. »Die Jungen. Ich zeige sie euch. Kommt, kommt.« Sie packte ihn am Arm und fing an, ihn durch das Zimmer zu zerren.

Der Feldwebel machte widerstrebend seinen Gürtel zu und

ging mit ihr. Als er an dem Soldaten vorbeikam, schrie er ihn an, er solle aufhören, als wollte er seinem Untergebenen nicht erlauben, was er selbst aufgegeben hatte.

Sylvie und Anne-Marie ordneten unter den mürrischen Blicken der Soldaten ihre Kleidung. Von oben hörten sie ein Krachen und dann das Geschrei der Kinder.

André und Jacob wurden die Leiter hinuntergeschubst, wobei sie ins Rutschen kamen, hinter ihnen folgten langsamer der Feldwebel und Anne-Maries Mutter.

Der Feldwebel lächelte die beiden Soldaten schwach an und machte eine Kopfbewegung Richtung Tür. Die Männer zerrten die Jungen hinaus in den dunklen Nachmittag.

Anne-Maries Mutter stand am Küchentisch und starrte erst ihre Tochter und dann den Feldwebel an, dabei war ihr Gesicht vor bäuerlichem Trotz gerötet. Einen Augenblick lang herrschte Stille; dann gab der Feldwebel dem Untergefreiten ein Zeichen, drehte sich auf dem Absatz um und verließ das Haus. Draußen wurde ein Motor angelassen.

Zozo brachte seinen Schützling in ein kahles Zimmer, das am anderen Ende der Stadt über einer Apotheke lag. Die Apotheke gehörte seiner Schwester, einer hochgewachsenen, grauhaarigen Frau in einem weißen Kittel. Jeden Tag, wenn Charlotte durch die Apotheke an den Regalen mit Tabletten und Wässerchen vorbei nach hinten ging, sah sie Charlotte über ihre Brillengläser hinweg mißbilligend an. Sie sagte kein Wort, wenn Charlotte durch die Tür und die schmale Hintertreppe nach oben ging. In dem Zimmer gab es nur ein Bett mit einer Decke, eine Waschschüssel und einen Krug. Vom Fenster aus sah man über einen ungepflegten Garten, dahinter auf eine Reihe kleiner Häuser.

Jeden Abend rief Charlotte von Zozos Wohnung in Lavaurette bei Sylvie Cariteau an, aber es gab nie irgendwelche Neuigkeiten. Tage vergingen. Sie lieh sich von Zozo Bücher aus, um sich die Zeit zu vertreiben. In ihrem kalten Zimmer empfand sie das ganze Ausmaß ihrer Einsamkeit, aber sie gab ihr nicht nach. Die Bedeutung dessen, was sie als Mensch ausmachte, und all das, was vielleicht aus ihr wurde, hingen davon ab, ob sie Levade sehen und ihm erklären konnte, was Julien getan hatte. Wenn sie versagte, würde sich der zerrissene rote Faden ihres eigenen Lebens niemals wieder zusammenfügen lassen.

Am achten Tag teilte ihr Sylvie Cariteau mit, daß sie eine Nachricht habe, die von César übermittelt worden sei. Octave habe ihn geschickt, um ihr mitzuteilen, daß alles in Ordnung sei und daß der Name des Ortes Drancy laute, er liege in der Nähe von Paris.

Als Charlotte fragte, ob es etwas Neues von den Jungen gebe, brach Sylvie in Tränen aus.

Charlotte ging nach oben in Zozos Schlafzimmer, wo er die Drahtantenne seines Funkgeräts über einem Kleiderschrank in Position brachte, bevor er seine Mitteilung funkte.

»Warum so aufgeregt?«

»Zozo, können Sie jemanden in Paris finden? Jemanden, der mich nach Hause bringt?«

»Paris. Mein Gott. Da müssen Sie vorsichtig sein.«

»Ich weiß. Aber wissen Sie dort jemanden?«

»Nein. Aber ich kann vermutlich jemanden finden.«

»Wie schnell?«

Zozo sah sie neugierig an. »Ich werde sehen, was ich tun kann.«

Als sich Charlotte wieder in ihrem kalten Zimmer über der Apotheke befand, sprach sie ein Gebet für André und Jacob.

## 3. KAPITEL

Morgens sprenkelte der Häftling, dessen Aufgabe es war, das Zimmer sauberzumachen, mit Hilfe einer leeren Marmeladendose, in die kleine Löcher gebohrt worden waren, Wasser auf den Boden. Ein Besen wurde zur Verfügung gestellt, aber als Schaufel mußte er ein Stück Pappe benutzen, von dort gelangte das, was er aufgefegt hatte, in einen Kübel, der neben der Tür stand. Es gab nur zwei Eimer für die ungefähr hundert Bewohner des Zimmers; der andere war für das Essen.

Der Stubenälteste teilte Levade mit, daß er wie jeder andere auch seinen Arbeitsdienst würde leisten müssen. Wahrscheinlich würde man ihn zum Gemüseputzen einteilen, eine Arbeit, die jeden Morgen in einem Raum im Erdgeschoß, nicht weit vom Haupttor, erledigt wurde. Es sei eine ermüdende Arbeit, erklärte der Mann, aber manchen Leuten gefiel sie, weil sie ihre Rationen dadurch aufbessern konnten, indem sie heimlich die Kartoffelschalen aßen, wenn die Gendarmen gerade nicht hinsahen.

Levade schätzte sich glücklich, daß seine Krankheit ihm den Appetit verschlagen hatte. Den ganzen Tag hörte er, wie die anderen über ihren leeren Magen klagten, und beobachtete, wie verzweifelt halbe Karotten und dünne Brotscheiben gegen Zigaretten eingetauscht wurden. Da keinerlei Verbindung zur Außenwelt erlaubt war, waren die Gendarmen die wichtigste Quelle für Tabak – der einzigen harten Währung in Drancy.

Ein Arzt aus einem anderen Block hatte denjenigen, die sich in einem fortgeschrittenen Stadium von Hunger und Schwäche befanden, geraten, den ganzen Tag auf dem Bett zu liegen, weil sie dadurch am wenigsten Energie verbrauchten. Die Nachricht von diesem Ratschlag war bis zu Levades Zimmer vorgedrungen, und die meisten, die gerade keinen Arbeitsdienst leisten mußten, verbrachten die Stunden zwischen den Häftlingsappellen regungslos in ihren Etagenbetten aus Holz.

Der Arzt selbst, so wurde berichtet, war von den Gendarmen dabei beobachtet worden, wie er neben dem Roten Schloß einen Mülleimer durchwühlte, auf der Suche nach Resten der Kartoffelschalen, die er gewissenhaft säuberte, bevor er sie verstohlen verzehrte. Er war Gynäkologe und hatte in Paris in der Nähe der Oper eine große Praxis gehabt, aber dies hatte auf die Lagerverwaltung keinen Eindruck gemacht. Sie hatte beschlossen, daß sein Herumsuchen nach etwas Eßbarem damit bestraft werden sollte, daß er mit dem nächsten Transport deportiert wurde.

Hartmann gelang es, einen deutschen Kinderarzt namens Levi ausfindig zu machen, der eines Nachmittags, als es gerade dunkel wurde, kam, um Levade einen Besuch abzustatten. Levade schlief gerade und wachte durch seine Berührung auf; er blickte in die besorgten Gesichter der beiden Männer, die an seinem Bett standen.

Levi sprach ein gutes Französisch, wenn auch mit ausgeprägtem deutschen Akzent. Ohne Instrumente war es schwer für ihn, bei Levade eine genaue Diagnose zu stellen: Er legte ihm die Hand auf die Stirn, maß seinen Puls und sah ihm in den Hals. Dann legte er seinen Kopf auf Levades Brust und sagte ihm, er solle in ein Stück Stoff husten, woraufhin er sich ansah, was Levade ausgehustet hatte. Er fragte ihn, wie lange er schon krank sei, wieviel Gewicht er verloren und wann er zuletzt etwas gegessen habe.

»Sie müssen wenigstens versuchen, etwas zu trinken«, sagte Levi. »Haben Sie eine Tasse? Bitten Sie jemand, daß er Ihnen Leitungswasser bringt – es ist in Ordnung. Ich werde versuchen, Ihnen ein Bett im Krankenrevier zu besorgen. Es wird nicht ganz leicht sein, da bei den kleinen Kindern gerade die Ruhr grassiert. Aber Sie müssen im Bett bleiben.«

»Was fehlt mir denn?«

»Ich glaube, Sie haben eine Lungenentzündung. Ihre Lungen sind sehr voll.«

»Und was passiert dann?«

»Nichts. Normalerweise gibt es eine Krise, sehr hohes Fieber, das man entweder überlebt oder nicht. Es gibt keine sichere Heilmethode, nicht einmal in der normalen Welt.«

Levade schaute in das ernste Gesicht des Deutschen, seine dunklen Züge waren von Erschöpfung überschattet. Er hatte eindeutig nicht die Kraft, ihm etwas vorzumachen. Levade legte seine Hand auf die des Arztes. »Haben Sie im Krieg gekämpft?«

»Nicht in diesem«, antwortete Levi. »Im letzten.«

»Das meinte ich.«

»Damals hielt man uns noch für richtige Deutsche. Ich habe mich so lange gewehrt, wie ich konnte. Ich habe in Hamburg meinen Weg als Kinderarzt gemacht. Schließlich mußte ich gehen. Ich war zwei Jahre lang in Frankreich. Mein Bruder Joseph wurde kurz vor Ende in einem Tunnel getötet. Aber ich habe überlebt. Und Sie?«

Levade lächelte. »Ich war dort.« Er drückte Levis Hand. »Wir sind alte Feinde.«

Hartmann fragte: »Wann sind Sie nach Frankreich gekommen?«

»1940«, antwortete Levi. »Meine Frau und meine Kinder sind

in die Vereinigten Staaten abgereist, aber ich ging so lange wie möglich im Krankenhaus meiner Arbeit nach. Dann fuhr ich nach Paris, wo ich eine Zeitlang sicher war, bis zu dieser großen Razzia im Juli. Mir gelang es, nach Toulouse zu entkommen, aber dort wurde ich verhaftet und in ein Lager gesteckt. Ich wurde vor einem Monat hierhergebracht.«

»Und jetzt?« fragte Levade.

»Und jetzt... Wenn die Züge wieder fahren, komme ich dorthin, wo alle hinkommen.«

Hartmann sagte: »Radio London hat gesagt, daß es am anderen Ende keine Arbeit gibt. Sie sagen, daß wir einfach umgebracht werden. Zu Tausenden vernichtet.«

»Das glaube ich nicht«, entgegnete Levi mit einem Funken von deutschem Stolz. »Es gibt immer Gerüchte.«

»Und glauben Sie ihnen?«

Levi zuckte mit den Schultern. »Ja. Ich denke schon. Mir wurde berichtet, daß die Züge jetzt jeden Tag wieder fahren können. Sie stellen gerade eine Liste zusammen.«

Levade fing an zu husten, und die beiden anderen Männer deckten ihn mit allen verfügbaren Sachen zu.

Spät in der Nacht wurde Levade durch Geschrei geweckt. Eine Frau hatte sich im vierten Stock aus dem Fenster gestürzt und war auf dem schmalen Flachdach gelandet, das den Weg um den Innenhof überdachte. Sie hatte erfahren, daß ihr Name auf der Liste derjenigen stand, die deportiert werden sollten, wenn am Donnerstag die Transporte wiederaufgenommen wurden.

»Blödes Miststück«, sagte ein Mann in einem Bett neben Levade. »Jetzt muß an ihrer Stelle jemand anderer fahren.«

Keiner empfand Mitleid für die tote Frau oder die beiden Männer, die am nächsten Tag auf die gleiche Weise starben.

An jenem Abend beim Häftlingsappell stützte sich Levade wie sonst auch auf seinen Nachbarn, einen jungen Rumänen, der froh war, daß er als Gegenleistung für diesen leichten Dienst seine Tagesration verdoppeln konnte.

Nach einer Stunde in der eiskalten Abendluft fühlte sich Levade allmählich leicht benommen. Er nahm zwar den Pariser Akzent wahr, der die Namen brüllte, aber er schien kaum eine Verbindung zur Wirklichkeit zu haben. Levade konnte sehen, daß überall in den Zimmern der Blocks das Licht angegangen war. Es erinnerte ihn an die beleuchteten Häuser, die er in der Kleinstadt, in der er aufgewachsen war, an Winterabenden immer gesehen hatte, wenn ihn sein Vater Max Rutkowski auf dem Fahrrad von der Schule nach Hause gefahren und er vorn auf dem Lenker gesessen hatte.

Die Luft war so kalt, daß er sie kaum einatmen konnte, und doch spürte er, daß er sich nicht einer Ohnmacht nahe fühlte, weil die Luft knapp wurde, sondern weil die Zeit knapp wurde, als befände er sich in großer Höhe – nicht weil der Raum, sondern weil die Jahre erschöpft waren.

Er sackte dem Rumänen in die Arme, und dieser legte ihn so sanft auf den Boden, wie er konnte. Er antwortete an seiner Stelle auf Levades Namen, und als der Appell endlich vorbei war, versprach er einem Freund seine Extraration Brot, wenn er ihm half, den alten Mann nach oben aufs Zimmer zu tragen.

Später am Abend, bevor das Licht ausgemacht wurde, brachte Hartmann Levade etwas Suppe, die er verwahrt hatte, und zwang ihn, sie zu trinken. Etwas von der kalten Brühe rann Levade über die grauen Stoppeln auf seiner Haut. Hartmann wahrte etwas Distanz, während Levade gurgelte und spuckte, als wollte er dem Mann nicht zu nahe kommen, der schließlich seit mehreren Wochen zu krank gewesen war, um sich zu waschen.

Hartmann nahm die leere Tasse und sagte: »Ich habe Neuigkeiten für Sie. Sie haben für den Transport von Donnerstag eine Liste zusammengestellt und außerdem noch eine Liste von Ersatzleuten. Das machen sie immer. Es stehen ungefähr fünfzig Namen auf dieser Reserveliste, falls es Selbstmorde oder Änderungen in letzter Minute gibt oder falls sie noch mehr Platz haben sollten. Es tut mir leid, Ihnen sagen zu müssen, daß Ihr Name auf der Reserveliste steht.«

Levade fühlte trotz seiner fiebrigen Distanz, wie alle Zellen seines Körpers sich gewaltsam dagegen auflehnten.

Hartmann sagte: »Wenn es mir gelingt, Sie im Krankenrevier unterzubringen, streicht man Sie wahrscheinlich von der Liste.«

Levade kämpfte noch immer gegen etwas, das sich anfühlte wie Wellen eiskalten Schwindelgefühls. Als er wieder sprechen konnte, sagte er: »Es ist egal. Lassen Sie meinen Namen auf der Liste.«

Charlotte saß wieder einmal im Zug. Das Bündel französischer Banknoten war fast aufgebraucht, aber dank der großzügigen Voraussicht der Abteilung G würde es reichen, sie zumindest so lange zu versorgen, bis sie Kontakt zu der Person in der Rue Villaret de Joyeuse in Paris hergestellt hatte, deren Namen ihr Zozo genannt hatte. Sie hatte vor ihrer Abreise keine Zeit mehr gehabt, sich die Haare zu färben, und an den Wurzeln kam allmählich ihre natürliche Haarfarbe zum Vorschein. In der Flasche, die Antoinette ihr in Ussel gegeben hatte, war gerade noch genug Färbemittel, daß sie am Abend ein letztes Mal die hellen Strähnen beseitigen konnte, die im Augenblick unter Dominiques Filzhut verborgen waren.

Wie es ihr im einzelnen gelingen sollte, Levade zu finden und mit ihm zu sprechen, war ihr nicht klar. Vermutlich hatten Internierungslager Besuchereinrichtungen: Sie würde einfach zum Eingang gehen und ihre Bitte vortragen. Zweifellos mußten dann Formulare ausgefüllt werden, und es gab vermutlich Verzögerungen. Wahrscheinlich hatten sie feste Besuchszeiten oder sogar bestimmte Wochentage, an denen Besuche gestattet waren. Aber da sogar Gefängnisinsassen Besuch empfangen durften, konnte sie sich nicht vorstellen, daß man einem unschuldigen Mann solch eine bescheidene Bitte abschlagen würde.

Charlotte nahm das Sandwich mit frischer Gänseleberpastete, das Zozo ihr beim Abschied aufgedrängt hatte, aus ihrem Koffer.

Wenn der Krieg zu Ende war, würde sie wiederkommen und all die Menschen besuchen, die ihr so bereitwillig geholfen hatten: Antoinette, Sylvie Cariteau, Zozo und die kleine Anne-Marie.

Und Julien natürlich. Für den Rest ihres Lebens, auch wenn sie beide im Sumpf ihrer mittleren Jahre steckten, würden sie die unbequeme Reise in das Land des anderen auf sich nehmen – auch gegen den Protest ihrer Kinder. Sie würden dann wieder miteinander lachen und ihre Liebe zu dem genießen, wofür sie gekämpft hatten, damit es erhalten bliebe. Ihre Ehepartner wüßten nichts von der Nacht, die sie gemeinsam verbracht hatten, und sie selbst erwähnten sie auch nicht, weil sie im Vergleich zu der Freude, die ihnen ihre Kameradschaft machte, so unbedeutend war.

Ihr Schicksal war immer noch mit Peter Gregory verbunden. Nichts, was in ihrem Leben geschehen war, hatte an dieser Überzeugung etwas geändert. Was sie persönlich betraf, hatte sie keinerlei Zweifel. Es hing alles von ihm ab, davon, ob er sich verändert hatte, ob er sie immer noch liebte, und vor allem davon – wie sie widerstrebend einräumte –, ob er noch am Leben war.

Sie glaubte fest, daß er noch lebte; zumindest gestattete sie es sich nicht, sich etwas anderes vorzustellen. Wenn sie es recht bedachte, hatte dieses Gefühl weniger mit Glauben, sondern eher mit Vertrauen zu tun. Der Unterschied, erklärte sie sich selbst, als der Zug langsam in den Bahnhof von Tours einfuhr, lag darin, daß Glaube eine logische Überzeugung war, während Vertrauen ein sicheres Gefühl voraussetzte, weil es auch Zweifel zuließ.

Sich dieses tiefe Gefühl zu bewahren, erschöpfte sie, es verlangte ihre ganze Kraft, doch wurde sie dafür, daß sie ihr Vertrauen wahrte, auch belohnt. Selbts als sie die Menschen in Limoges gesehen hatte, wie sie ihrem Haß auf die Engländer und die Juden freien Lauf ließen, hatte sie sich geweigert zu glauben, daß alle so waren. Und in derselben Nacht war sie beim Abwurf mit dem Anblick dieser Männer belohnt worden, die bei ihrer gefährlichen Aufgabe über die Felder stolperten. Sie hatte in die Augen von Claude Benech gesehen, als er sie in der Domaine über den langen Tisch hinweg angrinste, aber sie war auch Zeugin von Sylvie Cariteaus bedingungslosem Einsatz und Césars jungenhafter Begeisterung gewesen. Fast schien es ihr, als habe sie sie durch ihr Vertrauen dazu gebracht weiterzumachen; sie konnten es nicht ertragen wegzusehen.

Plötzlich wurde ihr bewußt, daß die anderen vier Insassen des Abteils sie anstarrten. Hatte sie etwa laut mit sich selbst gesprochen? Ein älterer Mann mit weißem Schnurrbart und einem grauen Homburg blickte auf das Stück Wachspapier und die Reste des Sandwiches auf ihrem Schoß. Sie erwiderte seinen Blick und lächelte. Erst jetzt merkte sie, daß das Aroma von Cognac und Knoblauch, das der frischen Pastete entströmte, so kräftig war wie in Friedenszeiten.

»Entschuldigen Sie«, sagte Charlotte, griff nach ihrem Koffer auf der Gepäckablage und nahm die Papiertüte heraus, die den Rest ihres Picknicks enthielt, das Zozo ihr mitgegeben hatte. Den größten Teil hatte sie selbst gegessen, aber es waren noch etwas Sülze, ein paar Scheiben Roggenbrot und ein kleines Glas eingelegte Gans übrig, die sie ihren Mitreisenden anbot. »Mein Bruder ist Schlachter«, log sie unbekümmert und brachte, wie sie hoffte, ein charmantes Lächeln zustande. »Manche Menschen haben einfach immer Glück.«

Die beiden Frauen stiegen in Tours aus und lehnten ihr Angebot ab, aber der alte Mann mit dem Hut und eine kleine Frau mit Kopftuch bedienten sich und murmelten ungläubig anerkennende Worte. Besonders das Gänsefett schien ihnen zu schmecken, zu lange schon waren ihnen Öl und Butter vorenthalten worden. Julien hatte ihr erzählt, daß er in Lavaurette von einem Mann wußte, der in seiner Verzweiflung einen halben Liter Motoröl getrunken hatte. Zu Charlottes Bestürzung fühlten sich ihre Begleiter verpflichtet, als Gegenleistung für ihr frühes Abendessen Konversation zu machen.

Da sie sich nun schon einen Schlachter als Bruder zugelegt hatte, verspürte Charlotte den unwiderstehlichen Drang, noch mehr absonderliche Verwandte zu erfinden – einen Familienstammbaum von Jazzsängern, reichen Industriellen oder Geistesgestörten im Heim vielleicht. Wie müde mich meine ewige Vorsicht gemacht hat, dachte sie. Aber sie zwang sich, zum, wie sie hoffte, letztenmal verschwiegen zu sein: mein Vater... mein Mann... seit 1940... Sie hörte die Worte, höflich und abschreckend, und stellte dann den anderen beiden Fragen.

Als die Frau von ihrer Familie schwatzte, ließ Charlotte hinter einem festgefrorenen und nachsichtigen Lächeln ihren Gedanken freien Lauf. Sie dachte an Gregory, daran, was ihre ersten Worte sein würden, wenn sie ihn wiedersah.

Ihr wurde bewußt, daß jetzt der Mann redete und ihr erzählte, daß er regelmäßig diesen Zug nahm, aber seine Worte drangen erst durch ihre Träumerei, als sie ihn sagen hörte: »Aber wenn wir Châteaudun hinter uns gelassen haben, steigt vor Paris immer die SS in den Zug. Sie fahren durch Illiers und steigen normalerweise in Chartres ein. Sie sind eine solche Plage mit ihren ganzen Kontrollen und –«

Zuerst war es der Name Illiers, der sie daran erinnerte, wie sie in Monsieur Loiseaus Garten den Roman von Proust gelesen hatte, der ihren Tagtraum unterbrach. Aber dann wiederholte sie laut die Worte, die vorher gefallen waren. »Die SS?«

»Ja, immer. Das sind solche Rohlinge. Sie wissen mittlerweile genau, wer ich bin, und trotzdem holen sie mich hinaus auf den Gang und durchsuchen mich.«

»Ich verstehe.« Charlotte fuhr sich mit der Zunge über die Lippen und legte dann wieder eine unbeschwerte Art an den Tag. »Nun, viel Glück mit ihnen. Mich betrifft das nicht. Ich steige in Châteaudun aus.«

Es war dunkel und regnete, als Charlotte aus dem Zug stieg und sich auf den Weg ins Stadtzentrum machte. Im Schatten des großen Schlosses gab es ein Dutzend schmale Straßen, die sich in regelmäßigen Abständen in rechtem Winkel kreuzten. Unter anderen Umständen wäre die Atmosphäre vielleicht malerisch oder beruhigend gewesen, aber Charlotte wollte nur dem Regen entkommen. In einer Straße, die Rue Lambert-Licors hieß, entdeckte sie das willkommene Wort »Hôtel«, das auf halber Höhe an einem Haus prangte. Sie ging durch die gläserne Eingangstür und stand vor einer schäbigen Rezeption, die sich unter der Treppe befand. Sie klingelte, und ein dunkeläugiges Mädchen von ungefähr achtzehn Jahren, das keine Miene verzog, erschien in der Tür hinter der Rezeption. Sie taxierte Charlottes feuchte, unordentliche Erscheinung mit der Verachtung einer nördlichen Irène Galliot.

Sie führte Charlotte zu einem Zimmer im zweiten Stock, dessen Decke dem spitzen Winkel des Daches folgte. Abendessen gäbe es um acht Uhr, sagte sie und machte energisch die Tür hinter sich zu.

Charlotte setzte den Hut ab und zog den durchnäßten Mantel aus. Aus ihrem Koffer nahm sie ihr Waschzeug und die Flasche mit Haarfärbemittel. Ihr fiel auf, daß ihr das Mädchen nicht gesagt hatte, wo sich das Badezimmer befand, und sie ging hinaus auf den Flur, um danach zu suchen. Auf allen Türen, die sie sah, standen Nummern, vielleicht war es ein Stockwerk tiefer. Aber es war ohnehin nur noch eine halbe Stunde Zeit bis zum Abendessen; dann würde sie fragen. Wieder in ihrem Zimmer, betrachtete sie prüfend ihren Haaransatz im Spiegel über der Frisierkommode. Anstatt es in dem trüben Licht ihres Zimmers zu verderben, beschloß sie, beim Abendessen ein Kopftuch zu tragen und ihr Haar später im Badezimmer richtig zu färben. Sie zog Rock und Pullover aus und legte sich aufs Bett.

Morgen würde sie darüber nachdenken, wie sie ihre Fahrt nach Paris fortsetzen konnte. Wahrscheinlich gab es außer Zügen auch noch Busse; vielleicht konnte sie ein Fahrrad kaufen und so die SS umgehen. Vermutlich brauchte sie nicht mehr als zwei Tage, bis sie eine Endstation der Métro erreichte. Sie würde sich am nächsten Morgen entscheiden; bis dahin würde sie sich ausruhen und schauen, was Châteaudun zum Abendessen zu bieten hatte.

Die kleinen Fenster des Speisesaals zeigten zur schmalen Straße vor dem Haus, davor hingen orangefarbene Vorhänge. Die billigen Lampen aus Holz und die scharlachroten bestickten Tischdecken verliehen dem Zimmer eine leicht alpenländische Atmosphäre, als würde jeden Moment ein Mann in Lederhosen mit einem dampfenden Teller voller Sauerkraut und glänzenden, rosafarbenen Würstchen aus der Küche auftauchen.

Vier weitere Tische im Saal waren besetzt, und die Gäste murmelten eine Begrüßung, als Charlotte sich an einen Tisch am Fenster setzte. Ein grauhaariger Mann, von dem Charlotte annahm, daß es sich um den Besitzer handelte, ging von Tisch zu Tisch, wo jedesmal ein komplizierter Tauschhandel mit Lebensmittelmarken stattfand. Als er zu ihr kam, bot ihm Charlotte einige Marken an und ließ ihn außerdem die Ecke einer Banknote sehen, die sie zwischen die Lebensmittelkarten gesteckt hatte.

Angesichts des mageren Rote-Bete-Salats, der irgendwann gebracht wurde, konnte jedoch kaum von einem üppigen alpenländischen Mahl die Rede sein. Das hochmütige Mädchen vom Empfang servierte ihr wortlos. Dazu gab es eine Viertelliterkaraffe mit dünnem Rotwein und eine einzelne Scheibe trockenes Brot.

Charlotte holte einen Roman hervor, den sie bei Julien im Regal entdeckt hatte. Es war eine Liebesgeschichte von der Sorte, die Dominique gefallen hätte, und sie fing an zu lesen. Nach ein paar Seiten wurde deutlich, daß der Heldin mit dem finsteren Fremden, den sie aus der Ferne liebte, schwierige Zeiten bevorstanden. Charlotte fand die Bemühungen dieser Figur vollkommen uninteressant, und sie erinnerte sich daran, daß Levade sie darauf aufmerksam gemacht hatte, wie albern und ärgerlich die meisten Menschen die Liebesqualen anderer Leute fanden. Wie anders doch ihre eigene Zwangslage war, wieviel ernster... Sie lächelte und dachte wieder an Levade und seine Ansicht, daß jeder davon überzeugt sei, seine eigene mißliche Lage sei außergewöhnlich quälend oder besonders ungerecht. Sie war genau wie alle anderen jungen Frauen; ihre eigene Krise dauerte genauso lange und war ebenso lächerlich wie die der anderen. Sie schob den Teller weg. Welche Rolle spielte es schon, wie ihre Qual verglichen mit der anderer Leute aussah?

Im Lauf der Wochen, die sie in Lavaurette verbracht hatte, war ihr aufgefallen, wie sich die Haltung der Leute ihr gegenüber verändert hatte. Ihr Benehmen und die Art und Weise, wie sie sie anschauten, hatten einen Respekt ausgedrückt, der manchmal an Ehrfurcht grenzte. Sie hatte dann immer innerlich lächeln müssen. Ich bin nur ein romantisches Mädchen auf der Suche nach ihrem vermißten Geliebten, hatte sie gedacht, aber ihr seht mich an, als sei ich eine Frau, die zielstrebig und entschlossen ist, ein Mensch, der sich nicht von dem engagierten Kampf für die Freiheit abbringen läßt.

Vielleicht, dachte sie, während sie jetzt in ihrem Essen herumstocherte, gab es doch etwas, das Julien, Sylvie und César in ihr gesehen hatten. Ein Markt entsteht in der Regel durch die Preise, die jemand bereit ist zu zahlen; und so war man bis zu einem gewissen Grad vielleicht auch das, was andere Leute in einem sahen. Warum kam sie sich dann geradezu wie eine Betrügerin vor, als müsse sie sich ständig entschuldigen oder ihr Dasein rechtfertigen?

Sie blickte auf, als die Kellnerin ihren Teller abräumte, und beobachtete, wie der Besitzer mit einem ebenso unterwürfigen wie erschreckten Gesichtsausdruck die Tür zum Flur aufstieß. Er trat einen Schritt beiseite, um einen hochgewachsenen, breitschultrigen Mann von ungefähr fünfundvierzig Jahren vorbeizulassen, der die glänzenden Stiefel und die graue Uniform der deutschen Wehrmacht trug.

Die anderen Gäste im Speisesaal murmelten erneut Worte der Begrüßung, als sich der Besucher setzte und der Geschäftsführer mit einem Brotkorb und einer vollen Flasche Wein herbeieilte, aus der er dem Deutschen vornehm einen Schluck einschenkte, damit dieser ihn koste.

Charlotte wäre vor lauter Angst am liebsten sofort auf ihr Zimmer gegangen, aber da der Nachtisch noch nicht serviert worden war, würde es nur Verdacht erregen, wenn sie das Abendessen abbrach. Der Nachtisch blieb jedoch aus, da die Bedienung an allen anderen Tischen eingestellt wurde, während man den Deutschen mit dem Besten, was das Hotel zu bieten hatte, versorgte. Eine lächelnde Frau, vermutlich die Gattin des Geschäftsführers, flatterte aus dem Flur herein, um ihm Wein nachzuschenken, und die Kellnerin brachte aus der Küche mehrere Teller mit Vorspeisen. Charlotte war entzückt, als sie beobachtete, daß die Irène Galliot von Châteaudun von der Anwesenheit des Deutschen in keiner Weise beeindruckt war, sondern sein Essen mit wortloser Verachtung auf den Tisch knallte. Gleichheit, Freiheit und Brüderlichkeit, dachte Charlotte. Die Republik ist nicht tot.

Die Leute an den anderen Tischen wurden allmählich nervös, doch als der Deutsche beim Nachtisch angelangt war, erhielten sie ebenfalls ihr Dessert. Inmitten des allgemeinen Aufbruchs, der danach einsetzte, wurde Charlotte plötzlich von dem Deutschen angesprochen. In einem Französisch, das so schlecht war, daß sie ihn kaum verstand, lud er sie ein, in dem kleinen dunklen Salon auf der anderen Seite des Empfangsraums mit ihm etwas zu trinken.

Charlottes Mund war wie ausgetrocknet, als sie sich zwang, über den Flur zu gehen – und das lag nicht nur am Ersatzkaffee, den sie getrunken hatte. Der Besitzer schaltete in dem schäbigen Zimmer das Licht ein, stellte eine Flasche Cognac und zwei Gläser auf den niedrigen Tisch und zog sich dann betont taktvoll zurück.

Der Deutsche war auf seine Art ganz charmant, fand Charlotte. Er wirkte zögerlich, fast schüchtern, während er ihr den Hof machte; zweifellos hemmte ihn sein holpriges Französisch, für das er sich mehrmals entschuldigte.

Charlotte konzentrierte sich darauf, Dominique zu sein, und ihre Angst ließ ihre Verlegenheit glaubwürdig erscheinen. Aber selbst in ihrer Rolle als sittsame, verheiratete Frau mußte sie sich entscheiden, wie sie sich in dieser Situation verhalten sollte. Es war gut möglich, daß Dominique solche Angst hatte, daß sie alles tat, was der Mann vorschlug; Charlotte mußte sich eine Antwort überlegen, die gleichermaßen glaubwürdig und abschreckend war.

Zu Anfang erwähnte sie in jeder ihrer Antworten ihren Ehemann, um so zu betonen, daß sie nicht frei sei. Aber dann stellte sie fest, daß der Deutsche höflich immer mehr Fragen über die Arbeit und das Leben ihres allgegenwärtigen Mannes stellte. Charlotte mußte schließlich vorschützen, daß es zu schmerzhaft für sie war, über ihn zu sprechen. Sie fragte den Deutschen nach seinem Zuhause und was er in Châteaudun tat. Er verstand ihre Frage nach seinem Zuhause nicht oder tat vielleicht so, als verstünde er sie nicht, und murmelte kurz etwas von Anweisungen.

Seltsamerweise schien er sich der Tatsache nicht bewußt zu sein, daß er der Feind war, der bewaffnete Besatzer ihrer derzeitigen Wahlheimat. Das einzige Wort, das ihr einfiel, um sein Verhalten zu beschreiben, war »freundlich«, und daraus konnte sie nur schließen, daß seine Absichten unehrenhaft waren. Nach zwanzig Minuten angestrengter Konversation fing Charlotte an zu gähnen.

»Entschuldigen Sie, ich bin sehr müde.« Sie bedeckte ihr Glas mit einer Hand, als er ihr Cognac nachschenken wollte. »Ich glaube, ich muß zu Bett gehen. Vielen Dank für den Cognac.«

Der Deutsche erhob sich steif, und eine Spur von Mißfallen erschien auf seinem breiten, gutaussehenden Gesicht. Er trat einen Schritt zurück, um Charlotte in die Halle vorgehen zu lassen, wo der Besitzer nervös hinter dem Empfang wartete. Er öffnete dem Offizier die Tür, aber der Deutsche warf lediglich einen raschen Blick hinaus in die Nacht. Es hatte angefangen zu regnen, und er schüttelte den Kopf. Er zeigte nach oben.

»Ich möchte die Zimmer sehen«, sagte er. »Für meine Männer. Um zu schlafen.«

Sein Benehmen war nun weniger charmant, so als habe ihn die Erinnerung an seine militärischen Aufgaben wieder kalt und hart werden lassen. Der Geschäftsführer fummelte an den Zimmerschlüsseln herum, die an einem kleinen durchlöcherten Brett hinter ihm hingen. Selbst in dem schwachen Licht der Glühbirne, die von der Decke hing, konnte Charlotte die Schweißperlen auf seiner Oberlippe erkennen. Er stieg die Treppe hinauf, dicht gefolgt von dem deutschen Offizier. Charlotte zögerte einen Augenblick und ging dann auch nach oben.

Im ersten Stock fing der Geschäftsführer an, die klapprigen Türen der Zimmer aufzumachen, die nicht belegt waren, und ließ den Deutschen jeweils kurz einen Blick hineinwerfen.

»Gute Nacht«, sagte Charlotte laut, als sie die Treppe zum zweiten Stock, in dem ihr Zimmer lag, hinaufging. »Auf Wiedersehen.«

Keiner der Männer antwortete.

Charlotte schloß die Tür zu ihrem Zimmer auf und lauschte. Sie hörte, wie noch mehr Türen geöffnet und wieder geschlossen wurden, dann kamen schwere Schritte die Treppe herauf. Auf dem Treppenabsatz waren ein Klimpern und dumpfes Aufschlagen zu hören, aber keine Stimmen. Das Geräusch näherte sich ihrem Zimmer. Dann sagte der Deutsche kurz etwas, das klang wie ein Befehl, und jemand ging die Treppe hinunter.

Charlotte horchte mit dem Ohr an der Tür, es war nichts zu hören. Sie war sicher, daß er immer noch im Flur war. Jetzt, wo er alles gesehen hatte, was er wollte, würde er hoffentlich wieder gehen.

Dann war der Widerhall von Stiefeln auf Fußbodendielen zu hören und ein lautes Klopfen an ihrer Zimmertür. Charlotte zuckte vor der Tür zurück und versuchte, die Fassung wiederzugewinnen.

Sie sagte kein Wort. Als es erneut klopfte, ging sie zur Tür und öffnete sie einen Spaltbreit, durch den sie nur eine graue Uniform sah. Charlotte blickte dem Deutschen in die Augen und schenkte ihm ein Lächeln, das, wie sie hoffte, überrascht und schamhaft zugleich wirkte. Sie gab sich Mühe, freundlich auszusehen und gleichzeitig den Eindruck zu erwecken, als wollte sie nicht gestört werden.

»Darf ich hereinkommen?« Er legte wieder sein schüchternes Verhalten an den Tag.

»Ich wollte gerade zu Bett gehen.«

»Nur für einen Moment. Ich wollte nicht...« Hier verließen ihn offenbar seine Französischkenntnisse.

»Es ist sehr spät.«

»Nur für einen Moment.« Er hatte seinen Fuß in dem Türspalt.

Als sie ihn eingelassen hatte, schien er plötzlich nervös zu werden. Er ging im Zimmer auf und ab und ließ seinen Blick unruhig umherschweifen. »Ich möchte Ihnen sagen, daß es mir leid tut, wenn ich mich nicht korrekt benehme.« Er hatte Charlottes Zimmerschlüssel in die Hand genommen und drehte ihn geistesabwesend in seiner Hand hin und her. »Im Krieg geschehen viele schwierige Dinge«, fuhr er fort. »Wir tun nicht das, was wir tun wollen.«

»Natürlich.« Charlotte hatte keine Ahnung, worauf er hinauswollte. Sie hatte die Tür offengelassen, um den Eindruck zu verstärken, daß dies nicht mehr war als ein abschließendes Wort.

Der Deutsche legte den Schlüssel auf die Frisierkommode und nahm die Flasche mit Haarfärbemittel in die Hand. Er warf sie von einer Hand in die andere, während er im Zimmer umherlief.

»Ich habe Freunde, ich habe Brüder, die sind wie ich.« Er sah Charlotte mit großen Augen offen ins Gesicht. Aber ihr entsetzter Blick war starr auf die Flasche mit Haarfärbemittel geheftet. Als sie immer wieder durch die Luft flog, konnte sie deutlich das Etikett erkennen, auf dem stand, was es war, außerdem zierte ein Bild von einem frisch frisierten Frauenkopf das Etikett. Es war nur noch ein kleiner Rest in der Flasche, aber der Deutsche konnte es angesichts der Farbe und der Konsistenz unmöglich für etwas anderes halten.

»Ich habe meine Frau zu Hause. Es ist für uns alle schwierig, und rechtschaffen zu sein, ist meine letzte Hoffnung.«

Plötzlich dachte Charlotte: Es liegt nicht an seinem Französisch, daß er so unzusammenhängend redet. Er ist schüchtern – er fürchtet, daß er sich lächerlich macht.

»Ich verstehe Sie sehr gut«, sagte sie. »Es war mir ein Vergnügen.«

»Ja.« Er sah hinunter auf die Flasche in seiner Hand.

»Und eines Tages wird der Krieg zu Ende sein.« Charlotte

streckte ihm lächelnd die Hand entgegen, so als sei dies der rühmliche Abschluß einer in jeder Hinsicht geglückten Episode im gesellschaftlichen Umgang. Dabei trat sie einen Schritt zur Seite, um die lockende Fluchtmöglichkeit der halb offenstehenden Tür zu enthüllen.

»Ja, ja.« Der Deutsche nahm ihre Hand.

»Gute Nacht«, sagte Charlotte.

»Ja. Gute Nacht.«

Er stand jetzt endlich mit dem Rücken in der Tür.

Einen Augenblick zögerte er.

»Bitte.« Charlotte zeigte auf die Flasche.

»Entschuldigen Sie«, sagte er. »Ich wußte nicht.«

»Danke.« Mit dem letzten Rest von Dominiques untadeligen Anstandsformen verengte Charlotte die Augen zu einem Ausdruck von höflicher, aber deutlicher Verabschiedung. »Auf Wiedersehen.«

Der Deutsche nickte und ging. Sie hörte seine Schritte auf der Treppe und hielt die Flasche in beiden Händen an ihre Brust gepreßt. Ihr Herz klopfte so schnell, daß ihre Handflächen kribbelten. Du lieber Himmel, dachte sie, was ist aus mir geworden, daß sogar deutsche Offiziere Angst vor mir haben?

Sie ging hinaus auf den Treppenabsatz und rannte zu einem Fenster, das auf die Straße hinausging. Ein Rechteck aus Licht fiel auf die Straße, als die Eingangstür des Hotels geöffnet wurde. Dann hörte sie den Motor eines Militärfahrzeugs, der im Regen angelassen wurde.

## 4. KAPITEL

Mit einer Reihe von Überlandbussen gelangte Charlotte zum Stadtrand von Paris. Als sie das erste verschnörkelte, eisenverzierte Métroschild entdeckte, ging sie mit dem Gepäck in der Hand die Treppe hinunter.

Innerhalb von Sekunden überfiel sie der Geruch, der so vertraut und so voller Erinnerungen war wie die erste sinnliche Erfahrung eines Kindes, die man noch nach jahrzehntelanger Abwesenheit wiedererkennt und neu entdeckt. Sie hatte diese außergewöhnliche Atmosphäre vergessen, die ihr als Mädchen bei ihrem allerersten Hinabsteigen bereits tief vertraut und vielsagend vorgekommen war, als sei sie in einem Traum oder zu einem früheren Zeitpunkt bereits einmal dort gewesen. Niemand hatte ihr erklären können, woher dieser Geruch kam, vermutlich hatte er einen nüchternen technologischen Ursprung, aber die Leute sprachen von geteerten Seilen, Tabak, Knoblauch oder schlicht dem Untergrund.

Charlotte war einen Augenblick so gefangen von diesem Geruch und der Tatsache, daß er nach wie vor existierte, daß sie nicht bemerkte, wieviel sich sonst verändert hatte. Es waren viel mehr Leute unterwegs als früher, und zwischen den nüchtern gekleideten Parisern blitzte hier und da ein Stück graue Uniform auf. Charlotte bemerkte, daß sie mit ihrer Kleidung und ihrem Koffer zwischen all den Parisern nicht auffiel, da die meisten offenbar ihren üblichen Schick aufgegeben hatten.

Sie drängte sich durch die Barriere, kurz bevor sie sich wieder schloß, und stieg in den letzten Wagen des Zuges ein. Als sie ihren Koffer abstellte und sich umsah, fiel ihr auf, daß alle Leute sie mit düsteren, mißtrauischen Blicken anstarrten. Alle trugen einen gelben Stern aus Stoff an ihren Aufschlägen, und der Mann neben ihr murmelte »nur Juden« und stieß sie hinaus auf den Bahnsteig.

Im nächsten Wagen bot ein junger Pariser ihr einen Sitzplatz an, als der Zug ratternd in den Tunnel fuhr. Diese Erfahrung hatte sie in der Métro bisher nicht oft gemacht, normalerweise mußten die Leute mit öffentlichen Hinweistafeln darauf aufmerksam gemacht werden, ihren Sitzplatz für Kriegsversehrte und schwangere Frauen aufzugeben. Es schien einen Höflichkeitswettbewerb zwischen Franzosen und Deutschen zu geben: Soldaten in gebügelten Uniformen und glänzenden Gürteln machten schäbigen Matronen Platz, und die jungen Franzosen wollten sich offenbar nicht vom Charme der deutschen Wehrmacht ausstechen lassen.

Charlotte wollte wenigstens einen Blick auf Paris werfen, bevor sie den Vorortzug nahm, und stieg daher an der Métrostation Odéon aus. Sie wollte an dem Restaurant in der Rue de Tournon vorbeigehen, in das Monsieur Loiseau sie damals eingeladen hatte. Auf dem Boulevard Saint-Germain verkehrten wie eh und je die grün-weißen städtischen Busse. Die einzigen anderen Verkehrsmittel waren zugelassene Fahrräder, auf denen leicht schwankend ältliche Bürger vorbeiradelten, die schon lange aus dem Radfahralter heraus waren.

Doch allein die Métro schien sich ihren charakteristischen Geruch bewahrt zu haben, die Straßen des sechsten Arrondissements waren geruch- und farblos, nirgends drang unvermittelt der Duft nach Kaffee oder frischem Brot auf die Straße, verschwunden war die morgendliche Frische der mit Wasser abgespritzten Bürgersteige. Die Rue de Tournon lag still und leblos da, als habe die Hakenkreuzfahne, die am Palais du Luxembourg, dem Senatsgebäude, hing, den natürlichen Kreislauf abgewürgt. Das Restaurant hatte seine Pforten geschlossen. Im Jardin du Luxembourg folgte Charlotte den staubigen Wegen, an die sie sich so gut erinnerte, und blieb vor den Statuen stehen, die sie so verwirrt oder entzückt hatten: Da war Watteau, der von einem dekolletierten Wesen aus einem seiner eigenen Gemälde bewundert wurde; die Comtesse de Ségur, geborene Rostopchino (1799–1874) sowie ein bärtiger Mann von bronzener Wichtigtuerei namens José Maria de Heredia, der durch seine Mitgliedschaft in der Académie française einen Anspruch auf einen Sockel in diesem trübsinnigen Park erworben hatte. Bei den Sommerhäuschen aus Holz spielte eine Handvoll Kinder unter den schorfigen Platanen, mit dicken Schals warm verpackt gegen die Windböen, die vom Boulevard Saint-Michel herüberfegten. Aber in Charlottes suchenden Augen wirkte ihr Spielen nicht so unbefangen wie sonst, und ihre Stimmen klangen in der Winterluft leise und kratzig.

Charlotte riß sich los, um ihre vermutlich letzte Eisenbahnfahrt anzutreten, bevor sie nach England zurückkehrte. Im Vorortzug dachte sie an Levade und stellte ihn sich in einem ordentlichen, wenn auch asketischen, kleinen Zimmer vor, in dem er von seinen wenigen Besitztümern umgeben war und in dem sein Bild über dem Bett hing.

Am Bahnhof von Le Bourget-Drancy fragte sie in einem Café nach dem Weg nach Drancy. Der Besitzer schickte sie über die große Brücke, die über die Gleise führte. Unten auf einem Nebengleis sah sie einen leeren Expreßzug; auf der hölzernen Tafel an der Seite des Zuges stand PARIS NORD und auf dem Kopf zu lesen AMIENS.

Sie erinnerte sich daran, wie ihr Vater ihr von Amiens als einem Ort erzählt hatte, wo die britischen Soldaten während des Ersten Weltkriegs ihre Urlaubstage verbrachten. Die große Kathedrale von Amiens sei bis zur Höhe der Buntglasfenster mit Sandsäcken geschützt worden – er hatte sie als großen, kalten Schuppen bezeichnet. Es sei ein furchterregender Ort und eine abweisende Stadt gewesen, auch wenn die Einwohner immer stolz auf die strahlende Kathedrale und die malerischen Wassergärten hinwiesen.

Von der langen, breiten Straße, die Charlotte nach Drancy führte, zweigten Straßen ab, die alle gängige Namen trugen. Darunter auch eine Rue Alsace-Lorraine, ein Name, der immer unter den ersten war, die jede französische Stadtverwaltung beanspruchte. Zu ihrer Linken lag ein weitläufiger, ungepflegter Park, obwohl es in der Stadt kaum genug Einwohner zu geben schien, um einen solchen Erholungsraum zu rechtfertigen. Die Häuser waren in unterschiedlichen städtischen Stilen erbaut, viele erinnerten an die Ferienvillen in Deauville.

Es war eine typische französische Kleinstadt, fand Charlotte, nichts Außergewöhnliches war zu bemerken. Sie konnte nicht sagen, was sie erwartet hatte, aber wenn eine Stätte von solcher Verzweiflung in unmittelbarer Nähe war, hätte es ihrer Meinung nach Anzeichen für Anspannung und Geheimhaltung geben müssen.

Das Lager selbst war nicht zu übersehen. Die verlassenen Türme überragten alle Gebäude in der Umgebung. Eine ältere Frau, die Charlotte nach dem Weg fragte, wies ihr mit einem Ausdruck des Widerwillens die Richtung. Die Straße führte an der offenen Seite des Lagers vorbei, zwischen der Straße und dem Stacheldrahtzaun befand sich ein Streifen aufgerissener Erde.

Charlotte blieb stehen. Auf den erhöhten Beobachtungsposten standen Gendarmen mit Waffen, die aussahen wie Maschinenpistolen. Der Gebäudekomplex mit den Unterkünften wirkte ganz bürgerlich, auf öde Weise sogar wohnlich, doch der Stacheldraht und die Waffen paßten irgendwie nicht ins Bild. Ein hölzernes Tor war in den Stacheldrahtzaun eingepaßt worden, aber bei dem Gedanken, einfach dort hinzugehen und darum zu bitten, ihren Freund besuchen zu dürfen, zauderte sie.

Auf der gegenüberliegenden Straßenseite gab es ein Café, von dem aus man das Lager sehen konnte, und Charlotte ging hinein, um dort um Rat zu fragen.

»Entschuldigen Sie«, sagte sie zur Besitzerin. »Ich habe einen Freund, der hier ist, und ich wollte fragen, ob –«

»Möchten Sie ein Zimmer?« fragte die Frau rasch. »Wir haben im Moment noch ein Zimmer frei. Ein Fernglas kostet extra.«

Charlotte verschlug es angesichts dieser schnellen Antwort die Sprache. »Sie haben Leute, die hier wohnen, um hinüberzusehen, um –«

»Sie sollten sich rasch entscheiden, wenn Sie das Zimmer wollen. Es kommen jeden Tag mehr Leute.«

»Ich wollte diesen Freund eigentlich nur sehen, ihm einen Besuch abstatten.«

Die Frau lachte. »Sind Sie verrückt? Die dürfen doch niemanden sehen. Die dürfen nur zum Häftlingsappell nach draußen. Und dann brauchen Sie das Fernglas, um nachzusehen, ob Ihre Leute noch da sind.«

Charlotte sah in die habgierigen Augen der Frau. In ihrer Rocktasche umschloß ihre Hand die letzten Francs, die sie noch besaß.

»Ist es schon einmal jemandem gelungen, den Leuten eine Nachricht zukommen zu lassen? Kann man vielleicht eine Nachricht hineinschmuggeln?«

Die Frau ließ ihren Blick auf Charlottes billiger Kleidung auf und ab wandern. »Es gibt einen Gendarmen, der hier etwas trinkt, aber ich bezweifle, daß jemand wie Sie –«

»Wieviel?«

»Nehmen Sie das Zimmer, und ich rede heute abend mit ihm.«

Das Zimmer war eigentlich nur eine Kabine, die vor kurzer Zeit von einem größeren Raum abgeteilt worden war, um die Gästekapazität zu erhöhen, aber es hatte ein Bett, und man sah von hier aus das Lager. Für das Zimmer und das Fernglas hatte die Frau das Dreifache dessen verlangt, was Charlotte in Châteaudun hatte bezahlen müssen. Am Nachmittag entwarf sie eine Nachricht, in der sie Levade so knapp wie möglich erklären konnte, was passiert war. Im Lauf des Abends ging sie mehrere Male nach unten, um nachzuschauen, ob der nachgiebige Gendarm inzwischen aufgetaucht war, aber jedesmal wurde sie enttäuscht. Irgendwann war sie über ihrer Liebesgeschichte eingeschlafen, als ein lautes Klopfen sie weckte.

Die Besitzerin streckte ihren Kopf zur Tür herein. »Er ist da. Kommen Sie jetzt, wenn Sie ihn sehen wollen.«

Charlotte rutschte vom Bett, strich ihren Rock glatt und zwängte ihre Füße wieder in die Schuhe. Sie folgte der Frau einen schmalen Flur entlang bis zu einem kleinen Wohnzimmer, in dem ein uniformierter Gendarm mit dem Rücken zur Tür stand.

»Hier ist sie«, sagte die Frau und ging aus dem Zimmer.

Als der Gendarm sich umdrehte, sah Charlotte einen blassen Mann vor sich, wahrscheinlich nicht älter als dreißig, mit fleischigen Wangen und einer unsportlichen Figur. Sein Schnurrbart wies bereits einzelne graue Härchen auf.

Er sagte nichts, vermutlich wollte er, daß sie die Initiative ergriff.

»Ich habe einen Freund. Ich muß ihm eine Nachricht zukommen lassen. Können Sie mir dabei helfen?«

Der Gendarm neigte wohlwollend den Kopf.

»Er heißt Auguste Levade. Er ist Franzose. Er ist erst seit ein paar Tagen da. Und ich muß eine Antwort von ihm haben. Ich muß wissen, ob er es verstanden hat.«

Der Gendarm nickte erneut.

»Wieviel?« fragte Charlotte.

Der Mann nahm ein Stück Papier aus der Tasche, auf das er bereits eine Zahl gekritzelt hatte.

Es war etwas weniger, als Charlotte erwartet hatte. Wahrscheinlich waren die meisten Leute, die seine Dienste in Anspruch nehmen wollten, Flüchtlinge oder Franzosen, deren Geschäfte von der Regierung geschlossen worden waren.

Sie gab ihm die Nachricht, die sie Levade geschrieben hatte.

Zum erstenmal sagte der Gendarm etwas. »Das kann ich nicht nehmen.« Seine Stimme war unerwartet hoch und aufgeregt. »Sagen Sie es mir nur.«

»Es ist kompliziert«, sagte Charlotte.

Der Gendarm zuckte lediglich mit den Schultern.

»Gut, lassen Sie es mich versuchen. Ich heiße Dominique. Können Sie das behalten?«

»Ja.«

»Sagen Sie ihm... Julien hat so gehandelt, um zwei Kinder zu retten. Sagen Sie auch, ›in der Domaine‹. ›In der Domaine hat Julien so gehandelt, um zwei Kinder zu retten.‹ Von Dominique. Können Sie sich das merken? Wiederholen Sie es.«

Er wiederholte die Worte wie ein übergewichtiger Schuljunge.

Charlotte nahm zwei Banknoten aus der Tasche. »Und ich treffe Sie morgen abend wieder hier?«

Der Gendarm nickte noch einmal, als er das Zimmer verließ, und Charlotte spürte, wie Hochstimmung in ihr aufstieg. Sie hatte es fast geschafft.

Am nächsten Morgen trugen der junge Rumäne und sein Freund Levade nach unten ins Krankenrevier, das aus fünf Zimmern bestand, in denen es fünfundsiebzig Betten ohne Bettzeug gab.

Einige der Patienten waren bereits krank in Drancy angekommen. Es gab alte Männer, die aus den jüdischen Hospizen in Paris nach Drancy gebracht worden waren; außerdem gab es Patienten, die ihr ganzes Leben in einer psychiatrischen Abteilung verbracht hatten und von den Gendarmen aus den Krankenhäusern geholt worden waren, damit die Quoten erfüllt wurden, die die Deportationspläne verlangten. Andere waren nach ihrer Ankunft im Lager krank geworden, Frauen, die Kinder zur Welt gebracht hatten, und viele kleine Kinder, deren zarte Haut mit Schorf und offenen Wunden bedeckt war, die durch Unterernährung und die Bisse von Läusen entstanden waren. Von ihnen war ein ständiges Wimmern zu hören, vor dem die anderen Insassen die Ohren zu verschließen versuchten.

Levade bekam das untere von drei Etagenbetten. Eine jüdische Krankenschwester brachte ihm ein Glas Wasser, aber seine Hand zitterte so sehr, daß er es nicht festhalten konnte. Sein ganzer Körper hatte angefangen zu beben. Er versuchte, die zuckenden Muskeln seiner Arme und Beine ruhig zu halten, aber selbst sein Hals und sein Kopf zitterten vor Kälte, die ihn krampfartig überfiel.

Die Krankenschwester brachte ihm die einzige Decke, die sie noch hatte finden können, aber seine Gier nach Wärme hätte selbst von allen Decken der Welt nicht gestillt werden können. »Kalt… kalt«, murmelte er der Krankenschwester zu, wobei die Worte von seinem Zähneklappern unterbrochen wurden.

Sie nahm ihn in ihre Arme, aber sie konnte die ruckartigen Bewegungen seines Körpers nicht auffangen. Ein junger jüdischer Arzt kam vorbei und warf einen Blick auf die heftig zitternde Gestalt. Er wischte Levade etwas Blut ab, dort, wo seine Zähne ihm die Lippen aufgerissen hatten, und ging dann weiter zu den anderen Patienten.

Nach ungefähr einer Stunde stieg Levades Körpertemperatur allmählich an. Das Zittern ließ nach, und einen Augenblick lang war sein Körper entspannt. Er sah sich um und nahm die nackten Betonwände, die Rote-Kreuz-Schwestern und ihre jüdischen Kolleginnen wahr, die ihnen zur Seite gestellt worden waren, sowie die ängstlichen Blicke der machtlosen jüdischen Ärzte. Eine Krise, erinnerte er sich an das, was der andere Arzt, Levi, gesagt hatte; eine Krise, die man entweder überlebte oder auch nicht…

Mittlerweile hatte er angefangen zu schwitzen und schob die Decke weg. Bald war er vor Hitze hochrot im Gesicht, und er mußte sich ständig mit der Zunge die Lippen benetzen. Um ihn herum schien sich alles sehr schnell zu bewegen; seine Gedanken gerieten allmählich in Unordnung. Es war, als würde er auf einem Apparat von ungeheurer Triebkraft transportiert, über den er keine Kontrolle hatte. Er versuchte mit seinem Verstand, seine Gedanken zur Ruhe zu bringen, aber er hatte kein Zeitgefühl mehr; die Zeit war über ihm zusammengebrochen.

Ein Gendarm beugte sich über sein Bett und sagte etwas zu ihm. Einen Augenblick lang stellte Levade den Kontakt zur Welt wieder her. Der Mann übermittelte ihm eine Nachricht. Julien… zwei Kinder… Aber was spielte das schon für eine Rolle? Julien, der liebe Junge, sein einziger Sohn, wie sehr er ihn liebte… Von ganzem Herzen, von ganzem Herzen…

Aber der Gendarm war nicht da. Wann war er dagewesen? Vor einer Stunde? Gestern? War er schon dagewesen? War er überhaupt gekommen?

»Einen Priester… Ich möchte einen Priester.«

Eine Krankenschwester, die vorbeikam, sah ihn überrascht an. »Sie meinen doch sicher einen Rabbi.«

Eine Minute, vielleicht auch zwei Stunden später erschien ein Arzt an seinem Bett. »Diejenigen auf der Reserveliste müssen zur gegenüberliegenden Ecke des Hofs gehen. Block eins. Treppenhaus zwei. Wir brauchen Ihr Bett.«

Der Mann half Levade, bis zur Tür zu kommen, drehte sich um und ging dann wieder ins Krankenrevier.

Draußen lehnte sich Levade unter dem Flachdach gegen die Seitenwand des Gebäudes. Es war dunkel.

Er kniete sich auf den Boden und legte seine Wange an den kalten Stein. Bei der Berührung regte sich eine Kindheitserinnerung in ihm; eine Erinnerung an die kriechende Welt eines Kleinkindes, dem Blumen und Oberflächen wohlvertraut waren.

Er schloß die Augen, um seinem Bewußtsein die Bilder der Nacht zu ersparen, und spürte, wie in ihm die Zeit plötzlich raste. Noch einmal befand er sich in einer Höhe der Jahre, wo die Luft knapp wurde; aber die letzte Welle, die sich aufbaute, bestand nicht aus der Erinnerung an den Krieg, nicht aus Gedanken an die Frauen, die er geliebt hatte, nicht aus der Berührung Gottes, den er verehrt hatte, oder dem schmerzhaften Bewußtsein der Nächte, in denen die Träume sich ihm entzogen hatten.

Sie bestand aus Geräuschen, die von woanders kamen, aus dem Leben anderer Menschen. Er hörte ein Baby weinen, er hörte den Gesang eines Vogels; er hörte die Fehlzündung eines Motors in der stillen Straße und dann die Stimme einer Frau; er hörte eine schrille Klingel.

Dann rollten all die Jahre auf ihn zu, verschluckten ihn und verebbten rasch und mühelos.

## 5. KAPITEL

»Das ist Gianluca Soracci, Peter Gregory.« Nancy übernahm es, sie einander vorzustellen, und die beiden Männer gaben sich die Hand.

»Tut mir leid, daß ich so lange gebraucht habe«, sagte Soracci auf englisch. »Es ist schwierig. Ich habe viel Arbeit.«

»Das ist schon in Ordnung«, erwiderte Gregory. »Ich verstehe das.«

»Wie lautet der Plan, Gianluca?« fragte Nancy.

»Erst brauche ich eine Zigarette.« Soracci nahm das Onyxfeuerzeug von Nancys Tisch und zündete sich mit zitternden Händen eine Zigarette an. Nachdem er einen tiefen Zug genommen hatte, setzte er sich und lächelte. Er war ein zierlich gebauter Mann mit kleinen Händen und Füßen, nur um die Mitte herum war er ein wenig füllig; er hatte braune, ehrliche Augen.

»Nehmen Sie ihn in der Feluke mit?« fragte Nancy.

»Nein, nein, wir machen anders. Ich ihn mitnehmen nach Italien. Wir fahren nach Genua. Dann er nimmt ein Schiff nach Nordafrika. Ist leicht.«

»Irgendeine bestimmte Region in Nordafrika?« fragte Gregory.

»Wir sehen. Ich glaube, bald Sie fahren, wo Sie wollen. Überall ist okay. Die Deutschen bald fertig.«

»Rommel?«

»*Si.*« Soracci nickte rasch und zupfte einen Krümel Tabak von seiner Unterlippe.

»Ist es für einen Engländer nicht gefährlich, nach Italien zu fahren, die Grenze zu überqueren und so weiter?«

»Nein. Ich regeln. Ich kennen viele Leute. Bald ganz Italien ist auf Ihrer Seite. Sie sehen.«

»Ich glaube, er hat recht«, sagte Nancy. »Man ist von den Deutschen nicht sehr angetan. Vor allem jetzt nicht mehr, wo sie verlieren.«

»Was für ein Boot?« wollte Gregory wissen.

»Ein großes Boot. Geht schnell.« Soracci lachte. »Dann Sie sehen alte Freunde. Die Jungs in Blau. Sie bringen Sie nach Hause.«

»Das klingt gut.«

»Sie können Gianluca vertrauen«, sagte Nancy. »Er weiß, was er tut.«

»Schön«, sagte Gregory. »Wann fahren wir?«

»Wir fahren morgen. Ich komme Sie am Morgen holen. Ich weiß nicht, wie lange Sie warten in Genua, aber nicht lange, glaube ich. Ist der beste Weg.«

Sie schüttelten einander die Hand, und Soracci verschwand.

Es herrschte Stille, als er weg war. Nancy räusperte sich und fing an, gekünstelt zu reden, als spräche sie mit einem Schuljungen: »Die Italiener waren in Frankreich sehr nützlich«, sagte sie. »Sie haben Vichy davon abgehalten, alle Juden östlich der Rhône zur Deportation in den Norden zu schicken.«

Geistesabwesend begann sie das Wohnzimmer aufzuräumen. Als sie einige Zeitungen auf einen Stapel legte, wandte sie sich Gregory zu und sagte abrupt: »Warum gehen Sie nicht und packen Ihren Koffer?«

»Ich habe keinen Koffer, Nancy.«

»Ich leihe Ihnen einen.«

»Wann werde ich Ihnen den zurückgeben?«

»Wenn ich komme und Sie in London besuche. Nach dem Krieg.«

»Werden Sie mir versprechen zu kommen?«

»Was sind Versprechen wert, die man im Krieg gibt?«

»Es würde mir sehr viel bedeuten.«

»Gehen Sie, und packen Sie«, sagte Nancy sanft. »Gehen Sie einfach.«

Den ganzen Tag fragte Charlotte sich, ob ihr Gendarm in der Lage sein würde, ihre Nachricht an Levade weiterzuleiten. Sie hatte nichts, womit sie sich die Zeit vertreiben konnte, also ging sie an der äußeren Umgrenzungslinie des Lagers spazieren. Eine schmale Straße führte am östlichen Flügel des Gebäudes entlang, wo sich ein weiterer Stacheldrahtzaun befand. In der nordwestlichen Ecke gab es einen kleinen Eingang zum Lager, der von einem Gendarmen bewacht wurde. Die Fenster auf der langgestreckten Ostseite waren blau überstrichen, und die Bewohner dahinter waren unsichtbar.

Doch sosehr Charlotte versuchte, sich das Elend, das dort drinnen herrschte, vorzustellen, der Ort und die Umgebung bewahrten eine außergewöhnlich normale Atmosphäre. Es war zwar kein reicher Vorort, doch auf der Straße kamen und gingen Leute mit Einkaufstaschen, Fahrradklingeln bimmelten und Hunde bellten, während sie auf dem Bürgersteig entlangschnüffelten. Das Leben ging weiter, und keiner schien sich Gedanken zu machen.

Am Nachmittag ging Charlotte wieder in ihr Zimmer und schaute durch das Fernglas. In der Zeit zwischen den Häftlingsappellen war der Hof fast menschenleer. Manchmal konnte sie Insassen erkennen, wie sie die Innenseiten des Gebäudes entlangschlichen, wahrscheinlich waren sie auf dem Weg zur Arbeit in den Küchen oder den Reparaturwerkstätten.

Es war dunkel, als der abendliche Häftlingsappell begann, und sie konnte in der Menschenmenge, die sich in der kalten Luft widerstrebend versammelt hatte, keine Gesichter erkennen. Sie ging nach unten, um etwas zu essen. Während sie an einem Tisch am Fenster saß, kam der Gendarm herein.

Es waren rund ein Dutzend anderer Leute im Café: einige Arbeiter, die auf ihrem Nachhauseweg waren, und vier oder fünf Personen, die oben wohnten und auf Nachrichten von ihrer Familie warteten. Charlotte sagte nichts zu dem Gendarmen, sondern ließ ihm Zeit, an der Bar etwas zu trinken. Er fing ihren Blick auf, als er sich in dem Raum umsah, und sie schlenderte langsam an ihm vorbei, ging die Treppe hinauf und blieb auf dem Treppenabsatz stehen. Es dauerte nicht lange, bis seine Schritte auf der Treppe zu hören waren, und er machte eine Kopfbewegung den Flur entlang in Richtung auf das kleine Wohnzimmer.

Charlotte ging ihm leise hinterher und machte die Tür hinter sich zu.

»Haben Sie ihn gefunden?«

Der Gendarm nickte. »Er ist tot.«

»Wann?«

»Heute abend.«

»Haben Sie ihm die Nachricht übermittelt?«

»Ja.«

»Ging es ihm gut, als Sie es ihm gesagt haben? Hat er Sie verstanden?«

Der Gendarm hatte seine Mütze abgenommen und drehte sie langsam in seinen Händen. Er fuhr sich mit der Zunge über die Lippen und schluckte. »Ja. Er hat verstanden.«

»Und, hatte er eine Nachricht für mich?«

Der Gendarm sah auf seine Stiefel. Es entstand eine sanfte Stille im Raum. Dann nickte er zweimal heftig. »Er sagte: ›Danke.‹«

»Ich verstehe.« Charlotte holte Luft. »Und ich danke Ihnen, Monsieur. Ich danke Ihnen für –«

Aber der Gendarm drängte sich an ihr vorbei, so eilig hatte er es fortzukommen. Charlotte hörte, wie er die Treppe hinunterpolterte. Sie ließ sich auf die Armlehne eines Sessels sinken.

André Duguay konnte nicht aus dem Busfenster schauen, als er in den Hof einfuhr. Der Bus war vollgestopft mit Kindern, deren Koffern und gebündelten Habseligkeiten. Er wurde zwischen Jacob und einem Mädchen in etwa dem gleichen Alter hin und her geschüttelt, das Mädchen hatte sich wegen der Schaukelei des Busses auf den Boden übergeben.

Als endlich die Türen geöffnet wurden, halfen Gendarmen den Kleineren vom Trittbrett herunter. André stand blinzelnd in dem großen, mit Schlacke bestreuten Hof von Drancy und hielt Jacobs Hand umklammert.

Einige Frauen standen am Rand der Kindergruppe, und André ging instinktiv auf eine von ihnen zu. Sie sah nicht aus wie seine Mutter, sie war dicker und hatte einen seltsamen Akzent.

»Mein Gott, dieser Gestank. Wo kommt ihr denn her?«

André zuckte mit den Schultern. In dem Gedränge der Leute hörte er, wie die Frage wiederholt wurde, und hörte das Wort »Compiègne«. War das der Ort, an dem er und Jacob gewesen waren? Es war furchtbar dort gewesen.

Er hielt Jacob an der Hand, und in einer Gruppe von Kindern folgten sie den beiden Frauen über den Hof. In einem Raum mußten sie ihre Sachen ausziehen. André war es gelungen, sich sauberzuhalten, aber Jacobs kurze Hosen waren mit Exkrementen verkrustet. Die Frauen hielten sich eine Hand vor das Gesicht, während sie versuchten, die Kinder in den Duschen zu waschen. Einige von ihnen waren mit offenen Wunden übersät, dort, wo die Säure der Ausscheidungen die Haut angegriffen hatte. Andere Frauen versuchten, die Kleidungsstücke zu waschen, während die Kinder in einen anderen Raum gedrängt wurden, wo zwei oder drei nasse Lappen reichen mußten, um sie abzutrocknen. Eine Frau brach angesichts des mitleiderregenden Zustands der Kinder in Tränen aus, doch eine andere warf ihr einen strengen Blick zu. »Keine Sorge«, sagte sie und tätschelte Andrés nackten Brustkorb, »ihr findet eure Eltern schon wieder.«

Ein Arzt, der eine rote Flüssigkeit auf ihre offenen Wunden pinselte, bevor sie ihre feuchten Sachen wiederbekamen, starrte die Frau mit einem seltsamen Gesichtsausdruck an. Sie zuckte mit den Schultern und schmollte, als wollte sie sagen: Was soll ich ihnen denn sonst erzählen?

André kam in ein weiteres Gebäude. Ein Gendarm fragte ihn nach seinem Namen. Er schrieb ihn auf ein Schildchen aus Holz und hängte es André um den Hals. Einige der Kinder wußten nicht, wie sie hießen. Das Mädchen hinter André, ein Kind von ungefähr drei Jahren, starrte verständnislos nach oben in das große Gesicht des Gendarmen. Einige der Kinder vertauschten die Namensschilder.

Wieder draußen im Hof, stand André unsicher da, er wußte nicht, was er tun sollte. Er sah, daß einige der anderen Kinder einem erwachsenen Mann folgten, der am Arm eine weiße Armbinde trug. Er zog Jacob mit sich.

Sie gingen eine Treppe hinauf, aber die Stufen waren für einige der kleineren Kinder zu hoch, sie wurden keuchend und ächzend von ihren Brüdern und Schwestern ein Stockwerk höher getragen. Auf einem nackten Treppenabsatz aus Beton sagte ihnen ein anderer Mann, daß sie weiter hinaufgehen sollten. Sie schleppten sich selbst und ihre schreiende Last bis in den dritten Stock, wo sie in einen leeren Raum geführt wurden.

André und die anderen Kinder standen verunsichert eine ganze Weile unter der einzigen blauen Glühbirne des Raums, bevor sie sich schließlich auf den Matratzen niederließen, die von den Kindern vor ihnen noch völlig verdreckt waren. Für die Kinder, die zu klein waren, um den langen Weg bis nach unten in den Hof zu bewältigen, wurde ein Eimer an die Tür gestellt, aber der lief schon bald über.

André, der stets vergaß, seine Büchertasche und seine Schuhe entweder mit zur Schule oder abends mit nach Hause zu nehmen, hatte seinen Koffer im Bus liegengelassen.

»Ich muß los und ihn suchen«, sagte er. »Es ist der Koffer von Madame Cariteau, in dem wir Schlitten gefahren sind. Sie wird böse sein, wenn wir ihn verlieren.« Anne-Marie hatte dem Gendarm Bernard den Koffer gebracht, und dieser hatte ihnen in Lavaurette das Gepäckstück durch das Fenster des fahrenden Zuges gereicht.

Draußen ging André hinüber zu dem Bus, der gerade das Gelände verließ. Drei weitere Busse waren inzwischen eingetroffen und wieder abgefahren, und André sah eine Reihe von Kindern in seinem Alter, die unter den Hunderten von vergessenen Bündeln und Taschen nach einem Erkennungszeichen suchten. Ein Junge saß im Schneidersitz auf der Schlacke und hielt den Kopf zwischen seine Knie. André bemerkte den Schorf und die offenen Wunden auf seinen Händen, die er um seinen Nacken geschlungen hatte. Der Junge schien wie gelähmt, als habe er einen Punkt erreicht, an dem er nicht mehr weiterkonnte. Das helle Haar in seinem Nacken war vor Dreck verklebt.

André war wild entschlossen, Madame Cariteaus Koffer zu finden. Er enthielt einen Pullover für Jacob, der nach dem Duschen zitterte, und vor allem befanden sich die Blechsoldaten und der verstellbare Schraubenschlüssel darin. Plötzlich sah er die Messingschlösser und den Namen Cariteau auf einem Koffer, der halb unter einem Haufen von anderen Taschen verborgen war, und zerrte ihn hervor. Er schleppte ihn holpernd mit beiden Händen am Griff über den Hof, mußte dann aber feststellen, daß er nicht mehr wußte, welcher Treppenaufgang seiner war. Es gab im Erdgeschoß so viele Türen, die alle gleich aussahen, und alle führten zu identisch aussehenden Steinstufen.

Außerordentlich höflich bat er einen Mann um Hilfe, der den Verkehr zu regeln schien und der ihn ein wenig an seinen Vater erinnerte. »Monsieur, ich habe meinen Bruder verloren. Ich fürchte, ich habe vergessen, in welchem Zimmer er ist, und ich mache mir Sorgen, weil er ohne mich wahrscheinlich Angst hat. Er mag keine dunklen Räume.«

André hoffte, daß Gott ihm diese Lüge vergab: Er war derjenige, der Angst im Dunkeln hatte, nicht Jacob. Jacob ging stets in jeden dunklen Raum, wenn André ihn bat, dort etwas zu holen.

Der Mann lächelte. »Mach dir keine Sorgen. Wir finden ihn schon.« Er nahm Andrés Hand.

»Sind Sie ein Polizist?«

»Großer Gott, nein.« Der Mann lachte. »Ich bin für den Block verantwortlich. Mein Name ist Hartmann. Das wirst du wahrscheinlich nicht behalten, oder? Das macht nichts. Ich kann auf deinem Namensschild lesen, wie du heißt.«

Auf und ab durch schwach erleuchtete Treppenschächte führte der gütige Mann André, bis sie den Raum fanden, in dem Jacob zusammengekauert auf einer Matratze lag. Er stieß einen kurzen Schrei aus, als André durch das Zimmer kam, stand auf und küßte ihn ganz zärtlich auf sein Gesicht.

In dem Raum setzte ein einmütiges Wehklagen ein, als hätten alle Kinder gleichzeitig die Nerven verloren und als sei eine kollektive Welle der Verzweiflung über sie hinweggerollt. Die älteren Kinder waren nicht mehr in der Lage, die jüngeren zu trösten, und auch den Frauen, die versuchten, ihnen zu helfen, liefen die Tränen übers Gesicht. Jacob hielt sich an André fest, er hatte die Arme um seinen Nacken geschlungen wie ein Äffchen, das sich an seine Mutter klammert, und André umarmte ihn auch um seiner selbst willen fest.

Abends wurde ein Eimer Kohlsuppe gebracht, und die Kinder versammelten sich gruppenweise mit den Tassen, die sie gefunden hatten oder die ihnen gegeben worden waren, um den Eimer. Eine der Frauen warnte, daß die Suppe ihren Durchfall noch verschlimmern würde, aber sie tranken sie trotzdem und gaben sie untereinander mit gierigen Händen weiter.

Später sah André den gütigen Mann aus dem Hof wieder, der mit einem zweiten Mann den Raum betrat, in dessen besorgtem Gesichtsausdruck selbst André die Erschöpfung ablesen konnte. Er ging von einer durchnäßten Matratze zur anderen und klopfte mit seinen langen Fingern den Kindern auf die Brust, fühlte ihre Handgelenke und legte ihnen seine Hand auf die Stirn. Einigen von ihnen schien es durch seine Berührung besserzugehen.

»Ruhr«, sagte Levi zu Hartmann, als sie ihre aussichtslose Runde beendet hatten. »Woher kommen sie?«

»Einige kommen aus dem Lager in Compiègne und einige aus einem Kinderheim in Louveciennes.«

»Wir sind die Ruhr hier ohnehin nie richtig losgeworden«, sagte Levi. »Einige der Kinder gehören ins Krankenrevier, aber wir haben dort keinen Platz.«

Hartmann ging mit ihm zum Ende des Flurs. »Ich glaube nicht, daß das einen großen Unterschied macht«, antwortete er. »Ich bezweifle, daß sie viel länger als zwei Tage hierbleiben.«

Sie hörten den schrillen Ton der Pfeife, die ankündigte, daß das Licht gelöscht werden mußte. In ihrem schmutzigen Bett hörten André und Jacob es ebenfalls.

»Es ist sehr dunkel«, sagte André, als das Leuchten der blauen Birne erloschen war.

»Hab keine Angst«, sagte Jacob, eng an ihn geschmiegt. »Ich fürchte mich nicht vor der Dunkelheit.«

Durch ihr Fernglas beobachtete Charlotte den morgendlichen Häftlingsappell. Jetzt, wo die Kinder, die sie gestern hatte ankommen sehen, aufgereiht still dastanden, hatte sie Gelegenheit, ihre Gesichter abzusuchen.

Weit hinten konnte sie zwei Jungen sehen, die sie glaubte wiederzuerkennen. Die Entfernung war zwar zu groß, um sicher zu sein, aber da war etwas an den Haaren des Älteren, die zu Berge standen, und in der fügsamen Haltung des Jüngeren, dessen Hand leicht auf dem Unterarm seines Bruders lag, das ihr bekannt vorkam.

Doch wie sollte sie ihnen helfen? Vielleicht konnte sie ihnen ein paar ermutigende Worte zukommen lassen. Am liebsten hätte sie sie in die Arme geschlossen und geküßt wie eine Mutter. Sie hatte nicht mehr genug Geld, um den Gendarmen zu bestechen. Alles, was sie tun konnte, war, außen am Lager entlang zu dem zweiten, kleineren Eingang zu gehen und dort zu versuchen, jemanden dazu zu überreden, daß er die Jungen zu ihr brachte.

Später am Morgen ging sie die Straße entlang zur nordwestlichen Ecke des Lagers. Ein Gendarm hielt Wache am Eingang; es sah nicht gut aus. Den ganzen Tag beobachtete Charlotte den schmalen Durchgang, in der Hoffnung, daß er einen Augenblick unbewacht war. Doch alles, was passierte, war, daß am Nachmittag ein zweiter Gendarm erschien und mit dem ersten eine Zigarette rauchte, bevor er dessen Posten einnahm. Charlotte sah zu den langen Reihen blau gestrichener Fenster im Ostflügel des Gebäudes hoch. Wenn sich eines auch nur einen Spalt öffnete, konnte sie vielleicht eine Nachricht hinaufrufen.

Am Nachmittag brach früh die Dunkelheit herein. Charlotte war hungrig und von ihrem unruhigen und gleichzeitig langweiligen Warten ganz abgestumpft. Es nutzte nichts. Sie hatte getan, wofür sie ursprünglich gekommen war: Sie hatte dafür gesorgt, daß Levade in Frieden sterben konnte. Und ein kurzes Treffen mit ihr hätte für André und Jacob wahrscheinlich kaum einen Unterschied gemacht. Sie wollten ihre Mutter und nichts, was Charlotte tun konnte, hatte einen Einfluß darauf, ob ihnen diese Freude jemals wieder zuteil wurde oder nicht.

Auch wenn es ihr noch so schwerfiel und all ihre mütterlichen Gefühle sich dagegen sträubten, sie mußte sie zurücklassen. Ihr war der Gedanke zuwider, daß ausgerechnet sie die Jungen im Stich lassen mußte, daß sie ihre sich selbst auferlegte Aufgabe nicht zu Ende bringen konnte. Doch sie mußte einsehen, daß sie nichts mehr für sie tun konnte. Am nächsten Morgen würde sie nach Paris zurückfahren.

Der Abend vor einem Transport war die Zeit, die Hartmann am meisten fürchtete. Eine Atmosphäre nervöser Angst kroch langsam durch den nackten Zement und die Strohmatratzen von Drancy. Diese Menschen, zusammengetrieben und ausgehungert, wurden gezwungen, sich einer weiteren Unsicherheit auszuliefern. Auch wenn nur wenige von ihnen an die abscheulichen Gerüchte von Gas und Krematorien glaubten, so schaffte es doch niemand, seiner Abfahrt gleichmütig ins Auge zu sehen.

In seinem Zimmer erreichte ihn die Nachricht, daß ein zusätzlicher Waggon an den Zug angehängt worden war. Angesichts des schlechten Zustands der Neuankömmlinge hatten die französischen Polizeibehörden vorgeschlagen, den Waggon mit Kindern zu füllen. Der jüdische Ausschuß hatte protestiert, daß viele der Kinder französische Staatsbürger seien und daß es noch genug erwachsene Polen und Rumänen gebe. Aber der willkürlichen Logik des Konzentrationslagers zufolge wurden die Kinder ausgesucht. Die detaillierten, getippten Listen mit ihren genauen Angaben zu Familiennamen und Geburtsdaten verschleierten die Planlosigkeit der Auswahl; und sobald die Durchschläge von der Walze gerollt waren, konnte eine Liste nicht mehr geändert werden.

Hartmann ging die Steinstufen in seinem Block hinauf, die Schritte fielen ihm schwer. Den Raum überhaupt zu betreten, war schon schlimm genug, es stank nach Fäkalien, und im Hintergrund war ständig ein Weinen und Wimmern zu hören. Er mußte den Kindern sagen, daß sie ihre Eltern wiedersehen würden. Solch eine Lüge war nicht nur verzeihlich, sie war unbedingt notwendig, wenn sie die nächsten Stunden überstehen sollten.

Er hielt das Blatt Papier in der Hand.

André schaute von seinem Bett auf. Er freute sich, den Mann wiederzusehen, der aussah wie sein Vater. Das war es, was sie brauchten – jemanden aus den alten Zeiten, jemanden aus der Zeit, bevor etwas mit der Welt schiefgegangen war, einen Mann mit einem gutaussehenden Gesicht und einer tiefen Stimme, der sie zu ihrem Haus zurückbringen und dafür sorgen würde, daß ihr Leben wieder begann.

»Morgen werdet ihr sehr früh mit dem Zug abfahren.«

Hartmann kam nicht weit, einige Kinder fingen an zu plappern und zu schreien. »Pitchipoi.« rief ein älteres Kind aufgeregt. Andere fühlten sich durch das kindliche Wort ermutigt und begannen zu singen. Die Kleineren sahen verwirrt aus.

Hartmanns Gesichtsausdruck war nicht überzeugend. »Ihr solltet dafür sorgen, daß eure Taschen ordentlich beschriftet sind. Ich werde ein paar Erwachsene bitten, euch dabei zu helfen. Ihr könnt eine Decke mitnehmen und alles an Essenresten, was ihr habt.« Er sah auf das Blatt Papier hinunter. »Alle größeren Gegenstände werden getrennt befördert.«

»Wohin fahren wir?«

»Der Zug fährt nach Polen.«

»Werden wir unsere Eltern wiedersehen?«

»Ich ... ich glaube schon. Ich kann es nicht versprechen, aber ich vermute, daß ihr sie wahrscheinlich wiedersehen werdet.«

»Ja!« Jacob drückte vor Freude Andrés Hand.

Hartmann gelang ein Lächeln. »Ich muß euch warnen, die Reise ist lang und unbequem. Ihr müßt tapfer sein. Ihr müßt alle tapfer sein.«

André fiel auf, daß die Stimme des Mannes auf einmal seltsam klang. Er fing an zu husten.

»Ihr werdet später am Abend in den Abreiseblock umziehen, er befindet sich in der Ecke des Hofes am Haupttor. Sorgt bitte dafür, daß alle eure Taschen gepackt und beschriftet sind. Ich komme später noch mal wieder.«

Hartmann verließ rasch den Raum und ignorierte die Flut von Fragen, die ihm hinterhergerufen wurden.

André holte sofort Madame Cariteaus Koffer hervor und begann, ihre Habseligkeiten darin zu verstauen. Er nahm den Pullover, den Jacob gerade trug, und legte ihn sorgfältig über dem Buch von der Krokodilmutter zusammen. Sonst konnte er nichts mehr hineintun; all ihre Habseligkeiten waren bereits sicher verstaut. André schloß den Deckel des Koffers, um sicher zu sein, daß alles hineinpaßte. Dann ließ er mit einem Klicken die Messingschlösser wieder aufschnappen und ordnete den Inhalt noch einmal neu.

Ungefähr eine Stunde später kamen zwei Gendarmen in den Raum und befahlen den Kindern, nach unten zu gehen. Diejenigen, die es nicht verstanden oder zu erstarrt waren, um zu gehorchen, wurden mit Schlagstöcken angetrieben. André packte Jacob am Handgelenk und eilte in die sichere Menge, die sich nach unten bewegte. Draußen war es noch hell, und André sah eine Schlange mit Menschen jeden Alters, die darauf warteten, von den Lagerfriseuren geschoren zu werden. Ein halbes Dutzend Friseure fielen mit großen Scheren über das Haar der Frauen her und fuhren ihnen dann mit Haarschneidemaschinen über den Schädel. Die Gesichter und Köpfe der Männer schoren sie mit Rasierern. Anschließend waren die Kinder an der Reihe. André schlurfte in der Schlange nach vorn, er fürchtete sich vor dem, was seine Mutter sagen würde, wenn sie ihn mit kahlgeschorenem Kopf sah. Er erinnerte sich, wie sich ihre Hand angefühlt hatte, wenn sie ihm über den Kopf streichelte und das weiche, dunkle Haar durch ihre Finger gleiten ließ. Würde sie ihn wiedererkennen, wenn er kahlgeschoren war?

Der Wind, der an der offenen Seite des Lagers hereinwehte, wirbelte hinuntergefallene Haarbüschel, vermischt mit der Schlacke des Hofes, auf und trug sie weit hinauf zum Dach des Innenhofs und weiter bis zu den Zimmerfenstern, wo sie in kleinen schwarzen, braunen und blonden Verwehungen liegenblieben.

Als sie wieder in ihrem Raum waren, kamen einige Frauen mit Anhängezetteln für das Gepäck und ein paar Stiften. André, nun mit geschorenem Kopf, schrieb seinen Namen mit großer Sorgfalt auf den Zettel, wobei sein Mund sich vor lauter Anstrengung verzerrte. Er mußte jedoch eine Frau bitten, ihm zu helfen, den Zettel am Koffer zu befestigen. Dann waren sie bereit.

Nach der Kohlsuppe, kurz vor neun Uhr, kam Hartmann wieder ins Zimmer, begleitet von zwei jüdischen Kapos.

Er stand im Türrahmen und schluckte schwer. »Also gut«, sagte er. »Zeit zum Aufbruch.«

Die Kinder rührten sich nicht, ihr aufgeregtes Geplapper erstarb.

Hartmann sagte sehr sanft in die Stille hinein: »Wir haben hier keine Wahl. Wir müssen ruhig gehen. Ich kann euch nicht versprechen, daß ihr am Ende der Reise eure Eltern wiederseht, aber ich glaube, es ist möglich. Die Hoffnung besteht. Laßt jetzt eure Eltern stolz auf euch sein. Seid tapfer und hoffnungsvoll.«

Eines der älteren Kinder, ein Junge von ungefähr vierzehn Jahren, stand auf und schaute die jüngeren Kinder an. »Wir müssen Monsieur Hartmann vertrauen. Gehen wir.«

Viele der Kinder sprachen kein Französisch, aber etwas an der Haltung des Jungen überzeugte sie, als sei ihnen die Erwachsenenwelt durch einen aus ihrer Mitte erklärt worden. Langsam leerten sich die stinkenden Etagenbetten, und die Kinder zogen ihre Taschen nach draußen auf den Treppenabsatz.

Unten in dem eiskalten Hof wurden sie von den Kapos zu den Durchsuchungsbaracken geführt. Drinnen waren lange Tische aufgebaut, an denen Gendarmen standen, die von zwei Beamten der Section d'Enquête et de Contrôle, der ehemaligen Antijüdischen Polizei, beaufsichtigt wurden.

André und Jacob schlurften in der Schlange nach vorn, bis sie vor dem Tisch standen. Ein Gendarm nahm André den Koffer ab und öffnete ihn. Er nahm den verstellbaren Schraubenschlüssel heraus und warf ihn über die Schulter nach hinten. Er nahm das Buch in die Hand und lachte.

»Da, wo du hinfährst, brauchst du das nicht.«

Das war ein Satz, den sie überall an den langen Tischen immer wieder hörten, als das Buch wie ein Vogel mit gebrochenen Flügeln in die Ecke der Baracke flog. Als André den Koffer zurückbekam, enthielt er nur noch Jacobs Pullover, ein Hemd und ein dreckiges Paar kurze Hosen. Dann wurden sie von den Gendarmen durchsucht, die ihnen auf die Rippen klatschten und die Hände an den Innenseiten ihrer Oberschenkel nach oben gleiten ließen.

»Hast du etwa Geld hier eingenäht?« sagte der Mann und rieb den Stoff von Jacobs Hemd zwischen den Fingern. »Mein Gott, du stinkst ja furchtbar.«

Der Gendarm neben Jacob riß einem kleinen, dunkelhaarigen Mädchen die Ohrringe heraus. »Da, wo du hinfährst, brauchst du keinen Schmuck!«

»Also gut, dann raus hier, geht weiter. Immer weiter.«

An der Tür zeichnete ihnen ein Gendarm mit Kreide ein Kreuz auf den Rücken.

»Wartet hier.«

Jacob hatte angefangen zu weinen. Er legte seine Hand in Andrés, der darin bereits einen einsamen Blechsoldaten umklammerte, den er hatte hinausschmuggeln können.

In alphabetischer Reihenfolge wurden ihre Namen aufgerufen, dann führte man sie zur südöstlichen Ecke des Lagers neben dem Haupttor. Dieser Sektor war mit Stacheldrahtrollen, die an eilig eingeschlagenen Holzpfählen befestigt worden waren, vom übrigen Teil des Hofes abgetrennt.

Am Fuß des Blocks zwei standen ein Gendarm und ein jüdischer Kapo, die ihre Namen auf einer weiteren Kopie der Liste abhakten, als sie durch die Tür gingen.

Im ersten Stock kamen sie in einen leeren Raum, es gab keine Betten, keine Matratzen, keine Tische. Zwischen den unverputzten Wänden lag im Licht der einzigen Glühbirne lediglich etwas Stroh, außerdem gab es zwei leere Eimer. Es befanden sich über hundert Kinder in dem Raum, und der Inhalt der Eimer lief bald über und rann die Stufen hinunter.

André drehte den Kopf zur Wand. Er konnte die Namen und Mitteilungen derjenigen lesen, die sie am Abend vor ihrer Abfahrt dort hingekritzelt hatten. »Léon Reich.« »Letzter Transport. Wir kommen wieder.« Und direkt neben seinem Kopf: »Natalie Stern. Noch guten Mutes.«

Er brach zusammen und fiel zu Boden.

Durch ein Fenster auf der anderen Seite des Hofes konnten Hartmann und Levi die Menschen sehen, die im Licht des Suchscheinwerfers, der die Ecke des Hofes beleuchtete, den Abreiseblock betraten.

Levi sagte: »Im Krieg, haben Sie da je an einem Angriff teilgenommen?«

»Einmal.«

»Können Sie sich noch an die Nacht davor erinnern?«

Die beiden Männer sahen einander an.

Hartmann sagte: »Wenn die Zeit in sich zusammenfällt.«

Levi nickte. »Ich wünschte, ich könnte an etwas glauben.«

»Sie sind hier wegen Ihres Glaubens.«

»Wegen des Glaubens meines Vaters.«

Eine lange Zeit sprach keiner von ihnen ein Wort, während sie zusahen, wie der letzte der Deportierten hineinging. Es war ein Mann ihres Alters, und sie konnten hören, wie er heftig protestierte: »Ich bin Franzose! Ich bin in Verdun ausgezeichnet worden! Das können Sie nicht mit mir machen!«

»Du bist ein dreckiger Jude wie alle anderen.«

Die Tür des Blocks wurde geschlossen.

Hartmann sah auf seine Armbanduhr. »Noch ungefähr fünf Stunden.«

Vom Abreiseblock konnten sie den Anfang der Marseillaise hören, die gefolgt wurde von dem Pfadfinderlied »Es ist nur ein kurzer Abschied«.

Hartmann fragte: »Jetzt glauben Sie mir, oder?«

»Was den Bestimmungsort betrifft?«

»Ja.«

»Alle Vernunft spricht dagegen.«

»Aber Sie spüren es, nicht wahr?«

»Ich bin Deutscher. Ich bin ein Mann der Vernunft.« Levi starrte in die Dunkelheit, die Gendarmen hatten den Suchscheinwerfer ausgeschaltet. »Ich kann mir nicht erlauben, so etwas zu glauben.«

André lag auf dem Fußboden, als ein jüdischer Kapo mit Postkarten kam, auf die die Deportierten eine letzte Nachricht schreiben durften. Er riet ihnen, sie am Bahnhof zurückzulassen oder sie aus dem Zug zu werfen, da die Lagerordnung ihnen den Zugang zur Post verbot. Zwei oder drei Stifte, die der Durchsuchung entgangen waren, wurden unter den Menschen im Raum herumgereicht. Einige schrieben mit schluchzender Leidenschaft, andere mit pedantischer Sorgfalt, als hinge ihre Sicherheit oder wenigstens die Art und Weise, wie man sich an sie erinnerte, von der Wahl ihrer Worte ab.

Eine Frau kam und brachte jedem Kind ein Butterbrot für die Fahrt. Sie brachte außerdem einen Eimer Wasser, um den sich die Kinder scharten. Sie hielten ihr Sardinendosen entgegen, die sie herumgehen ließen. Einer der älteren Jungen umarmte sie vor Dankbarkeit, aber der Eimer war rasch leer.

Als sie gegangen war, mußten sie noch die letzten Stunden der Nacht überstehen. André lag auf dem Stroh, seine weiche rosige Wange lag gleichgültig im Mist. Er hielt seinen kleinen Bruder fest umschlungen, um sie beide warm zu halten.

Die Erwachsenen im Raum lehnten zusammengesunken an der Wand, sie konnten nicht schlafen und unterhielten sich mit gesenkten Stimmen. Den Kindern wurden durch ihre Fähigkeit, dort einschlafen zu können, wo sie lagen, und von anderen Orten zu träumen, die letzten Stunden des Wartens erspart.

Es war immer noch Nacht, als Hartmann und ein anderer Blockältester Kaffee brachten. Viele der Erwachsenen wollten ihn nicht trinken, weil sie wußten, daß er Frühstück und damit die Abreise bedeutete. Die Kinder schliefen noch tief und fest.

Diejenigen, die aus den halben Dutzend Bechern tranken, die herumgereicht wurden, taten dies schweigend. Dann ging eine plötzliche Welle der Bewegung durch den Raum, eine Belebung von Muskeln und Nerven, als die Menschen von unten ein Geräusch hörten: Es war das Geräusch eines Motors – für viele war es das vertraute Brummen eines Pariser Busses.

In diesem Augenblick betraten Gendarmen den Raum, sie bewegten sich rasch und heftig, als seien sie bestrebt, sie schnell loszuwerden. Zusammengekauert ergriffen die Erwachsenen ihre Bündel und stolperten die dunkle Treppe hinunter und hinaus auf den Hof, wo es aufgrund der Suchscheinwerfer an den Wachtürmen plötzlich warm wurde.

Fünf grün-weiße Pariser Linienbusse waren durch das Haupttor hereingefahren und standen nun brummend in der mit Stacheldraht abgeteilten Ecke des Hofes. An einem langen Tisch vor dem Roten Schloß saß der Lagerverwalter persönlich mit einer Namenliste, von der ein anderer Polizist die Namen in alphabetischer Reihenfolge ablas und ausrief. Dort, wo normalerweise das Fahrtziel des Busses angeschrieben war, stand jetzt bei jedem Bus die Zahl eines Eisenbahnwaggons, der Richtung Osten fuhr.

Viele der Kinder schliefen so fest, daß sie nicht wachzubekommen waren, und die, die wach waren, weigerten sich hinunterzugehen. Gendarmen wurden nach oben geschickt, um sie zu holen. Die Kinder stemmten ihre Füße in das dreckige Stroh und schrien. Sie klammerten sich an alles, was sie umfassen konnten. Sie hielten sich aneinander fest und krallten sich an die kalten Stufen, während sie unter dem Knüppelhagel nach unten gezerrt wurden. Jedesmal, wenn das Krachen von Holz auf Knochen zu hören war, schrien sie noch lauter.

Die Gendarmen wankten nach unten, in den Armen mehrere Kinder, die Knüppel blutverschmiert, hinaus in das Licht der Suchscheinwerfer. Einige der Gendarmen schluchzten, während sie ihre lebendigen Bündel zu Boden schleuderten und wieder in das Gebäude zurückgingen. Das Gesicht des Lagerverwalters war im grellen Licht der Sturmlaternen auf seinem Tisch vor Ungeduld qualvoll verzerrt.

André hörte seinen Namen und ging mit Jacob zum Bus. Von der anderen Seite des Hofes warfen ihnen weinende Frauen, die ihre Namen riefen, Unmengen Essensreste aus den Fenstern zu, doch nichts davon erreichte den abgetrennten Sektor.

André sah nach oben, und in dem vorbeihuschenden Lichtschein sah er das Gesicht einer Frau, deren Augen mit einem furchtbaren Ausdruck starr auf das Kind neben ihm gerichtet waren. Warum starrte sie ihn an, als haßte sie ihn? Dann wurde André bewußt, daß in ihrem Blick kein Haß lag, sie hatte ihre Augen so weit aufgerissen, weil sie sich das Bild ihres Kindes einprägen wollte, weil sie sich erinnern wollte, ewig erinnern.

Er hielt Jacob fest umklammert, als sie das Trittbrett des Busses hinaufkletterten. Einige der Kinder waren zu klein, um die Stufe allein zu schaffen, und die Gendarmen oder die Erwachsenen, die bereits im Bus waren, mußten ihnen helfen.

Andrés Bus bekam das Zeichen zur Abfahrt, wurde aber aufgehalten, als ein nur wenige Wochen altes Baby hinten in den Bus gehoben wurde und der Gendarm eine Weile brauchte, bis er die hölzerne Wiege in das überfüllte Wageninnere befördert hatte.

Schließlich heulte der Motor auf, der Bus fuhr holpernd durch das Eingangstor. Die Scheinwerfer erhellten einen Augenblick lang das Café gegenüber, bevor der Fahrer ins Lenkrad griff und Richtung Bahnhof fuhr.

Als der letzte Bus abgefahren war, war es heller Tag, und das Reinigungspersonal ging in den Abreiseblock, es trug Holzpantinen mit dicken Sohlen.

Auf der geraden Straße zum Bahnhof waren einige Leute früh unterwegs zur Arbeit oder gingen mit ihren Hunden in den Park. Neugierig betrachteten sie den kleinen Buskonvoi, der auf der breiten, leeren Straße an ihnen vorbeirumpelte. Sie sahen Gesichter, die sich an die Fensterscheiben preßten, und an der Stelle, wo sonst das Fahrtziel angegeben war, stand nur eine Zahl.

Am Bahnhof Le Bourget-Drancy warteten außer den Gendarmen auch deutsche Soldaten. Inmitten des Gedränges und des Durcheinanders auf dem Bahnsteig hielt André seinen Bruder und seinen Koffer, an den er sich ausnahmsweise erinnert hatte, fest umklammert.

Die Soldaten trieben die Menge zu einem Nebengleis, wo eine Reihe geschlossener Güterwaggons stand, in denen normalerweise Pferde transportiert wurden. Während sie laut deutsche Worte brüllten, drängten und schoben sie die widerspenstige Masse in Richtung der Schiebetüren.

Pendler auf dem großen Bahnsteig sahen zu, während die Gendarmen, die ihre Schützlinge den deutschen Soldaten übergeben hatten, von einem Fuß auf den anderen traten und den verwunderten Blicken der örtlichen Reisenden auswichen.

Jacob gelang es nicht, in den Güterwaggon hineinzuklettern, er mußte von einem Erwachsenen hineingehoben werden. Im Inneren des Waggons standen dichtgedrängt Menschen jeden Alters. Es gab zwei Eimer, einer von ihnen enthielt Wasser und einen Becher.

Als André mühsam hinaufkletterte, nahm ihm ein deutscher

Soldat den Koffer weg und warf ihn auf den Bahnsteig zu den anderen Taschen und Bündeln, von denen die Soldaten sagten, daß sie sie nicht brauchen würden. Eine Frau im Waggon, die deutsch sprach, übersetzte dies für die anderen.

André und Jacob standen zwischen den größeren Leuten, Mäntel, Beine und die breiten Hüften der Erwachsenen nahmen ihnen die Sicht. Dann schob ein deutscher Soldat mit einem kräftigen Ruck die Schiebetür zu und verriegelte sie.

Inzwischen war es heller Morgen, und André konnte durch eine Öffnung im Waggon noch ein kleines Stück von einer Wolke sehen. Dann war von draußen ein Hämmern zu hören, und der letzte flüchtige Blick auf den Himmel über Frankreich wurde plötzlich ausgelöscht.

»Was war das für ein Lärm heute nacht?« fragte Charlotte die Besitzerin, als sie ihre Rechnung bezahlte.

»Die Busse. Wieder eine Ladung.« Die Frau zählte auf der verzinkten Oberfläche der Bar sorgfältig die Scheine und ließ sie in die Kasse gleiten.

»Ich verstehe. Wo bringen sie sie hin?«

»Zum Bahnhof.«

Charlotte straffte die Schultern und holte tief Luft, als sie hinaus in den Wintermorgen trat. Sie ging den kurzen Weg bis zu einer großen Kreuzung, wo sie Leute sah, die auf den Bus warteten.

Charlotte hatte lange geschlafen, und es war fast elf Uhr, als der Bus über die Eisenbahnbrücke fuhr und seine Fahrgäste oben am Hang, an dessen Fußende der Bahnhof lag, aussteigen ließ. Der nächste Zug nach Paris fuhr erst in einer halben Stunde, und Charlotte hatte Zeit, unter der Nummer, die sie auswendig gelernt hatte, »Félix« anzurufen.

Sie hatte keine Ahnung, um was für eine Straße es sich bei der Rue Villaret de Joyeuse handelte. Sie lag im siebzehnten Arrondissement am westlichen Stadtrand, und wahrscheinlich waren dort eher vorstädtische Wohnhäuser als kleine Cafés und Plätze mit Kopfsteinpflaster zu finden. Félix erklärte sich einverstanden, um vier Uhr nachmittags dort zu sein und sie zu treffen, und Charlotte schlenderte durch die Schalterhalle hinaus auf den Bahnsteig.

Während sie auf und ab ging, streifte ihr Blick ein Nebengleis, wo sie einen Haufen übereinandergeworfener Koffer und Bündel sah. Sie schaute sich um, ob jemand sie beobachtete, und ging dann hinüber, um sie sich genauer anzusehen.

Der Inhalt der Taschen hatte sich auf den Bahnsteig ergossen. Es waren meist alte Kleidungsstücke, schmutzig oder zerrissen, einzelne Schuhe und hier und da ein Kinderspielzeug. Charlotte fragte sich, ob sie vielleicht aus hygienischen Gründen von ihren Besitzern ausgemustert worden waren und es nur ein Müllhaufen war, der nur noch weggeräumt werden mußte. Dann blieb ihr Blick jedoch an etwas Weißem hängen, das unter einer grauen Wolljacke hervorlugte. Es war ein Stapel nicht abgeschickter Briefe und Karten.

Charlotte versicherte sich erneut, daß sie niemand beobachtete, bückte sich dann und hob den Stapel auf.

Einige Briefe waren sorgsam ausformuliert, andere enthielten rasch hingekritzelte Nachrichten: »Meine lieben Eltern, sie bringen uns zum Arbeiten nach Deutschland. Ich hoffe, ich sehe Euch bald wieder.« »Wer auch immer diese Karte findet: Bitte schicken Sie sie an die richtige Adresse, an meinen alten Bürgermeister, der mich retten kann.«

Andere klangen bedrückt, weil sie es besser wußten. »Wir werden in den Osten gebracht. Ich umarme Euch von ganzem Herzen, liebe Eltern. Lebt wohl – auf ewig.«

Charlotte steckte das kleine Päckchen in ihre Tasche und stand auf. Weiter hinten in dem Haufen lag ein kleiner Koffer mit Messingschlössern, der auf die Seite gekippt war und offenstand. Ein paar verschmutzte kurze Jungenhosen lagen darin. Zwischen den Schlössern war vorn ein Namensschild aus Leder aufgeklebt, auf dem der Name »Cariteau« stand.

Im Zug fand Charlotte ein Abteil für sich allein und warf dort einen Blick auf die Briefe. Es widerstrebte ihr, sie allzugenau zu lesen, aber es war einer darunter, auf den sie unwillkürlich zweimal zurückkam.

Er war in einer schrägen, ausgebildeten Schrift und mit blaßblauer, fleckiger Tinte verfaßt, es war nichts durchgestrichen oder verbessert. Es handelte sich um den Brief eines Vaters an seine Tochter. Die Handschrift ließ auf einen Mann mittleren Alters schließen, und dem Ton zufolge, den der Vater gewählt hatte, mußte das Mädchen siebzehn oder achtzehn Jahre alt sein, vielleicht aber auch schon älter.

Meine liebste kleine Gisèle,
sie haben uns letzte Woche erlaubt, Post zu erhalten, und ich war entzückt über Deine Karte und darüber, daß Du und Maman gesund seid. Mir geht es ebenfalls ausgezeichnet und ich bin bester Stimmung. Allerdings soll ich am Morgen mit dem Zug an ein noch unbekanntes Ziel deportiert werden. Ich fahre zusammen mit vielen alten Freunden aus Paris, und ich hoffe sehr, daß ich am Ende der Reise Charles und Lèonore treffe.
Bitte paß auf Dich auf, mein kleines Eichhörnchen. Das ist das Beste, was Du heute und jeden Tag für mich tun kannst. Mach Dir keine Sorgen um mich, denk nur an Dich: Iß ordentlich – so ordentlich Du kannst! –, und halte Deine Sachen sauber, mach Dich hübsch und arbeite hart für Maman und für Dich selbst! Die größte Freude meines Lebens war, Dir etwas Schönes zu kaufen, als Du noch klein warst. Wie ich Dein ernstes Gesicht geliebt habe oder die Art und Weise, wie Dein Lachen an Weinen grenzte, wenn Du müde warst; und vor allem, wie Du mich geliebt hast, wie es nur ein kleines Mädchen kann, ohne Groll gegen mich oder Angst vor mir und mit soviel Vertrauen.
Ich glaube, ich werde bald gesund zurückkehren. Selbst wenn Dich dieser Brief nicht erreicht – der Kapo war sich nicht sicher, ob er abgeschickt werden würde –, hoffe ich, daß mein vorheriger Brief angekommen ist. Bitte behalte das Foto von mir als Erinnerung, bis Du mich wiedersiehst. Paß auf Dich auf, mein geliebtes kleines Mädchen. Ich bin nicht verloren; ich komme wieder. Ich umarme Dich von ganzem Herzen.

Charlotte ließ den Brief sinken. »Ohne Groll gegen mich oder Furcht vor mir.« Waren Furcht und Groll normale Gefühle zwischen Vater und Tochter? »Soviel Vertrauen …« Die Zärtlichkeit dieses unbekannten Mannes rührte Charlotte. Sie hatte nicht gewußt, daß Väter solche Verwundbarkeit empfanden oder ihre Töchter so sehr brauchten, um Trost zu finden.

Von der Métrostation Argentine trat Charlotte hinaus auf die breite Avenue de la Grande Armée. Es waren nur ein paar Schritte bis zu dem Straßendreieck, von dem aus die Rue Villaret de Joyeuse sanft bergab führte.

Die Eingangstür des Hauses stand offen, und Charlotte ging vorsichtig über den roten Teppich der Eingangshalle. Vor sich sah sie einen Fahrstuhl, links davon befand sich eine Treppe mit breiten Steinstufen. Sie mußte nur ein halbes Stockwerk hinaufgehen, bis sie an eine Glastür kam, auf der in schwarzen Buchstaben der Name einer Firma stand. Sie drückte den unteren Klingelknopf, wie ihr gesagt worden war, und ein paar Sekunden später öffnete ein rundlicher, hellhaariger Mann mit einem leuchtendbunten Halstuch die Tür. Er geleitete sie durch ein düsteres Vestibül und durch die Eingangstür einer dunklen Wohnung mit niedrigen Decken. Er führte sie zu einem harten, gepolsterten Stuhl im Wohnzimmer und kehrte dann mit einer Flasche Cognac und zwei Gläsern zurück.

»Chin-chin, Danièle.« Er hörte sich an wie ein Engländer.

»Ja… Chin-chin.«

Eine weiße Perserkatze schlich ins Zimmer und rieb sich an Félix' Beinen.

»Also. Wie haben Sie es geschafft, hierher zu gelangen?«

»Züge, Busse. Ich bin ziemlich lange unterwegs gewesen. Sind Sie Engländer?«

»Ja. Aber meine liebe Mama war Französin. Ich habe an der Place des Ternes ein Geschäft. Es ist eine perfekte Tarnung.«

»Und Sie können mir bei der Beförderung helfen?«

»Schluß damit, Marat! Er hat die ganzen Möbel zerkratzt, und es ist nicht meine Wohnung. Tatsache ist, Sie haben sogar Glück. Wenn das Wetter es erlaubt, startet Mittwochnacht auf einem Feld bei Rouen eine Lysander. Ich habe Kontakt aufgenommen, und sie haben noch Platz für eine kleine Person.«

»Wie komme ich dorthin?«

»Das kann ich organisieren. Sie sehen schrecklich müde aus.«

»Müde? Wirklich?«

»Ja. Eine Menge Leute, die hier durchkommen, sehen genauso aus. Sie sind seit mehreren Wochen im Einsatz gewesen, und ich glaube, sie haben sich an den Schlafmangel gewöhnt. Mir fallen solche Dinge jedoch auf.«

Charlotte dachte schuldbewußt daran, wie spät sie an jenem Morgen aufgebrochen war und wie sie die Abfahrt der Busse in Drancy verpaßt hatte. Und doch hatte Félix recht. Jetzt, wo sie in diesem wohnlichen Zimmer saß, in dem jedes freie Plätzchen mit kleinen Ziergegenständen bedeckt war, spürte sie, wie ihre Arme und ihr Rücken schmerzten und ihre Beine sich anfühlten, als hätten sie vor Müdigkeit fast keine Knochen mehr.

Félix stand auf und schob die Katze beiseite. »Ich nehme an, Sie möchten sich ein wenig ausruhen. Für heute abend besorge ich Ihnen dann etwas Gutes zum Abendessen. Sie haben doch sicher Hunger, oder ?«

Charlotte nickte. Plötzlich konnte sie nicht mehr sprechen. Félix führte sie einen dunklen Korridor entlang und öffnete auf der linken Seite eine Tür. Dahinter lag ein großes, dämmriges Zimmer mit einem riesigen Schreibtisch aus Eichenholz, einem schmalen Fenster mit Netzgardinen und einem niedrigen Bett. »Würden Sie sich bitte um die hier kümmern?« fragte sie und gab ihm den Stapel Briefe und Karten aus dem Zug. »Vielleicht könnten Sie sie abschicken.«

»Ich rufe Sie später an«, sagte Félix und machte mit den Briefen in der Hand die Tür zu.

Charlotte legte sich hin und schloß die Augen.

André stand in der Dunkelheit. Drei Stunden im Waggon, und immer noch hatte sich der Zug nicht bewegt. Einige Menschen unterhielten sich noch; eine alte Frau jammerte Gebete vor sich hin.

Plötzlich knirschten die Räder auf dem Gleis, und sie wurden gegeneinandergeschleudert. Das Wasser in dem einen Eimer war ausgetrunken, und der andere Eimer war längst gefüllt und übergelaufen, der Inhalt schwappte über ihre Füße, als der Zug ruckartig anfuhr.

Jacob hatte sich auf den Boden sinken lassen, durch die Ritzen zwischen den Holzbrettern konnte er schmale Streifen des Bodens sehen.

Die Stunden wollten nicht vergehen. Hoch oben in der Wand des Güterwaggons war ein schmaler Schlitz. Ein hochgewachsener Mann stand daneben und erzählte ihnen, was er sehen konnte. »Epernay«, sagte er, als der Zug in einen Bahnhof eingefahren war. Ein anderer Mann fing an zu weinen, als sehnte er sich nach dem, was für ihn mit diesem Namen verknüpft und jetzt verloren war.

Obwohl es winterlich kalt war, stank es im Waggon. Als es dunkel wurde, stand der Zug viele Stunden regungslos. Der Mann am Schlitz sagte, es sei kein Licht zu sehen. Sie schienen orientierungslos und verloren in der Nacht zu stehen.

André war gegen andere Kinder gesunken, die sich schlaftrunken aneinanderlehnten, weil es nicht genug Platz gab, um sich hinzulegen. Ein Mann in seiner Nähe drängte sich in einem gewissen Rhythmus gegen eine Frau. Sie hatte ihren Rock hochgehoben und stöhnte, während er zustieß.

Die alte Frau murmelte immer noch auf hebräisch vor sich hin; manchmal sang sie mit einer wehklagenden Stimme, die sich für André anhörte, als stammte sie aus einem fremden, weit entfernten Land.

Ich werde Maman sehen, dachte André; wenn ich dort ankomme, werde ich Maman sehen.

»Metz«, sagte der Mann am Schlitz. Jedesmal, wenn der Zug anhielt, gab es einen Funken Hoffnung. Ein Ziel, jeder Ort auf der Welt war besser als in der bodenlosen Nacht verloren zu sein. Die Türen wurden aufgeschoben, und sie sahen eine schneebedeckte Landschaft. Ein deutscher Soldat brüllte ihnen etwas zu, und eine Frau übersetzte.

»Wenn jemand zu fliehen versucht, wird er erschossen. Wenn jemand gestorben ist, werft die Leiche nach draußen.«

Sie baten ihn um Wasser. Wenigstens um eine Handvoll Schnee.

Die alte Frau war kurz davor, verrückt zu werden. Die Türen schlossen sich wieder. Die ausgedehnten Stunden fügten sich nicht zu Tagen zusammen; sie hatten nicht das Gefühl, daß die Zeit verging, auch wenn sie nun die zweite Nacht erlebten.

Jemand in ihrem Waggon war gestorben, und die anderen rückten von der Leiche ab.

André hielt Jacob in den Armen.

Der Zug hielt erneut. Der Mann am Schlitz sagte, daß sie sich in einem Bahnhof mit einem deutschen Namen befänden. »Da sind ganz normale Leute. Es ist Morgen. Sie fahren zur Arbeit. Sie starren unseren Zug an.«

Sie fuhren weiter in einen neuen Tag. André klammerte sich an die Hoffnung. Er kannte nur ein wohlgeordnetes Leben, in dem keine schlimmen Dinge passierten. Wenn sein Glaube an die normale Welt, in der er gelebt hatte, nur stark genug war, würde sie wiederkehren.

Von dem Gestank im Waggon wurde ihm übel. Die Dunkelheit hatte er fast vergessen. Sie überschritten die Grenzen der Ermüdung so oft, daß sie schon jenseits der Erschöpfung waren.

Es war mitten in der Nacht. Der Zug hielt an.

Der Mann am Schlitz sagte: »Hier gibt es keine Stadt, nur Felder. Das ist es. Wir sind da.«

Hochstimmung machte sich breit: Endlich waren sie angekommen. Dann drang Rauch durch den Schlitz, es war ein beißender Rauch.

»Da ist ein langer Bahnsteig. Hunderte von Leuten. Deutsche Soldaten. Da sind Hunde. Es ist sehr hell, da sind Suchscheinwerfer. Leute in gestreiften Uniformen. Das müssen Arbeiter sein. Sie entladen die Waggons. He!« Der Mann am Schlitz rief auf deutsch: »Was passiert hier?«

»Was haben sie gesagt, was haben sie gesagt?«

Ein Lichtstrahl drang durch den schmalen Spalt, als sich der Mann umdrehte und den dichtgedrängten Menschen im Waggon zuwandte. »Einer hat so gemacht.« Er fuhr mit dem Zeigefinger wie mit einem Messer über seine Kehle. »Und einer hat so gemacht.« Er machte mit seinen Fingern eine Drehbewegung, die André an aufsteigenden Rauch erinnerte.

Mit einem Kreischen der Metallschienen wurden die Türen aufgeschoben, und im Waggon wurde es hell. »Raus, raus, alle raus!« Da waren Männer, die schrien. Da waren Hunde, die bellten.

André hielt Jacob fest, als sie vorwärtsstolperten. Zwei tote

Männer lagen auf der Stufe. Jemand half den Jungen herunter.

»Sagt, daß ihr älter seid als in Wirklichkeit.«

»Sagt, daß ihr jünger seid als in Wirklichkeit.«

Ein riesiger Hund zerrte an seiner Kette. Er kam der Welt, die André verloren hatte, am nächsten. André vergaß die strenge Warnung seiner Eltern und wollte ihn streicheln.

Er wurde von einem Mann in gestreifter Kleidung weggeschubst. Die Holzpantinen des Mannes klapperten auf der Rampe hin und her. Die gestreiften Männer gingen gekrümmt und eilig; sie sahen einen nicht an. Ihre Gesichtshaut spannte sich über den Knochen.

André erblickte eine hochgewachsene Frau mit hellem Haar. Sie war wie seine Mutter. Er würde ihr folgen. »Komm, Jacob.«

Weiter vorn sahen sie, wie sich aus einem entfernten, hohen Gebäude Flammen in den dunklen Himmel ergossen, und da war dieser Geruch, als würde etwas brennen oder schmelzen. Stammte er von den Schienen, die unter den Eisenrädern heiß geworden waren? Aber dafür war der Geruch eigentlich zu intensiv.

Während er den Bahnsteig entlangschlurfte, strengte André sich an zu glauben. Er versuchte, aus seinen Erinnerungen an die Zeit, als er lebendig war, als er vertrauensvoll an die Normalität und an die Welt seiner Eltern geglaubt hatte, den Glauben hervorzuholen. Diese Gewißheit war unerschütterlich; keine Hölle konnte sie bezwingen. Er würde seine Mutter sehen.

Die Menschen wurden aufgeteilt. Die hellhaarige Frau wurde in eine Richtung gedrängt, und André sah, wie ihr Kind zu einer anderen Schlange gelenkt wurde. Die Frau schrie den Mann in Uniform an. Er zuckte nur mit den Schultern und schob sie auch in die Schlange mit den Kindern. André freute sich. Er würde bei ihr sein.

Die Hunde sprangen ihn an, aber André hielt Jacob ganz fest. Sie kamen zu einem hochgewachsenen Mann, der mit einem Stock am Bahnsteig stand wie ein Dirigent.

Er bewegte sanft seinen Stock, neigte den Kopf, schaute mit weisem Blick diejenigen, die vor ihm standen, an und dirigierte sie in diese oder jene Richtung. Er war wie der Arzt in Drancy, der den Kindern auf die Brust klopfte und mit seiner Berührung für Besserung sorgte.

André vertraute dem Mann, aber als sie an der Reihe waren, würdigte der Mann die Duguay-Jungen kaum eines Blickes.

Jetzt standen sie in einer Reihe mit Kindern und alten Leuten. Sie kletterten in die Lastwagen.

André war hinten. Sie fuhren an einem langen Graben entlang, aus dem Flammen schlugen. Ein Lastwagen stand schräg, und für André sah es so aus, als würden von dort riesige Puppen mit kaputten Gliedmaßen in den Graben gekippt.

Sie hielten an zwei weiß getünchten Bauernhäusern mit Strohdächern. Die Scheinwerfer des Lastwagens beleuchteten hübsche Obstbäume.

Jetzt waren sie nackt. Es war sehr kalt in diesem Raum. Jacob nahm Andrés Hand und stellte fest, daß dieser bereits etwas festhielt – einen Blechsoldaten.

André küßte Jacobs kahlgeschorenen Kopf, die Stoppeln berührten sanft seine Lippen.

Dann war da ein anderer Raum, eine weitere Tür mit Riegeln und Gummidichtungen. Die beiden Jungen gingen mit vielen anderen über die Schwelle, gingen durch die eiskalte Luft und verschwanden.

## 6. KAPITEL

Vom Auto aus, das sie vom Flugplatz nach London brachte, sah Charlotte an den Hecken die ersten Anzeichen eines zeitig einsetzenden Frühlings. Es war merklich wärmer als in Lavaurette oder Paris; es gab hier Knospen und Düfte, die es im schottischen Hochland erst Wochen später geben würde.

Sie dachte an das Haus, in dem sie ihre Kindheit verbracht hatte, an die plötzlich erblühenden roten und weißen Knospen der Kastanienbäume, den von Gänseblümchen übersäten Rasen, auf dem sie eines Morgens im Mai spazierengegangen war und der wie bei einer wunderbaren Einlegearbeit von vielen Veilchen bedeckt war. Für das Haus in Edinburgh, in dem ihre Eltern jetzt wohnten, hegte sie im Vergleich dazu kein Interesse: Es war solide gebaut, groß und geräumig, aber sie fand weder den Blick über die Hügel noch die rechtwinkligen, kühlen Zimmer einladend.

Und doch stellte sie fest, daß ihre Gedanken zu diesem Haus zurückkehrten, als der schwarze Wolseley die Vororte von London erreichte. Sie mußte sich nicht nur mit ihren Eltern in Verbindung setzen, sondern sie mußte sie auch besuchen, sobald sie freihatte. Weniger als sonst erschien ihr solch ein Besuch als eine bloße Pflicht; sie stellte fest, daß sie sie unbedingt wiedersehen und beruhigen wollte.

Die FANY, die am Steuer saß, fragte Charlotte, ob sie irgendwo abgesetzt werden wolle oder ob sie sie direkt ins Hauptquartier der Abteilung G fahren solle. Charlotte dachte an das schmale Zimmer in Daisys Wohnung und fragte sich, wer wohl jetzt darin wohnte. Vermutlich würde ihr die Abteilung G dabei helfen, vorübergehend eine Unterkunft zu finden.

»Direkt ins Büro, bitte«, sagte sie. Sie war der einzige Passagier im Auto und genoß die Bequemlichkeit. In der Lysander waren sie zu viert gewesen, das heißt eine Person mehr als sonst. Ein Mann hatte auf dem Boden gelegen, einer auf der Ablage, und Charlotte hatte sich den Sitz mit dem dritten Mann geteilt, der höflich von ihr abrückte, um Körperkontakt zu vermeiden. Charlotte hatte geglaubt, ebenso rücksichtsvoll sein zu müssen, mit dem Ergebnis, daß sich ihre Hüfte regelmäßig verkrampft hatte.

Die bequeme durchgehende Sitzbank des Wolseley war dagegen luxuriös, und sie lehnte sich zurück und betrachtete die Gebäude von Whitehall, als das Auto anhielt, um eine Reihe von Männern mit Aktenkoffern über die Straße eilen zu lassen. Es war kaum Verkehr, als sie geruhsam Richtung Trafalgar Square fuhren.

Charlotte dachte an den offenstehenden Koffer auf dem Bahnsteig von Le Bourget-Drancy. CARITEAU. Dieses eine Wort hatte alle Zweifel beseitigt. Bis zu jenem Augenblick hatte sie geglaubt, daß das Lager von Drancy vielleicht nicht so schlimm war, wie die Leute befürchteten. Levade war aufgrund einer Krankheit gestorben, an irgend etwas, das bereits in der Domaine in seiner Brust entstanden war, und das Lager hatte das

Ergebnis seiner Krankheit nicht beeinflußt. Und André und Jacob waren Flüchtlinge wie Hunderttausende anderer Menschen in Europa. Es war für Kinder ein hartes Los, aber sie würden es überleben, umhergeschoben zu werden, wie andere es ebenfalls überlebt hatten. Doch dann hatten die Koffer und Bündel, die verächtlich auf den Bahnsteig geschleudert worden waren, in einem Augenblick diese bequeme Hoffnung zerstört – Cariteau, der schlichte Name aus einem alten Dorf, einfach weggeworfen.

Charlotte merkte, daß sie zu müde war, um zu ergründen, was sie angesichts Levades Tod und der Deportation der Kinder fühlte. Sie fürchtete, daß ihre Empfindungen die Komplexität der Gefühle, nach der die Umstände verlangten, nicht umfassen konnten. Diesen Verdacht hatte sie schon manches Mal gehabt, wenn sie sich mit dem Gedanken quälte, daß Peter Gregory tot sei. Es überstieg ihre Fähigkeiten. Die Last der Trauer würde sich irgendwann auf ganz bestimmte Weise äußern. Unterdessen gab es Zeiten, in denen man einfach zu seinem nächsten Termin ging, den Tag durchlebte und am Ende des Tages auf Schlaf hoffte.

Der Wagen kam in einiger Entfernung der Wohnung in Marylebone zum Stehen, und die FANY fragte Charlotte, ob sie sich an den Weg erinnern könne.

»Es ist nur eine letzte Vorsichtsmaßnahme. Sie kennen ja Mr. Jackson.« Die Frau lächelte.

»Ich danke Ihnen. Von hier aus schaffe ich es allein.«

Der wie ein Butler wirkende Mann, an den Charlotte sich noch vom Tag ihrer Abreise erinnerte, öffnete die Tür, und sie fühlte sich angesichts seines abschätzenden Blickes schäbig in Dominiques Kleidern. Er deutete mit keiner Geste an, ob er sie wiedererkannte, als er sie in ein leeres Schlafzimmer führte, in dem sie wartete. Charlotte saß mit dem Koffer auf den Knien auf dem Bett. Sie machte sich keine Sorgen darüber, was Mr. Jackson angesichts ihres ausgedehnten Aufenthalts denken könnte. Oder zumindest glaubte sie, daß sie auf jede Rüge eine entsprechende Antwort hatte, weil sie nur allzu bereit war, bei der Abteilung G zu kündigen.

»Hier entlang, Miss.«

Sie folgte dem Butler bis zur Tür von Mr. Jacksons Büro, an die er leise klopfte.

»Ach, Danièle. Danke Philips, Sie können uns jetzt allein lassen.«

Jackson stand auf und ging um seinen Schreibtisch herum, ein breites Lächeln überzog sein froschähnliches Gesicht. Charlotte hielt ihm ihre Hand hin, aber zu ihrer Überraschung küßte er sie auf die Wange.

»Willkommen zu Hause, Danièle, willkommen zu Hause. Sie armes Ding, Sie haben eine schlimme Zeit durchgemacht, nicht wahr?«

»Nein, ich ... ich fand, es lief eigentlich sehr gut. Ich war in der Lage, das zu tun, weshalb ich dort hingeflogen bin.«

»Allerdings. Die Nachrichtenübermittlung aus Ussel ist seit August laut und deutlich. Sie scheinen der Funkerin vor Ort neuen Schwung gegeben zu haben.«

Charlotte lächelte, als sie an Antoinette und die Drahtantenne des Funkgeräts dachte, die sie über dem Mobiliar ihres Schlafzimmers angebracht hatte.

»Ich habe vor ungefähr einem Monat Yves gesehen, als er mir bei seiner Rückkehr einen Besuch abgestattet hat. Er hat sich sehr wohlwollend über Sie geäußert. Ihr Französisch sei wirklich erstklassig«, meinte er.

»Das ist sehr nett von ihm, aber ich bin mir nicht ganz sicher, ob er das wirklich beurteilen kann.«

»Natürlich, natürlich. Jedenfalls macht sich Violinist sehr gut. Es ist uns gelungen, viel Material hinüberzuschaffen, dank Ihnen und Ihrem Franzosen.«

»Werfen Sie immer noch Sachen per Fallschirm ab?«

»Nein, dort nicht mehr. Es ist zu gefährlich, seit Mirabel bedauerlicherweise verschwunden ist. Aber nicht weit entfernt befindet sich ein weiterer Landeplatz. Was wir jetzt tun, ist, die Ausbildung der Freiwilligen zu unterstützen. Dank der Deutschen haben sie dort jetzt eine Menge Freiwillige.«

»Was meinen Sie damit?«

»Haben Sie noch nicht vom Zwangsarbeitsdienst gehört? Ach – nun ja, Monsieur Laval ist unser bester Werbeoffizier. Er hat erklärt, daß alle Männer für eine Weile in Deutschland arbeiten müssen, es handelt sich um eine Art öffentlichen Dienst. Und damit hat er das erreicht, was General de Gaulle und uns bis jetzt nicht gelungen ist, das heißt, er hat eine große Zahl von jungen Männern in die Arme der Résistance getrieben.« Jackson hielt inne und hustete. »Doch hat wahrscheinlich auch die Tatsache, daß die Alliierten jetzt offenkundig den Krieg gewinnen, dazu beigetragen.«

»Das sind gute Nachrichten.«

»Sehr gute. Und jetzt erzählen Sie mir, Danièle, was in Paris los war. Ich bin froh, daß Sie Kontakt zu Félix aufnehmen konnten, der Bursche leistet ausgezeichnete Arbeit. Aber um ehrlich zu sein, hatten wir erwartet, Sie irgendwo in der Nähe von Limoges abzuholen. Vor ziemlich langer Zeit. Letzten Sommer, um genau zu sein.«

»Es war wichtig, daß ich blieb.« Charlotte kamen verschiedene erfundene und unwahrscheinliche Geschichten in den Sinn, aber schließlich fand sie, daß sie genausogut die Wahrheit erzählen konnte. Alles, was Jackson tun konnte, war, sie aus dem Dienst zu entlassen; und jetzt, da sie in Frankreich gewesen war, lag ihr nichts daran weiterzumachen. Ihre Begegnung mit Mirabel hatte ihre Überzeugungen, was die moralische Rechtfertigung des Krieges betraf, nicht erschüttert, aber sie hatte ihrer Loyalität gegenüber der Abteilung G Abbruch getan. Sie hatte ihr außerdem angst gemacht; und aus Furcht, sich selbst oder andere zu beschuldigen, war sie der Meinung, daß sie Mr. Jackson davon besser nichts erzählte.

Unterdessen tat sie ihr Bestes, ihm ihre Gefühle für das Land und ihre Überzeugung, daß ihr Bleiben notwendig gewesen sei, zu erklären. Die Funkerin habe ihnen schließlich bestätigen können, daß sie in Sicherheit und von Nutzen gewesen sei. Sowohl Mirabel als auch Octave hätten gesagt, daß sie mehr Leute benötigten. Und was ihren Aufenthalt in Paris betraf, so erzählte sie Mr. Jackson von der Nacht, als sie Levade aus der Domaine abgeholt hatten; sie sprach von ihrem Verantwortungsgefühl, das sie ihm und den Duguay-Jungen gegenüber empfunden habe. Und wenn Julien eine Schlüsselfigur der Abteilung G sei, ob er dies nun zugab oder nicht, dann sei sie vermutlich berechtigt gewesen, seine Interessen zu verfolgen.

Mr. Jackson lachte kurz auf. »Ich bin schon daran gewöhnt, daß unsere Leute an den unglaublichsten Orten wieder auftauchen, machen Sie sich deswegen keine Sorgen. Sie haben völlig freie Hand, sie können reisen, wohin sie wollen. Aber dabei handelt es sich um Agenten und nicht, wenn ich das sagen darf, um Kuriere. Ich hatte von Mirabel erfahren, daß Sie noch dort waren, und es hat mich für Sie gefreut, daß Sie noch eine Weile bleiben konnten. Aber Sie müssen auch verstehen, daß eine Frau gefährdeter ist als ein Mann. Und da ist noch etwas, das Sie sicher schon wissen: Jedesmal, wenn Sie reisen und Leute und Adressen in Anspruch nehmen, setzen Sie sie einer größeren Gefahr aus. Es ist wirklich eine Frage von ›Ist Ihre Reise unbedingt nötig?‹«

»Ich verstehe vollkommen«, sagte Charlotte. »Mir erschien sie unbedingt nötig, das ist alles, was ich dazu sagen kann. Und vielleicht hatten Sie auch vorher noch keine Informationen aus erster Hand über diese Lager und Züge.«

»Nein, das stimmt. Das könnte von Nutzen sein. Das ist zwar eigentlich nicht meine Angelegenheit, aber ich kenne natürlich jemanden, den das interessieren wird.«

»Also«, sagte Charlotte, »wenn Sie möchten, daß ich kündige, verstehe ich das vollkommen.«

»Ach, du lieber Himmel, nein! Meine liebe Danièle, Sie sind eine erstklassige Mitarbeiterin. Ich würde nicht im Traum daran denken, Sie gehen zu lassen. Es gibt ein oder zwei Leute in dieser Organisation, die Ihre absolute Verläßlichkeit anzweifeln. Ich meine, ich hätte gehört, wie einer von ihnen den Ausdruck ›unberechenbarer Faktor‹ verwendet hat. Wir suchen Ihnen vielleicht zunächst eine etwas ... häuslichere Aufgabe. Aber soweit es mich betrifft, bleiben Sie in der Abteilung G, bis die Feindseligkeiten hinreichend beendet sind.«

»Ich weiß nicht. Ich glaube, ich habe wirklich alles getan, was ich konnte, und –«

»Entschuldigen Sie, Danièle. Aber jetzt reden Sie bitte nicht solchen Unsinn. Ich nehme an, daß Sie mich nur aufziehen wollen, damit ich Sie zum Mittagessen einlade. Nun gut. Wenn Sie sich in das Schlafzimmer am Ende des Flurs begeben wollen, sorge ich dafür, daß Valerie Ihnen Ihre alten Sachen bringt. Dann können Sie sich ein wenig frisch machen, und wir gehen in einer halben Stunde essen. Wie gefällt Ihnen das?«

»Das klingt gut. Da ist nur noch eine Sache.« Aus ihrer Handtasche nahm Charlotte eine leere Flasche Haarfärbemittel und stellte sie auf Jacksons Schreibtisch. »Ich hatte Glück, daß jemand mir das gegeben hat.«

»Glück?« fragte Jackson. »Es lag doch an Ihrer Entscheidung, länger zu bleiben, daß Sie das brauchten. Ich bin sicher, daß Valerie hier alles organisiert hatte.«

»Nicht ganz.«

»Warum lächeln Sie, Danièle?«

»Ich glaube, sie hat die Möglichkeit, daß ich ein Bad nehmen könnte – und zwar in einem öffentlichen Bad –, nicht in Betracht gezogen.«

»Ich kann Ihnen nicht folgen.«

»Eine gewisse … fehlende Übereinstimmung in der Farbe.«

»Was meinen Sie – ach, du lieber Himmel, ich verstehe, was Sie meinen. Ja, ja, in der Tat.« Jackson stotterte einen Augenblick und fing sich dann wieder. »Nun, ich glaube, da haben Sie uns mit heruntergelassenen Hosen erwischt, wenn Sie diesen Ausdruck entschuldigen.«

»Aber gern.«

»Ich werde das mit dem Färbemittel für zukünftige Fälle notieren. Und nun zum Mittagessen. Mögen Sie Fisch?«

»Ja, Fisch mag ich immer noch.«

Es sah so aus, als wollte ihr Jackson eine Stelle als Ausbilderin von Agenten verschaffen. Charlotte sollte ihnen mit der Sprache helfen und verschiedene Ratschläge und Informationen aus ihrer eigenen Erfahrung weitergeben. Er erwähnte eines der Ausbildungszentren in Suffolk. Vorher müsse allerdings in London erst noch eine umfassende Einsatzbesprechung stattfinden, in der Zwischenzeit könne er ihr ein Bett in einem der FANY-Wohnheime anbieten.

Charlotte fühlte sich in ihren alten Sachen merkwürdig unwohl. Der Rock war zu weit, und die Strümpfe waren, nachdem sie monatelang Dominiques dicke Strümpfe getragen hatte, beim Gehen sehr dünn und luftig. Nach dem Mittagessen saß sie auf Jacksons Schreibtisch, baumelte mit den Beinen und führte Telefongespräche. Es war ein Genuß, wieder Englisch zu sprechen.

Ihre Mutter wollte, daß sie sofort nach Schottland käme, aber Charlotte sagte, daß sie noch einiges in London erledigen müsse. Roderick sei in Tunesien, und es sei ihm gutgegangen, als sie zuletzt von ihm gehört hätten, erzählte ihre Mutter. Dann rief Charlotte Daisy beim Roten Kreuz an, die einen langen, theatralischen Entzückensschrei ausstieß. Als sie wieder ansprechbar war, verabredete sie sich für den Abend mit Charlotte.

Schließlich rief sie auch bei Fliegermajor Allan Wetherby an.

Sie rechnete eigentlich nicht damit, mit ihm persönlich sprechen zu können, aber nach verschiedenen Pausen und Sicherheitsüberprüfungen hörte sie ihn selbst sagen: »Wetherby.«

»Sie haben mir vor ein paar Monten einen sehr freundlichen Brief geschrieben, es ging um einen Freund von mir, Peter Gregory. Ich bin sicher, dieser Anruf ist ganz vorschriftswidrig, aber ich wollte eigentlich nur gern wissen, ob Sie irgendwelche Neuigkeiten haben. Da Sie mir geschrieben haben, dachte ich, Sie hätten nichts gegen eine inoffizielle Nachricht einzuwenden«, fügte Charlotte hinzu.

Wetherby hüstelte. »Ich kann Ihnen nur soviel sagen, Miss Gray – ich habe Berichte gehört – und ich muß betonen, daß es sich dabei um sehr, sehr inoffizielle Berichte handelt –, daß sich einer unserer Jungs mit verschiedenen Leuten vor Ort in Verbindung gesetzt hat, die… die einer anderen Organisation angehören. Mit der wir zusammenarbeiten.«

»Diese inoffiziellen Berichte, das sind nur Gerüchte, nicht wahr?«

»Nein, sie sind mehr als das. Die Daten und Orte stimmen ungefähr überein. Allerdings…«

»Allerdings was?«

»Allerdings weiß ich nicht, wie er in Marseille gelandet ist.«

Charlotte dachte an Gregorys Französisch. »Er hätte überall landen können.«

»Vermutlich. Jedenfalls bemüht sich jemand angestrengt zurückzukommen. Ob es sich dabei um Gregory handelt, kann ich nicht mit Sicherheit sagen.«

»Wie kann ich mehr darüber herausfinden?«

»Ich weiß nicht, ob Sie das überhaupt können. Es sei denn, Sie versuchen Ihr Glück bei… bei der anderen Organisation.«

»Gut. Ich danke Ihnen.«

Das Problem war, daß sie sich nicht traute, Jackson zu fragen, ob er etwas wußte, ohne daß sie dabei ihr wahres Interesse an der betreffenden Person verriet. Als Jackson vor dem Betreten seines eigenen Büros an die Tür klopfte, hatte Charlotte schon verschiedene Notlügen, die den Bruder eines Freundes, den Verlobten einer Nachbarin und anderes in der Art in Betracht zogen, wieder verworfen. Sie mußte sich etwas Besseres einfallen lassen.

Unterdessen war Gregory unterwegs. Auch wenn es dumm war, so etwas zu denken; sie würde es sich nicht gestatten, daran zu glauben. Doch je mehr sie sich bemühte, ihre aufkeimende Hoffnung zu unterdrücken, desto mehr munterte die Vorstellung sie auf.

»Mein Gott, Charlotte, was hast du denn mit deinen Haaren gemacht?«

»Ach, mir war einfach nach einer anderen Farbe.«

Daisy entließ Charlotte aus ihrer festen und herzlichen Umarmung. »Komm doch herein. Ich habe für später eine kleine Party organisiert. Laß dich anschauen.«

Charlotte ging ins Wohnzimmer, wo Daisy einen Schritt zurücktrat und sie genau betrachtete. »Ich finde, du hast abgenommen. Davon abgesehen siehst du wunderbar aus. Warum hast du denn nicht geschrieben? Wir waren ganz krank vor Sorge.«

»Ich konnte wirklich nicht schreiben. Es war alles –«

»Alles ganz geheim. Ich weiß. Du kannst leider dein altes Zimmer nicht wiederhaben. Wir haben eine neue Mitbewohnerin, sie heißt Alison.«

»Wie ist sie denn?«

»Entzückend. Du wirst sie später kennenlernen. Sie ist ein bißchen prüde, aber sonst sehr lustig. Da fällt mir ein, hast du etwas gehört? Von …«

»Peter? Nicht direkt. Ich habe heute nachmittag mit dem Fliegermajor gesprochen, und er klang ganz hoffnungsvoll. Offenbar stolpert da drüben jemand herum und versucht zurückzukommen. Sie wissen nur nicht, ob es sich um ihn handelt.«

»Es muß schrecklich sein, es nicht zu wissen.«

»Ich weiß es lieber nicht, es ist immer noch besser, als das Schlimmste zu wissen.«

»Natürlich.« Daisy sah ein wenig unentschieden aus. »Sally hat einen neuen Freund. Sie sind verlobt. Sie ist völlig vernarrt in ihn.«

»Und was ist mit Terence?«

»Sie hat herausgefunden, daß er sie betrogen hat.«

»Mit wem, mit seiner Frau?«

»Nein, mit einer anderen Frau.«

»Oje. Arme Sally. Wenn man sich Terence so anschaut, würde man nicht meinen, daß –«

»Nun, wenn du mich fragst, war sie schnell darüber hinweg. Dieser neue Typ ist zwar ein ziemlicher Spießer, aber wenigstens nicht verheiratet. Du kannst übrigens auf dem Sofa schlafen, wenn du sonst nichts findest.«

»Das ist nett, danke. Aber sie haben mir in einem seltsamen kleinen Haus in der Riding House Street ein Zimmer besorgt.«

»Du kannst gern wiederkommen, Charlotte. Wenn Sally geht. Hör mal. Ich glaube, das ist Michael.«

Daisy ging ans Fenster und sah hinunter auf die schmale Straße, wo Michael Waterslow auf die Hupe seines Autos drückte.

»Gut, dann komm, gehen wir runter. Fauler… Er kommt nie rauf.«

Michael fuhr mit ihnen zu einem geräumigen Pub im Stadtviertel Maida Vale, mit verzierten viktorianischen Fenstern und einer glänzenden Bar aus Mahagoni. Zu Michaels Enttäuschung hing draußen eine Tafel mit einer traurigen Zeichnung von einer langnasigen Gestalt, die Charlotte noch nicht kannte, und den Worten: »Mein Gott, kein Bier.«

»Dann müssen wir eben Gin trinken«, sagte Michael.

Im Lauf des Abends stieß zunächst Ralph zu ihnen, in dessen Wohnung in der Fulham Road Charlotte Gregory zum zweitenmal getroffen hatte, später kam dann noch sein betrunkener Freund Miles dazu.

Michael, in seinem ordentlich gebügelten Anzug und mit seinem förmlichen Benehmen, war ein großzügiger Gastgeber und sorgte dafür, daß alle an ihrem Tisch stets mit Getränken versorgt waren. Irgendwann drehte er sich zu Charlotte um und sagte: »Mach dir keine Sorgen um Greg. Ich weiß, es ist eine lange Zeit, aber er kommt wieder. Er hat immer unverschämtes Glück.«

Charlotte nickte und lächelte. Gregory kam ihr realer vor, seit sie wieder mit Menschen zusammen war, die ihn auch kannten – selbst wenn ihr diese Menschen jetzt so unwichtig vorkamen. Es war nicht mehr allein ihre Willenskraft, die ihn am Leben erhielt.

Im Lauf des Abends wurde die Gesellschaft immer größer. Es waren Leute dabei, die Charlotte von Melroses Literatenparty wiedererkannte, und andere, die sie noch nie vorher gesehen hatte. Von Daisy und Michael vorbereitet, spendierten ihr alle einen Drink und stießen mit ihr auf ihre sichere Rückkehr an. In dem verrauchten Trubel des Pubs merkte Charlotte bald, daß sie zuviel getrunken hatte. Sie ging einen Augenblick nach draußen in die Nacht und atmete die kalte Luft ein. Einen Moment lang dachte sie an Julien, der sich in irgendwelchen eiskalten Bergen versteckte. Sie dachte an Levade, an den offenstehenden Koffer.

Dann ging sie wieder in die laute Wärme zurück und nahm dankend das volle Glas entgegen, das ihr in die Hand gedrückt wurde.

Am nächsten Tag saß sie in einem kahlen Raum in Whitehall und beschrieb drei Männern die Erfahrungen, die sie in Frankreich gemacht hatte. Dabei stellte sie fest, daß ihr unerwartet Stück für Stück Episoden der vorangegangenen Nacht wieder einfielen.

Sie waren noch in einem anderen Pub gewesen, in St. John's Wood, und anschließend in einem Café. Danach hatten sie noch einen Klub irgendwo im West End besucht. Ihr war aufgefallen, wie Daisy und Michael eng aneinandergeschmiegt tanzten. Als Daisy wieder an den von Kerzen beleuchteten Tisch zurückgekehrt war, hatte Charlotte sie gefragt: »Seid ihr, du und Michael...?«

»Ja, Schätzchen, ich fürchte, ja. Er ist schrecklich nett, weißt du.«

Charlotte hatte angefangen zu lachen, und zwar auf eine

schwache und hilflose Art und Weise; später wurde ihr bewußt, daß sie kurz davor gewesen war, in Tränen auszubrechen.

Die drei Männer in Whitehall ließen sie gehen. Sie waren an dem, was sie erzählt hatte, interessiert gewesen und würden es weiterleiten, auch wenn es eigentlich nicht in ihr Gebiet fiel. Anschließend fand in der Wohnung in Marylebone noch eine umfassende Einsatzbesprechung mit Mr. Jackson und zwei vorgesetzten Kollegen statt. Charlotte mußte ständig um ein weiteres Glas Wasser bitten.

Eine Woche später saß sie im Zug nach Edinburgh. Sie legte ihren Koffer, endlich ihren eigenen und nicht mehr Dominiques, in das Gepäckfach und setzte sich ans Fenster.

Bis York saß sie allein im Abteil, las ein Buch und schaute dann hinaus auf die englischen Felder. Nichts an den Wegen und Scheunen, den Baumgruppen aus Ulmen und Eschen, den unordentlichen landwirtschaftlichen Betrieben mit rostigen Traktoren und dungverschmierten Tieren sah oberflächlich betrachtet irgendwie anders aus als das, was sie von den vielen Zügen in Frankreich aus gesehen hatte.

Sie stand auf, um in den Speisewagen zu gehen, und erhaschte in dem kleinen, rechteckigen Spiegel, der auf der anderen Seite über den Sitzen hing, einen Blick auf ihr Gesicht. Der Friseur in der Bond Street, zu dem sie gegangen war, hatte genug von ihrer natürlichen Haarfarbe gesehen, um eine Vorstellung zu bekommen, wie er das Ussel-Braun umfärben sollte. Das Ergebnis kam ihrem Aussehen von vor einem Jahr so nah, daß Charlotte selbst kaum einen Unterschied erkennen konnte.

Ihr Gesicht war vielleicht ein wenig schmaler, aber die Veränderung war nicht offensichtlich. Hatte sie dunkle Ringe unter den Augen? Eigentlich nicht: Ihre Haut war noch so jung, daß sich Erschöpfung nicht gleich in Fältchen oder Augenringen bemerkbar machte. Das Dutzend dunkelbrauner Sommersprossen auf dem Nasenrücken und unter ihren Augen war gleich geblieben. Sie erinnerte sich daran, wie Gregory sie immer mit seiner Zungenspitze berührt und dabei behauptet hatte, sie würden irgendwie besonders schmecken. Doch selbst wenn man es ihr nicht ansah: Sie war nicht derselbe Mensch, der damals mit Cannerley und Morris den schwankenden Zuggang entlang zum Speisewagen gegangen war.

Nach dem zweiten Pub und dem Nachtklub, als sie wieder in der Wohnung waren und Kaffee tranken, hatte Daisy in einem Augenblick extrem alkoholbedingter Offenheit so etwas gesagt wie: »Als du gerade aus Schottland angekommen bist, dachte ich, du seist so eine Art Schaufensterpuppe, mit all deinen Kleidern und deiner Selbstbeherrschung. Aber das bist du gar nicht, oder?« Daisy hatte sich nach vorn gebeugt und ihre Hand auf Charlottes Oberschenkel gelegt. »Du bist... Ach Gott, ich weiß nicht. Du bist schon ein seltsamer Vogel, nicht?«

Charlotte schob die Abteiltür auf und ging nach draußen. Levade hatte ihr einmal gesagt, daß so etwas wie eine einheitliche Persönlichkeit nicht existiere. Wenn Sie vierzig sei, besitze sie keine Zelle mehr von denen, die sie mit achtzehn hatte, in ihrem Körper. Bei ihrem Charakter sei es genauso, hatte er gesagt. Die Erinnerung allein verbinde sie mit dem, was sie früher gewesen sei; alles andere verändere sich ungefähr alle zehn Jahre vollkommen. Man lege die alte Persönlichkeit ab und erneuere sich und mache weiter. Man sei weder, was man einmal war, hatte er ihr gesagt, noch das, was man einmal sein werde.

Amelia Gray wartete am Bahnhof Waverley. Sie winkte Charlotte fröhlich von der Fahrkartenschranke aus zu, umarmte sie kurz und ungeschickt und gab ihr einen etwas verunglückten, pudrigen Kuß.

Charlotte überließ sich ganz der Initiative ihrer Mutter. Im Auto saß sie auf dem Beifahrersitz und antwortete bereitwillig auf ihre bangen Fragen. Auch wenn Charlotte in all den Jahren oft von ihr enttäuscht worden war und sich über sie geärgert hatte, so hatte sie ihre Mutter doch immer geliebt, und sie genoß es, sich nachgiebig zurückzulehnen und bemuttert zu werden.

»Dein Vater kommt gegen sieben nach Hause. Er hat noch eine Besprechung im Krankenhaus, aber er freut sich so darauf, dich zu sehen.«

»Gut. Es tut mir leid, daß ich mich nicht öfter melden konnte. Aber das war unmöglich.«

»Das einzige, was zählt, ist, daß du jetzt in Sicherheit und gesund bist.«

In ihrer Abwesenheit hatten sich Charlottes Eltern einen kleinen Terrier namens Angus zugelegt. Aus irgendeinem Grund fand sie das seltsam. Waren sie einam? War er ein Ersatz für ihre Kinder? Wie stellten sie sich ihre Zukunft und die des Hundes vor?

Amelia Gray hatte in dem großzügigen Haus für jedes ihrer Kinder ein Schlafzimmer vorgesehen, auch wenn beide seit einiger Zeit nicht bei ihnen wohnten. Auf den Bücherregalen in Charlottes Zimmer standen mehrere Bücher über Hexen und Ponys, die sie als Kind besessen hatte. Das Bett war dasselbe, das sie bereits in ihrem alten Haus im schottischen Hochland gehabt hatte.

Sie packte ihren Koffer aus, in dem sich genug Sachen für vier oder fünf Tage befanden. In der Kommode lagen alte Dinge von ihr, die ihre Mutter in Seidenpapier eingeschlagen und mit Mottenkugeln versehen hatte. Sie sahen nicht ganz so hinreißend aus, wie sie sie sich in dem Textilgeschäft in Limoges vorgestellt hatte.

Die Trennung zwischen dem, was in Frankreich mit ihr geschehen war, und dem Leben – dem gegenwärtigen und dem vergangenen –, auf das ihr Schlafzimmer im Haus ihrer Eltern schließen ließ, war sehr merkwürdig. Sie konnte die unterschiedlichen Erfahrungen überhaupt nicht miteinander in Einklang bringen, und bei dem Versuch kam sie sich so unwirklich vor, als sei sie von der Willkommensparty immer noch betrunken.

William Gray war noch keine sechzig Jahre alt, aber seit seiner Rückkehr von der Westfront war er vor seiner Zeit gealtert. Er schien von der Jugend direkt ins mittlere Alter vorangeschritten zu sein, ohne die vitalste Zeit seines Lebens erfahren zu haben. Seine intellektuelle Neugier und sein drahtiger Körper ließen ihn zwar recht tatkräftig erscheinen, doch dabei machte er eher den Eindruck eines schwungvollen alten Mannes, der für sein Alter noch gut in Form war. Sein Haar war weiß, seine Augen lagen tief in ihren Höhlen, und er hatte ausgeprägte Tränensäcke. Seine

Haut fühlte sich trocken und faltig an, als Charlotte ihn auf die Wange küßte.

Es herrschte eine Unbeholfenheit zwischen ihnen, die sich nie legte. Als Gray versuchte, seine Freude über ihr Wiedersehen zum Ausdruck zu bringen, schreckte Charlotte davor zurück. Wenn sie ihm ihren offensten und liebevollsten Blick zuwarf, machte er eine trockene Bemerkung. Amelia Gray blickte hilflos von einem zum anderen.

Charlotte war sich dessen jedoch bewußt, und ihr war auch klar, daß sie sich ihrem Vater gegenüber anders verhielt als gegenüber anderen Leuten. Einer der Gründe, weshalb sie als Kind die Gesellschaft von Freunden geschätzt hatte, war, daß sie sich in ihrer Gegenwart befreit und wohl gefühlt hatte, wohingegen sie sich zu Hause stets erniedrigt vorgekommen war.

Im Lauf des Abends stellte sie enttäuscht fest, daß sie wieder einmal ihr altbekanntes Verhalten an den Tag legte und auf die Fragen ihrer Eltern ausweichend antwortete und ungehalten reagierte. So war sie nicht, wenn sie mit Julien, Daisy oder Levade zusammen war und schon gar nicht in Gregorys Gegenwart. Sie konnte sich deswegen selbst nicht leiden.

Beim Abendessen öffnete Gray eine Flasche Wein, die er lange aufgehoben hatte, und trank darauf, daß seine Tochter wohlbehalten wieder zu Hause war. Es ermutigte und amüsierte ihn, wieviel Charlotte trank, und er holte eine weitere Flasche aus dem Keller. Sie erzählte ihm von einem Mann in Frankreich, der sehr viel trinken konnte, ohne daß es ihm etwas auszumachen schien, und sagte, daß sie es sich wohl von ihm abgeschaut haben mußte. Eine Zeitlang sprachen sie von französischen Sitten und Gebräuchen, von Paris und vom Land, und alles war harmonisch. Amelia Gray servierte eine Stachelbeertorte, die sie mit eingemachten Beeren aus dem eigenen Garten gebacken hatte.

Anschließend saßen sie im Wohnzimmer um den Kamin herum, und Gray schenkte aus einer alten Schiffskaraffe, die auf der Anrichte stand, Brandy ein.

»Und, wirst du wieder nach Frankreich zurückkehren?« fragte er.

»Das bezweifle ich. Es verändert sich alles so rasch. Es entwickelt sich mehr und mehr zu einem offenen Krieg. Sie brauchen dringend Männer und Waffen und nicht unbedingt Übersetzer und so weiter.«

»Ich verstehe«, sagte Charlottes Mutter. »Und die Arbeit, die du getan hast, wie –«

»Sag es uns nicht«, sagte Gray energisch. »Das brauchen wir nicht zu wissen.«

»In Ordnung«, erwiderte Charlotte. »Ich werde nichts erzählen.«

Es entstand eine Stille im Raum. Es hatte den Anschein, als seien sie mit vereinten intellektuellen Mitteln nicht in der Lage, auch nur ein anderes Thema zu beschwören als das, das so abrupt abgebrochen worden war. Schließlich brachte Amelia Gray eine Äußerung zustande, indem sie dem Hund sagte, es sei Zeit fürs Bett. Dadurch, daß sie sich außerdem mit den Kaffeetassen zu schaffen machte, gelang es ihr, wieder eine gewisse Herzlichkeit herzustellen.

Charlotte erwartete, daß ihre Mutter noch einmal hereinkommen würde, um gute Nacht zu sagen, und daß sie die Gelegenheit nutzen könnte, selbst nach oben ins Bett zu gehen. Aber nach ungefähr zehn Minuten war deutlich, daß Amelia Gray nicht mehr wiederkam und daß Charlotte ihren Aufbruch allein bewerkstelligen mußte.

Sie konnte nicht so tun, als sei sie müde, wenn sie in Wirklichkeit so angespannt war. Und obwohl sie die Unterhaltung mit ihrem Vater unangenehm fand, war sie sich, vielleicht hervorgerufen durch den Wein, der Notwendigkeit bewußt, sich irgendwie mitzuteilen. Sie spürte, daß sie die Last der vielen nicht verarbeiteten Erfahrungen unbedingt zum Ausdruck bringen wollte.

Mit etwas Mühe sagte sie: »Ich habe in Frankreich noch einen interessanten Mann getroffen, einen Maler. Wir haben uns sehr oft lange unterhalten. Ich habe in seinem Haus eine Zeitlang zur Untermiete gewohnt.«

»Ach, ja? Was für eine Art Maler?« Gray zündete sich eine Pfeife an. »Einer von diesen Klecksern oder ein richtiger Maler?«

»Oh, ein richtiger Maler. Ich glaube, er war einmal berühmt, aber er hat gesagt, er habe sein Talent verloren. Er habe die Inspiration verloren.«

»Ich vermute, das kommt vor.«

»Er hat gesagt, das sei deshalb, weil er aufgehört habe zu träumen.«

Gray lachte. »Hört sich ein bißchen nach einer Ausrede an.«

»Vielleicht.« Charlotte wußte nicht, warum sie über Levade sprach, wollte aber das Thema auch nicht fallenlassen. »Er war im Krieg, weißt du. In deinem Krieg. Er hat mir ein paar schreckliche Geschichten erzählt.«

»Nun ja, das waren schreckliche Zeiten. Am besten, man vergißt sie.«

Charlotte spürte, daß sie an etwas dicht dran war. Es war wichtig, daß sie die Unterhaltung in Gang hielt. Mit größerer Anstrengung sagte sie nun: »Findest du nicht, daß du darüber sprechen solltest? Um es loszuwerden? Erzählst du das nicht deinen Patienten?«

Gray lachte trocken. »Nun, du vergißt nie etwas. Das ist bei dir immer so. Eben gerade, als ich dich gebeten habe, uns nichts davon zu erzählen, was du getan hast, wußte ich, daß du dachtest, ich sei unhöflich und nicht interessiert. Nein, warte, Charlotte, laß mich zu Ende sprechen. Das war es aber nicht.«

»Es tut mir leid.«

»Nein, nein. Es ist nur so, wenn man drei Jahre lang ein Bataillon kommandiert hat, versteht man etwas vom Krieg. Sicherheitsmaßnahmen, Geheimdienst und so weiter. Man ist für das Leben von Menschen verantwortlich, also versteht man etwas davon.«

»Natürlich tust du das. Es tut mir leid, wenn du den Eindruck hattest, daß ich ...«

Gray stand plötzlich auf und ging zum Kamin. Mit dem Rücken zu Charlotte sagte er: »Mein liebes Mädchen, ich bin sehr stolz auf dich.«

Charlotte konnte darauf nicht antworten.

Gray drehte sich um. »Sehr stolz auf dich. Sind wir jetzt Freunde?«

»Freunde ... Freunde?«

»Bitte, Charlotte, ich weiß, daß ich als Vater versagt habe. Aber es war schwer nach dem Krieg. Es war sehr schwer. Ich habe versucht, das Gleichgewicht zu wahren, aber ich wurde von Erinnerungen verfolgt. Und Träumen.«

Charlotte sagte immer noch kein Wort. Ihre Angst, sich dem zu stellen, was Gray anzudeuten schien, war zu groß. Bat er sie um Vergebung für das, was damals zwischen ihnen vorgefallen war? Wenn ja, konnte sie ihrer Erinnerung an das, was geschehen war, trauen?

Gray sagte: »Erinnerst du dich daran, wie ich dir einmal davon erzählt habe, wie eine andere Kompanie ein paar Deutsche gefangengenommen und sie nicht übergeben hat, sondern in einen Wald gebracht und erschossen hat?«

»Ja, daran erinnere ich mich.«

»Wir waren sehr erschöpft«, sagte Gray. »Wir waren seit Tagen von Trommelfeuer beschossen worden, und die Männer waren nicht mehr sie selbst. Ein Geschoß war in unseren Teil des Grabens eingeschlagen, und es hat schreckliche Verluste gegeben. Es regnete, und wir sollten fast acht Kilometer mit diesen Boches marschieren. Ich konnte meine Männer nicht davon überzeugen, das zu tun. Ich konnte es einfach nicht. Ich glaube, sie hätten mich erschossen, wenn ich sie noch weiter gedrängt hätte.«

»Also war es deine Kompanie?«

»Du kannst wahrscheinlich nicht verstehen, wie es war. Drei Jahre lang. Sie haben mit angesehen, wie all ihre Freunde niedergemetzelt wurden. Wir haben bei einem kleinen Wäldchen haltgemacht, und ich habe gesagt: ›Ich werde im Dorf mit einem Offizier sprechen. Ich überlasse Ihnen die Gefangenen.‹ Ich wußte ganz genau, was sie tun würden. Und sie wußten, daß ich es wußte.«

Grays Stimme war ausdruckslos und unbarmherzig.

»Hast du davon geträumt?«

»Nein. Ich habe von den Gesichtern der Männer geträumt. Den ungläubigen Blicken, den angsterfüllten Blicken, als ich ihnen gesagt habe, daß wir, wie befohlen, bei Tageslicht angreifen würden. An der Somme. Bei Tageslicht. Im Schrittempo. Nacht für Nacht sah ich die Gesichter dieser jungen Männer. Jungen, die jünger waren als du heute. Sie sahen mich an, und sie wußten es. Wir alle wußten, was kommen würde.«

Irgendwie war Gray ruhig geblieben. Charlotte murmelte tröstende Worte.

»Also, Charlotte, du mußt versuchen, mir meine Unzulänglichkeiten zu vergeben. Oder beschreibe sie mir wenigstens, damit ich sie vielleicht erklären oder verstehen kann.«

»Ich... ich glaube nicht, daß ich das kann.«

Einen Augenblick herrschte Stille. Dann hörten sie, wie Regen anfing, gegen die Fensterscheiben zu prasseln.

Mit einer verzweifelten Stimme fragte Gray: »Was habe ich falsch gemacht?« Wenn er drohte, seine Selbstbeherrschung zu verlieren, dann verlor er sie ganz. Er krümmte sich zusammen, als ein mächtiges Schluchzen in seinem Brustkorb hochstieg. »Um Gottes willen, Charlotte, bitte sag mir, was ich falsch gemacht habe.«

Gray hielt ihr seine Hand hin, aber Charlotte wollte sie nicht nehmen.

»Mein liebes Mädchen«, schluchzte er. »Was immer es war, kannst du mir nicht verzeihen?«

Als Charlotte endlich mit den Konturen dessen, was sie so lange unerkannt in ihrem Gedächtnis aufbewahrt hatte, konfrontiert wurde, war sie so entsetzt, daß sie nicht hinschauen konnte.

»Nein«, erwiderte sie. »Nein, ich kann nicht.«

In den darauffolgenden Tagen bemühte sich Charlotte, nie mit ihrem Vater allein zu sein. Wenn er abends um sechs von der Arbeit nach Hause kam, ging sie stets nach oben, um ihr Bad zu nehmen, und half dann ihrer Mutter in der Küche, bis es Zeit zum Abendessen war.

Nachmittags unternahm sie lange Spaziergänge in den Hügeln und versuchte, sich selbst zu begreifen. Sie konnte nicht anders, sie war von der Qual ihres Vaters beeindruckt. Wenn er ihr etwas Schreckliches angetan hatte, wie konnte er sie dann anflehen, es ihm zu erklären? Er war immer ein ehrlicher Mann gewesen; unter diesen Umständen hätte er es nicht nur unmoralisch gefunden, etwas zu verheimlichen, er wäre auch nicht dazu imstande gewesen.

Und doch, wenn er keine Ahnung hatte, was zwischen ihnen vorgefallen war, mußte dies bedeuten, daß sie es sich nur eingebildet oder sich falsch erinnert hatte. Das konnte sie nicht hinnehmen, und sie konnte sich auch nicht zwingen, dies zu glauben. Er hatte ihr auf körperliche und grausame Art und Weise ihre Unschuld geraubt; und auch wenn die fehlbaren Mechanismen ihrer Erinnerung ihr nicht genau sagen konnten, wie es passiert war, so war sie sich dieser einfachen Tatsache doch so sicher, wie sie es nur sein konnte. Das sagte ihr ihre instinktive Überzeugung, die sie noch nie zuvor im Stich gelassen hatte.

Trotzdem erschien es ihr notwendig herauszufinden, was wirklich geschehen war, und sie spürte verzweifelt, daß sie kurz davorstand. Sie dachte an das, was ihr Vater ihr über den Krieg erzählt hatte, über seine Träume und wie er anschließend gelitten hatte. Aus irgendeinem Grund fiel ihr auch der Brief des Vaters an seine Tochter wieder ein, den sie am Bahnhof von Le Bourget-Drancy gefunden hatte. Sie versuchte angestrengt, sich an ihre eigene Kindheit zu erinnern, an das Gefühl einer Begeisterung, die verschwunden war. Doch ihre Erinnerung glich großen, untergetauchten und unbeweglichen Eisblöcken in einem zugefrorenen Meer: Ihr Bewußtsein und ihre Willenskraft konnten sie nicht zum Schmelzen bringen.

Als sie über die feuchten Hügel schritt und sich auf den Nachhauseweg machte, fühlte sie sich zwischen dem Gefühl, ihren Vater vielleicht falsch beschuldigt zu haben, und dem sicheren Wissen, daß ihre Erinnerung, wenn auch nicht die Einzelheiten, so doch das Wesentliche aufgezeichnet hatte, hin- und hergerissen.

Am dritten Tag ihres Besuchs kam Charlotte zur Teezeit von ihrem Spaziergang zurück und ging in die Küche, wo ihre Mutter gerade ein Blech mit *scones* aus dem Ofen nahm.

Amelia Gray lächelte zur Begrüßung wie üblich ihr freundliches, leicht überraschtes Lächeln. »Du kommst gerade richtig«, sagte sie und schenkte aus der Kanne, die auf dem geschrubbten Tisch stand, Tee ein. »Sollen wir ihn nicht hier trinken? Wir sind nur zu zweit.«

Vielleicht konnte ihre Mutter helfen, dachte Charlotte; vielleicht war jetzt der Zeitpunkt gekommen, sie ins Vertrauen zu ziehen. Doch Charlotte fand allein den Gedanken daran entmutigend: Ihre Mutter würde sich angesichts dieser Vertraulichkeiten bestimmt abwenden und Schutz bei irgendwelchen häuslichen Pflichten suchen.

In dem Zustand tiefgehender Selbsterforschung, in dem Charlotte sich befand, kam ihr dies ebenfalls vielsagend vor. War dies ein weiterer Aspekt des Problems, oder drehte sie sich nun dermaßen im Kreis, daß sie nicht länger zwischen banal und bedeutsam unterscheiden konnte?

Sie stützte die Ellbogen auf den Tisch und seufzte, hielt ihr Gesicht zwischen den Händen und ließ ihr Haar, das nun wieder seine ursprüngliche Farbe hatte, über ihre Finger fallen.

Amelia Gray betrachtete ihre Tochter ängstlich und besorgt, da klingelte das Telefon.

»Ach, verdammt!« sagte sie. »Wer kann das denn sein?«

Sie ging ins Wohnzimmer zum Telefon. »Charlotte!« rief sie ein paar Augenblicke später. »Es ist für dich.«

»Für mich?« Charlotte tauchte widerstrebend aus ihrem Tagtraum auf. »Wer ist es denn?«

»Hat er nicht gesagt«, antwortete ihre Mutter, als sie wieder in die Küche kam.

Im Wohnzimmer nahm Charlotte den Hörer von dem polierten Beistelltisch.

»Hallo?«

»Ist dort Charlotte?«

»Ja.«

»Charlotte, vielleicht erinnerst du dich nicht mehr an mich. Es ist eine Stimme aus der Vergangenheit. Hier spricht Peter Gregory.«

»O mein Gott. O mein Gott.«

»Charlotte?«

»O mein Gott.«

Als ihr Gespräch zu Ende war, mußte Peter Gregory tief Luft holen. Er saß im Büro des Genesungsheims in der Nähe von Godalming, in das er nach seiner Rückkehr aus Nordafrika geschickt worden war. Er hatte zwei Tage warten müssen, bis Daisy ihre Mutter erreicht hatte, um die Telefonnummer von Charlottes Eltern in Erfahrung zu bringen. Er hatte befürchtet, daß sie sich vielleicht schon wieder auf dem Rückweg nach London befand, wenn er anrief.

Gregory war von Natur aus nicht schüchtern, aber an Bord

des Schiffs von Genua hatte er diese Unterhaltung in Gedanken bereits mehrfach durchgespielt. In bestimmten Abständen hatte er versucht, sich selbst dazu zu überreden, daß er sich nicht mit Charlotte in Verbindung setzen sollte. Er konnte ihr nicht bieten, was sie verdiente: Alles, was er ihr zu Füßen legen konnte, war diese widersinnige Leidenschaft, die er für sie ungefähr seit dem Augenblick ihrer Trennung empfunden hatte und an der er in den Monaten seiner Abwesenheit zäh festgehalten hatte. Er wußte, daß er nur mit Hilfe dieses Gefühls seine vernachlässigten Verletzungen und den Schmerz, den er empfunden hatte, als er wieder Kontakt zur Welt aufnahm, überstanden hatte. Er wußte dieses Gefühl zu würdigen, war aber trotzdem nicht davon überzeugt, daß es gut genug war, um es ihr anbieten zu können.

Erst als er hörte, wie überwältigt sie auf seine Stimme reagierte, wurde ihm bewußt, wie tief die Leidenschaft war, die er für sie empfand. Aus ihrer Stimme hörte er eine immense Anstrengung und tiefe Demut heraus und spürte deutlich, daß sie sich lange und furchtbar nach etwas gesehnt hatte, daß es ihn überwältigte. Aber das erste Mal, seit er Charlotte kannte, ließ er sich davon nicht einschüchtern, sondern begriff, daß die Komplexität ihrer Gefühle nicht der Grund dafür war, daß sie sich auf irgendeine Art überlegen fühlte, sondern im Gegenteil der Grund für schreckliche Qualen. Das erste Mal hatte er das Gefühl, daß sein Leben, wie besudelt es in seinen Augen auch sein mochte, die Voraussetzung dafür war, sie mit ihrem eigenen Leben zu versöhnen.

Charlotte legte den Hörer auf, verließ das Haus und ging hinunter ans Ende des Gartens. Sie setzte sich auf eine Holzbank, die auf einer Rasenfläche stand und von Rhododendronbüschen umgeben war, und versuchte, ihre Gefühle unter Kontrolle zu bekommen. Zunächst konnte sie an Gregory nicht als Person denken, als einen Mann mit einer Stimme und Händen und eigenen Erfahrungen, die er erzählen wollte. Seine Rückkehr schien nur auf körperlose Art und Weise zu rechtfertigen, daß sie sich so lange und einsam geweigert hatte, die Hoffnung aufzugeben. Sie war wie betäubt vor Dankbarkeit, weil diese Hoffnung sich nie zu festem Glauben gesteigert hatte.

Während des Abendessens durchdrangen allmählich die ersten freudigen Regungen ihre an Trance grenzende Ungläubigkeit. Wie sah er wohl aus? Was würde er sagen?

»Du bist heute abend ganz weit weg, Charlotte«, sagte ihr Vater.

»Tut mir leid.« Sie lächelte ihn an.

Sie bemühte sich, seinen Blick festzuhalten und ihn irgendwie zu ermutigen. Sie spürte, daß Gregorys Rückkehr auch etwas mit ihrem Vater zu tun hatte und daß es möglicherweise noch einen Ausweg aus der Sackgasse gab, in der sie sich befanden.

In jener Nacht, als sie unter ihrer alten gesteppten Daunendecke fest schlief, hatte sie eine Reihe von Träumen. Es war überwiegend die Art von außerordentlich klaren, aber unzusammenhängenden Träumen, die der Freund ihres Vaters als »Nervenabfall« bezeichnet hatte. Sie träumte, sie sei im Krieg Krankenschwester, und Levade käme mit seiner Wunde an der Schulter, die nun offen war, zu ihr. Sie befand sich auf einem Schiff und mußte für die ungebärdigen Kinder, die ihr nicht gehorchten, endlos Spiele organisieren. Schließlich träumte sie, daß sie selbst noch ein Kind war. Sie befand sich an Deck des Schiffes und war umgeben von ihren Puppen und ihren Büchern, da tauchte aus einer Tür, die zum unteren Deck führte, ihr Vater auf.

Sie schreckte unwillkürlich zurück, als er auf sie zukam und sich neben ihr hinkniete. Er breitete die Arme aus und drückte sie fest an seine Brust, dann legte er seinen Kopf auf ihre Schulter. Als sie in der Erwartung, Grausamkeit oder Wut bei ihm vorzufinden, auf ihn hinunterschaute, bemerkte sie statt dessen, daß er weinte. Sie wischte mit ihren Fingern die Tränen weg; sie beruhigte ihn und streichelte sein weißes Haar.

Den ganzen nächsten Vormittag ging sie ruhelos in Haus und Garten umher. Sie hatte das Gefühl, daß die gefrorenen Blöcke der Erinnerungen zu schmelzen begannen und daß in diese so lange regungslos gebliebenen Regionen wieder Bewegung kam. Sie konnte nichts tun, um diesen Vorgang zu beschleunigen oder zu erklären, aber sie glaubte, daß körperliche Bewegung irgendwie helfen würde.

Nach dem Mittagessen ging sie erneut spazieren, und als sie

auf einem Hügel saß, von dem aus sie die Innenstadt von Edinburgh sehen konnte, begann sie über Levades Tod nachzudenken. Die Zimmer der Domaine – ihr Schlafzimmer und vor allem sein Atelier – sah sie deutlich vor sich: Sie konnte das Lindenholz des hinteren Treppenhauses riechen, die Ölfarben, die staubige Luft.

Endlich trauerte sie um ihren toten Freund und dachte an seinen würdelosen Tod an diesem halbfertigen Ort unter Fremden. Sie weinte, weil er einsam gestorben war und weil er seinen Kampf verloren hatte, und wenn sie ehrlich war, weinte sie auch ein wenig um sich selbst und die Ahnung, daß sie das Leben nie wieder so intensiv empfinden würde wie in jenen Tagen in der Domaine, auch wenn sie dort sehr große Angst gehabt hatte.

Später, auf dem Rückweg, empfand sie eine erhebende Dankbarkeit gegenüber Levade. Er hatte in seinem Leben vielleicht ein Dutzend Bilder gemalt, auf denen er den trügerischen Schein, der die Welt umgab, durchdrungen und hinter sich gelassen hatte; er hatte sich eine neue, tieferliegende Existenz vorgestellt, die sich unter dieser Hülle verbarg. Dann war er der Sklave seiner sinnlichen Begierden und seines Gedächtnisses geworden, das sich nicht öffnen wollte; die Folge davon war, daß er die letzten zehn Jahre seines Lebens damit verbracht hatte, erfolglos an die Türen seiner Erinnerung zu klopfen. Und doch, dachte Charlotte, als sie ihre zunehmend schnelleren Schritte zu den Lichtern des unter ihr liegenden Dorfes führten, hatte diese Traumabfolge, die er sich so leidenschaftlich gewünscht hatte, statt dessen ihr geholfen: Was ihn so lange nicht losgelassen hatte, hatte sie befreit.

Der nächste Tag war ein Samstag und der vorletzte Tag von Charlottes geplantem Aufenthalt. Ihre Mutter wollte in die Innenstadt von Edinburgh gehen, um ein wenig einzukaufen. Charlotte sagte, sie würde bleiben und ihrem Vater das Mittagessen kochen. Ihre Eltern sahen beide überrascht aus, und ihre Mutter sprach verlockend von der Princes Street und neuen Kleidern.

Charlotte blieb bei ihrem Entschluß, und als sie zu Mittag gegessen und die Teller abgeräumt hatten, zwang sie sich, ihrem Vater noch einmal gegenüberzutreten.

»Weißt du noch, worüber wir neulich abends gesprochen haben? Über... dich und mich, dich als Vater und so weiter.«

»Ja.« Gray klang besorgt.

Sie saßen im Wohnzimmer zu beiden Seiten des Kamins, in den Gray jetzt unsicher ein weiteres Scheit nachlegte.

Charlotte faltete die Hände im Schoß. »Ich habe nachgedacht. Ich glaube, ich muß mich entschuldigen.«

»Ach ja?« Gray reagierte so mißbilligend, wie er nur konnte. Sein Tonfall ließ durchblicken, daß das, was Charlotte zu sagen versuchte, nicht nur aufdringlich und persönlich, sondern vermutlich auch irregeleitet war.

Sehr langsam und bemüht, Worte zu finden, die so sanft wie möglich und trotzdem aufrichtig waren, sagte Charlotte: »Mein ganzes Leben habe ich geglaubt, daß du mir etwas angetan hast, als ich noch klein war, vielleicht sieben oder acht. Du hast mir weh getan. Ich habe nie genau gewußt, wie. Alles, was ich sicher wußte, war, was es bedeutete. Ich hatte das Gefühl, daß meine Kindheit zu Ende war. Als sei mir vorzeitig und auf grausame Weise etwas genommen worden.«

Gray sah entsetzt aus. »Was habe ich getan?«

Trotz des Druckgefühls, das ihre Lungen zusammenschnürte, sprach Charlotte langsam und deutlich: »Ich erinnere mich an einen Körperkontakt, der zu weit gegangen ist. Später habe ich dann geglaubt, er sei vielleicht sexueller Natur gewesen. Das glaube ich jetzt nicht mehr, aber nur etwas Vergleichbares kann die tiefe Wunde erklären, die du mir zugefügt hast.« Sie stellte fest, daß ihre Wangen und ihre Stirn brannten.

Gray schluckte. Einen Moment lang überwältigte ihn offenbar sein Entsetzen über das, was seine Tochter gesagt hatte, doch dann beruhigte ihn eine gewisse professionelle Neugier. »Ich bin froh, daß du es jetzt endlich ausgesprochen hast.«

Seine brüchige Stimme klang ganz und gar nicht froh, aber Charlotte war durch seine Antwort beruhigt. Es war kein Anzeichen von schuldbewußter Erinnerung darin erkennbar, und sein Verhalten signalisierte ihr, daß sie nun fortfahren konnte.

»Seit ich hier bin, in diesen letzten paar Tagen«, sagte sie, »habe ich das Gefühl, als ob ich mich irgendwie damit auseinandergesetzt hätte. Mit dieser Sache, dieser schrecklichen Sache, an die ich mein ganzes Leben gedacht habe...« Sie begann zu schluchzen und riß sich dann zusammen. »Ich glaube, mit Hilfe eines komplizierten Verfahrens – es würde zu lange dauern, es zu erklären – habe ich es vielleicht verstanden.«

Gray nickte, sagte aber nichts.

»Kannst du dich an irgend etwas erinnern?« fragte Charlotte. »An irgendeinen Vorfall?«

Gray stand auf. »Bevor du mir sagst, was du denkst, glaubst du, es würde dir helfen, wenn ich dir erzähle, was ich gedacht habe? Wenn wir dann dasselbe denken, glaubst du wenigstens nicht, daß ich dir nur beipflichte, damit wir alles zu einem Abschluß bringen?«

»In Ordnung.«

Gray wählte genauso sorgsam seine Worte. »Was du zunächst verstehen mußt, ist, daß du für mich ein Wunder warst. In diesen Kriegszeiten. Von den Szenen zurückzukehren, deren Zeuge ich geworden war, und dann dieses kleine Mädchen zu sehen... Meine Hände anzuschauen und zu wissen, was sie getan hatten, zu wissen, was meine Augen gesehen hatten, und daran zu denken, daß mein Körper dazu beigetragen hatte, dieses weibliche Wesen zu schaffen...«

Er schüttelte den Kopf und holte einen Augenblick angespannt Luft. »Das ist es, was ein Vater bei einem Mädchen fühlt – dieses Anderssein, diese Unschuld –, wohingegen ich mir schrecklich alt und schmutzig und von den Erfahrungen verdorben vorkam. Und als kleines Mädchen hast du mich wirklich geliebt. Dann wurde mir bewußt, daß etwas nicht stimmte. Du warst als Kind nicht einfach, Charlotte.«

»Ich weiß.«

»Du hast dich in solch einen Blaustrumpf verwandelt. Du hast so wild entschlossen gelernt und warst so gut dabei. Aber ich hatte das Gefühl, ich könne dich nicht erreichen. Und dann diese schlimmen Depressionen. Ich fühlte mich machtlos. Es war mein Beruf, und ich konnte dir nicht helfen. Natürlich hatte ich den starken Verdacht, daß ich das Problem war oder zumindest Teil des Problems. Es war qualvoll, es mit anzusehen. Kannst du dir das vorstellen? Weil du für mich immer noch die Hoffnung auf Leben und Weiblichkeit darstelltest.«

»Das kann ich mir vorstellen.«

»Deine Mutter war... eine wunderbare Frau, aber sie war in körperlicher Hinsicht kein Trost, ich meine es nicht so, aber –«

»Ich verstehe.«

»Vielleicht war da etwas, ein bestimmter Vorfall.« Gray sprach sehr langsam. »Vielleicht war da etwas. Ich muß ehrlich sagen, daß ich mich an nichts erinnern kann, aber vielleicht habe ich mich auf einer bestimmten Ebene entschlossen, mich nicht daran zu erinnern. Und diese Grausamkeit, die ich dir zugefügt habe. Kannst du dich erinnern, worin sie bestand?«

»Ich glaube, schon«, erwiderte Charlotte ganz sanft. »Krieg. Die Erinnerung an den Krieg.«

Es herrschte eine lang anhaltende Stille im Raum. Schließlich sagte Gray: »Bessere Männer als ich wurden durch ihn zerstört.«

»Es tut mir leid, daß ich dir kein Trost war.«

»Ich habe bestimmt zuviel verlangt. Ich habe ein Kind gebeten, die Last dieser unaussprechlichen Dinge zu tragen, eine Last, die ausgewachsene Männer um den Verstand gebracht hat.«

»Und glaubst du, da war etwas, ein Vorfall?«

Gray holte tief Luft. »Ich erinnere mich, daß ich einmal geweint habe. Ich wurde plötzlich von diesem erschreckenden Gefühl gepackt, das ich so lange Zeit in Schach gehalten hatte. Ich kann mich erinnern, daß es durch irgend etwas Banales ausgelöst wurde, und dann brach es aus mir hervor, begleitet von diesen schrecklichen Geräuschen; es hörte sich an wie ein urzeitliches Geheul. Ich glaube, du kamst zu mir. Vielleicht hatte dir das Geheul angst gemacht. Vielleicht habe ich dich angeschrien, daß du gehen solltest, weil ich nicht wollte, daß du bliebst.«

»Nein. Du wolltest, daß ich blieb. Du hast mich umarmt, und du hast mich so fest an dich gepreßt, daß du mich fast erdrückt hast. Aber ich glaube nicht, daß es dieser Schmerz war, den ich in Erinnerung behalten habe. Es waren der Anblick und der Klang deines Schmerzes. Du mußt mir irgendwie den Schrecken des Krieges vermittelt haben. Du hast mir davon erzählt. Die Millionen von Toten.«

Grays Stimme war kaum zu hören. »Ich war so allein.«

»Und ist es möglich, daß ich mich daran erinnere, als sei es ein körperlicher Schmerz gewesen?«

»Es ist möglich.« Er hob den Kopf. »Deine Erinnerung hat unter Umständen versucht, dich zu schützen. Sie hat einen Schutzschirm über etwas gelegt, was noch schlimmer war. Für ein Kind ist es wahrscheinlich leichter, daran zu denken, daß ihm irgendwie weh getan wurde, daß es zu fest gedrückt oder geschlagen wurde, als sich das Elend vor Augen zu führen, das ich dir offenbart habe.«

Charlotte war ganz ruhig. »Ich nehme an, so war es. Ich nehme an, daß es vermutlich so war.«

Ihr Vater hingegen war außer sich. »Aber meine liebste Charlotte, daß ich dir das angetan habe. Daß ich dem nicht allein ins Auge sehen konnte. Daß ich dir all deine kindliche Unschuld nehmen mußte, damit du mir hilfst, es zu ertragen.« Er fing an zu weinen. »Die Gesichter der jungen Männer bei Tagesanbruch... All die Freude, die dir zugestanden hätte.«

Charlotte stand auf und ging zu ihrem Vater. Sie breitete die Arme aus.

Gray kam in ihre Umarmung und legte den Kopf auf ihre Schulter. Er heulte: »Diese Unschuld. Von meiner eigenen Tochter.«

»Das spielt keine Rolle«, sagte Chrlotte, hielt ihren Vater in den Armen und streichelte sein Gesicht. Sie fühlte, wie ein Gefühl der Liebe in ihr aufstieg. »Das spielt jetzt keine Rolle, das spielt jetzt keine Rolle mehr.«

## 7. KAPITEL

Als Charlotte wieder nach London zurückgekehrt war, hatte man Peter Gregory aus dem Genesungsheim entlassen und ihn zu einem Flugplatz in Suffolk geschickt, wo er der RAF Bericht erstatten sollte. Beide benutzten Daisys Wohnung, um einander Nachrichten zu hinterlassen, aber es gab noch eine enttäuschende dreitägige Verzögerung, bevor Gregory freihatte und in die Hauptstadt kommen konnte.

Charlotte fuhr zurück in ihr Zimmer in der Riding House Street, aber es war nur für kurze Zeit, da in Daisys Wohnung bald wieder ein Zimmer frei wurde.

»Die Einladungen wurden verschickt, als du in Schottland warst«, sagte Daisy. »Hier ist auch eine für dich. Soll ich sie dir vorlesen?«

»Schieß los.« Charlotte war in ihrem Wohnheim am Telefon.

»Oberst und Mrs. Richard Ridley laden Sie ein zu der Hochzeit ihrer Tochter Sally mit Mr. Robin Morris am 3. Juni 1943 in der St. Andrew's Church und so weiter und so weiter und anschließend zu einem Empfang im White House in Crookham End. Ist das nicht wunderbar? Was ziehst du an?«

Charlotte lachte. »Wer weiß. Ist Robin Morris der Spießer?«

»Ja, genau.«

»Ich glaube, ich habe ihn mal getroffen, im Zug. Arbeitet er im Außenministerium oder so?«

»Ja, stimmt. Sally ist im siebten Himmel, wie du dir vorstellen kannst. Jedenfalls kannst du dein altes Zimmer wiederhaben, wenn du möchtest, wenn Alison in Sallys Zimmer zieht.«

»Ich glaube, ich hätte lieber Sallys Zimmer, wenn du nichts dagegen hast.«

»Ich dachte, dein altes Zimmer würde sentimentale Erinnerungen bei dir wecken.«

»Ja, das tut es. Aber um ehrlich zu sein, Daisy, ist es ein wenig klein. Und wir wollen doch Alison keine Umstände machen.«

»Du bist nicht sehr romantisch, Charlotte, oder?«

»Das würde ich nicht sagen.«

Später an jenem Tag fuhr Charlotte ins Büro der Abteilung G in Marylebone, wo Mr. Jackson ihr sagte, daß sie eine Woche länger Urlaub machen könne, bevor festgelegt werde, wohin sie als nächstes versetzt wurde.

Sie ging die Marylebone High Street entlang und in den Regent's Park. Es war ein warmer Frühlingstag, Mütter schoben Kinderwagen die Wege entlang; es lag eine gewisse Leichtigkeit in ihren Schritten und in den Begrüßungen, die sie einander zuriefen. Charlotte kam an dem Kaffeeausschank vorbei, wo sie während ihrer Zeit in Dr. Wolfs Praxis in der Mittagspause immer ein zähes Brötchen gekauft hatte. Sie konnte sich noch an das intensive Gefühl erinnern, das die Begegnung mit Gregory in ihr ausgelöst hatte: Sie war sich vorgekommen wie von der Welt abgeschnitten. Nie hätte sie geglaubt, daß alles gut ausgehen würde; sie hatte es gehofft, aber sie hatte nicht daran geglaubt. Bevor sie aus Edinburgh abgefahren war, hatte ihr Vater sie davor gewarnt, jemals zu glauben, daß man die verschütteten Probleme der Erinnerung und der Angst gelöst hätte. Die menschliche Sehnsucht nach Ordnung, sagte er, würde irgendwann durch die wirren Wahrheiten, die den Gedanken eigen waren, immer wieder zunichte gemacht.

Charlotte hatte sich in diesem Augenblick der Freude und Freiheit über diese pessimistischen Worte geärgert. Doch wahrscheinlich hatte er sogar recht. Sie würde nie genau wissen, was passiert war, aber gemeinsam waren sie der Wahrheit nah genug gekommen. Und das reichte ihr, wie sie festgestellt hatte, denn in den Tagen danach empfand sie weiterhin ein Gefühl der Entspannung. Als sie jetzt durch den Regent's Park ging, spürte sie, daß ein seit langem unterbrochener Kreis sich endlich geschlossen hatte: Als erwachsene Frau hatte sie den Kontakt zu ihrer Kindheit hergestellt, und ein kontinuierlicher roter Faden verlief jetzt durch ihr Leben.

Peter Gregory verabredete sich mit Charlotte für den nächsten Abend in Daisys Wohnung. Daisy wollte dafür sorgen, daß sie bis mindestens zehn Uhr ungestört blieben.

Gregory nahm morgens den Zug nach London. Er hatte für das Abendessen einen Tisch in einem Restaurant in der Nähe der Wohnung reserviert und mußte jetzt nur noch irgendwie den Tag verbringen. Nachmittags ging er in ein Kino am Leicester Square, aber er schaffte es nicht, sich auf den Film, ein patriotisches Marineabenteuer mit unglaubwürdigen stoischen Matrosen, zu konzentrieren. Die Aussicht, Charlotte bald zu sehen, versetzte seinen ganzen Körper in solche Spannung, daß er beinahe platzte.

Er verließ das Kino und ging hinunter an die Themse. Was würde er ihr sagen? Wie würde sein Körper reagieren? Ob sein verwundetes Bein möglicherweise unter ihm nachgab? Würde er so sehr zittern, daß er sich setzen mußte? Später suchte er in Chelsea ein Pub auf, setzte sich ans Fenster und trank ein Bier. Er dachte an Forster und all die anderen, mit denen er geflogen war. Diese wenigen, heißen Wochen hatten sich in seine Erinnerung und sein Wesen eingebrannt, doch in dem momentanen Aufruhr aus Nervosität und Angst hatte er plötzlich nicht mehr das Gefühl, sie zu verraten, wenn er weiterlebte.

An einem Handkarren in der Brompton Road kaufte er ein paar Blumen, als er am frühen Abend Richtung Norden ging. Sein Bein begann zu schmerzen, und er winkte für den Rest des Weges eine Taxi herbei. Den Champagner hatte er in eine Abendzeitung gewickelt und in seinem Aktenkoffer versteckt, so daß sie nur die Blumen sah, wenn sie die Tür öffnete. Es sollte nicht zu anmaßend aussehen.

Auf dem Rücksitz fing er an, Selbstgespräche zu führen, er hatte mehr Angst, als er jemals beim Fliegen gehabt hatte. Was ihn am meisten beunruhigte, war der Gedanke an einen schrecklichen körperlichen Zusammenbruch, daß seine Knochen brechen und sein Blut sich zersetzen könnte.

Zitternd stieg er die Treppe hinauf und klingelte. Er starrte auf das gestrichene Holz der Tür und wartete. Er konnte sich Charlottes Gesicht nicht mehr vorstellen.

Die Tür öffnete sich und gab zunächst nur einen dunklen Raum frei, dann plötzlich eine junge Frau in einem Sommerkleid, die eine Strickjacke um die Schultern gelegt hatte.

Gregory machte einen Schritt in die Wohnung und hielt ihr wortlos die Blumen hin. Charlotte nahm sie ihm ab und ließ sie dann auf seinen Aktenkoffer fallen, als sie die Arme ausbreitete, ihn umarmte und dabei ihre Wange an seine legte. Er roch den Duft von Maiglöckchen an ihrem Hals und brach in Tränen aus.

Später im Restaurant erzählte er ihr von Jacques und Béatrice, wie sie ihn gepflegt hatten, und daß er entschlossen war, sie zu besuchen. Als er zu dem Teil der Geschichte kam, die sich im Wohnzimmer des Bürgermeisters abgespielt hatte, bemerkte er, daß Charlotte aufgehört hatte zu essen und Messer und Gabel auf halbem Weg in der Luft festhielt. Er beschrieb seine Fahrt nach Marseille, ließ jedoch die abenteuerlicheren Episoden aus. Ein Rest des Fliegerkodex hielt ihn davon ab anzugeben oder, wie die Männer es nannten, große Bogen zu spucken. Er sprach ein wenig über den Absturz und seine Verletzungen und erzählte von Nancy und Gianluca, der Wort gehalten hatte, so unwahrscheinlich sein Versprechen auch geklungen hatte.

Während der ganzen Zeit, in der er sprach, spürte Gregory das Mitgefühl, das von Charlotte ausging. Doch es war kein passives Mitleid, sondern eine strahlende Kraft, die seine Wunden linderte und das Elend, das hinter ihm lag, unwesentlich erscheinen ließ, so daß er sich schon kaum noch daran erinnern konnte.

Dann erzählte ihm Charlotte, wie sie Monsieur Chollet in Clermont-Ferrand aufgesucht hatte, und sprach von ihrer Verzweiflung, als dieser ihr mitteilte, daß er nichts gehört habe. Sie beschrieb ihre Freundschaft mit Julien und Levade und sagte ihm, wie Levade gestorben war.

Ihre Geschichte war komplizierter als seine, und gegen Ende gab sie auf. Sie streckte ihre Hand über den Tisch und nahm Gregorys in ihre. Lange Zeit saß sie nur so da und schaute ihm unverwandt in die Augen.

Als sie wieder in Daisys Wohnung waren, öffnete Gregory den Champagner, und sie tranken auf Jacques und Béatrice, auf Monsieur Chollet in seiner ölverschmierten Werkstatt, auf Gianluca und Nancy, auf Levade und Julien, auf Sylvie Cariteau und die kleine Anne-Marie. Charlotte brachte es nicht fertig, André und Jacob zu erwähnen.

»Ich muß bald gehen«, sagte Gregory.

»Du mußt nicht gehen, nur weil die anderen zurückkommen.«

»Ich glaube, ich kann es heute abend nicht ertragen, Daisy zu treffen.«

»Du wirst es bald müssen. Wenn du zu Sallys Hochzeit kommst.«

»Bin ich eingeladen?«

»Du wirst eingeladen.«

Gregory sah sich im Wohnzimmer um. Er sagte: »Kannst du dich noch an das erste Mal erinnern, als wir nach dem Mittagessen in diesem schrecklichen Hotel in Streatley hierherkamen? Du warst so schüchtern.«

»Ich hatte allen Grund, schüchtern zu sein.«

»Und jetzt?«

»Jetzt ...« Charlotte seufzte. »Jetzt fühle ich so viele Dinge. Ich bin erschöpft vor Glück.«

»Nicht traurig?«

»Nun, es gibt zu keiner Zeit ausschließlich das weite sonnenbeschienene Hochland.«

Gregory seufzte ebenfalls. Er nahm eine Zigarette heraus und riß sich zusammen, er wollte nichts erzwingen.

Charlotte wandte sich um und schenkte ihm ihr offenstes, vertrauensvollstes Lächeln. »Und was fühlst du?«

Gregory legte die Zigarette ab. »Im Moment habe ich das Gefühl, daß es mir gefallen würde, wenn du nur einen Augenblick, nur eine Sekunde, deine Arme um mich legst und mich deine Haut auf meiner spüren läßt. Das ist alles, worum ich dich bitte.«

Charlotte ging auf ihn zu. Er schaute in ihr Gesicht und sah, daß es eine neue Kraft ausstrahlte, die ihren Blick, der früher so wechselhaft und unstet gewesen war, hatte ruhiger werden lassen. Er streckte die Hände aus und berührte die Haut auf ihren Unterarmen.

»Das ist alles, worum du mich bittest«, sagte sie mit ihrer humorvollen, versöhnlichen Stimme, als sie ihn fest an sich drückte. »Mein Liebling, das ist alles, was ich dir geben kann.«

Aber er kam mitten in der Nacht zurück, bestach den Nachtwächter ihres Gebäudeflügels in der Riding House Street und klopfte leise an ihre Tür.

»Oh, mein Liebling, mein Liebling«, sagte sie.

Diesmal erzählte sie ihm alles, sie sprach von ihrem Vater und ihrer verlorenen Kindheit, von Julien und den Jungen und Levade, und als sie den Schmerz in seinen Augen sah, in denen Tränen standen, erlebte Charlotte zum erstenmal in ihrem Leben das intensive und erhebende Gefühl, wirklich verstanden zu werden.

Er liebte sie in dem schmalen Bett und berührte mit seinen Händen und Lippen ihren Körper überall. Sie verspürte keinerlei Schamgefühl oder Hemmungen; sie betrachtete sich selbst durch seine verzauberten Augen und fühlte sich stark durch das Verlangen, das sie in ihm entfachte. Als sie sich erneut liebten, dachte sie einen Augenblick lang an Levade. Sie fühlte, daß er es gutgeheißen hätte, und sie lachte kurz auf, nicht weil sie dem

Mann, der gestorben war, kein Mitgefühl entgegenbrachte, sondern weil sie am Leben war.

Es wurde draußen allmählich hell, als sie ihn lange genug in Ruhe lassen konnte, um zu schlafen. Sie konnte sehen, wie im Dunst der Regen auf die Dachziegel prasselte.

## 8. KAPITEL

Eine Woche später suchte Charlotte das Hauptquartier der Abteilung G auf, um die Einzelheiten über ihre neue Tätigkeit in Suffolk zu erfahren. Bevor sie ging, gab Mr. Jackson ihr einen Brief.

»Den hat einer von unseren Leuten gestern mitgebracht. Er hat von mir natürlich einen ziemlichen Anpfiff bekommen, wie Sie sich vorstellen können. Wenn sie den Brief bei ihm entdeckt hätten, hätten sie sofort gewußt, was für ein Spiel er da spielt. Das ist das Problem mit den Agenten. Wenn sie erst mal da draußen sind, fühlen sich einige von ihnen unbesiegbar.« Er warf ihr einen vielsagenden Blick zu. »Jedenfalls hoffe ich, daß er gute Nachrichten enthält.«

Charlotte erkannte die Handschrift wieder, bevor sie den Brief öffnete und die Unterschrift »Octave« sah. Sie nahm den Brief mit in den Regent's Park, um ihn in Ruhe zu lesen.

> Meine liebe Danièle,
> ich bezweifle, daß Du diesen Brief jemals lesen wirst, aber ich möchte Dir trotzdem schreiben, damit ich meine Gedanken ordnen kann. Und wer weiß, vielleicht nimmt ihn irgendein Engländer mit nach London. Du weißt ja, wie leichtsinnig die Engländer sind.
> Ich befinde mich derzeit auf einem gemütlichen kleinen Bauernhof in den Bergen, ziemlich weit entfernt von unserer eigenen Stadt. (Ich bin wenigstens so vorsichtig, nicht die richtigen Namen zu nennen.) Ich bin zusammen mit César hier, er ist ein prächtiger junger Mann, außerdem ist noch ein halbes Dutzend anderer Männer zwischen zwanzig und dreißig hierhergekommen, um dem Zwangsarbeitsdienst zu

entgehen. Wir haben im Augenblick genug Waffen und gewinnen ständig weitere Freiwillige. Monsieur Lavals Bestreben, es den Deutschen recht zu machen, ist auf ihn zurückgefallen und hat für uns sehr positive Auswirkungen. Von meinem Vater habe ich nichts gehört, aber ich hege die Hoffnung, daß die schlimmsten Gerüchte über die Lager und so weiter nicht wahr sind. C. hat mir jedoch erzählt, daß die Jungen abgeholt wurden. Ich bete für ihre Sicherheit. C. reist sehr viel und bringt Neuigkeiten mit, da es ihm irgendwie gelungen ist, den Schein eines vorbildlichen Bürgers zu wahren.

Ich hingegen werde im Ort nicht unbedingt so gut angesehen und muß mich unauffällig verhalten. Der Tod einer gewissen Person ist in keiner Weise mit mir in Verbindung gebracht worden, so weit dies C. herausbekommen konnte. Genaueres dazu kann ich nicht sagen. Doch nach den Szenen, bei denen Du zugegen warst (oder nach Szenen, die später stattfanden und die Du Dir denken kannst), mögen mich unsere Freunde in Grau nicht.

Ich werde warten, bis der Krieg zu Ende ist. Wenn wir gewinnen, wird alles vergessen sein. Eigentlich wird die Geschichte bereits jetzt umgeschrieben. Seit sich das Blatt des Krieges gewendet hat, berichtet mir C., daß viele der ältesten Anhänger des Marschalls behaupten, sie hätten ihm nie getraut und seien der Ansicht, daß der General schon immer die beste Lösung gewesen sei. Einige der überzeugtesten Pétain-Anhänger sprächen schon von »unseren angelsächsischen Freunden« und dem »noblen Tataren«!

Wir werden gewinnen; irgendwie werden wir gewinnen. Und wir haben etwas von Frankreich am Leben erhalten, damit sich der Sieg lohnt. Das ist die Leistung der dunklen Tage.

Wie lange es dauern wird, weiß ich nicht, weil alles sehr kompliziert ist. Ich weiß von drei verschiedenen Widerstandsgruppen, die alle nicht weiter als eine Stunde entfernt von uns sind. Jede von ihnen haßt die anderen Gruppen mehr als die Besatzer! Dies ist nicht nur ein Weltkrieg, sondern auch ein Bürgerkrieg; es ist ein Kampf um Einfluß und um den Platz in der Geschichte. Es ist erbärmlich, Danièle, es ist armselig und schrecklich, und unsere Gruppe macht nur deshalb weiter, weil sie sich stets das klare Ziel vergegenwärtigt, das darin besteht, den Eindringling zu besiegen. Ich nehme an, daß Du inzwischen wohlbehalten wieder zu Hause bist. Vielleicht bist Du sogar wieder mit Deinem Geliebten zusammen. Liebe Danièle, für mich war Deine Freundschaft in der Zeit tiefster Dunkelheit etwas Wunderbares. Als Mann – einem Wesen mit schrecklich niedrigen Instinkten – halte ich auch die Erinnerung an die Nacht des Fallschirmabwurfs in Ehren, ich werde sie nie vergessen. Aber ich weiß, daß sie nicht das Wichtigste war, und ich weiß, daß Deine Zukunft woanders ist.

Was mich betrifft: Ich bin ganz aufgeregt wegen dem, was wir tun können. Trotz der erbärmlichen Verhältnisse, der Schande und des Blutvergießens – das wird alles noch auf uns zukommen. Meine Hoffnung ist groß. Wir werden frei sein, und wir werden wieder eine Regierung haben, die den Namen verdient. Ich werde nach Paris zurückkehren und meinen alten Chef, Monsieur Weil, wiedersehen, der wiedereingesetzt wurde und sich in den großen Restaurants am Boulevard de Montparnasse prunkvoll Austern bestellt.

Wirst Du zur Eröffnung des Hotels kommen? Was für ein Fest wir feiern werden! Ich werde Dich in den kommenden Jahren sehr oft besuchen. Ich danke Dir für alles, Danièle, meine Freundin, meine liebe, liebe Freundin. Tausend Küsse, »Octave«.

Der Tag von Sallys Hochzeit war bereits am frühen Morgen warm und klar. Charlotte wachte in Sallys altem Zimmer auf. Am Abend zuvor war sie von ihrem Ausbildungszentrum in Suffolk nach London gefahren. Sally war bei ihren Eltern, aber Daisy und Alison belegten morgens gleich zwei Stunden das Badezimmer. Charlotte war immer noch im Morgenrock, als sie hörten, daß Michael Waterslow unten auf der Straße ungeduldig hupte.

Daisy schob das Fenster hoch und rief, daß er und Gregory nach oben kommen sollten. Charlotte zog sich im Schlafzimmer an und schminkte sich rasch im Badezimmer, das endlich frei war. Als sie ins Wohnzimmer kam, fand sie Peter Gregory und Michael Waterslow vor, die Bier aus der Flasche tranken, während Daisy und Alison noch die letzten Vorbereitungen trafen.

Michael trug einen Cut mit gestreifter Hose. Gregory war in Uniform, und seine sonst so gepflegte Erscheinung wurde durch einen kleinen Blutfleck auf dem Hemdkragen beeinträchtigt. Charlotte küßte seine glattrasierte Wange.

»Brauchst du diesen Stock?«

»Ich dachte, ich sehe damit vornehm aus.«

»Wie du möchtest.« Sie strich seine Aufschläge glatt und lächelte.

Alle waren fertig, sie standen im Kreis und begutachteten sich gegenseitig. Alison, eine schlanke, dunkelhaarige Frau, trug ein Hardy-Amies-Kostüm, das noch aus der Zeit vor dem Krieg stammte. Sie wies Charlotte entrüstet darauf hin, daß der Rock ihres Kleides zu viele Falten besitze und daß sowohl der Kragen als auch der Gürtel breiter seien, als die Einschränkungen der Kriegszeiten es erlaubten. Daisy trug ein Kleid mit Blumenmuster, einen Turban und eine Sonnenbrille.

Nach ungefähr einer Stunde Fahrt erreichten sie das ländliche Surrey, und Gregory fragte Michael, ob es ihm etwas ausmache, einen kurzen Umweg zu fahren. Er sagte, er habe sich mit jemandem für die Zeit nach dem Mittagessen verabredet. In einem Dorf mit einigen wenigen Häusern im Tudorstil und einer Vielzahl von Häusern im nachgeahmten Tudorstil, vor deren Haustüren Blumentöpfe mit Geranien standen, zeigte Gregory ihm den Weg zu einem Pub mit dem Namen The Rose and Crown. In der Bar war es nach der heißen Junisonne draußen dunkel und kühl.

»Greg! Ich hätte nicht gedacht, daß du es schaffst!«

Borowski tauchte schemenhaft aus einer düsteren Ecke auf und nahm Gregorys Hand. »Leslie kennst du doch noch, oder?«

»Na, lebst du noch, Brind?« meinte Gregory.

Leslie Brind klopfte an der Bar auf Holz, bevor er Gregory die Hand schüttelte. Dieser stellte die anderen vor.

Charlotte beobachtete, wie begeistert die Männer waren, daß

sie einander wiedersahen, und wie sie sich gegenseitig mit ihren spöttischen Grobheiten übertrafen, während sie einander Drinks spendierten. Gregory wurde von Borowski überredet, noch auf einen letzten Drink zu bleiben, und anschließend von Brind noch auf einen allerletzten. Trotzdem waren sie rechtzeitig zum Mittagessen in der Stadt, die dem Hochzeitsort am nächsten lag.

Die Hotelbar war überfüllt mit Einheimischen, die gerade vom Markt zurückkamen, sowie anderen Männern in Uniform oder Cut und gestreifter Hose und Frauen in Kleidern oder Kostümen, die ebenfalls auf dem Weg zur Hochzeit waren. Die Frauen setzten sich an einen Tisch, während sich Michael und Gregory zur Bar durchkämpften.

Gregory erschien mit einer ovalen Platte voller Sandwiches, die eilig von der überarbeiteten Barfrau zubereitet worden waren. Der fette Schinken und der Senf hätten in Lavaurette für Aufruhr gesorgt, dachte Charlotte.

Charlotte fühlte, wie sie von einer leicht verrückten Freude mitgerissen wurde. Es hatte keinen Zweck, sich dagegen zu wehren, dachte sie, als sie ihr Glas erhob und zum drittenmal an diesem Vormittag auf Sallys Wohl trank.

Sie sah hinüber zu Gregory, der sich ernst mit Alison unterhielt. In den langen Monaten hatte sie vergessen, wie sehr sie seine Gesellschaft genoß – das einfache Vergnügen, bei ihm zu sein. Und als er seinen Kopf zur Seite legte, um besser verstehen zu können, was Alison gerade sagte, dachte sie, daß sie außerdem vergessen hatte, wie gutaussehend er war, wie außerordentlich gutaussehend.

Als sie endlich an der Kirche ankamen, sah Charlotte Dick Cannerley und Robin Morris in eine angeregte Unterhaltung vertieft. Cannerley war älter geworden, dachte Charlotte.

Sie stand am überdachten Friedhofstor, wo Michael sie abgesetzt hatte, um sich auf die Suche nach einem Parkplatz zu machen.

Sie sah Peter Gregory, der sich ein Stück weiter, auf seinen Gehstock gestützt, mit Sallys Mutter unterhielt, die unter ihrem breitkrempigen Hut nervös aussah.

In Charlottes Gedanken gehörte Gregory in den Bereich von Träumen und Traumata. Die Möglichkeit, glücklich zu sein, die durch ihn zum erstenmal sichtbar geworden war und die sie für kurze Zeit genossen hatte, war so überwältigend, daß sie selbst damals bereits der Vergangenheit anzugehören schien. Es kam ihr so vor, als wären solche Gefühle deshalb so mächtig, weil sie versprachen, über alles andere hinauszugehen. Die Menschen ließen sich von diesen Gefühlen leiten und glaubten an sie, weil sie nicht nur ein Paradies der Empfindungen boten, sondern auch versprachen, allem eine Bedeutung zu geben.

Und doch schien es in der Natur dieser Gefühle zu liegen, daß man sich nicht auf sie verlassen konnte. Manchmal schien man sich an sie zu erinnern, bevor man sie überhaupt durchlebt hatte. Und hin und wieder fürchtete man, daß nur das, was man vergessen hatte, das, woran man sich nicht erinnerte, über die Grenzen der Körperlichkeit und den Tod hinausreichte.

Etwas anderes zu glauben, blieb eine Sache des Vertrauens, aber Charlotte fühlte, daß sie jetzt bereit dazu war. Sie nahm Gregory sanft am Arm, und sie gingen zwischen den grauen, mit Flechten bedeckten Grabsteinen entlang auf den Eingang der normannischen Kirche zu.

Dann schritten sie durch das Portal und über die Schwelle aus Stein, die über die Jahrhunderte von vielen Menschen abgenutzt und glattgeschliffen worden war. Sie betraten das kühle Kircheninnere, in dem die Luft erfüllt war von dem Duft der Schnittblumen und den leisen Läufen der Orgel, sie tauchten ein in die weiche Luft und verschwanden.

## ANMERKUNGEN DES AUTORS

Auch wenn es sich um ein fiktives Werk handelt, habe ich versucht, den historischen Hintergrund wahrheitsgetreu zu schildern. Zu diesem Zweck habe ich mich ausschließlich auf Bücher gestützt, die auf dokumentarischen Zeugnissen aus erster Hand basieren, oder auf diese Zeugnisse selbst. Die Abteilung G ist eine Erfindung, aber ihre Methoden beruhen auf denen der Organisation, die es tatsächlich gab. Pichon ist eine fiktive Gestalt, aber die Section d'Enquête et de Contrôle sowie die Antijüdische Polizei haben so gehandelt wie beschrieben. Der Eid der Miliz und die Radiosendung des Kommissars für jüdische Angelegenheiten sind wörtlich zitiert.

Im Juli 1943 übernahmen die Deutschen die Verwaltung von Drancy. Es gibt Berichte von Überlebenden sowohl über das Regime der Franzosen als auch über das der Deutschen.

Ich möchte den vielen Menschen in England und Frankreich danken, die mir bei den Einzelheiten zum Hintergrund dieses Romans geholfen haben.

S. F., Toulouse–London, 1995–1998